ICU 专科护士资格认证培训教程
ICU ZHUANKE HUSHI ZIGE RENZHENG PEIXUN JIAOCHENG
（第 2 版）

组　编	北京市卫生局　北京护理学会
组　委	（以姓氏笔画为序）

王丽华　　王欣然　　毕越英　　刘淑媛　　孙　红　　李庆印
李春燕　　吴　瑛　　吴晓英　　佟锦程　　应　岚　　张会芝
陈　静

主　编	王丽华　李庆印
副主编	张会芝　李春燕　毕越英
编　者	（以姓氏笔画为序）

马　蕊　　王　辰　　王　玥　　王丽华　　王欣然　　王晓青
方玲俐　　方保民　　石　丽　　叶绍东　　付凤齐　　权京玉
毕越英　　吕　蓉　　朱　力　　乔红梅　　庄小萍　　刘　方
刘　芳　　刘文虎　　刘芳环　　刘淑媛　　闫建环　　关　欣
孙　红　　孙　兵　　孙永昌　　李　昂　　李　洁　　李　菀
李　群　　李庆印　　李桂云　　李春燕　　杨　苹　　杨军华
杨媛华　　吴　瑛　　吴晓英　　何　茵　　佟锦程　　应　岚
张　希　　张　婧　　张　静　　张会芝　　张海涛　　陈　宏
陈　岩　　陈超航　　罗祖金　　金艳鸿　　郑　哲　　郑中燕
赵冬云　　郝云霞　　胥小芳　　姚　焰　　姚婉贞　　贺航咏
袁　媛　　顾　慧　　钱淑清　　徐晓芳　　高　岩　　高　鑫
崔文英　　梁　岩　　韩斌如　　路　潜　　詹庆元　　詹艳春
蔡卫新

人民軍醫出版社

PEOPLE'S MILITARY MEDICAL PRESS

北　京

图书在版编目(CIP)数据

ICU专科护士资格认证培训教程/王丽华,李庆印主编. —2版. —北京:人民军医出版社,2011.6

ISBN 978-7-5091-4891-4

Ⅰ.①I… Ⅱ.①王…②李… Ⅲ.①险症－监护(医学)－护士－资格考试－教材 Ⅳ.①R459.7

中国版本图书馆CIP数据核字(2011)第104624号

策划编辑:张忠丽   文字编辑:邢学忠   责任审读:谢秀英
出 版 人:石 虹
出版发行:人民军医出版社   经销:新华书店
通信地址:北京市100036信箱188分箱   邮编:100036
质量反馈电话:(010)51927290;(010)51927283
邮购电话:(010)51927252
策划编辑电话:(010)51927300－8230
网址:www.pmmp.com.cn

印刷:三河市祥达印装厂 装订:京兰装订有限公司
开本:787mm×1092mm 1/16
印张:29.75 字数:728千字
版、印次:2011年6月第2版第1次印刷
印数:3501－7000
定价:88.00元

内 容 提 要

本书的编写集中了北京市医疗护理专家的优势资源,立足于 ICU 基础理论与实践,以及 ICU 护士的核心能力,全书分为 40 章,从应用解剖生理、各系统基础监护技术到脏器重症监护,论述了重症监测护理理论与技术,重在实际操作中应知应会知识的阐述,经多次讲课、带教后修改,按实际需要删减后最终成为第 2 版教科书,便于 ICU 护士学习和掌握。本书可作为各省市开展重症医学专科护士培训工作的重要参考书籍。

序

重症医学是以危重患者的救治和生命支持为研究对象的学科,主要涉及危重患者的发病机制和病理生理过程,多器官功能障碍患者的治疗方法和器官功能支持技术的基础研究与临床应用;重症医学科(ICU)是实现危重患者管理的临床实践基地,它对因各种原因导致一个或多个器官与系统功能障碍危及生命或具有潜在高危因素的患者,提供系统的、多学科、高质量的医疗、护理和监测技术,是医院集中监护和救治重症患者的专业科室。

ICU 应该有 3 个基本组成部分:一是训练有素的医师和护士,这个团队的成员应掌握重症医学的理论,熟练的操作技能与快速的应变能力,高效的工作作风,善于团结协作;二是具有先进的监测技术和治疗手段,可进行动态、定量的监测,捕捉瞬间的生命变化,并迅速反馈出治疗效果;三是应用先进的理论和技术对危重患者进行有效地治疗和护理。ICU 的医护人员的专业能力是决定 ICU 水平的首要因素,人才培养将是今后重症医学科发展的一个亟待研究的重要课题。

北京市卫生局、护理学会重症监护护理专业委员会领导的北京地区 ICU 专科护士资格认证培训,自 2003 年至今,已经为北京地区培养了 ICU 专科护士近千名,几年来,经过培训持证上岗的一批批 ICU 护士在临床护理工作中发挥着重要作用,已经成为 ICU 护士的骨干力量,为重症医学科的进一步发展奠定了良好的基础。

随着持证专科护士的增加,ICU 的监护质量一定会有更大的提高,在 ICU 规范化和制度化的建设中也必将充分体现他们的重要作用,而护理质量的提高将明显改善危重患者的预后,增加患者的安全。

《ICU 专科护士资格认证培训教程》的编写,集中了北京市的医疗护理专家的优势资源,立足于 ICU 基础理论与实践,以及 ICU 护士的核心能力,从应用解剖生理、各系统基础监护技术到脏器重症系统监护,论述了重症监测护理理论与技术,该书经多次修改和删减后最终成为教科书的形式,便于 ICU 护士学习和掌握。该书可作为各省市开展重症医学专科护士培训工作的主要参考书籍。

席修明

2010 年 12 月 25 日

第 2 版前言

自卫生部"十一五"护理发展规划以来,ICU 专科护士培训与资格认证工作已在全国范围内陆续开展,至 2010 年底,全国各省市的培训与认证工作已初具规模,仅北京地区 ICU 持证护士就达千名,调查表明,他们在临床工作中发挥着重要的作用,受到各级管理者和临床同行的普遍认可。

2009 年 2 月 13 日卫生部发文《重症医学科建设与管理指南(试行)》将重症医学科作为独立专科纳入医院诊疗科目。这标志着重症医学科今后必将向规范化、标准化和制度化建设的方向发展。而人才的培养无疑是该学科建设和发展的重要基础。

本书是在 2008 版《ICU 专科护士资格认证培训教程》的基础上,按照教科书形式进行改编的,改编前广泛收集了各方面的意见,并进行了充分的论证和讨论,为便于学生掌握和使用,全书在字数上与原版相比压缩了近 40%,北京护理学会及其重症监护护理专业委员会委员及委员单位的很多 ICU 医护专家参与了改编工作,第 2 版编辑工作的指导思想比以往更明确,内容也更具体更精确,立足于培养 ICU 专业护士的基础理论、基本技能和对主要危重症的认识与监护,尽量减少不确定的内容,并力求将 2010 年底已经较为成熟的监护技术和该学科新的进展收编进来,使之具备知识更新和内容精编的效果。

全书分为 ICU 总论、应用解剖生理、危重症监护技术、器官功能支持与保护、重症患者药物管理与营养支持和危重症疾病护理 6 篇内容,各系统监护内容编写充分利用北京地区综合医院和专科三甲医院的优势资源,使每一系统监护内容都能够体现北京地区先进的临床实践,本书不仅可以作为专业护士培训用书,而且对 ICU 临床实践也具有很好的指导作用。

本书第 1 版从 2003 年作为第一期北京市 ICU 专科护士培训教材、2008 年首次出版为 ICU 专科护士资格认证培训教程到 2010 年的再版缩编,历经了 8 年时间,融入了近百位北京市新老 ICU 医疗护理专家的心血,字里行间流露出他们严谨治学的工作态度和对 ICU 专科护士培养的支持,在此表示衷心的感谢。

由于重症监护学科发展很快,在书籍的完稿与出版过程中,有的内容可能出现滞后现象,此外,书中可能还存在其他的错漏,希望读者批评指正。

北京护理学会
重症监护护理专业委员会　　王丽华

2011 年 3 月 10 日

第1版前言

危重病监护是一门专业性很强的学科,特色的专业理论、特色的专科护理与临床监护技术形成了 ICU 专业护理的基本体系,而专业人才则成为稳定和促使学科发展的决定力量。培养具备一定专业素质与技能、具备从事该工作资格的护士,是 ICU 护理发展的根本所在。其不仅是专业发展的基础,也是行业管理的基本条件,更是落实国家卫生部"十一五"护理发展规划的具体体现。

自 2003 年起,在北京市卫生局、北京护理学会领导的北京市 ICU 专科护士资格认证委员会的具体组织指导下,北京在全国范围内率先开展了 ICU 专科护士资格认证培训,目前 400多名护士已经获得专科护士资格证书。

ICU 专科护士培训的核心课程设置一直是备受关注的问题,2003 年,我们集中了北京市各专科 ICU 60 多位医疗护理专家编写了第一部培训教材,这是本书形成的最初雏形,2006 年在总结经验的基础上集中专业委员会成员、医院的医护专家对第一部教材进行了重大的改编,随着核心课程的逐步确认,2008 年,我们集中专业委员和医疗专家再次统编该部教材,终于得以完成。本书是一部 ICU 专科护士培训课程的规范教材,全部内容需要 176 个学时完成授课。在编写过程中,由于该学科进展很快,新的理论与指南不断融入,对以往的稿件进行了很多次删改,多家医院合作,在编写的细节上会有一些差异和缺陷,期望读者给予指正。

北京护理学会重症监护委员会

北京市 ICU 专科护士资格认证委员会　　王丽华

2008 年 8 月 18 日

目　　录

第四篇　器官功能支持与保护

第五篇　重症患者应用药物管理与营养支持

第六篇　危重症护理

第一篇

总　　论

第1章 重症医学概论

一、重症医学概论

重症医学是研究重症患者危及生命的病症状态的发生、发展规律以及脏器功能监护和综合治疗的临床科学。重症患者的生命支持技术水平,直接反映医院的综合救治能力,体现医院整体医疗实力。

重症医学科是以监护治疗单位或加强治疗病房(intensive care unit,ICU)为临床实践基地,其对因各种原因导致的一个或多个器官与系统功能障碍,或具有潜在高危因素的,提供及时、系统的、高质量的脏器功能支持,应用先进的诊断、治疗、监护设备与监测技术,对患者的病情进行连续、动态的定性和定量观察,并通过有效的干预措施,为重症患者提供规范的治疗,以改善患者的生命质量。

二、重症医学发展简史

将危重患者集中管理是重症医学的基本概念之一,早期可以追溯到南丁格尔时代。

(一)南丁格尔思想的影响

1853－1856 年欧洲爆发了克里米亚战争,1854 年,英法联军登陆克里米亚,战士伤亡明显增加,因医疗救护条件很差,伤员病死率高达 42%。南丁格尔率领 40 名护士赴战地救护。在前线医院,南丁格尔为医院添置药物和医疗设备,改善伤员的生活环境和营养状况,为降低伤员病死率将伤势严重的伤员放置在一起,给予特别的照顾,对挽救伤员的生命起到了积极的作用。6 个月后,伤员病死率从 42% 迅速下降至 2%。

(二)战争的创伤救治促进了重症医学发展

第二次世界大战(World War Ⅱ,简称二战),对重症医学发展起了重要作用。1939 年 9 月 1 日—1945 年 8 月 15 日,从欧洲到亚洲,从大西洋到太平洋,先后有 61 个国家和地区、20 亿以上的人口被卷入战争。据不完全统计,战争中军民共伤亡 9 000 余万人。围绕着第二次世界大战时期的创伤救治使重症医学渐成萌芽。大量战伤和失血性休克的抢救,促使欧洲各地纷纷建立创伤中心和休克病房,使创伤和休克的基础研究与临床治疗获得了巨大的发展,形成了早期的外科 ICU(SICU)。

第二次世界大战后期和以后的重症医学发展,危重患者集中的治疗模式继续延续。

1942 年,因美国波士顿可可谷大火而成立了烧伤集中治疗中心。

1947年,美国费城,麻醉学小组对306名死亡患者做了一个调查,发现有50%患者可以避免死亡,只要加强监护发现问题就能挽救患者生命,首次提出监护概念。

1952年欧洲的斯坎迪纳维亚(Scandinavia)发生脊髓灰质炎大流行,仅美国就有约58 000个脊髓灰质炎病例,其中1/3的患者最终瘫痪。在这些病例中,更有超过3 000人死亡。丹麦的医师提出做气管切开,并请医护人员给予患者捏皮球等呼吸支持,使患者的病死率降到20%。其为抢救流行性脊髓灰质炎患者所设立的呼吸治疗单位(respiratory care unit,RCU)被认为是世界上第一个加强医疗单位。

1948—1953年,在洛杉矶、丹麦、瑞典为控制小儿麻痹症流行设立的脊髓灰质炎治疗中心;以及为抢救催眠药中毒而设立的治疗中心等,都体现出危重症集中治疗的思想。

1956年美国巴尔地摩城市医院(Baltimore City hospitol)建立了具有现代规范的综合性ICU。

1962年美国堪萨斯市(Kansas City)的巴施尼(Bathny)医院Day医生首先建立了冠心病监护病房(coronary care unit,CCU),对急性心肌梗死患者进行连续心电监测,发现心室纤颤立即进行电除颤,使急性心肌梗死患者的病死率由39%下降至19%。

1950年的朝鲜战争和1967年的越南战争对大量伤员的救治,分别使重症医学在肾功能和呼吸功能支持方面得以重要发展。

(三)术后恢复室是早期重症患者救治的实践基地

ICU的发展与术后恢复室(recovery room)的建立有着密切关系。

1926年美国Dandy为脑外科开设了3张病床的术后恢复室,被认为是最早期的术后恢复室,但直到20世纪50年代后才普遍开展。术后恢复室是监护麻醉患者术后苏醒的场所,因为手术后数小时内麻醉药、肌肉松弛药和神经阻断药的作用尚未清除,易发生气道阻塞、通气不足、呕吐、呼吸和循环功能不稳定等并发症。实践证明术后恢复室,可使术后24h内的病死率降低近50%。

20世纪60—70年代,我国部分大中型医院随着新的医疗技术的发展和危重患者的增多,也建立了不同规模的术后恢复室,为大手术术后的危重患者提供了专门的治疗护理单元,为患者提供了最大的医疗安全保障。

(四)现代科学技术加速了重症医学的发展

1970年,Swan-Ganz导管热稀释装置应用于临床,为监测危重患者血流动力学变化提供了重要手段。随着集成电路、激光、红外、电子计算机和新型显示技术的快速发展,使ICU的监护装置日新月异,如呼吸监护仪、直接或间接动脉压监测系统、无创多参数心功能仪及以心电监护为主的全自动化监护系统、分娩监护仪、颅内压和诱发脑电的监测装置,以及自动输液泵等,对精确测定危重患者的生理参数,观察患者的状态和及时地进行治疗,发挥了重要作用。

20世纪80年代初期,北京天津等地开始筹划建立重症监护病房,从此,将危重病监护的概念引入中国。20世纪80年代是中国国内ICU的创业阶段,主要表现为重症医学专业的创立和人员的专业化程度的不断提高。20世纪90年代是ICU发展的年代,随着大中型医院的规范化和制度化管理的加强,ICU的建立成为一家医院对危重患者救治能力的一种体现,成为医院现代化的重要标志,越来越多的医护人员认识并了解这个学科建立的重要意义,促使该专科建设和规模都进入快速发展的新时期。在全国范围内,只要有能力救治危重患者的医院都建立了ICU。

重症医学中的儿科危重病学(pediatric critical care medicine)是一门跨学科的儿科专业，发达国家从 20 世纪 60－70 年代开始，我国从 20 世纪 80 年代陆续建立儿童危重监护病房(pediatric intensive care unit, PICU)和新生儿监护病房(neonatal intensive care unit, NICU)。而 PICU 和 NICU 则是治疗抢救危重患儿的专业病房，提供 24h 特殊的医疗环境、设备和各类专业医务人员组成的综合医疗队伍，使危重症患儿能够连续不断和系统全面地接受高水平的监护和治疗，儿科危重病学也成为研究威胁小儿生命疾病的病理生理重要学科。

儿童不是成年人的缩影。各年龄儿童在生理、解剖、病理等诸方面均与成年人有别。因而儿童患者(特别是小婴儿)的临床表现、治疗护理等与成年人差异明显。患儿常需要多项专业化的服务，正是由于 ICU 高水平的跨专业合作和交流，也使得危重患儿抢救的成功率日益提高。

(五)专业培训与学术团体的建设

1963 年美国率先开设了危重监护医学(critical care medicine, CCM)培训课程。1970 年美国设立了危重病医学会。经美国医学专业委员会批准，于 1983 年在内、外、儿、麻醉 4 科正式成立了危重病专业，医生逐渐为取得 CCM 学位的加强监护医师(intensivist)所替代。随后各个国家都逐渐开始对医生的规范化培训和考核，目前全球 20 多个国家或地区的危重病医学学会广泛认可和选用了标准化危重病专业课程，受过重症监护理论与技能培训的医生承担重症医学临床工作已经成为一种必然。

我国的专业学术团体的建立最早是在 1996 年，中国病理生理学会危重病医学专业委员会(CSCCM)成立。2000 年后危重症专业团体在各省市陆续建立。

2008 年，《重症医学》被国务院批准为标准二级学科，重症医学从此有了自己的标准二级学科代码 320.58，正式成为一个独立的学科。

2009 年 2 月卫生部办公厅印发了《重症医学科建设与管理指南(试行)》的通知，标志着我国的重症医学科正式纳入医学学科，必将促进重症医学的标准化和制度化建设与发展。

(六)专科护士资格认证培训

2002 年，ICU 专科护士培训的探索在国内开始。

2002 年 9 月 10 日，北京市卫生局发出关于《北京市 ICU 专科护士执业标准》的通知，委托北京护理学会具体实施北京地区 ICU 专科护士资格认证和培训工作。

2003 年 2 月 21 日，北京市卫生局向辖区内各级医院下发了《关于组建北京市 ICU 专科护士资格认证委员会并全面启动 ICU 专科护士执业资格认证工作的函》，北京护理学会重症监护委员会具体负责了该项工作的落实。

2003 年 8 月，北京地区 ICU 专科护士资格认证委员会开始对北京市 ICU 专科护士教学实践基地进行评审，12 家医院的 16 个 ICU 成为首批教学基地。同年 10－12 月份，第一批来自北京三甲医院 ICU 的 79 名骨干护士参加了资格认证培训并获得资格证书，成为国内首批 ICU 持证护士。

2006 年，卫生部"十一五"护理发展规划正式将培训重点学科的专业护士纳入规划，此后全国的 ICU 专科护士培训与资格认证逐渐在各省市开展，随着持证的专业护士进入临床，ICU 的护理质量有了明显的提高。

三、重症医学科设置与管理

卫生部办公厅关于印发《重症医学科建设与管理指南(试行)》的通知

各省、自治区、直辖市卫生厅局,新疆生产建设兵团卫生局:

根据我国临床医学的发展和患者对医疗服务需求的增加,我部印发了《关于在＜机构诊疗科目名录＞中增加"重症医学科"诊疗科目的通知》(卫医政发〔2009〕9号),具备条件的二级以上综合医院可以设置重症医学科。为指导重症医学科的设置和管理,推动重症医学科的发展,根据《执业医师法》《医疗机构管理条例》和《护士条例》等有关法律、法规的相关规定,我部组织制定了《重症医学科建设与管理指南(试行)》(以下简称《指南》),现印发给你们。具备条件的医院要按照《指南》要求,加强对重症医学科的建设和管理,不断提高专科医疗服务水平。目前条件尚不能达到《指南》要求的医院,要加强对重症医学科的建设,增加人员,配置设备,改善条件,健全制度,逐步建立规范的重症医学科。

二〇〇九年二月十三日

重症医学科建设与管理指南(试行)

第一章 总则

第一条 为加强对医疗机构重症医学科的建设和管理,保证医疗服务质量,提高医疗技术水平,合理使用医疗资源,根据《执业医师法》《医疗机构管理条例》和《护士条例》等有关法律法规,制定本指南。

第二条 医院的重症医学科参照本指南建设和管理。

第三条 重症医学科负责对危重患者及时提供全面、系统、持续、严密的监护和救治。

第四条 重症医学科以综合性重症患者救治为重点,独立设置,床位向全院开放。

第五条 各级卫生行政部门应加强对医院重症医学科的指导和检查;医院应加强对重症医学科的规范化建设和管理,落实其功能任务,保持患者转入转出重症医学科的通道畅通,保证医疗质量和安全,维护医患双方合法权益。

第二章 基本条件

第六条 重症医学科应具备与其功能和任务相适应的场所、设备、设施和人员条件。

第七条 重症医学科必须配备足够数量、受过专门训练、掌握重症医学的基本理念、基础知识和基本操作技术,具备独立工作能力的医护人员。其中医师人数与床位数之比应为0.8:1以上,护士人数与床位数之比应为3:1以上;可以根据需要配备适当数量的医疗辅助人员,有条件的医院还可配备相关的设备技术与维修人员。

第八条 重症医学科至少应配备一名具有副高以上专业技术职务任职资格的医师担任主任,全面负责医疗护理工作和质量建设。

重症医学科的护士长应当具有中级以上专业技术职务任职资格,在重症监护领域工作3年以上,具备一定管理能力。

第九条 重症医学科必须配置必要的监测和治疗设备,以保证危重症患者的救治需要。

第十条 医院相关科室应具备足够的技术支持能力,能随时为重症医学科提供床旁 B

超、血液净化仪、X线摄片等影像学,以及生化和细菌学等实验室检查。

第十一条 重症医学科病床数量应符合医院功能任务和实际收治重症患者的需要,三级综合医院重症医学科床位数为医院病床总数的2%～8%,床位使用率以75%为宜,全年床位使用率平均超过85%时,应该适度扩大规模。重症医学科每天至少应保留1张空床以备应急使用。

第十二条 重症医学科每床使用面积不少于15平方米,床间距大于1米;每个病房最少配备1个单间病房,使用面积不少于18平方米,用于收治隔离患者。

第十三条 重症医学科位于方便患者转运、检查和治疗的区域,并宜接近手术室、医学影像学科、检验科和输血科(血库)等。

第三章 质量管理

第十四条 重症医学科应当建立健全各项规章制度、岗位职责和相关技术规范、操作规程,并严格遵守执行,保证医疗服务质量。

第十五条 重症医学科应当加强质量控制和管理,指定专(兼)职人员负责医疗质量和安全管理。

医院应加强对重症医学科的医疗质量管理与评价,医疗、护理、医院感染等管理部门应履行日常监管职能。

第十六条 重症医学科收治以下患者。

(一)急性、可逆、已经危及生命的器官或者系统功能衰竭,经过严密监护和加强治疗短期内可能得到恢复的患者。

(二)存在各种高危因素,具有潜在生命危险,经过严密的监护和有效治疗可能减少死亡风险的患者。

(三)在慢性器官或者系统功能不全的基础上,出现急性加重且危及生命,经过严密监护和治疗可能恢复到原来或接近原来状态的患者。

(四)其他适合在重症医学科进行监护和治疗的患者。

慢性消耗性疾病及肿瘤的终末状态、不可逆性疾病和不能从加强监测治疗中获得益处的患者,一般不属于重症医学科的收治范围。

第十七条 下列病理状态的患者应当转出重症医学科:

(一)急性器官或系统功能衰竭已基本纠正,需要其他专科进一步诊断治疗;

(二)病情转入慢性状态;

(三)患者不能从继续加强监护治疗中获益。

第十八条 重症医学科的患者由重症医学科医师负责管理,患者病情治疗需要时,其他专科医师应及时提供会诊。

第十九条 医院应采取措施保证重症医学科医师和护士具备适宜的技术操作能力,并定期进行评估。

第二十条 对入住重症医学科的患者应进行疾病严重度评估,为评价重症医学科资源使用的适宜性与诊疗质量提供依据。

第二十一条 医院应建立和完善重症医学科信息管理系统,保证重症医学科及时获得医技科室检查结果,以及质量管理与医院感染监控的信息。

第二十二条 重症医学科的药品、一次性医用耗材的管理和使用应当有规范、有记录。

第二十三条 重症医学科的仪器和设备必须保持随时启用状态,定期进行质量控制,由专人负责维护和消毒,抢救物品有固定的存放地点。

第四章 医院感染管理

第二十四条 重症医学科要加强医院感染管理,严格执行卫生规范及对特殊感染患者的隔离。严格执行预防、控制呼吸机相关性肺炎、血管内导管所致血行感染、留置导尿管所致感染的各项措施,加强耐药菌感染管理,对感染及其高危因素实行监控。

第二十五条 重症医学科的整体布局应该使放置病床的医疗区域、医疗辅助用房区域、污物处理区域和医务人员生活辅助用房区域等有相对的独立性,以减少彼此之间的干扰和控制医院感染。

第二十六条 重症医学科应具备良好的通风、采光条件。医疗区域内的温度应维持在(24±1.5)℃。具备足够的非接触性洗手设施和手部消毒装置,单间每床1套,开放式病床至少每2床1套。

第二十七条 对感染患者应当依据其传染途径实施相应的隔离措施,对经空气感染的患者应当安置负压病房进行隔离治疗。

第二十八条 重症医学科要有合理的包括人员流动和物流在内的医疗流向,有条件的医院可以设置不同的进出通道。

第二十九条 重症医学科应当严格限制非医务人员的探访;确需探访的,应穿隔离衣,并遵循有关医院感染预防控制的规定。

第三十条 重症医学科的建筑应该满足提供医护人员便利的观察条件和在必要时尽快接触患者的通道。装饰必须遵循不产尘、不积尘、耐腐蚀、防潮防霉、防静电、容易清洁和符合防火要求的原则。

第五章 监督管理

第三十一条 省级卫生行政部门可以设置省级重症医学科质量控制中心或者其他有关组织对辖区内医疗机构的重症医学科进行质量评估与检查指导。

第三十二条 医疗机构应当配合卫生行政部门及其委托的重症医学质量控制中心或者其他组织开展对重症医学科的检查和指导,不得拒绝和阻挠,不得提供虚假材料。

第六章 附则

第三十三条 设在医疗机构相关科室内开展本科重症患者治疗的科室和病房参照本指南管理。

第三十四条 本指南由卫生部负责解释。

附件 1

重症医学科医护人员基本技能要求

一、医师

（一）经过严格的专业理论和技术培训并考核合格。

（二）掌握重症患者重要器官、系统功能监测和支持的理论与技能，要对脏器功能及生命的异常信息具有足够的快速反应能力：休克、呼吸衰竭、心功能不全、严重心律失常、急性肾功能不全、中枢神经系统功能障碍、严重肝功能障碍、胃肠功能障碍与消化道大出血、急性凝血功能障碍、严重内分泌与代谢紊乱、水电解质与酸碱平衡紊乱、肠内与肠外营养支持、镇静与镇痛、严重感染、多器官功能障碍综合征、免疫功能紊乱。要掌握复苏和疾病危重程度的评估方法。

（三）除掌握临床科室常用诊疗技术外，应具备独立完成以下监测与支持技术的能力：心肺复苏术、颅内压监测技术、人工气道建立与管理、机械通气技术、深静脉及动脉置管技术、血流动力学监测技术、持续血液净化、纤维支气管镜等技术。

二、护士

（一）经过严格的专业理论和技术培训并考核合格。

（二）掌握重症监护的专业技术：输液泵的临床应用和护理，外科各类导管的护理，给氧治疗、气道管理和人工呼吸机监护技术，循环系统血流动力学监测，心电监测及除颤技术，血液净化技术，水、电解质及酸碱平衡监测技术，胸部物理治疗技术，重症患者营养支持技术，危重症患者抢救配合技术等。

（三）除掌握重症监护的专业技术外，应具备以下能力：各系统疾病重症患者的护理、重症医学科的医院感染预防与控制、重症患者的疼痛管理、重症监护的心理护理等。

附件 2

重症医学科基本设备

一、每床配备完善的功能设备带或功能架，提供电、氧气、压缩空气和负压吸引等功能支持。每张监护病床装配电源插座 12 个以上，氧气接口 2 个以上，压缩空气接口 2 个和负压吸引接口 2 个以上。医疗用电和生活照明用电线路分开。每个床位的电源应该是独立的反馈电路供应。重症医学科应有备用的不间断电力系统（UPS）和漏电保护装置；每个电路插座都应在主面板上有独立的电路短路器。

二、应配备适合的病床，配备防压疮床垫。

三、每床配备床旁监护系统，进行心电、血压、脉搏血氧饱和度、有创压力监测等基本生命体征监护。为便于安全转运者，每个重症加强治疗单元至少配备 1 台便携式监护仪。

四、三级综合医院的重症医学科原则上应该每床配备 1 台呼吸机，二级综合医院的重症医学科可根据实际需要配备适当数量的呼吸机。每床配备简易呼吸器（复苏呼吸气囊）。为便于安全转运者，每个重症加强治疗单元至少应有 1 台便携式呼吸机。

五、每床均应配备输液泵和微量注射泵，其中微量注射泵原则上每床 4 台以上。另配备一定数量的肠内营养输注泵。

六、其他必配设备：心电图机、血气分析仪、除颤仪、心肺复苏抢救装备车（车上备有喉镜、气管导管、各种管道接头、急救药品以及其他抢救用具等）、纤维支气管镜、升降温设备等。三级医院必须配置血液净化装置、血流动力学与氧代谢监测设备。

（王丽华　关　欣　杨军华）

第2章 ICU院内感染的管理

教 学 目 标

熟悉 ICU 感染控制的概念、基本理论与控制措施。

第一节 重症监护病房院内感染概述

一、定 义

医院获得性感染或院内感染,即在医院发生的感染或在住院期间获得的由微生物引发的感染;或在医院时处于感染潜伏期,入院 48h 后发生的医院内获得性的感染。

二、感 染 因 素

对于危重患者存在更高发生感染的危险因素,包括以下 4 个方面。

1. 患者内在因素　年龄＞70 岁,基础疾病(慢性阻塞性肺病、糖尿病);营养不良;肥胖;免疫抑制药应用;胃液 pH＞4,不良生活方式(吸烟、酗酒)。

2. 疾病相关　休克,重大创伤,昏迷,误吸等入院的原发性疾病;器官衰竭;皮肤及黏膜损伤;肾衰竭;胸腹的外科手术,延长 ICU 逗留时间＞3d。

3. 环境因素　不良的手卫生;床位空间的减少;工作人员水平的降低;感染控制计划的依从性差;气流和水的污染;仪器和设备的污染;微生物的交叉感染。

4. 治疗相关　有创性诊断和治疗的操作;抗生素应用;机械通气和湿化;导尿管;气管插管和鼻胃管;气管切开造口术;镇静和麻醉;抗酸治疗和 H_2 受体拮抗药的应用;影响免疫功能的药物(皮质类固醇、化疗);留置导管。

三、感染分类及易感菌

(一)分类

1. 原发性内源性感染　是患者在入住 ICU 时,已经携带由社区获得的或医院获得的微生物所造成感染。感染常发生在入住 ICU 的 4d 内。

2. 继发性内源性感染　微生物通常为医院类型,入住 ICU 后获得的并且携带在喉部或胃肠道内微生物所造成的感染。咽部是获得医院来源的潜在病源微生物第一部位,随后进入胃及消化道,院内来源潜在病源微生物造成在消化道内继发性携带者和过度的增生。

3. 外源性的感染　微生物通常为医院类型,是从 ICU 环境直接进入患者体内而既往无喉部或消化道携带病原菌者。外源的感染可发生在入住 ICU 的任何时间,并且由医院来源的潜在病原微生物引起的。

（二）易感菌

许多 ICU 患者的感染是院内感染，可由多种微生物引起，包括革兰阴性和革兰阳性需氧菌和厌氧菌、真菌、病毒和寄生虫。

1. 细菌　①革兰阳性需氧菌；②肠内革兰阴性需氧菌和兼性厌氧菌；③非肠内革兰阴性需氧菌和兼性厌氧菌；④厌氧菌（革兰阳性和革兰阴性）。

2. 真菌　念珠菌、光滑球似酵母菌、曲霉菌、荚膜组织胞浆菌。

3. 病毒　带状疱疹病毒、单纯疱疹病毒、巨细胞病毒、EB 病毒。

4. 寄生虫　卡氏肺囊虫。

5. 非典型病原体　嗜肺性军团菌、支原体肺炎菌、衣原体肺炎菌。

6. 感染的途径　暴露于微生物、传染、获得、携带、定植、感染。

四、ICU 院内感染的类型

最常见的类型包括呼吸道感染、泌尿道感染、伤口感染、血管相关性感染。

1. 肺炎　是常见的致死性感染，占全医院内所有院内感染的 10%～25%，当机械通气超过 2d 或药物湿化治疗时，其发生肺炎的危险性增加。镇静药物降低分泌物的排出，吸痰也许不能有效地清除分泌物并且使微生物进入气道。

2. 伤口感染　伤口感染占外科患者院内感染的 40%；而 ICU 中的伤口感染占 17%。伤口感染的危险性与外科手术期间污染程度，外科技术，切口的长度，手术的时间及部位有关。

3. 尿道感染　泌尿道的感染占全院感染的 40%，导管的插入频率和插入时间的延长为增加感染的危险因素，特别是年老的患者更为易感。

4. 血管相关性感染　在医院内血管相关性感染的 30%～40% 的患者发生在 ICU，其中内科 ICU 入住患者的发病率 15%，>10% 的患者静脉导管导致血管相关感染。急症插管；留置时间 >72h；输液系统开放频繁均增加感染危险性。

第二节　院内感染控制的基本原则和措施

一、ICU 病房感染控制基本原则

重症监护治疗病房是医院内感染的高发病区，感染的发生基于 3 大基本因素：患者本身；致病菌；与环境相关问题。患者和环境因素在院内感染的发展中起重要作用。患者抵抗力受损，药物导致体内菌群失调（如抗生素），侵入性监测，通过医务人员，仪器设备，溶液，呼吸机管路带给患者的微生物，均可导致院内感染。为此各级 ICU 都应当加强监测和落实控制措施。

1. 专业培训控感人员进行重症监护病房目标监测，确定感染源和危险因素，及时发现感染的暴发和聚集，给予及时的控制。

2. 动态监测入住 ICU 患者呼吸道，泌尿道，血液及伤口的致病微生物及药物敏感的监测。

3. 制定合理照顾患者的实践程序，教育和培训医务人员，并且监督其执行正确的实践标准。

4. 环境和设备的处理。规范的空气净化处理;规范的呼吸机管路的清洗、消毒和使用;规范的床旁血滤机器管路安装操作;规范的清洗、消毒和使用纤维支气管镜。

5. 控制使用抗生素和消毒剂,合理应用抗生素,达到减少院内耐药细菌的产生。

6. 对职工进行保健和教育,保证医务人员的安全和健康。

二、ICU 感染控制和预防

1. 坚持认真执行无菌操作规程,防止交叉感染,是监护病房中每个医护人员必须履行的职责,在工作过程中各种环境都有客观存在的因素,病菌随时有侵入的机会。因此医护人员在接触患者或操作过程中应该严格注意每一个细节,减少病源入侵机会。

2. 为减少院内感染的发生和防止血液传染疾病如 HIV、HBV 和 HCV,在患者与 ICU 医护人员之间的传播,必须采取措施控制感染。方法为:①防止感染在医护人员与患者之间的传播;②减少室内和仪器设备病原微生物的寄生;③尽可能减少耐抗生素的病原微生物的产生。

美国麻省总院 ICU 内感染控制措施可供参考。

(1)常规洗手:在接触患者前后和接触患者污染物品以后,应用含有消毒药的水常规洗手。

(2)戴手套:当手有可能接触血液或其他体液时应该戴手套、接触每一位患者前后都必须换手套和洗手。

(3)重复使用的器械应进行消毒:如气管镜,喉镜和手术器械。

(4)隔离预防

①普通预防。不管患者是否存在基础疾病,所有患者都应进行普通预防。当有可能接触到血液和其他体液和分泌物时,由于可能携带感染源,应使用预防隔离物品,包括手套、护眼镜或面罩和隔离衣等。

②特殊形式的预防,包括接触、空气传播和飞沫传播的预防,用来限制耐抗生素的细菌在患者与医护人员之间的传播,限制呼吸道分泌物中病毒和细菌的传播和保护免疫功能受损患者免受感染。

③接触预防。用于携带或感染耐抗生素的细菌如 VRE 类的患者。当进入病房时,需要戴手套;当直接接触患者、仪器设备或病室表面时,需要穿隔离服。

④空气传播和飞沫传播预防。可以限制呼吸道分泌物中病原微生物的传播。飞沫传播预防:飞沫核$>5\mu g$,用于限制脑膜炎双球菌、流感嗜血杆菌、肺炎支原体、腺病毒和麻疹病毒的传播。近距离的接触患者的医务人员和探视者必须戴外科面罩,最好选用单独病房,但不需要负压隔离室。空气传播的预防:飞沫核$<5\mu g$,用于限制结核杆菌、水痘、麻疹等传播,对于进行空气传播预防的患者应该选用单独的负压隔离病房。

⑤用过的针不应该重复使用。为减少血液传播微生物(HIV、HBV、HCV)用过的针不应该重复使用,应该立即丢弃到特殊防刺破的容器中。乙型肝炎通过被血污染的针进行传播的概率为 6%～30%,丙型肝炎约 3%,HIV 约 0.3%。针在刺破皮肤之前经过手套可能减少感染的机会。使用特殊设计的针和钝尖针或无针系统给药和静脉穿刺可以有效地减少被针刺伤的危险。

⑥限制抗生素的使用。在 ICU 中经常使用广谱抗生素可以导致耐药微生物的出现。新近出现的耐万古霉素的肠球菌备受关注,因为这意味着其他致病力强的革兰阳性球菌如耐甲

氧西林金黄色葡萄球菌(methicillin resistant staphylococcus aureus,MRSA),也可能对万古霉素耐药;为减少耐抗生素菌的出现,应尽量选用窄谱抗生素。当使用多种抗生素进行经验性治疗时,应该根据细菌培养结果,尽量减少用药的种类。只在必要时在围术期对患者预防使用抗生素,并限制在围术期24h内应用。每家医院应有限制使用抗生素的规定,正确选用药物,制定围术期抗生素预防用药规范。

第三节 导管相关性感染的预防和控制

一、导管相关性感染的定义

导管相关性感染发生在患者的血管内放置导管,并除外由其他部位的感染所致,其导管的尖端采用半定量法在血琼脂培养基上有>15个菌落数,临床表现发热、寒战、红肿,导管周围有脓性分泌物。

二、感染类型和常见病原菌

常见类型:导管病原菌定植;局部感染;导管相关性血液感染;输液相关的血液感染。

血管内导管类型:外周静脉导管;外周动脉导管;中心静脉导管;中心动脉导管;经外周静脉至中心静脉导管(peripherally inserted central catheter,PICC);有隧道的中心静脉导管;全置入式血管内装置TIDs。中心循环插管(中心静脉和肺动脉)是引起大多数插管相关性感染的原因。

导管相关性血液感染病原菌:美国医院内感染监测系统(nosocomial infection suvelliance system,NNIS)调查1992—1997年107家CCU 1159菌株凝固酶阴性葡萄球菌37%,金黄色葡萄球菌24%,肠球菌10%,念珠菌4%,大肠埃希菌3%,肠杆菌属细菌3%,其他3%。

三、发 病 机 制

1. 穿刺部位的皮肤细菌移行至皮下导管。
2. 导管接口部位的感染。
3. 经血行污染导管端口。
4. 输液污染。

四、临床病原学诊断

发热是最常见的症状,通常局部无症状、局部感染和不能解释的发热应该考虑此类感染。

1. 血管相关性感染诊断标准

(1)初步诊断:符合下列情况之一。①静脉穿刺部位有脓液和渗出物排出或有弥散性红斑(蜂窝织炎);②沿导管的皮下走行部位出现疼痛性弥散性红斑(除外理化因素所致);③发热>38℃,无其他原因解释。

(2)确定诊断:尖端培养或血液培养分离出有意义的病原微生物。

2. 导管病原定植 插管部位无感染征象而远端导管半定量培养发现病菌>15个菌落数,或定量培养病菌浓度>10^3/ml;局部感染表现如插管局部皮肤有红肿、压痛或脓性分泌物。

3. 导管相关性血液感染　导管定量或半定量培养和其他静脉抽取的血液培养分离到相同的病原菌,并且患者有血液感染的临床表现而无明显的其他感染来源。血液感染患者导管培养不能取得实验室的证据,如果拔除导管全身感染征象好转,可认为是导管相关性血流感染(catheter-related blood sceam infection,CR-BSI)间接证据,怀疑血液感染时,抽取血培养的次数至少 2 次;血培养标本如果不能及时运送,应该暂存室温;菌血症的血液细菌培养出现阳性结果最快的时间<24h。

4. 输液相关的血液感染　输液和经其他部位静脉抽取的血液分离出相同病原体,且无其他感染来源者。

五、危险因素和预防

(一)高危因素

1. 年龄<1 岁或>60 岁;宿主的免疫功能改变;基础疾病;感染的部位;皮肤细菌定植;因疾病皮肤改变。

2. 感染的可能性随导管留置的时间延长而增加,常发生>2~3 周;虽然常规更换导管还未被证明有效,有些医师凭经验在 1 周后更换导管。

3. 多腔导管较单腔导管更易发生导管相关性感染。

(二)预防

重要的预防方法包括在插管时严格的无菌操作技术,以及导管的护理和常规更换敷料。

真菌感染在接受完全肠道营养的患者常见,应用静脉过滤器可能减少真菌感染的机会,应用涂抗生素的导管较少发生感染。

六、处理与治疗

1. 抗生素　抗生素的药物选择和使用时间要根据临床情况和培养结果。如果有全身症状出现和初步细菌培养表明革兰阳性球菌,立即应用万古霉素作为经验治疗,可加用能覆盖革兰阴性杆菌或同时覆盖肠球菌的药物,待鉴别出微生物后再进行调整治疗。对无并发症的导管相关性菌血症抗生素使用通常持续 7~14d(如果从血中分离出金黄色葡萄球菌,应用 14d)。对于免疫功能受损的患者,对真菌感染的治疗时间应该延长。

2. 拔除导管　不同机构对可疑导管相关性感染的治疗原则不同;如果血培养或导管尖端定量培养阳性,导管应该换另一部位插入;如果高度怀疑导管是发热和脓毒血症的来源,应该立即改变插管部位,并进行血培养。

七、血管内留置导管的监测和护理

1. 监测血管导管相关性血液感染。通过完整透明的敷料检查,当有发热,局部和血液感染时检查插管部位,每日更换敷料时检查,在插管部位记录插管日期和时间。

2. 严格洗手,插管时屏障防护,严格无菌操作。

3. 插管部位的护理。皮肤抗菌保持干燥;充分消毒,消毒后勿触摸;如果敷料变化、移动、出汗时需及时更换敷料;避免插入部位的污染

4. 观察插管穿入皮肤处有红肿热痛的现象,或血流动力学不稳定考虑更换中心静脉插管,同时进行 2 次血液培养及导管尖端和皮下段培养。

第四节 呼吸机相关性肺炎的预防和控制

肺炎是医院内最常见的感染之一,重症监护病房内发病率更高,也是致死的获得性感染,病死率可高达25%~40%。最常发生在需要长期使用呼吸机的患者。细菌通过不同途径进入肺,包括口咽分泌物或食物和胃内容物误吸,吸入空气传播的小滴,其他部位的血源性传播,身上有细菌繁殖的医护人员或沾染细菌的仪器或设备直接接种。

1. **呼吸机相关性肺炎(ventilator associated pneumonia,VAP)的定义** 机械通气启动＞24h后发生感染性肺炎,包括停呼吸机和拔除气管插管后48h内发生的肺炎;机械通气最初4d发生的肺炎为早发性呼吸机相关性肺炎,＞5d者为晚发性呼吸机相关性肺炎。NNIS对VAP的定义进行严格的限定,即患者必须是经过气管切开或气管插管接受支持或控制呼吸。

2. **病原体** 呼吸机相关性肺炎的发生率10%~25%,1 000呼吸机日呼吸机相关性肺炎发生6~20例,机械通气10dVAP的发病率6.5%,机械通气28dVAP的发病率28%,归因病死率24%~54%细菌占90%以上,混合性感染占40%;革兰阴性杆菌75%,革兰阳性球菌52%;早发性VAP以肺炎链球菌,流感嗜血杆菌常见,晚发性VAP以铜绿假单胞菌,不动杆菌等耐药菌多见。近年来革兰阳性球菌引起的VAP有增加趋势,特别是MRSA。

3. **VAP初步诊断** 咳嗽,咳痰或原有下呼吸道感染出现咳嗽,咳痰明显加重或痰液性状显著改变,并有下列情况之一者:①发热;②白细胞总数及嗜中性粒细胞比例增高;③痰呈脓性;④肺部啰音,或与入院比较肺部体征有明显恶化;⑤X线显示肺部有炎症性病变或与入院时比较出现新病变,并排除非感染性原因如肺栓塞、心力衰竭、肺水肿、肺癌等。

4. **VAP确定诊断** 初步诊断基础上,符合下列情况之一者:①经筛选的痰液(涂片镜检)鳞状上皮细胞＜10个/低倍视野,白细胞＞25个/低倍视野,或两者比例＜1:2.5,连续2次分离出相同病原体;②痰定量培养分离到病原体浓度＞10^6cfu/ml;③血培养或并发胸腔积液者的胸液分离到病原体;④经纤维支气管镜或人工气道吸引采集的下呼吸道分泌物分离到浓度＞10^5cfu/ml的病原菌或经防污染样本毛刷(protected specimenbrush,PSB),防污染支气管肺泡灌洗(protected bronchoalveolar lavage,PBAL)采集的下呼吸道分泌物分离到病原体;⑤痰或下呼吸道采样标本中分离到通常非呼吸道定植的细菌或其他特殊病原体;⑥免疫血清学、组织病理学的病原体诊断证据。

5. **VAP的预防原则** ①降低口咽部和上消化道定植;②经常注意口腔卫生;应用口泰液清洗口腔;③选择性消化道脱污染;④通气时间较长的患者避免鼻腔插管;⑤防止口咽部分泌物吸入;⑥半卧位,预防与胃管给食有关的吸入,如果无禁忌证,将头部的床摇高形成30°~45°(仰卧位与半卧位VAP的发病率分别为23%和5%);⑦经常校正鼻饲管的位置;定期检查胃管是否正确放置和观察肠道动力如通过听肠鸣音来判别;胃内容物残留情况,调整给食量和速度,以免反流;⑧调整进食速度和量以避免反流;⑨使用超过幽门的鼻饲管如鼻十二指肠或空肠管;⑩使用特殊的气管内插管(endotrecheal tube,ETT)管,能进行声门下吸引;⑪保护胃黏膜的特性;⑫尽可能增加肠内营养;⑬使用硫糖铝,胃黏膜保护药;⑭治疗休克和低血容量;⑮减少外源性污染。

6. **注意手的卫生**

(1)不论是否戴手套,接触黏膜、呼吸道分泌物及其污染物之后,或接触有气管插管或气管切开的患者前,或接触患者正在使用的呼吸机治疗设备前后,均需要洗手(ⅠA 类证据)。处理任何患者的呼吸道分泌物或分泌物污染的物品时,应戴手套。

(2)下列情况应该更换手套并洗手:接触患者之后,接触呼吸道分泌物或其污染的物品之后接触另一患者,接触同一患者污染的身体部位和呼吸道或呼吸治疗设备之间。

7. 空气腔内吸引时,保持远端无菌　吸痰与隔离:

(1)如果预计会有呼吸道分泌物污染,应该穿隔离衣,并在处理下一患者前更换隔离衣。

(2)气管切开应该在无菌环境下进行,更换气管切开套管要注意无菌技术,重置的套管要进行灭菌或高水平消毒。

(3)如果是开放吸引系统,要采用一次性无菌吸引管;去除吸引管上分泌物,要用无菌水(ⅠB 类证据);不同患者间做吸引时,要更换整个长条吸引管,并更换吸引瓶。

(4)密闭气管腔内吸引系统;但比较闭合式和开放式气管内吸痰预防 VAP 的研究表明:闭合式痰液系统不能降低 VAP 的发病率,包括外源性肺炎。

8. 使用人工鼻替代加热的湿化器。

9. 减少回路管路的更换频率　同一患者使用的呼吸机,其呼吸机回路管路,包括接管、呼吸机的活瓣以及湿化器,更换时间不要短于48h。

10. 呼吸治疗及有关设备装置消毒灭菌与维护

(1)所有要灭菌或消毒的呼吸治疗及其他有关设施均需要彻底清洁,直接或间接接触下呼吸道黏膜的设施或物品,须经灭菌或高水平消毒。用于呼吸道的物品经化学剂消毒后,要用无菌水淋洗。

(2)呼吸机内部机械部分,不需要常规灭菌和消毒。

(3)同一患者使用的呼吸机,其呼吸管路,包括接管,呼气活瓣以及湿化器,更换时间不要过于频繁即短于48h 的间隔。不同患者之间使用时,则要经过高水平消毒。

(4)手压式的呼吸气囊,在不同的患者间使用时,要经过灭菌或高水平消毒。

(5)连接呼吸机的管段上的冷凝水要定期引流,倾去,操作时要避免引流液向患者侧,操作后要洗手,不要在呼吸回路的吸气管路与湿化罐之间放置滤菌器。

(6)雾化器,不同患者间使用,则要更换已经灭菌或高水平消毒的雾化器,雾化器必须无菌,液体分装过程要无菌操作。做吸入治疗的雾化器,不同患者之间或同一患者使用超过24h,要进行灭菌或高水平消毒处理。

(7)避免用大容量的雾化器对室内空气进行湿化,除非对其每天进行灭菌或高水平消毒处理,雾化液要用灭菌或高水平消毒处理,而且雾化液要用灭菌水。湿化器用水要用无菌水。

(8)合理使用抗菌药物:不要局部使用抗生素药物,不要常规使用系统性抗生素药物预防肺炎。

(9)其他:对估计需要较长时间使用呼吸机并系肺炎球菌易感患者,如老年人、慢性肺心病患者、糖尿病患者、免疫抑制者,可采用肺炎球菌酯多糖疫苗预防感染。

11. 治疗　通常抗生素在细菌培养结果之前就应该凭临床经验应用。临床情况,包括疾病的严重程度、基础疾病和并存疾病、住院时间、医院局部菌群,都会影响抗生素的选择。

(1)住院早期<5d,发生的无并发症的轻度到中度疾病(即无呼吸衰竭,血流动力学不稳定或其他器官损伤)常采用单一抗生素治疗,如非 2～3 代的非假单胞菌头孢菌素;如果对青霉素过敏,可选用氟喹诺酮类;如果有厌氧菌感染的可能,则单一应用 β-内酰胺/β-内酰胺酶抑制

药,如氨苄西林/舒巴坦或替卡西林/克拉维酸;也可用克林霉素或甲硝唑与β-内酰胺或氟喹诺酮类合用以充分覆盖厌氧菌。

(2)严重医院获得的院内肺炎(即呼吸衰竭、血流动力学不稳定、肺外器官损伤)常复合治疗。如果住院后发生轻度或中度的肺炎患者有基础疾病,或近期受过抗生素治疗,应用复合治疗。这种情况下肺炎可能是由铜绿假单胞菌、其他多重耐药肠道革兰阴性菌(如肠球菌),克雷伯杆菌和耐甲氧西林的金黄色葡萄球菌(MRSA)引起的。复合治疗一般应用β-内酰胺(如头孢他啶、替卡西林、派拉西林、亚胺培南-西司他丁或氨曲南)加氟喹诺酮或氨基糖苷类。如果有MRSA肺炎存在的可能,应加用万古霉素。细菌培养和敏感试验出结果,应该尽快调整抗生素。

第五节　耐药菌及其他特殊病原体感染患者的管理

一、多重耐药细菌

1. 定义　细菌对2种或2种以上的通常是敏感的不同种类的抗生素耐药。

2. 传播特点

(1)主要传播源——病源菌定植或感染患者。

(2)住院后菌群移位。

(3)革兰阴性菌-手上短暂存留;物品通过接触传播;葡萄球菌通过鼻腔携带。

(4)医护人员手是传播重要途径;经医疗操作和设备传播较少;空气和食物传播少见。

(5)菌属之间也可以通过质粒传播。

3. 危险因素

(1)患者:老年人或低出生体重新生儿。

(2)侵入性操作:静脉穿刺、气管插管、导尿管。

(3)手术。

(4)接触感染者。

(5)抗生素治疗。

4. 目前令人关注的耐药菌

(1)耐甲氧西林的金黄色葡萄球菌(MRSA)。

(2)耐甲氧西林的表皮葡萄球菌(methicillin resistant staphylaoccus epidermidis, MRSE)。

(3)耐万古霉素的肠球菌(vancomycin resistant enterococaus,VRE)。

(4)耐万古霉素的金黄色葡萄球菌(vovncomycin resistant staphylococcus aureus,VRSA)。

(5)万古霉素中度敏感的金黄色葡萄球菌(vancomycin intermediate-resistent staphylococcus auteus,VISA)。

(6)多重耐药的结核菌,是指对利福平和异烟肼耐药。

(7)多耐药的革兰阴性杆菌。

(8)肠杆菌科:对氨基糖苷类、头孢菌素、甲氧苄啶耐药,具有超广谱β-内酰胺酶(extended

spectrum β lactamases,ESBL)。

(9)铜绿假单胞菌:对氨基糖苷类、羧苄西林、替卡西林耐药。

(10)其他的假单胞菌:多重耐药。

5. 耐药细菌的产生原因

(1)经手传播占 30%～40%。

(2)抗生素治疗占 20%～25%。

(3)抗新病原菌出现占 20%～25%。

(4)原因不明。

6. 抗生素耐药的控制

(1)监测并检测耐药株的产生,并且避免耐药株的传播。

(2)检测并评估较少抗生素的滥用,并且制订感染控制的措施,避免耐药菌株的传播。

7. 减少耐药性的感染控制措施

(1)监控:明确来源,确定暴发,数据反馈,监控措施。

(2)良好医疗操作:减少播散。

(3)消毒和灭菌:减少污染,消除主要来源。

(4)隔离:隔离传染源减少传播。

(5)改善机体状态:减少定植,终止感染。

8. 预防

(1)采取感染控制措施:①耐药株监测;②执行正确的医疗操作规程,例如洗手;③确定感染的环境并消毒;④明确定植和感染患者并隔离—接触隔离,可能需要培养监测,可能需要隔离高危患者直至培养阴性,有病原菌定植史的患者登记;⑤隔离易感患者;⑥终止危险因素。

(2)抗生素的控制:轮换、限制或停止。

二、MRSA

MRSA 是一种重要的院内致病菌,它可以引起严重的院内暴发性感染。MRSA 在院内的发生率为 5%～40%或更高,按照病情复杂程度,控制感染措施是否得力及地域的不同而不同。

1. 发病机制和传播　感染发生前,MRSA 便已寄居在人体的某一部位。医院在收治MRSA 感染患者的过程中使 MRSA 得以侵入院内。医务人员也可能传播 MRSA。长期接受仪器如血液透析治疗的患者易被感染。

(1)MRSA 院内主要的传播方式是通过医务人员的手从一个患者传给另一个患者。

(2)空气传播:对有气管切开,气道分泌物较多或有 MRSA 肺炎需要吸痰者可能是非常重要的传染源。

(3)通过周围环境传播对一些特殊人群非常重要,如烧伤、大的开放外伤感染的患者。

(4)虽然 MRSA 传统上几乎全部被看成是一种院内病原菌,社区获得性的 MRSA 也可以出现于同在住院患者有过直接或间接接触的患者身上。

2. MRSA 感染的控制　最近一项报道建议对感染有 MRSA 患者仍需要采取积极隔离措施,并强调 MRSA 是很强的病原菌(30%被寄生的患者将发生感染),而在很多情况下 MRSA 的感染是可以预防的。对于寄生或感染有 MRSA 的患者通常给予隔离。对于烧伤、有大量的渗出的伤口、广泛皮肤缺损的或下呼吸道 MRSA 感染的患者,为预防院内传播,采取接触及飞沫隔离更为必要,如将患者置于单人病房;所有进入病室的人必须穿隔离衣,戴手套和面罩;医务人员在处置过携带或感染有 MRSA 的患者后必须仔细洗手。

3. 治疗 MRSA 感染的治疗首选万古霉素,对一些由临床装置引发的 MRSA 感染可选用万古霉素联合应用庆大霉素或利福平。

三、耐万古霉素的肠球菌(VRE)

1. 发病率 VRE 于 1988 年首先报道后,在美国疾病控制与预防中心(Centers for Disease Control and Prevention,CDC)从 1989－1993 年该菌株的检出率增长了 20 倍。ICU 或其他院内获得性肠球菌中 VRE 占 14% 以上。肠球菌已成为导致院内感染的第三、四位主要病原菌。过量口服或静脉应用万古霉素有助于形成 VRE。

2. VRE 的重要性

(1)VRE 的携带者比 VRE 感染者更常见。VRE 的携带和感染最有可能发生在以下的住院患者中:长期住院患者(length of stay,LOS),衰弱患者,使用广谱抗生素治疗后的患者,病情复杂的患者,既往住过康复所的患者。

(2)VRE 感染:包括菌血症(60%～70%)、导管相关性泌尿系统感染、外伤和腹腔感染。

3. 治疗 现在有 2 种能有效抑制多种 VRE 菌株的抗生素,奎宁始霉素和利奈唑胺。

4. CDC 建议应该采取有效的隔离措施

(1)配置单人病房。

(2)非患者进入病房时应该戴面罩。

(3)与患者接触时应该穿隔离衣。

(4)离开病室后用抗菌肥皂洗手。

(5)注意:隔离的期限不清,可能需要无限期隔离,何时终止隔离与感染科会诊最后确定。

四、对万古霉素中度敏感的金黄色葡萄球菌(VISA)

1. 意义 明确为 VISA 感染,应该采取隔离措施并通告感染科仔细地进行流行病学调查;高危患者包括前述的 MRSA 感染者和长期应用万古霉素者,如有 MRSA 感染的透析患者。

2. 隔离 应将该患者尽早送至单人病室,并在接触患者时必须采取穿隔离衣、戴面罩和手套等防护措施。尽量减少接近携带或感染 VISA 患者的人数;用抗菌肥皂洗手。

3. 其他 对携带者或感染了 VISA 的患者建议请感染科会诊。

五、结核杆菌,包括多耐药(multidrug resistance,MDR)结核菌

1. 增加多重耐药的危险性 ①曾经经抗结核药物治疗;②接触多重耐药菌感染的患者;③HIV 的感染;④治疗失败者;⑤治疗 4 个月后痰涂片仍为阳性或治疗 5 个月痰培养仍为阳性。有以上 5 条之一者应该立即隔离。

2. 最常见的传染源 未被发现的结核患者或喉结核患者;没有进行有效抗结核治疗的患者和(或)不遵从医嘱者以及未被隔离的患者。患有 MDR 结核的患者可长期保持传染性,可能增加院内和(或)职业传染结核的危险,尤其是对 HIV 感染的患者及医务人员。

3. **应用呼吸机者**　采用人工鼻降低管路系统的变化;采用呼末端滤器;一次性使用吸引瓶和吸引管;采用密闭吸引系统。

4. **接触者的管理**　调查在高危区域痰涂片强阳性的患者接触者应该进行胸片检查;接触超过 3 周者进行拍胸片检查;对婴幼儿考虑化学预防;免疫功能低下或＜3 岁的婴幼儿需要 12 个月随访 3 次,并拍胸片。

5. **医务人员的管理**　监测与肺结核有关的医务人员和调查与肺结核接触的医务人员;操作者应该避免诱导咳嗽的操作;除非使用密闭吸引系统不做胸部操作。

6. **结核的控制**　控制结核感染最重要的措施是把患者隔离在隔离病房,首要治疗措施是在入院时对患者采取呼吸道隔离措施,包括以下几个方面。

(1)对诊断未被排除前,被怀疑携带有结核杆菌的患者包括:①胸部 X 线发现肺内空洞者或难以解释的肺部淋巴结肿大者和咳嗽者;②已知结核纯化衍生物(purified protein derivative,PPD)呈强阳性者或有结核病史而出现有咳嗽和(或)发热和(或)不正常的胸部 X 线的表现者;③有咳嗽、发热和(或)异常胸部 X 线的表现并且有与活动期结核患者接触史者。

(2)所有被确诊的结核病患者和正常接受抗结核治疗的患者应该被隔离,直到他们的传染力和易感性被感染科或呼吸科医师正式评估过为止。

(3)所有已知 HIV 阳性患者或有无法解释的胸部 X 线异常表现的 HIV 高危人群(如有局部性浸润阴影、充血性心力衰竭伴肺部广泛浸润性阴影、胸腔积液),即使患者有已知的肺内疾病(如卡氏肺囊虫肺炎),在结核未排除以前,呼吸道的隔离也是非常重要的。

(4)所有 HIV 阳性的患者或有无法解释的发热或咳嗽的 HIV 的高危人群,有时他们的肺部 X 线是正常的,因为有些结核患者可以有正常的胸部 X 线表现。

(5)接触 MDR 结核菌的高危人群,胸部 X 线检查有异常表现和无法解释的发热或咳嗽者;有无法解释的慢性发热,伴有或不伴有体重减轻、盗汗等症状以及 X 线检查异常,即使无结核特殊表现,亦应该先隔离。

7. **空气传播疾病隔离病房的要求**　单间或同种疾病住一间,负压房间,每小时换气 6～12 次,向外排气或通过高效滤过装置循环,前室(缓冲间可以增加效果)避免空气在房间循环;或开窗通气。

8. **医务人员的保护措施**　医务人员戴口罩:①做支气管镜人员用 N95 口罩;②长期接触未化疗的新患者的医务人员用 N95 口罩;③其他状态仅戴外科口罩。

(刘　方)

第3章　重症患者的疼痛管理

教 学 目 标

1. 了解疼痛的分类和对机体的影响。
2. 熟悉影响疼痛的因素和疼痛的管理。
3. 掌握疼痛评估的方法。

疼痛是各种形式的伤害性刺激作用于机体所引起的一系列痛苦的不舒适的反应,常伴有不愉快的情绪活动和个体防御反应。每个人都曾经或多或少地经历过疼痛。在重症患者中,疼痛更是非常普遍。使患者避免疼痛、消除疼痛或缓解疼痛是护理人员的重要职责之一。

一、疼痛的概念

疼痛是一种复杂的生理、心理反应。包括两方面,是伤害性刺激作用于机体所产生的痛感和个体对伤害性刺激的痛反应,常带有强烈的感情色彩,不仅表现出一系列的躯体运动反应和自主神经内脏反应,还伴随复杂的心理活动。因而,疼痛不仅是一种客观的体征,也是一种主观现象。

疼痛的较为广泛的定义是 1972 年 Margo McCaffery 提出的"经历疼痛的患者所描述的如何痛就是如何痛,他(她)说疼痛存在,疼痛就存在"。这一定义强调个体的主观感觉,而且是个别性的体验,疼痛存在个体差异。1978 年北美护理诊断协会将疼痛定义为"个体经受或叙述有严重不适或不舒适的感受"。1979 年国际疼痛研究协会对疼痛的定义是"疼痛是与现存的或潜在的组织损伤有关的感觉上或情绪上不愉快的体验"。可见,疼痛是一种主观经历,经历疼痛的个体通常难以形容其疼痛感受。护理人员也常常不容易理解疼痛患者的体验。因此,护理中应重视患者的自我感受,将疼痛患者视为独特的个体对待。

二、疼痛的分类

(一)根据疼痛的程度分类

1. 轻度疼痛　疼痛轻微而局限,常伴有其他不良感觉,如酸麻、沉重感等。
2. 中度疼痛　疼痛比较剧烈,有较明显的痛反应。
3. 重度疼痛　疼痛难以忍受,有强烈的痛反应。

(二)根据持续的时间分类

1. 急性疼痛　发病急,持续时间较短,在几小时、几天、直至 6 个月以内可缓解的疼痛为急性疼痛。多为器质性疾病或损伤造成,治愈后可减退或消失,如骨折、肾绞痛等。

2. 慢性疼痛　持续或反复发生在 6 个月以上的疼痛,常难以有效处理。如三叉神经痛、类风湿关节炎、腰背痛等。与急性疼痛不同的,在伤害性刺激去除后,慢性疼痛仍会持续较长时间。

(三)根据疼痛的深浅部位分类

1. 表浅痛　疼痛部位位于体表皮肤和黏膜。程度多较剧烈,定位精确。

2. 深部痛　指内脏、肌腱、韧带、骨膜等部位的疼痛,程度常较轻,定位不精确,有时疼痛放射至其他有关部位,可出现感觉过敏区。

疼痛的分类方法很多,其他分类方法还有根据疼痛的解剖部位分类、根据器官系统分类、根据疼痛的性质分类等。

三、疼痛对机体的影响

机体对疼痛会出现复杂的生理、心理反应,这种反应与疼痛的性质、程度、范围等密切相关。通常疼痛越重,机体反应越强烈。

(一)生理反应

1. 神经内分泌系统　疼痛刺激交感神经兴奋,儿茶酚胺释放增多,从而进一步增强内分泌功能,如胰高血糖、皮质醇、加压素、甲状腺素等分泌增加,导致分解代谢增加、高血糖、负氮平衡。

2. 循环系统　轻度疼痛使交感神经兴奋,血中儿茶酚胺升高,心率加快,心肌耗氧量增加,肾上腺皮质分泌醛固酮,并激活肾素－血管紧张素系统,使得血管收缩,外周阻力加大,使血压升高。剧烈疼痛可造成心搏减慢,偶尔可导致心搏骤停。

3. 呼吸系统　剧烈疼痛可导致呼吸浅促,甚至呼吸困难直至呼吸暂停。涉及胸壁病变的疼痛,即使是轻中度疼痛,也因患者害怕疼痛加重不敢自主呼吸而致肺活量降低、肺换气减少,使得肺部并发症增加。

4. 消化系统　疼痛引起交感神经兴奋,反射性抑制胃肠道功能,患者出现食欲缺乏、恶心、呕吐等。

5. 泌尿系统　疼痛时交感神经兴奋,醛固酮和加压素分泌增加,尿量减少,患者也可因疼痛出现排尿困难、尿潴留等。

6. 其他　如疼痛可使淋巴细胞减少,机体抵抗力下降,免疫机制改变。疼痛也可使血小板黏滞度增加,功能降低,导致机体处于高凝状态,易导致血栓形成。

(二)心理社会反应

疼痛者会表现出退缩、抑郁、愤怒、依赖、挫折感等不良情绪,注意力不能集中,休息和睡眠受到影响,其工作和社交等活动也受到影响。

四、影响疼痛的因素

1. 社会文化因素　不同的社会文化背景使人对疼痛的感受、耐受力和表达有所不同。在推崇勇敢和忍耐精神的文化氛围中,人们更善于耐受疼痛,并避免抱怨和引起别人的同情。在被认为是"令人难堪"或"难以启齿"部位的疼痛,如肛门、生殖器、臀部等,人们一般不愿意表达。

2. 以往的经历　过去曾反复经受疼痛折磨的人会对疼痛产生恐惧心理,当再次面临疼痛时,对疼痛的敏感性会增强,可出现呕吐、虚脱等身心反应。他人的疼痛经历也有一定作用。例如,同一病室的患者在术后疼痛十分严重,还未进行手术的患者会预感自己术后也会如此,从而对术后疼痛的反应增强。

3. 疼痛对个人的意义　有人认为疼痛是对自己的惩罚,有人则认为是对自己的考验。例如,在战场上受伤的战士,因其把伤痛视为对祖国的奉献,疼痛感会被忽略。

4. 情绪因素　情绪状况会改变个人对疼痛的反应,恐惧、焦虑、悲伤、失望或不耐烦往往会加剧疼痛的程度,疼痛感加重的结果又使情绪恶化,从而形成恶性循环。反之,愉快、兴奋、有信心时会减轻疼痛。

5. 注意力的影响　在某些方面的注意力高度集中时,疼痛会减轻甚至消失。

6. 个人心理因素　个人的气质、性格可影响其对疼痛的感受和表达。性格外向和稳定者的疼痛阈较高、耐受性较强,内向和较神经质的人则对疼痛的耐受性差。癔症性格的人易受其他疼痛者的暗示。

7. 医源性影响　医护人员不适当的语言和表情可增加患者的焦虑、抑郁或恐惧等情绪,从而使痛感增加。如果在进行有创伤性的诊疗或护理活动之前,告诉患者可能出现的疼痛以及医护人员将采取的镇痛措施,会对减轻疼痛起重要作用。

8. 年龄因素　近年来研究表明,新生儿期不仅已能感受到疼痛,而且对疼痛刺激是敏感的。由于儿童对疼痛发生的原因不能正确理解,因而疼痛经历会激起其恐惧和愤怒情绪。较小的儿童常不能很好地表达疼痛的感受,医护人员应对他们的疼痛给予足够的重视。老年人对疼痛的敏感性有时会增加。

五、对疼痛的评估

由于疼痛是一种主观感觉,因此患者的感受和描述是最重要的。因为每个人对疼痛的感受和表达方式千差万别,且疼痛受多种因素影响,其中心理和生理因素相互交织,不可分割。因此准确评估疼痛常常是很困难的。护士对疼痛本身的认识和看法会影响其对疼痛的判断。要准确评估患者的疼痛需要收集以下资料。

(一)一般资料

主要包括姓名、年龄、职业、住址、联系电话、医疗诊断、生活习惯、嗜好、文化程度、社会背景、性格等。

(二)疼痛的部位和范围

多数情况下,疼痛的部位就是病变或损伤的部位,因此评估疼痛时一定要了解其部位和范围。同时还应了解疼痛部位是否在不同情况下有所变化,是否几处同时疼痛,相互间关系如何。有时患者在描述时可能遇到困难,尤其对语言表达困难的危重症患者,护士可利用绘图的方法,让患者在人体图上画出,这样既节省询问的时间,也可以提高准确性(图3-1)。

(三)疼痛的程度

1. 常用的主观疼痛评估工具　疼痛程度的评估不仅关系到选择镇痛的方法也有利于判断治疗的效果,因为疼痛是患者的主观感受,因此疼痛程度的评估主要根据患者自身的主观描述。护士可以根据患者的实际情况选择适宜的评估工具测评患者的疼痛程度。

(1)11点数字评分法(图3-2):采用0～10级评分,代表从没有疼痛到极度疼痛。

(2)101点数字评分法:此法与11点数字评分法类似,采用0～100共101点表示疼痛的强度,0为无痛,100为最痛。此法因选择的点数增多,对疼痛的描述更为精确,可用于临床研究。

(3)视觉模拟评分法:画一条长10cm的直线,两端标明"0"和"10",0代表无痛,10代表最

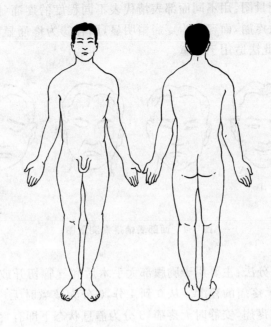

图 3-1　人体轮廓图

用于描记疼痛的部位

图 3-2　11 点数字评分工具

严重的疼痛,让患者在直线上标明自己的疼痛位置,然后用直尺测量起点至标注点的距离,此长度即为患者的疼痛分值。此法与数字法相比更为敏感可靠,因此应用更普遍。

(4)描述式疼痛评估工具(图 3-3):此工具分 0～5 级。0 为没有疼痛;1 级为轻度疼痛,可以忍受,能正常生活睡眠;2 级为中度疼痛,睡眠受到一些干扰,需要用镇痛药;3 级为重度疼痛,睡眠受到干扰,需要用麻醉镇痛药;4 级为非常严重的疼痛,睡眠受到较重干扰,伴有其他症状;5 级为无法忍受的疼痛,睡眠受到严重干扰,伴有其他症状或被动体位。

图 3-3　描述式疼痛评估工具

(5)面部表情疼痛测量图:用不同面部表情代表不同程度的疼痛(图3-4)。面容⓪代表没有疼痛,面容①为极轻微疼痛,面容②为疼痛稍明显,面容③为疼痛显著,面容④为重度疼痛,面容⑤为最剧烈疼痛。此法适用于儿童。

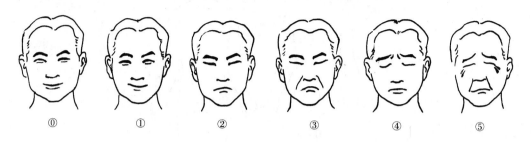

① ② ③ ④ ⑤

图3-4 面部表情疼痛测量图

(6)Prince-Henry 评分法:主要用于胸腹部大手术后和气管切开或插管患者不能说话者。术前训练患者用手势表示疼痛的程度。从0到4分,0分为咳嗽时无疼痛,1分为咳嗽时才有疼痛,2分为深呼吸时有疼痛,安静时无疼痛,3分为静息状态下即有疼痛,但较轻,可以忍受,4分为静息状态下即有剧烈疼痛,难以忍受。

2. 客观疼痛评估工具 尽管患者的主观感受是评估疼痛最主要的依据,但是 ICU 患者由于疾病或治疗的原因还存在一些特殊性,如意识障碍、认知功能降低、沟通障碍等,上述工具在 ICU 患者中应用存在一定的局限性,因而需要通过观察患者的生理指标(如心率、血压)和行为表现(如面部表情、肢体活动、体位等)来判断患者疼痛是否存在及程度。以下介绍几种还在评价阶段的客观疼痛评估工具供参考。

(1)行为疼痛量表(behavioral pain scale,BPS):从患者的面部表情、上肢活动和对机械通气的依从性等3方面评估,单项评分1～4分,总分为3～12分,3分为无痛,12分为最痛。

(2)重症监护疼痛观察工具(critical care pain observation tool,CPOT):从患者的面部表情、活动、肌肉紧张度、对机械通气的依从性等4方面评估,单项评分0～2分,总分为0～8分,0分为无痛,8分为最痛。

(3)行为疼痛评估量表(behavioral pain rating scale,BPRS):从患者的面部表情、活动、姿势、发音等4方面评估,单项评分0～3分,总分为0～12分,0分为无痛,12分为最痛。

(4)非语言疼痛量表(nonverbal pain scale,NVPS):从患者的面部表情、活动、姿势、生命体征变化、皮肤颜色和温湿度或瞳孔大小等5方面评估,单项评分0～2分,总分为0～10分,0分为无痛,12分为最痛。

(四)疼痛的性质

了解疼痛性质有助于判断疼痛产生的原因。主要有刺痛、灼痛、钝痛、锐痛、牵拉痛、痉挛痛、绞痛、剧痛、牵涉痛等,但因疼痛是一种主观感受,会受到多种因素的影响,有时患者可能难以表达清楚。

(五)其他

如疼痛开始发作的时间,持续时间,疼痛变化规律,停止时间;疼痛对患者的影响。如对其饮食、睡眠、活动、社交、工作、情绪、注意力等影响;可以加重或缓解疼痛的因素,如温度、食物、紧张、运动、休息、姿势、排泄等。以往使用过处理疼痛的方法以及效果。疼痛的伴随症状,如面色苍白、血压升高、瞳孔散大、呼吸急促、心率加快、出汗、骨骼肌紧张、恶心、呕吐等。

六、疼痛的管理

疼痛是一种应激,应该避免任何不必要的疼痛。制止疼痛应采取积极的、个别对待的态度。最好在疼痛发生或加重前给药。例如对术后患者,应按常规定时给药,而不是采用必要时的用药方法。

(一)镇痛方法

1.非药物镇痛

(1)解除焦虑:尽量陪伴患者,采取同情和愿意倾听的态度。鼓励患者倾诉,让患者明确忍受疼痛是不必要的。学习一些预防及减轻疼痛的技巧,让其具有自我控制能力。在执行可能引起疼痛的任何操作前都应告诉患者。

(2)转移注意力:例如采用交谈、阅读、听收音机或看电视等方法转移患者的注意力,对于缓解轻度疼痛有效。当进行可能产生疼痛的操作时,既要让患者知道在进行什么活动,又要患者将注意力放在其他事上。

(3)物理治疗:常用方法有电疗、光疗、磁疗、石蜡疗法等。有抗炎、消肿、镇痛、解痉,改善局部血液循环、提高组织新陈代谢,兴奋局部神经肌肉等作用。

(4)其他方法:如针灸、按摩等也可缓解疼痛。适当体位和调整引流管位置等对缓解疼痛也有一定作用。

2.药物镇痛　目前药物镇痛仍然是控制疼痛的最基本、最常用的方法。

(1)药物种类

①解热镇痛抗炎药:如阿司匹林、吲哚美辛等,主要通过减少前列腺素合成达到镇痛作用。适用于轻至中度疼痛的控制,如头痛、牙痛、肌肉关节痛等,对创伤性疼痛和内脏痛无效。此类药物应用时应注意观察不良反应,建议患者饭后服用,且不可长期服药。

②麻醉性镇痛药:如吗啡、哌替啶、芬太尼、布桂嗪、可待因等,属中枢性麻醉镇静药,可能通过药物与不同脑区的阿片受体相结合,形成突触前抑制而发挥镇痛作用,镇痛作用直接作用于中枢,效果强,但易成瘾、耐受。最严重的不良反应是呼吸抑制,其他的不良反应还有恶心、瘙痒、便秘等。一般用于缓解中度至重度疼痛。

③其他辅助药物:如抗抑郁药、抗焦虑药、抗惊厥药和皮质类固醇等药物。

(2)给药方法

①给药途径:常用的给药途径有口服、肌内注射及静脉注射 3 种。此外,还可以椎管内给药。椎管内注射镇痛法是将药物注入硬膜外腔或蛛网膜下隙,阻断神经根和神经末梢而达到镇痛的目的。临床多采用前者。此方法镇痛效果好,作用时间长,给药量小,不良反应少,成瘾概率小,且对感觉、运动系自主神经无干扰。主要不良反应是呼吸抑制。其机制是与吗啡逐渐扩散到脑内有关。适用于长期疼痛的患者。

②给药者:传统镇痛方法是护士根据医嘱按时或按需给患者镇痛药物。其优点是护士评估疼痛程度,减少药物滥用;协助监测,避免不良反应;必要时可以调整药物剂量。但缺点是常常无法有效治疗疼痛。因此出现患者自控式镇痛法,这是一种患者能自行操作的镇痛技术。由注药泵、自控装置、管道及无反流的单向活瓣组成。患者利用一电子仪控制的注药泵,自己

调整注药的剂量和频率。一旦疼痛就开启注射泵将药物注入。镇痛效果好,患者不必为疼痛担忧和烦恼,而且可以较早起床活动,减少并发症发生。该系统在开启注射泵后有 3～10min的不应期,以保证在首次剂量发挥有效作用之前无法再次给药,避免用药过量及呼吸抑制情况,成瘾的危险性也很小。其优点包括:a. 镇痛药物的使用更及时、迅速;b. 消除患者对镇痛药物需求的个体差异,提高疼痛缓解程度和患者满意度;c. 减少剂量相关性不良反应的发生;d. 减少医护人员的工作量。

③使用药物镇痛时的注意事项:a. 在给镇痛药之前,护士应了解药物的基本作用、使用剂量、给药途径、不良反应和注意事项。b. 在患者诊断未明确前,不能随意使用镇痛药,以免延误病情。c. 在疼痛前给药,开始时剂量较大,以后改为维持量,可多种镇痛药联合应用。d. 如果非麻醉性镇痛药能够解除疼痛,就不要使用麻醉性药物。e. 不同的患者可能需要不同剂量的镇痛药,而且每个人对药物作用的反应也会不同。f. 在应用镇痛药物的过程中,应随时观察不良反应对患者的影响。g. 给药 20～30min 后应评价和记录镇痛药的效果。

(二)镇痛效果判断

在采用镇痛方法之后必须及时观察评价镇痛效果,及时发现和处理镇痛治疗带来的不良反应和并发症。镇痛效果评价可以采用疼痛量表进行动态测评,判断疼痛改善情况;或将疼痛疗效分为 4 级:①完全缓解,即疼痛完全消失;②部分缓解,即疼痛明显减轻,睡眠基本正常,能正常生活;③轻度缓解,即疼痛有所减轻,但仍感到明显疼痛,睡眠、生活仍受到影响;④无效,即疼痛无减轻。

(路 潜)

第4章　重症患者的谵妄管理

教 学 目 标

1. 了解 ICU 患者谵妄的前驱症状、认知障碍与行为障碍。
2. 熟悉 ICU 谵妄的监护方法与治疗。
3. 掌握 ICU 谵妄患者的处理与护理。

第一节　概　　述

谵妄(delirium)是一种意识和注意的障碍,伴有认知功能的改变或感知障碍,以急性起病和病情反复波动为特征。ICU 谵妄最早被称为 ICU 综合征或 ICU 精神病,是由于 ICU 患者经历一系列打击所致的一种中枢神经系统的急性功能障碍,主要表现为意识状态的急性改变或反复波动,注意缺损,思维紊乱或意识模糊。谵妄是我国综合性医院中最为常见的一种精神障碍,国外文献报道,外科 ICU 患者的发生率为 30%,而机械通气患者的发生率高达为81.7%~83.3%。

长期以来,ICU 患者发生谵妄后常常被误认为"ICU 精神病",是机械通气或接受其他抢救措施的患者都会发生的一种无关紧要的现象,无需进行特殊处理。近 20 多年来的流行病学研究和临床观察表明,ICU 谵妄并非是一种良性的、自限性疾病,其不良后果包括以下几个方面。

1. 增加机械通气患者脱机困难和失败的比例,其脱机后再度插管的危险性比未发生谵妄者增加 3 倍。由于机械通气患者脱机困难,延长呼吸支持的时间,使发生医源性肺炎的危险性增加 10 倍。同时,躁动型患者由于极度躁动不安,使意外拔除(气管插管、中心静脉通路)和坠床的危险性增高,为了避免意外的发生,常需要使用大量镇静药,进一步延长呼吸支持的时间,并增加误吸、肺栓塞、压疮和其他与不活动有关的并发症的发生率。

2. 增加 ICU 患者病死率。ICU 患者发生谵妄后的院内病死率为 25%~33%,3 个月后的病死率为 23%~33%,6 个月的病死率增加 3 倍,1 年后的病死率为 50%。同时,谵妄状态对病死率的影响具有累积性,谵妄状态每持续 1d,死亡的危险性就增加 10%。延长住院时间的危险性就增加 20%。

3. 增加认知障碍的发生率。研究报道,ICU 患者发生谵妄后,只有 4% 的患者在出院时神经精神症状全部消失,出院后 6 个月后也只有 1/5 的患者症状全部消失,约有 24% 的患者经历 ICU 谵妄后遗留长期认知障碍。老年 ICU 患者发生谵妄后,痴呆的发生率显著高于未发生谵妄者(18.1% 对 5.6%)。由于认知功能障碍,导致生活质量下降,出院后入住养老院的可能性增加 3 倍。

4. 增加医疗费用。ICU 患者发生谵妄后,其 ICU 住院费用和总住院费用均明显高于未发生谵妄者,分别为 22 346 美元/13 332 美元和 41 836 美元/27 106 美元。

一、ICU 谵妄的病因学、危险因素及发病机制

谵妄的原因并不十分清楚,多项研究表明,ICU 谵妄由多种因素引起。Inouye 等建立了谵妄的预测模型,将谵妄的危险因素分为易患和诱发因素。

(一)易患因素

指患者入住 ICU 时已有问题,易因诱发因素发生谵妄。

1. 既往有神经精神病史:如痴呆史(30%~50%会发展为谵妄)、卒中史、癫痫史、抑郁史;入院时有视力或听力减退。

2. 合并其他疾病:如高血压、心功能不全、肝、肾功能不全。

3. 高龄(>70 岁)主要与下列因素有关:①对药物的解毒能力和耐受性下降。②难以适应陌生的居住环境,造成对应激源的耐受性降低。③65 岁以上的老年人通常患有其他慢性疾病,如高血压、心功能不全、肾功能不全、肺炎、尿路感染等,这些疾病本身就能导致谵妄。④服用多种药物,容易出现药物的相互作用而导致谵妄。⑤内稳态调节机制的减弱。

4. 嗜烟酒者入住 ICU 后易发生谵妄。

(二)诱发因素

指患者入住 ICU 后所经受的一些与医院环境有关的因素和其他医源性因素的刺激。

1. 感染,如肺炎、尿路感染、败血症、全身性或颅内感染等。

2. 缺氧状态,如慢性心力衰竭、慢性阻塞性肺病(COPD)、休克等。

3. 代谢异常或代谢障碍性疾病:如电解质紊乱、脱水、营养不良、低血糖或高血糖、甲状腺功能亢进或甲状腺功能减退、高热等。

4. 戒断作用或使用精神活性药物。

5. 疼痛。

6. 睡眠剥夺。ICU 患者存在着严重的睡眠剥夺问题,已经成为 ICU 谵妄的研究热点之一。多数患者存在睡眠时间减少、从睡眠中惊醒、睡眠质量差等问题。睡眠剥夺可影响患者的免疫功能、呼吸功能和认知状态,对患者产生严重的不良影响。导致 ICU 患者睡眠剥夺的原因主要是噪声、灯光和护理操作打扰等,其中以工作人员说话所产生的噪声对患者睡眠的影响最大。

7. 心理社会应激。ICU 陌生的环境、对自己疾病的担心和恐惧、ICU 内使用的各种监护、抢救和治疗设备和仪器等对患者的刺激。

8. 长时间约束患者和长期卧床不活动。

(三)发病机制

ICU 患者是否发生谵妄是患者的易患和诱发因素及经受的打击的相互作用过程。有关谵妄的发病机制研究较少,比较公认的有以下 3 种学说。

1. 胆碱能学说 由于抗胆碱能药物能够阻断神经递质乙酰胆碱的传递,而乙酰胆碱的传递是大脑发挥正常功能的必要条件,它对控制认知功能、行为和情感的神经递质之间的相互作用具有调节功能。同时研究还发现谵妄患者脑脊液中有内啡肽、乙酰胆碱等神经递质的异常。

2. 大脑氧化代谢学说 氧化代谢学说认为患者的认知障碍和脑电波慢活动是由于脑的

氧化代谢普遍降低所致。提出这一观点的依据是大脑氧化代谢的降低可以导致乙酰胆碱合成减少,使胆碱能神经功能缺陷,导致谵妄。

3. 应激机制　应激源作用于老年人所产生的应激反应可使皮质醇(激素)水平增高,并对具有注意和信息加工功能的大脑基底组织产生有害作用,导致意识模糊。

二、ICU 谵妄的临床表现

ICU 谵妄可以分为 3 种类型,躁动型、安静型和混合型。躁动型谵妄以前被称 ICU 精神病,但临床上纯躁动型谵妄比较少见,仅占 1.6%。安静型谵妄的比例占所有 ICU 谵妄的 41%～64%,老年 ICU 患者的比例更高。混合型谵妄占 54.1%。患者发生谵妄常提示大脑功能的障碍,主要表现为意识、认知、感知、情感和行为的障碍。

(一)谵妄的前驱症状

谵妄常为急性起病,少数患者可见某些前驱症状,如倦怠、焦虑、恐惧、烦躁不安、对声光的敏感性增高、失眠、噩梦等,常于夜间开始。

(二)意识障碍

主要表现为意识清晰度下降、嗜睡和意识模糊,严重的患者可发展为昏迷。

(三)认知障碍

1. 注意障碍　早期主要表现为注意力不容易集中,随之出现逻辑推理能力降低或思维混乱,记忆力减退或记忆错误。

2. 定向障碍　通常对时间和地点的定向最易受损,除严重谵妄外,一般尚保持对人物的定向。

3. 说话跑题或语无伦次　安静型患者可表现为语速缓慢。

(四)感知障碍

主要表现为错觉、幻觉(幻视多见),内容常带有恐怖性。

(五)情感障碍

情感变化无常。安静型表现为抑郁、表情淡漠。躁动型表现为焦虑、恐惧、易激惹。

(六)行为障碍

1. 安静型　表现为活动减少、动作迟缓、行动呆滞、反应迟钝,说话语速缓慢、嗜睡、甚至呈现亚木僵状态。

2. 躁动型　表现兴奋、骚动不宁、过度的活动、动作快,说话速度快,对刺激敏感、反应增多,若有恐怖的视幻觉或错觉时,可出现逃避或攻击行为。

(七)症状昼轻夜重,呈波动性

临床症状常呈昼轻夜重的波动性也是谵妄的重要特征之一。一些患者的谵妄症状仅于夜间出现,白天清醒时间缩短,呈现困倦和嗜睡,而在夜间表现为兴奋和躁动不安。

(八)睡眠-觉醒周期紊乱,甚至颠倒

ICU 谵妄的临床特点包括以下几个方面:

1. 急性起病。一般在入住 ICU 的第 2 天发生;症状昼轻夜重,呈波动性。

2. 一过性病程,一般可持续数小时或数天,也可持续数周。

3. 预后。若病情未予控制,则可继以昏迷,甚至死亡,或残留遗忘、痴呆。

4. 谵妄缓解后患者对病中的表现全部或大部遗忘,轻度谵妄患者常描述做了一场噩梦。

第二节 ICU 患者谵妄的监测

谵妄定义为"一种注意和觉醒的障碍"。因此,对谵妄的评估,需要对患者的觉醒状态和注意过程进行评估。

觉醒是一个基本的意识活动过程,是个体对环境刺激作出反应的必要条件。在 ICU 通常采用主观的方式来评估患者的觉醒状态,且尚无统一的标准,其中用得比较多的是 Glasgow 的昏迷评分量表和 Ramsay 的评分量表,但这两个量表都没有证实可以用于评估 ICU 患者的觉醒状态。

注意是指人的精神活动有选择地指向一定对象的现象。注意使人能够留意和筛除无关的刺激,是大脑边缘系统、大脑皮质、大脑上行激活系统功能进行复杂相互作用的结果。在疾病危重期间,注意功能很容易遭到弥漫性损害,但 ICU 护士很难对患者的注意状态进行客观的监测。既往采用的评估患者注意状态的工具都是专门为精神病学专业人员设计,需要经过精神病学的专业培训。是由于缺乏供 ICU 医护人员使用的简单快捷有效的评估工具,ICU 谵妄,尤其是安静型谵妄患者常常不容易引起医护人员的注意而未得到合理的治疗。

为了使非精神科专业医护人员有效地监测谵妄,Inouye 等于 1990 年根据美国精神疾病诊断与统计手册中谵妄的诊断标准研发出简便有效的谵妄评估工具,意识模糊评估法(confusion assessment method,CAM)。2001 年,Ely 等对 CAM 进行改良,设计出专门用于 ICU 患者的谵妄评估工具,称为 ICU 患者意识模糊评估法。

一、意识模糊评估法(confusion assessment method,CAM)

这是为非精神病学专业的护士和医师设计的、用于评估谵妄的主要特点,并能快速正确地确定患者是否存在谵妄的一种快捷、简单的评估工具。CAM 评估法包括:①意识状态的急性改变,病情反复波动;②注意力不集中/不注意;③思维紊乱;④意识清晰度,除外意识清晰。当①和②存在,加上③或④任意一条,即为 CAM 阳性,表示有谵妄存在。这一方法的灵敏度和特异度分别为 94%~100% 和 90%~95%。观察者间信度极好(Kappa 值为 0.81~1.0)。

二、ICU 患者意识模糊评估法(CAM-ICU)

CAM-ICU 是对意识模糊评估法(CAM)进行改良,专门为 ICU 患者,尤其是气管插管和不能说话的是否存在谵妄而设计的评估工具,具有快速、方便、正确等特点。研究表明,最难评估的患者也只需花 2~4min 即可完成评估,灵敏度和特异度分别为 85% 和 100%,测量者间信度为 0.92~0.96。CAM-ICU 所评估的范围包括以下几个方面。

1. 意识状态的急性改变或病情反复波动 患者入住 ICU 后,首先需评估患者意识状态的基线情况,阳性标准为:与基线状况相比,患者的意识状态突然改变或在过去的 24h 内患者的异常行为呈现波动趋势,即出现时好时坏或其严重程度加重或缓解交替的现象。

2. 注意力不集中/不注意 通过"注意状态筛查法"获得患者是否存在注意力难以集中或难以维持注意力或转移注意的能力减弱等问题。

3. 思维紊乱 评估患者是否有思维紊乱或思维不连贯,如思维飘摇不定,不切题的交谈,思路不清或不符合逻辑,出乎意料的反复转变话题,不能遵从指令等问题。

4. 意识清晰度,除外意识清晰　意识清晰度分成以下几个方面。

(1)意识清晰:属正常情况,患者对周围环境完全知道,并且有适当的互动。

(2)警惕:患者处于过度的警戒状态。

(3)嗜睡(lethargic)。

(4)昏睡(stupor)。

(5)昏迷(coma)。

除意识清晰为阴性外,其余均为阳性。

CAM-ICU 阳性的判断同 CAM 意识模糊评估。使用 CAM-ICU 的缺点是:当患者不能遵从指令时,完成注意状态的筛查比较困难。此外,CAM-ICU 不能用于评估和监测伴有昏迷的谵妄患者。

第三节　ICU 患者谵妄的处理及护理

一、ICU 谵妄的预防

1. 监测和减少导致 ICU 谵妄的诱发因素

(1)常规 ICU 监测:包括监测患者的心电活动、呼吸、血氧饱和度、血压、尿量、24h 出入量、体温。

(2)监测实验室检查结果,纠正代谢紊乱:如生化指标、血常规、肝肾功能、血气指标,监测营养的摄入,保证水分供应,纠正水、电酸碱平衡紊乱。

(3)药物监测:规律使用镇静、镇痛制剂的患者应注意控制剂量,监测药物的不良反应,老年患者应适当减量。

(4)了解有无吸毒、酗酒史。

(5)减少感染源:及时拔除导尿管,严格无菌操作,气管插管患者吸痰最好采用密闭式的吸痰管。

2. 减少 ICU 患者的环境应激

(1)评估患者的应激源。

(2)改变患者对应激源的理解:了解患者对入住 ICU 的看法,引导患者以积极心态对待疾病。

(3)增加患者的应对-适应能力,指导患者进行积极应对。应对方式有两种。①针对问题的应对,包括为患者提供更多的信息,帮助患者确定各种解决问题的方法,并从中选择一个最好的方法,鼓励家属一起分担患者的困境,协助患者与有同样问题但恢复较好的患者一起讨论等。②针对情绪的应对,包括采用放松术,引导患者从另一个角度来看问题等。

(4)消除应激源或降低应激源的强度,应针对患者的具体情况有针对性的消除或降低应激源的强度,包括:①增加感知,经常保持患者与现实接触:需反复给患者进行时间、地点和人物的定向,每天为患者进行 3 次刺激认知功能的活动,以保持患者的定向力,促进患者对周围环境的感知。有视力或听力减退的患者可指导患者使用眼镜、放大镜、助听器,必要时帮助患者去除堵塞耳道的耵聍。②早期活动:卧床患者需协助做关节运动,病情允许时应早期下床活动。③缓解疼痛,提高舒适度。④控制夜间灯光和噪声水平,合理安排夜间的护理操作,保证患者的睡眠,促使睡眠-觉醒周期的正常化。

二、谵妄的治疗

由于治疗谵妄的药物都会加重谵妄患者的感知障碍、延长谵妄的持续时间,因此,在进行药物治疗前首先要考虑以下两个方面的问题。

第一,导致谵妄的危险因素是否已经纠正?只有在纠正导致谵妄的危险因素(如睡眠障碍、约束患者等)之后,如患者仍处于谵妄状态,才考虑采用药物治疗。

第二,是否有威胁患者生命的情况存在?谵妄有时可能是由一些严重威胁患者生命的急性状态如急性而严重的缺氧、急性二氧化碳潴留、低血糖、代谢紊乱或休克引起,因此必须及时纠正。如导致谵妄的原因尚未解决,需首先治疗其原因。

对症治疗主要针对躁动不安的处理,常用药物有以下两类。

1. 苯二氮䓬类(地西泮) 在ICU常常用于治疗焦虑和烦躁不安的患者,但由于苯二氮䓬类很容易导致过度镇静、意识模糊恶化、呼吸抑制,因此谵妄患者应避免使用苯二氮䓬类镇静药,但苯二氮䓬类仍然是震颤谵妄和抽搐的首选药物。

2. 氟哌啶醇 抗精神病药,是治疗谵妄的首选药物,其优点是对呼吸没有抑制作用,不会产生严重的镇静作用。主要不良反应包括低血压、锥体外束反应、抗胆碱能神经作用和尖端扭转性室速,用药同时应密切监测心电图。

三、对患者家属的教育

ICU患者发生谵妄后,家属常常会出现恐惧、担心、不知所措等反应,护士应告诉患者家属谵妄属于一种暂时的情况,治疗后可以改善,并指导家属与患者进行互动,保持患者与现实的定向力。

(吴 瑛)

第5章 护理科研与护理综述撰写

教学目标

1. 了解护理研究基本知识。
2. 了解学术论文选题方法。
3. 掌握护理综述选题方法和写作方法。

第一节 护理科研的基础知识与科学研究

1860 年,佛洛伦斯·南丁格尔创立了护理学。经过 100 多年地努力,护理学在为人类的心身健康、生存繁衍过程中,不断完善,逐步发展为护理学科。

一个学科的发展,它的重要标志是其科学研究的水平和理论的成果。面临当今科学技术迅猛发展,ICU 专业与其他学科一样,不断进步,不断进取,不断研究。ICU 专业发展的标志也是 ICU 科学研究的水平和理论成果。

一、护理研究概念

通过科学的方法,有系统地研究或评价护理问题,并通过研究改进护理工作和提高对患者的护理质量,也就是说护理研究是用科学的方法反复探讨护理领域的问题,并用以直接或间接地指导护理实践的过程。

二、护理研究特点

1. 研究对象的复杂性 护理研究的对象多数是人,人的个体差异大,还有语言、思维、社会活动等方面的差异,所以要考虑研究对象的心理、生理社会、环境等多方面因素存在差异。因此是复杂的。

2. 测量指标的不稳定性 由于研究对象的个体在心理、生理、社会、环境等多方面因素存在差异,故测量指标的结果变异性大,离散度大,特别是有些指标不能直接获得,只能间接获取,这样就增大了误差。所以是不稳定的。

3. 临床研究的特殊性 研究对象大多数是人,有许多道德和伦理问题,例如:研究过程对患者健康有无影响;有无增加患者的痛苦;有无增加患者的经济负担;是否延误治疗或护理等。

三、护理研究类型

根据研究对象的特点以及研究角度、方法、手段、水平把研究分为如下几种类型。描述性研究与阐述性研究;基础研究与应用研究;专科研究与多学科研究;探索性研究与发展性研究;

分析性研究与综合性研究;实验性研究与调查性研究;理论性研究与经验性研究;回顾性研究与前瞻性研究;量性研究与质性研究等。常用的有以下4种类型。

1. 描述性研究(非实验性研究) 描述性研究是一种客观地描述、记录研究对象某种现象特征的研究。特点:对研究对象不实施任何干预。例如:"三种敷料覆盖中心静脉置管穿刺部位细菌定植的比较。"该项研究是把研究对象随机分成3个组,使用3种不同的敷料覆盖中心静脉置管处,然后观察3组研究对象体温(T)、白细胞计数(WBC)、应用抗生素情况并进行比较分析。这项研究属于描述性研究。其特点是对研究对象没有实施任何干预(治疗、护理、理疗等)。再例如:"桡动脉波形与血容量关系的研究"。这项研究是患者处于正常治疗护理状态,在标记桡动脉波形的同时记录与血容量有关的指标:中心静脉压(CVP)、血压(BP)、脉搏(P)、体温(T)等,随后进行数据处理,分析两者的关系,得出结论。

2. 实验性研究 实验性研究是指以实验方法作为收集资料主要手段的研究。特点:研究者对研究对象实施干预因素的研究,并具备3项内容,即:干预;设对照组(控制);随机取样和随机分组。例如:"术前呼吸功能锻炼对胸外科手术患者肺功能的影响"。该项研究是对研究对象实施护理干预——呼吸功能锻炼,然后比较分析锻炼前后的肺功能检测指标(呼吸频率、最大通气量、时间通气量、指脉氧饱和度、血氧饱和度)的情况,根据统计分析得出结论。再例如:"去除牙垫后气管插管固定方法的研究"。同样,该研究对研究对象进行护理干预,即:去除牙垫、气管插管固定方法,然后对比前后生命体征等指标的变化,根据统计分析得出结论。

3. 类实验性研究 类实验性研究与实验研究法相似,只是设计内容缺少随机分组或没有对照组,或两者内容都没有,但一定设有对研究对象的护理干预内容。类实验性研究结果不如实验性研究可信度高,但也能说明一定问题,在护理研究中比较常用,因在实际对人的研究中,要达到随机分组比较困难。

4. 调查研究 调查研究是以现场调查和观察作为收集资料主要手段的研究。特点:是对客观自然过程的考察和记录。例如:"大学生对非典型肺炎认知的调查分析。"这项调查研究是对一所大学的大学生进行问卷调查(问卷是自行设计),然后将结果归纳、分析,得出结论。再例如:"对社区老年人抑郁预测因子的调查分析。"该项调查研究是选取了某街道300例老年人,按年龄分组,使用测量工具:包括:应对方式量表、老年抑郁量表、然后进行统计分析,得出结论。

四、护理研究的基本步骤

提出护理问题→查阅文献→确定研究课题→科研设计(确定研究对象;分组;选择研究变量)→收集资料(观察法、问卷法、测量法等)→数据处理,统计分析(得出初步结论)→查阅文献→撰写论文。

第一步:提出问题(选题)。研究课题主要来自护理实践,一个研究问题的产生,需经过较长期的观察和思考,主要从护理实践和日常工作中发现问题,逐步形成新的想法,从而提出研究课题。在日常护理工作中遇到一些不能解释的现象,或无法解决的问题,可在相关理论和实践经验的指导下逐渐形成解决问题的具体设想和方法,从而提出研究课题。

下面举例讲解护理研究的基本步骤:

"桡动脉波形与血容量关系的研究"

第一步：提出问题（图 5-1）

P　主峰波顶点　　　h_{DN}　重搏波切迹高度

hp　主峰波高度　　　h_{DW}　重搏波高度

DN　重搏波切迹　　a　收缩期时相

DW　重搏波顶点　　b　舒张期时相

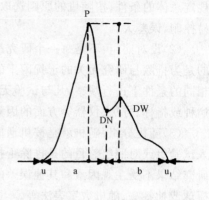

图 5-1　桡动脉波形

在护理监护时发现桡动脉波形是不断变化的，尤其是输血前后"桡动脉波形的重搏波切迹高度"有明显变化，随着血容量的增加，"桡动脉波形的重搏波切迹高度"上移。根据以往掌握的知识，判定血容量的指标都是血压、心率、中心静脉压。如果能够从图形上判断血容量情况，岂不是更直观吗？因此，提出了"桡动脉波形与血容量有无关系？"的问题。

第二步：查阅文献。研究者在"提出问题"后，必须要查阅文献，查阅该问题的研究历史与现状，国内、国外的研究动态，研究的水平，是立题前的重要步骤。查看文献和立题往往是相互伴随进行的，研究者要充分阅读资料，做到心中有数。

（1）查阅文献的目的。主要解决 3 个问题：一是，确定选题是否完全重复别人的工作。是前所未有，还是一文不值（没有意义），是发明创造，还是重复研究。二是，阅读与课题有关的论文可启发和充实自己的研究思路和方法。也就是明确解决的问题是什么（回答 what），梳理问题的焦点，确定研究目的，并找出类似研究的模板文章，解决"下定义、选择可衡量的指标"等问题，梳理出科研设计的思路。三是，阅读与自己研究内容有关的理论，可以获得研究问题和撰写论文的理论依据（在论文撰写前查阅文献的主要目的）。

（2）检索方法。手工检索和网上、光盘等上机检索。中文：清华同方。外文：免费网上医学检索系统 PubMed。检索范围和内容应该是围绕课题研究目的的书籍、期刊、报纸等相关内容。

该课题通过查阅后，没有查阅到相同的文章，有关类似报道数篇。所以，确定该课题的位置，并建立了该课题的假设。该课题是根据《脑血流》书中阐述"主峰波与重搏波的差值反映静脉血流情况"的观点建立假设。

什么是假设？假设是指对已确立的研究问题，提出一个预期性的结果或暂时的答案，是研究者通过仔细周密的思考，根据相关理论和知识的归纳推理，对要进行研究的问题做出一种因果关系的预测。

该课题假设是主峰波与重搏波的差值有相关性，是一种预测。

第三步：确定课题。确定该研究课题时，研究者还需要斟酌 5 个方面的问题方可定题。5 个方面包括：是否有创新；有无指导意义；是否有普遍性；可行性（有无条件实施、规定时间内能否完成、经费等）；伦理问题。该课题确定后进入第四步：科研设计（技术路线）。

第四步：科研设计（技术路线）。科研设计是科研人员必备的能力，有无严谨的科研设计对是否获得有价值的科研结果十分重要。科研设计包括：确定研究对象、随机分组，观察指标，采用的实验方法和统计学处理方法等；还包括研究进度、人员分工、经费预算等。归纳要点有确定研究对象、如何分组、选择指标、确定统计方法等。

(1)研究对象:称为样本,它是总体的代表,需从样本的研究结果推论总体。所以,要严格规定总体的条件;按随机的原则选取样本;要有足够的样本数,过少无代表性,过大试验条件不易控制,误差大。

(2)设对照组:不是每一个研究都要设对照组,但大多数研究要设对照组。设对照组的目的是为排除与研究无关的干扰因素的影响,使结果更具有可比性。对照组和试验组尽可能在相同的条件下进行观察,凡与试验无关的因素两组应保持基本一致,如:性别、年龄、病情程度、病种或指标、方法、仪器等方面的因素。

(3)随机分组:随机就是按机遇原则来进行分租,使每个受试对象都有同等机会被抽取进入试验组或对照组。目的是排除干扰因素,使所有干扰因素能均匀分到实验组和对照组内,使研究结果不受主观因素和其他误差的影响,并使所抽取的样本能够代表总体。方法有抛币法、模球或抽签法、随机数字表法等。

(4)指标(观察项目):指标是在研究中用来反映或说明研究目的一种现象标志。注意把握:①客观性;②合理性;③灵敏性;④关联性;⑤稳定性和准确性。指标的基本要求:①能具有达到预期目的的性能;②要能如实反映研究设计的目的;③能使观察者从中获得准确的结果和科学的判断。如果达做上述要求,指标具有可衡量性。

该课题设计如下。

研究对象:本课题研究对象:3~50岁的心脏外科手术后的患者,无甲状腺功能亢进、发热、大动脉疾病及大动脉硬化的患者。

分组:本课题分为重搏组和无重搏组(无干预);输血前和输血后组(有干预);多巴胺组和非多巴胺组(有干预)。

选择指标:中心静脉压和桡动脉波形的各个指标;同时记录血压、心率、体温等。

第五步:收集资料。护理研究中收集资料的方法很多,常用的有观察法、问卷法和测量法。主要按照研究类型确定收集资料的方法。

(1)观察法:观察法需要注意的问题是确立观察目标、观察内容和范围、观察者和被观察者的关系。观察法的类型有无结构式观察法和结构式观察法。观察法的优点是应用范围广、方便、可用于各个领域的研究。缺点是受到限制,有些现象和行为不能通过观察法得到资料如:经济背景、隐私等。

(2)问卷法:问卷法是根据研究目的并拟订需要了解的内容和相关问题。询问的问题分3个层次。第一层:一般背景资料问题属浅表层次如:性别、年龄、学历、专业技术职务等。第二层次:问题较深,涉及个人隐私或个人看法,答案不一定达到完全真实。第三层:问题更深,被问者可能拒绝回答或不愿意真实回答,造成资料分析困难。同时要确定问题答案的类型。问题答案的类型分为:开放式问题和封闭式问题。开放式问题有问答题、填空题等,答案涉及面广,需要对答案进一步归纳。封闭式问题是规定出答案的范围,答案:是、否;满意、不满意等,也可列出3~4个答案,受试者从中选1个答案。问卷题目编订后,要逐句推敲,使每个问题表达清楚、通俗易懂、避免误解。把相同形式答案编排在一起。对于开放式问题要留出足够的填写空间。

①信度和效度的测定:自设问卷应做信度和效度的测定,同时也可请2名以上专家审定,在正式应用前最好先做预试验,检验问卷所列问题在填写过程中存在哪些不足,需要进行修改后再应用于研究中。

②信度：指研究工具的精确程度。常用的方法：a. 重测信度：测定研究工具的稳定性；b. 折半系数：可以测定研究工具内在一致性；c. 一致数目与观察总数的比：测定研究工具等同性。稳定性、内在一致性、等同性是信度的 3 个主要特征。

③效度：指研究工具中的各项目与实际要研究问题中的概念相符程度。a. 表面效度：评估人对测量概念的理解所做出的直觉判断。b. 内容效度：由有关专家来评议。c. 效标关联效度：指研究工具与其他测量标准之间的关系。d. 结构效度：了解工具的内在属性。工具反映所依据的理论或概念架构的程度。

（3）测量法：测量法是选用测量工具收集研究资料的方法称为测量法。如：测量血压、脉搏、体温、白细胞计数、尿量等。在护理研究工作中应重视和力求多采用先进技术及仪器来测量数据和收集资料，对提高护理研究水平是很有意义的。

本课题使用观察法，按照分组情况分别收集重搏波组和无重搏波组、输血前和输血后组、多巴胺组和非多巴胺组的所需数据，逐一进行观察和记录。

第六步：科研资料整理与统计处理

（1）资料整理：核对校正原始数据；根据研究数据的特征进行分组；按分组要求设计整理表格。

（2）选择统计方法：根据研究目的、资料性质选择统计方法。如：定性资料有卡方检验等。定量资料有 t 检验、u 检验、方差分析等。等级资料可使用秩和检验等。

（3）科研资料的类型。①定量资料：用测量的方法获得数据，如：血压（mmHg 或 kPa）、体重（kg）、尿量（ml）。②定性资料：按照某种性质或特征分组，再分别清点各组中的个数。如临床上痛与不痛的例数、出院与未出院的例数。③等级资料：是介于计量资料之间的一种资料。如患者对护理的满意度，按满意、一般、不满意 3 个等级进行分类。

本课题使用的是相关分析和 t 检验。中心静脉压和桡动脉波形的各个指标作相关分析；输血前和输血后组、多巴胺组和非多巴胺组作配对 t 检验和两样本 t 检验。经过统计处理，本课题结论：①主峰波与重搏波的差值与中心静脉压呈负相关，与重搏波深度和高度无关；②输血前和输血后主峰波与重搏波的差值有极显著性；③多巴胺组和非多巴胺组的主峰波与重搏波的差值有极显著性。

第七步：二次查阅文献。根据研究结果再次查阅文献，从理论上寻找研究结果的产生原因和理论根据，为撰写论文做准备。

第八步：撰写论文（略）。

以上应用实例介绍了科学研究的基本步骤，能够使我们更好地理解护理研究的过程。

第二节　护理综述撰写

一、综 述 概 述

（一）综述基本概念

综述是综合评述的简称。护理综述就是作者对护理学科研究某一方面的工作，在一定时期内进展情况进行情报资料综合，有价值的总结、归纳、分析与评价，并提出作者的看法与展望。

(二)综述特点

1. 综合性 分析论证大量发表的护理论文资料后,把资料的各个部分、各种要素统一认识,使读者从宏观的角度把握研究对象的本质和规律。

2. 专一性 护理综述有明确的选择方向,并对某一专题进行专门的论述。从纵的方面,反映某一专题的历史、现状和发展趋势。从横的方面,反映某一学派、某一学科在某一时期的大体情况和主要观点。

3. 参考性 护理综述集中而系统地浓缩了原始文献的同类内容,读者可以从多方面了解研究领域的情况和知识,参考意义很大。

4. 潜在性 护理综述不是原始资料的罗列,而是通过作者对大量的原始资料地引用、取舍、组织,从总体上反映阐明自己的观点。通俗讲:综述是用别人的材料、观点,体现自己的立场和见解(综合别人的思想,理清自己的思路)。

总之,4个特性也说明了护理综述的作用和用途,同时也对作者提出更高的要求,一要有扎实的理论基础,二要有科研素质,三要有实践经验。

(三)综述的类型

1. 按时间划分:回顾性综述;前瞻性综述 例如:"家庭护理21世纪的发展趋势",主要在收集、分析现有家庭护理文献资料基础上,对21世纪家庭护理的发展趋势和水平提出了预测。是一篇前瞻性综述。

2. 按是否参与作者个人意见划分:归纳性综述;评论性综述 例如:"胆道疾病肝移植术后并发症护理进展",主要归纳并发症的观察与护理,分成排异反应;肝动脉血栓形成、肝门静脉栓塞;消化道出血;肝内胆管狭窄、肝-肠吻合口狭窄等4种并发症的观察与护理。是一篇归纳性综述。

3. 按内容划分:动态性综述;成就性综述;争鸣性综述

(1)动态性综述:对某一学科领域或某一方面的发展动态,按其自身的发展阶段由远及近地介绍主要进展,一直介绍目前发展程度。

(2)成就性综述:专门介绍某一学科领域或某一方面的新理论、新成果、新技术、新方法。是最常用的体裁。

(3)争鸣性综述:一般是某一学科领域或某一方面存在的学术观点上的分歧,进行分类、归纳和综合,按不同见解分别叙述。

以成就性综述最多见,尤其护理综述。例如:"骨髓移植成年白血病患者的心理状态及心理干预研究进展",文章从围骨髓移植期患者的心理状态、对围骨髓移植期患者的心理干预和建议3方面进行综述,是成就性综述。

二、护理综述选题

(一)选题原则

综述选题原则除要注意科学性、选进性、可行性、实用性外,更重要的是选题要做到4个符合。

1. 选题与个人主观条件相符合 根据自己的工作经历、对知识的掌握情况选题。

2. 选题与客观条件相符合 选择的题目一定手里有较全面的资料。资料不全可导致反映的内容缺漏、片面和不真实。

3. 选题与护理进展现实相符合

4. 选题与自己今后的发展方向相符合　研究者若有课题,可根据研究方向选题。

(二)选题来源

1. 从实际工作或科研工作中发现某一方面问题需要归纳　例如:题目为"冠心病临床介入治疗与护理研究进展",其作者担任心血管内科护士长工作,具备冠心病临床介入治疗方面的知识,又有临床护理经验,更重要的是冠心病临床介入治疗和护理方面的报道较多,需要给予归纳、总结,提示大家应该注意的护理问题。所以这篇综述撰写后,获得专家较高的评价。

2. 某护理问题的研究近年来发展较快,需要综合评价　例如:题目为"机械通气相关性肺炎的危险因素与护理研究进展",其作者为 ICU 护士长,对 ICU 目前进展较快的研究了如指掌。因此,选题能够贴近专业发展的前沿,哪些是当前比较关注的护理问题,需要同专业探讨的内容非常清楚。为此,论文撰写出来实用性强,可读性好,专家评价较高。

3. 从掌握的大量文献中选择反映学科的新理论、新技术或新动向的题目　例如:题目为"临床护理专家构建进展"其作者有意想实施此项工作,手里有了部分资料,该研究题目又是当今护理界关注的问题。所以,该综述选题非常好。文章主要归纳了护理专家的由来、条件、与从业护士的区别以及各国护理专家的发展等,代表了我们护理学科发展的新动向,是一篇很好的护理综述。

4. 与自己科研内容和方向有关的题目　例如:题目为"机械通气患者气管内吸痰的现状",该文章归纳总结了吸痰时机选择、吸痰过程控制、吸痰所致低氧血症的预防、密闭式吸痰系统的使用等,其作者的研究课题是"开放式与密闭式气管内吸痰对 ARDS 的影响",在开题之前对目前有关吸痰的护理问题进行归纳总结,形成了护理综述。

选题要注意题目不要过大,越具体越容易收集资料,目的越明确越容易深入。如:"肺癌的治疗研究进展",这个题目则需作者写肺癌的手术治疗、化疗、免疫治疗、中医治疗进展的内容,题材太大,不容易写透彻,如果改成:"肺癌的手术治疗研究进展"或"肺癌免疫治疗的研究进展"就容易写清楚。

三、护理综述收集资料

综述资料的收集方法就是阅读有关的中文和外文文献,围绕中心内容越多越好,越全越好,这是撰写护理综述的基础。

1. 收集资料的方法　收集资料的方法主要有手工检索、光盘检索、上网检索等。

2. 文献检索的时限与数量　一篇综述检索文献越多,信息量就越大,但是多少为宜,一般有参考价值的文献 10~20 篇为宜,选择年限应该是近 5 年的,最好近 2~3 年的。

四、护理综述资料整理

综述不是众多文献资料的堆积,而是按照一定综述类型进行归类(动态性、成就性、争鸣性综述)撰写出综述提纲,最后取舍整理文献,乃至撰写成文。

五、护理综述撰写

(一)书写格式

书写格式分成:标题、摘要和关键词、引言(前言)、主体部分、结语(小结)、参考文献等 6 部分。

1. **标题** 一般标题包含两部分内容。一是综述涉及的对象,二是说明语。例如:"高血压防治现状"涉及对象:高血压;说明语:防治现状。又例如:"抗病毒药物研究进展",涉及对象:抗病毒药物;说明语:研究进展。

注意文题能够高度概括综述的主要内容,使读者大致了解综述所涉及的主要方面,并且语言简明扼要、醒目,不落俗套。一般20字以内。

2. **摘要和关键词** 根据国家标准规定,文献综述和其他论文一样,都应有摘要,并列出3~5个关键词(目前中华护理杂志没有此部分内容。因此我们不作要求)。

3. **引言(前言)** 主要说明本文立题依据和综述目的,介绍有关概念或定义、讨论范围,并介绍综述的有关护理问题的目前现状、存在问题、争论的焦点和发展趋势。通俗讲:主要有两部分,一是提出问题;说明为什么要作综述。二是介绍所作综述的范围和内容。要求开门见山,语言精练,100~200字即可。

4. **主体部分** 是综述的主要内容,由浅入深、广泛而又系统地综述所涉及的各方面。撰写此部分注意把握4点。

(1)应列出小标题详细论述。

(2)反映不同的学术观点,引用的观点应是主要的研究成果和结论性的观点。

(3)作者的观点要明确。可以放在句首或句尾,或在标题中。综述应是综别人的思想,理自己的思路,不能把自己的研究结果写在综述内(除已发表的文章)。

(4)力求层次清楚,重点突出,文字精练,数据可靠,表达准确。

5. **结语(小结)** 主要包括对主体部分叙述的内容作一归纳;对主体部分各部分提出的问题给予评论意见;对今后的研究提出建议或展望。

6. **参考文献** 一般文章要求10~20篇,不超过40篇。注意未公开发表的文章不能引用。参考文献的格式使用温哥华式,基本书写要求见以下。

(1)期刊。姓名,文题,杂志,年,卷(期):页码。例如:马翠萍. 军校护生专业思想状态现状调查分析. 护理学杂质,2002,17(1):62-64.

(2)书籍。姓名. 书名. 出版地:出版社,年. 页码。例如:吴庆麟. 教育心理学. 北京:人民教育出版社,1999:136-150.

(二)综述撰写要求

1. **选题要新** 即所综述的选题必须是近期该刊未曾刊载过的。一篇综述文章,若与已发表的综述文章"撞车",即选题与内容基本一致,同一种期刊是不可能刊用的。

2. **说理要明** 说理必须占有充分的资料,处处以事实为依据,决不能异想天开地臆造数据和诊断,将自己的推测作为结论写。

3. **层次要清** 这就要求作者在写作时思路要清,先写什么,后写什么,写到什么程度,前后如何呼应,都要有一个统一的构思。

4. **语言要美** 科技文章以科学性为生命,但语不达义、晦涩拗口,结果必然阻碍了科技知识的交流。所以,在实际写作中,应不断地加强汉语修辞、表达方面的训练。

5. **文献要新** 由于现在的综述多为"现状综述",所以在引用文献中,70%的应为5年内的文献。参考文献依引用先后次序排列在综述文末,并将序号置入该论据(引文内容)的右上角。引用文献必须确实,以便读者查阅参考。

（三）举例说明综述格式要求

1. 例 1"临终护理的现状与展望"（表 5-1）。

表 5-1　"临终护理的现状与展望"综述格式

文章结构	例文结构
前言	社会老龄化带来了临终护理的发展
主体	1. 临终护理概述（定义、起源）
	2. 临终护理现状
	2.1 临终护理教育与研究
	2.2 发达国家临终护理的成功做法
	2.3 临终护理中存在问题及我国临终护理的难题
	3. 临终护理的实施
主体部分	3.1 躯体方面
	3.2 心理方面
	3.3 对患者家属的支持
	4. 临终护理对护士的要求
	4.1 心理素质方面
	4.2 专业方面
	4.3 综合能力
	5. 临终护理展望
小结	列出我国的问题，并提出今后建议

2. 例 2："慢性心力衰竭临床治疗与护理研究新进展"。

（1）摘要：慢性心力衰竭已成为发达和发展中国家常见和严重的心脏病，其预后不良、病死率高。本文从慢性心力衰竭发病机制、治疗及护理综述了近几年来临床新进展。

（2）关键词：慢性心力衰竭　治疗　护理　新进展。

（3）前言：伴随人均寿命及人口老龄化程度的提高，慢性心力衰竭的防治策略日显重要。据我国 50 家医院住院病例调查表明心力衰竭住院率占同期心血管疾病住院总数的 20%，病死率占 40%。近几年来无论是在疾病发展机制、治疗用药，还是临床护理的研究上都取得了很大的进展。

（4）主体部分（表 5-2）。

表 5-2　"慢性心力衰竭临床治疗与护理研究新进展"主体部分

1. 导致心力衰竭发生发展的基本机制
2. 慢性心力衰竭临床治疗新进展
3. 临床护理研究新进展
3.1　慢性心力衰竭的恶化因素及死亡原因分析
3.2　慢性心力衰竭患者学习的需要
3.3　对慢性心力衰竭患者健康教育需求的调查研究
3.4　护士对慢性心力衰竭患者整体健康评估的具体内容
3.5　心力衰竭患者自我护理与生活质量的相关性研究
3.6　心力衰竭患者是医院获得性感染的易感人群
3.7　慢性心力衰竭患者休息与活动

(5)小结:近几年来在对慢性心力衰竭发生机制新认识的基础上,治疗上用"新的治疗常规或标准治疗"已取代了传统的"强心、利尿、抗感染"的治疗,且根据心功能分级,选择不同的治疗方法。但是21世纪人们对疾病的认识已不满足于治疗,而要求提高全面健康水平和生存质量,又由于慢性心力衰竭是一个慢性发展性疾病,对于患者的健康教育需求、健康教育的内容、自理护理与生活质量相关关系是近几年来临床护理研究的重点问题,同时仍然是今后继续探讨的护理问题。

(四)要点归纳

1. 综述撰写步骤 选题(4个方面选题)→收集资料(收集资料的几种方法)→整理资料(按综述类型整理,写提纲)→撰写。

2. 综述书写格式 标题(20字以内)→关键词→摘要→前言→主体(分层次论述)→小结→参考文献。

3. 综述书写要求 选题要新、说理要明、层次要清、语言要美、文献要新。

(毕越英)

第二篇

应用解剖生理

第6章　循环系统解剖生理

教 学 目 标

1. 了解循环系统的组成与作用。
2. 熟悉循环系统的解剖和主要的生理过程。

一、基 本 概 念

心血管系统包括心脏、动脉、静脉和毛细血管。它的主要功能是物质运输；将营养物质和氧通过血液循环输送到全身各处；将代谢产生的废物和二氧化碳带到肾、肺、皮肤等器官排出体外；使新陈代谢不断进行，同时，各种激素通过血液运输发挥体液调节作用。人的一生中，心脏始终有规律地收缩和舒张着，如同泵一样不停地将血液从静脉吸入，由动脉射出，按一定的方向周而复始，循环不息。循环一旦停止，生命功能就不能正常进行。

血液循环的方向（图 6-1）。

右心房→右心室→肺动脉→肺→肺静脉→左心房→左心室→动脉→组织交换→静脉

图 6-1　血液循环的方向

二、基 础 解 剖

心脏位于胸腔的中纵隔内，位置偏左，约 2/3 位于胸骨中线的左侧，1/3 位于中线的右侧。成年人的右半心大部在前方，左半心大部分在下方。心脏的前方对着胸骨体和第 2～6 肋软骨，后方平对第 5～8 胸椎。心的后方与食管、左迷走神经和胸主动脉等结构相毗邻。心脏是整个心血管系统的动力源泉，由心肌组成，外形近似倒置的圆锥体。心底至心尖的心脏长轴是倾斜的。国人心脏长 12～14cm，横径 9～11cm，前后径 6～7cm。其大小大致相当于本人的拳头。成人心脏的平均重量约为 260g（男性平均重量约 276g，女性平均重量约 247g。心脏的重量约为体重的 1/200）。

（一）心脏外形

通常心脏的外形可描述为一尖一底、两面、3 个缘和 3 条沟。

1. 心底（cardiac base）　朝向右后上方，略呈方形，大部分由左心房构成，小部分由右心房的后部构成。左、右两对肺静脉分别从两侧注入左心房。上、下腔静脉则从上、下方分别注入右心房。

2. 心尖（cardiac apex）　朝向左前下方，是左心室的一部分。其投影位置平对左侧第 5 肋间,锁骨中线内侧1~2cm处。通常此处可触到心尖的搏动。

3. **胸肋面**(sternocostal surface) 也称前面,朝向前上方,稍凸隆。大部分由右心房和右心室构成,左侧小部分由左心耳和左心室构成。左、右心耳从两侧夹持肺动脉干根部。

4. **膈面**(diaphragmatic surface) 亦称下面,朝向后下方,较平坦,坐于膈上。大部分由左心室构成,小部分由右心室构成。

5. **右缘**(right border) 主要用于 X 线造影,垂直向下,由右心房构成,是向右侧微凸的右心房的轮廓。

6. **左缘**(left border) 又称钝缘,斜向左下,圆钝,大部分由左心室构成,小部分由左心耳构成。

7. **下缘**(inferior border) 又称锐缘,近似水平位,略向左下方倾斜,较为锐利,大部分由右心室构成,小部分为由左心室心尖部构成。

8. **冠状沟、前室间沟、后室间沟** 心脏的表面较明显的沟有 3 条。近心底处有一条呈环形的沟称冠状沟(coronary sulcus),该沟几乎环绕心脏 1 周。冠状沟是心脏表面区分心房和心室的标志,故又称房室沟。胸肋面有 1 条自冠状沟向心尖延伸的浅沟,前室间沟。膈面亦有一条自冠状沟向心尖延伸的浅沟称为后室间沟。两沟在心尖相遇,此处命名为心尖切迹。冠状沟,前、后室间沟均有心脏重要的血管、神经和淋巴管经行。

9. **房室交点**(crux) 是后室间沟与冠状沟在心后面相交汇的地方,是一个重要表面标志。此处有冠状动脉的"U"形弯曲,房室结动脉从弯曲的凸面起始。临床冠状动脉造影常以此点为标志,辨别前后。

(二)心脏各腔

心脏可分为左半心和右半心,左半心包括左心房、左心室。右半心包括右心房、右心室。左右之间由间隔分开,互不相通。左右心房之间为房间隔,左右心室之间为室间隔。同侧的房室之间,由房室口相连。

左右两心之间的差异见表6-1。

表6-1 左右两心的差异

右 心	左 心
接受乏氧血液	接受含氧血液
低压系统	高压系统
容量泵	压力泵
室壁薄呈新月形	心室壁厚呈圆锥形
收缩舒张两期均有冠状动脉灌注	仅舒张期有冠状动脉灌注

心脏各腔的解剖如下所述(图 6-2,图 6-3)。

1. **右心房**(right atrium) 位于心脏的右上部,壁薄而腔大,国人右心房的内腔容积约 57ml,壁厚约 2mm。右心房内腔可分为前、后两部,前部为固有心房,后部为腔静脉窦,两者之间的分界叫界沟。在心房内面与界沟相对纵行的肌肉隆起称为界嵴。从界嵴的前缘发出许多大致平行排列的肌肉隆起,称为梳状肌。固有心房前部呈锥形突出的部分称右心耳,遮盖升主动脉根部的右侧面,心耳处的肌束交错呈网状,当心房颤动时,心耳处血流缓慢,易形成血栓。

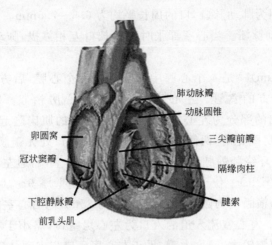

图 6-2　右心房和右心室内腔

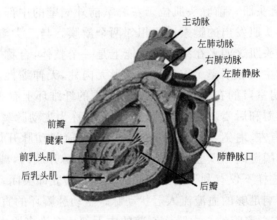

图 6-3　左心房和左心室内腔

腔静脉窦位于右心房的后部,内壁光滑,其上部有上腔静脉口,下部有下腔静脉口。右心房内侧壁的后部为房间隔,其中下部有一卵圆形浅窝,称隐静脉裂孔(卵圆窝),其直径为 1.5~2.5cm。隐静脉裂孔一般在出生后 1 年左右完全闭合。若不闭合即为卵圆孔未闭,是房间隔缺损的一种。

2. 右心室(right ventricle)　是心脏最靠前的部分,内腔容积约为 85ml,壁厚 3~4mm。右心室横切面为新月形。右心室腔以室上嵴为界分为流入道和流出道两部分。流入道是右心室的主要部分,从右房室口延伸至心尖。入口为右房室口,呈卵圆形,周径平均为 11mm,可通过 3~4 个指尖。右房室口的瓣膜,称三尖瓣。分前瓣、后瓣和隔瓣,其中前瓣较大。瓣借腱索连于乳头肌上。乳头肌是从室壁突入室腔的锥体形肌隆起。纤维环、瓣膜、腱索和乳头肌在功能上是一个整体,称三尖瓣复合体。它们的共同作用是保证血液单向流动。流入道的室壁不光滑,肌束隆起形成肉柱。右心室流出道是右心室腔向左上方伸出的部分,其长轴与流入道长轴之间的夹角约为 45°。其上部称动脉圆锥,也称漏斗部,内壁光滑无肉柱。动脉圆锥向上延续为肺动脉干,两者之间为肺动脉口,口的周长平均为 6.5～7.5mm。口周围的纤维环上附有3 个半月形的瓣膜称肺动脉瓣。当心室舒张时,3 个瓣叶互相靠拢,肺动脉口关闭,防止血液倒流入右心室。

3. **左心房**(left atrium)　是 4 个心腔中最靠后的一个心腔,后方紧邻食管和胸主动脉。左心房增大时可压迫后方的食管。左心房的容积与右心房相似。壁较右心房稍厚,约为3mm,心房向左前方突出的部分为左心耳,呈三角形,耳内的肌肉隆起呈海绵状,血流缓慢时可在此形成血栓。左心房壁光滑,两侧各有一对肺静脉口,口处无瓣膜,但左心房肌层可延伸到静脉根部 1～2mm,并环绕肺静脉。左心房前下部有左房室口,通左心室。

4. **左心室**(left ventricle)　位于右心室的左后下方,室壁厚 9～10mm,约为右心室壁的 3倍。左心室腔呈圆锥形,横断面为圆形,内脏容积约为 85ml,与右心室腔相近。左心室亦分为流入道和流出道两部分。左心室流入道的入口为左心房室口,略小于右心房室口。口周的纤维环为二尖瓣,二尖瓣前瓣较大,又称大瓣,界于左心房室口与主动脉口之间,将左心室流入道与流出道分开。位于后外侧,附着处的纤维环不完整,且较松弛,左心房扩大时可牵拉后瓣,造成二尖瓣关闭不全。临床上二尖瓣脱垂也以后瓣脱垂多见,左心室的乳头肌较右心室者粗大,有 2 个,前乳头肌和后乳头肌。前乳头肌位于左心室前外侧壁的中部。后乳头肌位于左心室后壁的内侧部。每个乳头肌发出的腱索连于相邻两个瓣膜。与三尖瓣一样,左心房室口的纤维环、二尖瓣、腱索和乳头肌这四者在结构和功能上是一个整体,合称二尖瓣复合体。流出道的上部称主动脉前庭或主动脉下窦。该处室壁光滑无肉柱,无伸缩性。左心室流出道的出口为主动脉口,位于左心房室口的右前方。主动脉口周围的纤维环上有 3 个半月形的瓣膜附着,称主动脉瓣,分左瓣、右瓣和后瓣。瓣膜与壁之间的腔隙称为主动脉窦,可分为左窦、右窦和后窦。其中左、右窦分别有左、右冠状动脉的开口。后窦无冠状动脉开口,也称无冠状动脉窦。冠状动脉口一般位于瓣膜游离缘以上,当心室收缩主动脉瓣开放时,瓣膜未贴附窦壁,血液可进入窦中形成小涡流,这样不仅有利于射血终止时主动脉瓣立即关闭,而且可以保证无论在心室收缩或舒张时都不影响足够的血液流入冠状动脉。主动脉瓣环的直径平均为 25.20mm,周径平均为 74.96mm。左心室腔的心内膜面心壁的中下部还有许多肌肉隆起即肉柱,但左心室的肉柱较右心室的肉柱细小。左心室壁肌肉最薄处是在心尖,心尖是室壁瘤容易发生的部位。

5. **房间隔**(interatrial septum)　位于左、右心房之间,呈叶片形,房间隔右侧面中下部有隐静脉裂孔。房间隔的两侧为心内膜,中间夹有房肌纤维和结缔组织,其厚度为 3～4mm;隐静脉裂孔处明显变薄,窝中央仅厚 1mm 左右。

6. **室间隔**(interventricular septum)　位于左、右心室之间,分为室间隔肌部和室间隔膜部,室间隔肌部占室间隔的大部分,主要由肌肉组成,厚 1～2cm。从功能上看,室间隔肌部属于左心室,与左心室其他壁共同构成肥厚有力圆锥形室腔壁,具有强而有力的舒缩功能。室间隔膜部是室间隔上缘中部较小的一个区域,无肌肉成分,只是一个致密的结缔组织膜,厚1mm。膜部是室间隔缺损的好发部位,外科修补时应注意勿伤后下缘的房室束。

(三)心脏的血管

冠状动脉为心脏提供充足的血液与养分,它的血流量占总心排血量的 5%。冠状动脉分为左冠状动脉、右冠状动脉,它们的主干主要分支在心外膜下,较细小的分支穿入心肌,在经多次分级供应心肌组织,心脏血管见图 6-4。

1. **左冠状动脉**　起源于主动脉左窦,主干部向左行于左心耳和肺动脉干之间,然后分为

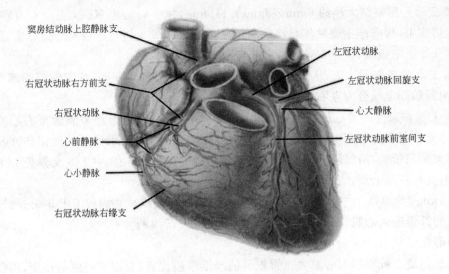

窦房结动脉上腔静脉支

右冠状动脉右方前支

右冠状动脉

心前静脉

心小静脉

右冠状动脉右缘支

左冠状动脉

左冠状动脉回旋支

心大静脉

左冠状动脉前室间支

图 6-4 心脏的血管分布

前室间支(前降支)和旋支。前室间支沿前室间沟下行,绕过心尖切迹终于后室间沟的下部。前室间支分支包括:对角支、左圆锥支、右心室前支、室间隔支。借这些分支分布于左心室前壁、前乳头肌、心尖、右心室前壁的一小部分,室间隔的前 2/3。前室间支闭塞可引起左心室前壁和室间隔前部的心肌梗死。旋支沿冠状沟向左行,绕过心左缘至膈面,多以左心室后支分布于左心室膈面。旋支的分支:左缘支、左心室前支、左心室后支、窦房结支、左心房支,左心房旋支等。旋支通过分支供应左心室侧壁、左心室后壁及心房,也可以滋养窦房结或房室结。如旋支闭塞,常引起左心室侧壁或后壁的心肌梗死。

2. **右冠状动脉** 起于主动脉右窦,在右心耳和肺动脉根部之间入冠状沟,向右行绕过房室交点处分为两大终末支:后室间支和左心室后支。右冠状动脉的其他分支包括:动脉圆锥支,右缘支、窦房结支、房室结支。右冠状动脉供应右心房、右心室、室间隔的后 1/3 及左心室后壁。右冠状动脉闭塞,可发生后壁心肌梗死和房室传导阻滞。

左心室的冠状动脉灌注主要是在舒张期,在收缩期由于室壁张力的增加导致阻力急剧加大,很少有血流会流入心内膜。舒张期时室壁张力降低使血液顺着压力梯度经左冠状动脉流入。右心室的肌肉较薄收缩时的张力较低所以收缩期流经右冠状动脉的血流较左心为多。良好的右心功能一定程度上也依赖于这种舒张期、收缩期同时存在的灌注。同时,主动脉根部必须要有足够的舒张压才能保证双侧冠状动脉的有效灌注。

3. **心脏静脉** 心脏的静脉分为 3 条途径:①心最小静脉:是心壁内的一些小静脉,直接开口于心腔。②心前经脉:起于右心室前壁,跨过冠状沟,开口于右心房。③冠状窦:心大部分静脉均先汇集于冠状窦,长约 5cm,位于左心房左心室之间,右端借冠状窦口开口于右心房。主要属支有:心大静脉、心中静脉、心小静脉。

(四)心脏的传导系统

心脏的传导系统位于心壁内,主要由特殊分化的心肌细胞组成,包括窦房结、房室结、房室束及其分支等。

1. **窦房结** 位于上腔静脉与右心房交界处界沟上部的心外膜深面。

2. **房室结** 房室结大小约 6mm×3mm×1.5mm,位于右心房 Koch 三角心内膜深面,其前端发出房室束,房室结主要功能是将窦房结传来的兴奋发生短暂延搁再传向心室,保证心房收缩后再开始心室收缩。

3. **房室束** 又称 His 束,从房室结前端向前行,穿过右纤维三角,延室间隔膜部后下缘前行,在室间隔肌部上缘分为左右束支。

4. **束支** 右束支为单一的索状纤维束,沿室间隔右侧面下行,经节制索至右心室前乳头肌根部,分支分布于右心室壁。右束支为单一的细支,行程较长,小的局灶性损伤亦易伤及该支。左束支呈扁带状,沿间隔左侧心内膜深面走行,约在室间隔上、中 1/3 交界处分为两组分支:左前上支和左后下支。

5. **Purkinje 纤维网** 左、右束支的分支在心内膜深面交织成心内膜下 Purkinje 纤维网,由该网发出的纤维进入心肌,在心肌内形成肌肉 Purkinje 纤维网。

(五)心包

心包是包裹心脏和出入心脏大血管根部的纤维浆膜性囊,有固定心脏的作用,可使心脏保持一定的生理位置。心包由纤维性心包和浆膜性心包两部分构成。纤维性心包是心包囊的外层,由坚韧的纤维结缔组织构成,较厚,其底部与膈的中心腱融合,上部包裹着出入心脏的升主动脉、肺动脉干、上腔静脉和肺静脉的根部,并与这些大血管的外膜相延续。浆膜性心包为心包囊的内层,又分壁、脏两层,壁层衬贴于纤维性心包的内面,和纤维性心包紧密相贴;脏层包于心肌的表面,也就是心外膜。浆膜性心包的壁脏两层在大血管的根部互相移行,两层之间的腔隙为心包腔,内有少量心包液(20~50ml)。

三、基础生理

(一)心脏的泵血功能

心脏可分为左、右两侧,每侧心脏均由心房和心室组成,右心将血液泵入肺循环,进行氧和,左心则将血液泵入体循环各个器官,满足机体需要。心房收缩力较弱,可帮助血液进一步流入心室,心室收缩力强,可将血液射入肺循环和体循环。心脏中的瓣膜使血液在循环系统中只能以单一方向流动。

1. **心动周期** 心脏从一次收缩的开始到下一次收缩开始前,称为一个心动周期。心动周期包括心房的收缩期和舒张期以及心室的收缩期和舒张期。一般以心房开始收缩作为一个心动周期的起点。心动周期时程的长短与心率有关,心率增加,心动周期就缩短,收缩期和舒张期均相应缩短,但一般舒张期的缩短更明显。因此,心率增快时心肌的工作时间相对延长,休息时间相对缩短,这对心脏的持久活动是不利的。

2. **心脏泵血过程** 心房和心室都舒张时,血液持续不断地由大静脉经心房直接流入心室,心房开始收缩,心房内压力升高,心房将其内的血液进一步挤入心室。心房收缩期间泵入心室的血量约占每个心动周期中心室总回流量的 25%。心房收缩结束后即舒张,房内压回降,同时心室开始收缩。

(1)心室收缩期:按时间先后分为等容收缩期、快速射血期、减慢射血期。等容收缩期指心室开始收缩时,室内压力突然增加,在半月瓣开放前,由于房室瓣和半月瓣均处于关闭状态,心室肌虽然收缩,但并不射血,心室容积不变。此期心肌纤维虽无缩短,但肌张力及室内压增高极快。快速射血期:当左心室压力升高到略高于主动脉压,半月瓣开放,血液被迅速射入动脉内,在此期间心室射出的血量约占整个收缩期射出血量的70%,心室容积迅速缩小;室内压可因心室肌继续收缩而继续升高,直至最高值。减慢射血期:快速射血期之后,心室收缩力量和室内压开始减小,射血速度减慢。其射出的血液约占整个心室射血期射出血量的30%,但所需时间则占整个收缩期的2/3左右。

(2)心室舒张期:亦可分为等容舒张期、快速充盈期、减慢充盈期。等容舒张期指收缩期结束后,射血中止,心肌舒张,心室内压力迅速下降,由于此时半月瓣和房室瓣均处于关闭状态,心室容积也无变化,故称为等容舒张期。快速充盈期指等容舒张期末,心室内压进一步下降,房室瓣开放,心房和大静脉内的血液因心室抽吸而快速流入心室,心室容积迅速增大快速充盈期约占整个舒张期的前1/3。减慢充盈期:随着心室内血液的充盈,心室与心房、大静脉之间的压力差减小,血液流入心室的速度减慢,这段时期称为减慢充盈期。

3. 心泵功能的评定

(1)每搏量(stroke volume,SV):一次心搏由一侧心室射出的血量称为每搏量。成年人在安静平卧时每搏量约为70ml。

(2)射血分数(ejection fraction,EF):每搏量和心舒张末期容量的百分比称为射血分数,在安静状态下,射血分数约为60%。射血分数的大小,和每搏量及舒张末容量有关。

(3)心排血量(cardiac output,CO):每分钟由一侧心室输出的血量称为心排血量。它等于每搏量乘以心率。成年人心排血量为5～6L,同体重女子的心排血量较男子低10%左右。但是人类个体之间差异较大,使用CO这种绝对值的指标,不利于横向比较。

(4)心排血指数(cardiac index):人体安静时心排血量与体表面积成正比,为了比较,把安静状态下,每平方米体表面积的心排血量,称为心排血指数。一般身材的成年人,心排血指数为$3.0～3.5L/(min \cdot m^2)$。

4. 心脏作功量 心室一次收缩所作的功称为每搏作功。简式如下。

每搏作功$(g \cdot m)$＝每搏量$(cm^3)×(1/1\,000)×$(平均动脉压－平均心房压 mmHg)$×$ $(13.6g/cm^3)$

每分功$(kg \cdot m/min)$＝搏功$(g \cdot m)×$心率$(/min)×(1/1\,000)$

用作功量来评定心脏泵血功能,较每搏量或心排血量更有意义。

(二)心脏的前负荷与后负荷

1. 前负荷 是指心肌收缩之前所遇到的阻力或负荷,即在舒张末期,心室所承受的容量负荷或压力。测定比较困难,可以通过测定心室的充盈压来间接估算心室的前负荷。

评估左心室的前负荷:左心房充盈压(left atriurn filling pressure,LAFP)

肺动脉楔压(pulmonary artery wedge pressure,PAWP)   6～12mmHg

左心房压(left atrium pressure,LAP)   6～12mmHg

评估右心室前负荷:右心房压(right atrium pressure,RAP)   2～6 mmHg

右心室舒张末容积(right ventricular end-diastolic volume,RVEDV) 100～160ml

2. 后负荷 指心肌收缩过程中心肌产生的张力,通常指心肌收缩之后所遇到的阻力或负荷,又称压力负荷。主动脉压和肺动脉压就是左、右心室的后负荷。临床上反映后负荷的指标,左心室为外周血管阻力(systemic vascular resistance,SVR),右心室为肺血管阻力(pulmonary vascular resistance,PVR)。

$SVR＝(MPAP－RAP)×80 / CO$ 正常值为:800～1 200 dynes/(sec $\cdot$ cm^{-5})

$$PVR = (MPAP - PAWP) \times 80 / CO \quad 正常值为：<250 \text{ dynes}/(sec \cdot cm^{-5})$$

(三)心排血量的调节

心脏的泵血功能是随不同生理情况的需要而改变的。安静状态时心排血量为 4～6L。剧烈运动时，心排血量可增加 4～7 倍。心排血量的大小取决于每搏量和心率。

1. **每搏量的调节** 心脏的每搏量取决于前负荷(即心肌初长度或心室舒张末期容量)、心肌收缩能力，以及后负荷(动脉血压)的影响。

在体内，心室肌的前负荷是由心室舒张末期的血液充盈量来决定的。心室充盈量是静脉回心血量和心室射血后剩余血量的总和。静脉回心血量受两个因素的影响：①心室舒张充盈时间。心率增加时心舒期缩短，充盈不完全，搏出量会减少；心率一定程度减慢时，舒张期延长，回心血量增加。②静脉回流速度。静脉回流速度取决于外周静脉压与心房、心室压之差。压差大，可促进静脉回流。剩余血量与心肌收缩力有关，心肌收缩强，射血分数增大，剩余血量就减少。此外，心房收缩也能增加心舒末期的充盈量，从而增强心室收缩的强度。

心肌收缩能力的改变对搏出量的调节。心肌可通过改变其收缩能力来调节每搏量。

心肌收缩能力受兴奋-收缩耦联过程中各个环节的影响：例如儿茶酚胺增加收缩能力的原因之一，是激活 β 肾上腺素能受体，通过兴奋型 G 蛋白激活腺苷酸环化酶，使 cAMP 增多。cAMP 激活细胞膜钙通道蛋白的磷酸化，使钙通道的开放概率增加，开放时间延长，钙内流增加。钙内流的增加，进一步诱发肌浆网中钙的释放，再加之横桥 ATP 酶活性的增高，使心肌收缩力量增强。

2. **心率对心泵功能的影响** 心排血量是每搏量和心率的乘积。在一定范围内，心率的增加可使每分钟心排血量相应增加。但当心率增加到某一临界水平，如 180/min 时，由于心脏过度消耗供能物质，会使心肌收缩力降低。其次，心率加快时，舒张期缩短，心室缺乏足够的充盈，导致心排血量反而下降。心率<40/min 时，心舒期过长，心室充盈早已接近最大限度，不能再继续增加充盈量和搏出量，心排血量下降。

(四)心力储备

心力储备是指心排血量随机体代谢的需要而增加的能力，决定于心率储备和每搏量的储备。

心率储备是指心率最大变化时可比静息时加快 2～2.5 倍，使心排血量增加 2～2.5 倍。充分动用心率储备，就可使心排血量增加 2～2.5 倍。每搏量储备的变化又可分为舒张期储备和收缩期储备。由于心肌的伸展性较小，心室不能过分扩张，因此舒张期储备较小只有 15ml 左右。左心室收缩末期储备较大，心肌收缩能力增强时，搏出量可以增加 55～60ml。

(叶绍东　张海涛)

第7章 呼吸系统解剖生理

一、呼吸系统的解剖结构

呼吸系统由鼻、咽、喉、气管、支气管(叶、段、亚段)、细支气管、终末细支气管、呼吸性支气管及肺泡等组成。呼吸系统的基本结构,除包括呼吸道、肺与肺泡组织外,还应包括胸廓、各种呼吸肌及肺和胸廓的血供、淋巴、神经支配等。

上呼吸道由鼻、咽、喉组成,是气体进入肺内的门户。主要功能除传导气体外,尚有加温、温化、净化空气和吞咽、嗅觉及发音等功能。

下呼吸道主要由气管、支气管、支气管树及肺泡等组成。根据功能不同,又分传导气道和呼吸区。

传导气道由气管、支气管树组成。

支气管在气管下端分叉,分左、右支气管;右支气管较左支气管短、粗而陡直,由于右支气管的形态特点,异物坠入右支气管的机会较多,吸入性病变也以右侧发病率高,尤以右下叶多见。左支气管较右支气管细而长,更趋水平位。

左、右支气管经肺门进入肺内后反复分支,分别为叶、段、亚段、细支气管、终末支气管、呼吸性支气管、肺泡管、肺泡等,共约23级。气管为0级,主支气管为1级,最后一级(第23级)为肺泡囊(图7-1)。随着呼吸道的不断分支,其结构和功能均发生一系列变化。人体双肺共有约3亿个肺泡,总面积约70m²,因此具有相当大的气体交换储备。终末细支气管以上不参与气体交换,为传导气道;呼吸性支气管以下为呼吸区,是气体交换的主要场所。

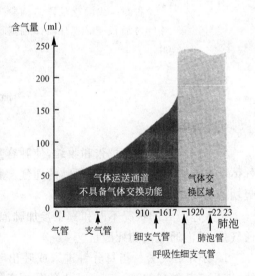

图 7-1 呼吸道分级和含气量

　　左右支气管在肺门处分为次级支气管,进入肺叶,称为肺叶支气管。与肺叶相对应,左肺有上叶和下叶支气管;右肺有上叶、中叶和下叶支气管。肺叶支气管进入肺叶后,再继续分出第三级支气管,称肺段支气管。肺段支气管及所接通的肺区域见图7-2。全部各级支气管反复分支成树状,称为支气管树。

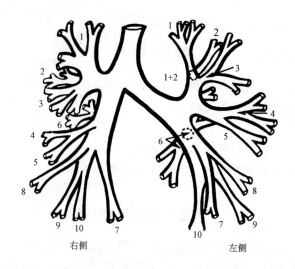

图7-2　肺段支气管和所接通的肺叶

　　左侧:1尖段;2后段;3前段;4上舌段;5下舌段:供应左上叶;6背段;7内基底段;8前基底段;9外基底段;10后基底段:供应左下叶

　　右侧:1尖段;2后段;3前段:供应右上叶;4外侧段;5内侧段:供应右中叶;6背段;7内基底段;8前基底段;9外基底段;10后基底段:供应右下叶

二、呼 吸 生 理

(一)肺的通气

　　肺和胸廓有规律地扩张和收缩,使肺容量不断地改变,让新鲜空气进入肺泡,并排出经过气体交换的肺泡气,这就构成了肺的通气。肺通气是肺功能的重要组成部分,它是维持人体呼吸功能正常的重要因素。

　　按人体所处的状况不同和真正参加肺泡气体交换的通气量多寡,可将肺的通气分成分钟通气量、肺泡通气量和死腔量。

　　1. **分钟通气量**　指每分钟进入或呼出呼吸器官的气体量。潮气量乘以每分钟呼吸的次数,即为每分钟通气量。正常成人的分钟通气量为6~8L。

　　2. **肺泡通气量**　又称有效通气量。肺泡通气量应该属于分钟通气量的一部分(潮气量－死腔量)×呼吸频率=分钟有效肺泡通气量。

　　3. **死腔量**　也称生理死腔量(dead volume,V_D)它分解剖死腔和肺泡死腔量。解剖死腔系从口腔到细支气管这部分在呼吸周期中不参与气体交换的气量。肺泡死腔量指肺泡通气良好而相应的血流灌注不良时,气体交换不能充分进行的那部分无效通气量。

(二)肺内气体交换

肺内气体交换是呼吸功能的根本所在。肺内的气体交换,有赖于肺泡各部位通气与血流比率的均衡,也有赖于肺弥散功能的良好。任何能引起通气/血流(V_A/Q)失调和弥散障碍的因素,均可影响肺的气体交换功能。

1. 通气/血流 正常的气体交换,要求吸入气体和相应的血液循环均匀地分布到每个肺泡。静息状态下,成年人每分钟肺泡通气量约4L,肺循环血量约5L,即 V_A/Q 为0.8,以此作为肺气体交换效率的指数。

2. 弥散 肺的弥散功能是氧和二氧化碳在肺泡内通过呼吸膜进行气体交换的进程。弥散靠呼吸膜两侧气体分压差造成,是生理条件下的物理现象。

临床所言的弥散功能,主要指氧的弥散量。正常成年人肺泡的总面积可达 $50\sim100m^2$,而厚度 $<0.5\mu m$,所以弥散作用很理想。

影响弥散的因素很多,如气体的分压差、弥散的时间等,但影响人体肺内 O_2 与 CO_2 弥散的主要因素是气体的物理特性、弥散屏障的厚度和面积、V_A/Q。

(三)呼吸的反射调节及化学性调节

1. 呼吸的反射调节神经系统对呼吸的调节是通过反射进行的 中枢神经系统接受各种感受器传入的冲动而实现对呼吸的调节,称为"呼吸的神经反射性调节"。其中以机械刺激(肺容量的变化)与化学刺激(液体中 PO_2、PCO_2 和 pH 的变化)引起的反射为最重要。

(1)肺牵张反射。肺扩张或缩小而引起的呼吸反射为肺牵张反射。这个反射的结果是吸气受到抑制,故又称"吸气抑制反射"。其生理意义在于协助切断吸气,使吸气不致过深过长。

(2)呼吸肌肉的本体感受性反射。当呼吸道内阻力增加时,如支气管哮喘发作时,呼吸肌负荷增加,本体感受器传入的冲动就增加,呼吸肌活动也随之增强。这个反射的生理意义在于机体能够随着呼吸肌负荷增加而相应地加强呼吸运动。

(3)防御性呼吸反射。①咳嗽反射。呼吸道黏膜上的感受器受到机械的或化学的刺激引起咳嗽反射。②喷嚏反射。是由鼻黏膜上的感受器受到刺激而引起,兴奋是由三叉神经传入至脑干中枢的。③屏气反射。突然吸入冷空气或刺激性化学性气体可以反射性引起呼吸暂停,声门关闭,支气管平滑肌收缩。

2. 呼吸的化学性调节 肺正常的通气和换气可使动脉血中 PO_2、PCO_2 和 pH 维持相对的稳定,而动脉血中 PO_2、PCO_2 和 pH 的改变又可影响肺的通气功能,即呼吸的化学性调节,能及时改变肺的通气,以适应机体代谢的需要。

PCO_2 增高、PO_2 降低和 H^+ 浓度增加对呼吸皆有兴奋作用,三者之间还有相互影响。在各种生理与病理条件下,3个因素不是单独发生变化,三者的变化也不总是平行的。在以上3个因素中,PCO_2 对中枢性化学感受器的直接兴奋作用是主要的,其变化对周围性化学感受器也有兴奋作用;缺氧的呼吸兴奋作用由外周化学感受器完成,缺氧对中枢化学感受器的作用为抑制。由于 CO_2 可以自由通过血-脑屏障,与 H_2O 结合而解离出 H^+,故 PCO_2 对中枢性化学感受器的作用,实质上是由脑脊液中 H^+ 浓度的变化所致。

三、氧气的运输

(一)氧的运输方式

氧在血液中的运输方式有 2 种,分别为物理溶解和与血红蛋白(Hb)结合,其中主要还是以与 Hb 结合状态下运输的氧为主,氧与 Hb 结合形成氧合血红蛋白(HbO_2)。物理溶解和运输的氧虽然属于次要,但它直接决定着 PaO_2,并影响血液中 HbO_2 的含量,即 SaO_2,同时又决定了血浆与组织间 PO_2 差值的大小,故又影响着组织和氧的摄取与利用。

(二)HbO_2 解离曲线

HbO_2 解离曲线(图 7-3)反映 Hb 与氧分子结合或分解的能力。氧离曲线下降,表示在同样水平的 PaO_2 下,Hb 与氧分子的结合能力下降,氧分子与 Hb 易于分解;氧离曲线升高,表示在同样水平的 PaO_2 下,Hb 与氧分子的结合能力增强,氧分子不易与 Hb 分解。

1. P_{50} 与氧离曲线左、右移

(1)P_{50}:指血液 pH 为 7.40、PCO_2 为 40mmHg、温度为 37℃ 条件下,SaO_2 为 50% 时的 PO_2,正常人约为 26.6mmHg。其主要意义在于反映 HbO_2 解离曲线的位置,P_{50} 值增大表明曲线右移,Hb 与氧的亲和力降低;值减小则曲线左移,Hb 与氧的亲和力增加。

(2)氧离曲线左、右移:氧离曲线在不同的状态下,可以发生左移或右移(图 7-3)。

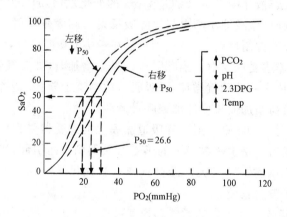

图 7-3 HbO_2 解离曲线

左移意味着 O_2 与 Hb 不易解离,血液中 HbO_2 不易向组织细胞中释放 O_2,即使 SaO_2 正常,组织细胞也不易获取足够的 O_2;右移意味着 O_2 与 Hb 易于解离,血液中 HbO_2 容易向组织细胞中释放 O_2,即使 SaO_2 稍低于正常,组织细胞也容易从血液中获取 O_2。从组织细胞摄取氧的角度考虑,氧离曲线右移较左移有益。因此,临床应尽量避免使氧离曲线左移的因素存在。

2. 影响氧离曲线的因素

(1)$PaCO_2$ 升高:能使氧离曲线右移,即 Hb 对氧的亲和力降低,在 PaO_2 条件下,氧合血红蛋白减少,SaO_2 降低;组织内 CO_2 和酸性产物在一定程度内增多,可使氧离曲线右移,这有利于组织从血液中获得氧。

(2)$PaCO_2$ 降低:能使氧离曲线左移,即 Hb 与氧亲和力增加,在相同 PaO_2 条件下,氧合血

红蛋白增加,SaO_2上升;在肺部,因 CO_2 排出,使血 $PaCO_2$ 降低,这有利于 Hb 结合更多的氧;但在病理状态下,氧离曲线左移不利于组织从血液中摄取氧,会加重组织细胞的缺氧。

(3)pH:氧离曲线的移动也与血液中的氢离子浓度有关。氢离子可促使血红蛋白各肽链间盐键的形成,结构变得较为稳定,使氧离子不易与之结合,造成氧离曲线右移。故当 pH 降低时,氧离曲线右移,氧与 Hb 的亲和力降低;反之,pH 升高时,氧离曲线左移,氧与 Hb 的亲和力增高。这就是所谓的波尔(Bohr)效应,该效应具有重要的生理意义。据报道,pH 每降低 0.1,P_{50} 可升高 15%。在组织水平,细胞代谢产生大量 CO_2,使血浆和红细胞内 PCO_2 升高,pH 降低,氧离曲线右移,从而有利于 O_2 的释放。

(4)温度:温度升高,可促进氧离,使氧离曲线右移;温度降低时,则相反。在发热、剧烈运动时,组织温度升高使氧离曲线右移,组织氧摄取功能明显增加。温度改变对氧离曲线的影响,可能与氢离子活动度有关。

(5)2,3-二磷酸甘油酸(2,3-diphosphoglycelate,2,3-DPG):是红细胞内糖酵解的正常产物,主要存在于红细胞内,也是影响氧离曲线左、右移的重要因素之一。2,3-DPG 增加,氧离曲线右移;2,3-DPG 减少,氧离曲线左移。其机制有:①影响氧离曲线偏移的机制:2,3-DPG 能与 Hb 结合,使 Hb 的分子结构稳定而不易与 O_2 结合,增高时使氧离曲线右移;此外,2,3-DPG 本身就是一种有机酸,其增加可使细胞内 pH 降低,氧离曲线右移。②影响 2,3-DPG 浓度的因素:使 2,3-DPG 浓度增高的因素有贫血、缺氧、碱中毒、体内某些激素量增加等,使 2,3-DPG 浓度降低的因素有酸中毒、输入库存血、血清无机磷酸盐减少、某些遗传性酶缺陷等。

(6)其他:Hb 总量减少时,结合氧的总量减少,血液运输氧、氧供给亦减少。血红蛋白总量正常,但发生质变时,血红蛋白与毒性物质结合如一氧化碳、氰化物等,血红蛋白自身结构改变如某些血液性疾病等,均降低了氧与血红蛋白的结合能力,造成血液氧输送能力下降。

四、肺功能测验

(一)肺容量测定

肺容量的测定多在平静呼气基线进行,其组成共有 8 项。潮气量、补吸气量、补呼气量、残气量等为不能分割的最小单位称肺容积;肺活量、功能残气量、深吸气量、肺总量等是由一个以上肺容积组成称肺容量(图 7-4)。它们各具不同临床意义。

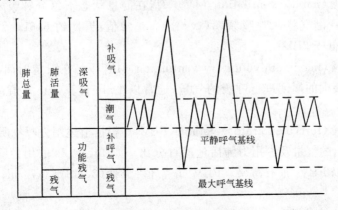

图 7-4　肺容量及其组成

1. **潮气量**(tidal volume,VT)　指每一次平静呼吸时吸入或呼出的气量。成年人正常值为 400～500ml。潮气量受体内代谢率、运动、情绪变化的影响可增大或减少。

2. **补吸气量**(inspiratory reserve volume,IRV)　为平静吸气后再用力吸气所能吸入的最大气量。正常值:男性约 2 160ml;女性约 1 500ml。反映呼吸肌力和肺、胸弹性。

3. **补呼气量**(expiratory reserve volume,ERV)　平静呼气后再用力呼气所能呼出的最大气量。正常值:男性约 910ml;女性约 560ml。反映肺、胸弹性和呼吸肌力。

4. **深吸气量**(inspiratory capacity,IC)　平静呼气后所能吸入的最大气量,即等于潮气量加补吸气量。正常值:男性约 2 660ml;女性约 1 900ml。反映呼吸肌力及胸腹壁或膈的活动度。

5. **肺活量**(vital capacity,VC)　深吸气后做最大呼气所呼出的气量,即等于深吸气量加补呼气量。正常值:男性约 3 470ml;女性约 2 440ml。反映胸廓活动及肺、胸弹性。因肺活量与性别、年龄等生理因素有相关性,判断时应以实测值占预计值的百分比为标准,正常为 100±20%,低于 80% 为减少,肺活量明显降低为限制性通气功能障碍的特点。

6. **功能残气量**(functional residual capacity,FRC)　平静呼气后留在肺内的气量,即等于补呼气量加残气量。足够的功能残气量使肺泡保持一定气量,稳定肺泡气体分压,能在呼气期继续进行正常的气体交换。正常值:男(2.27±0.81)L;女(1.86±0.55)L。肺气肿时功能残气量增加,肺纤维化等疾病时则减少。

7. **残气量**(residual volume,RV)　用力呼气后留在肺内的气量,即等于功能残气量减去补呼气量。正常值:男(1.38±0.63)L;女(1.30±0.47)L。临床常以残气量占肺总量的百分比(RV/TIC%)作为判断指标,正常为 20%～30%,高于 35% 为异常,见于肺气肿等疾病。

8. **肺总量**(total lung capacity,TLC)　深吸气后肺内所含的总气量,等于肺活量加残气量。正常值:男(5.09±0.87)L;女(4.00±0.83)L。因肺活量与残气量的增减可互相弥补,肺总量正常并不一定提示肺功能正常。肺气肿患者因残气量增加其肺总量也增加,肺纤维化及肺叶切除患者则减少。

(二)通气功能测定

又称动态肺容量,指在单位时间内随呼吸运动进出的气量和速度,凡能影响呼吸频率和呼吸幅度的生理、病理因素,均可影响通气量。

1. **分钟通气量**(minute ventilation,MV)　指在静息状态下每分钟吸入或呼出的气体总量。分钟通气量＝潮气量×呼吸频率(次/分)。正常值:男性约 6.6L;女性约 5.0L。超过10L 为通气过度,低于 3L 表示通气不足。

2. **最大通气量**(maximum voluntary ventilation,MVV)　在限定时间内(一般采用 15s)以最快的速度及最大的幅度进行呼吸的气量,通常以 1min 计算。正常值:男性(104±2.31)L;女性(82.5±2.17)L。

3. **用力肺活量**(forced expiratory volume,FEV)　根据上述用力呼气所得曲线上,可计算出不同时间所呼出的气量及占用力肺活量的百分比。如 1s、2s、3s 的用力呼气容积即 FEV_1、FEV_2、FEV_3 等,以 FEV_1 最有意义。FEV_1 正常值:男性(3 719±117)ml;女性(2 314±48)ml。

4. **最大呼气中段流量**(maximum mid-expiratory flow,MMEF 或 MMF)　将用力呼气中段曲线起、止点间分成 4 等份,计算中间 2 等份(25%～75%)的肺容量与时间之比。正常值:

男性约 3.36L/s；女性约 2.38L/s，或实测值占预计值百分比＞75％者为正常。

(三)换气功能检查

通气/血流比例即 V/Q 为 0.8。

弥散功能：气体分子通过肺泡膜(肺泡-毛细血管膜)进行交换的过程称弥散功能。因 CO_2 弥散能力很强，为氧气的 21 倍，故不存在弥散功能障碍，临床上主要是指氧气弥散功能障碍，可导致缺氧。

（贺航咏）

第8章 泌尿系统解剖生理

教 学 目 标

1. 了解泌尿系统的解剖;肾的生理功能;肾单位的组织结构和生理功能;尿液产生的生理过程;加压素、肾素、醛固酮类激素的肾调节;肾对机体液体平衡和电解质平衡的调节。

2. 熟悉临床常用监测肾功能的指标、正常值和意义;影响肾小球滤过率的因素。

肾是排泄机体代谢终末产物、多余水分,调控体液中各种成分浓度水平,维持机体电解质与酸碱平衡的重要器官。健康人体共有 2 个肾,它们位于腹腔后上部、腹后壁的前方、脊柱与腹主动脉与下腔静脉的两侧。

一、肾的大体解剖

长约 12cm,宽约 6cm,厚约 3cm,重 120~150g,呈蚕豆形。其内侧凹陷,有动脉、静脉、神经与肾盂通过,所以又称肾门。肾门向肾实质内延展处所形成的腔隙称为肾窦,肾窦的表面共有 8~12 个圆锥形的突起,这些突起称为肾乳头,每个乳头计有 25 个小孔,为乳头管的开口。

位置:一般而言,右肾较左肾低 1.5cm 左右,它们随呼吸而上下移动,站立位较平卧位时要低 2.5cm。

体表投影:前腹壁投影相当于腹直肌外缘与肋弓的夹角处;体后壁的投影相当于骶棘肌外缘与 12 肋的夹角处。

胸膜囊的下界位于第 12 肋内侧段的下方、距离正中线 3 横指的范围内,所以在通过腰区做手术时,如伤及腰背筋膜中层的上部,就可能累及胸膜囊。

二、肾 被 膜

由外向里依次为肾筋膜、肾脂肪囊、肾纤维膜等 3 层组织。

肾纤维膜紧邻肾实质,较为肾韧,内含弹力纤维、平滑肌成分。常常是肾手术时进行缝合或固定肾的组织,其次,在肾肿大时,又因为它的韧性及完整的包裹特性,对肾组织产生压迫作用。

肾纤维囊的外面就是一层脂肪组织,呈半流体状态,对肾具有承托、保护与固定作用,也是肾手术时的天然分界面。

三、肾的内部结构

在肾的冠状切面上,接近外表面的部位为肾皮质,而接近肾盂部位的组织为肾髓质。髓质占肾实质厚度的 2/3,主要由集合管、乳头管、大部分髓襻组成;在髓质区域,从外形看,是由肾锥体与肾柱构成,肾锥体的内侧端有肾乳头管的开口,向肾小盏开放。肾柱是肾锥体之间的组织成分,在 B 超时常被误诊为低回声性病灶。

肾的基本结构是肾单位。肾小体与之相连的肾小管共同构成了尿液形成的基本结构与功能单位。

肾的内部结构见图 8-1。

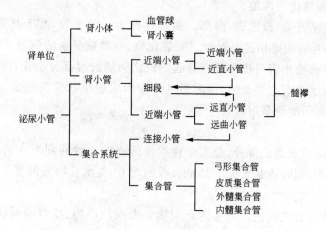

图 8-1　肾的内部结构

(一)肾单位

由肾小体及与其相连的肾小管两部分组成。

1. **肾小体**　是原尿形成的基本结构,一般而言其直径约 $200\mu m$。肾小体的中央部分是毛细血管组成的肾小球,其外层为肾小囊,肾小体具有 2 个极端,一个为小动脉出入肾小体的区域称为血管极,对侧是与肾小管相连的尿极。

(1)肾小球:入球小动脉进入血管极后分成 5～8 个主支,不断细分为盘曲的襻状毛细血管网,这也就是毛细血管襻,这些毛细血管网再汇集形成出球小动脉。入球小动脉粗而直,出球小动脉细而弯曲,这样就形成了出、入球小动脉间的压力差,从而产生血液在肾小球内的滤过压力,同时也易于使血液中的异常物质如免疫复合物沉积于肾小球毛细血管壁。

肾小球毛细血管壁的结构比一般的毛细管壁要复杂得多,从而面向外依次是内皮细胞、基底膜、上皮细胞(也称为足细胞)。

(2)肾小囊:肾小囊是肾小管的盲端扩大后进一步内陷而形成的一个囊腔,由内外 2 层组成,内层称为脏层,外层称为壁层。脏层即是肾小球的上皮细胞,内外层间的腔隙为肾小囊腔,也就是包曼囊,按下去的空腔就是近由小管的内腔。

(3)肾小球旁器:位于出、入球小动脉与远端肾小管之间的一个具有内分泌功能的特殊结构成分。细胞成分包括球旁细胞、致密斑、球外系膜细胞、极周细胞。

2. **肾小管**

(1)近端肾小管是肾小管进行回吸收的重要部位,也是肾小管各段中最粗、最长的部分。近端肾小管进一步分为曲部、直部。①近端肾小管曲部也称为近曲小管,具有丰富的 Na^+,

K^+-ATP 酶,是近曲小管钠离子主动重吸收的关键结构,同时也会带动 Cl 离子、水的被动重吸收。②近端肾小管直部,它对于重吸收功能并无十分重要的作用。

近端肾小管的主要功能是重吸收滤过的原尿中的水、钠、钾、钙、氯化物、重碳酸盐、磷酸盐,以及某些有机物质如糖、氨基酸。所以,近端肾小管病变可以导致机体水、电解质的代谢紊乱。

(2)细段是连接近端肾小管直部与远端肾小管直部的细胞直管部分。细段通过水的主动与被动重吸收而对尿液进行浓缩。

(3)远端小管包括直部、致密斑、曲部。曲部也称为远曲小管,其上具有丰富的 Na^+,K^+-ATP 酶。远端肾小管的主要功能是对钾、钠、氯化物、与酸碱平衡的调节。

(4)连接小管是远曲小管与皮质集合管起始段之间的过渡部分小管,具有分泌钾离子的功能,对氢离子的释放也具有重要价值,同时通过其细胞内的甲状旁腺激素、维生素依赖性钙结合蛋白而参与了钙离子的调节过程。

(二)集合管

集合管不是肾单位的组成部分,是多个肾单位的连接小管共同汇入的地方。集合管参与了醛固醇的调节过程,同时也是重碳酸盐重吸收的地方,是酸化尿液的重要结构成分。

(三)肾间质

位于肾单位、集合管之间的组织称为肾间质。由间质细胞、少量的网状纤维与胶原纤维、细胞外基质组成。

(四)肾盏、肾盂、输尿管

四、肾的生理功能

主要是排泄机体代谢废物、调节水电解质与酸碱平衡,从而维持机体内环境的稳定。同时肾也具有强大的内分泌功能。

1. 肾小球滤过功能

(1)决定肾小球滤过的因素:①肾小球毛血管静水压与肾小囊内静水压的差值;②肾小球毛细血管胶体渗透压与肾小囊内的胶体渗透压的差值。

(2)影响肾小球滤过的各种因素:①肾血浆流量;②跨毛细血管净水压;③肾小球超滤系数;④胶体渗透压改变。

(3)激素、血管活性物质对肾小球滤过率的影响:血管紧张素Ⅱ;加压素;内皮素;心钠素;缓激肽;其他激素与血管活性物质。

(4)肾神经对肾小球滤过率的影响。

2. 肾小球滤过作用的调节

(1)肾小球滤过的自我调节。

(2)肾小管与肾小球反馈调节。

3. 肾小球对大分子溶质的滤过

(1)孔径屏障与电荷屏障。

(2)肾小球血流动力学对大分子滤过的影响。

4. 肾对 Na、K 离子代谢的调节

(1)近端肾小管对 NaCl 的转运:Na^+、Cl^- 在近端小管的重吸收过程;NaCl 从上皮细胞基底侧进入间质的转运过程；Na、水在组织间隙与血浆间进行交换过程。

（2）NaCl 在髓襻的重吸收。

（3）NaCl 在远端肾小管的重吸收。

（4）集合管对 NaCl 的重吸收。

5．肾稀释浓缩功能

（1）肾稀释、浓缩功能形成的基础：肾各部位渗透浓度情况；肾小管各段在肾各部位的排列；肾小管各段内液的渗透析值；肾髓质间质渗透梯度的形成与维持；尿素再循环。

（2）加压素的作用。

6．肾对酸碱平衡的调节

（1）近端肾小管在肾酸化中所起的作用：近端肾小管上皮细胞的泌氢机制；HCO_3 从肾小管上皮的管腔侧进入上皮细胞内的过程-碳酸酐酶的作用；HCO_3 从上皮细胞内排出的过程；影响近端肾小管酸化功能的因素与可能的机制。

（2）髓襻在肾酸化过程中的作用：HCO_3 在髓襻的重吸收机制，以及影响的因素与机制。

（3）远端肾单位在肾酸化过程中的作用：远端肾小管上皮细胞的泌氢机制-α 细胞的作用；远端肾小管上皮细胞分泌 HCO_3 的机制-β 细胞的作用；影响远端肾小管上皮细胞酸化功能的因素与可能的机制。

（4）NH_4 在肾中的代谢、转运及对肾酸化功能的影响：NH_4 在肾的产生过程；NH_4/NH_3 在不同肾单位的转运过程；NH_4 的逆流倍增效应；影响 NH_4 转运的因素以及可能的机制。

7．肾对钙、磷代谢的调节

（1）正常体钙分布。

（2）钙平衡。

（3）肾各部位对钙的排泄。

（4）影响肾对钙平衡的因素与机制。

（5）正常磷分布。

（6）肾对磷的排泄。

（7）肾对磷的调节过程。

（刘文虎）

第9章 神经系统解剖生理

人体由许多不同的器官、系统组成。每个器官、系统各有其特定的功能。但它们都在神经系统的调节和控制之下,互相制约、互相协调,维持机体内部的动态平衡,使机体成为一个完整的统一体,并使机体适应外界环境而生存。因此,神经系统是人体内的主导系统,其具有保证人体内部各系器官的协调统一,调整人体与外界环境相适应,在实践中产生思维活动等功能。

神经系统的组成

神经系统由中枢神经系统和周围神经系统2部分组成。

1. 中枢神经系统　中枢神经系统由位于颅腔内的脑和椎管内的脊髓共同组成。

(1)脑:由大脑、间脑、小脑和脑干4个部分组成,是人类高级神经活动、意识和思维的器官,也是全身各系统适应内、外界环境的最高调节机构。

①大脑。由大脑纵裂分隔为左右大致对称的两半球,内侧面通过胼胝体相互连接。大脑半球分为额叶、顶叶、颞叶、枕叶、岛叶和边缘系统。

②间脑。位于脑干和端脑之间,包括丘脑、丘脑上部、下丘脑、丘脑后部和丘脑底部。血液供应:大脑后动脉深穿支。其功能:丘脑将传入的感觉神经冲动加以组合、分布,与意识的活动有关。下丘脑对体重、体温、代谢、内分泌、饮食、生殖、睡眠和觉醒等生理功能的调节起着重要作用,同时也与人的情绪行为有关。

③小脑。位于颅后窝,由小脑半球和小脑蚓部组成。血液供应:椎动脉与基底动脉。其功能:调节肌肉张力、维持平衡,使自主活动的功能更精良。病变时可引起共济失调。

④脑干。为位于脊髓和间脑之间的部分,可分为中脑、脑桥和延髓。血液供应:椎动脉与基底动脉。其功能:中脑神经纤维扩展上达大脑,下至脑桥、延髓与脊髓。

(2)脊髓

①脊髓的结构。脊髓上端与脑干相连,下端终止于第一尾椎的骨膜,长42~45cm。位于椎管内,略呈扁圆柱体,自上而下发出31对脊神经。脊髓横切面上可见白质和灰质两种组织。

②脊髓反射。主要的脊髓反射有3种:伸反射:又称牵张反射,此反射有赖于完整的脊髓反射弧、皮质脊髓束的抑制。如果皮质脊髓束的作用被阻断,肌张力便增高,反射就变得亢进,是锥体束损害的主要征象;屈曲反射:这是一种防御反射,当屈肌反射活动时,伸反射便被抑制;脊髓休克:当脊髓被完全切断时,脊髓与高级中枢的联系中断,由于丧失了中枢神经系统高

级部位对脊髓的调节,切断面以下脊髓反射活动完全消失,要经过一段时间才能恢复。这个不发生反射活动的现象称为脊髓休克。

2.周围神经系统　由脑神经、脊神经及身体各部自主神经组成。

(1)脑神经共 12 对,按从上至下的排列顺序,用罗马数字分别命名为Ⅰ嗅神经、Ⅱ视神经、Ⅲ动眼神经、Ⅳ滑车神经、Ⅴ三叉神经、Ⅵ展神经、Ⅶ面神经、Ⅷ前庭蜗或听神经、Ⅸ舌咽神经、Ⅹ迷走神经、Ⅺ副神经、Ⅻ舌下神经。具体所支配的部位见图 9-1。

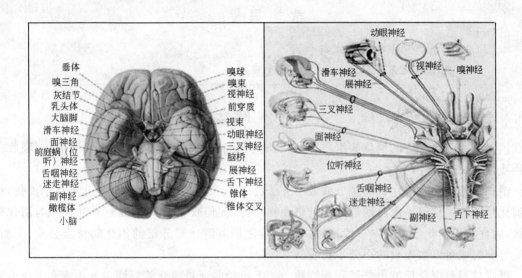

图 9-1　脑神经

(2)脊神经。每一对脊神经依其发出的位置而命名,共 31 对。

其中颈神经 8 对;胸神经 12 对;腰神经 5 对;骶神经 5 对;尾骨神经 1 对。

(3)自主神经。自主神经系统可分为交感和副交感神经两部分,其对同一器官的作用既是相互拮抗又是相互统一的,如交感神经兴奋时瞳孔扩大、血管收缩、心跳加快、汗多、血压升高、肠蠕动减弱和膀胱松弛等;副交感神经兴奋时瞳孔缩小、血管扩张、心动过缓、汗少、血压下降、肠蠕动增加和膀胱收缩等。两者相互对抗的意义在于维持机体的内部平衡。

(刘　芳)

第 10 章　消化系统解剖生理

一、基 本 概 念

消化系统由消化管和消化腺组成，主要功能是摄取食物，进行物理和化学性消化，吸收营养物质，排出食物残渣。

消化是指食物在消化管内被分解成小分子物质的过程，其又分为机械消化和化学消化，机械消化是通过消化管平滑肌的舒缩活动将食物磨碎，促使食物与消化液充分混合并与消化酶接触，将食物由消化管上段向下段推进。化学消化是由消化腺分泌的消化酶将蛋白质、脂肪、糖类等分解成可以被吸收的小分子物质。

吸收是指被消化后的小分子营养物质、水、无机盐等通过消化管黏膜进入血液和淋巴液的过程。小肠是营养物质的主要吸收部位。

二、基 础 解 剖

(一)基本组成

1. 消化管　包括口腔、咽、食管、胃、小肠(十二指肠、空肠、回肠)和大肠(盲肠、结肠、直肠、肛管)。以屈氏韧带(the ligament of Treitz)为界，分为上消化道和下消化道。

2. 消化腺　大消化腺包括大唾液腺、肝和胰，小消化腺是消化管壁内的许多小腺体，如唇腺、胃腺和肠腺等。

(二)胃的解剖

胃位于腹腔的上中部，与食管相延续的部分称作贲门，与十二指肠相延续的部分称作幽门。胃的容量较大，有固定的蠕动频率，约 3/min，蠕动是将食物向幽门方向推动，速度约为 0.5cm/min，排空需要 4～6h。排空最慢的是脂肪，最快的是糖类。在食管下段括约肌正常作用下，胃内压静息状态下低于食管内压 10～30mmHg，以防止食物反流的发生。

(三)肝的解剖

肝主要位于右侧季肋部。肝上界相当于右锁骨中线第 5 肋间，下界与右肋缘平行，剑突下约 3cm，后面相当于第 6～12 肋骨。它的位置随呼吸可上下移动，正常情况下，右肋缘不能触及，如在右肋缘下扪到肝边缘，应注意鉴别是否为病理性肝大。

肝接受肝门静脉和肝动脉的双重血供，其中肝门静脉占入肝总血流量的 70%～75%，另 25%～30%来自肝动脉，两者各供给肝所需氧量的 50%。

(四)胰腺的解剖

胰腺为扁长略呈三角形的实质性器官,质地柔软,长 15～20cm,宽 3～4cm,厚 1.5～2.5cm,重 75～125g。胰腺位于腹膜后,横卧于第 1～2 腰椎前方,分头、颈、体、尾 4 部分,胰头部被十二指肠包绕,尾部与脾门相邻,胰腺前上方被胃窦、体部及胃结肠韧带覆盖,其下方为横结肠及其系膜。

胰腺组织结构由外分泌的腺体及内分泌的胰岛所组成,属混合性腺体。胰腺分泌的胰液经胰管排泄,约 85% 的人主胰管与胆总管汇合成 Vater 壶腹,形成共同通道,然后开口于十二指肠乳头,乳头内有 Oddi 括约肌。这种共同通道,是胆道疾病与胰腺疾病相互关联的局部解剖基础。

三、基 础 生 理

(一)胃肠的运动功能

胃肠移行性肌电复合波(migrating myoelectric complex,MMC)是胃肠道静息与收缩循环往复的周期性电活动,其起搏细胞为 Cajal 间质细胞(interstitial cells of Cajal,ICC),起搏点位于胃体中部,距贲门 5～7cm 的区域,MMC 是消化间期胃肠道运动的主要形式,它的生理意义在于稳定肠道细菌种类及数量,促进分泌性免疫球蛋白(secretory immunoglobulin A,sI-GA)释放,防止肠道感染;增加胃蛋白酶和胰蛋白酶分泌,增强胆囊浓缩功能,为下次消化做准备。

(二)肝正常的生理功能

1. 分泌胆汁　成年人肝每日分泌胆汁 800～1 200ml。胆汁可帮助脂肪消化及脂溶性维生素 A、维生素 D、维生素 E、维生素 K 的吸收。

2. 代谢功能

(1)糖代谢:肝有较强的糖原合成、分解和储存能力,是维持血糖浓度相对稳定的重要器官。

(2)蛋白质代谢:肝主要起着合成、脱氨和转氨 3 个作用。可利用氨基酸合成各种重要蛋白质;可将有毒物质氨转变为尿素,经肾排出;能将一种氨基酸转化为另一种氨基酸。

(3)脂肪代谢:肝可维持体内各种脂质(磷脂和胆固醇)的恒定,使之保持一定的浓度和比例。

(4)维生素代谢:肝在维生素的储存、吸收、运输、改造和利用等方面具有重要作用,维生素 A、维生素 D、维生素 K 等主要贮存于肝。

(5)激素代谢:灭活雌激素和加压素。肾上腺皮质酮和醛固酮的中间代谢大部分在肝内进行。

3. 凝血功能　肝合成纤维蛋白原、凝血酶原、凝血因子 V、Ⅶ、Ⅷ、Ⅸ、Ⅹ、Ⅺ、Ⅻ。

4. 解毒功能　在代谢过程中产生的毒物或外来的毒物,在肝内主要通过分解、氧化和结合等方式来解毒。

5. 吞噬或免疫作用　肝通过单核-吞噬细胞系统的 Kupffer 细胞的吞噬作用,将细菌、色素和其他碎屑从血液中除去。

(三)胆汁的存储和排泄

胆囊具有储存、浓缩和排出胆汁的功能。胆囊黏膜吸收水和电解质后,可使胆汁浓缩 5～

10 倍,使其容积减少 80%～90%。进餐时,食物刺激十二指肠黏膜分泌缩胆囊素(cholecysto-kinin,CCK),胆囊收缩,胆总管下端和 Oddi 括约肌松弛,使胆汁排至胆管和十二指肠。此外,刺激迷走神经可使胆囊收缩;刺激交感神经则抑制胆囊的收缩。

(四)胰腺正常的生理功能

胰腺具有内分泌和外分泌的功能。

胰腺外分泌物称胰液,正常人每日胰腺分泌的胰液量为 750～1 500ml,它是一种无色、无臭、低稠度的碱性液体。消化酶主要有糖水解酶类(胰淀粉酶等)、蛋白水解酶(胰蛋白酶等)、脂肪水解酶(胰脂肪酶等)、核酸水解酶等。这些消化酶的分泌受到体液和神经的双重调节。

胰液的内分泌缘于胰岛,其中的多种细胞分别分泌胰岛素、胰高血糖素、胃泌素、生长抑素等。一旦胰岛内某种细胞发生异常,即可出现相应的内分泌失调。

(五)肠屏障功能

肠屏障是指肠道能防止肠腔内的有害物质如细菌和毒素穿过肠黏膜进入体内其他组织器官和血液循环的结构和功能的总和。肠屏障包括生态屏障即肠道内的常居菌群;机械屏障即黏膜上皮;免疫屏障即黏膜细胞的分泌性 IgA、黏膜内及黏膜下各种免疫细胞。其中小肠黏膜上皮细胞非常重要,一般意义上的肠屏障即指这层结构。肠道是疾病状态下一个大的病原菌储存库,是外科应激反应的中心器官。危重病时,各种致伤因素直接(或)间接地导致肠道内细菌过度增长、肠机械屏障破坏和(或)机体免疫力降低,引起肠内细菌和(或)毒素移位,产生全身炎症反应综合征(systemic in flamatory response sydrome,SIRS)、脓血症,甚至多器官功能不全综合征(muleiorgan dysfanction syndrome,MODS)。

(吴晓英　胥小芳)

第11章 内分泌系统基础生理

下丘脑视上核和室旁核的神经元轴突延伸终止于神经垂体,形成下丘脑-垂体束。下丘脑的一些神经元既能分泌激素(神经激素),具有内分泌细胞的作用,又保持典型神经细胞的功能。它们可将从大脑或中枢神经系统其他部位传来的神经信息,转变为激素的信息,起着换能神经元的作用,从而以下丘脑为"枢纽",把神经调节与体液调节紧密联系起来。

一、神 经 垂 体

所谓的神经垂体是指在下丘脑视上核、室旁核产生而贮存于神经垂体的升压素(加压素)与催产素。

加压素的生理作用:在正常饮水情况下,血浆中血管升压素的浓度很低(1.0~1.5ng/L),几乎没有收缩血管而导致血压升高的作用,对正常血压调节没有重要意义,但在脱水或失血的情况下,由于血管升压素释放较多,对维持血压有一定作用。人禁水 24~36h 时,血浆血管升压素浓度可达 10 ng/L,此时可使皮肤、骨骼肌、腹腔内脏以及心肌等血管明显收缩,血流量降低,血压趋于升高。

血管升压素对肾脏的生理作用是促进肾远球小管和集合管对水的重吸收,即具有抗利尿作用。

二、甲 状 腺

(一)甲状腺的形态

人体的甲状腺重 20~40g,左右叶由峡部相连接。峡部横跨在第 2~4 气管软骨环的前面,腺体外有两层结缔组织包绕,外层结缔组织与气管前膜连接,内层伴随血管和神经深入腺体实质,把腺体分隔成大小不等的小叶,小叶由滤泡构成。

(二)甲状腺激素的释放

甲状腺释放 T_4、T_3 和 γT_3。血浆中的 T_4 来自甲状腺。正常情况下,甲状腺每日释放 T_4 77~110μg,血浆中浓度为 4.5%~13.2%。甲状腺每日释放的 T_3 量为 6μg,只占血中 T_3 总量的 12%~20%,γT_3 也只有 5%由甲状腺释放,其余 80%~90%的 T_3 和 γT_3 是 T_4 在外周组织经脱碘酶作用,脱去 1 个碘原子而生成的,说明从甲状腺释放的激素主要是 T_4。甲状腺激素在血液中的浓度,在各种因素调节下相对稳定。如果甲状腺分泌激素过多超过机体正常需要量可称为甲状腺功能亢进,简称甲亢;如果功能低下,则为甲状腺功能不足或低下。

(三)甲状腺对全身各系统的作用

1. **对基础代谢率(basil metabolic rate,BMR)的影响** 甲状腺对机体整体的最明显的作用就是增加基础氧耗率和产热效应。除脑、性腺、脾以外,它对全身所有组织都有此效应。它分泌过多时可使 BMR 超过正常的 60%～80%;而当甲状腺激素分泌减少或缺如时 BMR 可以低于正常 30%～50%。

2. **对物质代谢的影响**

(1)甲状腺激素对蛋白质代谢的影响:甲状腺激素对蛋白质合成是双向的。例如缺乏甲状腺激素的儿童,用甲状腺激素治疗后,也能增加蛋白质合成,但是,大剂量甲状腺激素则可加速蛋白质分解,特别加速骨骼肌蛋白质的分解,故患甲状腺功能亢进时出现肌肉消瘦乏力,并且尿中肌酸含量增加;又因动员骨的蛋白质分解,而致高血钙、高钙尿和骨质疏松,生长发育停滞。

(2)甲状腺激素对糖代谢的影响:甲状腺激素增加消化道对糖的吸收和增强糖的酵解过程。

(3)甲状腺激素对脂肪代谢的影响:甲状腺激素有增强脂肪组织对儿茶酚胺和胰高糖素的脂解作用。甲状腺激素既促进胆固醇的合成,又可通过肝降解胆固醇,但分解速度超过合成。故甲状腺功能亢进患者血中胆固醇含量低于正常,但血清游离胆固醇与总胆固醇的比值不定。

(4)对生长发育的影响:甲状腺激素具有促进组织分化和生长、成熟的作用。甲状腺激素在维持正常生长发育方面是必不可少的激素,特别是对骨骼肌和脑的发育尤为重要。

(5)对神经系统兴奋性的影响:甲状腺功能亢进时,大脑皮质的兴奋性增加,主要表现为多言疑虑、喜怒无常、易激动、注意力不集中等中枢神经系统兴奋症状。甲状腺功能低下时,中枢神经系统处在压抑状态,表现为面无表情、感觉迟钝、行动迟缓、记忆力减退等。

(6)对心血管系统的影响:甲状腺激素可以使机体的大部分组织中的血管扩张,血流增加。血流量增多,搏出量和心率均增加,心排血量也相应增加。

(7)对肌肉活动的影响:甲状腺功能亢进时一个很显著的体征是细小肌肉的震颤,这种震颤被认为是由于脊髓中控制肌张力的神经和肌肉接头处反应性增强的结果。

(8)对其他内分泌腺的影响:甲状腺激素分泌,增加组织对其他激素的需要量。

(9)对性功能的影响:甲状腺激素对于维持性功能是必需的。

三、甲状旁腺与调节钙的激素

钙不仅是构成机体组织细胞和体液的重要部分,而且还参与机体许多功能活动的调节,如钙离子最主要的生理功能是作为第二信使调节细胞功能。钙离子对细胞的调节是由一个复杂的系统组成,称为钙信使系统。钙信使系统在肌肉收缩、突触传递、内分泌、外分泌、神经分泌以及细胞生长和维持神经系统兴奋性等方面都起着重要作用。

(一)钙的含量和代谢

正常成年人体内含钙 1 000～1 200g,其中 99% 以骨盐形式存在于骨骼中,其余 1% 存在于各种软组织和细胞外液中。细胞外液含钙量仅占总钙量的 0.1%,约为 1g。正常成年人血清总钙浓度相当恒定,为 2.20～2.58mmol/L。血浆中的钙可分为扩散性和非扩散性钙两部分。

(二)钙的吸收和排泄

1. 钙的吸收 吸收部位主要在十二指肠和空肠上段。钙盐只有在水溶液状态,而且在不被肠腔中任何其他物质沉淀的情况下,才能被吸收。脂肪食物对钙的吸收有促进作用,脂肪分解产生的脂肪酸可与钙结合成钙皂,后者可与胆汁酸结合,形成水溶性复合物而被吸收。肠内容物的酸度对钙的吸收也有很大影响。在 pH 为 3 时,钙呈离子化状态,吸收最好。

2. 钙的排泄 钙主要通过粪和尿排泄。从粪便中排出的钙绝大部分是食物中未被吸收的钙,粪钙的排出量占食物中摄入钙量的 80% 左右;一部分粪钙是来自消化液。所以,粪钙含量主要反映肠黏膜对其吸收的能力,而不能作为肠黏膜的排泄功能。随尿排出的钙量每天约 150mg,占肾小球滤过钙量的 1.5%。

(三)甲状旁腺素的生理作用

甲状旁腺素(parathyroid hormone,PTH)是调节血钙的最重要激素,有升高血钙的作用。

1. 对肾的作用 血浆中约有 60% 的钙可经肾小球滤过,在正常情况下,每日滤过的总钙量约为 10 000mg,滤过的钙在流经肾小管时,有 97%~99% 被重吸收,随尿排出的钙每天约为 150mg。

2. 对骨的作用 PTH 动员骨钙入血,使血钙升高。

(四)血钙水平对 PTH 分泌的影响

PTH 的分泌主要受血浆钙浓度变化的调节。血浆钙浓度轻微下降时,就可使甲状旁腺分泌 PTH 迅速增加,这是由于血钙降低直接刺激甲状旁腺细胞释放 PTH,在 PTH 作用下,促使骨钙释放,并促进肾重吸收钙,结果使已经降低了的血钙浓度迅速回升。相反,血浆钙浓度升高时,PTH 分泌减少。长时间的高血钙,可使甲状旁腺发生萎缩,而长时间的低血钙,则可使甲状旁腺增生。

甲状旁腺主细胞对低血钙极为敏感,血钙浓度下降在 1min 内即可引起 PTH 分泌增加。

(五)降钙素

降钙素(calcitonin,CT)是由甲状腺 C 细胞分泌的肽类激素。

1. 降钙素的生理作用 降钙素的主要作用是降低血钙和血磷。

2. 血钙水平对降钙素分泌的调节 CT 的分泌主要受血钙浓度的调节。CT 的分泌随血钙浓度的升高而增加,当血钙升高 10%,则可使血中 CT 含量增加 1 倍。CT 与 PTH 对血钙的作用正好相反,它们共同调节血钙的相对稳定。比较 CT 与 PTH 对血钙的调节作用有各自的特点:CT 对血钙的调节作用启动较快,在 1h 内即可达到高峰,而 PTH 分泌高峰则须几个小时;CT 只产生短期的调节作用,其效应很快被有力的 PTH 作用所克服,而 PTH 对血钙则产生长期的调节作用。然而,正由于 CT 的作用快速而短暂,因而使高钙饮食后血钙升高恢复到正常水平可能发挥重要作用。

四、肾 上 腺 素

肾上腺位于腹腔内肾上方,中线两侧,左右各一。每一肾上腺重约 4g。肾上腺由皮质和髓质两部分组成。髓质约占整体的 20%,它的功能和交感神经系统的功能有关。其主要的生物学作用表现在以下方面。

1. 肾上腺素能促进葡萄糖的生成增加,通过受体促进肝内糖原分解,糖原生成受抑制,同时还有抑制肌肉和脂肪组织中胰岛素对葡萄糖利用作用。促进胰高血糖素的分泌,抑制胰岛素的分泌。

2. 肾上腺素可提高基础代谢率 7%～15%。

3. 由于各种组织细胞上存在不同的肾上腺素能受体，所以也可以显示完全相反的作用，例如血管平滑肌上的 β 受体被激动后，导致血管舒张，血压下降；相反，如 α 受体被激动，则引起血管收缩，血压升高。肾上腺素与胃肠平滑肌 α 受体结合时，使其发生收缩，而与 β 受体结合时则表现为抑制作用。

（马　蕊）

第12章　凝血系统基础生理

教　学　目　标

1. 熟悉主要监护脏器与重症监护相关的解剖生理。
2. 了解其与危重病监护的关系。

一、血液的物理性能

(一)血液的功能

血液是在心脏和血管内循环的一种流体组织。主要功能有以下几个方面。

1. 运输。首先是运输各种营养物质;机体在代谢过程中所产生的二氧化碳、尿素、肌酐等代谢产物以及过多水分也要通过血液经皮肤、肾、呼吸器官及肠道排出体外。

2. 维持酸碱平衡。

3. 营养。

4. 形成胶体渗透压。

5. 防御。

6. 参与凝血与抗凝血。

7. 分泌部分多肽生长因子参与调节细胞的增殖与分化。

(二)血小板在止血和凝血中的作用

血小板的首要功能是参与止血血栓的形成,其他功能还有参与凝血和维持血管壁的完整性。

二、凝血系统的基础生理

凝血是指流动的液态血液变成不流动的凝块,其实质就是呈液态(水溶)的纤维蛋白原转变为固态(不溶于水)的纤维蛋白的生化过程。

1. Ⅻ因子　Ⅻ因子启动内源性凝血系统。在内源性接触激活过程中,Ⅻ因子的激活主要靠激肽释放酶。Ⅻ因子激活后生成Ⅻa因子,从而启动内源性凝血系统。Ⅻ因子活化的方式有 2 种,所以活化的产物也有 2 种,一种为 α-Ⅻa因子,另一种为 β-Ⅻa因子。α-Ⅻa因子、β-Ⅻa因子均能激活激肽释放酶原,但只有 α-Ⅻa因子才能激活Ⅺ因子。

2. Ⅺ因子　Ⅺ因子本身也是一种无活性的丝氨酸蛋白水解酶,可被Ⅻa、Ⅺa以及凝血酶酶切激活生成Ⅺa因子。

3. 激肽释放酶原和激肽原

(1)激肽释放酶原:激肽释放酶原被Ⅻa激活后转化为激肽释放酶,后者再活化更多的Ⅻ因子,形成相互活化的循环,加速Ⅻa的形成。

(2)激肽原:人体血液中存在 2 种分子的激肽原,高分子激肽原和低分子激肽原。高分子激肽原在接触时相中不但可作为Ⅻ、Ⅺ因子和激肽释放酶原激活过程中的辅因子,还可作为激肽释放酶的底物而被激活。

4.Ⅸ因子　Ⅸ因子在体内激活的途径主要有 2 个:一个是通过内源性激活途径由Ⅺa因子所激活;另一个是通过外源性激活途径由组织因子-Ⅶa因子激活。

5.Ⅷ因子复合物　Ⅷ因子也称抗血友病因子 A 或抗血友病球蛋白或血小板辅因子Ⅰ等。Ⅷ因子在凝血酶作用下生成具有酶活性的Ⅷa因子,另外Ⅹa因子也可激活Ⅷ因子。

6.组织因子和Ⅶ因子

(1)组织因子:又称Ⅲ因子,是位于多种细胞表面的膜蛋白成分,出现于多种组织内。

(2)Ⅶ因子:主要作用是参与外源性凝血机制的启动。Ⅶ因子受到Ⅹa因子作用后转化为双链的Ⅶa因子,活性明显增高。Ⅶ因子除能与组织因子结合启动外源性凝血外,也能在组织内及 Ca^{2+} 存在的情况下活化Ⅸ因子,而且可被 2 条途径中若干因子(Ⅻa、Ⅸa、Ⅹa 及凝血酶)促进。

(3)Ⅶ因子-组织因子复合物:Ⅶ因子和组织因子在 Ca^{2+} 存在下几乎按 1∶1 的比例结合形成复合物。此复合物的形成主要有两方面的功能,一是增强无活性Ⅶ因子对蛋白酶水解的敏感性,二是显著加强Ⅶ因子对Ⅸ、Ⅹ因子的活化作用。

7.Ⅹ和Ⅴ因子

(1)Ⅹ因子:生理状态下无活性,通过内源性和外源性凝血系统的激活生成有活性的Ⅹa因子,然后在 Ca^{2+}、磷脂及Ⅴa因子的存在下,水解凝血酶原生成凝血酶。

(2)Ⅴ因子:又称加速因子,在凝血酶催化下生成Ⅴa因子,Ⅴa因子可使Ⅹa因子对凝血酶原的活化速度提高 278 000 倍。

8.凝血酶原　促使凝血酶原形成凝血酶的凝血酶原活化体系包括Ⅴa因子、Ⅹa因子、Ca^{2+}、磷脂或血小板膜,又称凝血酶原酶,其中Ⅹa因子是凝血酶原转化为凝血酶所必需的蛋白水解酶。

9.纤维蛋白原和纤维蛋白　血液凝固级联反应中的中心环节是凝血酶催化纤维蛋白原转变为纤维蛋白,纤维蛋白的形成、稳定与溶解均与纤维蛋白原的分子结构有关。

10.纤维蛋白稳定因子　纤维蛋白稳定因子以无活性的酶原形式存在于血浆及血小板内,经凝血酶及 Ca^{2+} 作用活化。活化的Ⅻa因子具有谷氨酰胺转移酶活性,催化纤维蛋白亚铁单位多肽链间形成交联。

11.维生素 K 在凝血系统中的作用　凝血酶原及Ⅶ、Ⅸ、Ⅹ因子,包括一些抗凝血因子,如 C 蛋白、S 蛋白、Z 蛋白等,均由肝合成,合成过程需维生素 K 作为辅助因子。缺乏维生素 K,则生成的凝血因子无活性,例如生成的异常凝血酶原被激活后转化的凝血酶只占正常凝血酶原活性的 1%～2%。维生素 K 依赖性因子有一共同特点,都含有 γ-羧基谷氨酸残基,后者与 Ca^{2+} 相结合后才能发挥作用。

三、凝 血 过 程

血液凝固的理论经典之一,即认为凝血过程是一系列凝血因子相继酶解激活的级联反应,生成凝血酶,最终形成纤维蛋白凝块。凝血过程大体可分为 3 个阶段。第一个阶段为凝血活酶生成阶段,此阶段一般可被分为内源性凝血和外源性凝血 2 个途径;第二个阶段为凝血酶生成阶段,此阶段为内源性凝血和外源性凝血 2 条途径的共同凝血途径,是由 Ⅹa 因子、Ⅴ 因子和 Ca^{2+} 形成凝血酶原酶(也称凝血酶原复合物),使凝血酶原转化为凝血酶。第三个阶段为纤维蛋白生成阶段,此阶段是纤维蛋白原在凝血酶的作用下生成纤维蛋白。

(一)凝血活酶生成阶段

1. 内源性凝血系统　内源性凝血途径是指参与凝血过程的凝血因子均来自于血液。首先是接触时相激活,即 Ⅻ 因子与 Ⅺ 因子的激活。当血液与带负电荷的异物接触时,首先是 Ⅻ 因子结合到异物表面上,在此处,Ⅻ 因子被激活;Ⅻ 因子生成后即裂解高分子量激肽原分子中的赖氨酸-精氨酸-丝氨酸键而使其转变为不含缓激肽的双链分子;裂解后的高分子量激肽原很快与表面结合,把激肽释放酶原和 Ⅺ 因子带到异物表面;在异物表面上,Ⅻa 因子裂解激肽释放酶原和 Ⅺ 因子,使两者分别转变为具有酶解活性的激肽释放酶和 Ⅺa 因子,形成接触激活的正反馈效应;激肽释放酶还能裂解高分子量激肽原,作为活性辅因子,能大大加速激肽释放酶对 Ⅻ 因子、Ⅻa 因子对激肽释放酶和 Ⅺ 因子的激活。经过接触时相激活,Ⅻ 因子、Ⅻa 因子被相继激活,从而启动内源性凝血途径,同时也激活纤溶系统等。在内源性凝血途径中,Ⅸ 因子被激活变为Ⅸa 因子,Ⅸa 因子的作用是激活 Ⅹ 因子,使其转变为具有较强酶解活性的 Ⅹa 因子,但单独的Ⅸa 因子激活 Ⅹ 因子的效力相当低,它要与Ⅷa 因子结合成 1∶1 复合物后才能有效地激活 Ⅹa 因子。

2. 外源性凝血途径　是指参与凝血的凝血因子并不都存在于血液中,还有来自血液外的组织因子(Ⅲ)。一般认为单独的 Ⅶ 因子或组织因子均无促凝性,但Ⅶ 因子一旦与组织因子结合会很快被活化的 Ⅹ 因子激活为具有酶解活性的 Ⅶa 因子,从而形成组织因子-Ⅶa 因子复合物,组织因子-Ⅶa 因子复合物生成后能迅速激活 Ⅹ 因子,因此将启动外源性凝血途径。

由于组织与血液接触,Ⅸa 因子-Ⅶa 因子复合物的形成,使外源性凝血系统与内源性凝血系统联系起来,此凝血途径称为凝血旁路途径。

在内源性凝血途径和外源性凝血途径中,Ⅹ 因子分别被Ⅸa 因子-Ⅷa 因子复合物和组织因子-Ⅷa 因子复合物激活为 Ⅹa 因子,而 Ⅹa 因子生成以后的凝血过程是 2 条凝血途径所共同拥有的通路,因此称为凝血的共同途径。共同途径主要包括凝血酶的生成和纤维蛋白形成 2 个阶段。

(二)凝血酶生成阶段

在 Ⅹ 因子被激活后,所产生的 Ⅹa 因子即在 Ca^{2+} 存在情况下于磷脂膜表面与 Ⅴa 因子结合形成 1∶1 复合物,此复合物称为凝血酶原复合物,其作用是激活凝血酶原使之转变为凝血酶。凝血酶生成后,主要作用是催化纤维蛋白原向纤维蛋白单体转变。

(三)纤维蛋白形成

纤维蛋白原被凝血酶酶解为纤维蛋白单体,并交联形成稳定的纤维蛋白凝块,这一过程可分为 3 个阶段,纤维蛋白单体的生成,纤维蛋白单体的聚合,纤维蛋白的交联。

(马　蕊)

第13章 营养与代谢基础生理

教 学 目 标

1. 熟悉主要监护脏器与重症监护相关的解剖生理。
2. 了解其与危重病监护的关系。

一、营养物的正常摄入、消化和吸收

(一)概述

消化系统即消化和吸收食物的系统,为机体及其生命活动提供物质基础的重要器官系统。消化系统的消化过程包括:①摄入食物;②消化或把复杂的食物分子化解为简单的、可溶的、能被吸收的或能透过肠壁的物质;③排出无用的残渣。此外,消化器官还具有重要的代谢功能、内分泌功能和免疫功能。

1. **消化过程包括2种方式** ①机械性消化;②化学性消化。

(1)消化道的机械性消化作用:通过消化道肌肉的舒缩活动即咀嚼和蠕动,将食物磨碎并与消化液充分混合,同时不断将食物向消化道远端推送以利食物有序地消化和吸收。

(2)消化道的化学性消化作用:食物在消化道内的化学性消化过程是水解过程,即把含能的大分子营养物加水后分解为水溶性的、可为机体细胞利用的小分子,如蛋白质+水→氨基酸;脂肪+水→脂肪酸+甘油;糖+水→单糖。

2. **胃肠激素** 胃肠道黏膜层内,不仅有多种外分泌腺体,还有多种内分泌细胞,这些细胞分泌的激素统称胃肠激素。胃肠激素的生理作用,主要有以下3个方面。

(1)调节消化腺的分泌和消化道运动。

(2)调节其他激素的释放:例如食物消化时,从胃肠道释放的抑胃肽有很强的刺激胰岛素分泌作用,因而口服葡萄糖比静脉注射同剂量的葡萄糖能引起更多的胰岛素分泌。

(3)营养作用。

(二)胃内的消化和吸收

胃是消化道中最膨大的部分,食物进入胃后受胃液的化学性和机械性消化。胃分泌的盐酸是一种强酸,如此高的盐酸浓度其生物意义在于:①杀死和抑制食物中绝大多数细菌;②使蛋白质变性而容易被水解成氨基酸;③激活激酶;④水解某些糖类;⑤增加钙和铁的溶解度和吸收。

成年人的胃容量为1~2L,具有暂时储存食物的功能,可容留3~4.5h。胃排空率由胃体积大小,食糜成分决定。胃容量越小,排空越快。故而婴儿及部分胃切除后的成年人需经常喂食。液体排空较快。高糖食物先排空,然后是蛋白质,最后是脂肪。脂肪可留在胃内3~6h。食糜每次少量经幽门括约肌排入小肠可保证其在小肠内充分消化吸收。

(三)小肠内消化和吸收

小肠内消化过程是全部消化过程最重要的阶段。食物在小肠内停留时间随食物性质而不同,一般为 3～8h。小肠是营养物质主要吸收部位。

水溶性营养物质在小肠通过黏膜吸收入门脉循环,然后入肝开始代谢,脂溶性营养物质吸收复杂,如长链脂肪酸其分子大又不溶于水,脂肪消化产物与胆盐形成微胶粒被带到、释放和穿过小肠细胞膜,在细胞内重新合成三酰甘油,并由蛋白质包裹进入淋巴系统,最后经胸导管进入血循环。

(四)影响消化和吸收的因素

1. 营养物的易消化性。一般指是否易于消化以及在肠内移动快慢,也表示消化的完全性。营养物质的消化系数是指食物被吸收的量与摄入量之比。如粪便中含蛋白是摄入量的 3%,消化系数是 97%,脂肪是 95%,蛋白质是 92%。

2. 摄入营养物的量。

3. 生理需要。

4. 消化道状况。

5. 循环激素的水平。

6. 消化中的各种营养物相互是否提高或干扰吸收。

7. 消化酶的量是否足够。

二、胃肠道的免疫

(一)胃肠道免疫组织在全身免疫中的地位

胃肠道是人体最大的免疫器官。

(二)胃肠道相关的免疫组织及功能

肠黏膜内免疫组织和细胞:肠黏膜的上皮细胞是一种高度分化的细胞。它具有分泌消化液和转运营养物质的功能,并且能合成和分泌一种特殊的蛋白质。同时上皮细胞还能将肠道内的大分子抗原经吞饮而输送到固有层。上皮内淋巴细胞的存在是对抗原免疫的表现之一。浆细胞均匀分布在胃肠的固有层内,它可以与进入肠壁的各种抗原直接发生免疫反应。

(三)肠道免疫屏障损害的原因、后果及防治

在严重创伤和感染等应激状态时,氧和谷氨酰胺的不足使肠道黏膜及其免疫细胞受损,从而破坏肠道屏障功能,细菌及毒素便会突破肠屏障,引起全身感染,甚至激发多脏器衰竭。创伤后早期进食或肠内营养,由于食物刺激胃肠道,激活肠道神经-内分泌轴,促进肠道激素如神经紧张素、胆囊收缩素、胃泌素等合成和释放,调节胃、胆、胰分泌,促进胃肠蠕动和黏膜生长,对维持肠壁局部免疫系统及其细胞的功能均有重要作用。

三、蛋白质和氨基酸的代谢

各种生命形式均与蛋白质相关,生命物质中的蛋白质以酶、细胞的结构、信使及抗体的形式发挥作用。在良好的营养状况下,机体才能在生长发育过程中积累蛋白质并在成熟时维持全身组织的蛋白质。

(一)机体蛋白质与脏器的代谢

肠道内可供吸收的蛋白质总量是 170g,其中 160g 被重吸收。而成年人体内每日合成的

蛋白质 250～300g。以上蛋白质每日摄入量(100g)和转换量(约 250g)之间的差异表明,在蛋白质代谢中有大量的氨基酸被再利用。

(二)疾病时的代谢情况

同时参与调节氨基酸和能量代谢的一个因素是胰岛素。胰岛素的血浆水平决定组织对氨基酸的摄取,尤其是肌肉对氨基酸的摄取,同时,血浆胰岛素水平还调节肌肉及其他外周组织是接受葡萄糖还是脂肪酸或酮体作为主要能源。

肾衰竭时,组织表现对胰岛素的抵抗,因此,胰岛素抵抗并不影响进入肌肉中的氨基酸。与糖尿病不同的是,这些患者血浆中支链氨基酸的水平并不高,在尿毒症时还低于正常,是血中胰岛素水平升高造成的。

在肝硬化时由肠道细菌合成的氨和胺不再被肝摄取而进入体循环及至脑细胞。

发热和脓毒血症导致机体代谢和激素水平发生改变以适应高代谢状态的需要。

肿瘤本身活跃地摄取氨基酸和葡萄糖并释放乳酸,乳酸可被肝用于糖原异生。

(三)氮的排出和氮平衡

氮在体内代谢的终产物从尿中排出,食物中未吸收的蛋白质以及分泌到肠腔中未吸收的蛋白质从粪便中排出。

蛋白质在体内总的代谢可用氮平衡表示,即摄入氮和排出氮之间差,该差值如是正值,代表正氮平衡,说明氮在体内存留或用作机体蛋白质增长;相反,负氮平衡代表氮丢失。氮平衡公式:

$$B=I-(U+F+S)$$

式中:B 为氮平衡;I 为摄入氮;U 为尿素氮;F 为粪氮;S 为皮肤丢失氮。

氮平衡也受激素和能量摄入的影响。

四、能 量 代 谢

(一)能量单位和来源

国际上常用的能量单位是卡与焦耳,其换算关系如下。

1 卡＝4.184 焦耳(即 1 焦耳＝0.239 卡)

1 千卡＝4.184 千焦耳(即 1 千焦耳＝0.239 千卡)

1 000 千卡＝4.184 兆焦耳(即 1 兆焦耳＝239 千卡)

人体所需热量的最基本来源为蛋白质,脂肪和糖类这三大产热营养素在体内的氧化分解。其最终的生理有效热能分别为:1g 蛋白质产热 4.0kcal,1g 脂肪产热 9.0kcal,1g 糖类产热4.0kcal。

(二)人体能量的需要

人体能量消耗主要表现在 4 个方面:①基础代谢的消耗;②机体体力和脑力活动的消耗;③食物特殊动力作用的消耗;④生长发育的消耗。机体在疾病状态下,能量的补充并非人们所想的越多越好,而应根据疾病自身特点等多种因素而定。在分解代谢期,以维持能量平衡及氮平衡,维持各重要脏器功能为原则;在合成代谢期,应将消耗量和体内合成代谢需要能量合计在内,利于患者康复。

计算患者能量需要的最常用方法是:

能量需要＝基础能量消耗×活动系数×体温系数×应激系数

活动系数:卧床1.2,下床少量活动1.25,正常活动1.3

体温系数:38℃取1.1;39℃取1.2;40℃取1.3;41℃取1.4

应激系数:无并发症1.0;术后1.1;肿瘤1.1;骨折1.2;脓毒血症1.3;腹膜炎1.4;多发性创伤1.5～1.6;烧伤1.7～2.0

(三)糖类的生理功能

糖类的主要生理功能是提供能量。其供能方面的特点主要有:①在总能量中所占比例最大;②提供能量快而及时;③最终的氧化产物为水和二氧化碳,对生理无害;④人体神经系统的活动所需能量仅由葡萄糖提供;⑤可避免体内脂肪的大量氧化,产生过多酮体,即具有抗酮作用;⑥具有节约蛋白质的作用。

除此之外,摄入足够的糖类可增加肝糖原储存,以保护肝少受化学药品的毒害。

(四)脂肪的生理功能

脂肪的生理功能包括:①氧化释放能量;②提供机体需要的必需脂肪酸;③携带脂溶性维生素和胡萝卜素,并协助其吸收和利用;④皮下脂肪隔热保暖等。

（马　蕊）

第三篇

危重症监护技术

第14章 循环动力学监护

教 学 目 标

掌握循环系统各监护指标的概念、方法和并发症预防。

第一节 循环系统基础监护

一、基本概念

循环系统是人体最重要的器官之一。其功能是推动血液流经人体每一个部分,以达到输送氧及营养物质、运送代谢产物的目的。

(一) 循环系统基本监测指标(传统的)

1. 触摸或监听周围动脉搏动。

2. 测量血压(有创、无创)及中心静脉压。

3. 对意识表情、皮肤色泽、温度的观察。

4. 对尿量的观察。

意在评估心脏功能及组织循环灌注状态。

(二)血流动力学监测指标

1. 多参数心电监护仪(HR、BP、CVP、SO_2、RR、T)。

2. Swan-Ganz 漂浮导管(RAP、PAP、PCWP)。

3. 持续心排和静脉血氧饱和度(CO、SVO_2)。

4. 对意识表情、皮肤色泽、温度的观察。

5. 对尿量的观察。

意在连续监测、及时发现、及早干预治疗、及时评价治疗效果。

二、基础监护项目

(一)血压

1. 概念 血压是血液在血管里流动时对血管壁产生的压力,是重要的循环监测指标,动脉血压值的大小取决于心排血量和外周阻力(图14-1)。

2. 动脉压监测 有严重血流动力学障碍或主动脉内气囊反搏时有必要监测动脉内压力。在患者处于休克或低血容量时,手测血压及其他无创法所测血压均不准确,此时动脉内压力监测可提供十分有价值的数据。一般来讲,正常血压者无创收缩压等于或略低于有创收缩压;高血压者无创收缩压低于有创收缩压;低血压者无创收缩压高于有创收缩压。对于舒张压及平

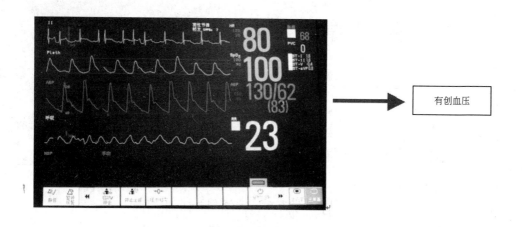

有创血压

图 14-1　动脉血压监测

均压,无创数值均略高于有创数值。

　　动脉压监测所需用的仪器及测压装置与 Swan-Ganz 导管相同。如果用桡动脉穿刺,可使用塑料套管针。目前股动脉穿刺的应用也越来越多,但此处皮下脂肪较厚,有时需要用较长的套管或鞘管。动脉压监测的并发症包括血管痉挛、血肿、假性动脉瘤、感染等。桡动脉穿刺并发症的发生率高于股动脉。

　　动脉压监测的注意事项包括:①桡动脉穿刺前需做 Allen 试验,了解尺动脉通畅情况,避免手掌缺血;②动脉插管各部件之间连接紧密,避免出血;③维持管路通畅,保证测压准确性;④随时校正零点,减少偏差;⑤无菌操作,避免感染;⑥严密观察插管肢体远端血供情况,及时发现问题;⑦尽量缩短置管时间,减少并发症。

　　2005 年欧洲心脏病学会(European Society of Cardiology,ESC)急性心力衰竭指南中强调,急性心力衰竭患者的监测应在到达急诊室后尽快进行。其中无创血压监测是常规,体温、呼吸频率、心率及心电图是必须进行监测的,一些实验室检查如电解质、肌酐、血糖及其他代谢指标也是需要的(Ⅰ类推荐,证据级别 C)。连续无创血压监测(如每 5 分钟 1 次)在未用很强血管收缩药物及心率不很快时是较好的监测方法(Ⅰ类推荐,证据级别 C)。脉搏血氧仪是一种简单的无创的评价动脉血氧饱和度(SaO_2)的装置,对于所有吸氧的不稳定患者均应使用,在非心源性休克患者,其准确率较高(误差不超过 2%)(Ⅰ类推荐,证据级别 C)。急性心力衰竭患者中,维持 SaO_2 在正常水平(95%~98%)是重要的,可最大限度地给组织供养及使组织氧合,能减少终末器官损伤及多器官功能衰竭(Ⅰ类推荐,证据级别 C)。必须确认有开放的气道并能使 FiO_2 增加,当不能改善组织氧供时应考虑气管插管(Ⅱa 类推荐,证据级别 C)。对于急性心力衰竭伴有低氧血症的患者,增加氧浓度是毫无疑问的(Ⅱa类推荐,证据级别 C)。而对无低氧血症的患者,增加氧浓度存在争议,甚至有害。在急性心源性肺水肿患者中,应用 CPAP 或经鼻间歇正压通气可明显减少气管插管及机械通气(Ⅱa类推荐,证据级别 A)。在有创监测方面,动脉血压监测是需要的(Ⅱb 类推荐,证据级别 C)。上腔静脉的中心静脉置管可以输液、给药,并进行 CVP 及静脉血氧饱和度的监测(Ⅱb

类推荐,证据级别 C)。对于血流动力学不稳定,对传统治疗效果不好或同时有淤血及低灌注的患者,推荐应用肺动脉导管,以确定最佳的心室液体负荷,并指导应用血管活性药物及正性肌力药物(Ⅱb类推荐,证据级别 C)。

(1)有创血压监测操作流程。

部　位

↓

桡动脉　股动脉
足背动脉　腋动脉　肱动脉

步　骤

↓

动脉置管

↓

连接压力传感器──→使压力传感器内充满液体,并排尽气体

↓

校对"0"　　　　──→转动三通开关使压力传感器与大气相通

↓

　　　　　　　　　监测仪上显示"0",转动三通开关使压力传感器与动脉相通
显示数值　　　　──→患者体位改变时,应相应调整传感器的位置并及时校"0"

↓

肝素盐水持续点滴──→压力包压力 300mmHg
防止血液凝固致管道堵塞

(2)有创血压监测护理要点及注意事项。

①保持测压管道通畅:妥善固定穿刺针、延长管、测压肢体,防止受压、扭曲,定时肝素盐水冲管。

②防止动脉内血栓形成:定时肝素盐水冲管,抽血后冲净管道,如有血栓不可强行推入,尽早拔管。

③防止动脉内气栓形成:取血、校"0"过程中避免气体进入。

④防止局部出血、血肿:管道拔除后压迫止血 15～30min,按压位置要正确。

⑤预防感染:定时消毒,更换敷料,管道保持密闭,置管时间<7d,注意体温变化,肝素盐水应 24h 更换,按需要做穿刺管道的培养。

⑥防止穿刺针及测压管脱落:妥善穿刺部位及肢体固定。

⑦密切观察肢端颜色、温度,发现异常及时处理。

(3)无创血压监测操作流程。

袖带式血压计间接测压
↓
部位
↓
上肢肱动脉
↓
步骤
↓

接通监测仪电源,开机 —→ 选择合适的袖带:成年人长 24cm,宽 10～12cm,过宽:测得血压值偏高。过窄:测得血压值偏低

将袖带平整缠在上臂上 —→ 袖带边缘距肘窝 2～3cm,不可过松,过紧,上肢伸直,手掌向上,上臂与心脏同一水平
卧位:与腋中线水平
坐位:与第 4 肋软骨水平

按测压键测压 —→ 根据需要设定测量时间,设定报警上下限,测量时避免袖带及管道打折

屏幕显示数值 —→ 连续测压应每隔 4h 松解袖带,解除患者不适

记录测得血压值 —→ 低温或外周血管阻力↑时,可影响血压结果
↓

清洁、消毒 —→ 患者转出或换床,应及时将袖带及管道清洁、消毒,备用

(4)无创血压监测护理要点及注意事项。

①选择合适的袖带。

②测压时袖带必须与心脏在同一水平线。

③避免袖带在短时间内连续充气,引起皮肤破溃,肢体肿胀,影响血液循环。

④对危重患者做到四定:定时间、定体位、定部位、定血压计。

⑤对血压波动较大的患者有条件的可选择有创血压对照。

(二)中心静脉压监测

1. 概念　中心静脉压是指血液经过右心房及上下腔静脉时产生的压力。主要决定因素有循环血容量,静脉血管张力,右心室功能等(图 14-2)。

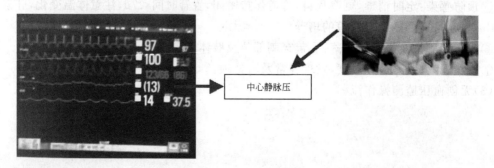

中心静脉压

图 14-2　中心静脉压监测

正常值：6～12cmH$_2$O。

2. 测量方法

部位

↓

上腔静脉：右侧颈内静脉　　右侧锁骨下静脉

下腔静脉：股静脉　　　　　大隐静脉

↓

步骤

↓

置管　　　　　　→漂浮导管也可测压

↓

连接压力传感器　→使压力传感器内充满液体，并排尽气体

↓

校"0"　　　　　→转动三通开关使压力传感器与大气相通

监测仪上显示"0"，转动三通开关使压力传感器与静脉相通

显示数值　　　　→患者体位改变时，应相应调整传感器的位置并及时校"0"

↓

肝素盐水冲管　　→压力包压力 300mmHg

（液体静脉滴注）

3. 中心静脉压监测　护理要点及注意事项。

①定时冲洗测压管，保持通畅。

②防止气栓、血栓。

③严格无菌操作，预防感染。

④妥善固定，防止管道脱出。

⑤严密监测生命体征的变化。

⑥测压时应避免咳嗽、躁动、体位变化等因素而影响效果。

（三）血压与中心静脉压变化的临床意义及处理原则

具体见表 14-1。

表 14-1　血压与中心静脉压变化的临床意义及处理原则

指标		临床意义	处理原则
BP↓	CVP↓	有效循环血量不足	补充血容量
BP↑	CVP↑	外周阻力过大或循环负荷过重	使用血管扩张药与利尿药
BP 正常	CVP↑	容量负荷过重或右心衰竭	使用强心药与利尿药
BP↓	CVP 正常	有效循环血量不足或心排血量减少	使用强心药、升压药、输血
BP↓	CVP 进行性↑	心脏压塞或严重心功能不全	使用强心药、手术

低血压的处理见图 14-3。

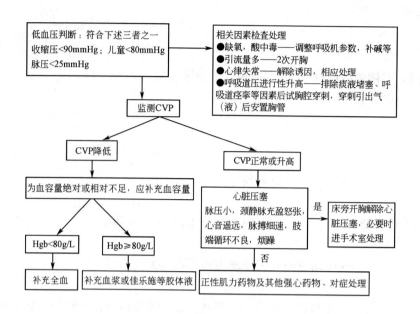

图 14-3　低血压处理流程

三、心 电 监 护

心电监护是指对被监护者进行持续或间断的心电活动监测,观察各种心律失常,以便及时发现致命性心律失常而进行正确处理。它是心脏监护的重点,危重患者由于原发疾病或应激反应,可导致患者神经内分泌系统改变,使水、电解质及酸碱平衡紊乱,这些变化可直接或间接影响心脏电生理活动,出现原发性或继发性心电图改变,甚至发生严重心律失常。心电监护能为早期发现心电改变及心律失常提供可靠信息,在危重患者抢救中发挥积极作用。

随着电子技术的迅速进步以及对大手术后和心肌梗死等危重症患者监护的需要,心电监护不断发展,目前已成为一个复杂的、多功能的监测系统,除可进行连续心电示波外,还能进行包括呼吸频率及呼吸波的监测,血氧饱和度的监测,体温监测,无创血压监测,有创血流动力学监测,血 pH、钾、钠、钙离子浓度的连续监测。监护系统除了有良好的显示系统外,还有报警装置,能将监测信息进行存储、回放,并对心律失常进行分析。同时,在多个危重患者同时需要监护的情况下,为提高监护效率,减轻医护人员的工作强度,利用集中监护技术把各患者床旁监护仪获取的信号处理后传输到一台监护器上集中显示,形成中心监护仪。床边监测仪和中心监测仪共同组成了基本的心电监测系统。因此,能将危重患者的生命信息及时、准确地向医务人员进行报告,极大地提高了危重患者的抢救成功率,显示了其特殊的价值。

(一)心电监护的基本功能

具体见图 14-4。

1. **显示、记录和打印心电图波形和心率**　记录方式有实时记录和延时回忆记录。实时记录可记录到患者即刻的心电图,延时记录可记录实时心电图前 5～15s 的心电图图形,能提供异常心电活动发生前有价值的信息。

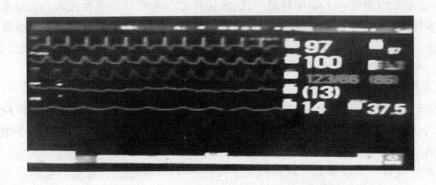

图 14-4　心电监护的基本功能

2. 心率报警　当心率低于设置的下限频率或高于设置的上限频率,心电监护仪即可通过发声、报警指示灯和屏幕符号指示等报警,报警一般根据患者的具体病情来设置报警界限,通常比患者上、下限高 10%～20%。报警心率的较合适的界限是＞110/min 或＜50/min。但要避免感知 P 波或 T 波及伪差,这些可以通过调换导联和处理电极加以解决。假报警可能是患者肌肉活动、导联线脱落、体位改变、电极膏干结、皮肤电极接触不良、导联线插头松动等引起。监护仪报警后护士应找出原因加以解决。

3. 图像冻结供仔细观察和分析　由于电脑技术的推广应用,目前的心电监护仪已能对某些心律失常进行分类、分析并报警,如室性期前收缩次数报警和记录,并能自动将发生心律失常的心电图冻结、储存和记录,方便医务人员随时了解患者心律失常发生的次数及性质,避免由于监护仪旁没有工作人员而未能及时发现患者各种心律失常的出现。

4. 数小时到 24h 趋势显示和记录　有些心电监护仪还可记录趋势图或将心电信号记录于磁带或硬盘上,通过回放系统了解数小时前的心电监护情况,方便医务人员随时分析患者病情变化。

(二)常用心电监护仪的种类

1. 遥控式心电监护仪　一般可同时监测 4～12 个患者,遥控半径达 30m。有数字储存型示波器,数字显示心率和室性期前收缩次数。有心电波形,有高限和低限心率报警系统,并有心律失常的自动检出、报警、分类、计数和记录等电脑装置。

2. 多功能床边监护仪　随着电脑技术的发展,目前的心电监护仪正向多功能多参数发展,可持续地显示心电波形、心率、呼吸、有创和无创血压值、体温、血氧饱和度的功能参数的数字和图像,可设置心率、血压的高限和低限报警,以及心率和血压的 24h 趋势记录图,通过心电的监测,还可以对 10 多种心律失常波形进行自动记录、分析、报警,有"回忆"和"冻结"功能,方便医生护士定期分析病情变化。

(三)心电监护的意义

临床心电监护的直接目的是及时发现、识别和确诊各种心律失常。最终目的是对各种致命性心律失常进行及时有效地处理,降低心律失常猝死率,提高危重症患者抢救成功率,并确保手术、特殊检查与治疗的安全。具体说来,临床心电监护具有以下目的。

1. 加快及时发现和诊断致命性心律失常及其先兆　这是 ICU 和 CCU 设立心电监测的

主要目的,也正是因为迈入了心电监测时代,才使得近年来急性心肌梗死和其他危重心脏患者的心律失常猝死率明显下降。通过动态观察心律失常的发展趋势和规律,可预示致命性心律失常的发生。例如,当急性器质性心脏病患者出现进行性增加的高危险性室性期前收缩时,应警惕和预防随后可能出现的致命的恶性心律失常。

2. 指导临床抗心律失常治疗 通过心电监护可确定心律失常的类型和程度,有助于选择抗心律失常治疗的方法和时机,同时,还能有效评价这些治疗措施的疗效和不良反应。

3. 指导其他可能影响心电活动的治疗 当其他非抗心律失常治疗措施有可能影响到患者的心电活动时,可采用心电监护方法加以指导。

4. 监测和处理电解质紊乱 电解质紊乱可诱发各种心律失常,通过心电监护可及时发现并观察处理结果。

5. 协助涉及临床心电活动的研究工作 包括评价各种心血管疾病和治疗对患者心电活动的影响等。

6. 手术监护 对各种手术,特别是心血管手术的术前、术中、术后及各种特殊检查(心包穿刺、内镜等)、治疗(反搏、电击复律等)也实行心电监护。

(四)心电监护方法及注意事项

为了操作简便,通常采用简化的心电图导联来代替标准体表心电图导联系统,其连接方式有别于常规心电图 12 导联。监测导联多为 3 个电极,即正电极、负电极、接地电极,且标有不同颜色加以区分。通常的安置方法为:红色电极(右臂)放在右锁骨下第 2 肋间,靠近右肩。黄色(左臂)电极放在左锁骨下第 2 肋间,靠近左肩。绿色(左腿)电极放在左下腹,或左锁骨下第 6 肋间。也有 5 个电极的,通常的安置方法为:红色电极(右臂)放在右锁骨下第 2 肋间,靠近右肩。黄色(左臂)电极放在左锁骨下第 2 肋间,靠近左肩。白色(胸)放在胸前导联某一位置。绿色(左腿)电极放在左下腹,黑色(右腿)电极放在右下腹。同时,心电监护多采用一次性贴附电极片,这样既可以保证良好的监测质量,又不影响患者床上活动和各种诊疗措施的施行。

(五)应用心电监护的注意事项

1. 放置监护导联电极时,必须留出一定范围的心前区,以不影响做常规心前导联心电图或在除颤时放置电极板。

2. 安置电极时应清洁皮肤,有胸毛者要剃毛,再用乙醇涂擦脱脂后再贴牢电极片,尽可能降低皮肤电阻抗,避免 QRS 波振幅过低或干扰变形,这样可减少伪差和假报警。但对皮肤过敏者来说,应选用透气性好的低致敏电极,且每天更换电极,注意粘胶处有无皮疹。

3. 应选择最佳的监护导联放置部位,以获得清晰的心电图波形。如有心房的电活动,应显示 P 波,要选择 P II 清晰的导联;QRS 波的振幅有一定的幅度,足以触发心率计数。

4. 电极放置的位置可以变化,但要尽力避免因肌肉活动引起的干扰,尽量避开骨骼突起的地方。在术中监护的患者,特别是胸腹部手术中,可将电极移至后肩和背部,这样不仅避开了手术区域,还能借助患者的重量将电极紧紧地压近皮肤,一举两得。

5. 电极应与皮肤紧密接触,出汗时电极易于脱开,应根据波形图像显示的清晰程度随时更换。

6. 若有异常,应考虑患者的一般状态、电极和导联线的连接、灵敏度的校准和导联的选择等问题。

7. 心电监护只是为了监护心率、心律的变化。若需分析 ST 段异常或更详细地观察心电图变化，应做常规导联心电图。

8. 密切观察心电监测，发现心律失常及时通知医生进行处理。下列心电改变必须高度重视。

（1）严重心动过缓（心率<45/min）、二度 Ⅱ 型房室传导阻滞（atrioventricular block，AVB）与三度房室传导阻滞。

（2）频发室性期前收缩、多源性室性期前收缩、短阵性或持续性室性心动过速、室性期前收缩 R-on-T、尖端扭转性室速。

（3）Q-T 间期延长、巨大倒置 T 波、U 波交替电压等。

（六）监护电极常见的故障及原因

1. **严重的交流电干扰**　常见，可能原因为电极脱落、导线断裂及导电糊干涸等。

2. **严重的肌电干扰**　这是因为电极放置位置不好，当电极安装在胸壁肌肉较多的部位时可以引起上述情况。

3. **基线漂移**　可能原因为患者活动或电极固定不良。若有基线漂移，则判断心电图 ST 段时应特别审慎。

4. **心电图振幅低**　可能原因有正负电极间距离太近，或 2 个电极之一正好放在心肌梗死部位的体表投影区，或发报机电池耗竭。

5. **无创测压常见故障为电脑测压与人工测压值有差异**　可能的原因有以下几个方面：①袖带大小（一般以患者上臂 2/3 宽度为宜）或袖带绑扎的位置不适宜。②患者心率过快、过缓或心律不规则。③测压时患者肢体移动、颤抖或痉挛。

6. **监测仪所测得动脉血氧饱和度与同时血气分析所得 SaO_2 相关度不高**　常见原因有以下方面：①传感器放置位置不正确或光电检测管没有正对发光管。②传感器放在安有血压袖带、动脉导管或正在输液的肢臂。③患者休克或周围循环不良，氧饱和度测不到或读数偏低。④测量部位表皮增厚（如指甲），涂指甲油等影响测定值。

四、心脏除颤技术

1. **早期除颤的意义**

（1）生存链。

①早期识别、求救：医护人员或受过培训的急救人员及早到达现场。

②早期心肺复苏（cardiopulmonary resuscitation，CPR）：CPR 仍为最基本的复苏方法可提高患者存活率。

③早期电除颤：心脏停搏发生 1min 内行电除颤，患者存活率可达 90%。

④早期高级心脏生命支持（advanced cardiac life support，ACLS）：很快进入高级生命支持系统的多系统脏器功能的支持，环环相扣，任何一环的削弱或缺失都会带来生存机会的丧失。

（2）成功除颤的机会转瞬即逝！随着时间的推移，除颤成功的机会迅速下降！

2. **定义**

（1）心脏电复律（cardioversion）：以患者自身的心电信号为触发标志，同步瞬间发放高能电脉冲，使某些异位性快速心律失常转复为窦性心律。

（2）心脏电除颤（defibrillation）：应用瞬间高能电脉冲对心脏进行紧急非同步电击，以消除心室颤动（包括心室扑动）。

（3）心脏电复律/除颤：是终止各种快速性心律失常和心室颤动的一种最有效的方法。

（4）同步电复律：是用R波作为同步触发标志而放电的。适用于心室颤动以外的快速异位心律失常。

（5）非同步电除颤：当心室颤动时，心电图的R波消失，缺乏触发标志故只能用非同步电复律。非同步电除颤仅用于心室颤动（包括心室扑动）的治疗。

3. 除颤成功的因素

（1）患者因素：除颤前室颤和复苏的时间、心脏的功能状况、内环境紊乱与否和应用某些抗心律失常药物等。

（2）操作因素：时间、除颤电极位置、能量水平、除颤波型的影响。

（3）早期除颤，确立时间观念：时间就是心脏、时间就是大脑、时间就是生命。尽最大的可能及早除颤。

（4）熟练操作技术。

4. 除颤培训（图14-5）

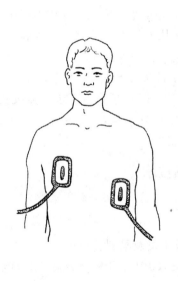

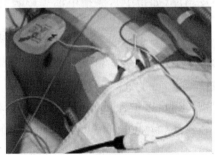

图14-5 电除颤

（1）保证除颤仪性能完好、功能齐全随手可得。

（2）电极的位置。

①体外除颤：使用面积较大的电极板放置在胸壁上通以大电流。

②体内除颤：在开胸后，将电极板直接放在心脏表面，通以小电流。

③电击能量。单相波——常用除颤电流为200J、300J、360J。双相波——只需150J的电

流单相波。

④置电极板:心尖部与胸骨右缘第 2～3 肋间。

⑤注意:左右手同时放电,让其他抢救人员闪开,以免被电击!观察放电后效果,除颤前后密切配合心肺脑复苏程序进行抢救。

5. 警示

(1)除颤是用来治疗致命性心律失常—室颤的方法。

(2)除颤只是一种医疗上以可电击的心电节律来恢复患者心跳的方式,应根据实际情况配合使用心肺复苏术、氧气治疗、药物治疗等方法。

(3)除颤禁止用来治疗无脉电活动、室性自主节律、室性逸搏性心律和心电静止。

(4)可能发生火灾、灼伤及无效的能量传递。

(5)电击的危险性。

(6)可能发生患者皮肤灼伤。

(7)可能发生除颤手柄损毁。

(8)患者应安置在平稳的表面,远离水和导电材料。

(9)清洁皮肤擦干,皮肤上不能使用乙醇、含有苯基的酊剂或止汗剂。

（石 丽）

第二节 Swan-Ganz 漂浮导管监测技术

教 学 目 标

掌握血流动力学监测技术(主要 Swan-Ganz 导管),正确测量 PAWP、CO、CVP 等。

一、概 述

Swan-Ganz 漂浮导管监测技术是指利用气囊漂浮导管经外周静脉插入心脏右心系统和肺动脉,进行床旁心脏及肺血管压力和心排血量等参数的测定,为临床抢救危重患者提供可靠的血流动力学改变程度的指标,从而使患者得到及时、准确而合理的救治。

二、Swan-Ganz 漂浮导管监测仪器与导管

(一)监测仪器

目前,国内大多数医院使用的仪器多为进口的心电血流动力学监护仪。这些仪器除监护心电、血流动力学外,还可进行热稀释心排血量测定等。

(二)Swan-Ganz 漂浮导管及其配件

Swan-Ganz 漂浮导管有以下几种类型。

1. 双腔 Swan-Ganz 漂浮导管 最早的 Swan-Ganz 漂浮导管只有两腔,即导管顶端的主腔(用于测压力)及通入气囊的副腔(用于向气囊内注气)。

2. Swan-Ganz 三腔漂浮导管 除上述两腔外,并在距离顶端 30cm 处有另一副腔开口。当导管顶端位于肺动脉时,此腔恰好位于右心房(用于测定右心房压力或输液)。

3. Swan-Ganz 四腔热稀释漂浮导管 除上述三腔外,与导管远端近气囊处装有一热敏电阻,用于热稀释法测定心排血量,见图 14-6。

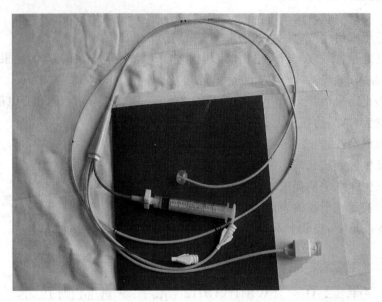

图 14-6　Swan-Ganz 四腔漂浮导管

4. 五腔热稀释漂浮导管 除上述四腔外,距顶端 25cm 处增加一腔孔作为测定右心室压力之用。

5. 其他 近年来经过改进研制出了可持续监测心排血量和混合静脉血氧饱和度的肺动脉导管。

(三)压力传感器及其配件

各型心电监护系统备有相配的压力传感器及配件。

三、监测方法及意义

(一)术前准备

1. 手术器械的准备 备无菌手术包 1 个(内含手术刀 1 把,止血钳 2~4 把,大小镊子各 1 个,大小剪刀各 1 把,弯盘 1 个,不锈钢手术碗 2 个,小方巾 8~10 块,中单及大单各 1 件,手术衣 2 件),以及无菌手套及口罩、帽子等。

2. Swan-Ganz 漂浮导管的准备 导管使用前,用生理盐水反复冲洗导管表面和各腔道,然后各腔道内注入含 0.01% 的肝素生理盐水。用 2ml 干燥空针吸 1.2~1.5ml 空气充盈气囊,反复多次,以检查气囊是否漏气或气囊有否偏移及其回缩性能等,然后抽空气囊使成负压。

3. 消毒 紫外线照射病室 30min。

4. 患者准备 手术部位备皮,多选择锁骨上静脉、颈内静脉、股静脉或肘静脉穿刺。

5.**心电及血流动力学监护系统调试**　根据所选用的监护系统或仪器性能进行调试,固定压力转换器使之与患者心脏中轴线水平同高,然后矫正零点。

(二)手术方法

在常规无菌操作及局麻下,将已准备好的导管插入静脉内,向近端缓缓推进至 45cm 时,即将端孔管与压力转换器相连接进行压力监测,并同时向气囊内注入气体 1.2ml。然后在压力监护下继续缓缓插入导管。此时,由于气囊的漂浮作用,使导管顺血流向前推进,压力监测依次可见心房、心室及肺动脉压、肺毛细血管楔压等图形。然后抽空气囊气体,观察此时压力是否为肺动脉压图形,如此反复,证明导管位置妥当后立即固定导管。随即把端孔管连接于压力转换器并通过三通接头与配制好的肝素盐水相连接,中心静脉压管可做输液用,气囊抽空并保持负压,见图 14-7。

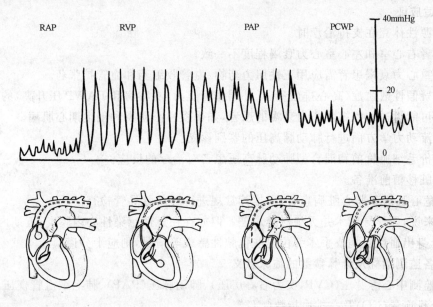

图 14-7　Swan-Ganz 漂浮导管的放置及各部位压力波形

(三)各部位压力波形特点及正常值

1.**右心房压**　经导管中心静脉压孔测得,为波幅较小的 3 个向上和与之相应的 3 个向下波组成的综合波。正常值:2~6 mmHg。

2.**右心室压**　在导管插入过程中经端孔管测得。正常值:25/5 mmHg。

3.**肺动脉压**　经导管端孔测得。其特点为收缩压陡峭上升,而后缓慢下降至中段出现重搏切迹,然后逐渐降至舒张期压力水平。正常值:(15~25)/(8~15) mmHg。

4.**肺毛细血管楔压**　测压管仍连接于导管端孔管,然后向气囊内注气 1.2ml,导管向前推进嵌入肺动脉分支。此时测得的压力即为肺毛细血管压。其压力图形类似右房压。正常值:8~15mmHg。

(四)心排血量测定

1.**热稀释法测定**　其原理是:从右房水平快速均匀注入一定量(一般为 5~10ml)室温盐水,导管尖端热敏电阻即可感知注射前后导管顶端外周肺动脉内血流温度之差。这个温差与心排血量间存在着一定的关系。这样,通过心排血量测定仪的计算机便可直接显示心排血量。过去常常采用注入冰盐水法测定心排血量,但目前认为冰冷液体会影响结果的准确性。

2. 持续监测法 应用可持续监测心排血量的肺动脉导管。当导管位于肺动脉时,有一热敏电阻丝恰好位于右心房至右心室的部位,由电脑控制可自动产热使局部血流加温,位于肺动脉内的热敏计可感知温度的变化。每隔 $30\sim60s$ 可自动测定 1 次。

(五)动脉压

经动脉插管或用无创血压计测得,波形特点为收缩期快速上升,而后缓慢下降,降至中段出现重搏切迹。正常值:$(90\sim140)/(60\sim90)mmHg$。

四、Swan-Ganz 漂浮导管监测的临床应用

(一)适应证

1. 心源性休克在支持治疗时。

2. 患者右心室和左心室心力衰竭程度不一致。

3. 严重心力衰竭患者需应用正性肌力药物、血管收缩药和血管扩张药。

4. 怀疑假性败血症(高心排血量、低外周血管阻力、右心房和 PAWP 压升高)的患者。

5. 有可能可逆的收缩性心力衰竭的患者,如暴发性心肌炎和围生期心肌病。

6. 血流动力学方面进行肺动脉高压的鉴别诊断。

7. 评价毛细血管前和混合型肺动脉高压患者对治疗的反应。

8. 心脏移植前准备。

在高危心脏病和非心脏病患者,不推荐常规进行肺动脉导管检查。

一般来说,漂浮导管术并无绝对禁忌证。但如存在急性感染性心内膜炎;近期内有肺循环栓塞史;全身出血性疾病或手术部位皮肤化脓性感染等情况,则应十分谨慎。

(二)各监测指标及计算参数的临床意义

通常监测中心静脉压(CVP,实为右心房压)、肺动脉压(PAP)、肺毛细血管楔压(PCWP)、动脉压、心排血量(CO)及心排血指数(CI)等。

1. 中心静脉压(CVP) 代表右心房或上、下腔静脉近右心房处的压力。它反映右心室充盈压的变化。很多因素均可影响其测得值。所以,它不是反映右心室充盈压或循环血容量的可靠指标,更不能反映左心室充盈量或左心功能状态。一般来说,CVP 升高,可能有右心衰竭;三尖瓣关闭不全;心脏压塞(积液、缩窄);补液量过快过大等情况。而 CVP 降低,常提示有血容量不足。

2. 肺毛细血管楔压(PCWP)与肺动脉舒张末期压(PAEDP) 一般情况下,PCWP 可较好地反映左心房平均压及左心室舒张末期压(LVEDP)。这是因为 PCWP 水平与左心室容量负荷有关。而 LVEDP 能反映左心室收缩功能受损的程度、射血功能及左心室壁心肌的顺应性。

PCWP 升高,可能有:①左心功能不全;②心源性休克;③ 二尖瓣狭窄;④二尖瓣关闭不全;⑤左心室顺应性下降;⑥血容量过多。

PCWP 降低,可能有血容量不足。

3. 动脉压 动脉压是维持各组织器官血流灌注的基本条件。

4. 心排血量 心排血量是左心功能的最重要指标。当心排血量显著减少,而 CI 为 $1.8\sim2.2L/(min \cdot m^2)$ 时,表现为组织的低灌注状态,可出现或不出现低血压。当心排血量极度减

少,CI<1.8L/(min·m²)时,则多出现心源性休克。心力衰竭时,CO 可低于正常。心源性休克时,CO 绝对低于正常。

5. **每搏量(SV)与搏血指数(SVI)**　可分别用公式 CO/HR(心率)和 CO/HR/BSA(体表面积)得出,搏血指数正常值为 $41\sim51ml/m^2$。周围血管阻力(SVR)与阻力指数(SVRI)SVR 表明心室射血期作用于心室肌的负荷。当血管收缩药使小动脉收缩或因左心室衰竭、心源性休克、低血容量等使心搏血量降低时,SVR 均增高;相反,血管扩张药、贫血、中度低氧血症可使周围血管阻力降低。

计算公式:SVR=(平均动脉压-中心静脉压)×7.5×80/心排血量

单位:$dyn·s·cm^{-5}$

正常值:770~1 500($dyn·s·cm^{-5}$)

6. **肺血管阻力(PVR)及阻力指数(PVRI)**　当肺血管病变时,PVR 增高,从而大大增加右心室后负荷。

计算公式:PVR=(肺动脉平均压-肺毛细血管楔压)×7.5×80/心排血量

单位:$dyn·s·cm^{-5}$

正常值:100~250($dyn·s·cm^{-5}$)

7. **左心室心搏功指数(LVSWI)**　指左心室每次心搏所做的功。左心室心搏功指数降低可能需要加强心肌收缩力,而左心室心搏功指数增加则意味着耗氧量增加。

8. **右心室心搏功指数(RVSWI)**　右心室心搏功指数的意义与左心室心搏功指数相似。

(三)Swan-Ganz 漂浮导管术的并发症及处理

1. **静脉损伤**　多发生在腋静脉、锁骨下静脉,与操作动作过猛、用力过大有关。

2. **导管打结缠绕心内结构**　此时,盲目拔出导管则可能损伤肺动脉瓣或三尖瓣。如已打结,则须在 X 线透视下操作,使导管结松解。如已送入较长部分导管,而压力监测仍为同一部位压力图形,则应怀疑导管是否在该部位打圈。

3. **导管折断**　多由于导管已有磨损,加之操作过猛。术前应仔细检查导管。

4. **导管脱落和移位**　导管放置时间过长,易随血流向前漂移而嵌入肺小动脉,也可退至心室、心房内。应注意防止手术一侧肢体过度活动。

5. **气囊破裂**　导管放置时间过久,气囊老化或因气囊反复使用而受损是其主要原因。气体注入过量使气囊过度膨胀也易造成气囊破裂。术前应仔细检查气囊,勿过量充气。

6. **心律失常**　导管通过右心房或右心室时可发生心律失常,常见为房性、室性期前收缩,非持续性室性心动过速,罕见心室颤动。这是导管尖端刺激室壁所致,可把气囊充足以减少刺激室壁。此外,还可出现右束支传导阻滞。

7. **血栓栓塞**　血栓形成可发生在导管周围并堵塞静脉,栓子脱落进入肺循环可引起肺栓塞。

8. **静脉炎**　发生率较高,与导管对局部刺激有关。轻者不必处理,重者宜拔出导管并处理。

9. **肺栓塞**　静脉血栓脱落或因持久的导管嵌入肺小动脉可致肺栓塞。因此,应严密观察肺动脉压波形,必要时调整导管位置。

10. **肺出血**　由于肺栓塞或导管位于较小的肺动脉分支,气囊发生偏心性膨胀而造成肺动脉损伤。

11. **心内膜炎**　罕见,但可发生无菌性心内膜炎和血栓性心内膜赘生物。

12. **感染**　全身或局部感染均可能发生,应常规应用抗生素预防感染。

(四)Swan-Ganz 漂浮导管术后的护理

由于临床上大多数医院采用 Swan-Ganz 四腔或五腔漂浮导管进行血流动力学监测,所以此处以 Swan-Ganz 四腔漂浮导管为例介绍漂浮导管术后的护理。

1. 保持管腔的通畅。以 0.01％的肝素生理盐水连接肺动脉管端孔,应用微量泵持续冲洗或使用加压袋将肝素盐水持续缓慢注入导管内。右心房管可用于输液,但注意预防管腔堵塞。

2. 妥善安置好漂浮导管的位置,避免导管扭曲、打折或脱开。

3. 保证测量值的准确。

(1)每次测压前调整零点。

(2)应在患者安静 10~15min 后再行测压。

(3)在应用热稀释法测定心排血量时,注入盐水要快速均匀,量要准确。并重复测定 3 次,取其均值。

(4)如发现患者的 CVP、PAP 或 CO 等数值前后相差很大时,要首先排除人为造成的误差,之后通知医生。

4. 避免医源性感染。每日用碘伏消毒穿刺部位,并用无菌敷料贴覆固定,观察穿刺处有无渗血、渗液、红肿等情况。操作时严格无菌原则。

5. 导管应及时拔除。一般导管应在 24~48h 撤离,最长不超过 72h。

6. 观察有无漂浮导管并发症的发生,发现异常及时通知医师。

（梁　岩　高　鑫）

第三节　异常心电图的识别

教 学 目 标

1. 掌握正常心电图波形及分析方法。
2. 熟悉心电图导联及图形。

一、心电图的基本原理

(一)与心律失常有关的心脏电生理基础

心肌细胞具有自律性、兴奋性、传导性和收缩性等电生理学特点,前三者与心律失常有密切关系。

1. **自律性**　指心肌细胞在不受外界刺激的影响下能自动地、有节律地产生兴奋和发放冲动的特性。正常情况下,窦房结为平均 60~100/min,房室交界区为 40~60/min,房室束以下仅有 25~40/min。快速的频率对低于它的节律点有抑制作用(超速抑制),故窦房结为正常心脏的起搏点(窦性心律),其他均为潜在起搏点。当种种原因引起窦房结不能控制心脏时,潜在起搏点可取而代之控制心脏,形成异位心律。

2. **兴奋性**　心肌细胞对适度刺激能进行除极和复极并产生动作电位的特性就称为兴奋性。能使心肌产生兴奋反应的最低电流强度刺激值称为阈值,心动周期的不同时期、体液电解质变化和药物的作用等,都可以改变阈值。在绝对不应期,心肌对任何刺激均不起反应;在相对不应期,此时心肌细胞对较强的刺激可引起兴奋反应,但兴奋传导速度缓慢,容易出现单向阻滞和折返激动,发生心律失常。

3. 传导性　心肌细胞能自动地将冲动从一处传向相邻部位。传导速度以蒲肯野纤维最快,可达 4 000mm/s,其次为心房肌,心室肌,最慢为房室结,仅 20～200mm/s。然而心肌细胞的传导速度是可变的,主要影响因素是动作电位的幅度和去极化速度,以及接受刺激的心肌细胞产生兴奋的能力。传导异常会发生心律失常。

4. 收缩性　心肌细胞受到刺激后,先有电活动,然后才有机械性收缩,这个过程称为激动—收缩耦联。心肌的收缩性使得心脏能够将血液泵送到全身。在某些心肌有严重损害的情况下,心电图上虽有较完整的反映心室电活动的 QRS-T 复合波,而心室已丧失机械性收缩的能力,这种情况称为电与机械性活动的分离。

(二)心电发生的原理

心脏电生理指出:静止的心肌细胞处于极化状态,细胞膜外侧具正电荷,细胞膜内侧具负电荷,细胞膜内外的电位差称为"静息膜电位",在心室肌细胞两侧保持稳定时,不产生电位变化。当心肌细胞受到外来刺激或内在变化而兴奋时,其对钾、钠、氯、钙等离子的通透性发生改变,引起细胞内外正负电荷的分布发生逆转,使细胞膜外侧具负电荷而膜内侧具正电荷,如心室肌细胞电位由原来的－90mV 迅速上升至＋30mV 左右,这一转变就是心肌细胞的除极过程。之后,心肌细胞继之出现极化状态的恢复过程,使细胞内外的离子分布恢复到细胞被激动以前的状态,称为复极。随着细胞兴奋与恢复而产生的周期性除极与复极过程中离子的运动,是产生心电的基础。

二、心电图导联

1. 肢体导联　包括双极肢体导联(或标准肢体导联)Ⅰ、Ⅱ、Ⅲ 及加压肢体导联 aVR、aVL、aVF。电极主要放置于右臂(R)、左臂(L)、左腿(L),连接此三点即形成所谓 Einthoven 三角(图 14-8)。

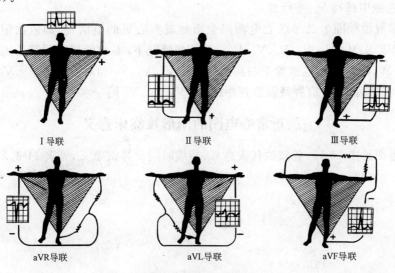

Ⅰ导联　　　　Ⅱ导联　　　　Ⅲ导联

aVR导联　　　　aVL导联　　　　aVF导联

图 14-8　肢体导联

为了便于表明这 6 个导联轴之间的方向关系,可将Ⅰ、Ⅱ、Ⅲ导联轴平行移动,使与 aVR、aVL、aVF 的导联轴一同通过轴心 0 点,构成所谓的"六轴系统"

2. 胸前导联 把电极放在心脏上方胸壁的 6 个不同点(图 14-9)。

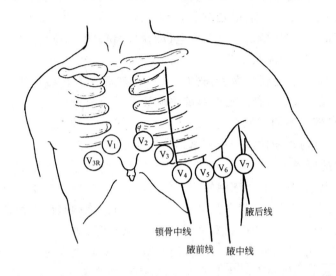

锁骨中线
腋前线 腋中线
腋后线

图 14-9 胸前导联

(1)V_1:胸骨右缘第 4 肋间。

(2)V_2:胸骨左缘第 4 肋间。

(3)V_3:V_2 与 V_4 之间的中点。

(4)V_4:左侧锁骨中线的第 5 肋间。

(5)V_5:左腋前线与 V_4 平行处。

(6)V_6:左腋中线与 V_4 平行处。

临床上常规做标准十二导联心电图以全面地观察心脏的电活动,即依次记录Ⅰ、Ⅱ、Ⅲ、aVR、aVL、aVF 及 V_1、V_2、V_3、V_4、V_5、V_6。在某些情况下,需加做特殊导联心电图,如右胸导联 V_3R、V_4R、V_5R(将探察电极置于右胸壁相当于 V_3、V_4、V_5 相对应的部位)、V_7、V_8、V_9 导联(将电极置于左腋后线、左肩胛线及后正中线,与 V_4、V_5、V_6 同一水平)。

三、正常心电图的图形及临床意义

正常心电图见图 14-10,各波的代表意义、持续时间及异常意义,见表 14-2。

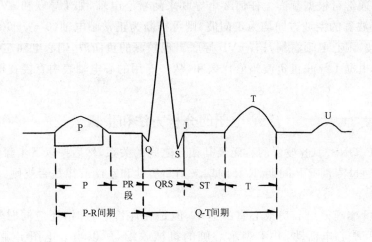

图 14-10　正常心电图

表 14-2　心电图波形及临床意义

波　　形	代表的意义	持续时间	异常的意义
P 波	心房的除极化	0.06～0.11s	P 波异常或没有 P 波表示有异位起搏点
P-R 间期	冲动从心房传到心室的时间	0.12～0.20s	P-R 间期延长：房室传导阻滞
			P-R 间期缩短：有异常通道
QRS 波	心室的除极化	＜0.12s	QRS 波延长代表不正常的传导或传导阻滞，室性心律
ST 段	心室完成除极化准备复极的期间	0.05～0.15s	ST 段抬高或压低代表心肌缺血或梗死
T 波	心室复极化	0.05～0.25s	T 波倒置代表心肌缺血或梗死
U 波	出现 U 波的机制还不清楚		出现 U 波代表血钾过低

四、心电图的检测

1. 持续时间以水平线测量，以常用的 25mm/s 的纸速为例，每一小格代表 0.04s，每一大格则为 0.2s，可检测各波段的时距。

2. 垂直线代表电压，每一小格代表 0.1mV，一大格等于 0.5mV，可检测各波段的振幅。

3. 心电轴。心电轴反映心脏除极或复极过程中总的电力活动的趋向。通常所指的心电轴是心室除极过程，即 QRS 波群在前额面上的电轴。

(1)正常心电轴与电轴偏差：由于房室口向着右上方，而正常时电力占优势的左心室位于右心室的左、后、下方，所以正常心室除极所产生的电力的平均方向是向下、向左略向后。前额面上正常人的 QRS 平均电轴在 0°～+90°。心电轴在 0°～-30°者，称为"电轴轻度左偏"；-30°～-90°为"电轴显著左偏"，见于横位心（肥胖、妊娠晚期及腹水）、左心室肥厚等；+90°～+110°称"电轴轻度右偏"；电轴 110°以上为"电轴显著右偏"，见于垂位心、右心室肥厚等。

(2)检测方法

①目测法：通常可根据额面上任何2个导联来测量心电轴，如Ⅰ导联和aVF导联。若Ⅰ、aVF导联QRS波群的主波方向均为正向波，则可推断为正常心电轴（0°～+90°）；若Ⅰ导联出现较深的负向波，则心电轴右偏，；若aVF导联出现较深的负向波，则心电轴左偏。

②查表法：根据Ⅰ导联正负波幅值代数和，从一专用的心电轴表中直接查得相应的额面心电轴。

五、心电图的分析方法和步骤

首先查看P、QRS、T各波群的有无及其相互之间的关系，然后按以下步骤分析。

1. 节律 通过测量P-P间期、R-R间期来判断房性和室性节律是否规则，若不规则，是否表现出某种规律。

2. 速率 可准确得出心房或心室的速率，但是在评价患者时，还应同时数脉搏，因为心电图波形仅仅反映心电活动，并不表示心脏的机械收缩，所以当心电图上显示心室发生除极时并不意味心室已经发生收缩。结合心电图和脉搏共同分析才能得出正确的结果。心房率或心室率可根据60s除以P-P或R-R间距计算出来。为避免由于各周期时距不等所致误差，一般采取数个心动周期的平均数来进行计算。还可用10倍法，计算6s内P或R波的个数，乘以10。

3. P波 P波是否存在及其形态是否正常，是否所有P波的形态和大小都相同，是否每一个QRS波前都有P波。

4. P-R间期 计算P波起始点与QRS波起始点之间的小方格数，然后乘以0.04s，注意：P-R间期是否在正常范围0.12～0.20s（或3～5个小方格），P-R间期是否恒定。

5. QRS复合波 测量Q波起始点与S波终点的水平直线距离，若S波终点高于或低于Q波起始点，则沿S波终点画一条垂直线，再计算QRS复合波起点和终点之间的小方格数然后乘以0.04s。注意：QRS间期是否在正常范围0.06～0.11s（或1.5～2.5个小方格），是否所有的QRS复合波形态和大小相同，如有异常的QRS复合波应逐一进行测量和计算，是否每一个QRS波前都有P波。

6. T波 注意T波是否存在，是否所有T波的形态和振幅均正常，T波方向是否和QRS主波方向一致。

7. Q-T间期 计算QRS复合波起始点与T波终点之间的小方格数，然后乘以0.04s，注意Q-T间期是否在正常范围0.36～0.44s（或9～11个小方格）。

8. 其他的部分 注意有无逸搏或异位节律，观察ST段是否改变，有无U波及其他异常。

9. 分析复杂的心律失常，可用梯形图 在心电图的下方画数条直线分别代表窦房结（S）、心房（A）、房室交界区（A-V）和心室（V），另配以适当的符号，如圆点表示激动起源，直线表示激动传导，⊥表示传导受阻。梯形图分析各波群的相互关系，简明易懂。

六、与心律失常有关的心脏解剖学

(一)心脏的传导系统的构成

心脏的传导系统由负责正常冲动形成与传导的特殊心肌组成。包括窦房结、结间束、房间束、房室结、希氏束、左右束支以及蒲肯野纤维等几个部分，如图14-11。

1. 窦房结位于上腔静脉入口与右心房后壁的交界处，正常情况下，从窦房结发出的冲动控制整个心脏的活动。窦房结动脉起源于右冠状动脉者占 60%，起源于左冠状动脉回旋支者占 40%。

2. 结间束连接窦房结与房室结之间，分为前、中、后 3 束。将窦房结冲动传导至心房，保证左、右心房协调一致的收缩。

3. 房室结位于房间隔的右后下部、冠状窦开口前，三尖瓣附着部的上方。血供通常来自右冠状动脉。当房室结将冲动从心房传导至心室时会产生 0.04s 的延迟，有利于心房收缩时心室的充盈。

4. 希氏束起自房室结前下缘，穿越中央纤维体后，行走于室间隔嵴上，然后分成左、右束支，再分成许多细小分支，终末部呈树枝状分布，组成浦肯野纤维网，潜行于心内膜下。这些组织的血液供应来自前降支与后降支。

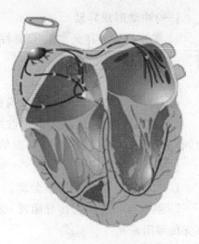

图 14-11 心脏传导系统

(二)神经体液因素对心脏传导系统的调节作用

心脏传导系统受迷走神经与交感神经支配。迷走神经兴奋性增高能抑制窦房结的自律性与传导性，延长窦房结与周围组织的不应期，减慢房室结的传导并延长其不应期。交感神经发挥与副交感神经相反的作用，能增强心肌细胞的 4 个电生理特点。

除神经因素外，还有各种体液因素对心脏活动的调节作用，包括以下几个方面。

1. 激素，特别是脑垂体、肾上腺皮质与髓质及甲状腺等分泌的激素。

2. 电解质，如钾、钠、钙和镁等。

3. 氧、二氧化碳浓度及氢离子浓度等。

在病理情况下，上述神经与体液功能的紊乱，可成为引起心律失常的重要因素。

（方玲俐）

第四节 心律失常概述

教 学 目 标

了解心律失常的定义、分类和发病机制。

一、心律失常的定义

心脏冲动的频率、节律、起搏部位、传导速度与激动次序的异常均能使心脏活动的规律发生紊乱，导致心律失常。

二、心律失常的分类

按其发生原理，分为冲动形成异常和冲动传导异常两大类。

（一）冲动形成异常

1. **窦房结性心律失常** ①窦性心动过速；②窦性心动过缓；③窦性心律失常；④窦性停搏。

2. **异位心律**

（1）被动性异位心律：逸搏及逸搏心律（房性、房室交界性、室性）。

（2）主动性异位心律：①期前收缩及阵发性心动过速（房性、房室交界性、室性）；②心房扑动、心房颤动；③心室扑动、心室颤动；④加速性自主心律（房室交界性、室性）。

（二）冲动传导异常

1. **生理性** 干扰性房室分离。

2. **病理性** ①窦房传导阻滞；②房内传导阻滞；③房室传导阻滞；④室内传导阻滞（左、右束支传导阻滞）。

3. **房室内传导途径异常** 预激综合征。

三、心律失常的发病机制

（一）冲动的形成异常

自律性异常、局灶性再兴奋以及触发活动异常。

（二）冲动传导异常

传导阻滞、折返现象以及传导紊乱。

四、心律失常引起的血流动力学变化

心律失常时是否血流动力学改变，决定于其性质、持续时间和心脏的基础功能状态。一般窦性心律失常、窦性心动过缓或过速程度较轻及偶然出现的期前收缩等，对血流动力学并无明显影响。而室性心动过速、完全性传导阻滞等则有明显影响，而心室颤动则可使心排血量接近于零，后果严重。心脏的基础功能状况也决定了心率时常时血流动力学的影响情况。心率的快慢、心动周期的不齐、心房与心室运动不协调、两侧心室收缩不协调等均为心律失常时对血流动力学影响的因素。

（梁　岩　高　鑫）

第五节　ICU 常见的心律失常类型

教 学 目 标

1. 掌握常见心律失常的心电图特点。

2. 了解常见心律失常的病因及治疗原则。

一、窦房结性心律失常

由于窦房结冲动形成和传导障碍所产生的心律失常，称窦性心律失常。正常窦性心律的心电图特点为：①P 波规律，且 P 波形态表明激动来自窦房结（即 P 波在Ⅱ、aVF 导联直立，在 aVR 倒置）；②P 波后必有 QRS 波群，P-R 间期 0.12～0.20s；③正常成年人的频率为 60～100/min。儿童心率比较快，新生儿通常为 110～140/min，随年龄增长心率渐趋缓慢。

(一)窦性心动过速

成年人窦性心率＞100/min（儿童相应较快，1 岁内＞140/min，1～6 岁＞120/min）称为窦性心动过速。

1. 病因

(1)生理性原因：生理性窦性心动过速很常见，是一种适应现象。例如：站立位使交感神经兴奋，心率加快，卧位则慢。运动、精神紧张及食物消化等都可使心率加快。

(2)全身性疾病：发热、甲状腺功能亢进、贫血、缺氧和拟肾上腺类药物作用等，都可导致窦性心动过速。

(3)心血管疾病：心肌炎、动静脉瘘、心力衰竭以及各种器质性心脏病，都可导致心动过速。

2. 临床表现　可没有症状或主诉心悸，长期发作可致心排血量减少。查体发现，颈动脉搏动强，心尖搏动有力，成年人心率多为 100～160/min，很少数可达 180/min。

3. 心电图特点　①频率快而规律的 P 波，每分钟在 100 次以上；②QRS 波紧跟 P 波之后，形态正常；③P-R 间期缩短，Q-T 间期缩短。

4. 治疗原则　无须治疗，仅消除诱发因素，对原发病治疗即可，偶尔给镇静药或 β 受体阻滞药对症治疗。

(二)窦性心动过缓

窦性心律的心率低于 60/min，称窦性心动过缓。

1. 病因

(1)生理性原因：老年人、睡眠状态等。一些手法，如按压眼球、颈动脉窦按摩、呕吐等可引起窦性心动过缓。

(2)疾病原因：可见于颅内高压、阻塞性黄疸、甲状腺功能减退、高血钾、服用洋地黄及抗心律失常药物。器质性心脏病中常见于冠心病、心肌炎、心肌病。

2. 临床表现　多无自觉症状，当心率过慢（＜40/min），出现心排血量不足时，患者会出现胸闷、头晕、晕厥等症状。

3. 心电图特点　①缓慢出现的 P 波，频率在 60/min 以下；②QRS 波跟随 P 波之后，形态正常；③P-R 间期正常或略延长，Q-T 间期延长。

4. 治疗原则　无症状者一般无须治疗，出现症状者可用阿托品、麻黄碱或异丙基肾上腺素等药物并查找病因，治疗原发病，症状不缓解者应考虑心脏起搏治疗。

(三)窦性心律不齐

窦房结发出的激动不规则，从而心房、心室的节律不齐，为最常见的心律失常。

1. 病因

(1)呼吸型窦性心律不齐：随呼吸改变，吸气时间期缩短，心率增加，呼气时相反。多见于青少年且心脏正常者。

(2)非呼吸型窦性心律不齐：可见于老年人，尤其冠状动脉硬化性心脏病者。也见于颅内压增高、脑血管意外以及洋地黄、阿托品、吗啡等药物作用时。

2. 临床表现　一般无特殊症状。体检时，可发现心跳和脉搏不规则。

3. 心电图特点 ①P 波形态正常,P-R 间期正常;②P-P 间期(或 R-R 间期)各不相同。

4. 治疗原则 通常不需要治疗。

(四)窦性停搏

又称窦性静止,指窦房结在某一时间不能形成冲动,出现心脏搏动的暂时停顿。如果次级起搏点发出冲动激活心室就形成逸搏。

1. 病因 迷走神经张力增高或颈动脉窦过敏,以及急性心肌梗死、窦房结变性与纤维化、脑血管意外等病变均可发生窦性停搏。应用洋地黄、奎尼丁、钾盐、乙酰胆碱等药物也可引起窦性停搏。

2. 临床表现 类似于严重的窦性心动过缓。晕厥的出现取决于窦性静止时间及是否出现交界性或室性逸搏,甚至出现阿-斯综合征(Adams-Stokes syndrome)。临床检查时发现缺脉。

3. 心电图特点 ①P 波形态正常;②一系列 P 波后出现心电静止的长间歇,此间歇与基本的窦性 P-P 间期无倍数关系;③长间歇后可出现交界性或室性逸搏。

4. 治疗原则 参照窦性心动过缓。

(五)窦房传导阻滞

窦房结冲动传导至心房时发生延缓或阻滞,称窦房传导阻滞。按程度不同分为 3 度。

1. 病因 迷走神经张力增高、颈动脉窦过敏或窦房结及周围组织病变,以及急性心肌梗死、心肌病、洋地黄或奎尼丁中毒、高血钾均可发生窦房传导阻滞。

2. 临床表现 多无症状。如高度窦房传导阻滞伴次级起搏点逸搏功能障碍,则可引起头晕、黑矇,甚至晕厥。体检时可有心跳漏停。

3. 心电图特点

(1)一度窦房传导阻滞:体表心电图无法诊断。

(2)二度Ⅰ型窦房传导阻滞(莫氏Ⅰ型或文氏型)心电图表现为:①P-P 间期逐渐缩短,直至一次 P 波脱落;②P 波脱落前的 P-P 间期最短;③较长的 P-P 间期短于其前的 P-P 间期的 2 倍。

(3)二度Ⅱ型窦房传导阻滞(莫氏Ⅱ型)心电图表现为:①P-P 间期基本均齐,突然出现一个长 P-P 间期;②长 P-P 间期是正常 P-P 间期的倍数。

三度窦房传导阻滞,临床心电图与窦性停搏难以区分。

4. 治疗原则 无症状者,应密切临床及心电图观察,以及病因治疗。心动过缓严重并引起头晕时,可用阿托品缓解症状,并考虑埋藏按需型起搏器治疗。

二、逸搏和逸搏心律

但当窦房结发生病损或受到抑制,发放冲动的频率过慢或出现停搏时(如病窦综合征),或者传导障碍使冲动不能抵达次级起搏点时(如窦房传导阻滞或房室传导阻滞),次级起搏点发出冲动,激动心室产生逸搏。逸搏连续发生形成节律称逸搏心律。逸搏和逸搏心律具有生理性保护作用,可使心脏免于长时间停顿。

按逸搏发生的部位分为房性、房室交界性和室性。其 QRS 波群的特点与相应的期前收缩波相似,差别是期前收缩属提前出现,而逸搏则在长间歇后出现;前者系主动,后者属被动。以房室交界性逸搏最多见,房性逸搏最为少见。

(一)房室交界性逸搏

1. **病因**　常见于各种原因引起的显著的窦性心动过缓、窦性停搏、窦房传导阻滞、三度房室传导阻滞及期前收缩或心动过速突然终止引起的长间歇中。

2. **心电图特点**　①较正常 P-P 间期长的间歇后出现一个正常的 QRS 波群;②P 波缺失,或呈逆行 P 波位于 QRS 波群之前或之后,亦可见未下传至心室的窦性 P 波。

房室交界性逸搏心律是最常见的逸搏心律。①正常的 QRS 波群,频率通常为 40～60/min,节律规则。②可有逆型 P 波或房室分离,心室率大于心房率。

(二)室性逸搏

1. **病因**　见于窦房结、房室结双结病变或束支水平的三度房室传导阻滞。

2. **心电图特点**　长间歇后出现宽大畸形的 QRS 波形,时间≥0.12s。

室性逸搏心律表现:①3 次或 3 次以上的室性逸搏,频率为 20～40/min,节律基本规则;②心房激动与 QRS 波无关。

(三)房性逸搏

心房内分布着许多潜在起搏点,其频率略低于窦房结(50～60/min)。肢体导联心电图示 P 波在 Ⅱ、Ⅲ、aVF 导联倒置,P-R 间期＞0.12s。

(四)治疗原则

房室交界性逸搏和逸搏心律一般无需治疗,如频率过低,可静脉滴注异丙肾上腺素提高逸搏频率,必要时给予起搏治疗。室性逸搏心律表示病情严重,治疗应针对病因,如急性前壁心肌梗死引起者针对心肌梗死治疗;洋地黄等药物中毒引起者,停用洋地黄等药物;高钾引起者,纠正高钾。必要时给予异丙肾上腺素和临时起搏治疗。

三、期 前 收 缩

期前收缩又称过早搏动,简称早搏。是由于窦房结以外的异位起搏点兴奋性增高或形成折返激动,导致心脏提前收缩,是最常见的心律失常。根据起搏点的位置,可将期前收缩分为房性、房室交界性、室性 3 类,其中最多见的是室性期前收缩,房室交界性期前收缩最为少见。

(一)病因

生理性期前收缩可见于健康人精神或体力过分疲劳时,吸烟、饮酒、咖啡、茶、感冒药等也可诱发期前收缩。各种器质性心脏病,如冠心病、风湿性心脏病、心肌病、心肌炎等常引起期前收缩,属病理性。此外,药物(洋地黄、奎尼丁等中毒)、电解质紊乱、缺氧、高碳酸血症等亦可引起。

(二)临床表现

一般无特殊症状,部分患者可有漏跳感或心悸。当期前收缩频发或连续出现时可使心排血量降低,引起乏力、头晕、胸闷、憋气等症状,甚至可使原有的心绞痛和心力衰竭加重。临床听诊发现在基本心律中有提早出现的心跳,随后有一长间歇。期前收缩的第一心音常增强,主要与期前收缩开始时房室瓣位置有关。第二心音相对减弱,有时由于心室充盈量过小而收缩时不能使半月瓣开启甚至第二心音消失。

(三)心电图特点

1. **房性期前收缩**　经常是快速性房性心律失常出现的先兆。

①提前发生的 P 波,其形态与窦性 P 波稍有差别。

②提前发生的 P 波的 P-R 间期＞0.12s。

③提前的 P 波后继以形态正常的 QRS 波,但较早的房性期前收缩下传时,由于束支的不应期可能不一致,一侧束支已脱离不应期,而另一侧束支仍处不应期,引起形态异常宽的 QRS 波形的房性期前收缩称为室内差异性传导。

④期前收缩后常可见一不完全代偿间歇。

2．房室交界性期前收缩

①提前出现的 QRS-T 波群,形态基本正常,亦可因不同程度的室内差异传导而畸形、增宽。

②提前出现的 QRS-T 波群前或后可见逆行 P 波(Ⅱ、Ⅲ、aVF 导联倒置),且 P-R 间期＜0.12s 或 R-P 间期＜0.20s,或重叠于 QRS 波群而见不到 P 波。

③期前收缩后多有一完全代偿间歇。

3．室性期前收缩

①提前出现的 QRS 波群,形态宽大畸形,时限通常＞0.12s,T 波与 QRS 主波方向相反。

②提前出现的 QRS-T 波群前无 P 波。

③期前收缩后有一完全代偿间歇。

④室性期前收缩可单个或成对出现,可不规则或规则出现形成二联律、三联律。在同一导联上,出现配对间期相等、形态不同的室性期前收缩为多形性室性期前收缩;出现配对间期不等、形态不同的室性期前收缩为多源性室性期前收缩。

(四)治疗原则

1．房性期前收缩和房室交界性期前收缩通常无需治疗,只须缓解紧张和过分疲劳,戒烟、停止喝酒及咖啡、停药、控制甲状腺功能亢进或感染。当有明显症状或因期前收缩触发室上性心动过速时,需给予药物治疗,包括镇静药、β 受体阻滞药等,亦可选用维拉帕米、奎尼丁、胺碘酮、普鲁卡因胺等,但应注意防止药物的致心律失常作用和低钾。

2．室性期前收缩发生时不同情况有很大差异,因此对室性期前收缩治疗前应进行危险分级。根据病史、室性期前收缩的复杂程度、左心室射血分数,并参考平均心电图和心律变异性分析进行危险分级。首先应治疗原发疾病,控制促发因素,在此基础上以 β 受体阻滞药为起始治疗。非心肌梗死的器质性心脏病患者可考虑用普罗帕酮、美西律和莫雷西嗪。心肌梗死后发生室性期前收缩的患者,禁用Ⅰ类抗心律失常药,可用Ⅲ类抗心律失常药,如胺碘酮或索他洛尔。

无器质性心脏病、无电解质紊乱的健康人发生室性期前收缩常无重要意义,不必药物治疗,应避免诱发因素,如减轻患者顾虑,劝其避免过度吸烟、饮酒及喝咖啡等,症状较重时可依次选用 β 受体阻滞药、美西律、普罗帕酮、丙吡胺等。

四、阵发性心动过速

阵发性心动过速是异位起搏点自律性增强或折返激动形成的一种阵发性快速而规律的心律失常,有突然发生、突然停止的特点,由 3 个或 3 个以上的期前收缩形成。按异位起搏点的部位可分为房性、房室交界性和室性阵发性心动过速。房性与房室交界性阵发性心动过速在临床上不易区分,统称为室上性阵发性心动过速,简称室上速。室性阵发性心动过速分为持续性室速(发作持续时间超过 30s 并伴血流动力学障碍,需立即转复)和非持续性室速又称反复短阵室速(持续时间在 30s 以内自行终止发作)。

(一)病因

患者有或无器质性心脏病,不同性别与年龄均可发生室上性阵发性心动过速。电生理研究指出:大部分室上速由折返机制引起。折返可发生在窦房结、房室结与心房。房室结折返性心动过速与房室折返性心动过速是最常见的阵发性室上性心动过速类型。

室速常发生于各种器质性心脏病患者。最常见为冠心病,尤其是心肌梗死的患者,其次为心肌病、二尖瓣脱垂、风湿性心脏病等。其他病因包括洋地黄、奎尼丁或胺碘酮等药物所致、电解质紊乱、代谢障碍等。特发性室性心动过速可见于无器质性心脏病患者。

(二)临床表现

室上速的临床特点为突然发生和终止,一般持续数秒、数分钟至数小时,个别患者持续数日或更长。心律大多绝对匀齐。症状轻重取决于发作时心室率的快慢和持续时间的长短,亦与原有疾病的严重程度有关,可表现为心悸、胸闷、焦虑、眩晕、晕厥、心绞痛,甚至心力衰竭与休克。体检时发现脉细而数,听诊心率为 150~250/min,心尖区第一心音强度恒定,心律绝对规则。刺激迷走神经可使发作突然终止或缓解。

室速的临床症状取决于发作时心室率的快慢和持续时间的长短,以及原有疾病的严重程度。反复短阵室速对血流动力学影响不大,临床症状不多。持续室速常伴随血流动力学障碍和心肌缺血,临床症状包括低血压、少尿、呼吸困难、严重心绞痛、晕厥、休克甚至猝死。听诊心率多为 140~220/min,收缩期血压可随心搏变化。

(三)心电图特点

1. **阵发性室上性心动过速**　①正常的 QRS 波群,频率 150~250/min,节律规则;②逆行 P 波不易辨认,常埋藏于 QRS 波群内或位于其终末部分,P 波与 QRS 波群关系恒定;③起始突然,一般由一个房性期前收缩触发。

2. **阵发性室性心动过速**　①3 个或以上的室性期前收缩连续出现;②QRS 波群形态畸形,时限超过 0.12s;ST-T 波方向与 QRS 主波方向相反;③心室率通常为 100~250/min;④心房独立活动与心室无关,形成房室分离,P 波少于 QRS 波;⑤心室夺获与室性融合波。室速发作时,少数室上性冲动可下传心室,产生心室夺获,表现为 P 波之后提前发生一次正常的 QRS 波群。室性融合波为部分夺获心室,形态介于窦性与异位心室搏动之间。

(四)治疗原则

1. **阵发性室上性心动过速**

(1)终止发作:可采用简单的刺激迷走神经的方法、药物治疗、经食管快速心房起搏法及同步直流电复律。这些方法虽可终止或缓解室上速,但停止刺激后,有时又恢复原先水平。

①药物治疗。

a. 腺苷或三磷腺苷:腺苷(6~12mg 快速静脉推注)起效快,但价格昂贵,可用三磷腺苷(ATP,5~20mg 静脉推注)代替,但可引起窦性心动过缓、房室传导阻滞或短阵室性心动过速。

b. 维拉帕米:5mg 缓慢静脉注射,多数于 5mg 尚未注射完就恢复窦性心律。若无效,可 10min 后重复。此药不良反应轻微,如注射过快,可引起窦性心动过缓或房室传导阻滞。心功能不全不宜使用,另外也不应与 β 受体阻滞药合用。

c. 普罗帕酮静注,对有器质性心脏病、心功能不全的患者应用时要谨慎。

d. 其他还可选用洋地黄、地尔硫䓬、胺碘酮、普萘洛尔等抗心律失常药。

②经食管心房调搏：将食管电极插入食管近左心房处，用高于心动过速心率 20％的频率连续刺激 4～8 次，可迅速终止心动过速。还可经静脉行心房或心室超速起搏或程序刺激。

③同步直流电复律：当患者出现低血压、心绞痛、严重充血性心力衰竭或休克现象应给予同步直流电复律治疗，50J 就足以终止发作。

（2）预防发作及根除治疗：对发作频繁或发作时症状明显的患者可预防用药，可选用普罗帕酮、维拉帕米和 β 受体阻滞药。对药物难控制的患者可行射频消融治疗，目的在于消除产生心动过速的病灶或切断心动过速的折返环，成功率在 70％～90％。还可用抗心动过速的起搏器治疗等。

2. 室性心动过速 如果患者的脉搏能摸到，当血流动力学稳定时主要采用利多卡因、普鲁卡因胺、溴苄胺、胺碘酮等药物治疗并查找并纠正诱因；当患者出现胸痛、呼吸困难、低血压、充血性心力衰竭、心绞痛、脑血流灌注不足等症状时的即刻治疗措施是同步直流电复律，一般 ≤50J 常可恢复窦性心律。

预防反复发作的持续性室性心动过速，安置埋藏式复律除颤器（implantable cardioverter defibrillator，ICD）可显著降低这些患者的病死率。无条件安置 ICD 的患者可口服胺碘酮或索他洛尔预防发作。

由于持续性室性心动过速的患者通常在心室内有固定的引起折返的病变，可以作抗心律失常手术治疗。此外，部分患者采用导管消融方法达到根治。

五、扑动和颤动

（一）心房扑动

属一种大折返性房性心律失常。

1. 病因 阵发性房扑可发生在无器质性心脏病的健康人。持续性房扑则通常发生在器质性心脏病者，包括风湿性心脏病、冠心病、高血压性心脏病、心肌病等。此外，肺栓塞，慢性充血性心力衰竭，二、三尖瓣狭窄与反流等导致心房扩大的病变，亦可出现房扑。其他的病因尚有甲状腺功能亢进、酒精中毒、药物中毒、心肌炎等。

2. 临床表现 房扑有不稳定趋向，可恢复窦性心律或进展为心房颤动，但亦可持续数月或数年。其临床症状取决于心室率的快慢，如心室率不快者可无任何症状，心室率快者则可有心悸、胸闷、心绞痛及心功能不全。体格检查多发现患者精神紧张，脉细数，有时会出现脉短绌，听诊时心律可规则或不规则。

3. 心电图特点 ①P 波消失，代之以 250～350/min 规律的锯齿状扑动波 F 波；②心室率规则或不规则，取决于房室传导比例是否恒定。最常见 4∶1 或 2∶1 房室传导；③QRS 波形态正常。

4. 治疗原则 应针对原发疾病进行治疗。最有效的方法是直流电复律。如电复律无效或已应用大量洋地黄不宜做电复律者，可将食管电极导管插至心房水平或将起搏电极经静脉插至右心房处，以超速抑制的方法可使大多数典型的房扑转复为窦性心律。普罗帕酮、胺碘酮等对转复及预防复发房扑有一定疗效。

若上述方法不成功或房扑发作频繁时，可应用洋地黄制剂、β 受体阻滞药、钙通道拮抗药减慢心室率。心导管消融与外科手术使用于顽固性房扑患者。

(二)心房颤动

是一种比较常见的心律失常。发病率随年龄增长而明显增长。

1. 病因　大多数房颤发生在器质性心脏病的基础上,常见于风湿性心脏病、冠心病、高血压性心脏病、缩窄性心包炎、心肌病、感染性心内膜炎、心力衰竭、慢性肺源性心脏病等。也可是其他系统疾病的表现之一,如甲状腺功能亢进、肺部疾病合并低氧、高碳酸血症等。部分房颤患者可无器质性心脏病及其他病因,称为孤立性房颤。

2. 临床表现　症状亦取决于心室率的快慢和基础病变的严重程度,心室率超过 150/min,患者可发生心绞痛、左心功能不全的表现。心室率慢时,患者可无自觉症状,但由于心房不能有效收缩而致心排血量减少达 25% 以上,患者可有疲劳、乏力、头晕等症状。

房颤有较高发生体循环栓塞的危险。因心房失去协调一致的收缩,久之左心耳或左心房形成易形成血栓,栓子脱落,可引起脑栓塞、肢体动脉栓塞、视网膜动脉栓塞等,特别易见于二尖瓣狭窄的患者。

3. 心电图特点　①P 波消失,代之以 350～650/min 形态大小不同、间隔不均匀的 f 波;②QRS 波群间隔绝对不规则,心室率通常可在 100～160/min;③QRS 波形态正常。

4. 治疗原则　房颤治疗的目标为减轻或缓解症状,改善血流动力学,预防栓塞,尽可能恢复窦性心律。治疗首先要针对病因和诱因,甲状腺功能亢进引起者控制甲状腺功能亢进,二尖瓣狭窄者可手术换瓣或经皮导管球囊扩张。按治疗的需要进行分类见表 14-3。

表 14-3　房颤治疗分类

类型	名称	定义	治疗
急性	首发房颤	首次发作,持续时间一般<24h	寻找并治疗原发疾病和诱发因素,若心室率很快,已出现心功能不全症状体征,首选电击复律;心功能尚好者,可用洋地黄、β受体阻滞药、钙离子拮抗药等控制心室率。栓塞概率少
慢性	阵发性	反复发作,常自行终止,持续时间不等	如持续时间短、发作频度小、无自觉症状者,一般不需特殊治疗。对发作时间长、频繁、症状明显者给予洋地黄、奎尼丁、普鲁卡因胺、普罗帕酮、胺碘酮、维拉帕米、β受体阻滞药等药物治疗。栓塞概率较高
	持续性	一次或多次发作,常不能自行缓解或终止,药物或电复律有效	先用洋地黄控制心室率,再行药物复律,复律后常用普罗帕酮、胺碘酮、莫雷西嗪、索他洛尔等维持窦性心律,以防复发。栓塞概率高,复律前、后应服抗凝药 3 周以上
	永久性	持续存在的房颤,恢复窦律的可能性较小	栓塞发生率高,需长期抗凝治疗(肠溶阿司匹林或华法林)。心室率慢,患者耐受性好者无需治疗;对于发作频繁、心室率快、药物治疗无效、不适合电复律者可行房室结射频消融,同时置入永久起搏器

对慢性心房纤颤患者行抗凝治疗可有效预防栓塞事件的发生。抗凝治疗的并发症是出血。调整口服抗凝药的标准是凝血酶原时间(PTT),使其为正常对照时间的 2～2.5 倍。

(三)心室扑动和心室颤动

心室扑动与颤动为患者临终前发生的心律失常。

1. 病因　见于任何原因引起的严重器质性心脏病及其他原因引起的心肌缺氧,电解质紊乱,药物中毒,物理性外因等。临床多见于:急性心肌梗死、急性肺栓塞、窒息;索他洛尔、胺碘酮、洋地黄等抗心律失常药物的致心律失常作用;心外科手术、气管插管、心脏外伤;电解质紊乱,如高血钾及低血钾;以及各种严重的心脏病。

2. 临床表现 意识丧失、抽搐、呼吸停顿,听诊心音消失,脉搏摸不到,血压测不到。若不及时治疗,在几分钟内患者就会死亡。

3. 心电图特点 心室扑动的心电图呈匀齐的、连续大幅度的正弦波图形,其频率为150~300/min,难以区分 QRS-T 波群。心室颤动心电图表现为形态、频率及振幅均完全不规则的波动,其频率在 150~500/min,QRS-T 波群完全消失。

4. 治疗原则 尽快实施心肺复苏。

六、心脏传导阻滞

冲动在心脏传导系统的任何部位传导时均可发生阻滞。如发生在窦房结与心房之间称窦房传导阻滞;在心房与心室之间称房室传导阻滞;位于心房内称房内传导阻滞;位于心室内称室内传导阻滞。

按传导阻滞的严重程度,通常可将其分为三度。第一度传导阻滞时传导时间延长,所有冲动仍能下传;第二度传导阻滞分为两型,莫氏(Mobitz)Ⅰ型和Ⅱ型,表现为部分冲动不能下传;第三度又称完全性传导阻滞,全部冲动均不能下传。

(一)房室传导阻滞

房室传导阻滞可发生在房室结、希氏束以及束支等不同的部位,是心脏传导系统中最常见的一种传导阻滞。

1. 病因 正常人迷走神经张力增高时会出现不完全性的房室传导阻滞,但临床上最常见的病因为器质性心脏病,如急性心肌梗死、病毒性或风湿性心肌炎、心内膜炎、心肌病、先天性心脏病、高血压病心脏肿瘤等,其他亦可见于药物中毒(如洋地黄)、电解质紊乱、甲状腺功能低下等全身性疾病。

2. 临床表现

(1)第一度房室传导阻滞患者除原发病症状外,通常无其他症状,听诊时因 P-R 间期延长,第一心音减弱。

(2)第二度房室传导阻滞患者可有心悸和心搏脱漏感,二度Ⅰ型(文氏现象)听诊时第一心音强度逐渐减弱,并有心搏脱漏;二度Ⅱ型(莫氏现象),易演变为完全性房室传导阻滞,听诊时亦有间歇性心搏脱漏,但第一心音强度恒定。

(3)第三度房室传导阻滞的临床症状取决于心室率的快慢,如因心室率过慢导致脑缺血,发生意识丧失,甚至抽搐,称阿-斯综合征(Adams-Stokes),严重者可致猝死。听诊时第一心音强度不等,可闻心房音,心率通常在 20~40/min,血压偏低。

3. 心电图特点

(1)第一度房室传导阻滞 P-R 间期>0.20s,无 QRS 波群脱落。

(2)第二度房室传导阻滞。

①Ⅰ型(文氏现象)P-R 间期逐渐延长,直至 QRS 波群脱落;包含 QRS 波脱落的 R-R 间期比 2 倍 P-P 间期短;最常见的房室传导比例为 3:2 或 5:4。

②Ⅱ型(莫氏现象)在传导的波动中,P-R 间期固定,可正常亦可延长;有间歇性的 P 波

QRS 波群脱落,其常呈 2 : 1、3 : 1;QRS 波群形态一般正常,亦可有形态异常。

(3)第三度房室传导阻滞 P-P 间距相等,R-R 间距相等,P 与 QRS 波群间无关;P 波频率大于 QRS 波频率;QRS 波形态取决于阻滞部位,如阻滞在房室束分支以上,则 QRS 波形态正常,如阻滞在双束支部或以下,则 QRS 波群增宽、畸形。

4. 治疗原则

(1)第一度或第二度 Ⅰ 型房室传导阻滞,心室率不过慢且无临床症状者,只需对原发病进行治疗。

(2)第二度 Ⅱ 型或第三度房室传导阻滞,心室率慢并影响血流动力学,应及时提高心室率以改善症状,防止发生阿-斯综合征。常用的药物有:①阿托品:每次 0.5~2.0mg,静脉推注,适用于阻滞位于房室结的患者。②异丙肾上腺素:5~10mg,舌下含服,每 4~6h1 次,病情重者可以 1~4μg/min 速度静脉滴注。但对急性心肌梗死患者要慎用,因为可能导致严重室性心律失常。③糖皮质激素,适用于心肌炎患者,常选用地塞米松 10~20mg/d,静脉注入,亦可口服泼尼松,每天 20~60mg。对于心室率<40/min,症状严重者,特别是曾有阿-斯综合征发作者,应首选临时性或永久性心脏起搏治疗。

(二)心室内传导阻滞

室内传导阻滞是指希氏束分叉以下部位的传导阻滞。室内传导系统包括左束支和右束支。在正常情况下,左、右心室同时产生除极,若某一束支发生传导阻滞,则同侧心室的除极过程就会延迟,在心电图上产生 2 个合并的 QRS 复合波(宽度>0.12s),及 2 个 R 波(R 及 R'波)。

1. 病因　右束支传导阻滞较为常见。大面积肺梗死、急性心肌梗死后可出现暂时性右束支传导阻滞。永久性病变发生于风湿性心脏病、高血压性心脏病、冠心病、心肌病、肺心病与先天性心脏病。此外,正常人亦可发生右束支传导阻滞。

左束支传导阻滞常发生于充血性心力衰竭、急性心肌梗死、急性感染、奎尼丁及普鲁卡因胺中毒、高血压病、风湿性心脏病、冠心病与梅毒性心脏病。

2. 临床表现　单侧束支阻滞多无临床症状,有时可听到第一、二心音分裂。完全性双束支传导阻滞临床表现与完全性房室传导阻滞相同。

3. 心电图特点

(1)完全性右束支传导阻滞:①QRS 时限>0.12s 或以上。②QRS 波群形态改变:V_1 导联出现 rs R'("M"型)复合波,R'波宽且有切迹,代表右心室的活动波;V_5、V_6 导联呈 qRS 型或 RS 型,S 波增宽;Ⅰ、Ⅱ 及 aVL 导 QRS 波形接近 V_5、V_6 导联。

不完全性右束支传导阻滞的图形与上述特点相似,但 QRS 时限<0.12s。

(2)完全性左束支传导阻滞:①QRS 时限>0.12s 或以上。②QRS 波群形态改变:V_1 导联呈 rS 或 qrS 或 QS 型,T 波直立;V_5、V_6 导联无 q 波,出现大 R 波(R-R'波),有时 QRS 复合波会出现切迹,而不是明显的 R-R'波,ST 段下移,T 波倒置。

不完全性左束支传导阻滞的图形与上述特点相似,但 QRS 时限<0.12s。

4. 治疗　患者如无症状,仅针对病因治疗。双束支发生传导阻滞,且伴有阿-斯综合征发作者,应及早安装心脏起搏器。

七、房室内通路异常

房室内通路异常主要为预激综合征。

1. 定义 是指心房冲动提前激动心室的一部分或全部，或心室激动提前激动心房的一部分或全部，又称沃-帕-怀综合征（Wolff-Parkinson-White syndrome，WPW）。发生预激的解剖学基础是在房室间除有正常的传导组织以外，还存在附加的房-室肌束连接，最常见的为房室旁路通道即 Kent 束。另外尚有较少见的旁路通道，如房-希束（James 束）、结室纤维束（Mahaim 束）等。典型的旁路通道由快反应细胞构成，传导速度快于房室结，因而心房冲动经旁路通道下传较经房室传导系统早到心室某一部分，使之提前除极，形成预激波。同时心室其他部分被正常传导系统下传的冲动所激动，两者构成起始部粗钝而又宽阔的 QRS 波群。预激范围越大，QRS 波群越畸形。

2. 病因 任何年龄均可发病，甚至新生儿发病也有报道。可见于正常心脏者，也见于器质性心脏病患者，如先天性心脏病（房间隔缺损、主动脉瓣狭窄、法洛四联症、Ebstein 畸形等）；高血压性心脏病；动脉硬化性心脏病；心肌病；二尖瓣脱垂；心脏外伤，心导管检查等。

3. 临床表现 其本身无任何症状，但常引起快速室上性心律失常，与一般阵发性室上性心动过速相似，亦可并发快速心房颤动，从而诱发心悸、胸闷、心绞痛、休克及心功能不全，甚至猝死。

4. 心电图特点 窦性波动的 P-R 间期缩短，<0.12s；QRS 波群的时间延长至 0.11s 以上；QRS 波群起始部分粗钝，称为预激波或 δ 波（delta）；可见继发 ST-T 改变。

5. 治疗原则 患者如无心动过速发作，或偶有轻微发作者，无须治疗。如发作频繁，症状明显者则应积极治疗，首选射频消融术。如无条件，亦可试用药物治疗（参照阵发性室上性心动过速）。一般禁用洋地黄类。当预激综合征伴发快速房颤时，应首选普罗帕酮或胺碘酮，如无效应及早采用同步直流电复律。应当注意，维拉帕米静脉注射会加速预激综合征合并心房颤动患者的心室率，甚至还会诱发心室颤动，故应禁用。

（梁　岩　高　鑫）

第15章 呼吸功能监护

第一节 呼吸力学监测

教 学 目 标

1. 了解肺顺应性的基本概念。
2. 熟悉气道阻力的基本概念。
3. 掌握机械通气时机械力学监测指标。

肺通气是通过呼吸道内压力的变化过程产生的。从物理力学观点研究呼吸的运动过程，不但能更全面地了解呼吸生理，而且也为呼吸系统疾病病理生理的探索提供了新的途径。

吸气时，吸气肌肉收缩的力量用于克服两种阻力以使肺的容量扩大：第一是胸廓壁和肺组织的弹性阻力，第二是以呼吸道气流摩擦阻力为主的非弹性阻力。如阻力增大，则实现一定的肺泡通气量所需要的肌肉收缩力量相应加大。相反，如阻力减少，则所需要的收缩力量亦可减少。呼吸系统疾病往往导致弹性或非弹性阻力增加，加重呼吸肌肉的做功，成为呼吸困难原因之一。

平静呼气末，呼吸肌肉完全放松时，肺并不完全萎缩，仍存有大约相当于肺总量40%的功能残气量。此时肺组织的向内弹性力与胸廓壁的向外弹性力相等，两种力作用的结果形成胸膜腔负压，保持肺的一定容量。

一、呼吸器官的压力——容量曲线

肺内压力的变化与肺的容量变化之间有依从关系，压力越高，肺容量越大。代表两者之间的数量关系的曲线称为压力-容量曲线从呼吸器官（肺＋胸廓）的压力-容量曲线可以看到，在肺容量为功能残气量（大约等于肺总量的40%）时，肺内压为"零"，即肺内压与大气压相等。

二、呼吸系统的压力梯度

肺是一个"相对"被动运动的器官，当呼吸系统内有一定压力梯度"Pao-Ppl"存在时，肺就扩张。胸膜腔负压的存在，使气体进入肺；正压机械通气时气道内压高于大气压，能把气体送人肺部，故胸膜腔、肺泡和呼吸道内所产生的压力变化，成为呼吸运动时影响和促进通气的动力因素。

1. 胸膜腔内压(Ppl)　胸膜腔内压直接受呼吸肌活动的影响，正常时功能残气位的胸膜腔内压为$-0.49kPa(-5cmH_2O)$，吸气时负压增加，呼气时减少。胸膜腔负压作用于胸腔内大静脉，有利于静脉血液回流。因重力的作用，直立位时胸膜腔负压从肺尖部到肺底部逐渐降低。

2. **肺泡内压(P_A)** 肺泡内压取决于胸膜腔内压与肺向内收缩压力之差。吸气时,因胸膜腔负压增加,超过了肺弹性收缩压的增加,使肺泡内压低于大气压,气体进入肺内,直至肺泡压与大气压相平衡,气流停止。呼气时,吸气肌松弛,胸膜腔内负压减少至低于肺弹性收缩压,肺泡压上升超过大气压,气体流向肺外。

3. **气道内压(Pao)** 当吸气或呼气末,气流停止时,从肺泡到鼻、口腔,气道各处的压力相等。吸气时从口、鼻腔到肺泡的压力递减,呼气时则递增。

4. **经胸压(Prs)** 相当于肺泡与胸廓外大气压之差(P_A-Pbs),是扩张或压缩胸廓、肺脏的总压力。机械通气时的经胸压为呼吸机驱动呼吸的压力。

5. **经肺压(PI)** 相当于肺泡内压与胸膜腔内压之差(P_A-Ppl),是扩张或收缩肺的压力。经肺压的大小,主要与肺顺应性有关,肺顺应性减弱时经肺压增大。

6. **经胸壁压(Pw)** 相当于胸膜腔内压与胸廓外大气压之差(Ppl-Pbs),是扩张或压缩胸壁的压力,其大小决定于胸壁的顺应性。

7. **经气道压** 相当于气道内外压力之差,胸腔内气道的经气道压,也是胸膜腔内压与气道内压之差。

三、顺 应 性

(一)顺应性的基本概念

顺应性(compliance)是一个物理学概念,是弹性物体的共同特性,指单位压力改变时所引起的肺容积的变化。呼吸系统顺应性的研究是呼吸力学中的一个重要问题。肺是一个具有弹性的器官,肺顺应性与肺的物理学特性密切相关。肺弹性除与肺的弹性组织有关外,还受肺泡表面张力的影响。此外,肺血容积等因素也影响肺组织的弹性。

顺应性必须在静力条件下,即无气流条件下测定,以排除气道阻力的影响。压力差指胸腔与呼吸道口压差,通常以食管压力代替。正常时肺的顺应性甚好,就是说较小的压力可引起较大的体积改变。

胸廓顺应性与肋骨骨架、肋间肌和胸壁组织有关,肺顺应性部分与肺泡表面张力有关(低肺容量时),部分与肺组织(肺泡、呼吸道、血管、肺间质等)有关。

(二)顺应性的影响因素

1. **生理因素** ①肺容积:肺顺应性与肺容积相关。②性别:肺顺应性的测定显示男性比女性高40%,但男性的肺总量、功能残气量等也较女性高30%~40%。因此,实质上不同性别之间肺组织的弹性无内在的差异。③年龄:自儿童至成年人,肺顺应性逐渐增加,这与肺弹性纤维网的增加有关;另外,胸廓与肺脏生长不平行,胸廓增长较肺快,因此对肺组织的牵拉作用也增加。④身高:动态、静态肺顺应性与身高呈明显的正相关关系。肺顺应性随身高增长而增加。⑤体位:肺顺应性在坐位最高,俯卧位次之,仰卧位最低。⑥运动:运动时较平静呼吸时,肺顺应性有明显的增加。

2. **病理因素** 肺弹性阻力减弱时顺应性增加,如肺气肿;肺弹性阻力增加时顺应性减小,如肺水肿、炎症、肺不张及间质纤维化等。

(1)肺气肿:肺气肿患者的静态肺顺应性增加,这与肺弹性阻力下降有关。肺弹性阻力的异常是由于肺胶原纤维和弹力纤维排列和结构的变化;另与肺泡气腔体积的增大相关。

（2）支气管哮喘：支气管哮喘患者也可发生上述类似改变。

（3）肢端肥大症：因有肺容积的增加，静态肺顺应性成比例的增加，而肺弹性阻力正常。

（4）弥漫性肺间质纤维化：动态和静态肺顺应性均减弱，最大静态肺弹性阻力通常是增加的。这与肺容积的减少和肺泡的"硬化"有关。

（5）肺外疾病：肺外的许多疾病，如脊髓灰质炎、胸廓成形术、胸膜疾病、膈肌抬高、肥胖和胸壁肌肉疾病等，肺和胸壁的顺应性均可降低。

（6）心脏疾病：许多心脏疾病如二尖瓣狭窄、间隔缺损等，均有肺顺应性的下降。这与心脏扩大、胸腔积液和肝大所致的功能肺单元的数量减少有关，间质性肺水肿可影响肺组织的弹性，肺动脉高压也参与了作用。

（7）急性呼吸窘迫综合征（ARDS）、肺水肿和肺炎等：正常肺泡气腔的减少，使肺顺应性下降。

（三）顺应性下降对患者的影响

①肺顺应性下降后，为了维持原有的潮气量，就必须增加跨肺压，因而使吸气力增加，呼吸肌做功也增加，严重时可导致呼吸衰竭。②肺部疾病所致的顺应性下降，在肺内各部分的变化并不一致。不同的顺应性可影响肺内气体分布，造成 V/Q 比例失调，引起低氧血症。③肺水肿时，肺顺应性下降，吸气时血管周围组织的压力变负，致使流体自血管内流向血管周围组织。④顺应性下降后，肺泡扩张受限，为了维持每分通气量，患者的呼吸表现为浅而快。

（四）顺应性增加对患者的影响

顺应性增加后，患者在吸气时所需的跨肺压较小，呼吸功也较小。由于跨肺压对维持小气道的通畅具有重要作用，跨肺压的下降可使小气道狭窄闭锁，增加气道阻力导致肺内气体分布不均，严重限制呼气流速。如肺气肿患者的肺顺应性增加，功能残气量也增加，患者在肺过度充气的情况下进行呼吸，残气量和肺总量之比为正常的 2 倍，严重影响肺功能，最后可导致呼吸衰竭。

四、气 道 阻 力

气道阻力（airway resistance，Raw）是非弹性阻力的主要成分，占呼吸功的 30%，次要成分为肺组织黏滞阻力，占 5%。在胸廓畸形、肺内肿物、胸膜炎、大量腹水等情况下肺组织组织黏滞阻力增加。气道阻力是气体在流动过程中与呼吸道内壁之间发生摩擦所造成。流速愈快，管径愈细，阻力愈大。气道阻力通常以每秒（sec）内 1L 通气量所产生的压力差来表示。

气道阻力（Raw）＝压力差（kPa）/流速（L/s）

气道阻力的正常值在成人吸气时为 $0.17kPa/(L \cdot s)[1.7cmH_2O/(L \cdot s)]$，呼气时为 $0.19kPa/(L \cdot s)[1.9cmH_2O/(L \cdot s)]$，支气管阻塞时可增至 $1kPa/(L \cdot s)[10cmH_2O/(L \cdot s)]$，支气管平滑肌痉挛、黏膜水肿、充血和分泌物的阻塞，导致管径变窄，产生湍流，均可使气道阻力明显增加。

肺容量对气道阻力有重要影响，肺容量减少时，由于气道内径偏小，阻力增大，在肺容量减少时，特别是在肺底，由于肺扩张不够，呼气时小气道可完全闭合，使部分气体滞留在肺泡内，影响气体交换。肺容量增加时，由于肺扩张，支气管内径增加，阻力减小。

下列情况时气道阻力可增加。

1. **支气管哮喘**　哮喘发作时气道阻力增加，而且在缓解期气道阻力也可较正常人高 2～3 倍。呼气时气道阻力较吸气时为高。支气管哮喘时阻力增加，可应用支气管扩张药缓解。

2. **肺气肿**　气道阻力常常增加，但受支气管扩张药的影响并不明显。肺气肿时气道阻力的增加主要是呼气时气道萎陷所致。其次,用力呼气时胸腔内形成正压,增加了对支气管的压迫。再次,由于肺气肿时肺泡排空并不一致,增大的肺泡可压迫周围肺泡管,引起肺泡管阻塞。

3. 其他阻塞性通气障碍 由于慢性支气管炎、肿瘤、瘢痕组织等原因引起的阻塞性通气障碍,均可引起气道阻力的增加。

4. 医源性气道阻力的增加 气管插管或气管切开管过长或过细,或管道内有痰液堵塞时,均可引起气道阻力的增加。

五、机械通气时机械力学监测

在呼吸机吸气及呼气管道内分别安置流量传感器和压力传感器,并接受吸、呼气时间信息,经电子计算器自动计算并将肺机械力学各参数迅速显示于视屏。利用肺机械力学的各项指标,可更好判断机械通气的疗效,及时发现各种问题以避免严重并发症的发生。

1. 峰压(peak pressure) 即气道峰压,是整个呼吸周期中气道的最高压力,在吸气末测得。正常值 $0.9\sim1.6$ kPa($9\sim16$ cmH$_2$O)。机械通气过程中应努力保持峰压<3.9kPa(40cmH$_2$O),若高于此值,气压伤的发生率即显著增加。

2. 暂停压(pause pressure) 又称吸气平台压,是吸气后屏气时的压力,如屏气时间足够长(占呼吸周期的 10% 或以上),平台压可反映吸气时肺泡压,正常值 $0.49\sim1.27$ kPa($5\sim13$ cmH$_2$O)。机械通气期间应努力保持平台压<3.43kPa(35cmH$_2$O),若高于此值,气压伤的发生率显著增高。近年认为:监测平台压比气道峰压更能反映气压伤的危险性。过高的平台压和过长的吸气时间也增加肺循环的负荷。

3. 吸气阻力(inspiratorv resistance) 表示吸气末肺和气道对吸入气流的阻力。吸气阻力的计算为:(峰压-平台压)/吸气末流量。正常值为 $0.5\sim1.5$ kPa/(L·s)[$5\sim15$ cmH$_2$O/(L·s)]。支气管阻塞、分泌物聚积、大气道异物均可使吸气阻力增加。

4. 呼气阻力(expiratory resistance) 表示呼气时肺和气道的阻力。呼气阻力的计算:(平台压-早期呼气压)/早期呼气流量。正常值为:$0.3\sim1.2$ kPa/(L·s)[$3\sim12$ cmH$_2$O/(L·s)]。呼气阻力明显高于吸气阻力为支气管阻塞表现,支气管哮喘、喘息型支气管炎均可致呼气阻力增加,吸气与呼气阻力之间的差异也可因不同气流导致测定值的变异。

5. 顺应性(compliance) 呼吸机自动显示的一般为胸肺的静态总顺应性(Cst),其计算公式如下。

Cst=$\triangle$V/$\triangle$P=潮气量(ml)/压力改变(cmH$_2$O)=呼气潮气量/(平台压-呼气末肺内压)

正常值为 $50\sim100$ ml/cmH$_2$O。

急性呼吸衰竭、ARDS、肺水肿、严重肺炎等均可使 Cst 显著降低。肺气肿则使 Cst 增高。当 Cst<25ml/cmH$_2$O 时,欲撤机是困难的。若患者原来顺应性很低,以后逐步恢复到 $35\sim50$ ml/cmH$_2$O,说明病情在逐渐好转。

6. 呼气末肺内压(end expiratory lung pressure) 表示呼气末肺泡内压。呼气末肺内压与平台压一起提供了平均肺内压的指标。加用呼气末正压(PEEP)时,呼气末肺内压显示的数值比预置值更可靠,正常值:0kPa。没有预置 PEEP 而呼气末肺内压显示正值,表明患者有肺内气体陷闭和内源性 PEEP(PEEPi)。

(方保民 孙 兵)

第二节　氧合指标及其监测技术

教 学 目 标

1. 了解代表氧合的各项指标内容。
2. 熟悉 SpO_2 的影响因素。
3. 掌握氧合指数的计算方法。

一、氧气压力及相关指数

(一)PaO_2：动脉氧气压力(arterial oxygen tension)

动脉血氧分压是指物理溶解于动脉血液中的氧达到平衡状态下的气体分压。PaO_2 是反映肺部病变程度的指标之一，也是呼吸衰竭的诊断依据之一。在海平面水平，静息状态，呼吸空气的情况下，$PaO_2 < 8kPa(60mmHg)$ 即可诊断为呼吸衰竭。在分析氧分压结果时，应注意年龄和体位以及吸氧浓度对其的影响。

坐位：PaO_2(mmHg)= 104.2−0.27×年龄(岁)

卧位：PaO_2(mmHg)= 103.5−0.42×年龄(岁)

(二)FiO_2：吸入氧气分率(inspired oxygen fraction)

FiO_2 是指吸入氧的浓度，其值的大小直接影响呼吸的变化情况。

常见的氧浓度监测仪的方法有：极谱电极法、化学电池法和顺磁反应法。

(三)PiO_2：吸入氧气压力(inspired oxygen tension)

是指吸入气体中氧气所占的压力，也是影响氧合的重要因素。

(四)P_AO_2：肺泡氧气压力(alveolar oxygen tension)

计算公式为：$P_AO_2 = (FiO_2 \times EBP) - [PaCO_2 \times FiO_2 + (1 - FiO_2/RQ)]$

EBP 为有效大气压(大气压减去水蒸气压)；RQ 为呼吸商。

为计算 P_AO_2，呼吸商一般为 0.8。

当 $FiO_2 \geqslant 0.6$，呼吸商对肺泡气的影响公式为：$P_AO_2 = (FiO_2 \times EBP) - PaCO_2$

若 $FiO_2 < 0.6$，则肺泡气公式变为：$P_AO_2 = (FiO_2 \times EBP) - (1.2 \times PaCO_2)$。

(五)PaO_2/FiO_2：氧合指数(oxygenation index)

PaO_2/FiO_2 于 1974 年由 Dr. Horovitz 提出，因为计算容易，且与肺内分流(Qsp/Qt)的相关性不错，所以临床应用甚广。

PaO_2/P_AO_2 及 $P(A-a)O_2/PaO_2$ 分别由 Dr. Gilbert 与 Dr. Goldfarb 提出。若与肺内分流作相关性分析，在 PaO_2/FiO_2、PaO_2/PAO_2 与 $P_{(A-a)}O_2/PaO_2$ 三者较近似($\gamma = 0.72 \sim 0.74$)，$P_{(A-a)}O_2$ 则稍差($\gamma = 0.62$)，此项换算比较简便，在吸入氧浓度(FiO_2)变化时，即可反映氧气交换的情况，故经常被用于呼衰患者的床边监测。(PaO_2/FiO_2)$< 200mmHg$ 时可诊断为ARDS。

(六)$P_{(A-a)}O_2$：肺泡-动脉氧气压力差(alveolar-arterial oxygen tension gradient)

即以上第 4 和第 1 项的差值。

（七）$P_{(A-a)}O_2/PaO_2$：呼吸指数（respiratory index）

呼吸指数简称 RI，是指肺泡-动脉氧压差与动脉氧分压的比值，其计算公式为 $RI = P_{(A-a)}O_2/PaO_2$。

临床意义：RI 作为评价呼吸功能减弱的一个指数；作为进行氧交换困难的一种指标；用于评价 ARDS（成人呼吸窘迫综合征）病的程度时，比 $A-aDO_2$ 能更准确发现 ARDS 问题。

二、氧气含量及相关指数

（一）CaO_2：动脉氧气含量（arterial oxygen content） $= (Hb \times SaO_2 \times 1.34) + (PaO_2 \times 0.0031)$

知道血红素值（Hb，hemoglobin）、动脉氧血红素饱和度及动脉氧气压力即可求得 CaO_2。

（二）CvO_2：混合静脉氧气含量（mixed venous oxygen content） $= (Hb \times SvO_2 \times 1.34) + (PvO_2 \times 0.0031)$

混合静脉血指的是将上腔静脉、下腔静脉及冠状静脉血充分混合后的血液，可由肺动脉导管（pulmonary artery catheter）在右心室或肺动脉内取得以推算出 CvO_2。

（三）CcO_2：肺微血管氧气含量（pulmonary capillary oxygen content） $= (Hb \times 1.34) + (P_AO_2 \times 0.0031)$

CcO_2 的计算是以肺微血管血红素氧气饱和度为 100% 的假设下，以肺泡氧气压力代替肺微血管氧气压力。利用 CaO_2、CvO_2 及 CcO_2 便可求得 Qsp/Qt，此指数包含两部分，分别是流经肺部时得到充分氧合及没有得到氧合的血流量比，代表着中央静脉及全身动脉循环间的静脉混合（venous admixture）。

（四）Qsp/Qt：肺内分流（intrapulmonary shunt） $= (CcO_2 - CaO_2)/(CcO_2 - CvO_2)$

Qsp/Qt 被视为临床评估肺部氧合功能的标准，它不会受氧气消耗量、血红素量或混合静脉氧血红素饱和度等因素所影响。

由分流公式计算得出：$Qs/Qt = (CcO_2 - CaO_2)/(CcO_2 - CvO_2)$

其中 CcO_2 是肺毛细血管氧含量，CaO_2 是肺动脉血氧含量，CvO_2 是混合静脉血氧含量，氧含量由以下公式计算出：

$CO_2 = (1.34 \times Hb \times HbO_2) + (0.003 \times PO_2)$。

为计算 CcO_2，假设肺毛细血管 PO_2 与肺泡 PO_2 相等，肺毛细血管血红蛋白定为 100% 氧合，若患者吸入 100% 氧时测定，Qs/Qt 代表分流（即血液从右心室流入左心室而未流经功能性肺泡）。若 $FiO_2 < 1.0$ 时测定，Qs/Qt 代表分流和 V/Q 不匹配。

（五）DO_2：氧气输出量（oxygen delivery）

$DO_2 = CaO_2 \times CO$

$DO_2 = CaO_2 \times CI \times 10$

DO_2 是机体每分钟向组织提供的氧总量。

心排血量（cardiac output，CO）一般经肺动脉导管由温度稀释法（thermodilution method）测得，CO 除以体表面积（body surface area），即是心排血指数（cardiac index，CI）。足够的 DO_2 是加强医疗的重要目标，其中包含氧气指数、血红素量及心脏功能，缺一不可。

（六）$C(a-v)O_2$：动脉-静脉氧气含量差（arterial-venous oxygen content difference） $C(a-v)O_2 = CaO_2 - CvO_2$

$C(a-v)O_2$ 表示组织摄取氧气量的多寡，若值过大常反映着心排血量不能满足机体所需。

(七)VO_2:氧气消耗量(oxygen consumption)

a. $= C(a\text{-}v)O_2 \times CI \times 10$

b. $= \{[(1 - FEO_2 - FECO_2) \times FiO_2/(1 - FiO_2)] - FEO_2\} \times VE$

VO_2是组织每分钟利用氧的总量。

a. 公式由 Fick 方程式演变而来,其中的心排血量测定受多项因素影响,如冰水注入技巧、血红素量、动脉氧血红素饱和度、混合静脉氧血红素饱和度、动脉氧气压力、混合静脉氧气压力等,由此得到的 VO_2 比使用间接热量测量器所得到的 VO_2 值较低,其间差异即是肺部本身的耗氧量,若有肺部感染存在,影响可高达 15%。

b. 公式乃使用间接热量测量器测得,FEO_2、$FECO_2$ 及 VE 分别代表吐出氧气分率(expired oxygen fraction)、吐出二氧化碳分率(expired carbon dioxide fraction)及每分钟吐出通气量(expired minute ventilation)。

(八)OUC:氧气使用分率(oxygen utilization coefficient)

$OUC = VO_2/DO_2$

$OUC = S(a\text{-}v)O_2/SaO_2$

在开放型间接热量测量器,为使误差减少,需确定吸入氧气分率要稳定、管路系统不可漏气及吸吐气要完全分离;若使用封闭型间接热量测量器,则吸入氧气分率可以不定,但气漏、压缩容积及驱动力增加等因素仍会影响数据。正常状况下,约仅 25% 的输出氧量被消耗掉,若氧气消耗量增加或氧气输出量减少,则 OUC 值上升。

三、氧气饱和度及相关指数

(一)SaO_2:动脉氧血红素饱和度(arterial oxyhemoglobin saturation)

在血液气体分析仪得到动脉氧气压力的同时,利用氧血红素解离曲线或内定相关公式,即可得到 SaO_2。

(二)SpO_2:脉动氧血红素饱和度(oxyhemoglobin saturation by pulse oximetry)

近 20 年来已基本用无创 SpO_2 取代血气分析作为术中常规氧合监测指标。然而这些指标却有着共同的缺点,即其只能反映肺气体交换等全身氧供的情况,而不能反映血液性、循环性及组织性缺氧情况。仅作为判断缺氧的指标之一。

SpO_2 是由脉动测氧器(pulse oximetry)所测得,此类仪器约在 1980 年问世,因具有非侵袭性及连续监测的优点,现几乎已成重症监护的必要配备。它的原理是利用波长 660nm 及 940nm 两光条通过脉动的血管床后,因通透性的差异进而反映出血红素及氧血红素(O_2Hb)间的量差,最后转成氧血红素饱和度显现。

SpO_2 的影响因素有以下方面。

(1)检测位置血流量不足。

(2)外来光线过强。

(3)不正常血红素过多。

(4)肤色差异。

(5)重度贫血。

(6)监测部位经常移动或不正常脉动等。

由于 SpO_2 仅反应血红素及氧血红素间的关系,因此被称为功能性饱和度(functional saturation)。

(三)FO$_2$Hb:氧血红素饱和分率(fractional hemoglobin oxygen saturation)

FO$_2$Hb＝O$_2$Hb/(O$_2$Hb＋HHb＋metHb＋COHb)。

由一氧化碳测氧器(CO-oximetry)所测得的 FO$_2$Hb 因为涵盖了氧血红素、脱氧血红素(HHb)、变性血红素(metHb)及一氧化碳血红素(COHb)等多项血红素的数值,所以被称为分率性饱和度(fractional saturation),也是目前视为侦测氧血红素量的标准方法。

(四)SvO$_2$:混合静脉氧血红素饱和度(mixed venous oxyhemoglobin saturation)

SvO$_2$＝1－VO$_2$/DO$_2$

单一次的 SvO$_2$ 测定可将经由肺动脉导管所抽得的混合静脉血打入血液气体分析仪或一氧化碳测氧器即可测得。

具有连续监测 SvO$_2$ 功能的静脉测氧器(venous oximetry)也已于 20 世纪 80 年代早期被研发使用,由光源、光感应器及微处理器等组合,置于肺动脉导管前端,将波长 650～1 000nm 的光线射出,碰到红细胞后反折的光量经过感应计算后,即可得到 SvO$_2$。有研究报道指出 SvO$_2$ 与氧气使用分率间的相关性甚佳(γ＝0.96)。

影响 SvO$_2$ 测定的因素有以下几个方面。

(1)温度。

(2)酸碱值。

(3)血流速度。

(4)血细胞容积计。

(5)导管末端是否堵塞。

(五)S(a-v)O$_2$:动脉-静脉氧血红素饱和度差(arterial-venous oxygen saturation difference)

S(a-v)O$_2$＝SaO$_2$－SvO$_2$

S(a-v)O$_2$ 可代表动脉-静脉氧气含量差,测得 SvO$_2$ 后,再使用脉动测氧器及静脉测氧器(或合称双重测氧器,dual oximetry)即可得到 S(a-v)O$_2$。

(六)VQI:通气-血流灌注指数(ventilation-perfusion index)＝(1－SaO$_2$)/(1－SvO$_2$)

(七)OEI:氧气萃取指数(oxygen extraction index)＝(SpO$_2$－SvO$_2$)/SpO$_2$

使用连续监测 SvO$_2$ 功能的静脉测氧器(venous oximetry),再配合脉动测氧器及静脉测氧器(或合称双重测氧器,dual oximetry),即可获得 VQI 及 OEI 两项具连续监测功能的指数,VQI 与肺内分流间的相关性尚可(γ＝0.78),而 OEI 与氧气使用分率间的相关性 γ＝0.60。

四、局部组织氧合指数

(一)PtcO$_2$:经皮氧气压力(transcutaneous PO$_2$)

方法:将 Clark 电极直接置于皮肤表面,在加热至约 44℃后,因表皮的特性改变使得组织间的微血管动脉化,当氧气扩散出来后被侦测到的压力即是 PtcO$_2$。

PtcO$_2$ 的影响因素:①动脉血的氧含量。②皮下血管丛的血流量。

(二)PtcO$_2$/PaO$_2$:经皮氧气压力指数(PtcO$_2$ index)

在正常新生儿,此数值约 1.0,但随着年龄增长而降低,成年人 0.7～0.8。若低于正常值,则表示皮下组织氧合不良。

（三）$PscO_2$：皮下氧气压力（subcutaneous PO_2）

方法：将一细硅管植入皮下组织，内含一 Clark 电极组成硅管压力测量器（silastic tonometry），可以直接测得皮下组织微血管所扩散出来的氧气分压。

（四）$PcjO_2$：结膜氧气压力（conjunctival PO_2）

当眼睛闭上时，角膜细胞即直接从眼睑结膜得到氧气供应。

方法：将超微的 Clark 电极置于眼睑结膜的内侧，由于细胞层很少，所以不需加热即可测得 $PcjO_2$，代表由同侧颈动脉所供应的微血管血流氧合状况。与经皮氧气压力指数类似，成年人正常的 $PcjO_2/PaO_2$ 为 0.6～0.7。

（五）pHi：胃黏膜内酸碱值（gastrointestinal intramucosal pH）

临床上常用的胃压力测量器（gastric tonometry）组成：①鼻胃管。②末端可通透二氧化碳的球囊。

方法：球囊内含 2～3ml 的生理盐水，在胃内经 1～2h 的平衡期后，将囊内的水抽出并打入血液气体分析仪以得到二氧化碳分压，另外同时抽取动脉血测得碳酸量，再代入修正过的 Henderson-Hasselbach 公式：$pH = 6.1 + \log[HCO_3/(PCO_2 \times 0.03)]$ 便可得到酸碱值，此即 pHi。当肠胃道的血流灌注异常或局部组织缺氧时，pHi 即随之改变，正常的 pHi 为 7.38 ± 0.03。

（张会芝）

第三节　血液气体分析指标判断

教 学 目 标

1. 了解血气分析指标的基本概念。
2. 了解血气分析的原理和方法。
3. 了解混合性酸碱失衡的诊断及常见病因。
4. 掌握单纯性酸碱失衡的诊断及常见病因。

一、血气分析指标的基本概念

（一）pH

血液中氢离子浓度 $[H^+]$ 的负对数，反应血液的酸碱度，正常值为 7.35～7.45，相应的 $[H^+]$ 为 $40 \pm 5nmol/L$，平均为 7.40。pH 可由 Henderson-Hassalbach 方程（简称 H-H 方程）计算：

$$pH = 6.1 + \log(HCO_3^-/PaCO_2 \times 0.030\ 1)$$

换算成 $[H^+]$，则 $[H^+] = 24 \times PCO_2/HCO_3^-$

pH、PCO_2 和 HCO_3^- 3 个变量须一定符合 H-H 公式。

（二）动脉血二氧化碳分压（$PaCO_2$）

血液中物理溶解的二氧化碳分子所产生的压力，正常值 35～45mmHg，平均 40mmHg。

$PaCO_2$是判断肺泡通气状态的重要指标,升高提示通气不足,降低提示通气过度。$PaCO_2 \geqslant$ 50mmHg表示存在Ⅱ型呼吸衰竭。还可判断有无呼吸性酸碱平衡紊乱或有无代谢性酸碱平衡紊乱的代偿反应。

(三)碳酸氢盐(bicarbonate,HCO_3^-)

是反映机体酸碱代谢状况的指标,包括标准碳酸氢盐(standard bicarbonate,SB)和实际碳酸氢盐(actual bicarbonate,AB)。SB是指动脉血在37℃,$PaCO_2$40mmHg,$SaO_2$100%条件下,所测得的血浆HCO_3^-含量。AB是指隔绝空气的动脉血在实际条件下所测得的血浆HCO_3^-含量,正常范围22～27 mmol/L,平均24mmol/L。正常情况下SB和AB无差异。SB不受呼吸因素影响,为血液碱储备,受肾调节,能准确反映代谢性酸碱平衡。AB则受呼吸性和代谢性双重因素影响,AB升高可能是代谢性碱中毒或呼吸性碱中毒肾的代偿调节反映。AB与SB的差值反映了呼吸因素对HCO_3^-的影响。AB>SB提示存在呼吸性酸中毒,AB<SB提示存在呼吸性碱中毒,AB=SB且<正常值,提示存在代谢性酸中毒,AB=SB且>正常值,提示存在代谢性碱中毒。

(四)缓冲碱(base buffer,BB)

BB是血液中具有缓冲作用的碱离子总和,包括HCO_3^-、血红蛋白、血浆蛋白和磷酸盐等,正常范围45～55mmol/L。BB反映了机体对酸碱平衡紊乱的总缓冲能力(重要成分是HCO_3^-),不受呼吸因素和CO_2改变的影响。

(五)碱剩余(buffer excess,BE)

BE是在37℃、$PaCO_2$40mmHg、$SaO_2$100%条件下,将血标本滴定至pH 7.40所消耗的酸或碱的量,反映了全血或血浆中碱储备增加或减少的情况,不受呼吸因素的影响。BE为正值,表明缓冲碱增加,固定酸减少;BE为负值,表明缓冲碱减少,固定酸增加。正常值为(0±3) mmol/L。BE只反映了代谢性因素对酸碱平衡的影响,与SB的意义大致相同。

(六)血浆CO_2总量(T-CO_2)

T-CO_2血浆中以各种形式存在的CO_2总量,主要包括结合形式的HCO_3^-和物理溶解的CO_2。动脉血浆T-CO_2为28mmol/L,其中95%以上为HCO_3^-,故T-CO_2基本反映了HCO_3^-的含量。CO_2储留或代谢性碱中毒时,T-CO_2增加;通气过度或代谢性酸中毒时,T-CO_2降低。

(七)二氧化碳结合力(CO_2-CP)

CO_2-CP是指血浆中以碳酸氢根离子形式存在的二氧化碳含量的多少。二氧化碳结合力增高可见于代谢性碱中毒或呼吸性酸中毒;降低可见于代谢性酸中毒或呼吸性碱中毒。正常值为55%(50～62.7)容积。它代表机体重碳酸氢盐的储备量。碱储备增加,既可能是呼吸性酸中毒的代偿,也可能是代谢性碱中毒的直接结果。反之,碱储备减少,可能是代谢性酸中毒,也可能是呼吸性碱中毒的代偿。

(八)动脉血氧分压(PaO_2)

PaO_2是指物理溶解在动脉血液中的氧分子产生的压力,是评估动脉氧合的指标。在海平面PaO_2的正常值大约是100mmHg,但PaO_2除了受大气压影响外,还与年龄呈负相关。PaO_2与年龄的关系可用以下公式表示:

$$PaO_2 = 100 - 0.3 \times 年龄(mmHg)$$

临床上PaO_2主要用于判断机体是否缺氧和缺氧的程度。

（九）动脉血氧饱和度（SaO_2）

SaO_2 反映了动脉血氧与血红蛋白的结合程度，是血红蛋白与氧结合的氧含量与血红蛋白完全与氧结合的氧容量之比，正常值 $95\%\sim98\%$。SaO_2 间接反映了组织缺氧的程度，可用于评价组织摄氧能力。SaO_2 与 PaO_2 之间的关系可用氧合血红蛋白解离曲线来表现。

（十）动脉血氧含量（CaO_2）

CaO_2 是指每升动脉全血中含氧的毫摩尔数或每 100ml 动脉血中含氧的毫升数，包括物理溶解的氧和与血红蛋白结合的氧两部分。正常值为 $(20\pm1)\,ml/dl$ 或 $(9.0\pm0.45)\,mmol/L$。CaO_2 减少可能为血红蛋白降低或 SaO_2 下降所致。

二、原理与方法

（一）正常酸碱平衡

通过细胞外和细胞内的化学缓冲，以及呼吸和肾的调节机制，体循环动脉血的 pH 维持在 $7.35\sim7.45$。中枢神经系统和呼吸系统对动脉 CO_2 张力（$PaCO_2$）进行调节，肾对血浆碳酸氢盐进行调节，通过对酸或碱的排泌或潴留，稳定动脉 pH。

在大多数情况下，CO_2 的产生和排出是相匹配的，通常的稳态 $PaCO_2$ 被维持在 40mmHg。CO_2 排出减少导致高碳酸症，排出过多则导致低碳酸症。$PaCO_2$ 主要由神经呼吸因素调节，CO_2 产生率对其影响不大。高碳酸症通常是通气不足（低通气）的结果，而不是 CO_2 产生增加造成的。$PaCO_2$ 的升高或降低，反映了神经呼吸调节的异常，或反映了针对原发性血浆 $[HCO_3^-]$ 改变产生的代偿。

$PaCO_2$ 的原发性改变可导致呼吸性酸中毒（$PaCO_2$ 升高）或呼吸性碱中毒（$PaCO_2$ 降低）。$PaCO_2$ 的原发性改变会引起细胞缓冲和肾调节，这一继发过程比较缓慢，随着时间延长而更为明显。相反，由于代谢或肾因素导致的血浆原发性 $[HCO_3^-]$ 改变，会引起代偿性通气增加或降低，从而减少血液 pH 的改变。

肾主要通过以下 3 个过程调节血浆 $[HCO_3^-]$：①滤过 HCO_3^- 的重吸收；②可滴定酸的生成；③尿液排出 NH_4^+。肾每天大约滤过 4 000mmol 的 HCO_3^-；要重吸收滤过的 HCO_3^-，肾小管需要排泌 4 000mmol 的氢离子。$80\%\sim90\%$ 的 HCO_3^- 在近端小管重吸收；远端肾单位重吸收其余的 HCO_3^-，并排泌代谢产生的质子，以维持体循环的 pH。尽管这些质子的排泌量较少（每天 $40\sim60$mmol），但对于防止慢性 H^+ 正平衡和代谢性酸中毒是非常重要的。这些质子的排泌量，在尿液中以可滴定酸和 NH_4^+ 代表。在肾功能正常时发生代谢性酸中毒，会增加 NH_4^+ 生成和排泌。在慢性肾衰竭、高钾血症和肾小管酸中毒时，NH_4^+ 的生成和排泌出现障碍。

（二）酸碱失衡的类型和诊断

1. 单纯性酸碱失衡　原发性呼吸改变（$PaCO_2$ 原发性改变）可引起代偿性代谢反应即 $[HCO_3^-]$ 继发性改变；而原发性代谢改变，会引起代偿性呼吸反应。生理性代偿范围的预计值可以通过各种公式计算（表 15-1）。$PaCO_2$ 或 $[HCO_3^-]$ 的原发性改变导致体循环 pH 改变，引起酸中毒或碱中毒。

表 15-1 单纯性酸碱失衡代偿预计公式

酸碱异常	代偿预计
代谢性酸中毒	$PaCO_2 = 1.5 \times [HCO_3^-] + 8$,或 $[HCO_3^-]$ 每降低 1mmol/L,$PaCO_2$ 降低 1.25mmHg,或 $PaCO_2 = [HCO_3^-] + 15$
代谢性碱中毒	$[HCO_3^-]$ 每升高 1mmol/L,$PaCO_2$ 升高 0.75mmHg,或 $[HCO_3^-]$ 每升高 10mmol/L,$PaCO_2$ 升高 6mmHg,或 $PaCO_2 = [HCO_3^-] + 15$
呼吸性碱中毒	
急性	$PaCO_2$ 每降低 10mmHg,$[HCO_3^-]$ 降低 2mmol/L
慢性	$PaCO_2$ 每降低 10mmHg,$[HCO_3^-]$ 降低 4mmol/L
呼吸性酸中毒	
急性	$PaCO_2$ 每升高 10mmHg,$[HCO_3^-]$ 升高 1mmol/L
慢性	$PaCO_2$ 每升高 10mmHg,$[HCO_3^-]$ 升高 4mmol/L

严重 COPD 患者最常见的血气异常是低氧血症和高碳酸血症(呼吸性酸中毒)。导致呼吸性酸中毒的常见病因包括严重肺部疾病、呼吸肌疲劳和通气调节异常(表 15-2),血气表现为 $PaCO_2$ 升高和 pH 降低。在急性呼吸性酸中毒,机体通过快速升高 HCO_3^-(细胞缓冲机制)进行代偿,一般 $PaCO_2$ 升高 10mmHg,HCO_3^- 会升高 1mmol/L;在慢性呼吸性酸中毒(24h 以上),$PaCO_2$ 每升高 10mmHg,机体会通过肾代偿使 HCO_3^- 升高 4mmol/L。血清 HCO_3^- 升高通常不会超过 38mmol/L。

表 15-2 呼吸性酸中毒的常见病因

(1)中枢性:药物(麻醉药、吗啡、镇静药)、卒中、感染
(2)气道疾病:气道阻塞、气流阻塞性疾病,如 COPD、哮喘等
(3)神经肌肉疾病:脊髓灰质炎、脊柱侧弯、肌无力、肌肉萎缩
(4)其他:肥胖、低通气、容许性高碳酸血症

2. **混合性酸碱失衡** 混合性酸碱失衡是指独立的、但共同存在的 2 种以上的酸碱异常,而不仅仅是代偿性反应。混合性酸碱失衡常见于危重患者,可导致 pH 显著异常。

3. **酸碱失衡的诊断** 动脉血气分析直接测量 pH 和 $PaCO_2$,而 $[HCO_3^-]$ 是通过 H-H 公式计算出来的。这一计算出来的 $[HCO_3^-]$ 值,应该与电解质分析中实测的 $[HCO_3^-]$ 值(总 CO_2)进行比较,这两个值相差不应超过 2mmol/L。否则说明两份血样不是同时抽取的,或存在实验室误差,或在计算 $[HCO_3^-]$ 值时出现错误。在对血气结果进行分析时,应首先核实血液的酸碱值,如果不存在上述问题,就可进一步分析酸碱失衡了。

酸碱失衡的诊断应按步骤进行。在分析病因时应熟悉酸碱失衡最常见的原因。例如,慢性肾衰竭可导致代酸,慢性呕吐常导致代碱。肺炎、败血症、心力衰竭患者常出现呼碱,COPD 或镇静药物过量常可导致呼酸。用药史亦非常重要,因为襻利尿药或噻嗪类利尿药可导致代碱,而乙酰唑胺可引起代酸。

在分析酸碱失衡时一定要计算阴离子间隙(anion gap,AG);AG 代表血浆中未测量的阴离子,正常值 10~12mmol/L;可按以下公式计算。

$$AG = Na^+ - (Cl^- + HCO_3^-)$$

未测量的阴离子包括阴离子蛋白、磷酸、硫酸、和有机阴离子。当酸性阴离子如乙酰乙酸和乳酸在细胞外液积聚时，AG 增加，导致高 AG 酸中毒。AG 增加最常见是由于未测量阴离子增加所致，在少数情况下，是由于未测量的阳离子(钙、镁、钾)减少所致。此外，白蛋白浓度升高或碱中毒(能改变白蛋白电荷)导致的阴离子白蛋白增加也可使 AG 增加。AG减少可见于：①未测量阳离子增加；②血液中加入了异常的阳离子如锂(锂中毒)或阳离子免疫球蛋白(浆细胞病)；③血浆内主要的阴离子白蛋白浓度降低(肾病综合征)；④酸中毒导致清蛋白上的有效阴离子电荷减少；⑤高黏度综合征和严重高脂血症，可导致钠和氯浓度测定降低(低估)。

在血清白蛋白正常的情况下，高 AG 通常是由于不含氯的酸性物质所致，包括无机酸(磷酸，硫酸)、有机酸(酮酸、乳酸、尿素有机阴离子)、外源性酸(水杨酸、食入产生有机酸的毒素)等。因此根据定义，高 AG 酸中毒有以下两个特征：低$[HCO_3^-]$和高 AG。即使存在另一个酸碱失衡，单独改变$[HCO_3^-]$的情况下，AG 升高依然会存在。高 AG 代酸同时伴有慢性呼酸或代碱就是这种情况，其中$[HCO_3^-]$可以正常、甚或升高，但 AG 是升高的，而$[Cl^-]$是降低的。

$[HCO_3^-]$、$PaCO_2$ 和 pH 都正常并不说明不存在酸碱失衡。例如，一例酒精中毒患者呕吐导致代碱，血气分析和电解质结果为：pH 7.55，$PaCO_2$ 48mmHg，$[HCO_3^-]$ 40mmol/L，$[Na^+]$ 135mmol/L，$[Cl^-]$ 80 mmol/L，$[K^+]$ 2.8 mmol/L。如果该患者再发生酒精性酮症酸中毒，动脉血 pH 可降至 7.40，$[HCO_3^-]$ 降至 25mmol/L，$PaCO_2$ 降至 40mmHg。尽管这些血气值是正常的，但 AG 却升高到 30mmol/L$[135-(25+80)=30]$，提示存在混合性代碱和代酸。

总结酸碱失衡的诊断步骤如下。

(1)检测动脉血气，同时要检测电解质。

(2)比较血气所测$[HCO_3^-]$和电解质中的$[HCO_3^-]$是否一致。

(3)计算阴离子间隙(AG)。

(4)熟知高 AG 酸中毒的 4 种原因(酮症酸中毒、乳酸酸中毒、肾衰竭、毒素)。

(5)熟知高氯性酸中毒或非 AG 酸中毒的 2 种原因(胃肠道丢失碳酸氢盐、肾小管酸中毒)。

(6)估算代偿反应(表 15-1)。

(7)比较 AG 变化与 HCO_3^- 变化。

(8)将$[Cl^-]$的改变与$[Na^+]$的改变进行比较。

(孙永昌)

第四节　气道湿化与氧疗技术

教 学 目 标

1. 了解呼吸道的正常生理功能。
2. 了解建立人工气道对呼吸道生理功能的影响。
3. 掌握气道湿化目的及常见方法。
4. 了解湿化液的选择、湿化量及间隔时间。
5. 了解氧疗的装置类型。
6. 了解缺氧的危害。
7. 掌握氧疗的适应证。
8. 掌握氧疗方法、监测和注意事项。
9. 掌握氧疗并发症的预防。

一、气道湿化技术

(一)上呼吸道正常的生理功能

正常情况下,人的上呼吸道对吸入气体具有加温、湿化、过滤清洁和保水作用。鼻、咽部黏膜有丰富的血流,并有黏液腺分泌黏液,所以吸入气体在到达气管时已被水蒸气所饱和,变为温暖而湿润的气体进入肺泡(图 15-1)。

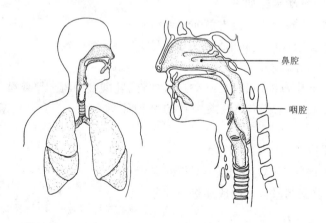

鼻腔

咽腔

图 15-1　上呼吸道对吸入气体的加温、湿化

如果外界气体温度高于体温,则通过鼻、咽部血流的作用,也可使吸入气体的温度下降到体温水平。呼出的气体在经过咽、鼻部时,其中的一部分水分在黏膜处得到重吸收,从而减少呼吸道失水(图 15-2)。

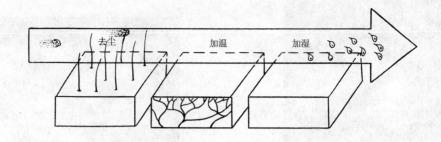

图 15-2　鼻腔的去尘、加温和湿化的作用

(二)人工气道的建立对呼吸道生理功能的影响

人工气道是一种通过口、鼻或直接经气管置入导管而建立的气体通道,患者行气管插管和切开术后,气管对吸入气体的过滤加温及湿化作用降低甚至消失,长时间吸入干燥的气体可使肺泡表面活性物质遭到破坏,导致肺顺应性下降、缺氧加重和肺部炎症。实验证明,肺部感染率随气体温湿化程度的降低而升高。另外还可使支气管黏膜上皮细胞的纤毛运动减弱或消失,使分泌物黏稠结痂不易排出,影响通气功能,甚至形成痰栓阻塞气道,诱发支气管痉挛导致窒息;因此人工气道必须充分湿化保持湿润,维持分泌物的适当黏度,才能维持气道黏液-纤毛系统正常的生理功能和防御功能,防止相关并发症的发生。

(三)气道湿化的目的

1. 保持气道的温度和湿度,保持气道的生理功能。

2. 稀释呼吸道内分泌物,易于咳出或吸引。

(四)气道湿化的方法及装置

1. **主动加热湿化器**(图 15-3)　工作原理:将无菌蒸馏水加热,吸入气体通过加温水的表面,产生饱和水蒸气,从而达到对吸入气体加温、加湿的目的。它的湿化效率受到吸入气的量、气水接触面积和接触时间、水温等因素的影响。此方法可使吸入气体中的水蒸气达到 100% 饱和,易于控制吸入气体的温度和湿化量,带呼吸机患者与不带呼吸机患者都可使用,是现今最受推崇的一种湿化方法。为保证温化、湿化效果,则应提高加热湿化器的温度、缩短通气管道、提高室内温度,或在吸气管道中置入加热导丝以保持吸入气温度。

注意事项:①吸入气体温度以 35~37℃ 为宜。② 吸入气体温度不应超过 40℃,否则影响纤毛活动,出现体温升高、出汗,严重者出现呼吸道灼伤。③吸入温低于 30℃,则失去湿化、温化效果,导致支气管纤毛活动减弱,气道高反应性者可诱发哮喘发作。④保持加湿器中的适当水位,及时添加湿化液防止烧干。⑤避免加入湿化液过多,导致多余的液体吸入呼吸道内。

2. **温湿交换器**(heat and moisture exchanger,HME)　温湿交换器又称"人工鼻"(图 15-4),其中的氯化锂海绵具有结合化学水和储热作用,呼出气中的水分及热可部分进行循环吸入,从而减少呼吸道失水及对吸入气体进行适当加温。通过呼出气体中的热量和水分,对吸入气体进行加热和加湿,因此在一定程度上能减少呼吸道失水。但它不额外提供热量和水分,并且不同的"人工鼻"对呼吸道的保水程度不同,对脱水、呼吸道分泌物黏稠患者来说不是理想的湿化装置,同时气道高阻力患者也不宜使用。

美国呼吸治疗协会(AARC)报告,患者存在以下状况时应禁用 HME:①患者的气道分泌

图 15-3　主动加热湿化器

图 15-4　温湿交换器

物量多且黏稠。②患者呼气潮气量小于吸气潮气量的 70%（如气管胸膜瘘、气管内导管或气管切开套管气囊未能密闭气管等）。③患者体温低于 32℃。④自主呼吸分钟通气量＞10L/min。

　　3. **雾化加湿**　原理：利用射流原理将水滴撞击成微小颗粒，悬浮在吸入气流中一起进入气道而达湿化气道的目的（图 15-5）。

　　与加热蒸汽湿化相比，雾化产生的雾滴不同于蒸汽，水蒸气受到温度的限制，而雾滴则与温度无关，颗粒越多，密度越大。气体中的含水量越多，湿化效率越高。在同样的气流条件下，雾化器产生雾滴的量和平均直径的大小，随雾化器种类不同而不同。但由于雾化器以压缩气体为动力，喷出的气体由于减压和蒸发效应，其温度明显降低，起不到气道加温的作用。现今临床上开始使用一种加热蒸汽湿化与雾化湿化两用的湿化装置，可根据需要自由切换，临床应用效果较好。

　　4. **超声雾化湿化**　利用超声波的原理把水滴击散为雾滴，与吸入气体一起进入气道而发挥湿化作用。具有雾滴均匀、无噪声、可调节雾量等特点。临床研究表明建议使用小雾量、短时间、间歇雾化法，每 2h 雾化 10min，可增加黏膜用药浓度，达到局部预防治疗感染的目的。避免了长时间雾化药

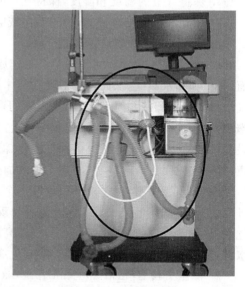

图 15-5　雾化加湿器

进入终末气道导致肺不张，增加肺内分流，引起患者动脉血氧分压（PaO_2）的下降。与加热湿化相比，超声雾化具有不受温度影响、雾滴均匀、无噪声等特点，但不提供热量，对吸入气体的温化效果差，因此限制了其在人工气道湿化方面的优势。

5. 气泡式湿化器　是临床上常用的湿化装置,氧气通过筛孔后形成小气泡,可增加氧气和水的接触面积,筛孔越多,接触面积越大,湿化效果越好。增加湿化瓶的高度,也可增加水-气接触时间,从而提高湿化效果。有研究表明当气流量为 2.5L/min 时,湿化后的气体的体湿度为 38%～48%,当气流量增至 10L/min 时,气体湿度为 26%～34%,说明气流量越大,氧气与水接触时间越短,湿化效果越差。

(五)湿化液的选择、湿化量及间隔时间

1. 湿化液选择

(1)灭菌注射用水。系低渗液体,通过湿化吸入,为气管黏膜补充水分,保持黏膜-纤毛系统的正常功能,主要用于气道分泌物黏稠、气道失水多及高热、脱水患者。但注射用水对气道的刺激较大,若用量过多,可造成气管黏膜细胞水肿,增加气道阻力。

(2)生理盐水。系等渗液体,对气道刺激较小,主要用于维持气道黏膜-纤毛正常功能。但失水后发生浓缩,对气道的刺激性增强。

(3)0.45%氯化钠溶液。再浓缩后浓度接近生理盐水,对气道的刺激性比生理盐水小。

(4)5%氯化钠溶液。系高渗液体,对气道的刺激性较大。可从黏膜细胞内吸收水分,从而稀释痰液,并使之易于咳出,主要用于排痰。

2. 湿化量及间隔时间　正常人每天从呼吸道丢失的水分 300～500ml,建立人工气道后,每天丢失量剧增。因此,必须考虑湿化量,以避免湿化不足或过度。成年人以每天 250ml 为最低量,确切量应视临床情况而定。对于早期机械通气患者而言,宜增加湿化量。湿化量根据痰液的黏稠度、量及患者的生理需要及时调整,持续湿化者湿化量应以 200～250ml 为宜。医疗护理技术操作常规中要求气道耗水量每日不小于 250ml,间断注入湿化法的间隔时间一般为 1～2h,注入量新生儿每次 0.5～1ml,婴儿每次 1.5～2ml,成年人每次 3～5ml,能有效地预防痰栓的形成。

(六)湿化的标准

湿化效果应从患者的自主症状和一些可监测的指标变化来进行判定,同时应把这些自主症状和监测指标的变化与患者病情相结合,防止判断错误延误患者治疗。大多数学者把湿化效果归为以下 3 种。

1. 湿化满意　痰液稀薄,能顺利吸引出或咳出;导管内无痰栓;听诊气管内无干鸣音或大量痰鸣音;呼吸通畅,患者安静。

2. 湿化过度　痰液过度稀薄,需不断吸引;听诊气道内痰鸣音多;患者频繁咳嗽,烦躁不安,人机对抗;可出现缺氧性发绀、脉搏氧饱和度下降及心率、血压等改变。

3. 湿化不足　痰液黏稠,不易吸引出或咳出;听诊气道内有干鸣音;导管内可形成痰痂;患者可出现突然的吸气性呼吸困难、烦躁、发绀、血压升高及脉搏氧饱和度下降等。

气道的湿化对于维持呼吸道的正常功能和防止各种相关并发症的发生尤为重要。气道的湿化问题已成为当今呼吸治疗和危重病治疗中的一个重要课题,特别是对人工气道的湿化以往文献对人工气道的湿化问题报道了很多,但大多仅侧重于某一方面的内容简介,而未对人工气道的湿化问题进行一个综合的述评,即现今未提出一套完整的湿化参照实行方案。目前临床上使用的湿化方法多种多样,各种方法都有一定的优点和缺点,但比较而言,加湿器加热湿化方法是一种国内外公认的效果确切的方法。

二、氧 气 疗 法

氧气疗法是吸入一定浓度的氧气以纠正缺氧的一种治疗方法。现代观点认为,氧气也是一种"药物",使用要有指征,要掌握其应用方法、剂量、疗程,并监测其疗效。如氧疗应用不当,可引起氧中毒。

(一)缺氧的危害

1. 对中枢神经系统的影响　脑组织各部分对缺氧的耐受性各不相同,大脑皮质耐受性最差,脑干耐受性最强。在体温 37℃时,停止循环 3～4min,脑组织就可能遭到不可逆的损害。中度缺氧的患者即可有疲劳、表情淡漠、嗜睡、欣快、语无伦次等精神症状。缺氧加重可引起视物模糊、共济失调甚至脑水肿、颅内压增高、昏迷、脑细胞死亡。

2. 对心血管系统的影响　心肌是对缺氧敏感的器官之一。轻中度缺氧可致心率增快、血压升高;缺氧加重可致心肌收缩力下降,心率减慢,血压下降,心排血量减少,甚至引起心律失常,心搏停止。

3. 对呼吸系统的影响　急性缺氧刺激主动脉体、颈动脉窦化学感受器,使呼吸增快加深。严重缺氧抑制呼吸中枢。缺氧可引起肺水肿、肺不张,长期缺氧致组织血管收缩,肺动脉压升高,导致右心室肥厚和肺心病。

4. 对肝、肾的影响　急性缺氧引起肝细胞水肿、变性和坏死,使肾血管收缩,肾血流量减少,肾小管上皮细胞浊肿、水样变性甚至坏死,导致肾功能不全。

5. 对组织细胞的影响　缺氧时无氧糖酵解增强,大量乳酸、酮体和无机磷积蓄引起代谢性酸中毒。缺氧时 ATP 减少,Na^+-K^+-ATP 泵失灵,Na^+、H^+ 进入细胞内,K^+ 从细胞内释放,引起细胞内水肿和细胞外高血钾。

(二)组织缺氧的实验室检查

1. 轻度　无发绀,$PaO_2 > 6.67kPa(50mmHg)$,$SaO_2 > 80\%$。

2. 中度　有发绀,$PaO_2\ 4.00～6.67kPa(30～50mmHg)$,$SaO_2\ 60\%～80\%$。

3. 重度　显著发绀,$PaO_2 < 4.00kPa(30mmHg)$,$SaO_2 < 60\%$。

(三)氧疗的适应证

1. 肺泡通气降低者,此时多有 CO_2 潴留,注意氧疗同时改善通气。

2. 通气/血流比例失调者,正常时此比例约为 0.8,比例升高即有右向左分流,降低即有肺泡塌陷,都会造成临床低氧血症。

3. 弥散功能降低者,吸氧可增加肺泡内氧含量,从而增加肺泡氧的弥散。

4. 其他情况:心排血量减少、严重贫血、CO 中毒、休克、代谢紊乱等。这些疾病的动脉 PaO_2 可正常,或由于血液携氧能力下降、或循环周期缓慢、或组织利用氧能力下降,发生了组织缺氧。但临床缺乏反映组织缺氧的理想指标,对氧疗的疗效也较难评价。

(四)氧疗的装置和方法

1. 鼻导管或鼻塞(图 15-6)　是临床上最常用的方法,它具有简单、价廉、方便、舒适等特点,不影响咳嗽、进食和谈话、多数患者易接受。其吸氧浓度(FiO_2)与吸入氧流量大致呈如下关系。

$$FiO_2 = 21 + 4 \times 吸入氧流量(L/min)$$

实际上 FiO_2 还受潮气量和呼吸频率的影响,患者通气量越大,FiO_2 越低。

应用鼻导管或鼻塞的缺点是：除了受患者呼吸的影响 FiO_2 不恒定外，还有导管易于堵塞，对局部皮肤黏膜有刺激性。

2. 简单面罩（图 15-7）　一般用塑料或橡胶制成，重量较轻，面罩需要贴口鼻周围，用绑带固定于头面部后。简单面罩一般耗氧量较大（氧流量 5～6L/min），吸入氧浓度较高（FiO_2 可达 40％～50％），适用于缺氧严重而无 CO_2 潴留的患者。缺点：影响咳嗽和吃饭，睡眠时体位变化面罩易移位或脱落。

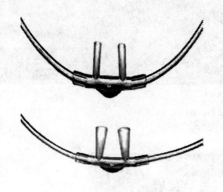

图 15-6　鼻导管或鼻塞

图 15-7　简单面罩

3. 储气囊面罩（图 15-8）　在简单面罩上装配一个乳胶或橡胶制的储气袋，以便为没有气管插管或气管切开的患者输送高浓度的氧。如果面罩和贮袋间没有单向活瓣称为部分重复呼吸面罩，如果有单向活瓣，即为无重复呼吸面罩。此时患者只能从贮袋吸入气体，呼气时气体从气孔溢出，而不能再进入贮袋。这种面罩比简单面罩的耗氧量小，能以较低流量氧来提供高的 FiO_2。

4. Venturi 面罩（图 15-9）　根据 Venturi 原理，当氧气经过狭窄的孔道进入面罩时，在喷射气流的周围产生负压，携带一定量空气进入面罩，形成空氧混合气。通过调节氧流量及空气进入窗的大小，可改变空氧比例从而调节氧浓度。Venturi 面罩可控制 FiO_2 在 25％～50％，面罩内氧气浓度比较稳定，耗氧量较稳定，耗氧量较少，不需湿化，基本上无重复呼吸。Venturi 面罩已广泛用于临床，尤其是需严格控制的持续性低浓度氧疗时，因而在治疗 Ⅱ 型呼吸衰竭患者时尤为有益。

5. 高压氧治疗（图 15-10）　在仓内充纯氧于一定压力，超过大气压。用于多种疾病，如 CO 中毒、肺水肿、新生儿窒息、ARDS 等。高压氧可提高血液中物理溶解的氧量，可迅速纠正低氧血症，组织缺氧得到改善。

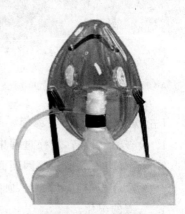

图 15-8　储气囊面罩

6. 机械通气给氧　严重缺氧，呼吸衰竭的患者，需进行无创通气治疗或建立人工气道，行机械通气治疗。

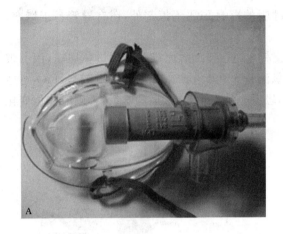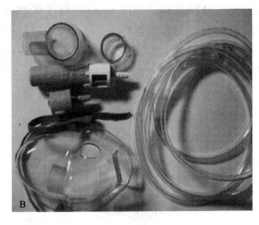

图 15-9 Venturi 面罩(A,B)

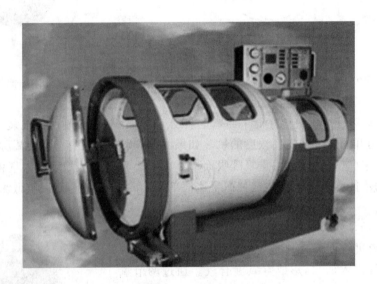

图 15-10 高压氧治疗舱

(五)氧疗监测和注意事项

1. 检查给氧设备,氧疗过程中有无故障。

2. 氧浓度、给氧途径要因病而异。

3. 氧疗过程中监测 SaO_2、血气分析、防止 CO_2 潴留,观察症状改善等。

4. 气道的湿化。

5. 长期氧疗(long term oxyzen therapy,LTOT)。对于慢性呼吸功能不全的患者(如COPD)者非常重要,每天低流量吸氧 15h 以上,可改善生活质量,提高生存率,降低肺动脉高压。

6. 氧疗的安全指导。严格执行四防,即防火、防震、防油、防热。要随时注意查看氧气表,当发现剩余氧气接近 20 个氧压时,应即停止用氧,更换新气瓶,以免充气时发生危险。指导患者自己不要随便调节氧流量,给患者讲明低流量吸 O_2 的重要性

7. 注意吸氧中的感染因素 预防感染氧气湿化瓶及吸氧管均需消毒后使用,湿化瓶用生理盐水或灭菌蒸馏水每天更换 1 次,长期使用者湿化瓶每天消毒更换 1 次,使用 1 次性氧气连接管和 1 次性鼻导管,氧气连接管每周更换 1 次,鼻导管每天更换 1 次。

8. 氧疗环境的保护,加强空气消毒,普通病室每天进行通风换气。各种操作如铺床、更单等,迅速敏捷,动作轻柔,减少尘土飞扬。对肺部感染严重者,病室每天紫外线消毒 2 次,每次 30~60min,每天湿扫地 2~3 次,每周用消毒药水拖地 2 次;加强病房管理,限制陪住探视人员,保持病室空气清新,减少污染;定期进行空气和氧气湿化水细菌学监测,发现问题及时处理。

(六)氧疗并发症的预防和治疗

1. 掌握氧疗时间及浓度,防止发生氧中毒 长时间、高浓度的氧气吸入可导致肺实质的改变,如肺泡壁增厚、出血。氧中毒患者常表现为胸骨后有灼热感、干咳、恶心呕吐、烦躁不安、进行性呼吸困难,继续增加吸氧浓度仍不能使患者的血氧分压保持在理想水平。

2. 预防氧中毒的关键是避免长时间高浓度氧疗 吸氧浓度<30%,即使长时间吸氧也不会发生不良反应和危险;吸氧浓度>50%,吸氧 24h 以上,即可发生氧中毒。氧中毒治疗方法很少,关键在于预防。吸纯氧最好不要超过 4~6h,氧浓度的最大安全值在 40%。

3. 加强基础护理,防止发生肺不张 患者气道被分泌物完全堵塞时,阻塞下段的空气被逐步吸收,即可发生吸收性肺不张。另外,患者吸入高浓度的氧,则肺泡内主要气体由氮气变为氧气,而氧气较氮气更易被吸收,加快了吸收性肺不张的形成。为此,我们要严格控制吸氧浓度,治疗呼吸道感染时,鼓励患者咳嗽、深呼吸,指导患者多翻身,给予拍背,加强排痰,可减少吸入性肺不张的发生。

4. 加强湿化给氧,防止呼吸道分泌物干燥 气管插管或气管切开患者,已失去上呼吸道对吸入气体的湿化作用,如持续吸入未经湿化且浓度较高的氧气,超过 24h,支气管黏膜即可因干燥气体的直接刺激而产生损害,使分泌物变干、黏稠、结痂、不易咳出,此时可采用加温湿化法,以促进痰液排出,保持呼吸道通畅。

5. 严格掌握新生儿氧疗适应证,防止眼晶状体后纤维组织增生 新生儿若吸入高浓度氧可并发眼晶体后纤维组织增生,只要氧分压超过 140mmHg 数小时,就会发生此并发症,并会导致失明。所以我们要严格掌握新生儿氧疗适应证,维持吸氧浓度在 40% 以下,PaO_2 在 100~120mmHg,如此可避免这一并发症发生。

氧气吸入疗法是临床上常用的治疗方法之一。护士身居临床第一线,既是氧疗的执行者,又是氧疗期间的监护者,因此一定要加强氧疗知识的学习,严密观察和积极预防氧疗不良反应的发生,保证患者合理用氧,安全用氧,以达到治病救人的目的。

(乔红梅　李春燕)

第五节　胸部 X 线平片分析

一、检 查 技 术

（一）普通 X 线摄片

常规胸部 X 线平片应包括胸部正位（后前位）和侧位平片。其他根据不同的需求可增加斜位、侧卧位、前弓位等，前后位的床旁胸片是 ICU 患者最常用的 X 线检查方法。

（二）高千伏摄影

摄片应用电压不低于 120kV。由于 X 线穿透力强可更好显示肺内结构和病变，减少肋骨，纵隔和横膈对肺内病灶的遮挡。

（三）数字摄影

包括 CR 和 DR 两种。与普通 X 线摄片相比进一步提高图像和清晰度和分辨率，还便于影像储存，传递。另外数字摄影可通过使用多种影像处理技术，如调节窗技术，不同算法，能量减影等以进一步提高图像质量。

二、胸部 X 线平片的轮廓

见图 15-11 和图 15-12。

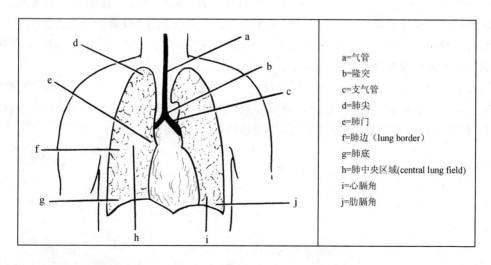

a=气管
b=隆突
c=支气管
d=肺尖
e=肺门
f=肺边（lung border）
g=肺底
h=肺中央区域(central lung field)
i=心膈角
j=肋膈角

图 15-11　胸部 X 线片轮廓（前）

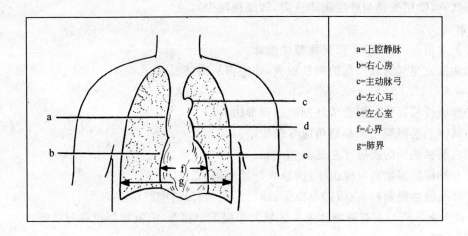

a=上腔静脉
b=右心房
c=主动脉弓
d=左心耳
e=左心室
f=心界
g=肺界

图 15-12　胸部 X 线片轮廓(后)

(一)气管

1. 由于气管内充满空气,所以正常状态应在胸片中显现为暗色的通道,其位置应该在正中。

2. 观察是否有气管偏移。

(1)由于牵拉作用使气管向同侧移位(如有严重的胸腔积液、肺肿瘤)。

(2)由于推力使气管移向对侧(如张力性气胸)。

(二)胸壁

胸壁由胸廓骨骼和周围软组织组成。胸廓骨骼主要包括肋骨、锁骨、肩胛骨、胸骨和胸椎。胸廓软组织能在胸片上构成影像的主要包括乳房、乳头、胸大肌、胸锁乳突肌。认识这些正常结构及其变异有助于减少误诊。

(三)肺

肺由肺叶组成,肺叶由肺段组成。右肺有 3 叶,左肺有 2 叶,右肺分 10 个段,左肺分 8 个段。肺野是含气肺组织在胸片上显示的区域。

胸部分 5 个部位(肺门、肺尖、肺边、肺底、肺中央区域)。

1. 肺门

(1)正常肺门阴影主要由肺动脉、肺静脉和支气管组成。左侧肺门比右侧高 1～2cm。肺纹理主要由肺动脉和肺静脉组成。在直立位摄片时,相对上部肺纹理比下肺较细;当平卧时,上下肺纹理的粗较接近。

(2)左侧肺门一般比右侧肺门高 1.5cm。

(3)肺动脉阴影宽度应<1.5cm。

(4)以下情况会引起肺门位置降低:肺纤维化,肺萎陷。

(5)以下情况会引起肺门增大;左心衰竭。

2. 肺尖

(1)两个肺尖都应很通透。

(2)观察肺尖部判断是否有:肺结核(斑驳的阴影,有或没有空洞)。

(3)气胸(壁层胸膜与脏层胸膜分离,肺纹理减少)。

3. 肺边

(1)正常情况下,两肺扩张充满整个胸廓。

(2)如果发生气胸或严重的胸腔积液,肺尖将从胸壁回缩。

4. 肺底

(1)肺底或横膈膜一般为清楚的圆屋顶形边界。

(2)两侧的肋隔膜角和心膈角应界线清晰。

(3)右侧横膈膜的底应比左侧高 2.5cm。

(4)左侧横膈膜抬高可能由于:横膈膜神经瘫痪、疝气。

(5)肺底或肋膈角模糊,可能是由于:肺炎病变、轻微的胸腔积液。

5. 肺中央区域　左右两侧肺中央区域大小应近似相等,两侧肺部纹理应清晰。

(四)心脏

1. 正常情况下,心脏胸廓系统(心胸比值)CT 比值<0.5。

2. 心脏扩大的征象:CT 比值>0.5。

3. 其他常见的心脏问题。

(1)心包积液心脏扩大,具有清晰的心脏轮廓。

(2)充血性心力衰竭。

(3)心脏扩大,具有两侧的胸腔积液和肺水肿。

(五)纵隔

肺门上方的纵隔右缘由上腔静脉和升主动脉的总合影构成,下方的右心房,有时可见下腔静脉;纵隔左缘上段为主动脉结,中段为肺动脉主干,下段为左心室。正常心影 2/3 位于胸骨中线左侧,1/3 位于右侧,心尖指向左下。确定心影增大的简单方法是心胸比率的测量,即心影最大横径与胸廓最大横径之比,立位正常成年人的心胸比率≤0.5,卧位时略大于立位。

(六)膈肌

由中心腱和周围的肌肉部分组成,其上有多个裂孔,如主动脉裂孔,食管裂孔和腔静脉裂孔。胸片上两侧膈肌呈圆顶状软组织影,右膈高于左膈 1~2cm,立位右膈顶位于第 9、10 后肋或第 6 前肋间隙水平。

(七)上消化道

1. 低于右侧横膈一半的位置,肝为固体的器官(全部显现为白阴影)。

2. 右侧横膈膜下是胃及结肠,胃和结肠为中空的器官,充满了气泡(显影为黑色气体阴影)。

3. 胃或肠穿孔的征象,气体浮游在横膈膜以下(特别是右侧)。

(八)导管与导线

患者身体上可能会存在许多导管与导线。

1. 气管插管。

2. 中心静脉留置管。

3. 漂浮导管。

4. 胸腔闭式引流管。

5. 鼻饲管。

6. 连接的导线。

(九)金属内植物等

三、基本 X 线表现

1. **肺水肿** 两侧肺纹理增粗,右侧肺叶有突出的裂纹,显现胸膜线。

2. **细菌性肺炎** 局部区域阴影增多,模糊。

3. **病毒性或真菌性肺炎** 散布的无显著特点的阴影增多或浸润。

4. **肺气肿** 由于充气过度导致小范围内肺纹理消失;两肺均呈黑影增加,胸腔及以及被拉长。

5. **肺萎陷** 肺叶相应的受损处显现为白色。

6. **阻塞性肺不张** 共同特点是密度增高,体积缩小,但肺不张的范围不同,其 X 线表现也不同。

7. **肺实变** 共同特点是密度增高,体积缩小,内可见支气管充气征。见于各种炎症、渗出性结核、肺水肿和出血等。

8. **结节和肿块** 边缘清楚的圆形和类圆形阴影,直径 3cm 以下为结节,$\geqslant 3cm$ 为肿块。

9. **空洞** 为肺内病变组织坏死,液化并经引流支气管排出而形成。可见于肺结核、肺脓核、肺脓肿、肺癌等,根据洞壁的厚薄可分为厚壁空洞和薄壁空洞。

10. **网状影** 弥漫的网状影主要见于间质性肺纤维化、胶原血管性疾病、间质性肺水肿等。

11. **胸腔积液和气胸** 少量胸腔积液表现为肋膈角变钝,中等量积液为下肺野密度增高,上缘呈内低处高的斜弧线影。气胸时压缩的肺与胸廓之间呈透明的含气影,内无肺纹理。肺缩小,胸腔纵隔移向对侧;气管偏移向对侧;受损一侧的横膈膜降低。

12. **肺充血和肺淤血** 肺充血表现为肺动脉动脉分支成比例增粗,边缘清晰锐利,主要见于左向右分流的先天性心脏病,甲状腺功能亢进和重度贫血。肺淤血表现为肺野透亮度降低,肺门模糊上肺野的肺纹理比下肺野增多增粗,主要见于各种原因引起的左心功不全和风湿性心脏病等。

四、ICU 有关的常见胸片表现

1. **肺部感染** 可以是细菌性,病毒性或真菌性,少数是原虫。按形态学可以为大叶性肺炎、小叶性肺炎、间质性肺炎和球形肺炎。主要 X 线表现呈肺内实变影,边缘模糊,可呈节段性或大叶性实变,两侧性炎症阴影并不少见。

2. **心源性肺淤血和肺水肿** 左心功能不全是最常见的原因,肺淤血早期可见肺门血管影增强,慢性肺淤血可见 KerleyB 线等表现。

(陈超航)

第六节　肺部物理治疗技术

教 学 目 标

1. 熟悉物理治疗的概念。
2. 了解物理治疗的方法。
3. 掌握肺部物理治疗的疗效标准。
4. 掌握物理治疗的监护要点。

一、基 本 概 念

胸肺物理治疗是采用规范的护理程序,通过对胸肺情况评估、雾化吸入-叩拍-振肺-咳嗽运动-体位引流、吸痰等物理措施来保证机体维持正常的肺通气和肺换气的一种临床治疗方法。

二、方　　法

1. 肺部听诊
(1)正常呼吸音:肺泡呼吸音,肩胛部/双乳下。
(2)支气管呼吸音:气管区域。
(3)支气管肺泡呼吸音:胸骨侧第 1、2 肋间,肩胛区第 3、4 胸椎水平,肺尖前后可闻及。

2. 肺部触诊
(1)可判断患者肺内痰液的部位。
(2)对评估肺内痰液情况具有特异性。
(3)结合听诊可增加判断的准确率。

3. 气道湿化
(1)主动湿化:依靠主动加温湿化器、超声雾化、气道滴注生理盐水等来保持呼吸系统的湿润状态。
(2)被动湿化:依靠人工鼻来保持呼吸系统的湿润状态。
(3)主动＋被动湿化:上述两种方式交替进行。

4. 体位与功能残气量的关系
(1)仰卧位显著地降低功能残气量(图 15-13)。
(2)半坐卧位可使膈肌下降,增加肺活量,缓解呼吸困难和降低呼吸功,改善缺氧(图 15-14)。
(3)俯卧式通气改善通气灌注失调,促进肺再扩张(图 15-15)。

5. 体位引流与肺部病变部位关系
(1)平卧臀高位与治疗的病变部位:双肺上叶前段、右肺中叶、左肺下叶前段(图 15-16)。
(2)右侧臀高位与治疗的病变部位:左肺中叶、左肺下叶(图 15-17)。
(3)左侧臀高位与治疗的病变部位:右肺中叶、右肺下叶侧面(图 15-18)。

图 15-13　仰卧位

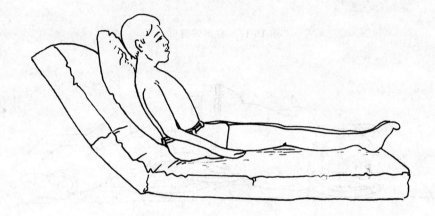

图 15-14　半坐卧位

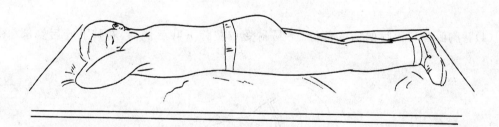

图 15-15　俯卧式

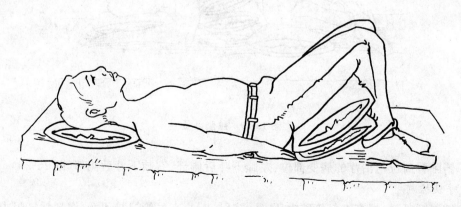

图 15-16　平卧臀高位

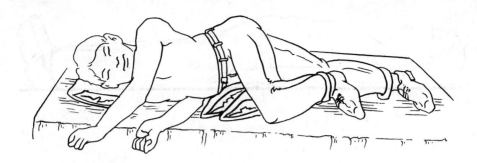

图 15-17　右侧臀高位

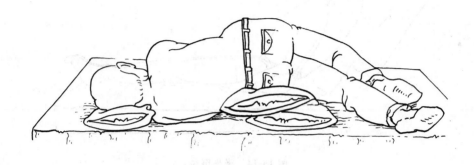

图 15-18　左侧臀高位

(4)膝胸卧位与治疗的病变部位(不易耐受):左肺下叶后侧部、右肺下叶后侧部(图 15-19)。

图 15-19　膝胸卧位

(5)俯卧臀高位与治疗的病变部位:左肺下叶后侧部、右肺下叶后侧部(图 15-20)。

6.呼吸控制

(1)缩唇呼吸法:提高支气管腔内压,防止呼气时小支气管过早闭合,增加呼气阻力有利气

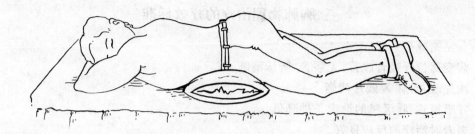

图 15-20 俯卧臀高位

体交换。吸气时气体由鼻孔吸入,呼气时将双唇缩拢,如吹口哨状,使气体经过缩窄的双唇之间缓慢呼出,吸气与呼气的时间比为 1∶2 较适宜。

(2)胸式呼吸法:可扩大胸廓,扩张小气道和肺泡,增加肺泡通气,减少生理死腔量,减少死腔通气,从而得到最大的肺活量。吸气时气体由鼻孔吸入,把气体深缓地吸入肺底部,保持3s,然后缓缓呼气。可配合躯体动作运动:举手时吸气,放手时呼气提高呼吸效率。

(3)腹式呼吸法:改善胸腹的呼吸同步现象。吸气相鼓腹,呼气相收腹,膈肌每下降 1cm 可增加潮气量 100ml。

7. 深呼吸运动 胸廓的扩张锻炼,帮助肺底部扩张,强调持续的最大吸气。持续吸气(2～3s)可促进同步通气并增加肺泡扩张。预防发生通气过度,肺膨胀过度,增加呼吸功。但在减少住院期间及肺的并发症方面并不比传统的胸肺物理治疗好。

8. 叩拍法 手心屈曲成碗状、放松手腕,依靠腕动的力量双手轮流有节奏地在引流部位的胸部上叩拍,促进受压部位分泌物的活动,与体位引流共同应用效果更好。叩拍频率大约 5 赫兹(1 赫兹＝1 次/s)。叩背的顺序是沿着脊柱两侧支气管大致走向、由下到上向心性的叩击,根据患者情况叩拍 1～5min/次。避免叩拍锁骨、前胸及脊椎部。

9. 摇振法

(1)人工摇振法:与体位引流共同应用,摇振法较扣背法风险性小。操作者用双手掌"握住"患者双肺,在呼气相摇振,每侧 4～5 次。

(2)机械摇振法:利用振肺机的叉式或掌式探头振动胸肺部,给予振动功率 15～30W,每侧 3～5min。

10. 咳痰运动

(1)患者立位或坐位,上身躯可略前倾,缓慢深吸气以打开气道使肺部膨胀,后短暂的屏气、建立胸腹部压力,然后突然把声门打开,肋间肌和腹肌收缩,压迫胸腔和腹腔,使气流快速冲出将痰液咳出。上腹部手术要协助按压伤口,要预防咳嗽动作导致的伤口疼痛。

(2)刺激咳痰法:刺激喉咙,以达到有效的咳痰。适用于昏迷、体弱无力、小儿患者的咳痰。做好解释工作,取得患者合作。

11. 无菌吸痰法

(1)严格执行无菌操作。

(2)吸痰前准备:提高 FiO_2,使患者 $SpO_2 > 95\%$。采用悬转、提拉无菌操作法吸出痰液。吸痰时间 <12s/次,防止因吸痰造成的低氧血症和血流动力学的失衡。

(3)分为开放吸痰法和密闭吸痰法。

三、胸肺物理治疗的疗效标准

1. 分泌物减少<25ml/d。

2. 病变部位呼吸音改善，无啰音，听诊清晰。

3. 胸片改善，肺 X 线片清晰。

4. 呼吸模式/呼吸机的设定条件降低。

5. 患者对治疗的反应良好。

6. SpO_2/血气分析好转。

7. 患者无发热。

四、临 床 意 义

1. 预防上腹部手术后的肺炎发生：20％功能残气量（FRC）减少、肺膨胀不全、通气/血流（V/Q）失调、血氧交换降低。

2. 预防因痰液滞留而导致的肺炎或呼吸衰竭：慢性阻塞性肺病（COPD）、支气管扩张。

3. 预防长期卧床导致的坠积性肺炎。

五、并 发 症

1. 大出血。

2. 因体位改变引起血管内导管或气管套管移位、骨折移位等。

3. 低氧血症。

4. 急性心肌梗死（AMI）。

六、监 护 要 点

1. 主观感受，如胸痛、呼吸困难等。

2. 精神状况。

3. 呼吸动度、频率及节律，是否存在胸部矛盾运动、辅助呼吸肌参与。

4. 血流动力学状况，如心率、血压等。

5. 氧合状况，如口唇及皮肤颜色，SpO_2等。

（高　岩　罗祖金）

第16章 消化系统功能监护

教 学 目 标

1. 熟悉消化系统主要监护技术的原理、适应证。
2. 掌握消化系统主要监护技术的方法、并发症与监护要点。

第一节 胃黏膜 pHi 监测

一、基 本 概 念

胃肠道由于其自身功能和结构的特点,血液灌注较为丰富,同时对缺血缺氧较为敏感。在循环遭受打击时,最早做出反应、最先受累是胃肠道黏膜,而当机体在缺氧状态改善时,最晚恢复血液灌注的还是胃肠道黏膜。因此,胃黏膜内 pH(pHi)测定不仅可反映胃黏膜局部的血流灌注和氧合情况,而且也是全身组织灌注和氧合发生改变的早期敏感指标,其较 SvO_2、血液 pH、乳酸、DO_2-VO_2 等全身或系统监测项目更早、更敏感地反映复苏和循环治疗是否彻底安全;可作为危重患者预后的早期预测指标和指导治疗指标;可借以判断病情的严重程度及预后,预测并发症的发生,胃黏膜 pH 低提示患者更易发生 MODS。

二、原 理 与 方 法

(一)原理

"隐蔽型代偿性休克(covert compensated shock)"是指临床上缺乏血流动力学紊乱、全身低灌注和组织缺氧表现,但确实存在内脏灌注不足的一种综合征。所谓"隐蔽"和"代偿"只是指全身而言,而内脏器官实际已受损害,并有发展为器官衰竭的风险。胃肠道是体内最大的组织器官,是内脏器官中血液灌注减少发生最早、且最明显的脏器之一。机体氧供应一旦下降,胃肠道黏膜屏障受损,可引起细菌移位,导致 MODS。因此,胃肠道其正常 pH 为 7.38 ± 0.03,若 pHi<7.32 则表示胃黏膜有酸血症。

测量 pHi 是通过间接测量胃腔内的二氧化碳分压和动脉血中的碳酸氢根浓度来完成的,根据 Henderson-Hassbalch 公式计算出 pHi。其测量原理依据两个假设,其一为胃黏膜最表层组织的二氧化碳分压与胃肠道内的二氧化碳分压成平衡状态;其二为动脉血中的碳酸氢根浓度与组织中的碳酸氢根浓度相同,且组织与血浆中有相同的弥散度。

(二)方法

测定前患者禁食 12h 以上,并且在测定期间绝对禁食。

应用专用的胃黏膜 pHi 测压管(图 16-1),此管既可用于 pHi 测定,又可用于胃肠减压,其重要结构为距导管顶端 11.4cm 处有一特殊材料制成的水囊,囊壁允许二氧化碳自由通过。

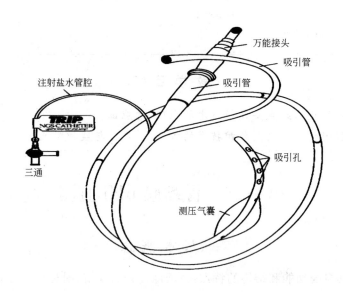

图 16-1　专用的胃黏膜 pHi 测压管

测量时,首先用生理盐水将测压管水囊内的气体完全排出,再将生理盐水抽空,以三通开关锁闭水囊。然后采用常规经鼻插胃管法插入测压管至胃腔,并经 X 线确认测压管水囊在胃腔内,用胶布妥善固定测压管。经三通开关向囊内注入 4ml 生理盐水,关闭三通,准确记录注入时间。60min 后(平衡时间应不少于 30min)抽出囊内生理盐水,前 1.5ml 被认为是死腔内液体应弃去,保留后 2.5ml 立即做血气检测,同时抽取动脉血气。各检测结果代入 Henderson-Hassbalch 公式 $pHi=6.1+\log_{10}(HCO_3^- /PCO_2 \times K \times 0.03)$ 进行计算,公式中 HCO_3^- 为动脉血中碳酸氢根浓度,PCO_2 为胃黏膜二氧化碳分压,K 为校正系数。不同的校正时间要求不同的校正系数,导管在 37℃时平衡时间 30min、45min、60min、90min 的校正系数分别为 1.24、1.17、1.13 和 1.12。应每 12h 重复测定 1 次。

三、适　应　证

适用于创伤、休克、MODS 等危重患者。

四、临　床　意　义

所谓缺氧,实际上应该指组织细胞的缺氧,但是由于直接测量组织细胞本身的氧代谢是一个复杂的过程,在临床工作中上,胃黏膜 pHi 与氧输送(DO_2)的相关性的监测用于对危重患者治疗的指导具有重要意义。由于 pHi<7.35 者病死率明显高于 pHi>7.35 者,因此,维持胃黏膜 pHi 在正常范围是提高 DO_2 的目标。当在 DO_2 提高的过程中胃黏膜 pHi 相应升高,则说

明提高 DO_2 可以纠正缺氧,治疗应当继续进行。DO_2 升高的程度应以维持胃黏膜 pHi 在 7.35 以上为原则。如果 DO_2 升高过程中胃黏膜 pHi 出现无规律变化或者持续低于 7.35 时,说明提高 DO_2 不能有效纠正组织缺氧,应及时更改治疗方案。

五、并　发　症

(一)影响胃黏膜 pHi 的因素

1. 反渗　胃黏膜分泌 H^+,与胰腺分泌的 HCO_3^- 反应,可引起胃内 PCO_2 增高,导致胃黏膜 pHi 降低;相反分泌 H^+ 引起的"碱潮"又可使动脉 HCO_3^- 升高,以上两种情况均不直接反映氧代谢情况。

2. 全身性酸中毒　代谢性或呼吸性酸中毒均可使胃黏膜 pHi 降低,干扰正确反映组织氧代谢状态。

3. CO_2 排出减少　当组织灌注减少,但又不伴有细胞缺氧时,就不会造成组织 CO_2 蓄积,只有当出现无氧代谢时,CO_2 产生才显著升高。

(二)影响因素的改良措施

1. 针对反渗因素,使用 H_2 受体阻断药或质子泵阻断药可达到抑制胃酸分泌的作用。

2. 针对全身性酸中毒,将胃黏膜 pHi 标准化即胃黏膜 $pHi = 7.40 - Lg(PCO_2/PaCO_2)$,可避免诸如肺通气障碍或肾功能不全等对测定结果的影响。

六、监护要点

1. 操作过程需注意避免与空气接触,排气、排液过程应充分利用三通开关,不需将注射器取下。在抽吸囊内气体和液体时,负压形成后要立即关闭开口,完成一次检测后,必须保证囊内无气体进入,以便进行后续检测。

2. 对于长期保留胃管的禁食患者,持续测定 pHi 还存在很大困难。另外,对未禁食水的患者,在测定胃 pHi 时,要求禁食水 1h 以上。若患者胃内有积血,则不适宜测定胃 pHi。

3. 执行操作的人员必须通过严格培训,并选用同一型号的血气分析仪,以保证所测定的结果误差无显著差异。使用磷酸缓冲液,可以提高测定数据的可靠性。

4. 生理盐水与动脉血气必须同时送检。

5. 对外伤手术患者,由于发病急、术后插管较多,如何及时准确地测定胃黏膜 pHi 尚待进一步研究。

6. 利用胃黏膜 pHi 判断患者病情时,一定要结合当时患者的具体病情。

第二节　腹内压监测

一、基本概念

腹内压(intra-abdominal pressure,IAP)指腹腔内压力,正常情况下与大气压相等或略高于大气压,任何引起腹腔内容物体积增加的情况都可以增加 IAP。IAP 增高常发生于创伤后或腹部手术后,如腹腔感染、术后腹腔内出血、急性胰腺炎等。IAP 升高达到一定程度后对人体各器官功能产生不良影响,此时称之为腹腔高压症(intra-abdominal hypertension,IAH)。IAH 持续一定时间,可导致 MODS,称之为腹腔室隔综合征(abdominal compartment syndrome,ACS),在临床上表现为严重腹胀、通气障碍、难治性高碳酸血症、肾功能障碍等。

二、原理与方法

(一)原理

腹腔是一个密闭的体腔,前壁由肌肉与软组织组成,后壁由脊椎及腰大肌等组成,上部是膈肌,下方是骨盆及盆底肌肉组织,两侧为腹斜肌等肌肉组织。因此,除前方腹壁有扩展空间外,腹腔容量的扩展性有限。当腹腔内有逐渐增多的积液、积血或肠内有积气、积液时,腹腔随之向外扩张,形成腹部膨出;当腹腔内压力急骤增高时,腹壁不能随之迅速扩张,致使密闭腔内的压力增加,腹腔内与腹膜后的脏器、血管受压,同时膈肌向胸腔方向上抬,压缩了胸腔和纵隔的容积,心、肺与大血管也都受到影响,进而产生一系列病理生理改变和许多症状。因此,腹腔压力的测定是发现 ACS 的关键,要求护士要准确掌握测量方法。

(二)方法

1. **直接测压**　置管于腹腔内,然后连接压力传感器或是腹腔镜手术中通过自动气腹机对压力进行连续监测。

2. **间接测压**　通过测量下腔静脉压力、胃内压力及膀胱压力间接反映腹腔内压力。其中通过膀胱测压方法简单准确,因为当膀胱容量<100ml 时,膀胱仅为一被动储存库,它可以传递腹腔内压力其测量数值比实际腹内压仅低 5mmHg。连续监测膀胱压是早期发现 ACS 的"金标准"。

3. **膀胱压具体测定方法**　患者仰卧位,放置 Foley 导尿管,排空膀胱,测压管与导尿管相连,通过三通装置向膀胱内注入 50～100 ml 等渗盐水,然后连接水压计,以耻骨联合为零平面,测得水柱高度(cmH$_2$O)/1.36＋5mmHg,即为腹腔内压力(mmHg)(图 16-2,图 16-3),当然也可以通过传感器连接电子测压计测量(图 16-4)。

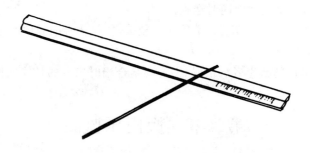

图 16-2　腹内压测压尺

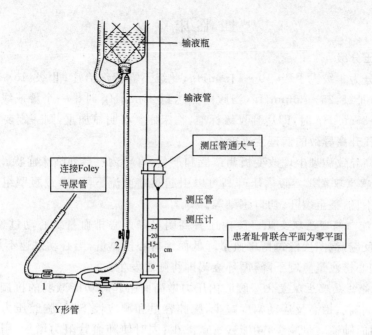

图 16-3　测压示意图

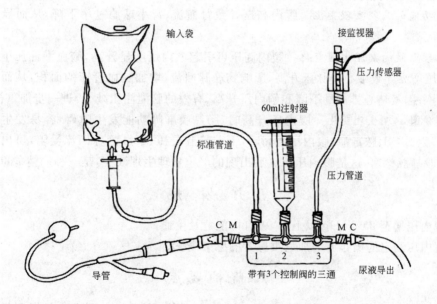

图 16-4　膀胱电子测压器示意图

三、适　应　证

适用于可导致腹腔内压力的急剧增高的各种腹部与非腹部疾病患者。

四、临 床 意 义

(一)腹内压分级

腹内压可分为 4 级。Ⅰ级:10~14mmHg,此级不需特殊治疗;Ⅱ级:15~24mmHg,根据患者情况治疗;Ⅲ级:25~35mmHg,当腹内压达到 25mmHg 时是一个警戒线,应考虑剖腹减压;当腹内压>35mmHg 时,即达到Ⅳ级标准,临床症状将明显加重,则一定要剖腹减压。

(二)腹内压升高导致的病理生理变化

腹内压升高导致病理生理改变极为广泛和严重,可导致一系列临床症状。

1. 腹壁病理生理变化 腹内压升高可以引起腹壁血流下降,导致腹壁组织缺氧,进而会造成切口愈合不良,甚至裂开、切口感染等。

2. 循环功能的病理生理变化 腹内压升高明显降低心排血量。心动过速是腹内压升高最常见心血管反应,试图代偿每搏排血量降低而维持心排血量,当心动过速不足以代偿降低的每搏排血量,则心排血量急剧下降,循环衰竭即将随之发生。

3. 呼吸功能的病理生理变化 腹腔内压力增高而引起肺功能减弱的机制是纯机械性的。腹腔高压使双侧膈肌抬高及运动幅度减少,胸腔容量和顺应性下降,胸腔压力升高,结果导致气道峰压值增加,肺通气量减少,功能残气量减少;同时使肺血管阻力增加,引起通气/血流比值异常,出现低氧血症、高碳酸血症和酸中毒。需注意到 ACS 的患者如果腹腔高压不及时解除,在增加气道压的情况下足够的机械通气尚可维持,但是 PEEP 将使上述变化进一步恶化。

4. 肾功能的病理生理变化 腹内高压导致肾血流、肾小球滤过率下降,从而导致少尿或无尿。

5. 神经系统的病理生理变化 腹内高压可引起颅内压明显升高,脑血灌注压下降。一方面与腹内压增高导致中心静脉压升高,影响脑静脉回流,增加脑血管床的面积,从而升高颅内压有关;另一因素是心排血量下降和颅内压升高,有效的脑灌注压减少,进一步加重神经损伤。

6. 其他的病理生理变化 腹内压升高时,肠黏膜屏障功能发生障碍,容易发生肠细菌易位,继而产生 SIRS、脓毒症;腹内压增高时,下腔静脉受压、下肢静脉回流受阻,可出现下肢肿胀甚至髂股静脉栓塞,这是腹内压增高后出现的严重病理生理改变,是一种病情危重的表现。

五、并 发 症

1. 腹内压增至 25mmHg 以上时,极有可能危及生命。
2. 腹内压测定的操作可增加危重患者的感染概率。

六、监 护 要 点

1. 病情观察 腹腔压力的测定是发现 ACS 的关键,要求护士要准确掌握测量方法。但应该强调预防重于治疗的理念,及时发现、及时处理腹胀,可能阻断 ACS 的发生、发展。当患者有主诉或出现腹胀等体征时,应及时寻找病因,遵医嘱对腹胀给予积极治疗,控制其发展。早期的肠腔内胀气可给予胃肠减压,如无禁忌,可给予促进肠蠕动的药物或灌肠,并对腹内压进行动态的观察。设专人动态监测,每日至少 2 次精确测量,认真做好记录,准确描记变化趋势,及时通知医生协助诊断和治疗。

2. 腹腔压力测定中各脏器功能监护

(1)心血管系统监护：由于患者的中心静脉压、肺毛细血管楔压和右心房压等与腹内压成比例升高，易使人们误以为充盈压正常或偏高，因此，要动态、综合评价患者。在严密观察、提供及时准确记录的同时，要配合医生做好液体复苏的护理，合理精确用药，及时调整剂量用法，严格输液管理，详细计算出入平衡。

(2)肺功能的监护：应从患者心肺系统的临床表现和动脉血气监测两方面反复评估，特别是患者潮气量、呼吸频率、呼吸功和指端血氧饱和度。如患者出现呼吸急促、频率加快，可能是急性 ACS 的第一临床表现，应予以高度重视。氧疗作为临床上常用的治疗手段对 ACS 的患者是非常重要的，应向患者讲明氧疗的重要性，尽早有效实施。对使用呼吸机支持的患者，护士要熟悉呼吸机各参数监测并做好人工气道的管理，并准确留取动脉血液气体分析标本。

(3)肾功能的监护：监测患者每小时尿量及尿比重，以便于及时发现病情变化。

(4)神经系统监护：ACS 的患者随病情发展，可能出现躁动不安及精神障碍，确保患者的安全非常重要。不要刻意追求卧姿，要尽可能为患者提供舒适卧位，以减轻患者的痛苦。必要时给予约束，防止外伤。

(5)凝血功能监护：除了留取血标本监测凝血功能外，在做有创操作时，要注意观察患者有无出血倾向，也可留置动、静脉插管，以减少穿刺操作次数，减轻患者痛苦。要做好保暖工作，注意监测患者的体温，如果患者的体温过低可使用加温毯，同时采用加温输液。

(6)做好围术期的护理：剖腹敞开腹腔是治疗急性 ACS 的简单、迅速、有效的措施，并要求术后有认真、细致的护理。充分补足血容量，维持有效心排血量，预防在减压过程中出现血流动力学的失代偿；腹腔减压后，要防止再灌注损伤的发生；要保护敞开脏器免受损伤，如肠、肝、大网膜等，避免发生肠瘘、出血等；要注意保温，因为敞开腹腔有散热的作用，会使体温下降，影响机体的代谢；注意保护创面和水电解质平衡，做好输入量、尿量等记录；注意营养支持，腹腔敞开后体液丢失严重，也会相应地失去大量蛋白质，需要及时加以补充，应做好肠内、外营养支持的护理。

(7)其他：当有腹内压增高趋势时，即应注意有无下肢静脉受阻现象，可抬高肢体、给予气囊按摩等，以帮助下肢静脉的回流。

3. 严格无菌操作　测腹压的操作需反复多次将测压装置与尿管连接，增加了感染机会。要求护士必须加强无菌概念，认真做好消毒工作，防止交叉感染。

（韩斌如　王欣然）

第17章　中枢神经系统监护技术

第一节　危重患者的镇静治疗

一、危重患者镇静治疗的重要性

重症医学的发生与发展旨在为多器官功能障碍的非终末期重症患者提供全面而有效的生命支持,以挽救患者的生命,并最大限度地恢复和保持患者的生活质量。镇痛与镇静治疗是特指应用药物手段以消除患者疼痛,减轻患者焦虑和躁动,催眠并诱导顺行性遗忘的治疗。

(一)镇痛与镇静治疗

是 ICU 患者基本治疗的一部分。ICU 的重症患者处于强烈的应激环境之中,其常见原因包括以下几个方面。

1. 自身严重疾病的影响　患者因为病重而难以自理,各种有创诊治操作,自身伤病的疼痛。

2. 环境因素　患者被约束于床上,灯光长明,昼夜不分,各种噪声(机器声、报警声、呼喊),睡眠剥夺,邻床患者的抢救或去世等。

3. 隐匿性疼痛　气管插管及其他各种插管,长时间卧床。

4. 对未来命运的忧虑　对疾病预后的担心,死亡的恐惧,对家人的思念与担心。

这一切都使得患者感觉到极度的"无助"和"恐惧",构成对患者的恶性刺激,增加着患者的痛苦,甚至使患者因为这种"无助与恐惧"而躁动挣扎,危及生命安全。国外学者的调查表明,离开 ICU 的患者中,约有 50% 的患者对于其在 ICU 中的经历保留有痛苦的记忆,而 70% 以上的患者在 ICU 期间存在着焦虑与躁动。因此,重症医学工作者应该时刻牢记,我们在抢救生命、治疗疾病的过程中,必须同时注意尽可能减轻患者的痛苦与恐惧感,使患者不感知或者遗忘其在危重阶段的多种痛苦,并不使这些痛苦加重患者的病情或影响其接受治疗。故此,镇痛与镇静应作为 ICU 内患者的常规治疗。

(二)ICU 患者镇痛、镇静治疗的目的与意义

在镇痛、镇静治疗之前,应尽量明确引起患者产生疼痛及焦虑躁动等症状的原因,尽可能

采用各种非药物手段(包括环境、心理、物理疗法……)祛除或减轻一切可能的影响因素,在此基础之上,开始镇痛与镇静治疗。镇痛与镇静治疗的目的和意义在于以下几个方面。

1. 消除或减轻患者的疼痛及躯体不适感,减少不良刺激及交感神经系统的过度兴奋。

2. 帮助和改善患者睡眠,诱导遗忘,减少或消除患者对其在 ICU 治疗期间病痛的记忆。

3. 减轻或消除患者焦虑、躁动甚至谵妄,防止患者的无意识行为(挣扎……)干扰治疗,保护患者的生命安全。

4. 降低患者的代谢速率,减少其氧耗氧需,使得机体组织氧耗的需求变化尽可能适应受到损害的氧输送状态,并减轻各器官的代谢负担。镇痛与镇静治疗并不等同,对于同时存在疼痛因素的患者,应首先实施有效的镇痛治疗。镇静治疗则是在先已祛除疼痛因素的基础之上帮助患者克服焦虑,诱导睡眠和遗忘的进一步治疗。

二、ICU 患者镇痛、镇静指征

1. 疼痛　疼痛是因损伤或炎症刺激,或因情感痛苦而产生的一种不适的感觉。

ICU 患者疼痛的诱发因素包括:原发疾病、各种监测、治疗手段(显性因素)和长时间卧床制动及气管插管(隐匿因素)等。疼痛导致机体应激,睡眠不足和代谢改变,进而出现疲劳和定向力障碍,导致心动过速、组织耗氧增加、凝血过程异常、免疫抑制和分解代谢增加等。疼痛还可刺激疼痛区周围肌肉的保护性反应,全身肌肉僵直或痉挛等限制胸壁和膈肌运动进而造成呼吸功能障碍。镇痛是为减轻或消除机体对痛觉刺激的应激及病理生理损伤所采取的药物治疗措施。镇痛药物可减轻重症患者的应激反应。

2. 焦虑　一种强烈的忧虑,不确定或恐惧状态。

50%以上的 ICU 患者可能出现焦虑症状,其特征包括躯体症状(如心慌、出汗)和紧张感。ICU 患者焦虑的原因包括:①病房环境:包括噪声(仪器报警、人声呼喊和设备运行)、灯光刺激,室温过高或过低;②对自己疾病和生命的担忧;③高强度的医源性刺激(频繁的监测、治疗,被迫更换体位);④各种疼痛;⑤原发疾病本身的损害;⑥对诊断和治疗措施的不了解与恐惧;⑦对家人和亲朋的思念(隔壁患者影响)等。减轻焦虑的方法包括保持患者舒适,提供充分镇痛,完善环境和使用镇静药物等。因此,焦虑患者应在充分镇痛和处理可逆性原因基础上开始镇静。

3. 躁动　是一种伴有不停动作的易激惹状态,或者说是一种伴随着挣扎动作的极度焦虑状态。在综合 ICU 中,70%以上的患者发生过躁动。引起焦虑的原因均可以导致躁动。另外,某些药物的不良反应、休克、低氧血症、低血糖、酒精及其他药物的戒断反应、机械通气不同步等也是引起躁动的常见原因。研究显示最易使重症患者焦虑、躁动的原因依次为:疼痛、失眠、经鼻或经口腔的各种插管、失去支配自身能力的恐惧感以及身体其他部位的各种管道限制活动。躁动可导致患者与呼吸机对抗,耗氧量增加,意外拔除身上各种装置和导管,甚至危及生命。所以应该及时发现躁动,积极寻找诱因,纠正其紊乱的生理状况,如:低氧血症、低血糖、低血压和疼痛等。

4. 谵妄　是多种原因引起的一过性的意识混乱状态。短时间内出现意识障碍和认知功能改变是谵妄的临床特征,意识清晰度下降或觉醒程度降低是诊断的关键。

ICU 患者因焦虑、麻醉、代谢异常、缺氧、循环不稳定或神经系统病变等原因,可以出现谵妄症状,且长时间置身于陌生而嘈杂的 ICU 环境会加重谵妄的临床症状:表现为精神状态突然改变或情绪波动,注意力不集中,思维紊乱和意识状态改变,伴有或不伴有躁动状态;还可以出现整个白天醒觉状态波动,睡眠清醒周期失衡或昼夜睡眠周期颠倒。谵妄也可以表现为情绪过于低沉或过于兴奋或两者兼有。情绪低沉型谵妄往往预后较差,情绪活跃型谵妄比较容易识别。研究表明机械通气患者谵妄发病率可达70%～80%,且谵妄患者,尤其是老年患者住院时间明显延长,每日住院费用及病死率均显著增加。不适当地使用镇静、镇痛药物可能会加重谵妄症状,有些谵妄患者,接受镇静药后会变得迟钝或思维混乱,导致躁动。

5. **睡眠障碍**　睡眠是人体不可或缺的生理过程。睡眠障碍可能会延缓组织修复、降低细胞免疫功能。睡眠障碍的类型包括:失眠、过度睡眠和睡眠-觉醒节律障碍等。

失眠是一种睡眠质量或数量达不到正常需要的主观感觉体验,失眠或睡眠被打扰在 ICU 极为常见。原因包括:①持续噪声(来自仪器的报警、工作人员和设备);②灯光刺激;③高强度的医源性刺激(频繁的测量生命体征、查体,被迫更换体位);④疾病本身的损害以及患者对自身疾病的担心和不了解。患者在 ICU 睡眠的特点是短暂睡眠,醒觉和快速动眼(rapid eye movement,REM)睡眠交替。患者快动眼睡眠明显减少,非快动眼睡眠期占总睡眠时间的比例增加,睡眠质量下降。使得患者焦虑、抑郁或恐惧,甚至躁动,延缓疾病的恢复。

尽管采用各种非药物措施(减少环境刺激、给予音乐和按摩治疗等),在 ICU 内许多患者仍然有睡眠困难,多数患者需要结合镇痛、镇静药物以改善睡眠。

三、镇 静 评 估

定时评估镇静程度有利于调整镇静药物及其剂量以达到预期目标。理想的镇静评分系统应使各参数易于计算和记录,有助于镇静程度的准确判断并能指导治疗。目前临床常用的镇静评分系统有 Ramsay 评分、Riker 镇静躁动评分(SAS),以及肌肉活动评分法(MAAS)等主观性镇静评分以及脑电双频指数(BIS)等客观性镇静评估方法。

1. **镇静和躁动的主观评估**

(1) Ramsay 评分:是临床上使用最为广泛的镇静评分标准,分为 6 级,分别反映 3 个层次的清醒状态和 3 个层次的睡眠状态(表 17-1)。Ramsay 评分被认为是可靠的镇静评分标准,但缺乏特征性的指标来区分不同的镇静水平。

表 17-1　Ramsay 评分

分值	描述
1	患者焦虑、躁动不安
2	患者配合,有定向力、安静
3	患者对指令有反应
4	嗜睡,对轻叩眉间或大声听觉刺激反应敏捷
5	嗜睡,对轻叩眉间或大声听觉刺激反应迟钝
6	嗜睡,无任何反应

(2)Riker 镇静、躁动评分(sedation-agitation scale,SAS):SAS 根据患者 7 项不同的行为对其意识和躁动程度进行评分(表 17-2)。

表 17-2　Riker 镇静和躁动评分(SAS)

分值	定义	描述
7	危险躁动	拉拽气管内插管,试图拔除各种导管,翻越床栏,攻击医护人员,在床上辗转挣扎
6	非常躁动	需要保护性束缚并反复语言提示劝阻,咬气管插管
5	躁动	焦虑或身体躁动,经语言提示劝阻可安静
4	安静合作	安静,容易唤醒,服从指令
3	镇静	嗜睡,语言刺激或轻轻摇动可唤醒并能服从简单指令,但又迅即入睡
2	非常镇静	对躯体刺激有反应,不能交流及服从指令,有自主运动
1	不能唤醒	对恶性刺激无或仅有轻微反应,不能交流及服从指令

恶性刺激:指吸痰或用力按压眼眶、胸骨或甲床 5s

(3)肌肉活动评分法(motor activity assessment scale,MAAS):自 SAS 演化而来,通过 7 项指标来描述患者对刺激的行为反应(表 17-3),对危重病患者也有很好的可靠性和安全性。

表 17-3　肌肉活动评分

分值	定义	描述
7	危险躁动	无外界刺激就有活动,不配合,拉扯气管插管及各种导管,在床上翻来覆去,攻击医务人员,试图翻越床栏,不能按要求安静下来
6	躁动	无外界刺激就有活动,试图坐起或将肢体伸出床沿。不能始终服从指令(如能按要求躺下,但很快又坐起来或将肢体伸出床沿)
5	烦躁但能配合	无外界刺激就有活动,摆弄床单或插管,不能盖好被子,能服从指令
4	安静、配合	无外界刺激就有活动,有目地整理床单或衣服,能服从指令
3	触摸、叫姓名有反应	可睁眼,抬眉,向刺激方向转头,触摸或大声叫名字时有肢体运动
2	仅对恶性刺激	可睁眼,抬眉,向刺激方向转头,恶性刺激时有肢体运动
1	无反应	恶性刺激时无运动

2. 镇静的客观评估　客观性评估是镇静评估的重要组成部分。但现有的客观性镇静评估方法的临床可靠性尚有待进一步验证。目前报道的方法有脑电双频指数(bispectral index,BIS)、心率变异系数及食管下段收缩性等。

四、意识水平的判断

1. 因为麻醉药的残余作用、手术中脑组织损伤、脑缺血和脑水肿、低氧血症等因素均对神志有影响,神经外科患者术后意识水平的准确判断,对于正确选择治疗有非常重要的意义。意识决定于脑的觉醒和认识功能,前者由脑干网状结构的功能决定,后者由大脑半球的正常功能保持。目前国内外对意识水平的分级尚无统一的标准。常用的仍然是 Glasgow 评分、OAA/S 评分和 Ramsay 镇静分级标准。

2. 意识水平的评估方法

(1)语言刺激:称呼患者的姓名,或呼"醒醒",真正昏迷的患者对此无任何反应。如果患者意识损害程度较轻,可出现呻吟、睁眼甚至言语,患者能认识自身与环境,知道他在哪里,并能说出年、月、季节,说明定向力很好。有几种原因患者可能不能讲话,如言语困难、气管切开、语言不通等。

（2）疼痛刺激：如对语言无反应，可轻度刺激患者，如拍打患者的面颊，用拳头叩击肩部（怀疑颈椎骨折时需慎用），如仍无反应，可把患者的手掌放在腹部并使肘关节微屈，患者如存在去脑强直，此时便可观察到。疼痛刺激包括压迫眶上切迹，强烈地按摩胸骨和捏挤上臂或大腿内侧。如果患者家属在场要向其进行必要的解释。上肢的反应比下肢可靠，如果一侧肢体偏瘫，以健侧肢体记录意识水平。

（3）睁眼反应：可以考察脑干的觉醒机制是否活跃。患者的睁眼反应可以由于任何语言刺激产生，而不必一定命令患者睁眼。对痛觉的睁眼反应应以刺痛肢体为准，因为面部的疼痛刺激可以由于痛苦反应反射性的眼睑闭合。如无反应，将患者的眼睑撑开，让患者向上或向下看，昏迷患者对此无反应，但闭锁综合征的患者会有适当反应，表明患者不是真正的昏迷。睁眼无意识是持续植物状态的特点。

五、ICU 患者镇静治疗的方法与药物选择

镇静药物的应用可减轻应激反应，辅助治疗患者的紧张焦虑及躁动，提高患者对机械通气、各种 ICU 日常诊疗操作的耐受能力，使患者获得良好睡眠等。保持患者安全和舒适是 ICU 综合治疗的基础。理想的镇静药应具备以下特点：起效快，剂量-效应可预测；半衰期短，无蓄积；对呼吸循环抑制最小；代谢方式不依赖肝肾功能；抗焦虑与遗忘作用同样可预测；停药后能迅速恢复；价格低廉等。但目前尚无药物能符合以上所有要求。

（一）ICU 最常用的镇静药物

1. 苯二氮䓬类药物　苯二氮䓬类是较理想的镇静、催眠药物。它通过与中枢神经系统内 GABA 受体的相互作用，产生剂量相关的催眠、抗焦虑和顺行性遗忘作用；其本身无镇痛作用，但与阿片类镇痛药有协同作用，可明显减少阿片类药物的用量。苯二氮䓬类药物的作用存在较大的个体差异。用药过程中应经常评估患者的镇静水平以防镇静延长。ICU 常用的苯二氮䓬类药为咪达唑仑（midazolam）、劳拉西泮（lorazepam）及地西泮（diazepam）。

2. 丙泊酚　丙泊酚是一种广泛使用的静脉镇静药物；特点是起效快，作用时间短，停药后迅速清醒，且镇静深度呈剂量依赖性，镇静深度容易控制。丙泊酚亦可产生遗忘作用和抗惊厥作用。丙泊酚单次注射时可出现暂时性呼吸抑制和血压下降、心动过缓，对血压的影响与剂量相关，尤见于心脏储备功能差、低血容量的患者。丙泊酚具有减少脑血流、降低颅内压（ICP），降低脑氧代谢率（$CMRO_2$）的作用。用于颅脑损伤患者的镇静可减轻 ICP 的升高。而且丙泊酚半衰期短，停药后清醒快，可利于进行神经系统评估。此外，丙泊酚还有直接扩张支气管平滑肌的作用。

3. α_2 受体激动药　α_2 受体激动药有很强的镇静、抗焦虑作用，且同时具有镇痛作用，可减少阿片类药物的用量，其亦具有抗交感神经作用，可导致心动过缓和（或）低血压。右美托咪定（dexmedetomidine）由于其 α_2 受体的高选择性，是目前唯一兼具良好镇静与镇痛作用的药物，同时它没有明显心血管抑制及停药后反跳。其半衰期较短，可单独应用，也可与阿片类或苯二氮䓬类药物合用。但由于价格昂贵，目前在 ICU 中尚未得到普遍应用。

（二）镇静药物的给予

镇静药的给药方式应以持续静脉输注为主，首先应给予负荷剂量以尽快达到镇静目标（表17-4）。

表 17-4　常用镇静药物的负荷剂量与维持剂量参考

药物名称	负荷剂量	维持剂量
咪达唑仑	$(0.03\sim0.3)mg/kg$	$(0.04\sim0.2)mg/(kg \cdot h)$
劳拉西泮	$(0.02\sim0.06)mg/kg$	$(0.01\sim0.1)mg/(kg \cdot h)$
地西泮	$(0.02\sim0.1)mg/kg$	
丙泊酚	$(1\sim3)mg/kg$	$(0.5\sim4)mg/(kg \cdot h)$

(三)谵妄治疗

谵妄状态必须及时治疗。一般少用镇静药物,以免加重意识障碍。但对于躁动或有其他精神症状的患者则必须给药予以控制,防止意外发生。镇静、镇痛药使用不当可能会加重谵妄症状。

六、镇痛、镇静治疗期间的监测及护理

(一)病情的观察

镇静药使用的患者痛觉降低,掩盖了疾病的症状。因此除了监测 24h 心率、血压、呼吸及心电图,经皮血氧饱和度,依病情测动脉血气分析外,还要加强基础疾病病情的观察,要定时检查患者的局部和全身情况,及时发现异常。ICU 患者理想的镇静水平,是既能保证患者安静入睡又容易被唤醒。应在镇静治疗开始时就明确所需的镇静水平,定时、系统地进行评估和记录,并随时调整镇静用药以达到并维持所需镇静水平。为避免药物蓄积和药效延长,可在镇静过程中实施每日唤醒计划,即每日定时中断镇静药物输注(宜在白天进行),以评估患者的精神与神经功能状态,该方案可减少用药量,减少机械通气时间和 ICU 停留时间。但患者清醒期须严密监测和护理,以防止患者自行拔除气管插管或其他装置。

(二)呼吸功能监测

强调呼吸运动的监测,密切观察患者的呼吸频率、幅度、节律、呼吸周期比和呼吸形式,常规监测脉搏氧饱和度,酌情监测呼气末二氧化碳,定时监测动脉血氧分压和二氧化碳分压,对机械通气患者定期监测自主呼吸潮气量、分钟通气量等。第 0.1 秒口腔闭合压($P_{0.1}$)反映患者呼吸中枢的兴奋性,必要时亦应进行监测。镇痛镇静不足时,患者可能出现呼吸浅促、潮气量减少、氧饱和度降低等;镇痛镇静过深时,患者可能表现为呼吸频率减慢、幅度减小、缺氧和(或)二氧化碳蓄积等,应结合镇痛镇静状态评估,及时调整治疗方案,避免发生不良事件。无创通气患者尤其应该引起注意。

(三)加强护理及呼吸治疗,预防肺部并发症

ICU 患者长期镇痛镇静治疗期间,应尽可能实施每日唤醒计划。观察患者神智,在患者清醒期间鼓励其肢体运动与咳痰。在患者接受镇痛、镇静治疗的过程中,应加强护理,缩短翻身、拍背的间隔时间,酌情给予背部叩击治疗和肺部理疗,结合体位引流,促进呼吸道分泌物排出,必要时可应用纤维支气管镜协助治疗。镇静患者的呼吸道纤毛运动消失,肺的自洁能力降低,肺部分分泌物不能及时排出,从而增加了呼吸道阻塞和肺部感染的机会,因而要加强气道护理和消毒隔离避免交叉感染。严格无菌操作,尤其是吸痰时,必须戴无菌手套,一般每 1~2h 吸痰 1 次,加强气道湿化,每 2h 翻身拍背。保持呼吸机运转正常,及时处理报警信息,持续监测指脉氧,按医嘱定时监测血气。

(四)循环功能监测

镇痛、镇静治疗对循环功能的影响主要表现为血压变化。严密监测血压(有创血压或无创血压)、中心静脉压、心率和心电节律,尤其给予负荷剂量时,应根据患者的血流动力学变化调整给药速度,并适当进行液体复苏治疗,力求维持血流动力学平稳,必要时应给予血管活性药物。接受氟哌啶醇治疗时定期复查标准导联心电图。镇痛、镇静不足时,患者可表现为血压高、心率快,此时不要盲目给予药物降低血压或减慢心率,应结合临床综合评估,充分镇痛,适当镇静,并酌情采取进一步的治疗措施。切忌未予镇痛、镇静基础治疗即直接应用肌松药物。

(五)神经肌肉功能

长时间镇痛、镇静治疗可影响神经功能的观察和评估,应坚持每日唤醒以评估神经肌肉系统功能。长时间制动、长时间神经肌肉阻滞治疗使患者关节和肌肉活动减少,并增加深静脉血栓(DVT)形成的危险,应给予积极的物理治疗预防深静脉血栓形成并保护关节和肌肉的运动功能。大剂量使用镇静药治疗超过1周,可产生药物依赖性和戒断症状。苯二氮䓬类药物的戒断症状表现为:躁动、睡眠障碍、肌肉痉挛、肌阵挛、注意力不集中、经常打哈欠、焦虑、躁动、震颤、恶心、呕吐、出汗、流涕、声光敏感性增加、感觉异常、谵妄和癫痫发作。因此,为防止戒断症状,停药不应快速中断,而是有计划地逐渐减量。控制好药物剂量及注射时间,由于个体对疼痛刺激反应的不同,护士在工作中还应客观地选择适合的评估量表,同时加强医护的协作,使医生了解患者的实际需要量,护士要了解镇静、镇痛的药理作用,不良反应,根据临床指标监测药物疗效和病情发展状况。必要时进行体液药物浓度监测。严格按医嘱给予患者合适的剂量,并结合患者的实际为患者提供个性化的镇痛护理。

(六)心理护理

虽然不能和患者进行有效的交流,但是可以通过语言和非语言的方式安慰和鼓励患者,使患者能更好地配合治疗和护理,同时也要给家属以一定的心理支持。

1. 在对患者进行镇静或镇痛治疗前应与患者做好解释工作,主要是希望其配合治疗,并且说明镇静、镇痛治疗是机械通气患者的全身管理必不可少的部分,也是在医师、护士的严密监测下进行治疗工作,对呼吸循环系统影响小,减少患者不必要的思想负担,减轻痛苦,减少躁动,有利于各项治疗和监测的顺利进行,消除了患者对机械通气治疗时的恐惧心理。

2. 治疗的过程中,通常让患者的镇静指数保持Ramsay指数2~3的理想水平:临床表现为合作,定向力好和安静及对呼吸有反应,并且当其家属在探视时也能与患者进行简短地交流,加强患者自我战胜疾病的信心。同时,让患者家属也感到给患者应用镇静、镇痛药并不会对患者的中枢神经系统造成不可逆的危害。随着科学技术的发展,各种新型的镇静、镇痛药物能为患者提供最合宜的镇痛效果,并且不会产生成瘾的后果。

(七)并发症的护理

使用镇静药后患者处于被动体位,容易发生压疮、静脉血栓、神经损伤等。因此,每2h给患者翻身更换体位,肢体保持功能位,定时放松约束带,检查皮肤情况。每班帮患者局部按摩,进行被动肢体功能锻炼。对ICU中持续治疗的患者每日中断一定时间的阿片类药物和镇静药物,为医生提供一个评估患者疼痛和焦虑程度的机会,判断患者是否有并发症和神经系统功能障碍发生,是近年来提出的新方案。新的治疗方案强调了镇静和镇痛的质量,这对严重复杂创伤患者尤其重要,有利于在满足患者镇静需要的同时达到患者更舒适的目的。其中重要的是患者所需要镇静和镇痛药物的剂量随患者的全身状态变化而改变。在危重患者中应用镇静、镇痛药病例正在增多,其原因主要是治疗重症呼吸衰竭时新的机械通气模式的应用,在危重患者进行机械通气时医生,护士的密切合作,充分配合,仔细观测病情和各项监测指标,注意镇静水平的调整,认真调节药物剂量和注射速度,避免药物的毒副作用和药物过量,药物蓄积作用,使镇静药、镇痛药的应用恰到好处。

(李桂云 袁 媛)

第二节 神经系统功能的监测与评估

(一)一般评估

1. **体温** 易导致发热的神经疾病有:颅脑损伤、脑出血、蛛网膜下腔出血、开颅术后、下丘脑病变,还有可能与感染相关的发热。护理方法:主要有物理降温和药物降温,其中物理降温又分为体表降温和血管内降温。

2. **心率、脉搏** 文献报道85%的卒中患者合并 ECG 的改变,其中15%～30%是新发出现变化。25%～39%的卒中患者在入院时发现有 ECG 节律的改变,因此要持续给予心电监护。

3. **呼吸监测** 正常的呼吸驱动包括脊神经、健全的呼吸中枢、呼吸肌肉,因此一旦有一方面受损,患者就会出现呼吸障碍,严重时会导致呼吸衰竭。呼吸功能障碍通常包括两大部分,一是与肺功能有关的呼吸功能,如肺通气功能和肺换气功能;二是与呼吸驱动功能有关的呼吸功能。因此评估时注意呼吸运动变化,包括呼吸形式、频率、深度、节律和波形,血氧饱和度,血气分析指标等(表17-5)。

表 17-5 呼吸形式与发病位置

呼吸异常	中枢损伤平面
过度换气	双侧大脑半球、中脑被盖上部
潮式呼吸	双侧大脑半球
机械样规律呼吸	中脑
延续性呼吸(吸气期延长,呼吸停止)	脑桥三叉神经运动核水平
丛集性呼吸	脑桥下部或延髓上部
呼吸徐缓	小脑幕上颅内压增高
不规则呼吸	延髓下部
抽泣样呼吸(共济失调呼吸)	延髓呼吸中枢(延髓背内侧)
Ondine 咒语(睡眠时无自主呼吸)	延髓被盖部、高颈髓

4. **血压的监护** 高血压是卒中患者的主要危险因素,70%～80%的患者入院时合并高血压,可加重脑水肿以及预后不良。

《欧洲2008卒中指南》提示:降压治疗不仅使卒中后高血压患者显著获益,也使血压正常的卒中后患者获益,ESO2008继续推荐卒中急性期过后应降压治疗,而且包括血压正常者。同时降压越强,获益越大。因此2007年欧洲高血压指南(ESH2007)明确提出卒中后血压达标值<130/80mmHg,但在这一点上 ESO2008未推荐明确的血压达标值,而是强调个体化,并在背景描述中提出"卒中后的血压目标值不确定,应该个体化;对于可疑低血流动力学脑梗死

和双侧颈动脉狭窄的患者,不应强化降压"。

《2010中国急性缺血性脑卒中诊治指南》指出:①高血压:约70%的缺血性脑卒中患者急性期血压升高,主要包括:疼痛、恶心呕吐、颅内压增高、意识模糊、焦虑、脑卒中后应激状态、病前存在高血压等。多数患者在脑卒中后24h内血压自发降低。病情稳定而无颅内高压或其他严重并发症的患者,24h后血压水平基本可反映其病前水平。目前关于脑卒中后早期是否应该立即降压、降压目标值、脑卒中后何时开始恢复原用降压药及降压药物的选择等问题尚缺乏可靠研究证据。国内研究显示,入院后约14%的患者收缩压≥220 mmHg,56%的患者舒张压≥120 mmHg。②低血压:脑卒中患者低血压可能的原因有主动脉夹层、血容量减少以及心排血量减少等。应积极查明原因,给予相应处理。

推荐意见:①准备溶栓者,应使收缩压<180 mmHg、舒张压<100 mmHg。②缺血性脑卒中后24h内血压升高的患者应谨慎处理。应先处理紧张焦虑、疼痛、恶心呕吐以及颅内压增高等情况。血压持续升高,收缩压≥200 mmHg或舒张压≥110 mmHg,或伴有严重心功能不全、主动脉夹层、高血压脑病,可予谨慎降压治疗,并严密观察血压变化,必要时可静脉使用短效药物(如拉贝洛尔、尼卡地平等),最好应用微量输液泵,避免血压降得过低。③有高血压病史且正在服用降压药者,如病情平稳,可于脑卒中24h后开始恢复使用降压药物。④脑卒中后低血压的患者应积极寻找和处理原因,必要时可采用扩容升压措施。

5. 瞳孔的监护 神经疾病病情特点是多变、易变、突变、难以预测,因此有效、及时的病情动态观察,对重症患者有着重要的意义。

瞳孔的观察作为神经科护理专科内容观察之一,有着特殊的定位意义。瞳孔的大小与对光反应异常是脑损伤患者的重要体征。瞳孔位于虹膜中央,正常直径2~4mm,圆形,边缘整齐,双侧等大,对光反应灵敏。瞳孔由交感神经和副交感神经共同支配,直径>5mm,称之为瞳孔散大;直径<2mm,称之为瞳孔缩小。通常女性的瞳孔大于男性,青年人瞳孔大于儿童和老年人。它的不同变化,有着重要的临床意义。

瞳孔改变在临床中可能会发生多种疾病:双侧瞳孔缩小,临床上常见脑桥出血;吗啡类、巴比妥类、胆碱酯酶抑制药、苯二氮䓬类中毒;双侧瞳孔散大,患者处于濒死状态、乙醇、乙醚、氯仿、苯、氰化物、奎宁、CO、CO_2、肉毒等中毒、癫痫发作、尿毒症等症状;一侧瞳孔缩小,代表患者脑疝早期、眼交感神经麻痹(Horner征);一侧瞳孔散大,表明有颞叶钩回疝、动眼神经麻痹、强直性瞳孔(埃迪瞳孔)的症状。

6. 感染的监测与护理 ①下呼吸道感染。②泌尿系感染。③胃肠道感染。④皮肤的感染。

7. 营养支持的护理

肠内营养共识中护理操作的推荐如下。

(1)吞咽障碍是卒中患者常见症状,凡经口摄入不足或摄入不能、而胃肠道功能基本正常的神经疾病患者,首选EN途径,且愈早愈好(A级推荐)。

(2)重症患者的营养支持应尽早开始(ESPEN B级推荐)。

(3)急性脑卒中伴吞咽障碍者,发病后7d内及早开始肠内营养(A级推荐)。

(4)脑卒中伴吞咽障碍患者急性期(4周内)肠内鼻胃管喂养,恢复期(4周后)PEG喂养(A级推荐)。

(5)营养输注方式的选择

①床位：床头持续抬高≥30°(C 级推荐)。

②容量从少到多，即首日 500ml(尽早 2～5 日)达到全量(D 级推荐)。

③速度从慢到快，可用营养泵控制输注速度(A 级推荐)。

④管道：每 4h 或中断输注和给药前后，用 20～30ml 温水冲洗管道 1 次(A 级推荐)。

8. 脱水药物的管理　头痛、恶心、呕吐及视盘水肿是高颅压脑疝的症状，脱水治疗起到了相当重要的作用。

因为脱水治疗可以改善血液的流动性，降低脑组织的压力，改善脑灌注压，发挥脑保护的作用。临床中最常应用的脱水治疗药物有高渗性脱水药和利尿性脱水药。但是在给予高渗液体输入时，由于输入速度较快，易刺激局部产生疼痛，严重者可引起静脉炎，导致血管变硬，失去弹性，产生闭塞等。因此护士应随时观察穿刺的部位，防止渗出与水肿。

(1)20%甘露醇是临床使用最为常见的脱水药物，常用剂量为 1～2g/kg，于 30～40min 滴完，用药后 10～15min 起效，2～3h 降颅压效果最强，可维持 4～6h，大部分 4h 左右经肾排出，故临床上一般间隔 4～6h 用药 1 次。每次总量不宜超过 60g，每日总量<300g，65 岁老年患者用药需减量。

(2)10%甘油果糖：脱水作用温和，可供机体热量，适用于不能进食和慢性颅内压增高的患者。危重症患者可以与甘露醇并用。

(3)呋塞米：是较强的利尿药，成年人常用剂量开始为每次 20～40mg，每日 2～3 次。

(二)专科评估

1. 格拉斯哥昏迷量表(17-6)(Glasgow coma scale，GCS)的评估　此量表包括 3 项内容，总分 15 分，分值越低，患者病情越重，病死率越高；相反，分值越高，病情越轻，预后较佳。临床判断病情及预后可分为轻、中、重 3 型，轻型 13～15 分；中型 9～12 分；重型 3～8 分(又将 3～5 分定为特重型)。评估时应以最佳反应为评定标准。具体 3 项内容见下表。

表 17-6　格拉斯哥昏迷量表指标

睁眼反应	评分	言语反应	评分	运动反应	评分
自动睁眼	4	定向正常	5	能按指令动作	6
呼之睁眼	3	应答错误	4	对刺痛能定位	5
疼痛刺激睁眼	2	言语错乱	3	对刺痛能躲避	4
不睁眼	1	言语难辨	2	刺痛肢体有屈曲反应	3
		不语	1	痛肢体有过伸反应	2
		无动作	1		

儿童神经系统评分要点：了解危重患儿神经系统受损害程度及功能状态外，对于疾病预后和预测最终治疗结果有重要作用。

临床观察要点：临床观察是最重要的手段。需检查患儿的意识状态(清醒、模糊、半昏迷、昏迷)、姿态，有无不自主运动、深浅层反射、肌力、肌张力、病理反射、眼底、瞳孔(大小、形状、对光反射)、呼吸(节律、异常呼吸——陈-施呼吸、毕氏呼吸、库什莫尔呼吸等)。还需注意其他生命体征如脉搏、体温、血压等。

改良 Glasgow 评分(表 17-7):对 Glasgow 评分进行改良,用以判断患儿意识状态,观察病情进展,估计预后。最差者 3 分,最佳者 15 分。

表 17-7 改良 Glasgow 评分表

最佳语言反应		最佳运动反应	
反应	评分	反应	评分
正确对话	5	按指令运动	6
含糊对话	4	随局部痛刺激运动	5
不恰当对话	3	随痛刺激肢体抽回	4
不理解对话	2	随痛刺激肢体屈曲(去皮质)	3
缺如	1	随痛刺激肢体伸展(去大脑)	2
		缺如	1

2. 镇静评分量表　镇静评分量表主要针对易出现烦躁、紧张、恐惧、失眠,同时有癫痫患者中的应用,应用时临床最为多见的是 Ramsay 标准评分(表 17-8),Ramsay 评分是提出最早、应用最广、分级最为明确,易于掌握。

表 17-8 Ramsay 镇静评分标准

分值	患者应答
1	患者焦虑、躁动不安、紧张
2	患者配合,有定向力、安静
3	患者对指令有反应
4	入睡,对轻叩眉间或大声呼唤有明确的反应
5	入睡,对轻叩眉间或大声呼唤反应模糊
6	无任何反应

其中 2~4 分为镇静满意,5~6 分为镇静过度

3. 脑死亡的评估

(1)定义:脑死亡是包括脑干在内的全脑技能丧失的不可逆转的状态。

(2)评估方法分 3 个步骤。

①第一步,临床指标评估:深昏迷、GCS 评分 3 分,脑干反射或脑神经支配的活动消失或基本消失。

②第二步,脑电生理与脑血流评估:脑电图、诱发电显示波形消失。

③第三步,自主呼吸诱发和阿托品试验:无自主呼吸、阿托品试验每分钟心率增加不到 5 次,或增加<20% 显示延髓中枢衰竭。

(3)具体临床的评估指标。意识状态与 GCS 评分;7 项脑干反射:瞳孔对光反射、角膜反射、头眼反射、眼前庭反射、颈睫反射、咽反射、咳嗽反射;4 项脑神经支配的活动;脊髓反射与脊髓支配活动的反射。

4. 颅内压监测

(1)有创颅内压监测:①侧脑室置管法;②脑实质植入法;③硬脑膜下;④硬膜外。

（2）无创颅内压监测：①视网膜静脉压检测；②闪光视觉诱发电位检测；③骨膜移位法；④前囟测压法（AFP）；⑤经颅多普勒无创性 ICP 监测技术：TCD，⑥生物电阻抗法。

5. 其他神经系统评估量表。

（刘　芳）

第三节　亚低温治疗技术

一、亚低温脑保护机制

1. 降低脑耗氧量，减少乳酸堆积。
2. 保护血-脑屏障减轻脑水肿。
3. 抑制内源性毒性物质产生（乙酰胆碱、儿茶酚胺、兴奋性氨基酸）。
4. 减少神经细胞钙离子内流，促进脑细胞结构和功能恢复。
5. 减少脑细胞结构蛋白的破坏，保护神经细胞骨架，促进功能修复。

二、亚低温适应证

1. 重型和特重型脑外伤（3～8 分），广泛脑挫裂伤脑水肿。
2. 原发和继发性脑干损伤。
3. 难以控制的颅内高压。
4. 中枢性高热伴躁动不安者。

三、亚低温的禁忌证

1. 既往有较重心、肺并发症者。
2. 老年体弱。
3. 严重复合伤。
4. 怀疑或未处理的颅内血肿患者。

四、方　　法

1. 体表降温　传统，速度慢，寒战。
2. 血管内低温　已应用，速度快，无寒战。
3. 局部降温　新方法，没有应用于临床。

具体措施如下。

（1）全身降温至中心体温 32～35℃。

（2）冰毯机，冰帽，血管内降温。

（3）镇静药和肌松药。

（4）使用呼吸机。

（5）维持时间 2～5d。

（6）尽快达到目标温度。

（7）局部降温。

五、低温治疗持续时间

1. 欧美学者主张短时程,24～48h,认为过长会增加并发症。

2. 有人主张长时程,1～2周。

3. 国内的研究者主张 2～14d,根据 ICP 水平调整时间长短。

4. 江基尧教授 2006 年发表的研究报道了当 HYPO 用于治疗难治性高颅压时持续 5d 的长程 HYPO 的疗效优于 2d 的短程 HYPO。

5. 复温

(1)复温速度过快容易引起 ICP 反跳,造成 ICP 急剧升高引起患者死亡。

(2)复温过程中注意 ICP 变化,及时处理过度升高的 ICP。

(3)时间＞48h 为宜。

六、常见并发症

1. 免疫系统抑制,并发肺部感染、泌尿系感染。

2. 低血压、心律失常。

3. 凝血机制障碍。

4. 电解质紊乱(低钾、高钠、高氯)。

七、评　　价

HYPO 可以降低 ICP,各家报道基本一致,但 ICP 降低与最终结果没有关系。1993 年 Clifton 的前瞻性研究共纳入 46 例 TBI 患者,HYPO 组恢复良好率 52.2%,对照组为 36.4%;1997 年 Marion 报道 40 例患者,HYPO 组患者 ICP 下降 40%,CBF 下降 26%,CMRO2 先下降后上升,取得良好效果;2000 年 Hayashi 采用 1～2 周长时程 32～34℃亚低温治疗重型颅脑损伤脑疝(GCS≤6)患者,结果表明亚低温治疗组明显优于常温对照组。2005 年江基尧报道国内 6 家医院参加的多中心随机对照前瞻研究,纳入 428 个病例,HYPO 组在所有神经功能恢复结果均好于对照组,且差异有显著性意义。2001 年发表在 NEJM 上的 Clifton 领导的多中心随机对照前瞻性临床研究,11 个中心共纳入患者 392 例,结果表明伤后 8h 内达到 33℃维持 48h 的亚低温对改善患者的结果无效。低温治疗对于难以控制的 ICP 增高有效。

2007 国际创伤指南推荐 C 级:常温组相比低温组没有明显降低病死率,但初步发现提示当目标温度保持超过 48h,死亡危险明显下降。

（刘　芳）

第四节　颅内压监测技术

一、颅内压概述

(一)脑灌注压和脑血管自主调节

继发性脑损伤在一定程度上与脑缺血有关。决定脑功能和生命活性的重要参数是脑血流量(CBF)适应脑氧代谢率(CMRO$_2$)的需求。CBF 难以定量测定,必须要复杂的特殊设备在床边连续监测。但是,脑血流量是由脑灌注压(CPP)决定的,CPP 又与颅内压(ICP)相关,ICP 更容易测量,两者的关系见公式。

脑灌注压＝平均动脉压[×]－颅内压　　　　或

CPP＝MAP[×]－ICP

×注:真正关注的是平均颈动脉压(MCP),在枕骨大孔水平与平均动脉压是接近的。

正常成年人脑灌注压＞50mmHg。脑血管自主调节是当系统血压在较大的范围内波动时脑血流量只产生很小的变化。由于自主调节功能的存在,正常脑组织只有在脑灌注压降低到40mmHg 以下时才出现脑血流量降低。

近来证据表明,颅脑损伤患者 ICP 增高(≥20mmHg)比 CPP(只要 CPP＞60mmHg)改变对脑血流量的影响更大,CPP 水平的增高对抗严重的 ICP 增高对脑组织不能起到保护作用。

(二)颅内压

以下用模型的方式描述简化对 ICP 的理解,因此不绝对精确。

(1)修正的 Monro-Kellie 假说认为:颅内容物的总容积由血液、脑组织、脑脊液和其他成分(如肿瘤、血肿等)是恒定的,其中任何一种成分的增加必须使另一种成分等量减少,否则将出现颅内压增高。

(2)颅内容物存在于无弹性、完全封闭的颅腔内。

(3)压力在整个颅腔内的分布是均匀的。

1. 正常颅内压　颅内压正常值范围随年龄有所不同,儿童颅内压的正常值尚不完全确定,见表 17-9。

表 17-9　正常颅内压

年龄组	正常值范围(mmHg)
成年人和大龄儿童*	＜10～15
小龄儿童	3～7
婴儿⁺	1.5～6

* 大龄和小龄儿童的年龄界限无明确界定

＋可能指新生儿

2. 颅内压增高(intracranial hypertention,IC-HTN)　创伤性颅内压增高可以由于以下任何一个原因导致,可以单独存在,也可以为多个不同原因的组合。

(1)脑水肿。

(2)脑充血:是对脑创伤的正常反应,可能是由于血管运动麻痹(脑血管自主调节功能丧失),可能比脑水肿对颅内压增高的影响更大。

(3)创伤性占位损害。

①硬膜外血肿。

②硬膜下血肿。

③脑实质内出血(出血性脑挫裂伤)。

④异物(如子弹)。

⑤颅骨凹陷骨折。

(4)脑脊液吸收或循环梗阻导致脑积水。

(5)通气不足:引起高碳酸血症,导致脑血管扩张。

（6）系统高血压。

（7）静脉窦血栓。

（8）肌肉张力增高和姿态或刺激诱发的 valsalva 动作。

（9）外伤后癫痫持续状态。

继发性颅内压增高有时见于伤后 3～10d，可能导致预后不良，产生原因如下。

（1）迟发性血肿形成。

①迟发性硬膜外血肿；

②迟发性急性硬膜下血肿；

③迟发性外伤性脑内血肿或出血性脑挫裂伤伴周围水肿：通常见于中老年人，可以导致病情突然恶化，可能需要受伤清除病变。

（2）脑血管痉挛。

（3）严重的成人呼吸窘迫综合征（ARDS）伴通气不足。

（4）迟发性脑水肿形成：多见于儿童。

（5）低钠血症。

（三）颅内压增高的治疗指征

不同的医疗中心对颅内压值增高到什么程度需要开始给予治疗处理的标准有所不同。所提出的界限标准有 15、20 和 25mmHg 不等，但多数中心把 ICP≥20～25mmHg 作为界限。ICP 可以控制到低于 20mmHg 以下者死亡和预后不良占 20%，而持续高于 20mmHg 以上者病死率高，预后更差。早期处理比等到 ICP 更高或曲线出现平台期更有利于控制。

"死亡 ICP"（指成年人）：＞25～30mmHg，如果不能控制可能是致命的。

（四）Cushing 三联征

Cushing 三联征为血压增高、脉缓、呼吸不规则，可发生于任何原因的颅内压增高。但是，出现全部典型表现者只占约 33%。

二、颅内压监测

颅内压监测仪见图 17-1。

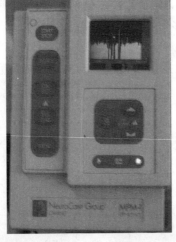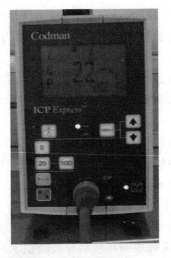

图 17-1　颅内压监测仪

(一)颅内压监测的指征

1. 神经系统标准　重型颅脑损伤(心肺复苏后 GCS≤8 分)并伴:①入院头部 CT 检查不正常;②CT 正常但伴有表 17-10 中 2 个或以上危险因素。

有些医疗中心的监测指征是患者不能遵嘱活动,另一些根据患者刺痛不能定位。理论依据是:遵嘱活动(GCS≥9 分)时颅内压增高的风险低,可以通过神经系统检查连续观察病情变化并指导治疗。

2. 多脏器损伤伴意识障碍　其他脏器损伤的治疗可能对颅内压产生不利影响,如 PEEP、大剂量静脉扩容或需要应用强效镇静。

3. 其他　颅内占位性损害清除术后。

(二)相对禁忌证

1. 清醒患者　一般不需要监测而通过观察神经系统体征。

2. 凝血病(包括 DIC)　常见于重型颅脑损伤。如果确实需要监测,应该先采取纠正凝血障碍的步骤(FFP、血小板等)并考虑采用蛛网膜下腔或硬膜外监测探头,禁忌用脑内或脑室内探头。

(三)监测时间周期

降低颅内压治疗结束 48～72h 颅内压保持正常可以停止监测。注意:颅内压增高可能迟发出现,经常开始于第 2～3 天,在第 9～11 天是常见的第二高峰期,尤其是儿童。关注"迟发病情恶化"。不要因早期颅内压正常而放松警惕。

(四)颅压监测的并发症

表 17-10 为不同颅压监测方法并发症发生率的简表。

表 17-10　各种不同颅压监测装置的并发症发生率

监测类型	菌落形成	出血	失效或梗阻
IVC	平均 10%～17% 范围:0～40%	1.1%	6.3%
蛛网膜下腔探头	平均:5% 范围:0～10%	0	16%
硬膜下	平均:4% 范围:1%～10%	0	10.5%
脑实质内	平均:14% (有两个报道,12%和17%)	2.8%	9%～40%

1. 感染。

2. 出血。各种监测设备的总发生率是 1.4%,需要手术清除的血肿只占约 0.5%。

3. 失效或梗阻。附加有脑室液引流的装置,在颅压高于 50mmHg 时梗阻的发生率高。

4. 放置不到位。3%脑室内颅压监测导管需要重新放置。

三、颅内压监测的方法

(一)监测装置的类型

1. 脑室内导管(IVC) 也称脑室外引流(EVD),通过充有液体的导管与外部压力传感器相接。

(1)优点

①价格相对低廉。

②测压作用之外,尚有治疗性的脑脊液引流。

③可以重新校准,减小测量值的漂移。

(2)缺点

①脑室受压或移位时安放困难。

②脑室液沉积物梗阻(如血凝块)造成测量不准确。

③需要特别的维护以检查和保持测压效果。

④传感器的位置必须始终于一个固定的与患者头部位置相关的参照点,随患者头位的升降而移动。

2. 脑实质内颅压监测 与IVC类似但更昂贵,有些产品存在测量值漂移问题,有些则不存在。

3. 一些准确性较低的监测系统

(1)蛛网膜下腔探头:感染风险1‰,3d后增高。在颅压较高时,也是最需要进行监测的时候,由于脑表明腔隙的闭塞而导致误读,一般低于实际值,但仍可显示与正常相似的颅压波动曲线。

(2)硬膜下颅压监测:可以是一种有光纤头的充液导管或其他类型。

(3)硬膜外颅压监测:可以为充液导管或带光纤头的导管,准确性不高。

(4)婴儿可利用未闭合的前囟监测。

①前囟测压计:可能不太精确。

②消球差原理:在合适的情况下可以应用。即如果婴儿直立时前囟内凹,平卧或低头时隆起,在估计颅压在$1cmH_2O$以内。婴儿仰卧,改变头位水平可见前囟轮廓及其波动。当前囟平坦的位置时,颅内压力与大气压力相等;临床颅内压的估计可以用前囟到静脉压0点(静止婴儿一般位于锁骨中点)垂直距离的cmH_2O表示。如果直立时前囟不凹陷,这种估计方法是不适用的,因为此时可能颅内压已超过上述距离值或者由于头皮过厚。

$mmHg$和cmH_2O的换算为$1mmHg=1.36\ cmH_2O,1cmH_2O=0.735\ mmHg$。

(二)颅内压波动曲线的类型

图17-2显示颅内压波形。

(三)脑室内颅压监测系统的正常运作

至少每2~4小时应检查1次系统的功能状态。任何时候颅压发生变化时(增高或降低)、进行神经系统观察时或计脑脊液流出量时,都有检查系统情况。

1. 检查随呼吸和脉压变化的良好波形是否存在。

2. 脑室内颅压监测导管。检查开放性,打开系统引流,降低滴液腔的位置,观察2~3滴脑室液流出,一般不允许过多放出脑室液。

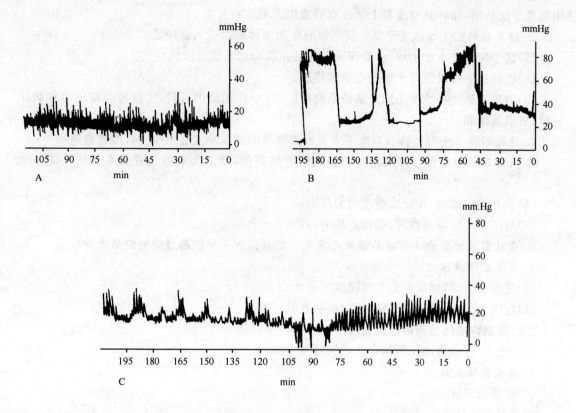

图 17-2　正常颅内压波形

A. 一般波形,也称 C 波,为正常或接近正常的波形;B. A 型波,提示颅腔代偿功能接近衰竭;C. B 型波,提示颅内压中至重度升高

3. 脑室液的引流

(1)脑室液的流出量应每小时在滴液腔的标签上做标。引流液量应逐渐增多,除非滴液口的位置高于颅内压,这时将无液体流出。注意:如果不被吸收,预期的脑室引流量应为 450～700ml/d,一般能够达到的引流量约为每 8 小时 75ml。

(2)滴液腔要定期(如每 4～8h)或在储满时清空(并计量)。

4. 对监测数值是否真实反映颅压有疑问时:降低头位至 0°应使颅压增加;同时轻压双侧颈静脉,颅压应该在 5～15s 逐渐升高,停止压迫后应降回基线。

(四)脑室内颅压监测存在的问题

以下提出一些关于脑室外引流-颅压监测的问题和缺陷,有些可能也是一般颅压监测可能出现的问题。

1. 滴液腔的空气过滤嘴浸湿

(1)脑室内压力不受滴液腔的高度调节,脑室液不能随意自由流出。

①如果滴液腔已被夹闭,则无脑室液引出。

②如果滴液腔的阻断夹是开放的,可以看到压力的调节已不受滴液腔高度的影响,而受储液袋高度的影响。

(2)解决方法:如果有新的过滤嘴,更换被浸湿者。否则,系统有被污染的危险,必须临时用其他方法替换,如静脉输液器上的过滤器或用无菌纱布包裹。

2. 储液袋的空气过滤嘴浸湿 使滴液腔中的液体难以进入储液袋。

(1)这个问题并不急于解决,除非滴液腔已充满和储液袋已涨满空气。

(2)滤嘴过一段时间将干燥并重新起作用。

(3)如果有必要在滤嘴干燥之前清空滴液腔,则可在无菌消毒后,于储液袋排出口穿刺注射针,放出液体和空气。

3. 连接不当 绝不可将含有或不含有肝素溶液的加压冲洗袋与颅压监测装置连接。

4. 头位高低的变化 必须相应调整滴液腔的高低,使之与头的位置关系保持在同一水平。

(1)当开放引流时,保证维持适当的压力。

(2)与压力传感器开放时,保持正确的零点。

5. 开放引流时压力传感器的读数无意义 此时读数不可能超过滴液腔高度的数值。

6. 滴液腔不慎落地

(1)过度引流:可能引起癫痫和硬膜下血肿。

(2)解决方法:妥善固定滴液腔,定期检查其位置。

(五)脑室内颅压监测的故障处理

参见上文"脑室内颅压监测存在的问题"。

1. 监测系统失效

(1)故障表现。

①波形显示异常或不能显示。

②引流开放时无液体引出。

(2)可能的故障原因

①传感器近端导管堵塞。

a. 导管夹未打开。

b. 导管被脑组织块、血细胞或蛋白堵塞。

②脑室穿刺管移出脑室外。

(3)测试:暂时降低滴液嘴高度,观察脑室液流出 2～3 滴。

(4)解决方法。

①查实所有关闭夹均已开放。

②向脑室引流管内轻推不超过 1.5ml 无菌盐水冲洗。注意:颅内压增高时脑组织顺应性降低,颅内容物小量增加可以引起颅内压大幅上升。如果脑室引流的功能仍未恢复,可能导管仍被脑组织或凝块堵塞。如果能查明脑室已经塌陷,则导管本身可能正常,过一段时间其功能会自然恢复,否则导管功能则确实失效。如果需要继续应用此监测-引流系统,须更换新导管重新穿刺。如果脑室的情况不明,首选 CT 检查。

2. 颅压曲线不正常 可能原因。

(1)传感器近端导管堵塞:见上文。

(2)脑室穿刺管移出脑室外:无脑室液引出。

(3)引流系统内进气。

①解决方法:调整脑室液流出,排出空气。

②注意:不要使脑室液流出过多,可能使导管梗阻和硬膜下血肿/积液形成;不要采用注液冲洗的方式,使空气进入颅内。

四、ICU 容易实施的颅内压增高监护治疗方法

1. 头抬高 20°～30°　目前重视不够,对颅内压增高的效果确切,对改善 CPP 影响有争议。注意保持颈部静脉回流通畅

低容量患者头抬高:由于 MAP 的下降超过 ICP 下降,结果会降低 CPP。

2. 应用镇静肌松药　躁动、咳嗽、人机对抗会使 ICP 明显增高,因此需要充分的镇静,甚至使用肌松药巴比妥和丙泊酚都是通过降低代谢需求、CBF 和脑血容量下降达到降低 ICP 的作用使用过程中注意监测 EEG、BIS。

注意巴比妥对血流动力学的影响丙泊酚对代谢的影响。

3. 过度通气　通过降低 CBF 达到降低 ICP 效果,有引起脑缺血的危险,程度和持续时间不清楚。

短期使用控制 ICP 迅速增高,平时保持在正常水平,应该避免慢性过度通气,低碳酸会影响其他控制 ICP 药物的效果,而且可能引起缺血。

4. 低温治疗　RCT 研究的结论低温治疗不改善患者的预后,而且患者肺炎、伤口感染、电解质和凝血异常的风险增加,目前不推荐常规使用。只有一项研究说明低温治疗对难治性高 ICP 有益。

5. 高渗治疗　甘露醇和高渗盐水都适合用来降低 ICP。

(1)甘露醇剂量 0.25～1g/kg,使用时避免全身脱水,减少肾损伤。

(2)高渗盐水(hypertonic saline)。各种浓度的 HS 都可以用来处理增高的 ICP,3%、7.5%甚至23.4%的 HS 都有效。原理建立 BBB 内外渗透梯度减少脑水含量,使内皮细胞和红细胞脱水增加血管直径和红细胞变形能力,增加血容量改善脑血流。使用剂量、浓度和速度没有定论。目前有报道疗效优于甘露醇。

第五节　神经外科深静脉血栓的防治

深静脉血栓(deep venous thrombosis,DVT)非常使人担忧,因为有可能脱落形成栓塞,造成肺栓塞、猝死、脑梗死等。据报道,深静脉栓塞病死率为 9%～50%;局限性小腿的深静脉血栓危险相对要小,但有 30%～50%患者会逐渐发展到深静脉远端,在那里形成栓塞性静脉炎综合征。

一、病　　因

神经外科患者深静脉发生率为 19%～50%,可能因为以下原因。

1. 手术时间长。

2. 长期卧床。

3. 肢体瘫痪。

4. 凝血状态改变。

(1)脑肿瘤或头外伤。

①与自身状况有关。

②手术促凝血酶原激酶释放。

(2)血液黏滞度升高。

①为减少轻脑水肿的脱水治疗。

②SAH 后血容量减少。

(3)大剂量糖皮质激素的使用。

5. 神经科发生深静脉血栓和肺栓塞的特别原因如下。

(1)脊髓损伤。

(2)脑肿瘤:尸检表明 DVT 发生率 28%,PE 发生率 8.4%。

(3)蛛网膜下腔出血(subarachnoid henorrhage,SAH)。

(4)头外伤。

(5)卒中:PE 发生率 1%～19.8%,病死率 25%～100%。

(6)神经外科手术患者。

二、DVT 的预防

见表 17-11。

表 17-11 给出神经外科患者 DVT 发生的危险和预防

危险程度	小腿 DVT 发生率	患者状况	推荐治疗方法
低	<10%	40 岁以下、30min 以内全麻手术	无需预防或用充气靴子、弹力袜
中	10%～40%	40 岁以上、恶性肿瘤长期卧床、大面积手术、静脉曲张、肥胖、手术时间超过 30min、SAH、头外伤	用充气靴子或弹力袜,无出血患者可用小剂量肝素
高	40%～80%	DVT 或 PE 史、瘫痪、脑肿瘤	充气靴子、弹力袜,无出血者可用小剂量肝素

1. 一般处理

(1)被动活动。

(2)尽量早下床活动。

2. 器械

(1)充气加压靴子。

(2)弹力袜。

(3)腓肠肌电刺激。

(4)翻身床。

3. 抗凝

(1)完全抗凝会引发围术期并发症。

(2)小剂量抗凝:肝素 5 000U 皮下注射,每 8 小时或每 12 小时 1 次,术前 2h 即可开始,但脑、脊髓出血的危险限制了其使用。

（3）低分子量肝素。

（4）阿司匹林：预防 DVT 的作用有限。

4. 其他　术后第 1 天上午即开始联用小剂量肝素和充气靴子。

三、DVT 的诊断

1. 深静脉血栓（DVT）的临床诊断非常不可靠，有红、肿、热、痛症状的患者仅占 20％～50％，50％～60％的患者没有这些症状。

2. 轴助检查

（1）静脉造影：最可靠的诊断依据，但有创伤，有碘过敏、静脉炎的危险，不宜重复进行。

（2）B 超：敏感率 95％。

（3）阻抗体积扫描成像。

（4）核素扫描。

五、DVT 的治疗

1. 卧床，抬高患肢。

2. 如无禁忌证，开始使用肝素，同时使用华法林，5d 后可停用肝素。

3. 如患者不能用抗凝治疗，可以考虑下腔静脉干预或放置滤网。

4. 无瘫痪的患者 7～10d 后可小心下床活动。

四、肺栓塞（PE）

1. PE 的预防　肺栓塞预防的最好方法是防止深静脉血栓的发生。

2. PE 的表现　肺栓塞一般发生在术后 10～14d，文献报道发生率为 0.4％～5％。临床诊断缺乏特异性。常见：突发呼吸困难、心动过速，呼吸急促、发热、低血压、第三、第四心音，偶见"三联征"：咯血、胸痛、呼吸困难。听诊：胸膜摩擦音、啰音。休克和充血性心力衰竭的出现意味着严重生命威胁，文献报道病死率 9％～60％。

3. PE 的诊断　D-二聚体试验阴性可以排除 PE；另外，可以检查有无深静脉血栓，因为它是肺栓塞的主要来源。由于两者治疗上没有差别，DVT 确诊后即可开始治疗。

（李桂云　袁　媛）

第18章 肾功能监护技术

肾功能的评估在诊断与治疗肾病过程中具有十分重要意义,它决定治疗的方向和判断预后,肾功能分为肾小球功能和肾小管功能。

一、肾小球滤过功能监测

1. **血肌酐测定** 血肌酐(creatinine,Cr)浓度是反映肾小球滤过功能的常用指标。在外源性肌酐摄入量稳定的情况下,血肌酐浓度取决于肾小球滤过的能力。研究证实,只有当肾小球滤过率下降到正常 1/3 以上时,血肌酐才明显上升,所以该指标并非敏感指标。血肌酐正常值:$88.4\sim132.6\mu mol/L(1\sim1.5mg/dl)$,性别、肌肉容积可影响血肌酐数值。

2. **血尿素氮测定** 血尿素氮(BUN)测定是反映肾小球滤过功能的另外一个常用指标。肾小球滤过率下降到正常的 1/2 以上时,血尿素氮才会升高,故该指标亦非敏感指标。正常值:$3.2\sim7.1mmol/L$ $(8\sim20mg/dl)$,影响血尿素氮的因素很多:感染、高热、脱水、消化道出血、进食高蛋白饮食等。

3. **血尿素氮/肌酐比值(BUN/Cr)** 该指标有益于鉴别氮质血症的原因,比值增高氮质血症由肾前性因素引起;比值降低多由肾实质性疾病所致。正常值:10。

4. **肾小球滤过率(glomerular filtration rate,GFR)** 单位时间内经肾小球滤过的血浆量称为肾小球滤过率。肾小球滤过率可通过测定菊粉清除率和内生肌酐清除率等方法来进行评测。由于菊粉清除率试验操作复杂,临床上改用较为简便的内生肌酐清除率试验,也可较准确地测得肾小球滤过率。

肌酐清除率(*clearence of creatinine*)

所谓内生肌酐,是指体内组织代谢所产生的肌酐。肌酐主要经肾小球滤过而排泄,原尿中的肌酐几乎不被肾小管重吸收,肾小管也不排泌。外源性肌酐对清晨空腹时的血肌酐水平影响不大,所以可以反映肾小球滤过率。

方法如下。

(1)试验前二、三日,被试者禁食肉类,以免从食物中摄入过多的外来肌酐。其他饮食照常,要避免强烈运动或体力劳动,而只从事一般工作。

(2)从第 3 天清晨起收集 24h 的尿,合并起来计算其尿量,并测定混合尿中的肌酐浓度。取少量晨起时静脉血,测定血浆中的肌酐浓度,按下式可算出 24h 的肌酐清除率。

肌酐清除率(Ccr)=[尿肌酐(mg/L)×24 小时尿量(L)/血浆肌酐(mg/L)]

正常值:128L/24h。

5. 血 β_2-微球蛋白　血 β_2-微球蛋白正常值 1.5mg/dl,肾小球滤过率下降时,血 β_2-微球蛋白升高,可作为反映肾小球滤过功能的良好指标之一。

二、肾小管功能监测

1. 尿量　尿量测定是肾功能监测最常用的重要指标,正常人 24h 尿量 1 000~2 000ml;24h 尿量<400ml 或每小时尿量<17ml 为少尿;24h 尿量<100ml 为无尿。

2. 尿比重　生理状态下正常人尿比重为 1.015~1.025;尿比重持续在 1.010 左右,成为尿比重固定。

3. 尿渗透压　也称尿渗量,反映肾浓缩稀释功能,指单位容积尿液中溶质分子的总颗粒数,以毫渗量[mOsm/(kg·H₂O)] 为单位。正常值 600~1 000mOsm/(kg·H₂O)。

4. 血二氧化碳结合力(carbon dioxide combining power,CO_2CP)　血中碳酸氢根的浓度是以温度为 0℃、大气压为 101kPa (760mmHg)时,每 100ml 血浆中碳酸氢根所含二氧化碳的毫升数,通常用二氧化碳结合力表示。

正常值:22~31mmol/L(50~70vol%)

肾功能损害时,肾小管排泌氢离子和吸收碳酸氢根功能发生障碍,CO_2CP 降低,体内酸性代谢产物潴留而形成酸中毒。临床上用该指标反映碳酸氢钠的含量,作为判断有无代谢性酸碱平衡失调及其程度的依据。

5. 无溶质水(自由水)清除率(free water clearance,CH_2O)　定义:单位时间(1 分钟或 1 小时)从血浆中清除到尿中不含溶质的水量。正常人排出的均为含有溶质且浓缩的尿,故 CH_2O 为负值。

为了进一步说明 CH_2O 的意义,先简要说明渗透溶质分子清除率(osmolar clearance,Cosm),即 1 分钟内被肾清除了渗透分子的血浆量。其计算公式为

$$Cosm(ml/min) = \frac{U \cdot V}{P} = \frac{尿渗透分子浓度 \times 每分钟尿量}{血浆渗透分子浓度}$$

正常人禁水 8h 后晨尿 Cosm 为 2~3ml/min。

$CH_2O = V - Cosm$,即

$$CH_2O = V - \frac{U \cdot V}{P} = V \cdot (1 - \frac{U}{P}) = 每小时尿量 \times \frac{尿渗透分子浓度}{血浆渗透分子浓度}$$

渗透分子浓度常以渗透压测定表示。

正常人禁水 8h 后晨尿 CH_2O 为 -25~-120ml/h。CH_2O 可用于了解远端肾小管浓缩功能状态。急性肾小管坏死患者,CH_2O 常为正值。在其恢复过程中。可作为追踪观察肾小管恢复情况的指标。亦可用于发现移植肾早期排异等。

三、肾功能损害的定位

肾功能损害的定位见表 18-1。

表 18-1 定位肾功能检查法简表

功　能	"标准"检查法	临床常用检查法
肾血流量	对氨马尿酸盐清除率,碘锐特清除率	^{131}I 邻碘马尿酸钠
肾小球滤过功能	菊粉清除率	血尿素氮、血肌酐、内生肌酐清除率、血 β_2-微球蛋白等。核素法(^{99}锝-DTPA)
近端小管功能	肾小管对氨马尿酸最大排泄量(TmPAH) 肾小管葡萄糖最大重吸收量(TmG)	尿糖、尿氨基酸、尿 β_2-微球蛋白、尿溶菌酶、锂清除率
远端肾小管功能		尿比重,浓缩稀释试验、尿渗透压、无溶质水(Free-water)清除率
[附]肾小管酸中毒诊断试验		酸负荷试验 碱负荷试验

四、肾功能损害的分期

肾小球功能下降以滤过率降低和代谢产物潴留为主要表现,肾小管功能下降以水盐代谢紊乱为主要表现。但两者往往同时存在,不能决然分开,目前多以肾小球的功能来判断肾功能的程度。根据肾功能损害程度可分为 4 期(表 18-2)。

表 18-2 肾功能损害程度分期

分　期	Cr(μmol/L)	Ccr(ml/min)	临床表现
肾功能代偿期	133～176	50～80	无
氮质血症期	177～445	50～25	轻度贫血、夜尿增多
肾衰竭期	445～707	25～10	尿毒症症状
尿毒症晚期	>708	<10	尿毒症症状明显

（刘文虎）

第 19 章 凝血功能监测

实验室的监测指标能够为出凝血障碍的患者提供可靠的诊断依据,并可定量动态的监测病情的变化。临床上,对怀疑有出凝血障碍的患者一般先进行出血时间、凝血时间和凝血酶原时间的测定,其他实验室检查酌情进行。现将有关的实验室检查分述如下。

一、检查血管壁和血小板相互作用的试验

1. 出血时间(bleeding time,BT) 指皮肤被刺破后出血至出血自然停止所需的时间。主要反映血小板是否能够迅速黏附、聚集并形成微血栓以堵塞受损伤的血管。正常值 Duck 法:<4min,IVY 法:0.5~6min。BT 延长,表明有血管壁的严重缺陷(遗传性毛细血管扩张症)和(或)血小板数量或质量存在缺陷(血小板减少性紫癜、尿毒症等),但血友病患者的 BT 正常。

2. 毛细血管脆性试验(capillary fragility test,CFT) 又称束臂试验,用血压计袖带对上臂加压充气,使上臂毛细血管受到一定的压力并根据受压部位新出现出血点的数量判断毛细血管的脆性。正常值:男性 0~5 个,女性 0~10 个。本法简单,但特异性较差,对于一些血小板减少或功能障碍的患者也会呈阳性反应。

二、检查血小板的试验

1. 血小板计数(blood platelet count,BPC) 指单位容积的血液中血小板的含量,是临床上最常用的指标。正常值:$(100\sim300)\times10^9$/L。若低于正常值则表示血小板减少,常见于原发性和继发性血小板减少症;如果 BPC$\leqslant50\times10^9$/L,应想到大量输血或合并 DIC 的可能。

2. 血块收缩时间(clot retraction time,CRT)试验 取静脉血 1ml 置于小试管内,将其密闭并静置于 37℃的水中至血液凝固,并记录血块开始收缩到完全收缩的时间。正常值:开始收缩时间为 0.5~1h,完全收缩时间为 18~24h。若 CRT 延长表明血小板减少和(或)血小板功能障碍。

3. 血浆 β-血小板球蛋白(β-thromboglobin,β-TG)测定 当血小板被激活时,约 70%的 β-TG 由血小板内释放到血浆中。测定血浆中 β-TG 的含量可反应血小板的激活情况。正常值:11.8~50.2ng/ml。当 β-TG 大于正常值时,常提示血栓形成前期或血栓形成。

4. 血浆血小板第 4 因子(platelet factor 4,PF_4)测定 也是反映血小板被激活的指标,其临床意义与 β-TG 相同。正常值:$(2.89\pm3.2)\mu g$/L。

三、检查血液凝固机制的试验

1. 全血凝固时间（clotting time,CT）　又称凝血时间，试管法是指离体静脉血发生凝固所需要的时间，主要反映内源性凝血系统的凝血功能。正常值：5～10min。该法虽简单，但敏感性与特异性均较差。CT 延长常见于：凝血子Ⅷ、Ⅸ、Ⅺ缺乏症；血管性假血友病；严重的凝血因子Ⅱ、Ⅴ、Ⅹ和纤维蛋白原缺乏症；纤溶活动亢进；血液中有抗凝物质等。CT 缩短见于高凝状态。

2. 激活全血凝固时间（activated coagulation time,ACT）　又称硅藻土激活凝血时间，（celite activated clotting time），将惰性的硅藻土加入血液内，以加速血液的凝结过程。正常值：90～130s。该法常用于体外循环监测肝素抗凝效能的指标，并用以计算鱼精蛋白拮抗肝素的用量。

3. 白陶土部分凝血活酶时间（kaolin partial thromoplastin,KPTT）　在枸橼酸钠抗凝的血浆中，加入白陶土部分凝血活酶试剂，孵育一定时间后加入适量的钙剂，并测定血浆凝固的时间。正常值：32～42s。KPTT 延长提示内源性凝血系统的各凝血因子活性均低于 25%。KPTT 较正常对照延长 10s 以上有诊断意义，常见于凝血因子Ⅷ、Ⅸ、Ⅺ缺乏所致的血友病甲、乙、丙；DIC；纤维蛋白原严重降低等。

4. 凝血酶原时间（prothrombin time,PT）　在血浆中加入过量的组织凝血活酶和适量的钙，观察血浆凝固时间。是主要反映外源性凝血系统缺陷的筛选试验，正常值：12±1s。PT 较正常对照延长 3s 以上有诊断意义。PT 延长表示先天性凝血因子Ⅱ、Ⅴ、Ⅶ、Ⅹ的单独或联合缺乏，获得性Ⅱ、Ⅴ、Ⅶ、Ⅹ因子缺乏常见于严重肝病、DIC、阻塞性黄疸、口服抗凝药过量等。

5. 简易凝血活酶生成试验（simple thromboplastin generation test,STGT）　用以检测内源性凝血过程第一阶段的凝血因子有无缺陷。本试验较 KPTT 敏感，正常值 11～14s。

6. 血浆纤维蛋白原定量（fibrinogen,Fg）　双缩脲测定法的正常值：2～4g/L。Fg 降低见于 DIC 消耗性低凝血期及纤溶期、原发性纤维蛋白溶解症、重症肝病等。Fg 增高见于血液的高凝状态。

四、检查纤维蛋白溶解的试验

1. 凝血酶时间（thrombin time,TT）　在血浆中加入标准化的凝血酶后血浆凝固所需的时间。正常值：16～18s，比正常对照延长超过 3s 以上有诊断意义。TT 延长见于：血液 FDP 增多、血浆中肝素或肝素物质含量增高、纤维蛋白原浓度降低、DIC 等。

2. 血浆鱼精蛋白副凝固试验（plasma protamine paracoagulation test,3P test）　正常人 3P 试验为阴性。3P 试验阳性常见于 DIC 早期，但 3P 试验的假阳性率较高，必须结合临床分析其结果。

3. 优球蛋白溶解时间（euglobulin lysis test,ELT）　主要用来反映纤溶酶原激活物的活性强度，是检测纤溶系统活性的方法。正常值 90～120min。ELT≤70min，见于 DIC 继发性纤溶活性亢进、原发性纤溶症。ELT 延长见于纤溶活性降低，如血栓栓塞性疾病、抗纤溶药应用过量。

4. 血清 FDP 测定　FDP 正常值：1～6mg/L。当 FDP≥20mg/L 有诊断意义。FDP 增高见于原发性和继发性纤溶、溶栓疗法、尿毒症、血栓栓塞性疾病等。

五、抗凝血酶Ⅲ活性及抗原含量(antithrombin Ⅲ, AT-Ⅲ:C 及 AT-Ⅲ:Ag)测定

AT-Ⅲ:C 的正常值:96.6%±19.4%;AT-Ⅲ:Ag 的正常值:364.1±83.0mg/L。上述两个指标降低多见于 DIC、血栓形成、严重肝病等。

六、临床常见出血性疾病的主要凝血试验检查

见表 19-1。

表 19-1　凝血功能检查

疾　病	出血时间	血小板计数	血块收缩时间	凝血时间	凝血酶原时间	纤维蛋白原定量	凝血酶时间
Ⅱ、Ⅴ、Ⅶ因子、维生素 K 缺乏	N	N	N	N	↑	N	N
Ⅰ因子缺乏	N	N	↑	↑	↑	↓	
Ⅷ、Ⅸ、Ⅺ因子缺乏	↑	N	N	↑	N	N	N
Ⅶ因子缺乏	N	N	N	N	N	N	N
DIC	↑	↓	↑	N	↑	↓	↑
血小板减少	↑	↓	↑	N	N	N	N
血管性假血友病	↑	N	N	N	N	N	N
抗凝物质存在	N	N	N	↑	↑	N	↑

N 表示正常;↑表示升高;↓表示下降

（胥小芳）

第 20 章　内分泌功能的监护技术

教 学 目 标

熟悉并掌握凝血功能监测的方法、原理、适应证、并发症与监护要点。

内分泌系统是人体内重要的调节系统,它使人体在复杂多变的生活环境中维持物质代谢和体内环境的动态平衡。创伤、感染、麻醉与手术等均能使内分泌系统发生变化,扰乱机体的内环境。尤其是机体原有内分泌系统疾病或功能失调的患者,上述因素对机体的影响更为明显,可导致严重的生理紊乱,危及患者的生命安全。因此,加强内分泌代谢功能的监测,有利于减少患者围术期的并发症,也有助于提高危重病的诊治水平。

第一节　内分泌代谢功能监测

一、下丘脑-垂体功能监测

(一)禁水合并垂体后叶素试验

1. 原理　加压素(ADH)是由下丘脑分泌的一种激素,它具有调节血容量和渗透压的作用。正常人在限水后,ADH 分泌增加,促进肾小管对水的重吸收,使尿液浓缩,尿量减少,尿比重和渗透压升高。由于垂体性尿崩症患者缺乏 ADH,而肾性尿崩症患者的肾则对 ADH 无反应或反应减弱,因此,两者均于禁水后尿量无明显减少,尿渗透压亦无明显升高。注射垂体后叶素后,垂体性尿崩症患者尿渗透压升高,肾性尿崩症患者则无反应。

2. 方法　试验前 6h 禁水,严重多尿者可于试验日晨起禁食。试验于清晨开始,每 2 小时测定 1 次尿量及渗透浓度。当尿渗透浓度升高达顶峰时(即连续 2 次尿渗透浓度差<30mOsm/kg H_2O,抽血测定血浆渗透浓度,并皮下注射水剂垂体后叶素 5U。

3. 结果分析　①正常人和精神性多饮者,禁水后血渗透浓度变化不大,<290mOsm/kg H_2O,尿渗透浓度明显升高,可>800mOsm/kg H_2O。尿渗透浓度达高峰后,注射垂体后叶素后尿渗透浓度增加少于 5%,甚至下降。②垂体性与肾性尿崩患者,禁水后尿渗透浓度不高,可低于血浆渗透浓度。部分性尿崩症,血浆渗透浓度最高值<300mOsm/kg H_2O,注射垂体后叶素后尿渗透浓度明显上升(>10%);完全性尿崩症,血渗透浓度>300mOsm/kg H_2O,注射垂体后叶素后尿渗透浓度可达 750mOsm/kg H_2O;肾性尿崩症注射垂体后叶素后,仍无反应。

4. 注意事项　试验过程中密切观察病情,尤其是尿崩症患者禁水后仍继续排尿,可引起脱水。

(二)高渗盐水试验

1. 原理　正常人静脉注射高渗盐水后,因血浆渗透压增高,刺激下丘脑-垂体分泌足量的

ADH,使尿量迅速减少。垂体性尿崩症患者,由于缺乏 ADH,尿量不减少。

2. 方法　①试验前停止抗利尿治疗,使症状完全出现达治疗前程度;②试验前禁水 8h,次日禁食进行试验;③试验开始时按 20ml/kg 计算饮水量,于 1h 内饮完;④于饮水后 30min 排空膀胱,插导尿管,每隔 15min 留尿 1 次,测尿量并计算每分钟排尿量;⑤连续 2 次每分钟尿量超过 5ml 时,静脉注射 2.5%氯化钠注射溶液,按每分钟 0.25ml/kg 速度静脉滴注 45min;⑥于滴注 2.5%的氯化钠溶液后,每隔 15min 排空膀胱测尿量。若滴注过程中或滴注完 30min内,尿量持续不减甚至上升者,则静脉注射垂体后叶素 0.1U,继续每 15min 观察尿量共 3 次。

3. 结果分析　①正常人及精神性多饮、多尿者滴注高渗盐水 0.5～1h 后,尿量明显减少,比重上升;②尿崩症患者对高渗盐水无反应,注射垂体后叶素后,尿量明显减少,比重升高;③肾性尿崩症患者,注射高渗盐水及垂体后叶素后,尿量不减,比重也不上升。

(三)促甲状腺素释放激素(TRH)兴奋试验

1. 原理　TRH 是下丘脑分泌的三肽激素,它可促进腺垂体合成和释放促甲状腺激素(TSH),后者促进甲状腺分泌 T_3、T_4。当血液中甲状腺素升高时,反馈抑制 TSH 的分泌,并阻断 TSH 对 TRH 的反应。注射人工合成的 TRH,使 TSH 升高,借以了解垂体 TSH 储备能力。

2. 方法　试验不必禁食,先抽血测 TSH 作对照值。用标准计量的 TRH 200～500μg 溶于生理盐水 2～4ml 快速静脉注射,于注射后 30、60、120min 分别抽血,测定血清 TSH。

3. 结果分析　①正常范围:30min:男性 3.5～15.5mU/L,女性 6.5～20.5mU/L;60min:男性 2.0～11.5mU/L,女性 4.0～5.5mU/L;注射 TRH 后,TSH 高峰出现在 20～30min,1～4h 后 T_3 和 T_4 增加,T_3 较基础值增加 70%,T_4 增加 15%～50%。②甲状腺功能亢进症患者,注射 TRH 后血清 TSH 浓度不升高。③原发性甲状腺功能减退症患者,TSH 的基础值比正常值高,注射 TRH 后 TSH 升高更明显,可大于 30mU/L。④继发性甲状腺功能减退症患者,TSH 的基础值较低,多数不能测定,注射 TRH 后无明显反应。⑤判断垂体 TSH 储备能力,垂体瘤、席汉综合征、肢端肥大症后期等患者,部分 TSH 不足,对 TRH 反应低或无反应。

(四)血浆 ACTH 浓度测定

1. 标本采集与测定方法　用塑料注射器于上午 8 时采血 4ml,并加 EDTA 抗凝立即送实验室。测定方法为放射免疫法。

2. 正常值范围　ACTH 的峰值在上午 6～8 时,最低值在晚上 6～11 时。试剂不同其测定结果略有差异。Bessem 报道正常值为 12～60pmol/L,Broughton 报道为 5～90pmol/L,国内报道大多在 100pmol/L 以下。午夜通常不能测得或低于 10pmol/L。

3. ACTH 升高　见于:①原发性肾上腺皮质功能减退症;②先天性肾上腺皮质增生;③异位 ACTH 分泌综合征;④下丘脑-垂体功能紊乱;⑤家族性艾迪生病;⑥严重应激反应,如创伤、大手术、低血糖、休克等;⑦麻醉药物:氟烷、羟丁酸钠、氯胺酮。

4. ACTH 降低　见于:①腺垂体功能减退症:各种原因引起的腺垂体功能减退或丧失,如垂体瘤、鞍旁肿瘤、席汉综合征、垂体手术后;②原发性肾上腺皮质功能亢进症:由肾上腺肿瘤本身所致,如库欣病;③长期大剂量使用糖皮质激素。

二、下丘脑－垂体－肾上腺皮质功能检测

(一)ACTH 兴奋试验

1. 原理　ACTH 可促进肾上腺皮质分泌皮质醇。应用一定量的外源性 ACTH 后,观察血浆皮质醇的变化,以了解肾上腺皮质的功能状态,并鉴别肾上腺皮质功能减退症的性质。

2. 方法　①试验前收集 24h 尿,测定 17-羟皮质类固醇(17-OHCS)、尿游离皮质醇,取血测定血浆总皮质醇和嗜酸性粒细胞计数作对照值;②试验上午 8 时起静脉滴注 ACTH 水剂 25U(加入 5% 葡萄糖 500ml 中)维持 8h,连续用 2d,并收集 24h 尿共 3d,测定项目同上。

3. 正常范围　肾上腺皮质功能正常者,用 ACTH 兴奋第 1 天,兴奋值较对照值增加 1~2 倍,第 2 天增加 2~3 倍。

4. 临床意义　①原发性肾上腺皮质功能减退症,对照值的 17-OHCS 和尿游离皮质醇或血浆游离皮质醇无明显增加,滴注 ACTH 后,17-OHCS 排泄不增加,血浆总皮质醇或尿游离皮质醇无明显增加或仅有轻微上升,嗜酸性粒细胞计数也无明显下降;②继发于垂体病变的肾上腺皮质功能减退症,对照值的 17-OHCS 降低,嗜酸性粒细胞计数高于正常,兴奋后反应情况可视病情轻重不同,病情轻者反应正常,病情重者无反应,病情处于两者之间者反映延迟;③皮质醇增多症病因不同反应各异:双侧肾上腺增生者反映明显高于正常人,腺瘤、癌肿和异位 ACTH 分泌综合征多数无反应。

(二)小剂量地塞米松抑制试验

1. 原理　地塞米松强烈抑制下丘脑分泌促肾上腺皮质激素释放激素(CRH)和垂体产生 ACTH。正常情况下,应用地塞米松后,抑制了 CRH 和 ACTH,血中皮质醇和尿中的 17-OHCS 含量下降,而皮质醇增多症者上述指标则无明显下降。

2. 方法　①试验前留 24h 尿,测 17-OHCS 或抽血测皮质醇浓度以作对照;②服地塞米松 2mg(每 6h 0.5mg,或每 8h 0.75mg),连服 2d,服药后第 2 天复测尿 17-OHCS 或抽血测皮质醇。

3. 结果分析　①正常人或单纯性肥胖者,服地塞米松后,17-OHCS 或血皮质醇均比对照值下降 50% 以上;②皮质醇增多症患者抑制后,血皮质醇仍在 110nmol/L 以上或比对照值下降不足 50% 甲状腺功能亢进患者抑制率不如正常人显著。

(三)大剂量地塞米松抑制试验

1. 原理　同小剂量地塞米松抑制试验,主要用于进一步鉴别肾上腺功能亢进的性质。

2. 方法　①服地塞米松每次 2mg,每 6 小时 1 次,连服 2d;②收集服药前、服药时及服药后各 2d 的尿,测 17-OHCS、17-酮皮质类固醇(17-KS)、血浆总皮质醇和尿游离皮质醇。

3. 结果分析　①若抑制率>50%,提示双侧肾上腺皮质增生;②若抑制率<50%,提示右肾上腺皮质肿瘤的可能;③异位 ACTH 分泌综合征所致的库欣病亦不被抑制。

(四)血浆皮质醇测定

皮质醇(cortisol)由肾上腺皮质分泌,在血中与糖皮质激素结合球蛋白结合,少量与白蛋白结合。皮质醇分泌有明显的昼夜节律变化,上午 8 时左右分泌最高,以后逐渐下降,午夜零点最低。

1. 方法 可在上午 8 时、下午 3～4 时和午夜零点分别取血测定,取血 1.5ml,加肝素抗凝送检。测定方法有放射免疫法、蛋白结合竞争法、荧光测定法等。

2. 正常范围 国内各医院测定的正常值差异较大,国内正常参考值如下:上午 8 时:442±276nmol/L,下午 3～4 时:221±166nmol/L。

3. 结果分析 皮质醇升高见于:①皮质醇增多症;②高皮质类醇结合球蛋白(CBG)血症;③肾上腺癌;④垂体 ACTH 瘤和异位 ACTH 综合征;⑤应激反应;⑥其他:肝硬化、前列腺癌、妊娠等。皮质醇降低见于:①原发性或继发性肾上腺皮质功能减退症;②家族性 CBG 缺陷症;③graves 病;④药物:如苯妥英钠、水杨酸钠、中枢性降压药、镇静药等;⑤其他:严重肝疾病、肾病综合征、低蛋白血症等。

三、肾上腺髓质功能检测

(一)儿茶酚胺测定

1. 原理 脑部和交感神经元分泌去甲肾上腺素,而肾上腺髓质分泌肾上腺素。测定去甲肾上腺素和肾上腺素的含量,对判断交感神经功能状态的特征有重要意义,尿中儿茶酚胺排量变化可反应肾上腺髓质分泌功能。

2. 方法 血儿茶酚胺测定用高效液相色谱法测定。尿儿茶酚胺测定:经化学处理后用荧光比色法或液相色谱法测定。

3. 正常参考值 ①血浆去甲肾上腺素:615～3 240pmol/L;②血浆肾上腺素<480nmol/L;③尿儿茶酚胺总量<1 655nmol/24h;④尿去甲肾上腺素:0～590nmol/24h;⑤尿肾上腺素:0～821 655nmol/L。

4. 结果分析 血及尿儿茶酚胺含量增高见于应激反应、嗜铬细胞瘤和高血压。嗜铬细胞瘤患者,血浆肾上腺素常高于 546pmol/L。

(二)尿 3-甲氧基-4 羟基苦杏仁酸(VMA)

1. 原理 VMA 是去甲肾上腺素的代谢产物,尿中 VMA 改变可推测血中去甲肾上腺素及肾上腺素的变化,协助判断交感神经功能状态的特征。

2. 结果分析 正常值为 5.0～45.4μmol/24h 尿。嗜铬细胞瘤患者显著超过此值,常在 50.5～1 262.5μmol/24h 尿,原发性高血压患者排量与正常人相似,应激情况下可以增高。

四、甲状腺功能检测

(一)血清总 T_4(TT_4)的测定

1. 测定方法为放射免疫法。

2. 正常值各家医院测定的正常值略有不同。国内多数报道为 60～180nmol/L。

3. TT_4 升高的常见疾病 ①甲状腺功能减退症,较正常升高 2～3 倍;②甲状腺以外的疾病:如全身感染、心肌梗死、心律失常、充血性心力衰竭、支气管哮喘、肝疾病、肾衰竭、脑血管意外等,均可使 TT_4 升高,而 TT_3 正常或偏低;③药物:如胺碘酮、造影剂、β 受体阻滞药、雌激素等。

4. TT_4 降低的常见疾病 ①甲状腺功能减退症;②甲状腺功能亢进治疗过程中;③危重患者:危重患者 TT_4 降低越明显,病死率越高。

(二)血清总 T_3(TT_3)放射免疫测定

1. 国内以放射免疫法测定的正常人一般在 1.2~3.4nmol/L,平均为 2.15nmol/L。

2. TT_3 升高主要见于甲状腺功能亢进,这种指标对诊断甲状腺功能亢进最为敏感。

3. TT_3 降低见于:①甲状腺功能减退症;②慢性肾衰竭;③肝硬化;④心肌梗死;⑤糖尿病;⑥其他:肺炎、支气管、肺梗死、严重应激、饥饿、应用糖皮质激素等。

五、胰腺功能监测

(一)口服葡萄糖耐量试验

1. 原理　胰岛 B 细胞主要受血糖浓度的调节,临床上利用高血糖刺激、低血糖抑制的原理,口服一定量葡萄糖后,通过观察不同时相的血糖水平及其上升和下降的速度,以了解机体对葡萄糖的利用和耐受情况。

2. 方法　①试验前 3d 保证足够的糖类摄入量,试验前 1d 晚餐后禁食;②溶葡萄糖 75g 于 250ml 水中(儿童按 1.75g/kg 计,每 g 溶于 2.5ml 水中),一次服下;③服葡萄糖前及服后 1h、2h、3h 分别取血测定血糖,并同时做尿糖定性。

3. 结果　①正常空腹血糖低于 6.67mmol/L,服葡萄糖后 1h<9.52mmol/L,2h 内恢复正常(7.28mmol/L 以下),3h 可降至正常以下,尿糖为阴性;②糖耐量降低:空腹血糖<7.84mmol/L,1h 后血糖高峰超过 10mmol/L,2h 后血糖仍在 7.28 以上;③糖尿病患者:空腹血糖高于 7.84mmol/L 或更高,同时尿糖呈阳性。

(二)静脉葡萄糖耐量试验

1. 原理　同口服葡萄糖耐量试验。

2. 方法　①试验前准备同口服葡萄糖耐量试验;②静脉注射 50% 葡萄糖(0.5g/kg),在 3~5min 注完,若系静脉滴注,时间不超过 30min;③于静脉注射或静脉滴注葡萄糖前和注射之后的 0.5、1、2、3h 分别取血测血糖,并同时做尿糖定性。

3. 结果分析　①正常人:血糖高峰出现在注射完毕时,0.5h 血糖在 11.10~13.88mmol/L,2h 内降到正常范围;②若 2h 血糖仍>7.77mmol/L 者为异常。

(三)葡糖糖-胰岛素释放试验

1. 原理　口服葡萄糖可兴奋胰岛 B 细胞分泌胰岛素,反映 B 细胞的功能状态。

2. 方法　在检测空腹及服糖后 0.5、1、2、3h 分别取血测血糖,并同时做尿糖定性。

3. 结果分析　正常人空腹血浆胰岛素为 5~25mU/L,服糖后迅速升高,在 0.5~1h 可增高 7~10 倍,3h 后基本降至空腹水平,1 型糖尿病患者空腹胰岛素低于正常或不能测得,服糖后无释放高峰;2 型糖尿病患者空腹胰岛素水平可降低、正常或稍低,服糖后胰岛素释放高峰延迟,多出现在 2~3h。

第二节　内分泌代谢功能的监测在围术期的应用

一、腺垂体功能减退危象

腺垂体功能减退危象(hypopituitary crisis)是指在原有的腺垂体功能减退的基础上,由于各种应激情况使病情加剧而发生危象。引起腺垂体危象的诱因有:各种感染、手术、创伤、神经刺激、过度劳累、严重腹泻或失水、随意终止激素替代治疗等。腺垂体功能减退危象主要是由于血中皮质醇水平和甲状腺激素水平低下引起。

(一)临床表现

主要临床表现为：①高热及休克；②低血糖性昏迷；③低温性昏迷；④水中毒性昏迷；⑤失钠性昏迷；⑥镇静、麻醉药导致昏迷。

(二)监测

1. 糖代谢　空腹血糖降低。

2. 电解质及水代谢　血清钠、氯偏低。

3. 内分泌功能测定　ACTH 等垂体激素以及靶激素(T_3、T_4 皮质激素等)水平可降低。

根据病情还可选择如下试验：TRH 兴奋试验、甲吡酮试验、禁水合并垂体后叶素试验、高渗盐水试验等。

二、甲状腺功能亢进危象

甲状腺功能亢进危象(hyperthyoidism crisis)是指甲状腺功能亢进患者长期未经治疗或治疗不当，或在未控制病情时遇到某种应激情况，致甲状腺素合成和分泌加速，释放血过多，引起高热、失水、衰竭、休克、昏迷等危重状况。如未及时抢救，可危及生命。甲状腺功能亢进危象诱因主要有感染、甲状腺本身其他部位手术(尤其是在未用抗甲状腺药物准备，或准备不充分的情况下进行手术)、麻醉、分娩、劳累、严重精神创伤、放射性碘治疗、心肌梗死、心力衰竭等。

(一)临床表现

1. 危象前期　原有甲状腺功能亢进症状加重，发热(可达 39℃ 以上)，心率可在 120～159/min，烦躁，食欲减退，恶心，呕吐，腹泻，体重进一步减轻。

2. 危象期　主要表现为：①极度烦躁不安，谵妄，嗜睡，甚至昏迷；②高热 39℃ 以上，大汗淋漓，皮肤潮红，可出现脱水，皮肤苍白，休克；③心率＞160/min，可出现心率失常或心力衰竭；④消化道症状进一步加重，肝功能异常或黄疸。

(二)监测

1. 血清总 T_3，总 T_4，游离 T_3，游离 T_4 均显著升高，尤以后两者升高显著。

2. 血象、电解质、血气分析、肝肾功能检查。

三、急性肾上腺危象

急性肾上腺危象是指各种应激状态下肾上腺皮质发生急性功能衰竭时所产生的危象综合征。临床上以恶心、呕吐、严重低血压、脱水、休克、乃至高热、惊厥、昏迷等为特征。其病因有：急性肾上腺皮质出血、双肾上腺切除术、慢性肾上腺皮质功能减退、长期应用糖皮质激素治疗的某些疾病。

(一)临床表现

1. 循环系统　血压下降、虚脱、休克。

2. 消化系统　厌食、恶心、呕吐、腹痛、腹泻。

3. 神经系统　软弱无力、烦躁不安、嗜睡、昏迷。

4. 全身症状　脱水、少尿、高热、有时体温低于正常；由急性感染、外伤、手术诱发者，多在数小时或 1～2d 发病,突然高热、休克、昏迷。

(二)监测

1. 血象　白细胞总数和中性粒细胞百分数可升高,特别是嗜酸性粒细胞计数升高显著,可达 $0.35 \times 10^9/L$,为本病的特征性表现。

2. 肾上腺皮质功能测定　血浆皮质醇水平降低;24h 尿 17-羟皮质类固醇、17-酮类固醇和尿游离皮质醇含量低;血浆 ACTH 水平显著升高;ACTH 兴奋试验;血浆皮质醇水平和 17-羟皮质类固醇均升高。

(刘　方)

第四篇

器官功能支持与保护

第21章 心肺脑复苏

一、基 本 概 念

心肺复苏术(cardiopulmonary resuscitation,CPR)是指对心脏停搏的患者,利用人工的方法来维持循环和呼吸,目的是恢复患者的心跳、呼吸和神志。近年来,心肺复苏过程中越来越重视脑复苏,强调保持脑功能的重要性。

脑组织在缺血、缺氧 4~6min 后开始受损,超过 10min 没有接受任何急救会造成不可逆的脑损伤。所以必须及时有效的抢救,在心跳停止 4min 内实施初级心肺复苏术,直至心跳、呼吸和神志全部恢复。

二、心脏停搏的原因

1. **心血管疾病**

(1)冠状动脉粥样硬化性心脏病:如心肌梗死、急性心肌缺血;非粥样硬化性冠状动脉病如冠状动脉口狭窄、冠状动脉口栓塞;主动脉疾病如夹层动脉瘤、主动脉粥样硬化动脉瘤;心内膜疾病如感染性心内膜炎、心瓣膜病;心脏肿瘤如心房黏液瘤、心脏转移性肿瘤;以及心包疾病;肺动脉栓塞;心脏传导系统疾病等。

(2)心脏手术后心脏停搏,包括:①严重的电解质紊乱和酸碱失衡;②缺氧;③低温;④各种原因引起的血压骤降;⑤心脏压塞;⑥人工瓣膜障碍时。

2. **非心脏血管疾病** ①意外事件;②各种原因引起的中毒;③各种原因所致的严重休克;④药物所致的恶性心律失常;⑤严重电解质紊乱及酸碱失衡。

3. **手术麻醉意外** 20 岁以上者多见。原有心脏病患者,麻醉意外发生的心脏停搏是无心脏病患者的 5 倍。

三、诊 断

1. 意识突然丧失,或伴有短阵的抽搐以后意识丧失,多在心脏停搏后 10~20s 出现。

2. 大动脉搏动消失(颈动脉、股动脉、桡动脉、肱动脉),血压测不到(立即出现)。

3. 心音消失、自主呼吸停止(立即出现)。

4. 心脏停搏时心电监测或心电图显示多为心室纤颤或心室扑动。

5. 呼吸骤停或呼吸由抽泣样逐渐减慢继而停止(即刻或延长 60s 后停止)。

6. 瞳孔散大,对光反射消失,在心脏停搏 30～40s 后出现。如用较大剂量的镇痛药物,瞳孔可不散大。

7. 发绀,面色由苍白迅速转变呈发绀。

上述 7 点,以 1、2 两点最重要,凭这 2 个特征,即可判断心搏已骤停,并立即开始初级心肺复苏(基础生命支持,BLS);高级心肺复苏(高级生命支持,ALS);复苏后生命支持。以免丧失或延误抢救时机。

四、心搏骤停后重要脏器对无氧缺血的耐受力和细胞损伤的进程

人体重要脏器对缺氧敏感的顺序为脑、心、肾、肝。正常体温时,脑组织各部分的无氧缺血耐受力不同,大脑为 4～6min,小脑 0～15min,延髓 20～30min,脊髓 45min,交感神经节60min。心肌和肾小管细胞不可逆的无氧缺血损伤阈值约 30min。肝细胞可支持无氧缺血状态 1～2h。肺组织由于氧可以从肺泡弥散至肺循环血液中,所以肺能维持较长一些时间的代谢。

心搏骤停后,如立即采取抢救措施,使组织灌流量能维持在正常血供的 25%～30%。大多数组织细胞和器官,包括神经细胞均能通过低氧葡萄糖分解,获得最低需要量的三磷腺苷(ATP)。心脏搏动的恢复性很大,脑功能不会受到永久性损伤。如血供量只达 15%～25%,组织细胞的葡萄糖供应受到限制,氧亦缺乏,ATP 的合成受到严重影响,含量降低。如心脏搏动未恢复,组织灌流量亦未能增加,ATP 就会耗竭,正常细胞的内在环境稳定性即被严重破坏。如组织灌流量在心搏骤停后,只维持在正常血供的 10% 以下,ATP 迅速耗竭,合成和分解代谢全部停顿。此时蛋白质和细胞膜变性,线粒体和细胞核破裂,胞质空泡化,最后溶酶体大量释出,细胞发生坏死。

脑组织在人体器官中最易受缺血的伤害。这是由于它的高代谢率、高氧耗量和对高血流量的要求。整个脑组织重量占体重的 2%,静息状态时,需求的氧占人体总摄取量的 20%,要求的血流占心排血量的 15%。心搏骤停后引起的无氧性缺血,脑组织中的 ATP 含量即减少90%。因此,心搏停止后最早出现的症状之一是深昏迷。初级心肺复苏的主要目的是提供脑组织最低的血流。

五、心肺复苏术

心肺复苏可分为 3 个阶段:初级心肺复苏(基本生命支持)、高级心肺复苏(高级生命支持)和三期复苏后处理。

心搏骤停治疗的主要措施是尽快现场进行心肺复苏;除颤。心搏骤停的抢救强调时间性。心搏呼吸骤停后 4min 内开始正确的心肺复苏,8min 内开始高级生命支持者,患者生存希望大。CPR 每延迟 1min,生存率将下降 7%～10%。

(一)初级心肺复苏(基本生命支持 basic life support,BLS)

近年来,美国心脏病协会提出生存链的概念,生存链包括 4 个早期:早期识别并启动急救医疗服务系统(EMS);早期 CPR;早期除颤;早期实施高级生命支持和复苏后的处理。初级心肺复苏的主要目的是对心、脑、肺等生命器官保持提供最低限度的供血、供氧,以使后继的进一步生命支持收到最大的效果。

按照正规训练的 CPR 手法,可以提供正常血供的 25%～30%。BLS 的顺序如下。

①评价患者反应:急救者在患者身旁迅速判断患者有无反应、有无损伤。可采取摇动或轻拍患者,同时大声呼叫:"您怎么了?"。

②启动 EMS:急救者发现患者无反应,迅速呼叫,让其他医务人员推来除颤器和抢救车共同参与抢救。

③迅速实施 CPR 中的 A、B、C 3 个步骤,即保持气道通畅(airway)、建立人工呼吸(breathing)及人工循环(circulation)。

CPR 手法如下。

1. 开放气道

(1)患者的体位。患者平卧在平地或硬板上。如患者面部朝下时,应把患者整体翻转而不使其扭曲,即头、颈、肩、躯干保持在同一轴面上。原则上应尽量就地实施抢救,而不是先搬动患者。

(2)开放气道。立即保持气道通畅,常使用仰头-抬颏法,其目的是使患者的口腔轴与咽喉轴约成一直线,防止舌后坠阻塞气道口和方便气管插管。操作者一般站在患者右侧,用左手置于患者前额上,手掌用力向后压,右手手指放在患者下颌骨下缘,将颏部向上、前抬起,这样就完成了仰头-抬颏法(图 21-1)。

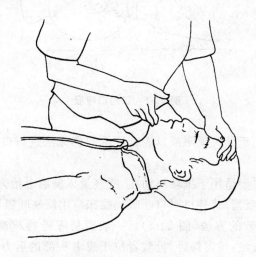

图 21-1 仰头-抬颏法

对疑有颈外伤者采用托颌而不仰头的方法,即用双手将患者两侧下颌角托起,同时小心地保持头部不向后仰或由一侧转向另一侧。

(3)清除气道及口内异物。对气道内有异物阻塞者可采用膈下腹部猛压手法,适用于成年人和儿童。抢救者一手的掌根放在患者的脐部稍上正中线,远离剑突尖下部位,另一只手直接放在第一只手上,快速向上猛压患者腹部。其目的是迫使肺部排出足量的空气,形成人工咳嗽,排除气道内的堵塞物。

2. 人工呼吸 使用人工方法借外力来推动肺膈肌或胸廓的活动。使气体被动地进入或排出肺脏,以保证机体的氧供和二氧化碳的排出。用口对口、口对鼻、口对口鼻或口对气囊面罩等方法实施。

(1)评估呼吸。在开放气道的同时,将耳贴近患者的口鼻附近,观察胸部有无起伏的动作,以面部感觉呼吸道有无气体排出,仔细听有无气流通过的声音。判断时间不超过 10s。

(2)进行有效的人工呼吸。

①口对口呼吸。在保持呼吸道通畅和患者口部张开的状况下进行。人工呼吸时,捏紧患者的鼻孔,防止吹入的气逸出(图 21-2)。抢救人员用自己的双唇包绕封住患者的口外部,形成不透气的密闭状态。然后以中等力量,用 1~1.5s 的速度吹入气体。同时观察患者的胸腔是否被吹起。一般所需气体容量为 800ml 左右,不宜超过 1 200ml。吹气后,抢救人员即抬起头,侧过一边,再做一次深呼吸,等待下一次吹气。

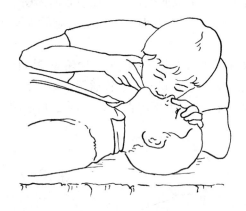

图 21-2　口对口呼吸

②口对鼻呼吸。适用于牙关紧闭或口腔有严重损伤无法进行口对口呼吸时,可以使用口对鼻呼吸。

③口对口鼻呼吸。主要适用于抢救婴幼儿,吹气量以胸廓上抬为准。

④口对气囊(简易呼吸器)代替口对口呼吸。临床应用简易呼吸器人工呼吸的方法是解决患者氧供最简单、快速有效的方法(图 21-3)。一般简易呼吸器球囊充气容量约为 1 500ml。简易呼吸器人工呼吸的方法:患者仰卧,抢救者位于患者头部的后方,一手将患者头向后仰并托牢下颏使其朝上,以保持气道通畅,将面罩扣住患者口鼻部,并用拇指和示指按住,使面罩紧扣于面部。另一手挤压气囊将气体送入肺内,使胸廓扩张。抢救者应注意观察胸部起伏情况,以确定人工呼吸的效果。对于无需胸外按压的人工通气(有脉搏而无呼吸者),成年人 10~12/min(5~6s 吹气 1 次),儿童及婴儿 12~20/min(3~5s 吹气 1 次)。简易呼吸器连接氧气,氧流量 10L/min。

3. 人工循环

(1)评估。专业抢救人员在完成 2 次人工呼吸后检查有无循环征象(检查有无脉搏),检查脉搏时间不超过 10s。非专业抢救者在进行 2 次人工呼吸后,不需判断有无脉搏,即可进行胸外按压。

(2)胸外按压。有效的按压是 CPR 提供血流的基础。

胸外按压技术:迅速将患者仰卧于坚硬的平面上,快速测定按压部位,将一手掌根部施压患者胸骨中下 1/3(离胸骨下缘二指处)交界处,另一手掌根部重叠放于其手背上,十指相扣,

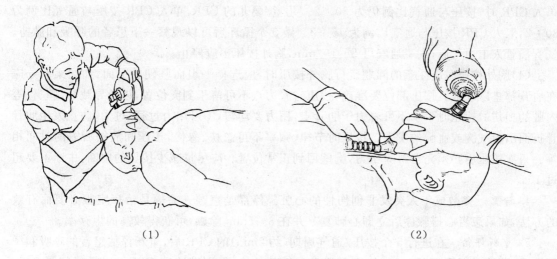

(1)   (2)

图 21-3 简易呼吸器人工呼吸

掌心翘起,手指离开胸壁,双臂伸直,上半身前倾,肩部应在患者胸部上方,肘关节固定不动,用肩部及肩膀的力量,垂直向下有节奏的按压(图 21-4)。按压深度使胸骨下陷 4~5cm,儿童 2.5cm,婴儿 1.5cm,新生儿 1~1.5cm。按压频率>100/min。按压不能间断、要有规律地进行,手掌抬起时不能离开胸骨。按压与放松的时间相等,放松时保证胸壁完全复位。儿童可使用单手掌根法,按压部位在胸骨中下 1/2 的位置;1 岁以内婴儿可采取 2 指法或双手环抱法,双拇指垂直下压,按压部位在胸骨中 1/2 的位置及两乳头连线正中下 1 横指处,按压频率 100~120/min。

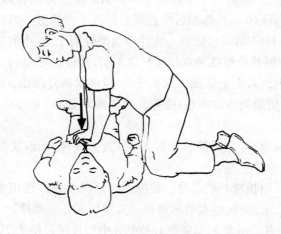

图 21-4 心外按压

(3)胸内按压技术。如胸外心脏按压无效,应立即床旁开胸行胸内心脏按压。按压者将心脏握在手掌中,以右手拇指和鱼际贴于心脏前壁,4 个手指放在心脏后壁,由心尖部向心底部按压。也可将左手放在右心室面,右手放在左心室面,两手同时向室间隔有节奏的挤压。

按压通气比例:成年人双人 CPR 时一人行胸外按压,另一人行人工呼吸,比例为 30∶2。

单人 CPR 时,按压与通气比例仍为 30∶2。儿童/婴儿的 CPR,单人 CPR 按压与通气比例为 30∶2,双人 CPR 按压与通气比例为 15∶2。做 5 个循环后可以观察一下患者的呼吸和脉搏。气管插管人工通气后,人工通气可 8～10/min,胸外按压不应停止。

(4)胸外按压时应注意的问题。行胸外按压时,应选择平坦而坚硬的平面,如在柔软处应在肩背部垫以硬板。按压部位要准确,按压时着力点不可落于剑突位置,以免导致肝、脾、胃等内脏的损伤。按压时手掌不可着力于肋骨上,用力要均匀,不可用力过猛、过大,防止发生肋骨骨折而引起气胸或血胸的发生。按压时节律、频率不可忽快、忽慢,按压和放松所需的时间相等。每次按压后必须完全解除压力,胸壁回到正常位置。应尽量减少按压的中断,中断不要超过 10s。

4. 除颤　多数成年人突发非创伤性的心脏骤停都是室颤。除颤是治疗室颤必要而有效的方法,如果患者心搏骤停后立即心肺复苏并在 3～5min 除颤,可获得较高的生存率。

5. 重新评估　在进行 5 个按压/通气周期(约 2min)的 CPR 后,重新评估患者的呼吸和循环情况,评估时间不超过 10s。如仍无呼吸和循环的体征,则继续行 CPR。以后每间隔 2min 评估有无呼吸和循环的体征。

(二)高级心肺复苏(高级生命支持 advanced life support,ALS)

ALS 应尽可能早开始,如人力足够,BLS 与 ALS 应同时分组进行,可取得较高的疗效。ALS 包括运用辅助设备和特殊技术,包括除颤、建立人工气道、建立静脉通道以及使用各种抢救药物、循环辅助装置等。

1. 除颤　迅速除颤是使室颤患者存活的主要决定性因素。院外急救可使用自动体外除颤器,该仪器可自动分析心律失常,识别室颤,使操作更加简便。

(1)胸外电击除颤:除颤器电极板涂以导电糊或生理盐水。将 2 个电极板分别置于胸部左右两侧,或将一电极置于心尖部,另一电极置于胸骨柄右缘。对装有体内起搏器的患者,避免将电极板放置在仪器附近(10cm),除颤后应监测起搏器工作状态。最初胸外双相波除颤成年人用电量为 150～200J(150J 的双相波第一次除颤效果等同于 200J 的单相波除颤),单相波除颤用电量为 360J。如除颤器单相波和双相波标注不明,则设定为 200J。用力按压电极板并用拇指压下电钮,立即放电。若电击除颤一次不成功,应继续胸外按压,可反复除颤。

(2)胸内电击除颤:使用胸内除颤板,除颤板涂以生理盐水,置心脏左右两侧并加紧心脏,成年人充电为 20～40J。

(3)如室性颤动为细颤,应立即静脉注射 0.1‰肾上腺素 1mg,使细颤变成粗颤后电击除颤,有可能收效。

(4)心室停搏者可采用快速心脏起搏。根据不同情况及条件选用非创伤性经皮胸部电极贴敷法起搏、经静脉右心室起搏、经食管起搏或经皮穿刺入心室起搏。

2. 辅助呼吸　在初级心肺复苏和高级心肺复苏中均应尽早给予 100%的纯氧吸入。

(1)无创辅助呼吸装置。包括口咽通气道、鼻咽通气道、球囊面罩(简易呼吸器)等。

(2)有创辅助呼吸装置。气管内插管、食管-气管联合插管、喉罩通气管等。

实施气管内插管需中断胸外按压。一旦气管插管建立,通气时则不需要中断胸外按压。因此,救生者应充分考虑气管内插管和有效胸外按压的风险与效益。对初始 CPR 和除颤无反应或自主循环已恢复但呼吸未恢复的患者,应考虑气管内插管。插入的气管插管要适合患者,管壁外必须有气囊。插入气管后,立即连接呼吸机,将气囊充气(避免漏气和防止呕吐物流入气管),同时观察呼吸机送气时胸廓起伏状况,肺部听诊确认气管插管的位置。呼吸机每分钟通气 8~10 次。成年人插管深度应距门齿 19~23cm。气管插管的型号是成年男子宜用8.0~8.5mm 内径,成年女子用 7.5~8.0mm 内径。接口器应为标准的 15mm/22mm。

3. 药物治疗 在行心脏骤停的急救中,初级心肺复苏、除颤和保持气道通畅是极其重要的,药物治疗放在以上处理之后。

建立静脉通道,给予药物治疗。经 BLS 和 ALS 的最初措施自体循环得以恢复,需用药物纠正和协调体内器官的功能和相互间的平衡,并可避免再灌流的损伤。如住院患者,在心搏骤停前已有静脉通路,可在初级心肺复苏的同时给予药物,有利于复苏的成功。

(1)给药途径。快速给药途径有:静脉、气管内和骨髓内。

建立静脉通路时应建立两条通路(周围静脉和中心静脉通路),中心静脉可选择颈内静脉、锁骨下静脉和股静脉。

如静脉通路不能建立,一些复苏药物可经气管插管内给药。气管内给药有局限性,能经气管插管内给的药有 3 种:阿托品、利多卡因和肾上腺素。经气管内给药的剂量要比静脉用药的剂量高 2~2.5 倍。

(2)复苏的常用药物。

①肾上腺素:为肾上腺能 α 受体和 β 受体的兴奋药。心搏骤停后,肾上腺素是首选经静脉注射(或稀释后由气管内注入)的药物。它有助于增加心肌和脑组织的血流量,并可以改变细室性颤动为粗室性颤动,利于电除颤。无论是室性颤动,心室停搏或心电-机械分离,均适用。成年人用量为 1mg,静脉注射,每 3~5min 后可反复多次用药,直至心搏复跳后停用。

②血管加压素:血管加压素系非儿茶酚胺类血管收缩药,可作为肾上腺素的替代品。无脉搏心脏骤停治疗时,可单次应用加压素 40U,静脉或骨内注入。

③阿托品:用于心动过缓和房室传导阻滞。用量为 1mg,静脉或经气管注入,5min 后可重复使用。

④胺碘酮:用于除颤和应用肾上腺素后不成功的室颤或无脉搏的室速,首选胺碘酮改善电除颤效果。常用量 75mg 稀释于 5%葡萄糖液 50ml 中,缓慢静脉注射。

⑤利多卡因:作为胺碘酮的替代用药。利多卡因可控制室性期前收缩和血流动力学稳定的室性心动过速。成年人常用 50~100mg/次静脉注射,儿童每次 1~2mg/kg。心脏复苏后可用 2∶1 或 8∶1(利多卡因 100~400mg 置入 50ml 液体内)泵入,5~10ml/h。

⑥多巴胺:兼有 α 受体、β 受体和多巴胺受体的刺激作用。用于自主循环恢复后顽固性低血压。常用剂量为 10~20mg 静脉推注,或用微量泵输入 5~20μg/(kg·min),心脏复苏后根据血压进行调整。

⑦碳酸氢钠:酸中毒可致心肌收缩力下降,心排血量下降及血管对儿茶酚胺的反应性下降。近年来,碱性药物已不作为常规用药,只有当心脏骤停的原因是原有代谢性酸中毒、高钾血症、三环类抗抑郁药或苯巴比妥药物过量和长时间心脏骤停、长时间复苏时应用。使用前,应根据血气结果代谢性酸中毒的程度决定用碳酸氢钠的剂量。

⑧硝酸甘油:用于急性冠状动脉综合征、高血压急症及与心肌梗死有关的心力衰竭。主要为降低心脏前负荷的同时也降低周围血管阻力,因此也适当减小心脏的后负荷,左心室充盈压下降,改善心排血量。心肌氧需求量降低,而冠状动脉灌注增加,从而改善心脏功能。用微量泵输入 0.2~0.5μg/(kg·min)。硝酸甘油可引起低血压和头痛等并发症。

⑨利尿药:用呋塞米治疗肺水肿和脑水肿。同时速尿亦可通过血管扩张作用,降低心脏前负荷。对心脏的作用在静脉用药后 5min 即可开始,而利尿作用则约 20min 后开始。静脉注入每次 10~40mg,如无效,15min 后可加大剂量再次静脉注入。

4. 心肺复苏的有效指征

(1)瞳孔缩小,表示脑部有足够氧和血液的供应。

(2)每次做按压时有明显的颈动脉搏动,上肢收缩压在 60mmHg 以上。

(3)刺激眼睑有反映。

(4)有自主呼吸出现。

(5)发绀程度减轻。

(三)复苏后生命支持与监护

心肺复苏后,虽然骤停后的心脏开始恢复自身循环。但约有 50% 的患者在 24h 内出现心功能异常、微循环异常、脑功能异常,复苏后 1~3d 可能出现肠道通透性增加而并发脓毒血症,也可能出现严重感染。因此,心肺复苏后治疗的重点是改善因血流动力学不稳定、多脏器功能衰竭引起的早期死亡和因脑损伤引起的晚期死亡。

1. 维持循环稳定,保持血压在正常范围。

2. 脑复苏包括:降温治疗,渗透性利尿,应用解痉镇痛药,应用肾上腺皮质激素,应用促进脑细胞恢复的药物,高压氧治疗,呼吸支持,及时纠正水、电解质及酸碱失衡,防治肾衰竭,预防肺部感染,保证足够热量,给予鼻饲或静脉营养。

3. 通过高压氧治疗可增加脑组织中氧的弥散距离,也可引起血管收缩降低颅内压,促进脑细胞功能的恢复有显著疗效。

4. 使用机械通气即人工呼吸机辅助呼吸。根据血气分析参数调整呼吸机的潮气量、呼吸频率,维持正常的通气,避免出现呼吸性酸中毒或呼吸性碱中毒,加强皮肤护理,定时翻身及按摩骨突部位,防止压疮的发生。

(刘芳环)

第 22 章　主动脉内球囊反搏(IABP)的护理

教　学　目　标

1. IABP 的工作原理。
2. IABP 的正常波形,并说出异常波形的临床意义。

IABP 是目前心脏血管疾病临床应用比较广泛而有效的机械性辅助循环装置。

1958 年 Harken 首次描述主动脉内球囊反搏的概念,1967 年 Kantrowitz 首次在临床应用并获得成功,至今 IABP 在国内外已较普遍地应用,随着主动脉内球囊反搏机技术的不断更新,IABP 越来越成为救治重症心脏病患者的"必备武器"。

IABP 的治疗方法就是在胸降主动脉内置入一根柔韧易曲的导管,导管的末端有一细长的球囊。球囊位于左锁骨下动脉端 $1\sim2cm$ 和肾动脉开口近端的降主动脉内,导管的另一端连接反搏机器,主动脉内气囊反搏与心脏的心动周期同步运行,引发有效的血流动力学变化—即主动脉舒张期的增流和收缩期后负荷的下降,极大地提高了冠状动脉的血流量,减少心肌耗氧量。

一、适　应　证

1. 高危因素患者的预防性应用。如术前心功能Ⅵ级、左心室射血分数<30%。
2. 心脏手术终,出现脱离体外循环机困难、心泵衰竭。
3. 冠心病行冠状动脉搭桥(CABG)并存巨大室壁瘤的,预防性应用 IABP。
4. 心脏直视术后出现顽固性低心排[动脉收缩压<90mmHg,左心房压>20mmHg,中心静脉压>15mmHg,尿量<0.5ml/(kg・min)]、严重心律失常、大剂量辅助心功能药物[多巴胺用量>20μg/(kg・min),或应用两种以上升压药]应用无效血压继续下降者。
5. 心肌梗死后顽固的心室激惹现象。
6. 对药物治疗无效的不稳定型心绞痛。如典型心绞痛、梗死后心绞痛。
7. 急性心肌梗死合并室间隔穿孔、乳头肌断裂或功能不全。
8. 心脏移植后的辅助。

二、禁　忌　证

1. 主动脉关闭不全。
2. 主动脉夹层动脉瘤或胸主动脉瘤。
3. 脑出血或不可逆的脑损伤。
4. 慢性心脏疾病晚期。

5. 心脏外科手术畸形矫治不满意者。

6. 有转移的肿瘤。

7. 严重的凝血机制障碍。

三、IABP 的工作原理

1. 心脏收缩期　与主动脉瓣张开同步,气囊排气排空,主动脉压力下降,心脏射血阻力降低,心脏后负荷下降,心脏做功减少,心肌耗氧量降低,心排血量增加(图 22-1)。

2. 心脏舒张期　气囊充气,其近心端的舒张压升高,冠状动脉的灌注压及血流量增高,分别为 30mmHg 及 23ml/(100mg·min),使心肌供血增加(图 22-2)。

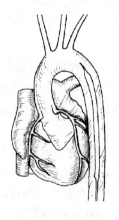 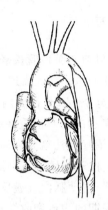

图 22-1　气囊排空　　　　　　　　　　图 22-2　气囊充气

四、IABP 的生理效应

见图 22-3。

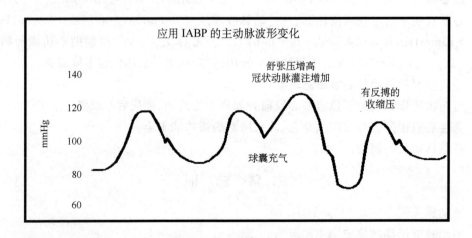

图 22-3　IABP 的生理效应

操作地点:IABP除在手术室操作外,在导管室及重症监护病房均可进行IAB的置入操作。

五、置 管 技 术

1. **临床实施** IABP多采用股动脉经皮穿刺置管,如发生置管困难的可行股动脉或髂外动脉切开直视下置管。

2. **主动脉球囊(IAB)大小的选择** 依患者身高和主动脉的大致直径选择IAB的大小,一般以球囊充气时使主动脉阻塞90%~95%为理想。球囊导管为一次性应用。根据球囊充气量的多少,分别选择4、9、10、15、25、35、40、50等不同容积的导管,供不同体重的儿童和成年人使用。

3. **操作**

(1)物品的准备。主动脉内球囊反搏机1台、主动脉球囊管1套、无菌治疗巾、无菌手套、无菌消毒用品、肝素盐水冲洗液等。

(2)患者的准备。首先根据医嘱给予一定量的肝素;选择并检查置管一侧的股动脉、腘动脉及足背动脉的搏动情况;术者戴帽子、口罩、穿手术衣,局部消毒、铺巾。注意严格无菌操作,铺巾范围要覆盖腿、腹、胸及颈部。

(3)球囊的准备。打开并取出无菌球囊管;用60ml注射器经单向活瓣给球囊充气,检查球囊管是否漏气,然后抽吸球囊,使之完全瘪下去;抽吸加肝素的无菌盐水液并冲洗球囊导管的中心腔。

(4)应用经皮穿刺法置管。取出无菌导丝,经患者体表测量,准确距离为穿刺点至胸骨角(Louis角),以评估置入导管的长度;局部麻醉;行股动脉穿刺并确认是股动脉;通过穿刺针芯将"J"形引导钢丝送入股动脉并退出穿刺针;选择与所用球囊大小相吻合的扩张器,依据患者的胖瘦选择是否在靠近导丝处用破皮针刺破皮肤,然后经导丝末端插入选好的扩张器并扩大针孔,最后将扩张器与套管同时置入,然后退出扩张器;完全抽瘪的球囊通过导丝引导插入降主动脉,将球囊管置于已评估好的位置;取出导丝,经中心管腔进行抽吸,将反搏机一侧的动脉压监测管与中心管腔相连,并从球囊腔内取出单向活瓣,将球囊腔的连接部分与反搏泵控制器的管道相连;最后将导管上起固定作用的小把手缝在患者的腿上;开始主动脉内球囊反搏术。

(5)机器的设置。选择最佳的触发方式、反搏比例、反搏时相以及气囊充气量大小。

(6)摄床旁X线片。球囊管的顶端位于第2或第3肋间隙(主动脉弓降部下1cmm处)。

IABP应用中,根据患者的临床的反应修正已设定的各种参数,使之达到最佳反搏效果。一旦患者循环趋于好转、稳定,即可配合医生逐渐调整IABP的参数,并结合临床的监测指标,以便逐步达到撤除IABP的目的。撤除IABP时,为了防止出血需要在穿刺部位压迫30~60min,然后再用沙袋局部压迫24h,并注意观察穿刺部位有无出血现象,并继续观察患者停止IABP后临床血流动力学的变化,肢体动脉搏动及活动等情况,将用过的球囊反搏机清理干净准备下次使用。

4. **并发症**

(1)下肢缺血。原因:IABP导管置入阻塞动脉管腔影响下肢供血;行CABG术后,取大隐静脉的下肢用弹力绷带包裹过紧;IABP患者抗凝不当或使用停搏IABP导管留置时间过长。

(2)感染。多为局部感染。原因:IABP后需抗凝治疗者,置球囊管处切口渗血多引起继发感染,无菌操作不严格。

(3)气囊破裂。置管不顺利或置管中球囊壁被主动脉壁粥样硬化斑块刺破。

(4)导管置入动脉夹层或将动脉撕裂、穿孔。

(5)血小板减少症。

六、IABP 的监测护理

1. 护理操作及注意事项

(1)连接一个"R"波向上的最佳 ECG 导联,并贴牢电极避免脱落或接触不良。

(2)确保 QRS 波幅>0.5mV(若低于 0.5mV 不易触发,应报请医生改变触发方式)。

(3)监测心率、律,及时发现并预防心动过速或心动过缓或严重心律失常以免影响球囊反搏效果甚至停搏。密切观察动脉血气、生化的变化,对泵入体内的任何药物都要注意是否有促进 IABP 效应的好作用,如发现异常,应及时报请医生纠治。

(4)掌握触发方式:正常情况下以 ECG 触发 IABP;当患者为起搏心率时,可用起搏触发;因各种引起 ECG 不能有效触发时,可改用压力触发;当发生室颤时,可应用内脏触发。

(5)仔细阅读反搏机的使用说明书,熟悉预警系统:包括触发、漏气、导管位置、驱动装置、低反搏压、气源(氦气、二氧化碳气)不足及系统报警等。

(6)仔细观察及发现反搏有效的征兆。

①循环改善:皮肤、面色见红润,鼻尖、额头及肢体末端转暖;中心静脉压、肺动脉压下降;尿量增多。

②心泵有力:舒张压及收缩压回升,前者高于后者。平均动脉压回升;心排血量回升;正性肌力药用量减少。

③及早发现并掌握停反搏的指标:循环已改善,对药物的依赖性极小[多巴胺用量<5μg/(kg·min)],血压稳定(收缩压>90mmHg),心脏指数>2.5L/(min·m²),排尿>1ml/(kg·h)。

2. 并发症的预防与护理

(1)心肺功能不全的预防。

①观察并保持稳定的血压;注意调整使用正性肌力药物并根据血压回升逐渐地适时的减量,以至于停用药物。

②预防及纠正心律失常,注意防止术后机体缺氧或缺血加重。保持好的血液容量平衡,呼吸道通畅以及纠正电解质紊乱。

(2)下肢动脉栓塞的预防。

①及时检查置管一侧下肢的动脉搏动,观察下肢皮肤的色、温及感觉等变化并与对侧比较。

②行冠状动脉搭桥(CABG)的患者,检查 CABG 术后患者置管一侧下肢弹力绷带是否过紧。应在术后 24h 拆除弹力绷带。

③将置管一侧下肢垫高,并每 4h 行下肢功能锻炼 1 次。

④IABP 患者的半坡卧体位应<45°,避免屈膝、屈髋引起的球囊管打折。

⑤IABP 患者,需抗凝治疗。抗凝治疗前需遵医嘱监测 ACT,抗凝治疗后需观察有无出凝血现象。

⑥避免停搏交替或停搏因素:触发不良、循环波动引起的低反搏压、1∶3 IABP>8h 或停搏超过 30min 而未及时拔管等引发的停搏交替或停搏诸因素。

(3)局部感染。

①球囊管置管处的局部观察。每日更换敷料同时检查穿刺局部有无渗血、红肿、分泌物。如因抗凝及距会阴部较近,被血、尿污染时,应及时更换敷料。

②观察每日体温、血象的动态变化。

③观察应用各类抗生素的效果,效果不佳的应及时报告医生。

(4)球囊破裂。

①观察有无顽固性低反搏压;置管外侧管道内有无血液流出。

②发生上述两种情况应及时报告医生,应立即停止 IABP,马上行撤管处理,如有必要协助医生更换新管再行置入。

3. 强化基础护理与营养支持

(1)需要 IABP 辅助的多属心脏病危重患者。患者带呼吸机时间较长,活动、进水、进食均受限制。故凡带管超过 2d,每班需行口、鼻、咽腔冲洗及口腔清洁(操作前需将气管插管套囊打紧防止口鼻咽腔分泌物及冲洗液反流入肺引起感染。注意操作时至少 2 人进行,并且要适当镇静,防止患者不适应气管插管滑脱);呼吸机管道及湿化罐每日必须更换、清洗、消毒,如有条件可以用一次性呼吸机管道。全套呼吸机管道和湿化罐最终采用环氧乙烷消毒。

(2)循环稳定的患者应 2h 翻身及拍背 1 次。预防肺不张、肺炎等肺部并发症。

(3)预防发生压疮。要求每班检查全身受压部位的皮肤;定时翻身,寻找使患者舒适的体位,避免一处皮肤长期受压;对卧床排便的患者,每次便后用温水擦洗,并保持干燥、清洁;随时保持床单清洁、干燥、平整,随脏随换。受压皮肤出现淤血、红肿、破溃的应用纯氧罩持续局部处理;翻抬患者时应避免挫伤受压处皮肤。

(4)各肢体每 4h 行被动的功能训练,确保肢体的功能位置。防止关节强直,促进血液循环。

(5)加强营养,配合医生给予鼻饲、静脉营养,注意鼻饲一次不可过多,以免胃内容物反流引发误吸或胃肠胀气。静脉营养的管道每日必须更换 1 次。

(石　丽)

第23章　心脏起搏与护理

教学目标

1. 了解心脏起搏的基本原理。
2. 掌握于起搏治疗相关的常见问题的护理要点。

一、概　　述

自1952年Zoll将起搏系统成功地应用于人体以来,心脏起搏技术已有了很大的发展。目前,欧美等国每百万人口中置入起搏器的数量约达700套,而我国目前则不足10套,但近年来正以每年10％以上的增长率快速增加,因此,临床上起搏器患者越来越常见。

随着经济的发展和流行病学改变,使得需要安置起搏器的疾病的发病率的增加,但由于传统观念以及大多数患者对起搏器缺乏了解,也存在许多顾虑。同时,作为一种复杂介入性的器械治疗,与手术本身有关的并发症,以及使用过程中的各种复杂情况,都可能带来一系列心理和生理问题,值得医护人员予以高度重视。

(一)起搏系统的基本介绍

起搏治疗由脉冲发生器(起搏器)、电极导管和置入手术3个方面综合组成。从用途而言,可分为住院期间短期应急使用的临时起搏器和需要留置在患者体内的永久性起搏器两大类。临时起搏器是将1～2根临时用的电极导线通过静脉(包括右颈内、左或右锁骨下静脉均可)放置在心内膜或是通过开胸手术放置在心外膜,并与体外的临时起搏器连接,一旦患者病情不需要即可撤除,原则上在静脉内留置时间最好不超过2周,以免感染和血栓形成。而永久性起搏器则是完全内置在患者体内长年携带,绝大部分是通过穿刺锁骨下静脉将电极放置在心内膜。图23-1为永久性起搏器的结构和置入模式示意图。

该图显示的是一个标准的双心腔起搏器的构造。起搏器实际上由脉冲发生器和起搏电极导线组成。导线外面包有绝缘层(硅胶或聚氨酯材料),内为螺旋状的金属丝,头端为裸露的电极头于心内膜直接接触,用来接收心脏自身电信号和发放电脉冲。而脉冲则来自脉冲发生器,右下图为脉冲发生器内部构造,除了金属的接头部分,主要是集成电路芯片和提供能量的电池(目前为锂电池)。

起搏器的类型主要根据起搏和感知心腔(包括心房和心室)的数目来分,包括单腔、双腔、三腔和四腔起搏系统(包括起搏器和起搏电极),这也是最常用的分类方法。另外,还可以分为生理性和非生理性起搏两类。是否符合生理性的关键标准是看起搏器是否能根据人心理和机体活动而调整心率快慢,亦即是否具有频率反应功能。

为了反映不同起搏器的工作性能,便于临床应用。国际心律失常学会制定了起搏器的编码(表23-1)。其中第1个字母代表起搏的心腔,第2个代表感知的心腔,第3个代表工作模

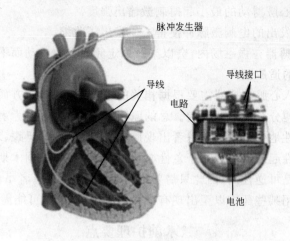

脉冲发生器

导线

导线接口

电路

电池

图 23-1 起搏器结构和电极放置

式,第 4 个则表示其是否具备频率响应性,第 5 位表示是否多部位起搏。目前临床上一般只使用前 4 位字母,例如 DDD、DDDR 或 VVI(R)等。

表 23-1 NASPE/BPEG 起搏器编码

位	I	II	III	IV	V
类别	起搏部位	感知部位	对感知的反应	频率调整	多部位起搏
所用字母	O-无 A-心房 V-心室 D-(A+V)	O-无 A-心房 V-心室 D-(A+V)	O-无 T-触发 I-抑制 D-(T+I)	O-无 R-频率调整	O-无 A-心房 V-心室 D-(A+V)
仅由制造商使用	S-单腔(AorV)	S-单腔(AorV)			

与起搏器治疗相关的并发症可以发生在起搏器本身的质量、工作参数的程控以及置入手术和术后等各个环节上。

(二)起搏器的置入

起搏器的置入是在左或者右前胸,通过切开头静脉或者穿刺锁骨下静脉(左侧或右侧均可)的方式,将起搏电极电线插入静脉,然后将电极头放置到心腔内合适的部位,另一端则插入起搏器的相应连接口,然后在胸大肌表面浅筋膜内做出一个大小合适的囊袋,将起搏器和多余的电极导线埋藏在内,再分层缝合。电极头放置的部位一般是右心室心尖部或右心房的心耳部,也可以在这两处同时放置,这就是标准的双腔起搏。具体采用什么部位进行起搏,要根据患者心律失常的类型来决定。囊袋既可以选在左胸,也可以在右胸,这由手术医生根据各方面情况来选择。

(三)起搏常用名词

1. **感知** 起搏系统发现心脏自身电活动。

2. **起搏** 起搏器向心搏发出电刺激信号以使心脏搏动。

3. **感知灵敏度** 起搏器在心脏内所能感觉到心房或心室自身电活动的能力。

4. 阈值 能够使心脏搏动的最小起搏刺激输出强度。

5. 夺获 起搏器发出的电刺激脉冲使得心肌发生了收缩。

6. 磁铁频率 起搏器在强磁场内,会以某一固定频率发放冲动而不感知。

(四)起搏器置入的适应证

患者是否应该置入心脏起搏器需要根据相关的指南来判定,这方面的内容可以参考中华医学会心电生理和起搏分会制定的指南。总的原则是,如果患者因为窦房结或房室结病变使得心搏持续性或间断性地变慢并导致患者出现胸闷、气短、晕厥、黑矇、乏力或者心力衰竭,都有可能需要置入永久性起搏器。但对于急性心肌梗死、心脏外科围术期、儿童急性心肌炎等,其三度房室阻滞往往是可逆性的,因此只需要临时起搏器,有些患者虽然平时心搏基本正常,但因为病情而必须服用某些药物以至出现有症状的心动过缓,也可能需要置入起搏器。

二、术前护理要点

对于心脏起搏的并发症,我们按照发生时间的早晚而将其分为早期、后期并发症。对于护理人员来说,术前的护理工作中,心理护理很重要的一环。多数患者对起搏器缺乏了解,加上传统观念的影响,对安装起搏器有许多顾虑和强烈的恐惧。因此了解并掌握患者心理变化,及时配合医师对其进行起搏器置入常识的宣教,对于预防和介绍术后相关的并发症是非常重要的。

另外,由于置入起搏器后一般在 7d 以后拆线,因此,术前胸部的清洁护理以及备皮也很重要。术前一般常规进行抗生素皮试,并给予镇静药。在起搏器类型的选择方面,目前各主要厂家均有单腔、双腔甚至三腔、四腔起搏器,也都有各种生理性起搏器,各厂家的产品类型种类繁多,质量也都有欧美和国内权威机构的监督,因此,应当告诉患者不必要过分关注厂家、型号的选择,而应当由医师根据患者情况综合决定。同时,也并非价格越贵越好,而是要选择最适合病情需要的,避免不必要的浪费。

三、术后并发症及护理要点

置入起搏器之后,应该常规心电监测 24h,观察患者起搏器感知和起搏功能是否正常。同时,应特别注意患者局部有无渗血。24h 之后在切口处换药包扎,并观察有无肿胀和活动性出血。一般 7d 拆线,期间注意测体温。术后建议患者卧床 1~3d,这主要是强化其注意姿势和体位,防止起搏电极移位。但绝大多数电极头都属于被动固定式,需要 3 个月左右才会被局部增生的内膜覆盖而相对固定,完全固定一般需要 1 年以上,所以不能指望卧床数日就可防止电极脱位。要避免脱位主要取决于患者心脏内部结构、电极头放置的部位和患者的活动情况。术后早期避免电极脱位唯一可以做的措施就是建议患者避免上肢伸展运动,但也要防止部分老年患者术后长期不敢抬臂以至局部肌肉疼痛甚至萎缩。

(一)血肿

由于制作放置起搏器的囊袋时,伤及小动、静脉和毛细血管而引起出血、渗血,并在囊袋内形成血肿。血肿的存在,大大增加了感染的机会。凡是起搏器安置术后的患者,若囊袋处皮肤肿胀饱满、触之有波动感,就需怀疑有血肿,须及时告知医生并由相关医生在严格无菌条件下穿刺抽吸,绝不能轻易进行开放引流,以免导致感染。抽吸后可以在局部以胸带包裹,再用沙袋压迫 2d,静脉滴注足量抗生素。

某些因肝、血液系统疾病或服用抗凝药物而致血液低凝状态的患者,在术前注意检查患者的凝血功能并治疗相关疾病;对接受肝素治疗的患者,在起搏器置入术前至少要停用肝素 6h。为避免血肿,服用阿司匹林的患者术前最好停用阿司匹林 1 周;服华法林者停药 2～3d,并测定 INR<1.5。

(二)锁骨下静脉穿刺并发症

1. 气胸　慢性阻塞性肺部疾病的患者和接受辅助通气者,发生气胸的可能性明显增大。若肺压缩面积超过 30%,患者有气促或呼吸困难等症状,则需穿刺抽吸气体。

2. 血胸或血气胸　发生于同时穿破了锁骨下血管和胸膜时。确诊主要靠 X 线片。血胸或血气胸是严重的并发症,多需要外科手术治疗。

气胸、血胸或血气胸存在的征象主要有:无法解释的低血压;胸痛;呼吸窘迫。

其诊断主要靠胸部 X 线相证实。护理人员在患者手术后 24h 内应密切观察患者症状、血压、心率、呼吸状况,如患者有胸闷憋气、呼吸困难、或心率加快、血压降低,提示有气胸或血(气)胸,应及时报告医生,可化验血气或监测血氧饱和度并及时拍摄胸部 X 线片。

3. 皮下气肿　如有皮下气肿存在,就需确定是否并发气胸。单纯的皮下气肿,可以轻柔地按压起搏器放置部位,排出空气,从而使起搏器恢复正常工作。

(三)疼痛与瘀斑

在术后早期,起搏器置入部位的疼痛不适是必然的。可给予和缓的镇痛药(因有加重出血和瘀斑的可能,故不用阿司匹林)。瘀斑也并非罕见,一般不需特殊处理,但要严密观察,最好将最初发现的瘀斑边缘以记号笔描画出来,以便判断其是否继续发展。

(四)皮肤溃破

后期可能发生起搏器和电极磨破皮肤。主要原因有:①起搏器与囊袋不合适;②电极导管途径过长;③植入时局部处理不当;④患者因消瘦或衰老导致皮肤过薄;⑤局部创伤或过度日晒。

若皮肤变薄到透明的程度,多预示即将发生破溃,需要紧急处理。皮肤溃破后,最稳妥的法是更换起搏系统,见图 23-2。

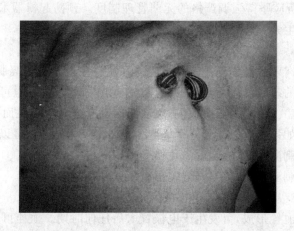

图 23-2　起搏器囊袋破溃合并感染

患者的脉冲发生器埋藏在左侧胸大肌表面,但其导线从破溃口露出并有脓液流出。此类并发症处理非常棘手。主要是预防,应该尽量争取在表皮破溃前就诊处理。

(五)电池提前耗竭

由于众所周知的原因,此并发症变得越来越敏感。对于电池耗竭的更换指标,各类起搏器间并不完全一致。临床上判定起搏器电池耗竭的主要标准是:起搏频率减慢10%以上。起搏器的实际工作寿命主要取决于设计理论寿命和程控状况。而具体程控的状态又往往取决于患者本身对起搏的依赖程度以及起搏阈值的高低(这又受电极放置部位和电极类型的影响)。

临床上要想尽早发现电池耗竭但又不增加患者经济和时间负担的最简单办法就是教会患者在接近起搏器保用年限时经常自数脉搏,如果知道起搏器设定的最低工作频率(绝大多数情况下应该是不低于60/min),那么一旦自数脉搏低于此数字就应该就诊。或者建议患者在接近保质期时每2~3个月描记1次心电图。

(六)电极脱位和微脱位

电极脱位是常见的并发症。

由于心房解剖结构的影响,发生移位的可能性也远高于心室电极。起搏电极脱位可导致感知和起搏不良或丧失起搏功能。除心电图之外,明显的脱位可通过X线胸片证实。

术后的护理时应告知患者在术后2个月内避免剧烈运动,另外,避免做上肢的伸展运动,以减少电极脱位机会。

(七)起搏器感染

主要与手术时的无菌操作状况、手术时间长短、起搏器大小、埋藏部位、血肿等有关。目前,国际上大多数起搏中心的起搏器感染发生率已低于1%。

起搏器感染可表现为以下几个方面。

1. 起搏器囊袋部位有局部炎症和脓肿形成。

2. 起搏系统的一部分露出皮肤表面而伴有继发性感染(图23-2)。

3. 发热和血培养阳性,伴或不伴有感染灶。

起搏器置入后并发的感染是严重的并发症,处理上也有较大的难度。因此,预防措施尤为重要。起搏器置入场所应坚持强调严格的无菌管理制度。预防起搏器术后感染的另一措施是术前预防性地使用抗生素。

(八)心脏外刺激

心脏外的局部肌肉刺激更多地见于单极起搏系统。主要发生于膈肌、肋间肌和胸大肌。

起搏系统对膈肌的刺激可以是直接的(通常发生在左半膈肌),也可以通过刺激膈神经而产生(多见于右半膈肌)。表现为膈肌或胸、腹部肌肉随起搏时的心跳而抽动。

胸大肌刺激症状如果是电极导管或单极起搏器的绝缘层破损,可以通过降低输出电压和(或)脉宽来减轻肌肉刺激。若无效,就需更换受损的电极或起搏器。

无论是哪种肌肉刺激现象,适当降低输出电压往往都能奏效。

(九)静脉栓塞

电极导管常诱发血栓形成,可发生于电极置入后任何时期。血栓可位于上腔静脉、右心房或右心室内,并可能影响血流动力学或致肺栓塞(这一点在拔除电极时尤需注意);也可能堵塞锁骨下静脉(发生率可达10%~20%)或上腔静脉(其发生率约0.3%),导致上腔静脉综合征,表现为面部、颈部和上肢水肿,疼痛,颈静脉充盈。但一般在3个月后可因侧支循环的建立而消失。

(十)起搏器综合征

起搏器综合征是与起搏器工作有关的一组症状,临床表现因人而异。产生起搏器综合征的根本原因是由于室-房逆传和(或)是房室同步收缩丧失,可导致心排血量减少、低血压和心室充盈压升高,而最终可能导致头晕、晕厥或近似晕厥(脑部血流减少)。临床上起搏器综合征可有多种症状,包括咳嗽、胸痛、头痛及活动受限等等,往往都是轻微和非特异性的。

起搏器综合征多见于 VVI 起搏,但实际上,在任何起搏模式如果有房室分离存在,就可能发生起搏器综合征。起搏器综合征是可以预防的。只要起搏方式正确、程控得恰当并工作良好,就不会发生。

(十一)起搏系统介导的心动过速(PMT)

见于 DDD 起搏时。多指来自室性期前收缩逆传的心房除极,被心房电极感知并触发心室起搏,而后者本身又可逆传,引发心房除极,周而复始,形成心动过速。新一代 DDD 起搏器的 PMT 发生率大为降低。

终止 PMT 的方法要靠医师使用起搏器程控仪对起搏器参数进行程控。

(十二)起搏器过敏

通常是由脉冲发生器的保护性套袋引起,但也可能是对硅胶、聚氨酯或金属过敏。如果进行过敏试验找到致敏原,可更换为不含该过敏原的其他类型的起搏系统。在做出过敏的诊断前,必须除外感染。

(十三)电磁干扰所引起的起搏器故障

作为一种精密的电子医疗器械,起搏系统如同其他的电子仪器一样,容易受到电和电磁干扰:

1. 射频消融术 动物实验表明:若射频导管头与起搏电极相距不足 1cm,几乎均会导致起搏器功能异常,但射频消融术后均可恢复正常。

2. 电烙术 要避免使用单极电刀。否则,需注意其无关电极的位置,应尽可能靠近外科手术区而远离起搏系统;保证无关电极与皮肤接触和导电良好;尽可能缩短电烙时间;在电烙时必须进行心电监测,并做好经皮紧急起搏和除颤准备。

3. 经胸心脏复律和除颤术 由于进行经胸复律除颤术时,施加于胸壁的电压高达 3.5kV,因此很可能因为心肌损伤而一过性或永久性地提高心肌刺激阈值,丧失夺获;或者导致暂时性的感知低下,甚至损坏部分或整个电路。预防措施主要有:①除颤/复律电极板应按胸前-后背方式放置;胸前电极板应距起搏器或电极 10cm 以上。②咨询有关医生。③做好临时起搏的准备。④尽可能降低除颤能量。

4. 体外碎石术 起搏器有可能会受到影响。可采取的对策有:①将起搏器程控为 VVI 或 VOO 方式。②使碎石仪的聚焦点距离起搏器 15cm 以上。③心电监测。

5. 磁共振成像术(MRI) MRI 所产生的电磁力可导致起搏器故障。因此,应该尽量避免对置入了永久性起搏器的患者进行 MRI 检查。

6. 放射性治疗 诊断水平的放射线不会对脉冲发生器造成损害。在因罹患肿瘤而需接受数千拉德的辐射治疗(例如使用直线加速器等)时,可能发生离子流损害脉冲发生器,导致突然丧失输出或发生起搏奔放。因此,切不可直接辐照脉冲发生器。即使脉冲发生器不在辐照范围内,也必须仔细地将起搏器屏蔽,以免受到散射的损伤。辐照时应进行心电监测。如果患者因乳腺癌或肺癌而接受放射治疗,就需将脉冲发生器移植于他处。放射线对起搏器的损害也有累积效应,即一次两次可能不会损伤起搏器电路芯片,但反复多次后累计总剂量应低于2居里。

7. **经皮神经刺激术(TNS)**　在进行 TNS 时,应有心电监测。

8. **其他**　诊断性的超声检查不至于影响起搏系统。一些小型无创性医用电子仪器一般也不会干扰起搏系统。但是,随着现代医学的发展,各种新的诊疗技术正不断出现,其对起搏系统的潜在影响,主要取决于其工作原理是否对外产生较强的电磁场。

9. **移动电话和无线通信**　数字式 GSM 移动电话可能使高达 18% 的受试患者的起搏器受到干扰。因而,有学者建议:①避免将已开机的手机置于靠近起搏器的衣服口袋内;②避免让手机的天线接近起搏器,建议患者使用安置脉冲发生器对侧的耳朵接听或者保持手机与脉冲发生器相距 15cm 以上。

多数厂家的起搏器已经加了抗手机干扰功能。

10. **其他电磁干扰**　能产生较强电磁场的各种设施,包括:无线广播放射站、发电设备、输变电系统等,都可能对起搏器的正常工作有一过性的影响,往往表现为磁铁效应,患者多可因感觉到心悸而意识到干扰的存在。机场和商业机构的安全检查系统干扰起搏器工作的情况亦偶有报道。

(十四)电解质对起搏的影响

高钾血症能使起搏阈值增高,这一点早已得到证实。如果血浆钾浓度超过 7.0mmol/L,几乎都能引起阈值升高起搏器对某些患者精神和生活方式的影响值得注意。某些患者在置入起搏器后,部分是由于缺乏相关知识、部分是由于性格或心理上的原因,往往将一切身体上的不适均归咎于起搏器的存在,或是寄希望于起搏器能包治百病。对于这些患者,应对其强调说明起搏器的治疗范围。另一些患者则可能会过度谨慎,以至于影响了日常生活,尤其是惧怕体力活动而长期保持不当体位以至肩背肌肉疲劳而疼痛,或者过分防范微波炉和手机等电子产品的使用。一般而言,患者在置入起搏器后,对于体育活动,尤其是像高尔夫、射击等需要大幅度挥动上肢或使前胸部直接受力的运动,应予以限制。但一般的日常生活和工作活动则勿需限制。

（姚　焰）

第24章 呼吸功能支持技术

第一节 人工气道管理

教 学 目 标

1. 了解人工气道的目的。
2. 了解人工气道的种类。
3. 掌握人工气道管理。

建立人工气道,及时准确地应用机械通气,能迅速改善患者的缺氧状况,防止重要脏器的组织损害和功能障碍,是抢救呼吸衰竭患者的重要手段。

一、人工气道(artificial airway)的概念、种类和目的

1. 人工气道概念　人工气道是指将一导管经口/鼻或气管切开插入气管内建立的气体通道。

2. 人工气道的种类

(1)简易人工气道:口/鼻咽通气管、喉罩导气管、联合气管插管。

(2)经口气管内插管:与经鼻气管插管相比,插入迅速,管腔较粗,但患者较难耐受,不易做口腔护理。

(3)经鼻气管内插管:与经口气管插管比,它能放置较长时间,患者容易耐受,固定方便并牢靠,但是鼻黏膜容易损伤,且易增加鼻窦炎的发生率。

(4)气管切开置管:患者容易耐受,容易固定,吸痰方便,对气流的阻力小,患者可进食,放置时间长,但并发症较多。

3. 建立人工气道的主要目的

(1)保证呼吸道通畅,预防误吸。

(2)便于呼吸道分泌物的清除。

(3)为机械通气提供封闭通道。

二、人工气道的管理

(一)人工气道的固定

人工气道建立后,随时存在脱管的危险,因此必须采取有效的固定措施。

1. 气管插管的固定　常用的固定方法有:①胶布固定法。②绳带固定法。③支架固定

法。④弹力固定带固定法。

2. 气管切开置管的固定　将2根寸带,一长一短,分别系于套管两侧,将长的一端绕过颈后,在颈部左侧或右侧打一死结或打手术结,以防脱出;松紧要适度,以一指的空隙为宜。翻身时最好由2人合作,保持头颈部与气管导管活动的一致性,且注意对气管导管的压力减小到最低,尤其是螺纹管长度应适宜,辅以有效支架扶托,可防止脱管发生。

(二)气囊的管理

1. 气囊的作用　使气管插管固定在相应部位,使导管与气管壁之间严密无隙,既防止呕吐物、血液或分泌物流入肺内,又避免机械通气时漏气。

2. 气囊的充盈度　气管毛细血管灌注压约25cmH$_2$O,若气囊压力大于此压力则可致缺血性损伤或组织坏死。目前所用的气管导管均采用低压高容气囊,恰当充气后,不易造成气管黏膜损伤。一般充气不超过8~10ml,不需要气囊定期放气。有学者建议采用带有双套囊的导管,交替使用可以减少气管黏膜局部压迫。

3. 监测气囊压力　充气时最好有测压装置,无条件测压时,需掌握最小闭合容量技术:即气囊充气后,吸气时无气体漏出。方法:将听诊器放于气管处,向气囊内注气,直到听不到漏气声为止,抽出0.5ml气体,可闻少量的漏气声,再注气,直到在吸气时听不到漏气声为止。需定时监测气囊压力一次,鼻饲前一定要监测气囊压力。

4. 气囊漏气判断　如果机械通气的过程中气道压力过低,此时患者往往有明显的喉鸣,如考虑为气囊破裂,大多数情况下,需更换气管内导管。

(三)人工气道的湿化(humidification artificial airway)

详见第15章第四节。

(四)吸痰

人工气道建立后,吸痰是一项极为重要的护理,对保持气道通畅,改善通气和控制感染极为重要。吸痰的次数视分泌物多少而定,原则上要保持呼吸道通畅。操作时动作应准确、轻柔、敏捷。

1. 吸痰管的选择　管长度应选择比气管套管长4~5cm,而以深入气管导管下方1~2cm为宜,吸痰管的粗细也很重要,过细,黏稠痰不宜吸出,过粗,不宜插入气管插管且可造成吸痰时缺氧,宜选择气管插管内径的1/2粗度或略小于人工气道内径的1/2。

2. 负压要求　不宜过大,一般为-10.7~-16.0kPa(-80~-120mmHg)。

3. 吸痰　过去常规2h吸痰1次,经验证明更易误伤血管,不必要的刺激反而使分泌物增多;吸痰不及时又可造成呼吸道不畅,通气量降低、窒息,所以按需吸痰是保持呼吸道通畅的关键。

4. 人工气道吸引的并发症　①气道黏膜损伤。②肺不张。③感染。④加重缺氧。⑤诱发气道痉挛。⑥心律失常。

5. 注意事项

(1)吸痰应遵循无菌技术操作原则,每次均须更换无菌吸痰管。

(2)严格掌握吸痰时间,以免加重患者缺氧。每次吸痰不宜超过15s。

(3)吸痰同时要观察患者的脉搏氧饱和度变化。如有明显的脉搏氧饱和度下降或颜面发绀要立即停止操作。

(4)为防止或减轻吸痰时出现憋气,吸痰前后给予高浓度吸氧,如果吸痰前后不给予高浓度氧会造成缺氧和低氧血症,因此,吸痰前后各给 2~3min 纯氧应列为吸痰标准操作步骤。

(5)吸痰时先吸引气管插管或气管切开导管内分泌物,再吸引口、鼻腔内分泌物。抽吸过口鼻腔分泌物的吸痰管,决不可再吸气道内分泌物。每次吸痰最多连续 3 次,且每次持续时间不超过 10~15s,通过观察发现,如果吸痰连续超过 3 次或持续时间过长,SaO_2 会降低甚至出现窒息和气道损伤。

(五)预防呼吸机相关性肺炎

附 1:口咽通气道法(oropharyngeal airway)

【类型】

1. Guedel 口咽通气管。

2. 带套囊口咽通气管(cuffed oropharyngel airway):此种通气管前端安装有套囊,套囊充气后能使口咽部达到有效的低压封闭,并可直接连接通气环路替代面罩通气。主要适用于不需气管插管且无误吸危险的短时间小手术患者。

【口咽通气管置入的操作步骤】

1. **舌拉钩法** 患者取头后仰位(半清醒患者需进行表面麻醉,张开患者口腔,放置大拉钩于根部,向上提起使舌离开咽喉部,将口咽通气道放入口腔)。

2. **向后插入法**

(1)首先选好大小合适的通气管,其长度大约相当于从口角到下颌角的长度。

(2)患者平卧,头后仰。

(3)操作者一手的拇指和示指交叉将下唇齿与上唇分开,另一手将口咽通气管插入口中,通气管的弯曲面向腭部,当其头端接近口咽部后壁时(已通过悬雍垂),将其旋转 180°向下推送至合适位置。

(4)测试人工气道是否通畅。

(5)用胶布固定通气管。

【适应证】

1. 昏迷或意识不清的患者。

2. 呼吸道梗阻患者。

3. 癫痫发作或痉挛性抽搐时保护舌、齿免受损伤。

4. 口、咽、喉分泌物增多,便于吸引。

5. 同时有气管插管时,防止气管插管被咬。

【并发症】

1. 口咽部创伤。

2. 口腔糜烂和口腔黏膜溃疡。

【注意事项】

1. 通气管长度要合适。如果通气管太短,不能有效抬起舌根;如果太长,可能到达咽喉部抵触会厌,引起咳嗽和喉痉挛。

2. 注意口腔清洁。

3. 有呕吐患者,要及时吸出口腔内呕吐物,以免误吸。

4. 放置通气管,不利于咳嗽,故此一旦气道梗阻好转,要及时拔除。

附2：简易呼吸器的使用

【简易呼吸器的组成结构】

人工呼吸器主要由面罩、阀、复苏器、储气袋组成。如图24-1。

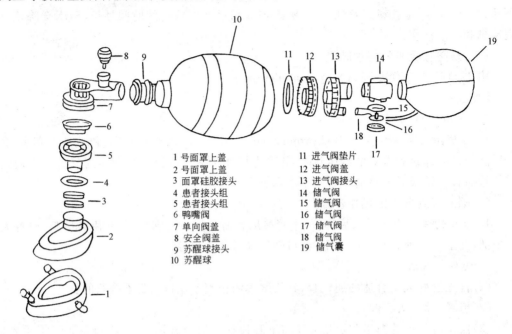

1 号面罩上盖	11 进气阀垫片
2 号面罩上盖	12 进气阀盖
3 面罩硅胶接头	13 进气阀接头
4 患者接头组	14 储气阀
5 患者接头组	15 储气阀
6 鸭嘴阀	16 储气阀
7 单向阀盖	17 储气阀
8 安全阀盖	18 储气阀
9 苏醒球接头	19 储气囊
10 苏醒球	

图 24-1　简易呼吸器的组成

【原理】

将气体吹入患者肺中,再利用患者胸廓及肺脏的自行回缩,将气体排出,以此反复进行。

【人工呼吸的方法】

1. 将患者仰卧去枕,头向后仰。

2. 清除口腔中义齿等异物。

3. 使患者头向后仰,并托下颌使其向上,使气道保持通畅。

4. 使面罩扣住口鼻,用拇指和示指紧紧按住,其他的手指则按住下颌。

5. 用另一只手按住球体,将气体送入肺中,规律的按压球体提供足够的吸气/呼气(成人:8～12/min;小孩:12～20/min)。

6. 球体按压下陷约1/3,潮气量大约相当于正常人的潮气量。

【人工呼吸的注意事项】

1. 保证呼吸道通畅是人工呼吸成败的关键。

2. 进行操作时,姿势要正确,力量要适当,节律要均匀。

3. 必须连续进行,不可中断。

4. 当患者出现自主呼吸时,人工呼吸与自主呼吸相一致。

5. 人工呼吸与胸外按压的比例为2∶30;如建立人工气道后,无需按此比例进行。

(张会芝　李春燕)

第二节 机械通气技术与护理

教 学 目 标

1. 能够独立完成呼吸机管路的连接、消毒和仪器的保养。
2. 掌握正确判断气管插管位置的方法。
3. 掌握拔除气管插管的步骤。
4. 掌握常见呼吸机报警的原因和处理措施。
5. 掌握呼吸机使用过程中常见的英文单词及缩写。
6. 掌握常见机械通气的模式及其适应证。

一、呼吸机的基本构造和种类

(一)呼吸机的组成及工作原理

1. **呼吸机的组成** 主机、混合器、湿化器、空气压缩机、面板、管道、器械臂等。

2. **主机结构及工作原理** 呼吸机气体控制流程:空气和氧气通过混合器按一定比例混合后进入恒压缓冲装置→以设定的通气模式和可在一定范围内调节的潮气量/分钟通气量、通气时序(通气频率、吸气时间、屏气时间)控制通气机的吸气阀→将混合气体送入吸气回路→经过吸气回路中的湿化器加温加湿后→经气管插管将气体送到患者的肺内(气体交换)→再通过控制呼气阀将废气排出。

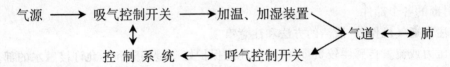

3. **呼吸机的辅助装置**

(1)湿化器:包括加热湿化器、热湿交换湿化器(人工鼻)等。

(2)空氧混合器。

(3)电子控制式混合器:完成吸入氧浓度的调节和潮气量的控制,是通气机的主要部件。

(4)选配装置。

(5)二氧化碳监护仪、简易肺功能仪、记录仪等。

(6)支持设备。

(7)血气分析仪、心排血量测定仪、肺功能测定仪。

4. **呼吸机的气源** 常用气体包括氧气、压缩空气、二氧化碳、氮气及 NO 等。

(二)呼吸机的分类

1. **按使用对象分类**

(1)成人型通气机。

(2)婴幼儿型通气机。

(3)成年人和婴幼儿通用型呼吸机。

2. **按工作原理分类**

(1)全气动通气机。

(2)电子控制通气机。

(3)全电动通气机。

(三)呼吸机的保养

呼吸机保养的目的:使机器处于良好的备用或运营状态,延长机器使用寿命。

1. **通气机的检查**　通气机使用前的检查:气密性检查、气源供气检查、通气机设置参数的检查(包括压力上限、分钟通气量上下限、窒息报警、触发灵敏度、吸入氧浓度、吸气流量等)。

2. **使用过程中的维护**

(1)检查管道内有无积水,定时倾倒接水瓶内湿化水。

(2)查看接水瓶是否滑脱,管道是否漏气、有无打折。

(3)查看湿化器是否需要加无菌蒸馏水,湿化效果如何,是否需更换湿化滤纸。

(4)查看空气或氧气进气口端的捕水器有无积水,机器的散热通风口有无堵塞现象,压缩机的通风口过滤网应每周清洗 1 次。

(5)通气口可自锁的轮子要锁住,防止机器移动,电源插头要插牢固。

(6)如果通气机要长期使用还要每周更换 1 套呼吸机管路和湿化罐,有的还需要定期更换吸入和(或)呼气口滤器,如果使用人工鼻的一般 24h 更换 1 次。

3. **使用后的保养和维护**

(1)通气机一次使用时间无论长短都要消毒、维护和保养。

(2)内外管路的拆卸和安装:按照各种通气机随机附带的具体要求拆卸和安装需要保养、清洁和消毒的各个部件。

(3)注意通气机保养、清洁的方法和注意事项。

(4)压力或流量传感器较贵重,清洁时注意保护好测量部分和不允许接触水的部分。

(5)主机内部的清洁、吸尘、调试和保养要求由专业工程技术人员操作。

(6)机器外部可用湿纱布擦拭,禁用过氧乙酸擦洗。

(7)需高压高温消毒的部分如有通过接头相互连接的要先分解开后再消毒。

二、机械通气的目的和应用指征

(一)机械通气的目的

1. **为治疗原发病争取时间,改善患者的预后**　这是贯穿机械通气始终的目的,也是从接触机械通气开始就必须把握的最基本的原则。在决定是否给患者上机之前,一定要充分评估原发病的可逆程度和患者可能的最终预后。

2. **改善通气**　通过改善通气功能和换气功能,减少呼吸功耗,提高氧输送量,降低组织氧耗,最终改善组织氧合,是机械通气的重要目标之一。

3. **尽量减少和防止肺损伤**　是机械通气的又一重要目标。

(二)机械通气的应用指征

1. 临床应用指征

(1)通气泵衰竭为主的疾病:COPD、支气管哮喘、重症肌无力、吉兰-巴雷综合征,胸廓畸形、胸部外伤或胸部手术后等所致外周呼吸泵衰竭,脑部炎症、外伤、肿瘤、脑血管意外、药物中毒等所致中枢性呼吸衰竭。

(2)换气功能障碍为主的疾病:ARDS、肺炎、间质性肺病、肺栓塞等。

(3)需强化气道管理者:保持气道通畅,防止窒息;使用某些有呼吸抑制的药物时。

2. 禁忌证和相对禁忌证

(1)气胸及纵隔气肿未行引流者。

(2)肺大疱和肺囊肿。

(3)低血容量性休克未补充血容量者。

(4)严重肺出血。

(5)气管食管瘘。

(6)缺血性心脏病及充血性心力衰竭。

3. 判断是否行机械通气可参考以下条件

(1)呼吸衰竭一般治疗方法无效者。

(2)呼吸频率>35～40/min 或<6～8/min。

(3)呼吸节律异常或自主呼吸微弱或消失。

(4)呼吸衰竭伴有严重意识障碍。

(5)严重肺水肿。

(6)$PaO_2 < 50 mmHg$,尤其是吸氧后仍<50mmHg。

(7)$PaCO_2$ 进行性升高,pH 动态下降。

(8)具体各病种的上机指征可参见相关章节。

三、机械通气的操作方法

(一)呼吸机与患者的连接

1. 鼻/面罩 用于无创通气,选择适合于每个患者的鼻/面罩对保证顺利实施机械通气十分重要。

2. 气管导管 经口插管比经鼻插管容易进行,在大部分急救中,都采用经口方式;经鼻插管不通过咽后三角区,不刺激吞咽反射,患者易于耐受,插管时间保持较长。

3. 气管切开置管适应证

(1)长期行机械通气患者。

(2)已行气管插管,但仍不能顺利吸除气管内分泌物。

(3)头部外伤、上呼吸道狭窄或阻塞的患者。

(4)解剖死腔占潮气量比例较大的患者,如单侧肺。

(二)通气模式的选择

通气模式是指呼吸机每一次呼吸周期中气流发生的特点,主要包括以下 4 个环节:吸气的开始(吸气触发)、吸气气流的特点(流速波形)、潮气量的大小和吸气向呼气的切换(呼气触发)。每一种模式在上述某一个或多个环节都具有较其他模式不同的特点。

1. 容积控制通气（volume controlled ventilation，VCV）

（1）概念：潮气量（VT）、呼吸频率（RR）、吸呼比（I/E）和吸气流速完全由呼吸机来控制。

（2）主要调节参数：VT，RR，I/E。

（3）特点：能保证潮气量和分钟通气量的供给，完全替代自主呼吸，有利于呼吸肌休息，但不利于呼吸肌锻炼。此外，由于所有的参数都是人为设置，所以很容易发生人机对抗，如吸气和呼气触发不协调、吸气流速不匹配、通气不足或通气过度等。

（4）应用：①中枢或外周驱动能力很差者；对心肺功能贮备较差者，可提供最大的呼吸支持，以减少氧耗量。如：躁动不安的 ARDS 患者、休克、急性肺水肿患者。②需过度通气者：如闭合性颅脑损伤。

2. 压力控制通气（qressure controlled ventilation，PCV）

（1）概念：预置压力控制水平和吸气时间。吸气开始后，呼吸机提供的气流很快使气道压达到预置水平，之后送气速度减慢以维持预置压力到吸气结束，之后转向呼气。

（2）调节参数：压力控制水平，RR，I/E。

（3）特点：吸气流速（减速波）特点使峰压较低，有可能降低气压伤的发生，能改善气体分布和 V/Q，有利于气体交换。VT 与预置压力水平和胸肺顺应性及气道阻力有关，需不断调节压力控制水平，以保证适当水平的 VT。

（4）应用：①运用容积控制通气而气道压较高的患者。②对于较重的 ARDS，运用 PCV 方式不但可以限制较高的气道压，而且有利改善其换气。③在新生儿和婴幼儿，运用 PCV 可以不必对潮气量进行十分准确的监测，是一种标准通气模式。④用于补偿漏气。

3. 同步（辅助）控制通气（assisted CMV，ACMV）

（1）概念：自主呼吸触发呼吸机送气后，呼吸机按预置参数（VT，RR，I/E）送气；患者无力触发或自主呼吸频率低于预置频率，呼吸机则以预置参数通气。与 CMV 相比，唯一不同的是需要设置触发灵敏度，其实际 RR 大于或等于预置 RR。

（2）调节参数：触发灵敏度，VT，RR，I/E。

（3）特点：具有 CMV 的优点，并提高了人机协调性；可出现通气过度；对于具有气道阻塞的患者，由于呼吸频率的轻微增加就可能使分钟通气量明显增加，因而有产生明显动态肺充气（dynamic pulmonary hyperinflation）的危险。所以，在具有严重气道阻塞的患者不提倡应用 ACMV。

（4）应用：基本同 CMV。

4. 间歇强制通气（intermittent mandatory ventilation，IMV）/同步间歇强制通气（synchronized IMV，SIMV）

（1）概念：IMV 是指按预置频率给予 CMV，实际 IMV 的频率与预置相同，间隙控制通气之外的时间允许自主呼吸存在；SIMV 是指 IMV 的每一次送气在同步触发窗内由自主呼吸触发，若在同步触发窗内无触发，呼吸机按预置参数送气，间隙控制通气之外的时间允许自主呼吸存在。IMV/SIMV 与 CMV/ACMV 不同之处在于：前者的控制通气是"间歇"给，每一次"间歇"之外是自主呼吸，而后者每一次通气都是控制通气。

（2）调节参数：VT、f 和 I/E。SIMV 还需设置触发灵敏度。

（3）特点：支持水平可调范围大（0～100%），能保证一定的通气量，同时在一定程度上允许自主呼吸参与，防止呼吸肌萎缩，对心血管系统影响较小。发生过度通气的可能性较 CMV

小。自主呼吸时不提供通气辅助,需克服呼吸机回路的阻力。

(4)应用:具有一定自主呼吸能力者,逐渐下调 IMV 辅助频率,向撤机过渡;若自主呼吸频率过快,采用此种方式可降低自主呼吸频率和呼吸功耗。

5. 压力支持通气(pressure support ventilation,PSV)

(1)概念:吸气努力达到触发标准后,呼吸机提供一高速气流,使气道压很快达到预置的辅助压力水平以克服吸气阻力和扩张肺脏,并维持此压力到吸气流速降低至吸气峰流速的一定百分比时,吸气转为呼气。该模式由自主呼吸触发,并决定 RR 和 I/E,因而有较好的人机协调。而 VT 与预置的压力支持水平、胸肺呼吸力学特性(气道阻力和胸肺顺应性)及吸气努力的大小有关。当吸气努力大,而气道阻力较小和胸肺顺应性较大时,相同的压力支持水平送入的 VT 越大。

(2)调节参数:触发灵敏度和压力支持水平。某些呼吸机还可对压力递增时间和呼气触发标准进行调节。前者指通过对送气的初始流速进行调节而改变压力波形从起始部分到达峰压的"坡度"("垂直"或"渐升"),初始流速过大或过小都会导致人机不协调;后者指对压力支持终止的流速标准进行调节。对 COPD 患者,提前终止吸气可延长呼气时间,使气体陷闭量减少;对 ARDS 患者,延迟终止吸气可增加吸气时间,从而增加吸入气体量,并有利于改善气体的分布。

(3)特点:属自主呼吸模式,患者感觉舒服,有利于呼吸肌休息和锻炼;自主呼吸能力较差或呼吸节律不稳定者,易发生触发失败和通气不足;压力支持水平设置不当,可发生通气不足或过度。在实际运用时需对 RR 和 VT 进行监测并据此调节压力支持水平。

(4)应用:有一定自主呼吸能力,呼吸中枢驱动稳定者;与 IMV 等方式合用,可在保证一定通气需求时不致呼吸肌疲劳和萎缩,可用于撤机。

6. 指令(最小)分钟通气(mandatory/minimum minute volume ventilation,MVV)　呼吸机按预置的分钟通气量(MV)通气。自主呼吸的 MV 若低于预置 MV,不足部分由呼吸机提供;若等于或大于预置 MV,呼吸机停止送气。临床上应用 MVV 主要是为了保证从控制通气到自主呼吸的逐渐过渡,避免通气不足发生。这种模式对于呼吸浅快者易发生 CO_2 潴留和低氧,故不宜采用。

7. 压力调节容量控制通气(pressure regulated volume controlled ventilation,PRVCV)　在使用 PCV 时,随着气道阻力和胸肺顺应性的改变,必须人为地调整压力控制水平才能保证一定的 VT。在使用 PRVCV 时,呼吸机通过连续监测呼吸力学状况的变化,根据预置 VT 自动对压力控制水平进行调整,使实际 VT 与预置 VT 相等。

8. 容量支持通气(volume support ventilation,VSV)　可将 VSV 看作 PRVCV 与 PSV 的联合。具有 PSV 的特点:自主呼吸触发并决定 RR 和 I/E。同时监测呼吸力学的变化以不断调整压力支持水平,使实际 VT 与预置 VT 相等。若两次呼吸间隔超过 20s,则转为 PRVCV。

9. 比例辅助通气(proportional assisted ventilation,PAV)　应用这种模式之前需要人为地测定气道阻力和胸肺顺应性并输入呼吸机,之后呼吸机实时监测每一次呼吸周期中任一瞬间吸气流速和容积变化以来判断瞬间吸气要求的大小,再通过运动方程计算出当时所需的气道压力,最后根据当时的吸气气道压提供与之成比例的辅助压力。PAV 和 PSV 一样,只适用于呼吸中枢驱动正常或偏高的患者。

10. SIMV+PSV　在使用 SIMV 时,由于间歇控制通气之外的每一次自主呼吸均不具有压力辅助,对于自主功能不强的患者往往会感觉较控制通气时费力,并且控制通气和自主呼吸之间的潮气量大小的波动也会造成患者不舒服。因而在患者的每一次自主呼吸都给予一定水平的压力支持,使患者能获得与控制通气水平相当的潮气量,对于减少呼吸功耗,增加人机协调具有十分重要的意义。SIMV+PSV 可调节的支持范围很大,实际应用十分广泛。

11. **持续气道正压**(continuous positive airway pressure,CPAP)　气道压在吸气相和呼气相都保持相同水平的正压即为 CPAP。当患者吸气使气道压低于 CPAP 水平时,呼吸机通过持续气流或按需气流供气,使气道压维持在 CPAP 水平;当呼气使气道压高于 CPAP 时,呼气阀打开以释放气体,仍使气道压维持在 CPAP 水平。因此,CPAP 实际上是一种自主呼吸模式,吸气 VT 与 CPAP 水平、吸气努力和呼吸力学状况有关。它与 PEEP 不同之处在于前者是通过对持续气流的调节而获得动态的、相对稳定的持续气道正压,而后者是通过在呼气末使用附加阻力装置获得一个静态的、随自主呼吸强弱波动的呼气末正压。CPAP 的生理学效应与 PEEP 基本相似。

12. **气道压力释放通气**(airway pressure release ventilation,APRV)　APRV 是在 CPAP 气路的基础上以一定的频率释放压力,压力释放水平和时间长短可调。在压力释放期间,肺部将被动地排气,相当于呼气,这样可以排出更多的 CO_2。当短暂的压力释放结束后,气道压力又恢复到原有 CPAP 水平,这相当于吸气过程。因此,APRV 较 CPAP 增加了肺泡通气,而与 CMV+PEEP 相比,APRV 显著降低了气道峰压。

13. **双相间歇正压气道通气**(biphasic intermittent positive airway pressure,BIPAP)　BIPAP 为一种双水平 CPAP 的通气模式,自主呼吸在双相压力水平均可自由存在。高水平 CPAP 和低水平 CPAP 按一定频率进行切换,两者所占时间比例可调。该模式允许自主呼吸与控制通气并存,能实现从 PCV 到 CPAP 的逐渐过渡,具有较广的临床应用范围和较好的人机协调。实际效果与 APRV 相同。事实上,如果在 BIPAP 中使低水平 CPAP 所占时间很短,即相当于 APRV。

(三)通气参数的调定

1. **FiO_2**　$FiO_2 > 0.5$ 时需警惕氧中毒。原则是在保证氧合的情况下,尽可能使用较低的 FiO_2。

2. **VT**　一般为 6～15ml/kg。调节原则是:首先应避免气道压过高,即使平台压不超过 30～35cmH_2O,并与 RR 相配合,以保证一定的分钟通气量(MV)。容积目标通气模式预置 VT,压力目标通气模式通过调节压力控制水平(如 PCV)和压力辅助水平(如 PSV)来获得一定量的 VT。PSV 的水平一般不超过 25～30cmH_2O,若在此水平仍不能满足通气要求,应考虑改用其他通气方式。

3. **RR**　①应与 VT 相配合,以保证一定的 MV。②应根据原发病而定:慢频率通气有利于呼气,一般为 12～20/min;而在 ARDS 等限制性通气障碍的疾病以较快的频率辅以较小的潮气量通气,有利于减少克服弹性阻力所做的功和对心血管系统的不良影响。③应根据自主呼吸能力而定:如采用 SIMV 时,可随着自主呼吸能力的不断加强而逐渐下调 SIMV 的辅助频率。

4. **I/E**　一般为 1/2。采用较小 I/E,可延长呼气时间,有利于呼气,在 COPD 和哮喘常用,一般可<1/2。在 ARDS 可适当增大 I/E,甚至采用反比通气(I/E>1),使吸气时间延长,平均气道压升高,甚至使 PEEPi 也增加,有利于改善气体分布和氧合。但过高的平均气道压往往会对血流动力学产生较大的不利影响,并且人机配合难以协调,有时需使用镇静药和(或)肌松药。

5. **流速波形** 一般有方波、正弦波、加速波和减速波4种。其中减速波与其他3种波形相比,使气道峰压更低、气体分布更佳、氧合改善更明显,在临床更为推崇。加速波应用较少。

6. **吸气峰流速** 对于有自主呼吸的患者,理想的吸气峰流速应与自主呼吸相匹配,吸气需求越高,则流速也应相应提高,以减少呼吸功耗。正常值为40~80L/min。

7. **吸气末暂停时间** 指吸气结束至呼气开始这段时间,一般不超过呼吸周期的20%,较长的吸气末暂停时间有利于气体在肺内的分布,减少死腔通气,但使平均气道压增高,对血流动力学不利。

8. **PEEP** 不同病种常规所需的PEEP水平差别很大,COPD可予3~6cmH$_2$O,ARDS则可高达10~15cmH$_2$O,而对于支气管哮喘以前趋向于较高水平的PEEP,而目前则趋向于较低水平的PEEP,甚至0 cmH$_2$O的PEEP。目前推荐"最佳PEEP(best PEEP)"的概念:①最佳氧合状态;②最大氧运输量(DO$_2$);③最好顺应性;④最低肺血管阻力;⑤最低QS/QT;⑥达到上述要求的最小PEEP。但在实际操作时,可根据病情和监测条件进行,一般从低水平开始,逐渐上调,待病情好转,再逐渐下调。

9. **同步触发灵敏度(trigger)** 可分为压力和流速触发2种。一般认为,吸气开始到呼吸机开始送气的时间越短越好。压力触发很难低于110~120ms,而流速触发可低于100ms,一般认为后者的呼吸功耗小于前者。触发灵敏度的设置原则为:在避免假触发的情况下尽可能小,一般置于PEEP之下1~3cmH$_2$O或1~3L/min。

10. **叹气(sigh)** 机械通气中间断给予高于潮气量50%或100%的大气量以防止肺泡萎陷的方法。常用于长期卧床、咳嗽反射减弱、分泌物引流不畅的患者,有人将叹气用于ARDS发现可以有效减少肺不张,改善氧合和顺应性。

四、呼吸机报警的检测及处理

密切观察呼吸机的运转情况及各项指标的设置是否合适。如有报警,应迅速查明原因,给予及时排除,否则会危及患者的生命。如报警原因无法确定时,首先要断开呼吸机,使用简易呼吸器进行人工呼吸维持通气和氧合,保证患者的安全,再寻求其他方法解除报警并对呼吸机进行检修。

1. **检查故障的一般规律**

(1)按照报警系统提示的问题进行检查。

(2)检查气源(氧气、压缩空气),注意管道连接是否紧密,有无漏气。

(3)观察各监测参数有无异常,分析原因。

(4)查看各连接部分是否紧密,尤其是管道各部分的连接处、湿化罐、接水瓶等。注意管道不要打折,扭曲。

(5)及时清除管道内积水(包括接水瓶),呼吸机管道水平应低于患者的呼吸道,以防引起呛咳、窒息及呼吸机相关肺炎的发生。

2. **气道压力的监测**

(1)高压报警。患者呼吸道分泌物过多;湿化效果不好刺激呼吸道;患者气道痉挛或有病情变化(气胸、支气管痉挛、肺水肿等);呼吸机管道内积水过多,管道受压、打折等;患者激动、烦躁;气道内痰堵、异物堵塞或气囊脱落堵塞气管插管(后者见于老式气管插管)。

(2)低压报警。气囊漏气、充气不足或破裂造成;呼吸机管路(包括接水瓶、湿化罐等)破裂、断开或接头衔接不紧造成漏气;气源不足造成通气量下降;患者通气量不足时,设置方式参数不正确;对于气道压力的报警,一旦找到原因要及时处理,不能随便消掉报警或置之不理。

3. 人机呼吸对抗的常见原因及对策

(1)原因。

①开始用机不适应。

②自主呼吸过强、烦躁不配合。

③咳嗽、疼痛。

④通气不足或通气过度。

⑤出现气胸、肺不张、气管痉挛、循环功能异常等并发症。

⑥呼吸机故障。

(2)对策。

①耐心解释,争取配合或使用简易呼吸器过度。

②增加呼吸流量,吸纯氧抑制自主呼吸,如不奏效,在排除机械因素后,可使用吗啡、地西泮等中枢抑制药。

③适当使用镇咳、镇痛药。

④调整呼吸参数。

⑤积极预防和治疗并发症,必要时经胸腔闭式引流或漂浮导管监测血流动力学。

⑥应及时更换呼吸机或停机检修。

五、撤机的护理

1. 指征

(1)患者氧合良好,在吸氧浓度<0.6的情况下,$PaO_2>8kPa$。

(2)能够维持$PaCO_2$在相对正常范围内。

(3)可以满足断开呼吸机后的呼吸功耗。

(4)神志清楚,反应良好,患者应有张口及咳嗽反射。

撤机技术包括逐渐增加患者自主呼吸的时间或逐渐降低通气支持的水平。需严密监护撤机患者的病情,因撤机后患者失去了呼吸支持,需要自我保护气道,这意味着他必须神志清楚,能够正确吞咽而不误吸,咳嗽排痰有力。

2. 撤机前的准备

(1)保证气道清洁、通畅;氧合良好;无CO_2潴留。

(2)控制诱发疾病、发热和感染、疼痛、焦虑、抑郁。

(3)注意营养状态、电解质(钾、磷、镁)平衡。

(4)避免过量进食糖类而引起CO_2产生过多。

(5)患者要有足够的心理准备,才能成功撤机。

在撤机过程中应鼓励患者多做自主呼吸,锻炼呼吸肌,增强自信。并告之患者,倘若在撤机过程中出现呼吸困难,一定会有相应的呼吸支持,以确保其有足够的供氧及通气,减少患者的焦虑情绪,增加撤机成功率。

为达到最佳的机械通气效果,ICU护士不仅要懂得如何操作和观察呼吸机,更应具备上述有关知识,以确保患者获得生理与心理的全面护理。

(李春燕)

第 25 章　肾替代技术

第一节　腹膜透析

<table>
<tr><td>

教学目标

1. 了解腹膜透析的构件。
2. 熟悉腹膜透析的原理、概念、适应证。
3. 掌握腹膜透析的操作方法、膜膜透析的护理。

</td></tr>
</table>

ICU 患者 20%～30%合并有急性肾衰竭,急性肾衰竭是多种原因使肾功能在数小时至数周内发生急剧减退,导致水钠潴留、氮质血症、电解质和酸碱平衡失常等急性尿毒症综合征。与慢性肾衰竭比较,大多数急性肾衰竭是一个可逆过程。如能早期诊断和及时治疗,多数可逆转。其治疗原则主要为:除病因和诱因治疗、控制发病环节、纠正严重代谢失常等并发症、对症支持治疗外,透析是一种很有效的治疗方法。方法包括:血液透析、腹膜透析。

一、腹膜透析的定义

腹膜透析(peritoneal dialysis,PD):是指灌入腹腔内的透析液与腹膜毛细血管内的血液之间水和溶质的交换过程。是利用人体的腹腔和包围腹腔的腹膜进行透析。通过不断更换新鲜透析液,达到清除毒素,脱去多余水分,纠正酸中毒和电解质紊乱的治疗目的。

二、腹膜透析原理

腹膜分为壁腹膜和脏腹膜,其面积相当于人体的体表面积,具有半透膜的特性。在腹膜透析中利用腹膜作为生物性透析膜,将已配制好的腹透液灌入腹腔,利用腹膜两侧浓度差,溶质由高浓度侧向低浓度侧(弥散作用),水分由渗透压低向渗透压高(渗透作用)移动最终达到平衡,通过反复更换和调整透析液,可持续的排出体内多余的水分、电解质及废物,维持机体内环境的稳定和生理功能。

溶质的转运是通过弥散和对流 2 种方式,而水的清除靠渗透压超滤。

1. **弥散**　是腹膜透析清除毒性物质的主要机制,根据多南平衡的原理,血液中溶质的浓度如高于透析液,而腹膜又能透过,将会进入透析液中;反之,透析液中溶质浓度高时,则可通过腹膜进入血中,直到腹膜两侧液体中溶质成分趋于平衡为止。

2. **影响溶质弥散的因素**

(1)浓度梯度:浓度梯度是溶质在血液和透析液之间弥散的动力。浓度梯度越大,溶质弥散的速度越快;浓度梯度越小,溶质弥散的速度越慢。

(2)溶质分子量:小分子物质比大分子物质容易通过。尿素(分子量60)从血液到透析液的转运比肌酐(分子量113)和维生素(分子量1 355)快。因腹膜的通透性较高,一些小分子蛋白质也可通过,这样可以达到部分清除蛋白类毒性物质(如 β_2-MG)和与蛋白质结合的毒性产物的目的。但也有正常蛋白质丢失的弊端,造成患者营养障碍,需增加饮食补充。

(3)有效血液循环量:腹膜毛细血管的血液循环中有大量的代谢废物。在成年人,腹膜对尿素氮的清除率一般不超过 30ml/min。

(4)腹膜的通透性和腹膜面积:主要是指大分子溶质清除除与浓度梯度有关外,还与腹膜的通透性和总有效面积有关。在一定的范围内,灌注的透析液越多,则接触面积越大,因而溶质的清除率越高。在病理情况下,腹膜面积和通透性都可能发生改变,如腹膜粘连时,弥散面积减少;长期透析发生腹膜炎,使腹膜增厚,降低通透性,都将影响溶质的清除。

(5)内皮细胞表面电荷:内皮细胞与其他细胞一样,带有表面电荷,这些电荷影响带电溶质的被动转运。

3. 影响溶质清除的其他因素

(1)透析液:透析液交换量及频率;透析液腹腔存留时间;透析液的温度、渗透浓度。

(2)患者自身情况:残余肾功能;尿素生成速率;患者的饮食等。

4. 水分的清除　在滤过压的作用下,水从血液侧向透析液侧的移动称为超滤。在水通过腹膜的同时也带出一定的溶质,此为溶质的抽吸作用,溶质转运的这一方式称为对流转运。

水分的清除主要靠渗透压或静水压梯度。

5. 影响水分清除的因素

(1)腹膜两侧渗透梯度。

(2)腹膜溶质转运特性。

(3)透析液存留时间。

(4)有效腹膜面积。

(5)腹腔静水压。

(6)淋巴液回流量。

三、腹膜透析的基本构件

腹膜透析具有设备简单、操作方便、不需抗凝药、可以腹腔用药,因此,有活动出血的急性肾衰竭(ARF),应首选 PD。

腹膜透析的基本构件包括:腹膜透析管、腹膜透析液,若进行自动化腹膜透析治疗则还包括腹膜透析机。

(一)腹膜透析管

腹膜透析管分类:慢性腹膜透析管、急性腹膜透析管。

1. 慢性腹膜透析管

(1)基本材料:硅胶。

(2)结构特征:侧孔、Cuff 及不透 X 线的标记线。

(3)类型:根据导管涤纶套个数分为单涤纶套管和双涤纶套管。因单涤纶套管缺点较多,逐渐被双涤纶套管所取代。包括双 Cuff 直式天鹅颈管和直管、卷曲管以及急性腹膜透析管等。

2. **急性腹膜透析管** 硬质急性腹透管用于紧急腹膜透析时,可以床旁快速建立腹腔通路,置管快速、简便、无需特殊准备和设备。相关并发症发生较软管多,包括:出血、透析液渗漏等。

腹膜透析导管种类:成人双套管、卷曲套管、盘状导管、柱状导管等。

3. **常用的置管方法**

(1)穿刺置管术:床旁进行,使用穿刺套针和导丝技术,通常用于暂时急性腹膜透析患者。其优点是切口小,快速且经济,可立即使用。缺点是盲插损伤内脏和(或)血管的风险很大,渗漏和引流不好较常见。

(2)腹腔镜引导下置管术:若操作熟练过程相对简单和快速,术后可立即使用。其优点是导管定位准确、内脏损伤风险小,缺点是操作时间长、切口较大。

(3)直视下手术置管术。

4. **腹膜透析管的走行** 按其置入体内后的解剖位置分为3段:腹内段、皮下段和体外段。腹透插管出口处称为出口;皮下段2个Cuff之间称为隧道;腹透管的外端通过特殊接头(钛金属或塑料)与各种腹透外管路相连接。

(二)腹膜透析液

腹膜透析液主要成分:电解质、缓冲药和渗透药。

1. **电解质** 包括钠、钙、镁、氯离子(一般不含钾离子)。

2. **缓冲药** 目前商品化腹透液中的缓冲药多为乳酸盐,醋盐腹透液已被淘汰。

3. **渗透药** 绝大多数商品化腹透液中的渗透药为葡萄糖;氨基酸、右旋糖酐-70等为渗透药的腹透液已经开始进入市场。

四、腹膜透析的基本方式

(一)手动腹膜透析

输入透析液和引流均由手工完成,依靠重力进出腹腔。

连续非卧床性腹膜透析(continuous ambulatory peritoneal dialysis,CAPD)

1. **定义** 白天进行3次交换,每次保留时间4h,晚间进行1次长时间的保留,时间8~10h。白天,患者只在更换透析液的短暂时间内不能自由活动,而其他时间患者可自由活动或从事日常工作,这就是所谓的非卧床透析;而在1天24h内,患者腹腔内基本上都留置有透析液在与血液进行透析交换,这就是所谓持续性透析。

2. **交换时间** 早上7~8时,中午12~13时下午16~17时,晚上就寝时(22时)具体时间也可以弹性调整以适应患者的生活方式。

腹膜透析过程是反复地将一定量腹膜透析液灌入腹腔内,停留一段时间后,又部分或全部引流出腹腔的过程,这一过程称为一个腹膜透析周期。每个腹膜透析周期包括3期,即入液期、停留弥散期和引流期。

(1)灌注期:为腹膜透析液经过透析管道系统进入腹腔的时间,一般1~2L透析液的入液时间仅需5~10min。

(2)停留弥散期:是腹膜透析液在腹腔内停留时期,在此期内,透析液与腹膜毛细血管内血液通过弥散与渗透原理进行物质交换,以达到清除代谢废物和过多水分,并向机体补充必要物质的目的。

(3)引流期:指透析液经过透析导管从腹腔内引流出来的时间,一般1~2L透析液引流完毕需要10~15min。

3.CAPD的典型处方　1.5%腹膜透析液2 000ml,Tid;2.5%腹膜透析液2 000ml Qn。

4.腹透操作

(1)物品准备:擦净操作台面;准备透析液架、腹透液、兰夹子、碘伏帽;洗手(六步洗手法)、戴口罩。

(2)连接患者:打开透析液的外包装,检查透液浓度、有效期、液体是否澄清透明、密闭性、管路的完好性、碘伏帽的有效期;取出患者身上的短管并连接(注意避免操作时手不能碰到拉环外口及短管出口)。

(3)引流:夹子夹住入液管,折断活塞,引流袋放在低位,放在专用的桶内;打开短管排出腹腔内液体,同时检查引流液是否有异常;引流完毕后,关闭短管。

(4)冲洗:检查短管确实处于关闭状态;移开透析液管路上的夹子,看到新透析液流入引流袋内,缓慢数5s;用夹子夹闭废液袋端的输液管。

(5)灌注:打开短管开关,新鲜透析液流入腹腔;10min左右灌注结束后,关短管;用另一个夹子关闭输液管。

(6)分离患者及短管盖帽:打开一次性碘伏帽外包装;检查碘伏帽内海绵是否浸润碘伏液;移开双联系统,分离短管,盖碘伏帽;测量并记录引流液量。

(二)自动化腹膜透析

输入透析液和引流均由自动化腹膜透析机协助完成。连续循环式腹膜透析(continuous clycer peritoneal dialysis,CCPD)。

1.定义　晚间进行4~5次交换,每次保留时间3h,白天进行1次长时间保留,时间10~12h。CCPD是借助于腹膜透析机帮助注入和排出腹透液的平衡式腹膜透析形式,是自动腹膜透析的主要形式。

2.方法　打开机器,将透析的各项参数输入机内,患者在夜间入睡前将连接管与腹膜透析管连接,先将白天停留在腹腔中的液体放出,然后机器自动输入透析液,并按预定时间完成透析液的保留、引流过程。每晚反复进行4~5次,次晨机器输入最后一袋透析液,然后自动停止运行。患者醒来后,拆除连接管和机器的连接装置。

3.CCPD的典型处方　1.5%~2.5%腹膜透析液2 000~3 000 ml,每天3次或4次;2.5%腹膜透析液2 000~3 000 ml Qn。

(三)其他腹膜透析方法

1.间歇性持续腹膜透析(ICPD)。

2.间歇性腹膜透析(IPD)。

3.夜间间歇性腹膜透析(NIPD)。

4.潮式腹膜透析(TPD)。

五、腹膜透析的适应证和禁忌证

腹膜透析作为血液净化学的方法之一,可以广泛应用于血液净化的诸多方面。由于腹透平稳、安全、有效更适合老年人、小孩、糖尿病肾病患者,尤其是心脑功能不稳定的患者;对一些血管条件比较差的患者腹透更适合。

有残余肾功能的患者首选腹透因为可以更有效的保护患者残余肾功能。

(一)适应证

1. 急性肾衰竭。

2. 慢性肾衰竭。

3. 急性药物或毒物中毒。

4. 水电解质、酸碱平衡失调:如高钾血症、高钙血症、代谢性酸中毒等。

5. 其他:急性坏死性胰腺炎。

(二)腹膜透析禁忌证

1. 绝对禁忌证　各种疾病、外伤或手术导致的腹膜广泛粘连、纤维化或缺失;不能经手术修补的腹腔缺损,腹腔存在持续引流管。

2. 相对禁忌证　慢性阻塞性肺病及呼吸功能障碍、新近的腹部手术、全身性血管疾病、蛋白质-热量摄入障碍、腹腔内巨大肿瘤、妊娠晚期、精神病不能合作者。

(三)腹膜透析指征

1. 急性肺水肿或严重水肿。

2. 高分解代谢。

3. 无尿或少尿48h以上。

4. 高钾血症(血钾$\geqslant$6.5mmol/L)。

5. 代谢性酸中毒较严重。

6. GFR$\leqslant$10ml/min;血 Cr$\geqslant$707.2μmol/L。

7. 尿毒症症状严重难以纠正。

(四)紧急透析指征

1. 急性肺水肿,利尿药治疗无效。

2. 难于纠正的高钾血症,血钾$\geqslant$7.0mmol/L。

3. 严重而又难于纠正的代谢性酸中毒,血 pH$\leqslant$7.25,CO_2CP$\leqslant$15mmol/L。

六、腹膜透析的护理

1. 术前准备　腹膜透析患者的心理准备、向患者家属交代病情及手术注意事项,签署手术同意书、检查患者有无出血倾向及出凝血时间。腹部及阴部备皮,注意脐部的清洁卫生,嘱患者术前禁食、禁水,协助患者排空大小便。给予抗生素预防感染。

2. 置管术后的观察与护理

(1)手术切口的观察:有无渗血、渗液、水肿及脓性分泌物;导管制动,用敷料或胶布固定管子防止牵拉或扭曲;术后1周由专业人员进行腹透导管出口处的常规护理;注意观察腹透管是否通畅,有无蛋白质团或者血性渗出液。

(2)出口处护理。

①物品准备:无菌棉签、0.9%氯化钠注射液 10ml 1 支、安尔碘 1 瓶、一次性无菌弯盘、砂轮、无菌纱布(7.5cm×7.5cm)2 块、3M 脱敏胶带。

②检查出口处有无红、肿、痛,有无渗出物及脓性分泌物。

③用砂轮轻划生理盐水安剖颈部,再以棉签蘸取安尔碘消毒颈部之后掰开备用;用棉签蘸

取生理盐水(以浸润棉签 2/3 为宜),从出口根部向外环形擦拭,将分泌物清除掉,再以同样方法将靠近出口端的腹透管从根部向外擦拭清除附着在管路上的分泌物。

④用棉签蘸取安尔碘,消毒出口处周围的皮肤,从内向外环形擦拭,其范围直径不小于 6cm。

⑤用 2 块无菌纱布重叠覆盖在出口上,(腹透插管自然垂直向下)并以胶带固定;距出口 5~8cm 处用胶带将腹透管固定(防止患者在脱衣、裤时牵拉管路)。

注意事项:当出口处结痂过多时,可以用无菌镊子轻轻夹掉,对于固定较紧的结痂可先用盐水将其浸软,再慢慢擦掉。

3. 腹透液中加药的护理操作　物品准备;消毒:消毒腹膜透析液加药口;加药:遵医嘱将所需药品从加药口注入腹透液中;摇匀:将腹透液轻摇数下,使药液与腹透液充分接触。

4. 腹透液要用电热毯、暖水袋、微波炉加热,温度至 37℃ 左右(高于正常体温 1℃)　微波炉加热冬季中火 5min、低火 8min;夏季中火 3min、低火 5min,加热后摇匀;操作前、加温时不能撕开外包装,也不能浸在热水中加温。

5. 常见并发症的护理

(1)透析液引流不畅或腹透管堵塞:改变体位、排空膀胱、加强肠蠕动可服导泻药或灌肠、以 1% 肝素盐水或 1 000U 尿激酶加盐水 30~60ml 封管,若移位则需调整导管位置。

(2)腹痛:腹透液加温要适当、变换患者体位、降低腹透液的渗透压、减慢透析液的进出速度。

(3)腹透管与钛接头脱落:需将腹透管外端与钛接头浸泡在碘伏消毒液中 20~30min,再连接。

(4)腹膜透析的排出液异常。

①每次透析液排出后均应观察其颜色及性状,正常排出液应为澄清、透明,略带黄色,似尿液般,若排出液中有纤维块浮现,是由于蛋白质在体内凝结造成的,应增加换液次数,缩短透析周期,无出血倾向的可在腹透液内每袋(2L)加入肝素 8~16mg。

②若排出液呈红色,可能由于腹膜内有毛细血管破裂,导致微量血液进入透析液中,也可能发生于女性行经期间,应立即连续腹腔冲洗 4~6 次,每次灌注 1 000~2 000ml,效果不明显可采用低温透析,根据患者耐受情况可使用室温下透析液或 34~35℃ 透析液灌注。

③若排出液混浊不清,患者并伴有发热、腹痛,此为腹膜炎,应立即将混浊的透析液保留送检。

(5)腹膜炎的即刻处理原则:保留最混浊的透析液送检;用 1.5% 透析液连续冲洗腹腔 4~6 次,每次灌注 1 000ml;静脉输入加腹腔注入抗生素。

(6)腹腔注入抗生素的方法:夜间干腹,200ml 腹透液加入抗生素(根据医嘱)腹腔灌入并存腹,次日晨第一次腹透前用 1.5% 腹透液冲洗腹腔 2 次后再做规律腹透,夜间干腹再注入抗生素。

(崔文英)

第二节　血液透析疗法

教 学 目 标

1. 了解血液透析的设备。
2. 熟悉血液透析的原理、概念、适应证。
3. 掌握临时性血管通路及血液透析并发症的护理。

一、血液透析原理

血液透析是用透析机分别驱动血液和透析液通过透析器来完成透析和超滤。其原理：是利用超滤、渗透现象和半透膜的弥散作用，对血液的质和量进行调解。

1. **人工肾**　透析器、透析液配比装置、血液和透析液监控装总称为血液透析装置，即人工肾。

2. **半透膜**　小分子物质能透过而大分子物质不能透过的膜，广义地说，称半透膜。

3. **透析**　是指溶质沿着浓度梯度通过半透膜进行弥散。浓度梯度越大，弥散速度越快。

4. **弥散**　溶质依靠浓度梯度差从浓度高的一侧向浓度低的一侧流动，这种方式的转运称弥散。

5. **超滤**　是指水的对流，以及溶质随着水对流在静水压和（或）渗透压作用下产生的移动。临床透析时，超滤是指水分从血液向透析液移动而言。

二、血液透析的适应证和禁忌证

（一）适应证

1. **急性肾衰竭（急诊透析）的透析指征**

（1）急性肺水肿、脑水肿等水中毒者。

（2）严重高钾血症：血钾＞6.5mmol/L。

（3）严重酸中毒：$CO_2CP \leqslant 13mmol/L$。

（4）高分解代谢状态：BUN＞30mg/dl 及 Cr＞2mg/dl。

（5）少尿或无尿达 2d 以上。

（6）尿毒症症状。

2. **慢性肾衰竭**　内生肌酐清除率下降至 5～10ml/min，血肌酐＞707μmol/L，且出现尿毒症症状时便开始透析。另外，当发生重度高血钾、严重代谢性酸中毒、左心衰竭时，应立即进行透析。

3. **其他**　急性药物或毒物中毒。

（二）禁忌证

没有绝对禁忌证。相对禁忌证包括：进展的恶性肿瘤（不包括骨髓瘤）；痴呆（如果明确不是由于尿毒症引起的意识错乱）；不能肝移植的进展性的肝性脑病。

三、血液透析设备

包括透析器、透析机、水处理设备和透析液

(一)透析器

透析器是物质交换的场所,最常见的是中空纤维型,它由 8 000～10 000 根空心纤维捆扎而成。血流由纤维中心通过,周围则与透析液接触。透析器的面积、孔径大小、膜材料、血流量、透析液流量、时间等均影响透析效果。

(二)透析机

主要由血泵、透析液供给系统和安全监控系统组成。

1. 血泵　为蠕动式,是驱动血液在体外循环中流动的动力。泵速为 50～600ml/min。

2. 透析液供给系统　包括透析液配比和透析液监控。

(1)透析液配比:水与浓缩透析液按一定比例稀释成所需浓度的最终透析液。

(2)透析液监控:主要有电导度、温度、pH、漏血监测等。

3. 安全监控系统　包括血循环、超滤、患者监测系统。

(1)血循环监测系统:动静脉壶和动静脉压力监测、空气探测器和静脉夹、肝素泵。

(2)超滤监控系统:定压超滤、定容超滤、程序化超滤。

(3)患者监测系统:体温监测、血压监测、血容量监测、再循环测定、在线 Kt/V 测定。

4. 其他功能　可调钠透析、高钠透析、血液透析虑过、自动化学或热消毒、单针透析等。

(三)水处理

水处理是将自来水中的微粒、离子、细菌和微生物去掉,提供高纯度的水,供透析使用。

1. 砂过滤器　将水中悬浮颗粒过滤掉。

2. 软化装置　除去水中的钙、镁离子。

3. 活性炭装置　将水中的消毒剂如漂白粉和氯胺有机物、细菌、病毒和致热原吸附掉。

4. 反渗膜　根据逆渗透原理,通过加压泵在膜的生水一侧施加极高的压力将纯水压过反渗微孔,生成的反渗水经紫外线消毒后可供透析使用。100%的细菌和致热原不能通过反渗膜。

(四)透析液

见表 25-1。

表 25-1　碳酸氢盐透析液成分及浓度

成　分	浓度(mmol/L)
钠	135～145
钾	0～4
钙	1.25～1.75
镁	0.25～0.5
氯	100～115
醋酸根	2～4
碳酸氢根	30～40
葡萄糖	0～5.5
二氧化碳分压(mmHg)	40～110
pH	7.1～7.3

四、血管通路

血管通路是指把血液从体内引出来进入体外循环,再回输到体内的出入途径。

血管通路分为临时性血管通路;带袖套、建立隧道导管和永久性血管通路。

(一)临时性血管通路

指在很短时间内建立起来,并能立即使用的血管通路。

1. 直接穿刺　包括穿刺静脉和动脉。

2. 中心静脉置管　主要用于短时间使用如急性肾功能损害、药物中毒、动静脉内瘘未成熟前的患者。留置部位首选部位是右侧颈内静脉或股静脉尽量不选择锁骨下静脉。

(二)带袖套、建立隧道导管

主要用于没有其他选择的患者作为长期通路,其特点是导管上带袖套,在置管时需建立隧道;使纤维组织向套囊生长能够降低感染率,并利于皮下固定。

首选部位是右侧颈内静脉,也可选择颈外静脉、锁骨下静脉、股静脉;尽可能不要在同一侧作永久动静脉内瘘。

(三)永久性血管通路(AVF)

永久性血管通路(AVF)包括动静脉血管瘘(AVF)、人造血管瘘。

1. AVF　由皮下进行动静脉吻合构成,一般在前臂,经过静脉扩张和静脉壁增厚(动脉化),需数周才能成熟。

常用手术部位:桡-头静脉(手腕);桡-贵要静脉(手腕);肱-头静脉(肘);肱-贵要静脉。

2. 人造血管瘘　通常用PTFE(聚四氟乙烯)制备,连接于动脉和静脉间构成人工血管内瘘。多数人造血管是由PTFE制备。这种材料多孔,成纤维细胞可以在其内生长,使其与皮下组织牢固结合。也可以用自体静脉、牛脐带静脉,或其他合成或天然材料替代。

(四)临时性血管通路的护理

开始血液透析时,必须建立临时血管通路,多采用中心静脉留置导管途径,为安全度过制作内瘘前的一段时间,必须保护好临时性血管通路。

1. 密切观察　注意观察留置导管处有无渗出、血肿、发热、感染等迹象。检查留置导管固定是否牢固、导管夹子是否夹紧。

2. 防止感染　导管在使用过程中严格无菌操作,定期更换包扎敷料,一般 2~3 次/周,夏季由于患者出汗多,要做到每日对穿刺部位皮肤消毒,更换敷料,如发现敷料有渗血、渗液时或污染随时更换。注意插管皮肤出口处有无红肿及脓性分泌物,体温升高,必要时抽血做细菌培养,一旦出现感染,立即拔管并给予有效抗生素治疗。每次血液透析时都应对导管出口进行换药,连接管路前将动静脉管腔内残血抽吸丢弃,在透析中如遇血流量不足时,必须消毒后再调整管腔的位置。透析结束后,消毒导管出口,待消毒液干后覆盖透气性好的伤口敷料。导管尾部小帽可选用碘伏帽或一次性小帽,尽量不浸泡,避免二次感染的发生。

3. 防止导管血栓形成　为防止管腔内发生凝血,必须于每次透析完毕后用抗凝药封管,封管容积为所用导管动脉管腔和静脉管腔的容量之和,并夹紧各管夹。对于 1 次/周透析患者,隔 2~3d 来院将动静管腔内的肝素抽出,在动、静脉导管内各注入生理盐水 10ml,以保证管腔内无血液,再用原液肝素封管,并以肝素帽封口,防止导管内凝血。抗凝药的选择及剂量要因病情而定。

4. 防止导管脱落　置管成功后,将导管的双翼用缝线固定于患者的皮肤上,防止患者活动时管道脱出。如果发现缝线老化或者断落,应及时给予再缝合固定,以防脱管。

定期清洁导管及周围皮肤。导管外及皮肤的胶布印、碘伏印可用汽油擦净后再用酒精消毒,避免长期使用后导管外附着过厚碘迹。

5. 专管专用　透析患者的留置导管,一般只限透析时使用不宜另作他用,如抽血、输液等,如必须使用时,应在使用前先抽出管腔内抗凝药,使用完毕后必须按血透结束后导管的处理要求封管,防止导管阻塞。

6. 患者及家属的健康教育

首先,患者应养成良好卫生习惯,保持导管部位的清洁卫生、避免污染,洗澡时用皮肤膜覆盖导管出口,用淋浴,禁用盆浴。留置颈部导管患者洗发应用干洗,注意体温变化及插管局部有无肿、痛、渗出,一旦出现问题及时与医护人员联系。

其次,股静脉留置导管患者不宜过多活动,其他部位的留置导管不宜剧烈运动。尽量穿宽松、棉质内衣,避免穿紧身衣。穿脱衣服时动作要轻缓,应特别注意保护导管。颈部留置导管患者睡眠时尽量仰卧位或向对侧卧位,避免过度活动,防止留置导管滑脱。一旦导管滑脱,应立即压迫局部止血,并立即到医院就诊。

五、血液透析抗凝

为要进行血液透析,必须建立体外循环。为使血液不凝结在体外循环中,必须使用抗凝药,使试管凝血时间保持在 30min 左右,这样既不产生凝血,也不导致出血。

(一)肝素

目前临床使用最广泛的抗凝药,肝素是一种黏多糖,其分子量为 6 000~25 000,不能通过透析膜,易溶于水,并与碱性蛋白(溶酶体、鱼精蛋白、清蛋白)结合成无活性的不溶性复合体。静脉注射肝素迅速产生抗凝作用,半衰期 1~2h,在肝内灭活,由肾排出,4~6h 排尽。

给药方法

1. 持续给药　开始首次剂量为 0.3~0.5mg/kg,然后 4~8mg/h,在透析结束前 30min 或 1h 停用。

2. 间歇给药　开始首次剂量为 0.5~1.0mg/kg,每小时监测凝血时间,根据凝血时间(试管凝血时间不超过 20min)追加肝素,在透析结束前 30min 或 1h 停用。

3. 小剂量肝素抗凝　对于有轻度出血风险的患者,使用小量肝素抗凝。使用最小的抗凝药量,保证血液透析正常运行。测定基础凝血时间,首次肝素剂量为 6mg(750U),肝素输注速度为 5mg/h(600U)使凝血间维持在基础值的 140%。

(二)低分子肝素

由肝素降解获得,与肝素相比,可减少出血但价格昂贵。使用方法是在血液透析前给予单一剂量 0.7~1.0mg/kg。出血危险性高患者则可降低至 0.25mg/kg。

(三)局部肝素化(体外肝素)

适用于有出血倾向患者,不给首次量肝素,透析开始从动脉端注入肝素,同时从静脉端注入鱼精蛋白以中和肝素,从而使体内凝血时基本无变化,而体外的循环凝血时间为 30min 左右。

应用体外肝素要注意:反跳现象和鱼精蛋白的不良反应。

(四)无肝素透析

主要用于那些活动性出血患者,包括心包炎、凝血功能障碍、血小板减少症、颅内出血、近期手术及肾移植患者。

(五)局部枸橼酸抗凝法

替代无肝素透析的一种方法是在体外循环中通过降低血离子、钙浓度来抗凝(钙对于凝血过程是必要的)。可通过动脉管路输注枸橼酸钠(可与钙结合)并使用无钙透析液来降低体外循环中离子钙。低离子钙浓度的血液回输入患者体内是非常危险的。因此,要从静脉管路输注氯化钙以补充丢失的离子钙。使用静脉用枸橼酸其浓度为 46.7%($132mmol/L$);10% 氯化钙稀释浓度为 3.33%($467mmol/L$)。

(六)其他抗凝药

前列腺素、重组水蛭素、阿加曲班等。

六、血液透析并发症的处理

(一)低血压

症状性低血压是透析中主要并发症之一,发生率 $20\%\sim40\%$。

1. 低血压的原因

(1)有效血容量的减少:患者除水总量过多,除水速度过快,超滤率大于毛细血管再充盈率,则会产生低血压。

(2)血浆渗透压的变化:由于清除尿素、肌酐等物质,血浆渗透压下降,血管外液形成渗透压梯度,使水分移向组织间或细胞内,有效血容量减少,导致血压下降。

(3)其他:自主神经功能紊乱、生物相容性对血压的影响。

2. 低血压临床表现

(1)轻度:恶心、呕吐、憋气。

(2)中度:出汗、面色苍白。

(3)重度:头晕眼花、意识丧失、死亡。

3. 处理

(1)开始透析时血压下降:患者紧张,血管痉挛,做好患者的解释工作,血容量不足的患者,给予生理盐水或输血。患者年龄大,心血管调节差,血流量逐渐加大。

(2)透析中后期低血压:80% 是患者有效血容量减少,补生理盐水、给高渗糖、高渗钠。

(3)结束时低血压:脱水过多或干体重需增加。

(二)失衡综合征

是在透析中后期或结束后不久发生的与透析有关的以神经系统症状为主的综合征。

1. 原因 是由于透析时血中尿素比脑脊液中下降快,血脑之间产生渗透压差,使水进入脑细胞,引起脑水肿。

2. 症状 恶心、呕吐、头痛、乏力、烦躁、血压升高,严重时嗜睡、惊厥、意识丧失、抽搐、昏迷甚至死亡。

3. 处理 提高血浆渗透压、给高渗糖、高渗钠,或在透析中静脉滴注甘露醇。

4. 预防 诱导透析时血浆渗透压下降不超过 $30mmHg$,短时多次。

(三)发热

1. 原因　感染、致热反应、输血反应、高温透析,还有不明原因的发热。致热源反应:来源于水处理、复用的透析器和管路、透析液等,多在透析后 1h。

2. 临床表现　主要有寒战、发热、肌痛、恶心、痉挛等。

3. 处理　主要是对症治疗和抗过敏药物,可给地塞米松、地西泮,症状不能控制的,静脉注射哌替啶是有效的措施。

(四)出血

1. 原因　肝素的应用、血小板功能不良、高血压等。

2. 症状　牙龈出血、消化道出血,甚至颅内出血。

3. 处理　减少肝素用量、无肝素透析或改为腹膜透析。

(五)失衡综合征

1.A 型

(1)发病:在透析开始后 30min 内。

(2)表现:呼吸困难、烧灼、瘙痒、发热感、血管性水肿、荨麻疹、流涕、流泪、腹部痉挛。

(3)处理:激素与抗过敏药。

(4)预防:复用、大量冲洗、选用方式消毒的透析器。

2.B 型

(1)发病:透析开始 1h。

(2)表现:胸痛、背痛。

(3)处理:对症处理。

(六)其他

恶心与呕吐、头痛、肌肉痛性痉挛、溶血、心律失常等。

(崔文英)

第三节　血液滤过

教 学 目 标

1. 了解血液滤过的构件。

2. 熟悉血液滤过的原理、概念、适应证。

3. 掌握血液滤过的操作方法、血液滤过患者的护理。

一、CRRT 的定义

持续肾替代治疗(continuous renal replouernent therapy,CRRT)是指任何一种在一段长时间内替代受损肾功能的体外血液净化治疗,每天应用 24h 或以接近 24h 为治疗目标。

二、历史与发展

1960 年,Scribner 等首次提出 CRRT 概念,1977 年,Kramer 等率先提出 CAVH 技术,

1979 年,Bischoff 等用 CVVH 治疗 ARF 患者,1984 年,Geronemus 等提出 CAVHD,1987 年,Ronco 等提出 CAVHDF,1988 年,Tam 等提出 CVVHD,1998 年,Ronco 提出 CHFD,1998 年,Tetta 等提出 CPFA。

新概念有持续血液净化(continuous blood purificortion)和多脏器支撑治疗(mutiple organ support therapy,MOST)。

三、基 本 原 理

模拟正常肾小球的滤过作用原理,以对流为基础的血液净化技术。血循环用或不用血泵,将血液通过高通透性膜制成的滤器,在跨膜压驱使下,水分经滤过膜进入滤液,溶质以等渗性对流转运和水一起穿过透析膜,再通过输液装置,在滤器前或后,补充与细胞外液成分相似的电解质溶液以防容量缺失,达到血液净化目的。

四、CRRT 的作用

1. 清除细胞因子和炎性介质 研究证实,CRRT 能排除某些炎症介质,如 IL-1β 、IL-8 、心肌抑制因子、补体 C_{3a}、C_{5a}。但是否能降低 MODS 病死率还无定论,尚待进一步研究。

2. 间接纠正血流动力学和内环境异常 清除炎性介质;清除过多的容量负荷;纠正代谢性酸中毒和电解质平衡紊乱。

五、CRRT 的分类

包括 SCUF-缓慢连续超滤;CAVH-连续动静脉血液滤过;CVVH-连续静静脉血液滤过;HVHF-高容量血液滤过;CAVHD-连续动静脉血液透析;CVVHD-连续静静脉血液透析;CVVHFD-连续静静脉高通量透析;CAVHDF-连续动静脉血液透析滤过;CVVHDF-连续静静脉血液透析滤过。

其中 CAVH、CAVHD、CAVHDF 利用自身动静脉压差调节超滤率。CVVH、CVVHD、CVVHDF 更适用于心排血量低,动静脉压差小和(或)血管条件不好的患者。

1. SCUF 缓慢连续超滤

(1)SCUF 的适应证:SCUF 适应于下列未达到尿毒症但有肾功能受损的危重患者连续地清除液体;需要紧急减少血管内液体量的患者,如充血性心力衰竭或肺水肿患者;由于大量静脉输液,如静脉营养或用药的患者,而需要进行预防性液体控制的患者。

(2)SCUF 的优缺点:SCUF 能帮助获得液体平衡,避免了间歇性血液透析相关的血容量和电解质的迅速改变,并可增加 ICU 中不稳定危重患者的临床稳定性。SCUF 对溶质的清除有限,可导致血容量减少。

2. 连续静脉静脉血液滤过 CVVH 是采用中心静脉留置单针双腔导管建立通路,应用泵驱动进行体外血液循环,以超滤作用清除过多的水分,以对流原理清除大、中、小分子溶质。

3. 连续静脉静脉血液透析滤过 CVVHDF 是在 CVVH 的基础上发展起来的,加做透析以弥补 CVVH 对氮质清除不足的缺点。CVVHDF 溶质转运机制已非单纯对流,而是对流加弥散,不仅增加了小分子物质的清除率,还能有效地清除中大分子,溶质清除率增加 40%。该技术适用于有高分解代谢的患者。

4. 高容量血液滤过 标准 CVVH,超滤量维持在 3~4L/h,或超滤量在＞75L/d 的血液滤过才能称为 HVHF。

（1）目的：更好地维持败血症患者的血流动力学的稳定性,清除机体中许多分子量较大的毒素,如 TNF-α、IL-1 等炎症介质。

（2）临床应用：高容量血液滤过能有效地纠正 SIRS、MODS、ARDS 等由炎症介质引发的内环境紊乱,并改善危重病症的血流动力学的稳定性和机体器官功能。

六、CRRT 治疗中的若干问题

由于 CRRT 是一个连续的治疗过程,其压力的监测意义在于血液可以长时间的在体外循环而不发生凝血、所以,任何可以发生凝血的原因都要被监测。空气捕集器和血液滤过器是容易发生凝血的场所。

1. 血管通路　动静脉外瘘：硅胶管连接桡动脉和头静脉。

（1）动脉置管：首选股动脉。

（2）静脉置管：股静脉、锁骨下静脉、颈内静脉。

2. 预冲血滤器　驱尽血滤器的气体,以防发生栓塞,并使血滤时清除效果更好。

3. 置换液　纠正尿毒症患者的代谢性酸中毒是透析的主要目的之一；接受肾替代疗法的患者,代谢性酸、碱平衡的纠正,需要通过在透析膜和透析液中加入缓冲液来实现。

（1）Port 配方。

第一组：等渗盐水 3 000ml＋5％葡萄糖 1 000ml＋10％氯化钙 10ml＋50％硫酸镁 1.6ml。

第二组：5％碳酸氢钠 250ml。

两组液体不能混合但可用同一通道同步输入。

（2）置换液配方。多为乳酸盐配方,渗透压 300mmol/L,但不宜用于休克、缺氧、肝功能不全者,可造成血管扩张,血流动力学不稳定。

碳酸氢盐置换液可以纠正酸中毒,但应注意其与钙离子、镁离子发生沉淀,应分组输入。

（3）置换液的输入。

①前稀释法：由血滤器动脉端输入,经过滤器的血液为稀释后的血液,血液黏稠度下降,不宜发生凝血,肝素用量小,但代谢废物清除率下降。建议用于血细胞比容＞40％或超滤量＞10L 的患者。

②后稀释法：由血滤器静脉端输入,废物清除率高,但血液黏稠度高,易发生凝血,肝素用量大。

4. 抗凝　如果建立体外循环,就需要使用抗凝药以防止凝血。

使用抗凝药的目标：应用最小剂量的抗凝药；在血中维持适当的抗凝药水平以达到最好效果；避免出血；不影响膜的生物相容性。

常用的抗凝药包括：①肝素；②低分子肝素；③枸橼酸；④前列环素、丝氨酸蛋白酶抑制药。

七、CVVH 的适应证

1. 高血容量性心功能不全、急性肺水肿、严重酸碱、电解质紊乱。

2. 急、慢性肾衰竭伴以下情况时：低血压或血液透析时循环不稳定。

3. 血流动力学不稳定；伴有多器官功能衰竭；需实施全静脉营养。

4. 药物或毒物中毒：肝性脑病、肝肾综合征、感染性休克、ARDS、急性重症胰腺炎、

MODS。

八、CVVH 的禁忌证

血压过低、严重心律失常。

九、CRRT 在众多的危重病症的救治中能起到以下的作用

1. 维持机体血流动力学状态的稳定。
2. 有效地纠正内环境、水、电解质及酸碱平衡的紊乱。
3. 及时清除机体代谢产物。
4. 不断清除炎性介质。
5. 代谢控制好,还能给予足够的营养支持。
6. CRRT 能给危重病症的救治赢得机会和时间,有助于提高患者的生存机会。

十、CVVH 的并发症

1. 与导管相关的并发症　穿刺部位出血、血肿。气胸、血气胸。感染。
2. 与滤器、管道相关的并发症　漏血。血栓。
3. 与抗凝有关的并发症　出血、滤器凝血、血小板降低。
4. 全身并发症　血容量不足、低血压、酸碱失衡、电解质紊乱、内分泌系统紊乱。

十一、CRRT 的护理

1. 血管通路的护理　"生命线"定期给予换药,如插管处渗血,应及时给予更换,保持局部清洁干燥,肝素盐水封管;正确的预冲技术;液体的配置和管理;血流动力学监测;报警处理。
2. 深静脉留置导管术后护理　检查导管是否牢靠,通畅;有无渗血;用后消毒导管,肝素盐水封管防止血栓形成,肝素帽封闭管口,无菌包扎。
3. 卫生宣教　防感染;不宜剧烈活动,股静脉置管侧大腿不可屈曲,以免折断导管;血滤深静脉置管不宜另作他用,如抽血、输液等。

（李　昂）

第四节　血浆置换

教 学 目 标

1. 熟悉血浆置换的原理、概念、适应证。
2. 掌握血浆置换的操作方法及护理。

一、血浆置换概述

(一)血浆置换(plasma exchange ,PE)

是一种常用的血液净化方法,将患者的血液引出体外,应用膜滤过分离或离心分离的方

法,分离血浆和细胞成分,弃去血浆或血浆中致病因子,而将细胞及其他保留成分与废弃血浆等量的置换液一起输回患者体内,清除病理性物质来治疗一般疗法无效的多种疾病。

(二)血浆置换的发展

1. 放血疗法是最古老的血浆置换:1914年Abel提出血浆清除法,把患者血液收集在一个抗凝袋里,经过自然沉淀收集血浆弃去,其余成分回输患者体内,重复几次可有效清除致病因子。

2. 20世纪60年代,出现离心式血浆分离设备,利用血浆中各种成分比重的差异,给予不同离心速度,即可分离出不同的血液成分。

3. 膜式血浆分离法(1978年):利用血液各种成分不同的分子量,透过不同孔径的纤维膜而分离开来。

4. 血浆置换的新技术:在大多数疾病中,致病因子只占血浆成分的很小比例,所以最理想的方法是特异性的清除致病因子而保留正常成分。经典的血浆置换都是通过无选择地弃去所有血浆,从而达到清除血浆中少量致病因子的目的。这种方法既不经济,又有可能引发某些并发症。为克服上述缺点,现已出现选择性或特异性弃除致病介质,而将自身血浆成分回输的新方法。

(1)双重滤过。使用2个不同的滤器串联起来,由于滤器滤过膜的孔径不同,可将血浆中的不同成分分开,达到选择性清除致病因子的目的。此法对血浆的容量及正常成分改变较小,故所用置换液较少。

(2)冷凝集法。从血浆器分离出的血浆,经冷却装置(−4℃)致冷球蛋白沉淀,形成冷凝集胶体,二次滤过。其余血浆复温后回输体内。清除血浆中的冷沉淀物。如冷凝集素、冷球蛋白,此法的先决条件是致病因子必须是有冷凝集的特点。

(3)热滤过法。分离出的血浆先加热至40℃,再用离心法进行血浆成分分离。有助于LDL与HDL的分开,提高对LDL的清除率。

二、血浆置换的原理

人体循环中的致病因子在一些疾病的发病机制中起着重要作用,它可导致器官功能损害。这些致病因子包括:①自身免疫性疾病中的自身抗体如IgG/IgM;②沉积在组织中引起组织损伤的免疫复合物;③过量的低密度脂蛋白;④各种副蛋白,如冷球蛋白及游离轻链或重链等;⑤循环毒素,包括各种外源性和内源性毒素。

基于上述认识,血浆置换的作用机制如下:①可迅速清除疾病相关性因子,如自身抗体、免疫复合物、毒素、同种异体抗原或改变抗原、抗体之间的比例。这是血浆置换治疗的主要机制。血浆置换对致病因子的清除较口服或静脉内使用药物迅速有效,特别是那些治疗不能奏效和不能自己排出的致病物质。②可通过置换液补充机体所需物质,如凝血因子、电解质等。

三、血浆置换的适应证和禁忌证

(一)血浆置换的适应证

血浆置换可用于200多种疾病的治疗,主要适应证如下(表25-2)。

表 25-2 血浆置换的适应证

	疾病或综合征名称	拟被清除的致病介质
血浆置换作为首选治疗手段	冷球蛋白血症 抗肾小球基底膜病 微血管病性血小板减少症 重症肌无力 药物过量 与汞的结合的毒物中毒 Rh 血型不合 高黏滞综合征 血小板减少性紫癜 暴发性肝衰竭	冷球蛋白 抗肾小球基底膜抗体 抗内皮细胞抗体 抗乙酰胆碱受体抗体 过量的药物 毒物 IgM IgM
血浆置换作为辅助治疗手段	急性肾小球肾炎 多发性骨髓瘤 SLE 肾移植术后急性排异	IgM 抗 DNA 抗体

(二)血浆置换禁忌证

1. 活动性出血或出血倾向十分明显。

2. 弥散性血管内凝血。

3. 休克及血流动力学不稳定。

4. 对肝素、鱼精蛋白、血浆过敏。

5. 严重全身及局部感染。

6. 躁动或其他原因无法配合治疗。

四、血浆置换的基本装置

(一)仪器

仪器起到驱动血流和调节流速的作用,包括血液驱动泵、置换液泵、滤液泵及空气、压力、漏血报警系统及精确的出、入量记录装置。常用仪器有离心式血浆分离机和床旁血滤机。

(二)血浆分离器

膜式血浆分离的关键部件是血浆分离器,分离器的主要部分是分离膜。它用高分子聚合物制成的空心纤维型或平板型滤器。分离膜空心纤维膜筒直径为 $270\sim370\mu m$,膜厚 $40\sim50\mu m$ 孔径 $0.2\sim0.6\mu m$。分离膜材料特点:①弥散-对流特性,对中小分子由高度弥散性。②血液相容性,不激活补体和促进凝血对血细胞没有损害。③低黏附特性,避免干扰血浆成分和影响膜的弥散能。④良好的物理稳定性和顺应性,操作中不易破裂,在不同压力梯度下物质转运稳定。

(三)置换液

1. 新鲜冰冻血浆 核对新鲜冰冻血浆,37℃水浴,含有凝血因子和补体,但病毒感染机会多,易出现低血钙。

2. 人血清蛋白溶液 20%人血清蛋白稀释成 $4\%\sim5\%$ 的清蛋白溶液,不含凝血因子、补体成分、免疫球蛋白,优点是过敏反应少。

五、血浆置换的操作及护理

1. 患者的护理

(1)心理护理:安慰患者,告知治疗时间一般从准备到结束 2～4h。

(2)根据穿刺的部位帮助患者摆适当体位。如股静脉穿刺,平卧穿刺侧腿稍外展。

(3)神志不清躁动的患者,约束治疗侧上、下肢。

(4)心电监护:监测 BP、P、R。

2. 管路预冲

(1)预冲肝素盐水的配制:肝素 20mg/0.9％生理盐水 500ml,总量约 2 500ml。

(2)动脉端连接肝素盐水,静脉端连接预冲袋。

(3)开动血泵,引水至血浆分离器,冲洗全套管路。

(4)置换液管路接盐水。

(5)确认管路无气泡,仪器整个预冲程序完成。

3. 建立血管通路

(1)临时性血管通路。

(2)物品:内瘘穿刺或单针双腔管。

(3)常用部位:肘正中静脉、股静脉。

4. 连接患者动脉端,开动血泵引血,血泵速度<100ml/min,至管路静脉端。停泵,连接患者静脉端。

5. 设置工作参数

(1)血浆置换的总量。

(2)血浆置换的速度:30～50ml/min,实际血浆分离速度通常为 1.0～1.5L/h。

(3)血流速度:血流速度越快,血浆分离越多。理想的血流速度为 100～150ml/min,不宜<50ml/min。

6. 血浆置换开始,记录动脉压、静脉压、跨膜压、血流速、交换速度等各种参数。

7. APTT 或试管法凝血时,根据 APTT 时间,调节肝素用量,由管路肝素口注入。

肝素的使用原则:小量应用,随时调整,及时中止。既要防止抗凝不足,体外循环凝血治疗效率降低,又要避免抗凝过度引起出血。

8. 及时更换置换液防止管路气泡,空气一旦进入血浆分离器易产生凝血。观察病情,了解有无不适,出现并发症及时处理。

(顾　慧)

第 26 章　危重患者皮肤保护

教 学 目 标

1. 了解发生压疮的原因。
2. 掌握压疮的分期与护理。

一、基 本 概 念

压疮是身体局部组织长期受压,血液循环障碍,组织营养缺乏,引起的组织破损和坏死。

二、适 应 证

危重患者是压疮的高发人群,除常规好发部位外,还应注意电极片、血压袖带、引流管、导联线及气管插管、吸氧管导致的压疮。

三、原理与方法

1. **压疮的病理生理衍变**　局部组织处于持续的压迫下,产生血液循环障碍,毛细血管及微静脉扩张、水肿、吞噬细胞浸润,继而血小板聚集,组织细胞肿胀及血管周围出血,同时汗腺及皮下脂肪出现退化,表皮坏死脱落,持续缺血、缺氧、营养不良而导致软组织溃烂和坏死。但是也有学者通过动物实验发现,肌肉及脂肪组织比皮肤对压力更敏感,此种由内而外的病理衍变过程也应引起临床重视。

2. **诱发压疮的外源性因素**

(1)压力:是导致压疮发生的最重要的因素,其造成损伤的程度与压力强度、持续时间有关;萎缩的、瘢痕化的、感染的组织对压力的敏感性增加。压力在体内呈圆锥作用,通过皮肤累及所有间质传向内部骨骼,而最大压力出现在骨骼,四周压力逐渐减小。正常皮肤的毛细血管压力为 32mmHg,超过此压力范围即可引起内皮细胞损伤及血小板聚集,形成微血栓而影响组织血供。

(2)剪切力:是由摩擦力和压力相加而成,与体位关系甚为密切。如抬高床头时,骶尾部皮肤与骶骨错位,血管扭曲受压而产生局部血液循环障碍。

(3)摩擦力:能去除外层保护性角化皮肤,摩擦还可使局部皮肤温度增高,加快组织代谢并增加氧的需要量,易发生压疮。

(4)潮湿:大小便失禁、引流液、渗出物及出汗等引起潮湿导致皮肤角质层的浸渍,角质层张力下降、皮肤的抵抗力下降,使皮肤易形成压疮。

3. **诱发压疮的内源性因素**

(1)循环、呼吸不稳定:患者的内环境变化会影响皮肤本身的新陈代谢,皮肤的血供及营养供给障碍,屏障作用下降使受压部位发生损伤的危险增加。

(2)运动功能减退和感觉功能障碍:活动是对压疮的天然防御,但是危重患者由于镇静、麻醉、神经损伤等丧失活动能力是形成压疮主要原因。

(3)低蛋白血症:皮肤的基本物质是蛋白质,血浆蛋白参与皮肤屏障和皮肤免疫作用的形成,低蛋白血症势必引起皮肤抵抗力的下降。营养不良可直接导致压疮的形成;而营养的优劣又决定着压疮的预后。

(4)贫血:血液中的血红蛋白提供组织氧气及养分,当血红蛋白降低时易造成压疮。

(5)心理应激:神经压抑、情绪打击可引起淋巴管阻塞,导致无氧代谢产物聚集而诱发组织损伤。情绪紧张状态下肾上腺增加,糖皮质激素的生成、蛋白质合成被抑制,组织容易分解,易发生压疮。

(6)皮肤生理异常:皮肤是人体最大的器官,也是人体最大的屏障组织。危重患者皮肤角质层受损,再生能力减退,导致生理屏障功能减退,出现皮肤生理功能不全易发生压疮;另外,皮肤的 pH 改变、皮肤干燥也增加压疮发生的风险。

4. 压疮的 Shea 分期

1 级:皮肤完整出现指压不会变白的红印。

2 级:表皮或真皮受损,但尚未穿透真皮层。

3 级:表皮或真皮全部受损,穿入皮下组织,但尚未穿透筋膜及肌肉层。

4 级:全皮层损害,涉及肌肉、骨骼。

5. 压疮的愈合分期

(1)红色伤口:基底部为健康的红色肉芽组织,清洁或正在愈合的伤口属于此类。

(2)黄色伤口:基底部为脱落细胞和死亡细菌,一般指感染伤口。

(3)黑色伤口:有黑色的坏死组织和黑痂,如糖尿病足干性坏疽、深度压疮的坏死痂皮。

(4)粉色伤口:有新生的上皮组织覆盖。

四、监 护 要 点

预防重于治疗,积极的评估是预防压疮的关键。要求在患者入 ICU 时、各班次定期或病情变化时就压疮危险因素作定性、定量的综合分析,并对高危患者实行重点预防。压疮的评估包括 3 部分内容。

1. 评估危险人群　包括危重患者;偏瘫、截瘫或脑瘫患者;昏迷的患者;大小便失禁的患者;使用支架或石膏的患者;下肢麻痹、四肢麻痹或半身麻痹的患者;营养不良、消瘦的患者;疼痛的患者;老年患者;发热患者;肥胖者;使用镇静药的患者等。

2. 评估危险因素　采用压疮危险因素评估量表进行评估,以 Braden 量表为例(表 26-1),总分 6～23 分,分值越少,发生压疮的危险性越大。≥18 分认为无压疮发生危险,15～17 分为轻度危险,12～14 分为中度危险,9～12 分提示高度危险,9 分以下提示极度危险。

3. 压疮局部评估　描述的方法包括简图描述法和文字描述法。前者是用简图表示压疮的大小、位置及现状;后者描述的内容包括压疮的部位、形状、大小、深度、有无窦道或腔洞,创面颜色、气味,渗出液性质、量,有无肉芽组织及生长情况,创面有无感染、周围皮肤情况等。评估时要注意闭合性压疮的存在(在表皮密合下的隧道和连通)。

表 26-1 Braden 量表

评分内容	评分标准			
	1 分	2 分	3 分	4 分
感觉	完全受限	非常受限	轻度受限	未受损害
潮湿	持久潮湿	非常潮湿	偶尔潮湿	很少潮湿
活动	卧床不起	局限于椅	偶尔步行	经常步行
移动	完全不能	严重受限	轻度受限	不受限
营养	非常差	可能不足	适当	良好
摩擦和剪切力	有问题	有潜在问题	无明显问题	

五、护 理 要 点

1. 减轻局部的压迫

(1)翻身是预防压疮最有效的方法,鼓励和协助危重患者 1~2h 更换体位 1 次,并做好记录。对不能完全侧翻的患者,可采用 30°的侧翻体位。

(2)应用气垫床或海绵垫,酌情使用预防压疮的敷料,但不建议使用圆形气垫圈。

(3)取半坐卧位时,同时屈髋 30°,在膝下放软枕,可防止身体下滑并扩大身体支持面。

(4)使用提式床单帮助患者在床上移动,减少摩擦力,预防压疮。

(5)不建议在受压发红的部位按摩,按摩会加重局部缺氧,导致组织水肿、变形,诱发压疮。

2. 保持局部清洁干燥

(1)保持皮肤清洁。渗出液多,及时更换敷料;大小便失禁及时清洁局部,但禁用刺激性强的清洁剂、避免用纱布类粗纤维材料反复刺激皮肤,也不建议应用烤灯、局部涂凡士林软膏等措施。

(2)保持床单、衣裤、被褥清洁、干燥、平整。

3. 积极纠正内环境紊乱

(1)控制原发病。

(2)加强营养支持。

4. 指导患者及家属如何预防压疮。

六、并发症预防与护理

1. 各级压疮的处理原则

(1)1 级:解除局部作用力、改善局部血供、去除危险因素。

(2)2 级:防止水疱破裂,保护创面,预防感染。

(3)3 级:保持局部清洁、促进湿性愈合。

(4)4 级:清洁创面,去除坏死组织、促进肉芽组织生长。

2. 压疮的创面处理原则

(1)红色伤口:保护伤口及其周围组织,保持伤口局部湿润清洁。

(2)黄色伤口:清洁伤口和抗炎,清除脓性分泌物和控制局部感染。

(3)黑色伤口:清创,尽早清除坏死组织。

(王欣然)

第27章 危重患者血管保护

教 学 目 标

1. 了解危重患者血管保护的基本概念。
2. 掌握危重患者血管保护的措施。

一、基 本 概 念

静脉输液是运用最频繁的一项有创操作,具有潜在的感染及并发症的危险。

二、适 应 证

静脉输液过程中,多种因素可导致血管内皮细胞受损,局部血小板凝集,形成血栓并释放前列腺素 E_1、E_2,血管壁通透性增强,中膜层出现白细胞浸润的炎症改变,同时释放组胺,使血管发生收缩、痉挛等,造成持续静脉高压,出现毛细血管渗透性增高,纤维蛋白漏入毛细血管周围间隙,造成病变血管氧扩散减少,妨碍营养物与代谢废物交换。这一系列类病理生理改变,可诱发危重患者出现严重并发症。因此,ICU 护士在实施静脉输液时必须加强对血管内膜的保护。

三、原理与方法

1. 静脉输液常见并发症

(1)皮下血肿或淤血:在静脉输液过程中,由于操作不当可引起的血管内膜机械性损伤,使血液成分漏出血管。如患者合并凝血机制障碍将加重此现象的产生。血肿、淤血是血栓性静脉炎和感染的最初起因。

(2)渗出与外渗:是由于输液管理疏忽造成的药物或溶液未进入正常的血管通路,两者的区分在于渗出是指非腐蚀性的药物或溶液进入周围组织;外渗则是指腐蚀性的药物或溶液进入周围组织。渗出早期不会影响滴速,直至组织肿胀后压力与重力持平才会影响输注,如未及时发现会造成不良后果。特别是外周静脉应用静脉输液泵应高度重视渗出与外渗的发生。美国静脉输液护理学会给出的渗出分级标准见表 27-1(只要发生外渗就应该属于标准量表中的第 4 级)。

(3)血栓形成:由于血管内膜机械性损伤、导管留置、不正确的冲管及封管等因素,可使血管局部血小板凝集,形成血栓。

(4)静脉炎:静脉炎的发生原因很多,主要分为化学性静脉炎、机械性静脉炎、血栓性静脉炎、细菌性静脉炎、拔针后静脉炎。其临床表现为局部红、肿、热、痛。美国静脉输液护理学会对静脉炎分级标准,见表 27-2。

表 27-1　静脉输液渗出标准

分级	症状和体征
1	皮肤发白；水肿范围的最大处直径＜1英寸；皮肤发凉；伴有或不伴有疼痛
2	皮肤发白；水肿范围的最大处直径在1～6英寸；皮肤发凉；伴有或不伴有疼痛
3	皮肤发白、半透明状；水肿范围的最小处直径＞6英寸；皮肤发凉；轻到中等程度的疼痛；可能有麻木感
4	皮肤发白、半透明状；皮肤紧绷，有渗出；皮肤变色、有淤伤、肿胀；水肿范围的最小处直径＞6英寸；可凹性水肿

注：1英寸约为2.54cm

表 27-2　静脉炎分级标准

级别	症状和体征
1	局部发红伴有或不伴有疼痛
2	局部疼痛伴有发红和(或)水肿
3	局部疼痛伴有发红和(或)水肿；条索样物形成；可触摸到条索状的静脉
4	局部疼痛伴有发红和(或)水肿；条索样物形成；可触摸到静脉条索状物的长度＞1英寸，有脓液流出

注：1英寸约为2.54cm

2. 静脉输液造成血管内膜损害的危险因素

(1)药物因素——pH：血液的pH为7.35～7.45，超过正常范围都可以干扰血管内膜的正常代谢和功能，发生静脉炎。当pH为6.0～8.0对血管内膜刺激较小；当pH＜4.1时为强酸性，在无充分血流稀释下明显使静脉内膜组织改变。当pH＞8.0时即可使血管内膜粗糙，血栓形成可能性大。

(2)药物因素——渗透压：正常的血浆渗透压为280～310mOsm/L，输入与血液等渗的药液不会造成细胞壁水分子的移动。输入＜280mOsm/L的低渗溶液，可使水分子向血管内皮细胞内移动，细胞水分过多，导致细胞破裂与静脉炎；输入＞310mOsm/L高渗溶液，可导致细胞脱水发生萎缩、坏死，使静脉收缩变硬。渗透压越高，静脉刺激越大，血浆渗透压＜400mOsm/L为低度危险；400～600mOsm/L为中度危险；＞600mOsm/L具有高度危险，24h内即可造成化学性静脉炎。

(3)药物因素——输注速度：如果输注速度大于血流的速度，会使血管壁侧压增高，血液回流受阻，血液稀释药物的能力下降，血管失去营养供给，发生静脉炎和渗出。特别是偏瘫、卧床或术后下肢活动少、局部包扎与制动的患者。

(4)感染因素：主要来源于皮肤表面的微生物通过导管和表皮组织间的空间及经皮隧道移动，最终进入血管内，引起菌血症；其次交叉感染，双手是传播的主要途径。另外因导管污染、输注液体的污染、肠道菌群移位均是感染的重要原因。

(5)物理因素——温度：输注低温液体，血管受到冷的刺激发生收缩甚至痉挛，尤其是输液侧机体的血管收缩较为明显，局部血流减少。药物加温后输注可有效预防静脉炎。但温度调整应根据药物的理化性质及患者感受，维持在25～35℃为宜。

(6)血管通道器材因素:通道器材作为异物对血管有慢性刺激。器材与组织相容性越差、时间越长,血栓与血管壁粘连越紧密,机化血栓明显增多,代谢障碍越严重。

(7)微粒因素:微粒对血管内膜是机械性损害,其堆积堵塞毛细血管,血流不畅出现肉芽肿、血栓。

四、监护要点

应对护理人员增加静脉输液血管保护理念的培训,在患者入院或接诊后 24～48h,应充分评估导致血管内膜损害的危险因素,确定血管内膜的保护策略,采取积极有效措施,再评价措施的实施效果,及时调整措施。

五、护理要点

对患者实施血管内膜的保护策略,实现安全、程序化操作、减少穿刺次数、减少并发症、更好的使用通道器材、减少患者费用、减小劳动强度。

1. **评估治疗方案** 认真评估输液目的、疗程、输液速度、溶液性质、药物 pH 及渗透压、输液环境等因素,采取积极的防范措施。如稀释输注药物,改变 pH,以减少对静脉刺激的危险;输注高渗溶液时应首选中心静脉;在高渗溶液后注入等渗溶液以减少对静脉壁的刺激;缩短静脉输液时间。

2. **关注患者差异** 对患者的年龄、性别、心理因素、活动状况、皮肤条件、病程及配合情况等作全面的评估,以实施个体化静脉输液护理。并提高护士操作的熟练程度,以减少患者血管应激反应的发生。

3. **优选穿刺部位** 穿刺前认真选择静脉,以提高一次性穿刺成功率;所选择的静脉应能够满足输液的要求,并有足够的血液稀释;护士必须增强保护血管的意识,正确选择穿刺静脉,有计划地使用静脉,可建立患者静脉使用档案。

4. **熟知导管特性** 要求护士应熟悉各种导管特征、应用的适应证、禁忌证及并发症等,提高输液护理质量。静脉输液导管优选方案为:首先,确定所需治疗的患者,评估多种因素;其次,选择最适宜此患者的血管通道材料并放置、使用此材料;再者,根据通道器材种类做好全方位护理;最后,监测使用效果。

以经外周中心静脉导管(PICC)为例。PICC 是指经外周置入的中心静脉导管,导管由肘前部的外周静脉(贵要静脉、肘正中静脉、头静脉)沿血管走行最终到达上腔静脉的中下 1/3 处。

(1)PICC 的适应证:需 5d 以上的静脉治疗;需反复输血或血制品或反复采血;同时输注多种高浓度、刺激性强的药物如 PN、化疗药;外周静脉状况不良。

(2)PICC 的禁忌证:上腔静脉压迫综合征;插管途径有感染源;既往在预定插管部位有放射治疗史,静脉血栓形成史,外伤史,或血管外科手术史,乳腺癌根治术后患侧;严重出血性疾病及顺应性差是相对禁忌证。

(3)PICC 置入过程中常见问题:导管置入过深或过浅,导管异位,导管置入困难,误伤神经,误穿刺动脉;穿刺失败。

(4)PICC 置管后常见并发症:穿刺部位出血,机械性静脉炎,导管堵塞,血栓形成,导管损伤,拔管困难。

5. 更新无菌观念　严格遵守无菌技术原则;监督标准预防措施的执行以及严格挑选消毒产品;实施输液治疗时应使用手套,并且考虑设施最大的无菌屏障预防感染;合乎标准的洗手;医用废弃物处理得当;与感染有关的发病率和病死率应进行及时的回顾、评估和报告。

6. 科学封管维护　临床应采用脉冲冲管、正压封管技术。用等渗盐水封管时,应间隔 8h 封管一次;用稀释肝素(10～100U),持续抗凝 12h。封管液用量建议,套管针需用 2ml;中心静脉导管/PICC,使用 10ml 以上注射器,用量为(导管容积＋外接器具容积)×2。

六、并发症预防与护理

在保护患者的血管的同时,医护人员也应该加强自身的安全防护意识。包括禁止双手回套针帽;注重标准预防;血管穿刺要戴手套;脱下手套立即洗手;针头弃于利器盒;发生事故立即报告等措施。

（王欣然）

第五篇

重症患者应用药物
管理与营养支持

第28章　血管活性药物的应用与管理

一、基 本 概 念

到目前为止,医学界对血管活性药物没有明确的定义,临床上习惯将对血管产生扩张收缩作用的药物成为血管活性药物。主要分为以下几类:儿茶酚胺类如多巴胺、多巴酚丁胺等;扩张血管类如硝普钠、硝酸酯类;磷酸二酯酶抑制药如氨力农、米力农以及钙离子拮抗药地尔硫䓬等。这些药物在心脏外科术后改善心肌缺血、缺氧、体外循环对机体的影响以及在心血管危重症患者的救治上起着举足轻重的作用。

二、护 理 应 用

1. 配制及使用　配制方法应简单、精确、易于换算及剂量的调整;熟练掌握配置方法,对与常规配制方法不一致的药物需进行警示。
2. 对患者情况的观察　主要是血流动力学变化情况,为治疗提供依据。
3. 安全管理　注射器及患者连接端应有醒目的标识。不应与测压管使用同一条静脉通路、不打折等。
4. 其他　对同一条静脉通路使用扩张药及收缩药的探讨。

三、临 床 应 用

(一)多巴胺

1. 适应证　心肌梗死、充血性心力衰竭、肾功能不全、心脏外科术后、创伤引起的综合征,以及常规治疗疗效不好的心功能不全的患者。另外,由于还可以增加肾及肠系膜动脉的血流量,防止由于缺血所致的休克。

2. 药理作用　激动交感神经系统肾上腺素受体,以及肾、肠系膜、冠状动脉、脑动脉的多巴胺受体。

3. 剂量与用法

(1)$<2\mu g/(kg\cdot min)$时,作用于外周血管的多巴胺受体,选择性地扩张内脏及肾动脉血管床,增加肾灌注、肾功能不全患者的肾血流量及肾小球滤过率,有比较好的利尿效果。

(2)$2\sim5\mu g/(kg\cdot min)$时,可直接刺激 β 受体,增加心肌的收缩力及心排血量;$>5\mu g/(kg\cdot min)$时,直接刺激 α 受体,增加外周血管阻力以提高血压。但在体循环压力被增加的同时,肺动脉压力及肺阻力也会有所增加,理论上可能会对急性左侧心力衰竭的患者有害。单位体重内较大剂量会使患者肾血管过度收缩而致无尿的情况。

(3)静脉推注:用于各种原因的血压过低,稀释后直接推注。

4.应用与观察

(1)利尿效果:使用利尿药量及联合应用较大剂量利尿药时尤其应注意。

(2)循环状况:较大剂量时。可以增加左心室后负荷、肺动脉压、肺阻力,注意观察左心功能情况。还可以使患者的尿量减少,甚至肾功能的损害。建议使用有创动脉压力监测并监测肾功能。

(3)穿刺血管:有些患者会出现穿刺血管的疼痛及沿穿刺血管走向的皮肤苍白,应尽快更换穿刺部位,必要时建议使用深静脉;有些患者穿刺部位肿胀时,虽然套管针回血较好,也易造成皮下坏死,应给予注意。

(4)在使用较大剂量时,如果因为某种原因需要重新静脉穿刺,应密切观察患者的情况。

(5)有研究表明,口服多巴胺激动药时不得已与苯妥英钠同时注射时,可以产生低血压及心动过缓;多巴胺在碱性环境下药效被降低。

(二)多巴酚丁胺

1.**适应证**　因心肌收缩力下降引起的低血压、肾功能不全等原因造成的外周低灌注、利尿药血管扩张药无效时,以及心脏手术后的低心排综合征。

2.**药理作用**　根据其对患者血管扩张的程度和心排血量的改变。维持不变或有所下降,增加心排血量。

3.**剂量与用法**　多巴酚丁胺以 $2\mu g/(kg \cdot min)$ 开始输注,直至 $20\mu g/(kg \cdot min)$ 。小剂量时可以产生轻度的血管扩张作用,降低后负荷以增加心脏的射血量,使尿量增加;较大剂量则会产生血管收缩作用,并出现剂量依赖性心律增加;还可以因加速传导而使心房颤动患者的心率增加到难以预料的水平。

4.应用与观察

(1)其血流动力学作用与剂量成正比,应根据患者的临床症状、尿量等进行调整。注意血管扩张作用产生的低血压、尿量以及电解质的变化。

(2)与美托洛尔同时使用时,需要适当增加剂量。

(3)若使心房颤动患者的心率加快到出现血流动力学变化时,及时减量或停用。

(4)强烈建议监测心率变化,及时发现剂量依赖性的心律失常以及冠心病患者因心率加快出现的心绞痛的发作。

(5)连续使用48h以上,会出现部分血流动力学作用的消失,应考虑间断用药。

(三)硝普钠

1.**适应证**　用于高血压急症及急性心力衰竭。是一种快速、有效的静脉及血管扩张药。

2.**药理作用**　直接扩张动、静脉平滑肌,降低血管阻力,使血压降低;降低心脏前、后负荷,增加心排血量,改善心功能不全。

3.**剂量及用法**　推荐 $3\mu g/(kg \cdot min)$ 起始直至 $5\mu g/(kg \cdot min)$,临床使用时,根据患者的情况,剂量会有较大的差异。

4.应用与观察

(1)在使用较大剂量时。建议在严密的重症监护下使用,具备条件的应尽快建立有创动脉压监测。在需要变更维持剂量时,应逐渐减量避免出现反跳现象。

（2）临床上用其缓解或预防较高血压的患者造成的危害时会使用较大的剂量,多数患者还处于口服降压药物的调整阶段。在观察药物对患者的降压作用时,还应注意患者的甚至变化情况,及时发现由于血压降得过低而不能满足患者脑部血液供应的情况。

（3）对急性冠状动脉综合征的患者,使用硝普钠可能会引起"冠状动脉窃血综合征"。在不得以使用时,应注意对患者心绞痛症状的观察,对急性心肌梗死的患者是否使用硝普钠目前尚有争议,应谨慎使用。

（4）由于硝普钠的代谢产物氰化物及硫氰酸盐分别经肝及肾排泄,因此,对肝、肾功能及心排量的患者来说,若长期大量使用,应警惕氰化物及硫氰酸盐的中毒。

（5）在使用中若出现药液渗至皮下而需要重新穿刺时,可能会由于渗液时药物没有完全作用与血管内而没有发挥真正的降压效果,应谨慎地适当调整剂量,避免血压出现较大的波动。

（四）硝酸酯类

1. **适应证**　临床上常用的为硝酸甘油(片剂及针剂)、硝酸异山梨酯(消心痛)、以及 5-单硝酸异山梨酯。硝酸甘油片剂主要用于心绞痛发作时的含服、针剂用于预防心绞痛的发作;异山梨酯则用于控制及预防心绞痛的发作。

2. **药理作用**　使平滑肌松弛、动静脉扩张;降低血管阻力;增加冠状动脉血流量;减少静脉回心血量、降低心脏前、后负荷,从而缓解心绞痛。

3. **剂量与用法**

（1）口服硝酸甘油:每次 0.5mg 含服,1d 内可多次使用,若重复含服症状仍不能缓解时,应积极进行其他治疗。

（2）静脉注射硝酸甘油:对于非 ST 段抬高的 ACS 可以作为常规治疗,患者若未合并低血压或心源性休克,剂量可以维持在 $10\sim30\mu g/min$,最大不超过 $80\sim100\mu g/min$,且使用时间不应超过 $24\sim28h$,避免因耐药而使疗效降低。

硝酸异山梨酯注射液(异舒吉)用于急性心肌梗死后的继发左侧心力衰竭、各种不同原因所致的左侧心力衰竭及严重不稳定心绞痛。初始剂量为 $1\sim2mg/h$,可以用至 $8\sim10mg/h$,有使用 50mg 的个别病例报道。口服药为短效制剂,有效地作用时间仅有 4h,每次 $10\sim30mg$,可以采用 1/6h 或 1/4h 的服药方法;单硝酸异山梨酯为中长效制剂,有效作用时间为 8h,每次 $20\sim40mg$,或采用 1/12h 的方法给药。

4. **应用与观察**

（1）注意药物的不良反应:头痛、面色潮红、灼热、恶心、眩晕、出汗甚至虚脱。偶见皮疹甚至剥脱性皮炎,极少数情况下患者血压会大幅度下降,心绞痛症状加剧。

（2）硝酸异山梨酯在治疗的初期及加大剂量时会出现直立性低血压,同时伴有头晕、嗜睡等症状。

（3）应使用可以缓解症状的最小剂量,需较大剂量时应减少给药的次数;需多次给药时应使用短效制剂。大剂量时注意血压变化。

（4）硝酸异山梨酯注射液如果与西地那非同时使用会引发致命性的心血管并发症,严禁同时使用。

（5）禁用于右心室急性心肌梗死、严重贫血、青光眼、颅内压增高及已知对硝酸甘油过敏的患者。

（6）可以加重由肥厚梗阻性心肌病引发的心绞痛，使用前应加以判断；对主动脉瓣狭窄的患者使用时应慎重。

（五）磷酸二酯酶抑制药（氨力农、米力农）

1. **适应证**　对洋地黄、利尿药、血管扩张药物治疗无效或效果欠佳的急、慢性顽固性充血性心力衰竭，主要用来改善症状。米力农与氨力农作用机制相同，但其效力是后者的 10 倍。

2. **药理作用**　兼有正性肌力及扩张血管的双重作用，尤其是在治疗急性左侧心力衰竭时可以产生明显的正性肌力及外周扩血管效应，同时伴有肺动脉也及肺楔压的下降，以改善心功能。

3. **剂量及用法**　25～75μg/kg 5～10min 静脉推注负荷量，维持量为 0.25～1.0μg/kg，每日最大剂量不超 1.13mg/kg。

4. **应用与观察**

（1）在患者存在低血压、心动过速及心肌梗死时，应注意密切监测，必要时减量。

（2）若用药 7～10d，症状未缓解应及时停药，目前尚未有远期病死率增加的报道。

（3）在与利尿药合用时，容易引起电解质紊乱。

（4）剂量较大时，患者容易出现低血压的情况，少数患者可以出现头痛、室性心律失常以及血象的变化。

（5）氨力农的粉剂只是半成品，必须使用专用溶媒；与呋塞米一经混合立即沉淀。

（六）钙离子通道拮抗药——地尔硫䓬（合贝爽）

1. **适应证**　室上性心动过速、高血压急症、不稳定心绞痛，尤其适用于高血压并发由血管痉挛引起的心绞痛的患者。

2. **药理作用**　通过抑制钙离子向末梢血管、冠状动脉血管平滑肌及房室结细胞内流动，从而达到扩张血管、延长房室传导的作用，纠正心动过速、稳定血压及缓解心绞痛的目的。

3. **剂量与用法**

（1）治疗室上性心动过速：成年人为单次剂量 3mg，缓慢静脉注射。

（2）纠正高血压：5～15μg/(kg·min)静脉输注，后据血压水平调整。

（3）缓解心绞痛：1μg/(kg·min)静脉剂量起始，依据疼痛程度调节，推荐最大剂量 5μg/(kg·min)。

4. **应用与观察**

（1）严重的可以出现房室传导阻滞、甚至心搏停止，做好急救准备。

（2）对窦房结功能不好的患者。尤其是高龄患者，应加强对窦房结功能的观察。对使用地尔硫䓬后的窦性心动过缓在停药后可以消失。

（刘　方）

第 29 章　镇静药、镇痛药、肌松药应用与管理

教 学 目 标

1. 了解 ICU 常用镇静、镇痛、肌松药的药物特性。
2. 熟悉 ICU 常用镇静、镇痛、肌松药名称、剂量。
3. 掌握镇痛、镇静治疗对呼吸、循环功能的主要影响。

对重症患者进行镇静和镇痛治疗的目的:提高患者对呼吸机和气管插管的耐受性;抑制呼吸中枢的呼吸驱动力;降低吸痰带来的影响;减轻患者的焦虑心情;防止患者自行拔出气管插管;改善睡眠;使机械通气机与患者的自主呼吸同步。多种因素可以造成重症监护病房患者的不适。严重疾病、手术切口、创伤性损伤和留置各种导管均可以引起疼痛。来自人员和仪器的刺激几乎持续存在,这些刺激可以迅速打乱患者正常的生理节律,诱发焦虑和谵妄。正确评估患者状态,给予适当镇静、镇痛治疗方案,已经成为监护治疗危重症患者过程中的一个不可缺少的组成部分。

第一节　镇　静　药

镇静药物的应用可减轻应激反应,辅助治疗患者的紧张焦虑及躁动,提高患者对机械通气、及各种 ICU 日常诊疗操作的耐受能力,使患者获得良好睡眠等。保持患者安全和舒适是 ICU 综合治疗的基础。

一、苯二氮䓬类

苯二氮䓬类是较理想的镇静、催眠药物。它通过与中枢神经系统内 GABA 受体的相互作用,产生剂量相关的催眠、抗焦虑和顺行性遗忘作用;其本身无镇痛作用,但与阿片类镇痛药有协同作用,可明显减少阿片类药物的用量。ICU 常用的苯二氮䓬类药为咪达唑仑(Midazolam)、劳拉西泮(Iorazepam)及地西泮(Diazepam)。

1. 地西泮(Diazepam 俗称安定)

(1)药理特性:小剂量应用可以产生良好的抗焦虑作用,不影响意识;较大剂量静脉注射可产生嗜睡和意识消失,有明显的遗忘、抗惊厥、肌松作用。

(2)临床应用:镇静时常用剂量为静脉注射 5mg,肌内注射 10mg,年老体弱者应减量。适用于麻醉诱导,ICU 患者镇静治疗。

(3)观察与注意:刺激性强,肌内或静脉注射可引起疼痛,局部静脉炎发生率较高,应选粗大静脉。另此药易透过胎盘,故不宜用于待产妇,虽毒性小,长期用药可产生耐药性。

2. 咪达唑仑(Midazolam,俗称咪唑安定)　咪达唑仑是苯二氮䓬类中相对水溶性最强的

药物。其作用强度是地西泮的 2～3 倍,其血浆清除率高于地西泮和劳拉西泮,故其起效快,持续时间短,清醒相对较快,适用于治疗急性躁动患者。但注射过快或剂量过大时可引起呼吸抑制、血压下降,低血容量患者尤著,持续缓慢静脉输注可有效减少其不良反应。咪达唑仑长时间用药后会有蓄积和镇静效果的延长,在肾衰竭患者尤为明显;部分患者还可产生耐受现象。

(1)药理特性:静脉注射无刺激性,不产生静脉炎,可溶于水,其效价为地西泮的 1.5～2 倍,吸收迅速,消除半衰期短,无明显蓄积现象。

(2)临床应用:常用于基础麻醉的镇静,静脉注射 0.5～1.0mg 即可达到镇静目的,也可用于 ICU 中患者的镇静。

(3)观察与注意:在大剂量快速注射时,对呼吸有一定抑制作用,可使呼吸暂停;在血容量不足时,注射后外周血管阻力下降,动脉压降低,但对心肌收缩力无影响。

二、吩噻嗪类

属于强镇静安定药,由于其抗忧虑的特点,可用于精神患者的治疗。

1. 氯丙嗪(Chlorpromazine)　又名冬眠灵,是吩噻嗪类的代表药物。口服吸收不规则,不同个体口服相同药物后,血浆浓度相差较大,可达 10 倍以上,所以临床应用剂量须根据患者具体情况而定。

(1)药理特点:氯丙嗪主要作用于网状结构、边缘系统的多巴胺受体而使患者达到镇静、安定的作用。正常人应用后表现为感情淡漠,对周围事物漠不关心。精神患者用药后,其兴奋与躁动可迅速被控制,幻觉、妄想、躁狂症状逐渐消失。

(2)临床应用:临床上常用于患者的镇静和安定之用,亦用于精神患者的治疗。氯丙嗪还抑制下丘脑部的体温调节中枢,并使外周血管扩张,因此,患者体温有轻微地降低作用。

(3)不良反应及注意事项:有很强地自主神经抑制作用,其 α-肾上腺素能受体阻滞作用,使外周血管扩张,血压下降,血流动力学的自身调节受限制,易引起直立性低血压。

2. 异丙嗪(Phenergan)　有较强的抗组胺作用,但大剂量应用,对血流动力学的影响远较氯丙嗪轻。临床上异丙嗪主要用于麻醉前用药及治疗过敏性疾病,它也有较好的镇静和镇吐作用。此药与哌替啶合用,俗称度非合剂,常作为部位麻醉的辅助用药。此药也是冬眠合剂的主要组成成分之一。

三、丁酰苯类

丁酰苯类的化学结构与吩噻嗪类完全不同,但作用却甚相似。这类药主要有氟哌啶醇与氟哌利多。

1. 氟哌啶醇(Haloperidol)　主要阻断多巴胺受体与 α-肾上腺能受体。对躁狂、幻觉、妄想的治疗作用比氯丙嗪强 50 倍。锥体外系症状发生率高(可达 80%)。目前主要用于精神治疗。

2. 氟哌利多(Droperidol)　作用与氟哌啶醇相似,但镇静作用更强,锥体外系症状发生较小。静脉注射后 2～3min 起效,10～20min 血浓度达到高峰,维持 3～6h。

氟哌利多具有较好的镇静、镇吐作用,适合于 ICU 中患者的镇静,全麻诱导用药,神经阻滞麻醉中的辅助用药及谵妄治疗。

四、丙 泊 酚

丙泊酚(propofol)不属于镇静安定药,而属于静脉麻醉药。此药不溶于水,制剂是一种 1‰w/v 水乳剂。丙泊酚的麻醉效价为硫喷妥钠的 1.8 倍,静脉注射后起效快,未给予术前药的患者,静脉注射 1mg/kg,时间 30s,再持续用药维持 10min,停药后(单纯用药者)约 3min,患者完全苏醒。由于其起效快,持续时间短,苏醒快而安全,常用于短小手术的麻醉(如无痛人工流产、脓肿切开等)、ICU 患者的镇静,可从静脉以 25～75μg/(kg·min)的速度注入。

第二节 镇 痛 药

按其作用部位一般分为 2 大类,即作用于中枢部位的中枢性镇痛药和作用于外周部位的解热镇痛药。中枢性镇痛药除麻醉性镇痛药外还包括非麻醉性中枢性镇痛药。下面主要介绍一下麻醉性镇痛药。

麻醉性镇痛药(narcotic)是通过激动阿片受体产生强烈的镇痛作用,连续使用易产生耐受性和成瘾性。

1. 吗啡(Morphine) 是阿片天然生物碱,临床上所用的是盐酸吗啡或硫酸吗啡。

(1)药理特性:对中枢神经系统主要作用是镇痛,对躯体和内脏的疼痛,在产生镇痛的同时,还可消除伴随疼痛产生的焦虑紧张情绪,引起欣快感,大剂量应用时可产生镇静或催眠。本品有缩瞳作用。还可使脑血流增加颅压升高。①呼吸有明显的抑制作用,降低呼吸中枢对 CO_2 的敏感性,使呼吸频率减慢导致通气量减少甚至呼吸停止,吗啡可降低颈动脉体和主动脉化学感受器对缺氧的反应,可释放组胺和直接作用于平滑肌引起支气管痉挛;②对心血管系统的作用:对心肌无抑制,使心率减慢,周围血管扩张导致血压下降,对有瓣膜病变的心脏病患者,可降低后负荷使心脏指数增高;③兴奋迷走神经使消化道蠕动减弱引起便秘,收缩奥狄括约肌使胆道压力升高;④其他,可引起尿少和尿潴留,抑制体温中枢,以及因周围血管扩张使体温下降。

(2)临床应用:主要用于急性剧烈性疼痛,术后镇痛和癌性止痛,并兼有明显的镇咳作用。吗啡经肌内注射后 15～30min 起效,45～90min 产生最大效应,镇痛作用时间可长达 4～6h。用于术后镇痛和癌性镇痛时,成年人常用量为每次 5～10mg,肌内或静脉注射。近年来通过硬膜外腔或静脉持续给药,用于手术后或癌性镇痛治疗。

(3)不良反应及注意事项:不良反应主要是呼吸抑制、对平滑肌的激动作用、成瘾性和耐受性等。对平滑肌的激动作用可产生恶心呕吐、便秘、尿潴留等症状,是临床最常见的并发症。应用过量吗啡可造成急性中毒,主要表现为昏迷、呼吸深度抑制、瞳孔缩小为针尖样,血压下降、体温下降等,最后因呼吸麻痹而致死。如果发生急性吗啡中毒或严重呼吸抑制,可用阿片受体拮抗药纳洛酮对抗并进行呼吸循环支持。吗啡禁用于下列情况:1 岁以内婴儿,待产妇,严重肝功能障碍,支气管哮喘,上呼吸道梗阻,颅内占位性病变或颅脑外伤者。

2. 哌替啶(Pethidine) 是最早人工合成的镇痛药,于 1939 年作为镇痛药介绍应用于临床。其化学结构与吗啡有很大差异,但也有某些类似之处。

(1)药理特性:哌替啶对中枢神经系统的作用与吗啡相似,对疼痛或躁动的患者能起镇痛、镇静作用,并有欣快感。长期大剂量应用有成瘾性。对无痛的患者可能造成不适。哌替啶的镇静、催眠作用比吗啡弱,但致恶心呕吐的不良反应和吗啡相似。

(2)临床应用:临床上常用于急性剧烈疼痛、手术后镇痛和癌性止痛,以及麻醉前用药。肌内注射 10min 起效,作用时间为 2～4h。成年人常用剂量为每次 0.5～1.0mg/kg,肌内或静脉注射。

(3)不良反应及注意事项:哌替啶应用后部分患者有眩晕、出汗等不良反应,眩晕的程度比吗啡重。其中毒的表现与吗啡不同,往往出现中枢兴奋、谵妄、震颤、四肢抽动、幻觉、散瞳、口干等。在快速静脉注射时可使心率加快,有时症状严重,应引起重视。皮下或肌内注射成年人的最大用量不超过 100mg,静脉注射量应减半,注射宜缓慢,以免发生严重不良反应。

3. 芬太尼(fentanyl)　是一种典型的麻醉性镇痛药,为人工合成的苯基哌啶类药,能产生麻醉性镇痛药的典型效果,如镇痛、镇静、呼吸抑制、恶心呕吐、肌肉僵直和某些迷走神经兴奋的症状(如心动过缓、支气管痉挛等)。

(1)药理特性:芬太尼是目前效能最强的麻醉性镇痛药之一。镇痛效价为吗啡 80～100 倍,大剂量应用时有麻醉作用。镇痛作用主要是通过中枢神经系统内立体结构的阿片受体,选择性地抑制某些兴奋性神经冲动传递,解除机体对疼痛的感受和伴随的心理行为反应。阿片受体依其不同类型及所处位置,激动后产生不同的效应。

(2)临床应用:由于芬太尼镇痛作用强,不良反应较吗啡少等特点,在临床上应用较广泛,可用于术后疼痛治疗。对成年人急性剧烈性疼痛可一次性静脉注射 0.05mg,可达到立刻止痛的效果。近些年来广泛用于患者自控镇痛(patient controlled analgesia,PCA),无论经皮下、静脉或硬膜外腔持续给药镇痛,都可达到理想的镇痛效果。它也是癌性疼痛患者止痛的理想用药,除以上介绍的给药途径外,也可通过芬太尼贴剂经皮吸收止痛,对晚期癌症患者不应顾及成瘾问题。

(3)不良反应及注意事项:其不良反应与吗啡相似,一般在大剂量应用时发生。常见的有呼吸抑制,胸壁肌肉僵直,但应用呼吸机治疗的患者无前述表现。心率减慢很常见,可用阿托品 0.25～0.5mg 静脉注射拮抗。

4. 舒芬太尼

(1)药理特性:舒芬太尼(Sufentanil)特点是其亲脂性约为芬太尼的 2 倍,易通过血-脑屏障,起效比芬太尼快,由于其与阿片受体的亲和力较芬太尼强,故镇痛效价更大,为芬太尼的 5～10 倍,作用持续时间约为其 2 倍。

(2)临床应用:目前临床上主要用于心血管手术麻醉、器官移植术麻醉、术后镇痛和癌性疼痛止痛。镇痛与镇静可给予 0.1～0.3μg/kg,继之以 0.001 5～0.01μg/(kg·min)持续输注。

(3)不良反应及注意事项:对心血管系统的作用与芬太尼相似,大剂量应用时可引起心动过缓,快速推注时可引起胸壁和腹壁肌肉僵直而影响通气。舒芬太尼反复大剂量应用时和肾衰竭时应用可能会发生延迟性呼吸抑制,临床上应引起警惕。

5. 雷米芬太尼

(1)药理特点:雷米芬太尼是目前作用时间最短的麻醉性镇痛药,可控性强。雷米芬太尼清除率为 40～60ml/(kg·min),作用迅速,在体内无蓄积。

(2)临床应用:用于临床麻醉作为复合全麻的主要组成部分,术后镇痛或癌性镇痛。雷米芬太尼负荷剂量为 0.5～2.0μg/(kg·min)或间断静脉推注 0.25～1.0μg/kg。

（3）不良反应及注意事项：由于作用迅速，在体内无蓄积，恶心呕吐较少，但在大剂量推注时亦可引起胸壁肌僵直，使呼吸受到抑制。所以，在大剂量或快速应用时应有辅助呼吸设备。

第三节 肌 松 药

肌松药（muscle relaxants）是骨骼肌松弛药的简称，这类药选择性地作用于神经肌肉接头，暂时干扰了正常神经肌肉兴奋传递，从而使肌肉松弛。肌松药最早应用于临床始于1942年，当时应用的筒箭毒碱（Tubocurarine）是由植物中提取的天然生物碱，其后有许多应用于临床的均是半合成的或完全合成的肌松药。氯二甲毒箭（Metocurine）、阿库氯铵（Alecuronium）是半合成的肌松药。而泮库溴铵（Pancuronium）、维库溴铵（Vecuronium）、罗库溴铵（Rocuronium）、瑞库溴铵（Rapacuronium）、哌库溴铵（Pipecuronium）、阿曲库铵（Atracurium）、顺式阿曲库铵（Cis-Atracurium）、米库氯铵（Mivacurium）、多库氯铵（Doxacurium）、加拉碘铵（Gallamine）、法扎溴铵（Fazadinium）、琥珀胆碱（Suxamethonium）和氨酰胆碱（Imbretil）等均是合成的肌松药。

根据肌松药的作用机制，可分为除极肌松药和非除极肌松药2类，上述肌松药中除琥珀胆碱和氨酰胆碱为除极化肌松药外其余均是非除极化肌松药。

一、除极肌松药

代表药物为氯琥珀胆碱。静脉滴注氯琥珀胆碱1mg/kg后可维持呼吸暂停4～5min，肌张力完全恢复10～12min。儿童对氯琥珀胆碱相对较成年人不敏感，气管插管量由成年人的1mg/kg增加到1.5mg/kg。

氯琥珀胆碱可兴奋所有自主神经系统的胆碱能受体产生各种心律失常，还可使K^+由肌纤维膜内膜外转移致高钾血症，氯琥珀胆碱常引起眼压、胃内压、颅内压增高，还可引起术后肌痛、恶性高热、类过敏反应等不良反应。

二、非除极肌松药

临床上根据其时效分为3类。短时效的有米库氯铵，中时效的有维库溴铵、阿曲库铵和罗库溴铵，长时效肌松药有泮库溴铵、哌库溴铵等。现着重介绍临床中常用的下列几种非去极化肌松药。

1. 维库溴铵（Vecuronium） 商品名为万可松，它不释放组胺，适用于心肌缺血和心脏病患者。成年人气管插管时的用量为0.08～0.12mg/kg，注射后3min内达到插管指标。肌松的持续时间为15～20min，在大剂量应用时（0.2mg/kg）维持时间可达30～40min。临床上常用于全身麻醉的气管插管和ICU中用呼吸机需镇静和肌松的维库溴铵。

2. 阿曲库铵（Atracurium） 属非除极肌松药，其特点是在体内消除不经肾代谢排出，而通过Hofmann自行降解。因此，临床上适用于器官移植术患者的麻醉，也适用于肝肾功能不全的患者。反复给药或持续静脉滴注无蓄积作用，儿童及老年人的恢复与成年人一样，不需降低用量或延长给药时间。

3. 哌库溴铵（Pipecuronium） 是长时效甾类非除极型神经肌肉松弛药，它作用于横纹肌运动的终板，强度为维库溴铵的1～1.5倍。临床应用剂量无心血管不良反应，无组胺释放。

临床上常用于手术时间长的大手术,ICU 中镇静状态下需肌松的患者,一次静脉注射 0.2mg/kg,可维持 50～60min。也可稀释后经静脉持续泵入。

三、镇静、镇痛治疗中重要器官功能的监测

镇痛、镇静治疗对患者各器官功能的影响是 ICU 医护人员必须重视的问题之一。在实施镇痛、镇静治疗过程中应对患者各器官功能状态进行严密监测,尤其是呼吸、循环系统的功能状态,以达到最佳治疗效果。

(一)呼吸功能

1. 镇痛、镇静治疗对呼吸功能的影响　多种镇痛、镇静药物都可产生呼吸抑制。阿片类镇痛药引起的呼吸抑制通常是呼吸频率减慢,潮气量不变。阿片类镇痛药的组胺释放作用可能使敏感患者发生支气管痉挛,故有支气管哮喘病史的患者宜避免应用阿片类镇痛药。苯二氮䓬类可产生剂量依赖性呼吸抑制作用,通常表现为潮气量降低,呼吸频率增加,低剂量的苯二氮䓬类即可掩盖机体对缺氧所产生的通气反应,低氧血症未得到纠正,特别是未建立人工气道通路的患者需慎用。丙泊酚引起的呼吸抑制表现为潮气量降低和呼吸频率增加,负荷剂量可能导致呼吸暂停,通常与速度及剂量直接相关,给予负荷剂量时应缓慢静脉推注,并酌情从小剂量开始,逐渐增加剂量达到治疗目的。

硬膜外镇痛最常见的不良反应是呼吸抑制,通常与阿片类药物有关。一些阿片类药物如吗啡具有亲水性的特点,其在中枢神经系统特别是脑脊液内的滞留时间延长,从而导致延迟性呼吸抑制,可导致二氧化碳潴留并造成严重后果,应加强呼吸功能监测。深度镇静还可导致患者咳嗽和排痰能力减弱,影响呼吸功能恢复和气道分泌物清除,增加肺部感染机会。不适当的长期过度镇静治疗可导致气管插管拔管延迟,ICU 住院时间延长,患者治疗费用增高。

2. 镇痛、镇静治疗期间呼吸功能监测　监测患者的呼吸频率、幅度、节律、呼吸周期比和呼吸形式,常规监测脉搏氧饱和度,酌情监测呼气末二氧化碳,定时监测动脉血氧分压和二氧化碳分压,对机械通气患者定期监测自主呼吸潮气量、分钟通气量等。镇痛镇静不足时,患者可能出现呼吸浅促、潮气量减少、氧饱和度降低等;镇痛、镇静过深时,患者可能表现为呼吸频率减慢、幅度减小、缺氧以及二氧化碳蓄积等,结合患者镇痛、镇静状态进行评估,避免发生不良事件。

3. 加强护理,预防肺部并发症　ICU 患者长期镇痛镇静治疗期间,应尽可能实施每日唤醒计划。观察患者神志,在患者清醒期间鼓励其肢体运动与咳痰。在患者接受镇痛、镇静治疗的过程中,应加强翻身、拍背、体位引流,促进呼吸道分泌物排出。

(二)循环功能

1. 镇痛、镇静治疗对循环功能的影响　镇痛、镇静治疗对循环功能的影响主要表现为血压变化。阿片类镇痛药在血流动力学不稳定、低血容量或交感神经张力升高的患者更易引发低血压。在血容量正常的患者中,阿片类药物介导的低血压是由于交感神经受到抑制,迷走神经介导的心动过缓和组胺释放的综合结果。芬太尼对循环的抑制较吗啡轻,血流动力学不稳定、低血容量的患者宜选择芬太尼镇痛。苯二氮䓬类镇静药(特别是咪达唑仑和地西泮)在给予负荷剂量时可发生低血压,血流动力学不稳定尤其是低血容量的患者更易出现,因此,负荷剂量给药速度不宜过快。

氟哌利多具有 α-肾上腺素能受体拮抗作用并直接松弛平滑肌,静脉注射后出现与剂量、

浓度和给药速度相关的动脉收缩压降低和代偿性心率增快。氟哌啶醇可引起剂量相关的Q-T间期延长,增加室性心律失常的危险,有心脏病史的患者更易出现。硬膜外镇痛引起的低血压与交感神经阻滞有关,液体复苏治疗或适量的血管活性药可迅速纠正低血压。

2. 镇痛、镇静治疗期间循环功能监测　严密监测血压(有创血压或无创血压)、中心静脉压、心率和心电节律。接受氟哌啶醇治疗时定期复查标准导联心电图。镇痛、镇静不足时,患者可表现为血压高、心率快,此时不要盲目给予药物降低血压或减慢心率,应结合临床综合评估,充分镇痛,适当镇静,并酌情采取进一步的治疗措施。切忌未予镇痛、镇静基础治疗即直接应用肌松药物。

临床上应该尽量避免使用肌松药物。只有在充分镇痛、镇静治疗的基础上,方可以考虑使用肌松药物。

(方保民　张　婧)

第30章 抗凝药物的应用与管理

主要的抗凝治疗药物有两类:注射剂肝素(包括低分子肝素,LMWH);口服抗凝药,华法林与醋酸香豆素等。而其他药物,如水蛭素与抗凝血酶Ⅲ等,则退居次要地位,仅在特定的情况下使用。

第一节 肝 素

一、肝素的药理与药动学

1. **药理作用** 肝素是硫酸化的糖胺聚糖,为分散相物质,其平均分子量为 15 000。

肝素的抗凝作用是抗血栓形成。此外,肝素进入血液循环后吸附在血管内皮细胞上并激活内皮细胞,增强抗栓能力;肝素可以降低血浆纤维蛋白原的水平,从而减轻高凝状态;肝素还可以提高纤溶酶原激活药(PA)的血浆浓度,从而加速组织纤溶酶原激活物(tPA)、尿激酶的作用,增强纤溶活性,加速血栓溶解。

近年研究发现,肝素具有许多非凝血方面的生物活性,包括:①降血脂:系肝素使血管内皮上的脂酶释放所致;②抗动脉粥样硬化:与肝素能抑制平滑肌细胞的增殖并灭活组胺、5-羟色胺、血管紧张素等功能相关;③其他:包括抗炎、利尿降低呼吸道阻力,加强抗癌药物作用等。

2. **药动学** 肝素在健康人的血浆中半衰期约为 1.5h,其分布容积较小(0.05~0.07L/kg),可随剂量的增加而加大。血浆清除率为 0.5~0.6ml/(kg·min)。肝素的清除途径可能系进入网状内皮系统。临床常规肝素的血药半衰期为 30~60min,故需要连续静脉滴注。血浆肝素浓度及其活性大小取决于多种因素,如剂量、血浆中肝素依赖性抗蛋白的含量与体内肝素清除状况。故临床上相同体重的患者用相同剂量的肝素而抗凝效果有差异,临床应用需因人而异,用时多加监测。

二、适应证和禁忌证

1. **适应证** 抗凝与血栓:①术前、术中、术后低剂量疗法,用于预防或治疗血栓栓塞性疾病;②预防和治疗各种动、静脉血栓栓塞性疾病(血栓性静脉炎、冠状动脉栓塞、肺动脉栓塞、视网膜中央静脉栓塞、脑栓塞等)、DIC 及血栓前期的高凝状态;③用于体外循环、透析疗法;④急性缺血性脑血管综合征;⑤心绞痛及周围血管病;⑥慢性阻塞性肺部疾病;⑦各种肾病,尿中 FDP 增高、肾小球内有明显的纤维蛋白沉积者,如各类肾炎、肾病综合征、溶血性尿毒综合征等。

2. 禁忌证 肝素的使用,尤其是小剂量并无绝对禁忌证。但在溃疡病活动期,严重高血压、脑、脊髓手术、眼手术后、内脏恶性肿瘤、流产、脊髓麻醉、出血休克、颅脑内出血等情况下,用肝素会增加出血的危险,故应谨慎权衡利弊,决定应用与否。

三、应 用 方 案

肝素应用一般按单位计算,合格的肝素应为每毫克含140U,根据剂量可分为以下几种疗法。

1. 大剂量疗法 每日剂量为30 000U左右,用5%葡萄糖生理盐水或林格液稀释后静脉注射或静脉滴注。每6小时用8 000～10 000U,一般用于急性肺栓塞。

2. 中剂量疗法 每日剂量为20 000U左右,静脉注射或皮下注射,每8小时或12h 1次,每次5 000～10 000U,多用于治疗DIC与血栓栓塞性疾病。

3. 小剂量疗法 每日剂量为5 000～10 000U,多皮下注射,每12小时或每24小时用1次,每次5 000～7 500U。多用于冠心病、心绞痛、高脂血症、高凝状态及预防性给药等。

四、不 良 反 应

1. 出血 肝素的主要不良反应为出血,发生率为7%～10%。表现为皮肤紫斑、咯血、血尿、或阴道出血等。主要原因系剂量过大所致,故在采用大、中剂量肝素疗法时应予以监测,以防用量过大而致出血。

肝素并发出血的处理除对症治疗外,还应立即停用肝素,并缓慢静脉注射鱼精蛋白50mg以中和循环中的肝素。鱼精蛋白的精确剂量无法判断,一般认为每毫克可中和肝素100U,50mg可解决问题,鱼精蛋白过量时呈类似抗凝的效应,反可促使出血的病症加剧。

2. 肝素-血小板减少血栓形成综合征 此为近年来国外报道较多的一种肝素不良反应,发生率可高达30%,病死率亦高。肝素治疗早期,常可见血小板轻度减少,此系肝素猝入人体内,血小板对其抗凝作用周期性反应所致。而本综合征多发生在肝素治疗开始的中、后期,平均约在第5天(2～14d)后出现。

本综合征的发病机制多数认为与免疫因素有关,临床表现酷似DIC与微血管性贫血。多表现为反复的肺动脉栓塞,亦可波及其他动脉,甚至静脉系统。本综合征的诊断在于:①应用肝素中、后期血小板减少而无其他原因可寻,如无DIC,停用肝素3～7d血小板恢复正常,再用肝素,血小板再减少;②伴有不能以其他原因解释的急性动脉血栓形成。本综合征之治疗在于立即停用肝素,换用其他抗凝血药物。有血栓形成者可考虑手术摘除或进行溶栓治疗。

3. 过敏反应 因肝素为糖类制品,纯度高者无过敏反应,如产品纯度不够会出现皮肤瘙痒、荨麻疹、寒战、发热与流泪等过敏反应。此时应停止使用肝素,严重病例应酌用抗组胺药物与肾上腺皮质激素处理。

4. 骨质疏松 多见于孕妇,常与高剂量、长疗程的肝素治疗有关。肝素不通过胎盘,故孕妇可用其预防血栓形成与血栓栓塞症,为避免分娩时过度出血的并发症,应在分娩前24h停用肝素。

五、肝素治疗的监测

临床应用肝素其出血率为 $0\sim33\%$，平均 $7\%\sim10\%$。为了防止出血，建议选用下列指标作为实验室监测。

1. 活化部分凝血活酶时间（APTT）　本实验简单、敏感、快速和实用，是监测肝素的首选指标。文献报道，应用小剂量肝素（$10\,000\sim20\,000$U/24h）和大剂量肝素（$20\,000\sim30\,000$U/24h）时，必须做实验室检测，使 APTT 达到正常对照的 1.5 倍时称为肝素起效效阈值。

若按 $1\,400$U/h 的速度静脉滴注 6h 的要求使用肝素，可按下列比值增减肝素的剂量：患者 APTT 值（s）/正常人 APTT 值（s）即 APTTR>5.0 时，肝素剂量减 500U/h；APTTR 为 $4.1\sim5.0$ 时，减 300U/h；$3.1\sim4.0$ 时，减 100U/h；$1.2\sim1.4$ 时，加肝素 50U/h；<1.2 时，加 400U/h。可作为调节肝素剂量的参考。

APTT 作为肝素监测指标时应注意的问题：①各种 APTT 试剂对肝素的反应差异甚大，难以建立统一标准，导致临床用肝素的监测结果不准确；②APTT 是反应血浆的凝固性，受血浆内源性凝血系统各因子的含量和某些抗凝物质的影响而致测定结果不准确；③在血样中若因实验操作激活了血小板，血小板释放出第 4 因子（PF_4）可以中和肝素，也致使 APTT 结果不准确。

2. 血浆肝素浓度测定　是监测肝素又一较理想的方法，并可显示血浆中肝素的浓度，也较简单和实用。APTT 较正常对照延长 $1.5\sim2.5$ 倍时，血浆肝素浓度为 $0.2\sim0.5$U/ml。

3. 活化的凝血时间（activated clotting time，ACT）　正常参考值为（1.7 ± 0.76min）或（$1.14\sim2.05$min），特别用于体外循环时来监测肝素的用量。转流期间，ACT 维持在 $150\sim600$s，鱼精蛋白中和后 ACT<130s。体外使用肝素，可使 ACT 维持为正常对照值的 $1.5\sim2.5$ 倍。

4. 凝血酶时间（TT）　研究表明，TT 的变化与血浆肝素浓度呈良好的相关性。当凝血酶浓度为 5U/ml 时，TT 对中等和小剂量肝素反应良好，但若血浆肝素浓度>10U/ml 时，上述凝血酶浓度即无法适应。因此，多数人主张凝血酶 5U/ml 时，使 TT 维持在正常对照的 $2.0\sim2.5$ 倍为最佳选择。若用 TT 监测高浓度肝素时，可以加大凝血酶浓度（$30\sim35$U/ml）或加入 $CaCl_2$ 溶液（TCCT）。

5. 抗凝血酶Ⅲ活性（AT-Ⅲ:A）测定　肝素的抗凝血作用需依赖 AT-Ⅲ，AT-Ⅲ的正常水平为 $80\%\sim120\%$，此时应用普通肝素有抗凝效果；当 AT-Ⅲ:A 低于 70%，肝素效果减弱；当 AT-Ⅲ:A 低于 50% 时，肝素则失去抗凝效果。因此，在应用肝素的过程中，务必定时监测 AT-Ⅲ:A，使其维持在 120% 以上。若 AT-Ⅲ:A$<70\%$，则需要及时补充血浆或抗凝血酶Ⅲ制剂。因此 AT-Ⅲ:A 测定是判断肝素是否有效的指标。

6. 血小板计数（BOC）　肝素可致免疫性或血栓性血小板减少，其发生率为 0.6%，常发生于应用肝素后 $2\sim14$d。若血小板数$<50\times10^9$/L 则需停用肝素或输注单采血小板悬液，以将血小板提高至 80×10^9/L 以上为妥，严防血小板继续降低。

第二节　低分子肝素

一、低分子肝素的特点及制剂

低分子肝素(low molecular weight heparin,LMWH)的分子量为 4 000～7 000,系从普通肝素经各种解聚法制备而得。与普通肝素不同的是 LMWH 为短链,其中大多数有 1 个戊糖序列。虽与 AT-Ⅲ 高亲和力链的总比例较普通肝素少,但大多数可与 AT-Ⅲ 结合。故抗凝有其特点:①LMWH 抑制 FⅡa 弱,抑制 FXa 强(1∶4);②LMWH 的抗凝效果可采用抗 FXa 活性作为监测;③LMWH 与血浆内各种肝素结合蛋白的亲和力较普通肝素为低,且不与内皮细胞膜相结合,故皮下注射后生物利用度可高达 90% 以上,而普通肝素生物利用度仅为 30%;④LMWH 皮下注射时吸收完全,血浆吸收率达 98%,半衰期长,可每日 1 次皮下注射;⑤LMWH 与前列腺素 E_4(PE$_4$)亲和力低而不发生中和反应,故其作用不受血小板聚集的干扰,反而能在血小板表面有效地抑制凝血酶的生成。故 LMWH 的生物利用度高而效果佳,使用方便。仅每日 1 次皮下注射,不用监测,且出血不良反应少。

二、LMWH 的适应证与禁忌证

1. **适应证**

(1)人体深静脉血栓(DVT)及肺栓塞(PE)的治疗和预防。

(2)预防手术出现深静脉血栓(DVT)及肺栓塞(PE)。

(3)血液透析时预防血凝块形成。

(4)治疗静脉炎后综合征。

(5)治疗急性浅表性静脉炎、曲张静脉炎、慢性静脉功能不全。

(6)治疗外周动脉病变。

(7)治疗不稳定性心绞痛与无 Q 波心肌梗死。

(8)DIC。

2. **禁忌证**

(1)有血小板减少史。

(2)发生出血或出血倾向的连续性凝血障碍(消耗性结核病出血与肝素无关)。

(3)手术引起的器官损伤性出血。

(4)急性细菌性心内膜炎(机械性修补术有关的除外)。

(5)脑血管出血。

(6)对于本品过敏者。

对于肝、肾衰竭,高血压,有溃疡病与肠道溃疡史或其他损伤出血,视网膜血管病变以及在脑、脊髓外科手术期间使用时要谨慎。

三、LMWH 的使用方案

LMWH 是一种具有快速作用和持续长效作用的抗凝药。一般而言,经皮下注射后 3h,血浆中抗凝活性(Anti-Xa)达顶峰。其血浆半衰期约为 6h,1 次注射,在血浆中的抗凝活性可维持 20h,为此可维持每日注射 1 次的剂量。

1. **一般外科手术用量**　手术前 2h,皮下注射 0.3ml(3 200U aχa),随后再每 24h 注射 1 次至少 7d。

2. **高度血栓危险和矫形手术**　患者手术前 12h,皮下注射 0.4～0.6ml(4 250～6 400U aχa)。手术后 12h 重复注射 1 次。手术治疗期间每日重复注射 1 次。治疗期不少于 10d。

3. **深部静脉栓塞**　疗程的前 3～5d 可用缓慢静脉输液法,剂量每次 8 500～12 800 U aχa。每天皮下注射 2 次,剂量每次 0.4～0.6ml(4 250～6 400U aχa),需持续最少 7～10d。紧急疗程后,可继续进行皮下注射 10～20d,剂量 0.4～0.6ml/d(4 250～6 400U aχa)。

4. **血透时预防血凝块形成**　体重<50kg 者,血透开始时注射 0.3ml(32 00U aχa);体重 50～69kg 者,血透开始时注射 0.4ml(4 250U aχa);体重>70kg 者,血透开始时注射 0.6ml(4 600U aχa)。

5. **静脉炎后综合征**　疗程需持续最少 30d。按严重程度,每天(24h)皮下注射 1 次,剂量为 0.6ml(4 600U aχa)、0.4ml(4 250U aχa)或 0.3ml(3 200U aχa)。

四、LMWH 临床使用情况

目前临床 LMWH 在治疗不稳定心绞痛、急性脑梗死、DIC,防治深静脉血栓(DVT)和肺栓塞(PE)以及血液透析治疗中广泛开展,临床实验效果明显优于对照组。另外,在普外手术中,包括大型胸、腹手术、开放性或前列腺切除术、结肠直肠手术与腹部妇科手术均已使用 LMWH 来预防术后 DVT 的发生。

五、LMWH 皮下注射引起皮下出血的预防和护理

大量的研究表明,应用 LMWH 时,原则腹部皮下部位和垂直皮皱进针注射方法,采用适合的按压时间和按压力度,有规律的轮换注射部位,注射前避免排气能够大大减少皮下出血。

第三节　华　法　林

一、作　用　机　制

华法林的化学结构为 3-(α-苯基丙酮)-4-基香豆素。华法林通过抑制肝环氧化还原酶,使无活性的氧化型(环氧化物型)维生素 K 无法还原有活性的还原型(氢醌型)维生素 K,阻止维生素 K 的循环应用,干扰维生素 K 依赖性凝血因子 Ⅱ、Ⅶ、Ⅸ、Ⅹ 的羧化,使这些凝血因子无法活化,仅停留在前体阶段(有抗原,无活性),而达到抗凝的目的。

二、药效学和药动学

华法林口服生物利用度好,起效和作用时间可以预测,在健康个体,口服 90min 后血浓度达到高峰。消旋体的华法林半衰期 36～42h,在血浆中主要与白蛋白结合。

胎儿血液浓度接近母体值,但人乳汁中未发现有华法林存在。

华法林几乎完全通过肝代谢清除,代谢产物具有微弱的抗凝作用。主要通过肾排泄,但少

量进入胆汁,只有极少量华法林以原型从尿排出,因此肾功能不全的患者不必调整华法林的剂量。

华法林的剂量反应关系变异很大,受许多因素影响,因此需要严密监测。

抗凝作用一般发生在给药后的 24h 以内,但抗凝作用的峰值可能延长至 72~96h,因此华法林不宜单独用于急性抗栓的情况。

急性抗栓应首先使用肝素或低分子肝素,两者交叉至少 4d 后才可停用肝素类(最好维持 INR 于治疗范围 2d 以上),以便停肝素后华法林能达到有效抗栓水平。

三、华法林的监测

华法林影响外源性凝血因子Ⅶ的活性,口服华法林后通过监测其对外源性凝血系统的影响(凝血酶原时间,PT)来调整剂量。临床使用标准化的 PT,即国际标准化比值(INR)来调整华法林的用药剂量。INR=PTR ISI,其中 ISI 为国际敏感指数,代表凝血活酶的促凝活性(敏感性);PTR 为受试者 PT 与正常血浆 PT 的比值。

华法林的抗栓作用有赖于凝血酶原(凝血因子Ⅱ)的明显下降,其半衰期约为 72h,因此口服华法林真正起作用至少 3d,此时体内原有的凝血因子Ⅱ水平会明显降低。由于凝血因子Ⅶ和蛋白 C 的半衰期短(6~8h),应用华法林后,凝血因子Ⅶ和蛋白 C 水平很快下降,此时测定的 PT(INR)主要反应血浆凝血因子Ⅶ的水平,此时的 INR 不能反映体内真实的抗栓水平。增加华法林的初始剂量不能快速达到有效的抗栓水平,因为华法林不能加快原来已经合成的凝血因子Ⅱ的清除,高的初始剂量反而会因为蛋白 C 和蛋白 S 的合成减少和迅速清除而导致用药初始阶段呈高凝状态,甚至出现血栓并发症。

四、华法林的药用和剂量调整

中国人华法林的初始剂量建议为 3mg;>75 岁的老年人和出血的高危患者,应从 2mg 开始,每天 1 次口服,目标 INR 依病情而定,一般为 2.0~3.0。

不推荐使用初始冲击量,否则可能使蛋白 C 活力下降,造成一过性高凝状态,甚至导致血栓并发症。

应了解患者的年龄、身体状况、患病史、治疗和用药史、生活习惯,尤其是否有血液和出血病史。华法林的应用应该严格掌握适应证,多数情况应停用阿司匹林。华法林应用得当虽然也很安全,但在医生没有掌握用法之前最好不要使用,尤其在不具备监测条件的地方不要使用华法林抗凝。

许多因素,包括旅行、膳食、环境、身体状况、患其他疾病和用药,都会使 INR 发生变化。当有影响用药反应的因素存在时,如感冒患者服用阿司匹林,因故停用药物或者服药不规则时,应额外多做几次 INR,以便及时调整药物剂量,维持 INR 在治疗的目标范围以内。

五、影响 INR 的部分因素

某些药物可通过抑制维生素 K 依赖性凝血因子的合成、增加代谢清除和干扰其他止血途径影响华法林的药动学。食物中维生素 K_1 摄入和吸收的波动影响华法林的疗效。肝功能不全使维生素 K 依赖的凝血因子合成障碍,对华法林的反应增强。高代谢状态,如甲状腺功能亢进,可增加凝血因子的代谢,增强华法林的疗效。

维生素 K 能够拮抗华法林的抗凝药效,从而降低抗凝作用。为了维持华法林稳定的抗凝强度,患者有必要保持饮食的相对平衡,尤其是富含维生素 K 的绿色蔬菜的摄入量保持相对平衡。

六、华法林抗凝治疗的适应证

1. **瓣膜病和瓣膜置换**　瓣膜病(尤其二尖瓣狭窄)如果合并心房颤动或者已经发生了脑栓塞,或者超声心动图发现左心房直径明显增大(>55mm),应长期口服华法林,维持 INR 于 $2.0\sim3.0$,否则口服阿司匹林就可以了。

2. **非瓣膜病性心房颤动**　多个随机试验的荟萃分析显示,在非瓣膜性心房颤动患者,与安慰剂比较,华法林使脑卒中的危险下降 68%,大出血的发生率没有显著性增加,抗凝降低病死率 33%。阿司匹林也有效,总体上缺血性脑卒中的危险下降 21%,效果不及华法林。

强烈推荐有适应证的高危人群长期口服抗凝药,维持目标 INR 2.5($2.0\sim3.0$),阿司匹林的效果不如抗凝药。阵发性心房颤动发生血栓栓塞的风险也是增加的,是否应用华法林应该主要取决于患者是否存在引起血栓栓塞的其他危险因素。

3. **电复律**　对于心房颤动>48h 电复律的患者,复律前应抗凝 3 周,维持目标 INR 2.5($2.0\sim3.0$),复律成功后抗凝 4 周,以免因心耳部位收缩延迟恢复,形成新的血栓栓塞。药物复律同电复律一样,需要口服抗凝药物预处理,然后复律,方法同心房颤动。

4. **冠心病**　对于冠心病的一级预防和二级预防,中等强度的华法林(INR $2.5\sim3.5$)预防血管事件的效果至少与阿司匹林相当。中等剂量的华法林(INR $2.0\sim3.0$)加阿司匹林,效果好于任何一个药物单独使用,但两者合用有可能增加出血的风险。

5. **肺栓塞和深静脉血栓形成**　一般的做法是,在肝素或低分子肝素治疗的基础上,24h内同时给予华法林口服,待给予肝素 $4\sim5$d 或以上或连续 2d INR$\geqslant2.0$ 时,停用肝素,维持华法林口服 6 个月以上,维持 INR$\geqslant2.0\sim3.0$。

对于某些高危患者,如反复发生深静脉血栓形成或肺栓塞、特发性深静脉血栓形成、遗传因素导致的深静脉血栓形成和癌症等,用药时间应相应延长,甚至终身抗凝。

七、口服华法林出血的处理与预防

口服华法林能有效防止血栓的形成,理想的抗凝水平应为既能有效预防血栓形成,又能避免严重出血(尤其脑出血)事件的发生。

1. **华法林致严重出血的发生率**　口服华法林所致脑出血的发生率非常低,总的年发生率为 0.5% 或更低,与阿司匹林(年发生率 0.3%)的比较差异无显著性意义,出血事件与 INR 增高及年龄增长有关。75 岁以上老年患者出血发生率稍有增加,但此人群又是血栓栓塞的高危人群,抗栓的获益也最大。

2. **与出血相关的因素**　口服华法林的治疗窗很窄,半数有效量与半数致死量的 INR 水平相差仅 1 倍左右,用药必须按要求监测 INR,根据 INR 调整用药的剂量。华法林引起的出血与 INR 的高低有关,如在 INR<3.0 时发生出血,则应寻找引起出血的危险因素。主要危险因素包括年龄>65 岁,先前发生过脑卒中或胃肠道出血,合并肝、肾功能不全及同时应用抗血小板药物等。

3. 与出血相关的处理

(1)出血：口服华法林所致的轻度出血多于口服阿司匹林,常见的出血为口腔(牙龈)出血、鼻出血、皮下瘀斑或者血肿、眼结膜下出血、呼吸道出血(痰中带血)、血尿、月经增多或黑粪等,或者外伤后出血增加。轻者(如皮下瘀斑)除加强抗凝监测外不需特殊处理,稍重者(如肉眼血尿)经短期减量或暂停服药1~2次后绝大多数出血即得以控制,出血控制后可恢复使用治疗剂量的华法林。

如果因出血性疾病(如卵巢黄素囊肿破裂)所致必须手术止血,在手术结束并去除了出血危险因素后,于手术当日开始恢复服用华法林。严重出血者必须停药,例如脑出血或眼底出血。

(2)手术：长期服药的患者如果择期行非心脏手术,于术前5d停用华法林,改用低分子肝素至手术当日的凌晨,此后恢复口服华法林,达到目标INR后,停用低分子肝素。如果是急诊手术(如骨盆骨折)则应于手术前静脉注射维生素K,并辅以血浆或者全血,尽量使INR降到1.6以下;如病情严重,不能等待INR明显下降便开始手术,则于术后当日即应用低分子肝素,并恢复服用华法林,4~5d后(INR达到目标范围2d后)停用低分子肝素。

(3)INR增高：停用华法林(INR 2.0~3.0)后,大约需要4d INR才能恢复甚至正常水平。据观察,INR中度升高(4.0~10.0),口服维生素K 1.0~2.5mg,可在24h内使升高的INR迅速下降。多数患者静脉输注维生素K可使INR在6~8h明显下降,在12~24h恢复正常。

4. 预防出血事件

(1)仔细询问病史,全面查体或进行相应的物理检查与实验室检查,寻找和处理可引起出血的潜在高危因素。

(2)按要求监测INR,根据INR调整用药剂量。

(3)加强对医务人员用药和监测知识的培训,加强医护人员的责任心并提高服务水平,登记和定期随访每一个服药者,抗栓治疗最好在抗栓专业门诊,由专业医生统一治疗、管理和随访患者。

(4)为患者提供有关用药和监测的手册,提供出血患者用药的依从的初步处理建议和患者与负责医生的通讯联系。

(5)加强对患者及其家属的宣传教育,提高患者用药的依从性,避免药物的错服、误服和漏服。

(6)详细告知患者用药的注意事项,在饮食或环境发生明显变化、生病(如腹泻)、服用或停用某种药物、旅行、出现意外伤害等情况下,应及时通知或咨询负责医生,并遵医嘱及时就诊。

(7)教育患者在日常生活中注意避免外伤或其他引起出血的因素,如剃须引起皮肤伤口等。

(8)如出现严重出血并发症或者出血不易停止,应及时到医院就诊。

八、华法林抗凝其他并发症

1. 栓塞 栓塞是换瓣后华法林抗凝治疗中仅次于出血的另一重要并发症,发生率0~4.2%患者/年,很少能引起致命的危险,但它却是机械换瓣置换术后远期致死、致残的主要原因。与栓塞发生有关的因素有以下几点。

(1)抗凝强度：抗凝不足时易于发生栓塞。

(2)华法林与其他药物合用。华法林是机械瓣膜置换术后预防栓塞的主要药物,加用抗血小板药物的效果各家报道不一。

(3)机械瓣膜的种类。国内外报道应用不同的机械瓣膜,其栓塞发生率有一定差别。

(4)瓣膜置换部位:不同部位瓣膜置换后栓塞率不同。

2. 皮肤坏死 皮肤坏死是华法林抗凝引起的一种严重而且稀少的并发症常,发生于华法林抗凝治疗的第3~8天,由于皮下脂肪层的小静脉和毛细血管的过度血栓形成而引起。一个可行的方法是应用肝素抗凝达到治疗范围后,再换以小剂量华法林,经过几周渐渐增大华法林剂量。

3. 过敏 华法林抗凝还可引起过敏,多大术后早期出现,可对症处理。另外,还见有服用华法林致药物性肝炎的报道。

第四节 常用溶栓药物及溶栓治疗宜忌

一、常用的溶栓药物

溶栓疗法(thrombolytic therapy)是通过溶栓药物,将纤溶酶原激活为纤溶酶,纤溶酶裂解为蛋白,溶解已形成的血栓,从而达到治疗血栓栓塞性疾病的一种方法。通过30多年的研究与实践,溶栓治疗取得了较大的发展,也积累了丰富的经验。

临床上常用的溶栓药都是纤溶酶原激活药,按照它们的作用方式,可以将溶栓药物分为两类:一类为非纤维蛋白特异性(nonfibrin specific)纤溶酶原激活药,包括链激酶、尿激酶和对甲氧苯基化纤溶酶原——链激酶激活剂复合物(APSAC);另一类为纤维蛋白特异性(fibrin specific)纤溶酶原激活药,包括组织型纤溶酶原激活药、单链尿激酶纤溶酶原激活药,这类药物选择性地作用到血栓部位,使血栓结合的纤溶酶原激活,起到溶栓作用,而很少或不产生全身的纤溶状态。

(一)尿激酶

尿激酶是肾合成的一种蛋白质,有高分子量(55 000)和低分子量(33 000)两种,我国临床上使用的尿激酶为高分子量尿激酶,是人尿制品,而美国使用的尿激酶是由肾胚细胞产生的低分子量尿激酶。

(二)链激酶

链激酶是C组溶血性链球菌产生的一种蛋白质,血浆半衰期为18~23min。链激酶是欧美国家应用最早、最有经验的溶栓药,普通使用的剂量标准为150万U/60min静脉滴注。

(三)组织型纤溶酶原激活药(tPA)

tPA是血管内皮细胞合成的一种丝胺酸蛋白酶,半衰期仅4~6min,由肝清除。临床上所用alteplase是Genentech公司的基因工程产品,为重组tPA(rtPA)。由于alteplase在称为GUSTO的临床试验中取得了成功,而得到了广泛认可,是目前欧美国家临床上应用最多的溶栓药。

溶栓药物在最近几年发展迅速,瑞替普酶(reteplase,rt-PA)、替奈普酶(TNK)、兰替普酶(NPA)等NPA突变体,可以使AMI患者在院外(如救护车上)接受治疗,可以尽早抢救濒临死亡的心肌,使更多的患者受益。

二、常见疾病溶栓治疗的适应证和禁忌证

（一）急性心肌梗死

1. 适应证　常规应用的是：①持续性胸痛超过 30min，用硝酸甘油或其他扩张冠状动脉的药物不能缓解；②心电图 2 个以上肢体导联的 ST 段抬高≥0.1mV 或相邻 2 个或 2 个以上胸前导联的 ST 抬高≥0.2mV；③发病时间愈短愈好，以 6h 内最好；④年龄最好不超过 70 岁。近年来，随着新溶栓药的不断开发和临床经验的不断丰富，上述适应证也不断在修订和完善。

2. 禁忌证

（1）绝对禁忌证：①近期（14h 以内）有活动性出血、做过手术、活组织检查、心肺复苏术、不断压迫止血的血管穿刺术以及外伤史；②恶性高血压，血压超过 200/120mmHg 或不能排除夹层动脉瘤者；③有出血性脑卒中史（包括一过性脑缺血发作史者）；④对扩容药和升压药无反应的休克；⑤感染性心内膜炎、二尖瓣病变伴心房颤动，且怀疑左心腔内有血栓者；⑥出血性疾病或有出血倾向者；⑦严重肝肾功能不全和有感染性疾病者；⑧妊娠。

（2）相对禁忌证：①血小板数低于 $100\times10^9/L$；②患者服用口服抗凝药，且凝血酶原时间（PT）不超过 36s；③体质过敏虚弱者。

（二）脑梗死

1. 适应证　①有恒定神经损伤的定位体征，如偏瘫、失语，但无意识障碍者；②经脑血管造影证实为颅内动脉主干或其大的分支闭塞者；③治疗前 CT 扫描无脑组织坏死的大面积低密度区和高密度的出血区。

2. 禁忌证　尚无统一的标准。美国国立卫生研究院建议：①有意识障碍者；②脑干梗死者；③脑栓塞；④其他同急性心肌梗死。

（三）肺梗死

1. 适应证　尚无统一的标准。美国国立卫生研究院建议：①经放射性灌注肺扫描及（或）肺动脉造影证实有肺叶或多肺段栓塞者；②血流动力学，如肺血管栓塞率（PVO）、平均肺动脉压（PAPm）和总肺阻抗率（TPR）有明显异常者。无论栓子大小都是溶栓治疗的适应证。

2. 禁忌证　见前急性心肌梗死。

（四）周围动脉闭塞

1. 适应证　原则上对无手术取栓指征者都可以溶栓疗法。

2. 禁忌证　①旁路移植手术在 48h 以内者；②以往有持续跛行，有动脉轻中度缺血者；③有溶栓治疗的任何一项绝对或多项相对禁忌证者（见急性心肌梗死）。

（五）静脉血栓形成

1. 适应证　经阻抗容积图、复制扫描或静脉造影等方法证实的近期（14d 以内无手术指征的患者，尤其是年轻人）。

2. 禁忌证　见急性心肌梗死。

三、溶栓治疗的护理

1. 按要求输注溶栓药。

2. 过敏反应的观察：多见于使用链激酶的患者，表现为发热、荨麻疹、皮肤潮红、关节痛及脉管炎等。重复使用时过敏反应的发生率增加，故应杜绝此做法，使用链激酶前应常规给予肾

上腺皮质激素类药物以减少过敏反应。

3. 出血倾向的观察：某些溶栓药物如尿激酶、链激酶对非冠状动脉部位的血栓同样有溶解作用。因此，在溶栓治疗过程中常可合并其他部位出血，故应每 4 小时查一次血常规、血小板、出凝血时间、凝血酶原时间和纤维蛋白原等。

4. 再灌注心律失常的观察护理：再灌注心律失常表现多样，但以室性心律失常多见，在心电图上与其他心律失常表现一样，再灌注心律失常发生突然，严重者可发生致死性室性心律失常，故护士应注意患者在胸痛明显缓解、无泵衰竭却突然出现快速室性心律失常时，疑为再灌注心律失常，及时同医生做好电复律等准备工作。

5. 低血压状态的观察护理：溶栓引起的低血压状态并不少见，发生率为 7.7%～16%，出现低血压状态时，无论其原因如何，都应暂时停溶栓治疗。对一般状态好的患者可单纯采用休克体位，加快输液速度使病情好转，严重者应及时使用升压药，首选多巴胺。

6. 再通指标的判定：直接指标是冠状动脉造影显示梗死冠状动脉远端血流达 TIMI 的Ⅱ～Ⅲ级。间接指标有 4 方面：①ST 段在溶栓后的 2h 内任何一个 30min 间期内迅速回降≥50%；②胸痛在溶栓后 2h 内消失；③溶栓后 2h 内出现再灌注心律失常；④血清肌酸激酶(CK)和肌酸激酶同工酶(CK-MB)下降提前。

7. 血栓溶解术的再通率达 65%～75%。但溶栓成功后，冠状动脉内仍有残余狭窄，易再发生心肌梗死，故应注意观察记录患者再发心绞痛的时间、部位、性质以及心律失常和心电图改变等。

（王晓青）

第31章 危重患者营养支持与护理

教 学 目 标

1. 了解营养的基本概念、危重患者营养代谢特点、营养支持的目的、途径与原则。
2. 熟悉营养状态的护理评估。
3. 掌握肠内外营养的适应证、途径与护理。熟悉并发症的预防。

第一节 概 述

一、基 本 概 念

1. 营养 营养指人体吸收、利用食物或营养素的过程,也是人类通过摄取食物以满足机体生理需要的生物化学过程。

2. 营养素 人类为维持正常生理功能和满足机体需要,必须从食物中获取营养素,除空气和水以外,还要通过各种食物组成饮食,获得人体需要的各种营养素。蛋白质、脂肪和糖类摄入量较大,所以称为宏量营养素,也称为生热营养素;维生素和矿物质需要量较小,称为微量营养素。能量来源于食物中糖类、脂肪和蛋白质,这3种营养素经过氧化分解后释放出能量,以满足人体代谢需要。

3. 营养性疾病 因体内各种营养素过多或过少,或营养素不平衡引起的疾病,也包括那些以营养因素为主要病因、营养疗法为主要治疗手段的疾病。

4. 临床营养支持 是通过消化道以内或以外的各种途径及方式为患者提供全面、充足的机体所需的各种营养物质,达到预防或纠正热量-蛋白质缺乏所致的营养不良的目的。同时起到增强患者对严重创伤的耐受力,促进患者康复的作用。

二、营养不良的发生率

在慢性病患者和住院治疗的急慢性病患者中,营养不良发生率很高。约10％的门诊癌症与其他慢性病(如心肺疾病等)患者存在营养不良。住院患者中,有30％~60％存在一定程度的营养不良,其中10％~25％属于严重营养不良。由于相当部分医护人员缺乏对营养不良危害性及其对临床转归影响的了解,不能及时发现和纠正营养不良,导致住院患者营养状况进一步恶化。

三、营养支持概念的发展

现代重症医学与临床营养支持理论和技术的发展几乎是同步的,都已经历了约半个世纪的历史。数十年来大量强有力的证据表明,住院患者中存在着普遍的营养不良;而这种营养不良(特别是低蛋白性营养不良)不仅增加了住院患者病死率,并且显著增加了平均住院时间和医疗费用的支出;而早期适当的营养支持,则可显著地降低上述时间与费用。

近年来,虽然医学科学有了长足的进步,但住院重症患者营养不良的发生比率却未见下降。其原因包括:社会人口老龄化;医学水平的提高使得重症患者生命延长、病情更加复杂迁延;应激时的乏氧代谢使得各种营养底物难以利用;严重的病理生理损害(意识、体力、消化器官功能)妨碍重症患者进食;部分慢性病患者往往有长期的基础消耗;病理性肥胖患者的增多;特别是许多患者在其入院时多忽视了营养状态的评估。因此,临床营养支持作为重症患者综合治疗的重要组成部分,应该得到足够的重视。

重症医学是对住院患者发生的危及器官功能和生命的急性病理生理变化进行全方位支持和综合治疗的学科。在重症医学的综合治疗中,关键是保护和改善全身与各器官的氧输送并使之与氧消耗相适应,即:灌注与氧合。灌注与氧合的目的是维持与改善全身与各器官组织的新陈代谢,而代谢的底物以及部分代谢过程的调理,营养支持是重要的手段。

早期的临床营养支持多侧重于对热量和多种基本营养素的补充,随着对机体代谢过程认识的加深以及对各种营养底物代谢途径的了解,人们发现各种营养底物在不同疾病的不同阶段通过不同的代谢途径与给予方式,对疾病的预后有着显著不同的影响。例如不同蛋白质(氨基酸)对于细胞生长与修复、多种酶系统活性、核酸代谢、细胞因子产生、免疫系统功能影响各异;而不同脂质的代谢则对于细胞膜的功能和稳定,各种甾体激素与性激素水平,以及众多炎性介质和凝血过程有着不同的作用。糖类在不同疾病状态和疾病不同时期的代谢也不一致。而一些维生素与微量元素除了作为多种辅酶起作用之外,还具有清除氧自由基的功能。因此,现代临床营养支持已经超越了以往提供能量,恢复"正氮平衡"的范畴,而通过代谢调理和免疫功能调节,从结构支持向功能支持发展,发挥着"药理学营养"的重要作用,成为现代危重病治疗的重要组成部分。

四、危重患者的营养代谢特点

(一)体内激素水平的变化

1. 交感神经高度兴奋,肾上腺髓质儿茶酚胺大量释放,引起心血管系统效应和一系列内分泌改变。

2. 下丘脑-脑垂体轴的兴奋,促激素分泌增多,血液循环中糖皮质激素、醛固酮、生长素、甲状腺素出现明显的增高。其中,促分解代谢激素如儿茶酚胺、糖皮质激素、胰高血糖素、甲状腺素等的分泌及其在血液循环中的水平增高,占明显优势作用机体呈现高分解代谢状态,引起糖原迅速消耗,葡萄糖利用障碍,脂肪动员,蛋白质合成缓慢,分解加速,血糖增高。

3. 多种细胞因子如白介素肿瘤坏死因子等释放,参与激素与代谢的改变。

(二)能量代谢障碍

1. 肝细胞有氧代谢障碍,导致葡萄糖的有氧氧化障碍,表现为血乳酸和丙酮酸同步升高,血乙酰乙酸/β-羟丁酸比率降低。

2. 高血糖和糖利用障碍。由于胰岛素受体和胰岛 B 细胞分泌受到抑制,胰高血糖素的释放增多,胰高血糖素/胰岛素的比率明显增高,出现"胰岛素阻抗"现象。

3. 机体得不到足够的外源性能量供给,肝糖原迅速分解消耗。

4. 糖异生明显增强,在 MODS 的早期血糖明显升高,高血糖加重机体的应激反应,形成恶性性循环。

(三)脂肪代谢紊乱

1. 在创伤感染急性期,脂肪动员加速,机体外周组织可直接摄取游离脂肪酸作为燃料。

2. 酮体生成相对受到抑制,与饥饿时的酮症有明显的区别。关于酮体生成受到抑制的机制尚不完全清楚,可能部分与血中胰岛素水平升高、选择性抑制激素敏感性脂肪酶有关。

3. 在全身状况恶化的情况下,脂肪酸分解受到抑制,而脂肪的净合成增加,表现为呼吸商升高;三酰甘油的清除率随之降低,自发性的脂质血症或高三酰甘油血症成为一个明显的特征。

(四)蛋白质分解

1. 出现明显负氮平衡　应激和高分解状态下,由于机体出现葡萄糖不耐受现象,使能量消耗依赖于肌肉蛋白及细胞结构的大量分解,机体每日分解蛋白质 75~150g,导致 300~600g 肌肉群消耗,骨骼肌块迅速萎缩。

2. 总体净蛋白的合成降低　随着外周和内脏蛋白质的分解增加,虽然肝的蛋白质主要是急性期蛋白的合成在早期显著增加,但总体净蛋白的合成降低。

3. BCAA/AAA 的比值明显下降　在肝功能损害严重时,糖异生出现抑制,肝合成蛋白质障碍,肌肉释放大量芳香族氨基酸(acromatic amino acid,AAA)和含硫氨基酸,其血浆浓度明显升高;支链氨基酸(branched chain amino acid,BCAA)因肌肉蛋白质分解释放增加,但又不断被外周组织摄取利用而消耗,其血浆水平正常或降低,BCAA/AAA 的比值明显下降。当组织释放和利用 BCAA 都出现抑制时,机体的能量代谢衰竭,患者濒于死亡。

(五)胃肠道功能改变

有研究者称肠道是创伤应激反应的中心器官。危重患者的胃肠功能发生很多变化,如消化腺分泌功能受抑制,胃肠功能障碍,蠕动减慢,患者出现食欲下降、厌食、腹胀等情况;危重患者常并发应激性溃疡;因禁食和使用广谱抗生素,导致肠道菌群失调,肠道屏障功能障碍和肠源性细菌移位。此外,肠黏膜急性损伤后细胞因子产生可导致 SIRS 和 MODS。对肠道黏膜屏障损伤与肠道细菌移位的防治效果研究,成为目前危重患者营养支持领域探讨的核心问题之一。

五、危重患者营养支持目的

供给细胞代谢所需要的能量与营养底物,维持组织器官结构与功能;通过营养素的药理作用调理代谢紊乱,调节免疫功能,增强机体抗病能力,从而影响疾病的发展与转归,这是实现重症患者营养支持的总目标。应该指出,营养支持并不能完全阻止和逆转重症患者严重应激的分解代谢状态和人体组成改变。患者对于补充的蛋白质的保存能力很差。但合理的营养支持,可减少净蛋白的分解及增加合成,改善潜在和已发生的营养不良状态,防治其并发症。

六、营养支持途径与选择原则

根据营养素补充途径,临床营养支持分为肠外营养支持(parenteral nutrition,PN,通过外周或中心静脉途径)与肠内营养营养支持(enteral nutrition,EN,通过喂养管经胃肠道途径)2种方法。随着临床营养支持的发展,营养支持方式已由 PN 为主要的营养供给方式,转变为通过鼻胃/鼻空肠导管或胃/肠造口途径为主的肠内营养支持(EN)。这种转换是基于我们对营养及其供给方面的深入了解和认识。设计较好的 RCT 及有外科患者的荟萃分析结果显示，PN 与感染性并发症的增加有关，而接受 EN 患者感染的风险比要接受 PN 者为低。有关营养支持时机的临床研究显示，早期 EN，使感染性并发症的发生率降低，住院时间缩短等。但并非所有重症患者均能获得同样效果。特别是在比较 EN 与 PN 对预后改善、降低住院时间与机械通气时间等方面，尚缺乏有力的证据。这可能与多种因素有关，如所患疾病的情况、营养供给量及营养支持相关并发症等。有关外科重症患者营养支持方式的循证医学研究表明，80％的 可以完全耐受肠内营养(TEN)，另外 10％可接受 PN 和 EN 混合形式营养支持，其余的 10％胃肠道不能使用，是选择 TPN 的绝对适应证。应该指出，重症患者肠内营养不耐受的发生率高于普通患者，有回顾性调查(MICU)显示接受仅有 50％左右接受 EN 的重症患者可达到目标喂养量[25 kcal/(kg·d)]。

对于合并肠功能障碍的重症患者，肠外营养支持是其综合治疗的重要组成部分。研究显示，合并有营养不良，而又不能通过胃肠道途径提供营养的重症患者，如不给予有效的 PN，死亡危险将增加 3 倍。总之，经胃肠道途径供给营养应是重症患者首先考虑的营养支持途径。因为它可获得与肠外营养相似的营养支持效果，并且在全身性感染等并发症发生及费用方面较全肠外营养更具有优势。

第二节　营养状况的护理评估

营养护理是护理工作的重要组成部分。护理评估是评估患者的营养状况、确定患者的营养需求，是护理工作不可缺少的部分。但是不是所有的个体都需要全面的营养评估。评估个体的营养状况，首先可以通过目测、测量身高和体重、了解近期食欲及体重的变化情况。通过这些方法判断出患者是否存在营养状况的改变，然后再进一步进行相关的营养评估，具体评估内容包括摄入史、测量人体学、体格检查以及实验室的相关检查。

(一)摄入史

摄入情况是评估营养状况的重要部分，它可以提供个体基本的营养摄入情况以判断摄入是否适合，既有无营养不足及过剩。据此可以确定是否需要提供营养干预。摄入情况包括：进食量及进食种类、摄入水量、食物的选择、每日餐次、食欲改变情况等。收集摄入史的资料可以通过食谱、24h 进食记录、食物摄入频率、直接观察患者的摄食情况来获取。

(二)测量人体学

测量人体学是通过测量人体的局部和整体来判断营养状况的方法，其主要指标包括：身高体重和皮褶厚度。

1. **身高体重**　身高体重变化是人体学测量中的重要部分。身高的测量方法是：脱去鞋子，双臂自然垂放在两侧，双脚跟并拢靠墙站直，双目平视前方。体重测量应尽量去除，服饰的重量。

标准体重与性别、身高及体形有关，可查表获得。也可用公式推算：身高 ＞165cm 者，标准体重(kg)=(身高－100)×0.9；身高 ＜165cm 者，男性标准体重(kg)=(身高－105)×0.9；女性标准体重(kg)=(身高－100)×0.9。

2. **皮褶厚度**　通过测量机体脂肪的储量来判断机体营养状态的(表 31-1)。常用的测量方法：三头肌皮褶厚度（TSF）、上臂围（MAC）、上臂肌围（MAMC）。三头肌皮褶厚度测量方法：找到肩峰与鹰嘴角连线的中点，用卡钳夹住皮肤和脂肪，向外拉持续 3s 并记录读数。将 3 次读数相加后获取均分，与正常值进行比较。三头肌皮褶厚度小于正常值的 10％以上为营养不良，大于正常值的 10％为肥胖或营养过剩。上臂围可用皮尺来测量，取肩峰与鹰嘴角的连线中部，用皮尺围绕 1 圈看皮尺读数，与正常值比较。低于正值为营养不良，高于正常值为营养过剩。上臂肌围可用以下公式：MAMC＝MAC－（0.314×TSF）。

表 31-1 皮褶厚度的标准值

测量项目	女	男
三头肌皮褶厚度	16.5mm	12.5mm
上臂围	28.5mm	29.3mm
上臂肌围	23.2mm	25.3mm

常轻度营养不良其上臂肌围为标准值的 90％，中度营养不良为 60％～90％，严重营养不良的患者，小于标准的 60％

（三）生化及实验室检查

1. 蛋白质测定

（1）内脏蛋白质测定：血浆蛋白水平可反应机体蛋白质营养状况。常用指标包括血清白蛋白、转铁蛋白、甲状腺结合前清蛋白和维生素 A 结合蛋白，其中血清白蛋白应用最广，持续的低蛋白血症被认为是判断营养不良的可靠指标。正常值为 35～45g/L，若＜35g/L 为营养不良，＜20g/L 为重度营养不良。

（2）肌酐身高指数：是衡量机体蛋白质水平敏感而严重的指标。测量方法为连续 3d 保留 24h 尿液，取肌酐平均值并与相同性别及身高的标准肌酐值比较，所得的百分比即为肌酐身高指数。评定标准为＞90％为正常，80％～90％提示瘦体组织轻度缺乏，60％～80％提示中度缺乏，＜60％提示重度缺乏。目前我国健康人的标准肌酐值尚未建立且受多种因素影响故临床应用尚有困难。

（3）氮平衡：是评价机体蛋白质营养状况最可靠和最常用的指标。测量结果有 3 种：总氮平衡、正氮平衡、负氮平衡。计算公式为：氮平衡（g/d）＝摄入氮量（g/d）－［尿中尿氮量（g/d）＋3］。摄入氮量即为输入氨基酸或蛋白质的总含氮量。

摄入氮量（g/d）＝输入营养液含氮量（g/L）×输入营养液量。

（4）血浆氨基酸谱：重度蛋白质热量营养不良时，血浆总氨基酸值明显下降，一般而言，必需氨基酸下降较非必需氨基酸更为明显。如非必需氨基酸/必需氨基酸＞3，可考虑蛋白质营养不良。

2. 免疫功能评定 细胞免疫功能在人体抗感染中起重要作用。蛋白质热量营养不良常伴有细胞免疫功能损害，而增加患者术后感染率和病死率。

（1）总淋巴细胞计数：是评定细胞免疫功能的简易方法。计算公式为：总淋巴细胞计数＝淋巴细胞百分比×白细胞计数。总淋巴细胞计数＞20×10⁹/L 者为正常，（12～20）×10⁹/L 者为轻度营养不良，（8～12）×10⁹/L 者为中度营养不良，＜8×10⁹/L 者为重度营养不良。

（2）皮肤迟发性超敏反应：该实验室将不同的抗原于前臂屈侧表面不同部位注射 0.1ml，待 48h 后测量接种处硬结直径，若＞5mm 为正常。

第三节 肠内营养的应用及护理

一、定 义

肠内营养是指从胃肠道内供给患者每天所需要的营养成分。

二、适 应 证

肠内营养应用指征:胃肠道功能存在(或部分存在),但不能经口正常摄食的重症患者,应优先考虑给予肠内营养,只有肠内营养不可实施时才考虑肠外营养。

多项临床研究得出肠外营养能增加感染并发症,肠内营养无论是在支持效果、花费、安全性还是可行性上都要明显优于肠外营养。

三、禁 忌 证

1. 胃肠道功能衰竭。
2. 完全性肠梗阻。
3. 严重的腹腔内感染。

四、营 养 配 方

选择配方取决于对营养配方成分的了解和对营养支持目标的确认。目前可供选用的肠内营养制剂很多。其营养成分配方有所差异。选择制剂时须注意糖类、脂肪、蛋白质的来源和比例。此外,还需注意配方中的膳食纤维、维生素、矿物质以及特殊物质的配给与含量(表31-2)。

表 31-2 不同配方肠内营养制剂的特点及其适用患者

配 方	主要营养物组成			特 点	适用患者
	糖类	氮源	脂肪		
整蛋白配方	双糖	完整蛋白	长链或中链脂肪酸	营养完全,可口,价廉	胃肠道消化功能正常者
预消化配方	糊精	短肽或短肽+氨基酸	植物油	易消化、吸收,少渣	胃肠道有部分消化功能者
单体配方	葡萄糖	结晶氨基酸	植物油	易消化,吸收	用于消化功能障碍患者
免疫营养配方	双糖	完整蛋白	植物油	添加谷氨酰胺、鱼油等	创伤患者、大手术后患者
匀浆膳	蔗糖	牛奶、鸡蛋	植物油	营养成分全面,接近正常饮食	肠道的消化吸收功能要求较高,基本上接近于正常功能
组件膳				单一的营养成分	适合补充某一营养成分
低糖高脂配方	双糖	完整蛋白	植物油	脂肪提供 50% 以上热量	适合糖尿病、通气功能受限的重症患者
高能配方	双糖	完整蛋白	植物油	热量密度高	适合限制液体摄入的患者
膳食纤维配方	双糖	完整蛋白	植物油	添加膳食纤维	适合便秘或腹泻的重症患者

五、肠内营养治疗的输注途径及方式

1. 肠内营养治疗输注途径

(1)鼻胃管:通过鼻饲进行肠内营养。适用于大多数短期营养支持的患者。

(2)鼻肠管:通过鼻饲进行肠内营养。适用于有胃反流或肺误吸风险的患者。

(3)胃造口管:长期管饲的患者。

(4)空肠造口管:腹外科手术后需要肠内营养的患者。

2. 肠内营养治疗输注方式　肠内营养液的输注有3种方式:一次性输注、间歇重力滴注和持续输注。对于危重患者,由于存在肠功能障碍,前2种方法很难耐受,所以最好选用持续输注。

六、肠内营养的器具

(一)喂养管

1. 种类

(1)橡胶管或硅胶管:在肠内营养开展的早期,这种管使用比较多。但其较粗硬,对鼻咽部有刺激和压迫作用,长期使用患者严重不适,目前橡胶管已弃用。

(2)聚氯乙烯管:成为橡胶管的替代品,放置时间长易变脆。

(3)聚氨酯管:目前临床使用最多的材料。质软刺激性小,可放置2个月以上。置管时需要导丝的帮助。

2. 检查管道位置的方法

(1) X线透视。

(2)从喂养管中吸取液体,测定 pH。

(3)用注射器向喂养管中注入气体,在腹部听诊。

(二)喂养泵

根据结构和功能特点,肠内营养泵分为单纯机械泵和微电脑控制的有一定人工智能的电脑机械喂养泵。

单纯机械喂养泵有定容量、滚轮挤压式输液泵和螺旋蠕动或导管挤压泵,通过泵的作用使喂养管中的营养液按滚轮旋转方向流出。用单纯机械泵控制输注速度较重力输注是一大进步,但该泵无故障识别报警系统,使用时医护人员需经常巡视,检查液体的输注情况。

微电脑肠内营养泵是单纯机械泵与现代科技结合的产物。它除了有单纯肠内营养喂养泵功能外,还有多种故障识别报警功能。在肠内喂养时,一旦发生故障,该喂养泵就能报警并显示故障的原因,便于医务人员及时解除报警。

(三)肠内营养输液袋

肠内营养输注袋应24h更换。

七、肠内营养治疗的护理

在肠内全营养治疗的实施过程中,进行周密的监测与护理十分必要,这样可以及时发现或避免并发症的发生,并观察营养治疗是否达到预期的目的。

（一）护士的责任

在肠内全营养治疗的实施过程中，护士的责任包括以下方面。

1. 对营养治疗过程中的护理工作进行监测。

2. 对营养治疗的输注设备（喂养管及泵）的护理进行监测。

3. 对患者，家属以及其他护士进行宣教并提供咨询。

（二）护理诊断

1. 营养状态改变低于机体需要量　与肠内营养相关的腹泻和腹胀，体重减轻低于理想体重的 10% 有关。

2. 皮肤完整性受损　与胃酶作用累及饲管周围皮肤，引起皮肤发红、感染等有关。

3. 活动无耐力　与生活方式及疾病有关。

4. 潜在误吸危险　与身体制动、吞咽障碍和鼻饲有关。

（三）护理措施

1. 营养液的护理

（1）营养液配制要保持清洁无菌，操作前要洗手戴口罩。

（2）营养液最好现配现用，开启的液体应放入冰箱内保存，时间不超过 24h。

营养液输注时应适当加温，一般保持 37～38℃为宜，尤其在冬季，避免刺激胃肠道引起腹泻。

2. 喂养管的护理

（1）喂养前要确定喂养管位置，妥善固定管道，防止导管移位脱出。胃造口管及空肠造口敷料应定时更换。

（2）保持喂养管通畅，定时冲洗管道。在每次喂养结束时用生理盐水冲洗管腔，以免管道阻塞。如经喂养管给药，则在给药前后均需用水冲洗。每次冲洗的液体量至少要 50ml。如出现管路不通，应查找原因，并注入温水冲洗，确定阻塞需及时更换喂养管。

（3）注意保持喂养管外端的清洁，可用盐水棉球擦拭，并经常轻轻移动，以避免长时间压迫食管发生溃疡。

（4）护理人员要熟悉掌握各种喂养管的理化性质，不同的喂养管在体内放置的时间不一样。聚氯乙烯管内含有增塑剂，柔软性较差，对胃内 pH 很敏感，一般放置 7d 左右予以更换。聚氨酯材料制成的喂养管可放置 6～8 周，患者耐受性好。

3. 常规护理

（1）开始管饲前，评定营养状态及计算营养素需要量，决定注入途径、方式与速度，要确定管饲的营养配方、时间、次数和数量，确定需要的设备，选择合适体位。

（2）掌握胃肠营养开始时间。喂养必须在胃肠壁完整无损，内容物不会泄漏的前提下才可进行。危重患者往往小肠功能的恢复早于胃，因此小肠内营养可在插管后立即进行。如果没有其他并发症，胃内营养可在插管 24h 后开始进行。

（3）准确记录出入量，检查液体和电解质的平衡状况。注意皮肤的弹性、口渴、脉搏、血压等体征及症状。

（4）口腔护理：鼻腔置管的患者，由于管饲时缺乏食物对口腔内腺体的刺激，唾液分减少，口腔有异味或不适。因此应每日进行口腔护理，定时漱口，以保持口腔清洁，防止口腔感染。

4. 输注护理

(1)调节营养液输注的速度。大多数患者可以很快地适应管饲喂养,尤其是置管前已进食者。每4~6小时检查患者的耐受性,调整输注速度,速度可从慢到快。先以50ml/h的速度开始,如果患者耐受性良好,则可以25ml/h的速度递增。

(2)输注过程中要定期监测胃内残留量,如果潴留量≤200ml,可维持原速度,如果潴留量≤100ml增加输注速度20ml/h,如果残留量≥200ml,应暂时停止输注或降低输注速度。

(3)肠内营养液的浓度与总量应逐渐增加。输注浓度从低到高,容量从少到多,初始浓度为8%~10%,维持浓度可提高到20%~25%,初始容量为500ml/d,维持容量可提高到2 000~2 500 ml/d。3~5d达到维持容量患者,提示耐受肠内营养。

(4)输注营养液管道应每24小时更换,接头处保持无菌状态。

5. 并发症的预防护理

(1)机械性并发症。鼻咽食管损伤是长期经鼻咽食管进行肠内营养的并发症。喂养管质地过硬或管径过粗可导致鼻咽食管损伤。常见有鼻咽不适,鼻咽部黏膜糜烂和坏死,鼻部脓肿,急性鼻窦炎,声嘶,咽喉部溃疡和狭窄,食管炎,食管溃疡和狭窄,气管食管瘘,胃、空肠、颈部食管造口并发症等。预防措施只要是加强监护,熟练掌握操作技术,选择直径细、质地软的喂养管。大便性质、排便次数和量。

(2)胃肠道并发症。如恶心、呕吐、腹泻、便秘等。应根据不同情况经行处理。

①管饲前翻身、拍背、吸痰、清理呼吸道,以减少喂养过程中因呼吸问题引起的恶心呕吐。发生呕吐时,应立即停止肠内营养,监测残留量,并将患者头偏向一侧,清理分泌物,同时监测呼吸、心率、血氧饱和度变化。对肠内营养耐受不良(胃潴留>200ml、呕吐)的患者,可促胃肠动力药物,在喂养管末端夹加温器,也有助于患者肠内营养的耐受。

②腹泻时应记录大便性质、排便次数和量。注意肛周皮肤的清洁。输注营养液时注意输注速度,肠内营养液新鲜配制和低温保存,一旦腹泻应降低营养液浓度,减慢输注速度,在饮食中加入抗痉挛或收敛药物以控制腹泻。

③出现便秘时要记录24h水的出入量,适当补充温开水和粗纤维食物。

(3)代谢性并发症。包括水、电解质、糖、维生素和蛋白质代谢的异常。常见有高血糖、水过多、脱水、低血糖、低/高血钠、低/高血钾及脂肪酸缺乏。

①应每日记录出入量,定期监测全血细胞计数、凝血酶原时间。

②营养开始阶段,每2天测1次血糖、尿素、肌酐、钾、钠、氯、钙、镁、磷,以后每周测1次。

③测定血清胆红素、谷丙转氨酶、谷草转氨酶、碱性磷酸酶。每天留24h尿,测尿素氮或尿总氮,必要时进行尿钾、钠、钙、镁、磷的测定。

④危重患者的血糖控制。可选用更高比例的复合多糖、脂肪和膳食纤维配方,最好采取持续滴注或营养泵泵注方式,并减慢输注速度。在疾病的急性期血糖控制目标是100~200mg/dl,待病情平稳后,应控制在100~150mg/dl。急性期血糖控制的方法是输注营养液的同时静脉泵注胰岛素,病情稳定后改为皮下注射胰岛素。

(4)感染性并发症。主要由吸入性肺炎和营养液的污染。

①吸入性肺炎。误吸是肠内营养最严重和致命的并发症。临床表现为呼吸急促,心率加快,X线表现肺有浸润影。如有大量的胃肠内营养液突然吸入气管,可在几秒内发生急性肺水肿。治疗原则:一旦发生误吸,立即停用肠内营养,并将为内容物吸净。即使小量误吸,也应鼓

励患者咳嗽,咳出气管内液体。如有食物颗粒进入气管,应立即行气管镜检查并清除。应用抗生素治疗肺内感染,行静脉输液及皮质激素消除肺水肿。护理措施:可将患者置于半卧位,床头抬高30°～50°,防止食物反流。喂养前验证喂养管道位置正确,喂养过程中避免管道移位,监测胃潴留情况,如果潴留量≥200ml,应暂时停止输注或降低输注速度。呼吸道原有病变时,应考虑行空肠造口。必要时选用渗透压低的营养液。

②营养液污染。主要是操作不符合标准所致。应严格执行营养液输注过程的清洁与消毒。护理详见营养液的护理。

第四节　肠外营养的应用及护理

一、定　　义

肠外营养是指营养要素由胃肠道外途径供给机体,人在不进食状况下仍然可以维持良好的营养状况,增加体重,愈合创伤,幼儿也可以生长发育,称胃肠外营养,也称人工胃肠。

二、适　应　证

1. 胃肠功能障碍

(1)胃肠道梗阻:贲门癌、幽门梗阻、肠梗阻等。

(2)胃肠道皮肤瘘:特别是高位小肠瘘,使肠道实际吸收面积不足。

(3)胃肠内瘘:十二指肠结肠瘘、小肠结肠瘘、胃回肠吻合术后。

(4)短肠综合征:切除大量小肠超过75%者或小肠旷置过多者。

(5)肠道炎性疾病急性发作期或术前准备时。

2. 严重感染　腹腔内或腹膜后严重感染、败血症者。

3. 高代谢状态　严重外伤、烧伤、复杂大手术后。

4. 肿瘤患者接受大剂量放疗或化疗　尤其是化疗胃肠道反应较重,出现厌食、恶心,甚至腹泻,免疫力下降。

5. 严重营养不良患者术前准备及术后支持　如食管癌、胰头癌、梗阻性黄疸等造成血容量不足、低蛋白血症、水电解质紊乱,不能耐受大手术,容易发生休克、伤口不愈、吻合口瘘等并发症。

6. 轻度肝、肾衰竭　该类患者蛋白质合成功能低下,可用肠外营养支持。

三、禁　忌　证

1. 休克。

2. 重度败血症。

3. 重度肝、肾衰竭。

四、肠外营养的途径

肠外营养支持途径可选择经中心静脉和经外周静脉营养支持,如提供完整充分营养供给,ICU患者多选经中心静脉途径。营养液容量、浓度不高,和接受部分肠外营养支持的患者,可采取经外周静脉途径。

五、经肠外补充的主要营养素

常规的营养素成分包括：糖类、脂肪(包括必需脂肪酸)、氨基酸、电解质、维生素、微量元素和液体。

(一)糖类

糖类是当前非蛋白质热量(NPC)的主要部分,临床常用的是葡萄糖,其他还有果糖、木糖和山梨醇等。

体内主要的糖类是葡萄糖,葡萄糖的热量密度为 4kcal/g,它能在所有组织中代谢,是蛋白质合成代谢所必需的物质,并且是红细胞、白细胞、脑神经系统所必需的能量物质,每日最低需要量为 100~150g,以保证上述依赖葡萄糖氧化供能的细胞所需。一般每分钟每千克体重能代谢 3~5mg 葡萄糖。应激时能量消耗的增加使葡萄糖的需要量增加,而体内的糖原储存是很有限的,为 200~400g,在 24~36h 耗尽。此后,将通过动员体内储存的脂肪产生三酰甘油,同时由肌肉与内脏蛋白质分解释放大量的氨基酸于肝内经糖异生途径产生葡萄糖增加。

应激状态下,对机体胰岛素的需要量增加,胰岛素的反应伴随血糖的升高而增强,尽管胰岛素分泌并未减少,甚至增加,但机体对葡萄糖的处理能力却受到抑制,使葡萄糖耐量下降,葡萄糖的氧化代谢发生障碍,糖的利用将受限制,血糖升高。亦称为"应激性高血糖"。不适当的补充葡萄糖将加重已存在的糖代谢紊乱,并增加 CO_2 的产生,增加呼吸做功及肝代谢负担等。应激患者葡萄糖的供给应参考机体糖代谢状态与肝、肺等脏器功能。以<4mg/kg 为度,通常为输注速度应限制在 2.0~2.5 mg/(kg·min)。危重患者,鉴于存在的代谢紊乱及胰岛素抵抗,使葡萄糖的利用受限,输注量一般≤200~250g/d。并增加外源性胰岛素补充。

(二)脂肪

创伤应激与感染后,儿茶酚胺水平的升高促使体内脂肪动员与氧化加速,可达正常速度的200%,脂肪分解产物为三酰甘油(TG)、游离脂肪酸(FFA)和甘油,成为供能的主要物质。胰岛素水平的降低,亦刺激游离脂肪酸释放。其结果使血浆三酰甘油、游离脂肪酸浓度增加。除激素的作用外,细胞因子亦参与了脂肪代谢的调节,促进肝对脂肪酸的重新合成,同时摄取血浆中FFA也增加。三酰甘油在肝产生增加及外周脂肪细胞的摄取减少,导致肝细胞内过多的三酰甘油堆积及脂肪肝形成。从临床角度出发,脂肪与糖类的比例以 1∶2 供给为宜。脂肪乳剂的剂量:成年人每日 1~2g/kg 体重,占总能量的 20%~30%。

(三)蛋白质(氨基酸)

应激时体内蛋白质代谢变化主要为:蛋白质分解大于合成及负氮平衡是创伤、烧伤与严重感染患者蛋白质变化的特点。应激时,在细胞因子与神经内分泌素等作用下,常导致广泛的蛋白质分解和快速、严重的氮的耗竭,机体通过分解自体组织获取能量,这种现象被称为"自身相食(autocannablism)"。

体内蛋白质分解增加,特别是骨骼肌、肠道等体细胞团(MBC)的丢失,进一步影响机体器官组织的结构与功能。导致骨骼肌萎缩,呼吸驱动力下降,肠黏膜萎缩与屏障功能受损,机体免疫防御功能降低与血浆蛋白降低。

应激时,除了蛋白质分解外,还影响了蛋白质的合成,使肝阴性蛋白如白蛋白、转铁蛋白、前白蛋白合成受抑制。而急性相蛋白(如 C 反应蛋白、α-胰蛋白酶等)合成增加,进一步增加氮的需要量。创伤与全身感染后在血浆及细胞内氨基酸变化较突出的是谷氨酰胺(Gln)和支链氨基酸(BCAA)。

在严重分解代谢状态下,骨骼肌内蛋白质大量分解,BCAA、芳香族氨基酸和蛋氨酸均明显增加,但血浆内 BCAA 的变化则相反,多数重症患者肝内 BCAA 的浓度亦是降低的,BCAA 的这一变化,认为与严重应激状态下肝功能受抑制,使其对一些代谢物质的处理能力降低有关。同时,BACC 能在肝外代谢产能,致使血浆内 BCAA 浓度更为降低。

氨基酸构成肠外营养中的氮源。蛋白质由 20 种氨基酸组成,分为必需和非必需氨基酸 2 大部分。非必需氨基酸可由机体合成,必需氨基酸在体内不能自行合成,须由外界提供。现有的复方氨基酸溶液品种繁多,都按一定模式配比而成,可归纳为 2 类:平衡型与不平衡型氨基酸溶液。临床选择时需视应用目的、病情、年龄等因素而定。每日提供的氨基酸量为 1～1.5g/kg;占总能量的 15%～20%。

(四)电解质

1. 钾是细胞内的主要离子,在合成组织时,钾的需要量增加。PN 支持期间,钾的需要量一般在 3～5g/d。钾的补充应根据血钾浓度的监测酌情考虑。

2. 磷亦是细胞内的主要阳离子,参与了骨质形成,并参与细胞膜的组成,磷在代谢中的作用非常重要。与能量代谢及许多酶的活性有关,参与调节氧向组织的转运。低磷血症可导致 RBC、WBC 功能不良,代谢性酸中毒,骨软化,心肌收缩无力及呼吸肌收缩无力等。因此,危重患者应注意磷的补充与监测,一般补充 $0.15mmol/(kg \cdot d)$,严重分解代谢的患者需要量增加,可达 $0.5mmol/(kg \cdot d)$。

3. 钠是细胞外液主要的阳离子,每日需 125～150mmol,氯离子的输入量与钠相当。对出入量变化大、第三间隙积液及肾衰竭、颅脑损伤等患者更应注意监测。

4. 体内镁的 50% 在细胞外液中,50% 在骨中,对许多细胞代谢相关的酶的活性非常重要,它是氧化磷酸化的一个辅助因子,参与核酸与蛋白质的合成以及高能磷酸根的输送与形成 ATP。镁对心血管系统和神经系统具有抑制作用。每日需输入镁 7.5～10mmol,在额外丢失增加的患者(利尿、肠瘘等)应适当增加补充。

5. 钙参与骨骼构成,肾衰竭时钙从肠道排泄增加而导致低钙,卧床患者骨吸收钙增加。一般情况下,每日应输入钙 2～5mmol。

6. 铁在体内的生理功能主要作为血红蛋白、肌红蛋白、细胞色素的组成成分参与体内氧的运送与细胞呼吸。每日约需 1mg 以补充自胃肠道黏膜、皮肤、泌尿道等所丢失的铁。

7. 锌分布于人体所有组织、器官、体液及分泌物。95% 以上的锌分布于细胞内。人体处于分解代谢增强,例如严重烧伤、创伤、完全禁食等条件下,尿锌排出量显著增加。我国营养学会参考人体锌平衡研究结果,提出推荐摄入量(RNI)为成年男性 15.5mg/d,女性 11.5mg/d。

(五)微量元素与维生素

危重疾病状态下体内的微量元素释放与重新分配,加上摄入减少与排泄异常,使其血浆浓度发生变化。血清 Fe、Zn、Se 含量降低,而血 Cu 含量常常升高。微量元素的变化可影响机体的免疫功能,影响糖类、脂肪、蛋白质代谢与肠道形态学改变。现已有商品化的复方微量元素制剂,其含量达到每日推荐量,只需每日 1 支加入补液中,基本可达到预防微量元素缺乏的目的。

维生素参与调节体内物质代谢,是维持机体正常代谢所必需的营养物质。维生素的每日需要量虽然很少,却不能没有。维生素的种类较多,按其溶解性可分为水溶性和脂溶性两大类。前者包括 B 族维生素、维生素 C 族和生物素;后者包括维生素 A、维生素 D、维生素 E、维生素 K)。正常情况下,体内合成的量有限,必须经饮食获得;水溶性维生素在体内无储备,不能饮食时,可按每日推荐量补充;脂溶性维生素在体内有一定的储备,短期禁食者可暂不补充。现有商品化的复合维生素制剂,包括水溶性和脂溶性,均系按每日推荐量配比,每日 1 支加于静脉营养液内,应用方便。长期 TPN 时常规提供可预防维生素缺乏。

维生素变化:严重创伤、感染、大出血、及低灌注休克等可导致组织脏器缺血/再灌注损伤,使体内抗氧化剂消耗增多,血浆中谷胱甘肽(GSH)、维生素 E、维生素 C、维生素 A 浓度明显降低,从而导致机体抗氧化能力严重损害。并使抗氧化药需要量明显增加。近年来在危重患者营养支持中,抗氧化维生素的补充逐渐得到重视。在感染、手术等应激状态下,机体对部分水溶性维生素的需要量增加,如维生素 C、维生素 B_6 等,应适当增加供给量;但脂溶性维生素的长期过量提供则易致蓄积中毒,当谨慎。

六、肠外营养液的配制

1. 配制环境和设备要求　肠外营养液应在洁净环境和严格无菌操作下配制。

(1)配制室:应设有专门的配制室,内有防尘设备、紫外线或电子灭菌灯、电子空气消毒器。配制室须经过空气消毒,用含氯己定的 75％乙醇擦拭操作台,地面进行消毒拖净,操作时避免人员来回出入。

(2)超净工作台(又称层流空气洁净台):是更具空气层流的原理来防止污染,使局部环境空气达到高度洁净的设备。超净台的洁净度等级分为 100 级,操作区的气流速度为 0.3～0.6m/s,工作台台面震动≤2μm,噪声≤67dB。超净台启动 20min 后,其台面可达到无尘、无菌,为配制肠外营养液提供洁净、无菌的安全环境。

(3)配制室的监控:监控指标有压力、温度、相对湿度、换气次数以及空气微粒数。细菌培养用平板法监测微生物。

2. 配制方法　将脂肪乳剂、氨基酸、糖类、电解质、微量元素及维生素等各种营养液混合于密封的无菌 3L 输液袋中,称为全营养混合液(total nutrient admixture,TNA)。

(1)配制前的准备:所有物品准备齐全,避免多次走动而增加污染机会,检查所有药液有无变质、浑浊,有无絮状物,瓶子有无裂缝,瓶口有无松动,并经第 2 人核对后才可加药。检查 3L 袋的外包装输液袋、管道有无破损,检查有效期。

(2)混合的顺序:微量元素和电解质加入氨基酸溶液中。将磷酸盐、胰岛素加入葡萄糖中。将水溶性维生素和脂溶性维生素加入脂肪乳剂。用 3L 袋把葡萄糖、氨基酸、脂肪乳剂的顺序进行混合,并不断摇动使之混合。混合后的混合液中葡萄糖的最终浓度为 10％～20％,能获得相容性稳定的 TNA 液。

七、肠外营养的护理

(一)护理诊断

1. 感染的危险　与中心静脉留置,没有严格执行无菌操作,患者防御功能下降有关。
2. 躯体移动障碍　与穿刺时损伤和神经有关。
3. 潜在并发症　高血糖、低血糖、电解质紊乱。

4. 潜在并发症 空气栓塞与完全肠外营养管放置位置错误有关。

(二)护理措施

1. 肠外营养支持的常规监护

(1)体重:监测体重有助于判断患者水合状态和营养量的供给是否适合。每天体重增加250g,说明可能存在体液潴留。当输入液体过量引起右侧心力衰竭,应调整液体输入。静脉营养的前2周,每天测体重1次,以后每周测定1次。

(2)体温:监测体温能及时了解感染等并发症。每日测体温4次,如患者出现高热、寒战等,应及时寻找感染源,进行抗感染治疗。

(3)输入速度:最好使用输液泵,记录24h尿量,测定总出入量。输注速度严禁过快或过慢。

(4)营养评价:每例患者应有临床观察表格,逐日填写平衡记录表,平衡表是了解肠外营养支持的重要依据。在静脉营养期间应进行营养状态的动态评价。

(5)环境的监护:保持环境清洁,物品每日用消毒液擦拭,注意通风,保持空气清新,污染的衣单及时更换,保持床铺清洁。

2. 预防和控制感染的护理措施

(1)全肠外营养液的配制:全肠外营养液是细菌生长的载体,因此配制时应严格执行无菌操作技术,最好在层流的净化台上进行操作。配制完成后严禁向内添加任何药物,配制肠外营养液要固定人员。一般配制好的营养液须在24～36h用完,直至使用前30min应一直放在冰箱内冷藏。配制好的肠外营养液应注明床号、姓名和配制时间。输注营养液时,护士要根据医嘱核对标签与营养液的各种成分是否相辅,检查全肠外营养液是否浑浊或有沉淀等污染的情况,如怀疑已污染,立即停止使用。

(2)中心静脉导管的护理:置管前检查导管是否破裂,接头是否紧密,以防渗液、漏液。置管时要严格执行无菌操作技术。导管插入后缝合并固定,以防脱出。置管后保持局部清洁,以防细菌侵入。每次输注前先用肝素盐水冲洗导管,再用可来福接头连接营养液。导管只能输注肠外营养液,不可在此取血,发现导管扭折或血液反流而阻塞导管时,严禁将血凝块直接推入血管内,防止血栓意外。

(3)置管处的护理:患者接受全肠外营养治疗时,会出现与置管相关的导管感染和导管移位,因此,进行置管处护理时要严格执行无菌操作技术,置管时严格无菌操作,。置管处用无菌纱布或透明敷料覆盖,更换敷料时先洗手,用无菌棉签蘸消毒剂,由里向外消毒,待干后覆盖无菌纱布或透明敷料。操作时仔细观察有无发炎和感染的症状,如红肿、渗液等,发现异常应立即告知医生并做细菌培养。使用无菌纱布必须24h更换,使用透明敷料每48～72小时更换。

(4)输液管路的管理:按护理常规每24小时更换输液器。

(5)监测生命体征,以早期发现感染征象。导管留置时间的延长会增加感染的概率,导管留置3～4周感染率发生最高,有感染征兆,应及时拔出管道。因治疗需要长期留置者,应定时更换导管,并对拔除导管的尖端进行细菌培养,阳性者立即拔出导管。

(6)加强医务人员培训:定期对医务人员开展中心静脉导管应用的指征、正确的置管及护理血管内导管的方法、感染控制措施等内容的培训。

3. 并发症的护理

(1)与导管相关的并发症。可分为2类,即感染性和机械性。

①感染性并发症:接受全肠外营养的患者,具有发生导管相关感染和败血症的高度危险。常见感染菌为真菌、革兰阳性菌和革兰阴性菌。导管置管处可出现红、肿和脓液渗出等症状。美国疾控中心定义的局部感染为:导管入口处红肿、硬结、有脓性分泌物。应每天仔细检查穿刺点周围皮肤情况,观察有无局部感染症状或全身症状。如果患者置管部位有触痛,不明原因发热或其他提示局部或原发性血源性感染的临床表现时,应拆开敷料彻底检查置管部位,并认真记录置管、拔除导管和更换敷料的操作者、时间和日期。当患者出现找不到其他感染灶可解释的寒战、高热时,则考虑导管性败血症已经存在。此时应立即拔除中心静脉导管,同时做管头培养及患者血培养。肠外营养袋及输注管道、过滤网也应做培养。如果管头是感染源,拔出后即可解除感染源。

②机械性并发症:肠外营养的机械性并发症与中心静脉导管有关。其中多数发生在导管插入过程中,也因护理不当引起。常见有空气栓塞、气胸、血胸、胸腔积液、出血、静脉血栓、移位、动脉或神经损伤和置管处静脉炎。护士应询问患者肩部有无疼痛、感觉异常,以确定置管时可能发生的神经损害;帮助患者将穿刺处的肢体放置在功能位并帮助患者活动肩关节,以保持正常的活动功能;观察有无休克、咳嗽和呼吸困难;监测有无空气栓塞征象,如血气分析值不正常、咳嗽、苍白、疼痛、焦虑、乏力、呼吸节律和幅度改变、纵隔移位等,以便早期发现和治疗。

(2)代谢性并发症。常见的有糖代谢、氨基酸代谢障碍,必需脂肪酸不足,电解质紊乱和微量元素缺乏等。

肠外营养引起的糖代谢紊乱主要是高血糖。①护士必须注意输注速度,过快或过慢的速度都是不合适的。在肠外营养的最初 24～48h,输注的速度逐渐增快,这样有助于胰岛细胞分泌更多的胰岛素来代谢葡萄糖。输注的速度过快,大量的葡萄糖溶液进入血循环导致扩容。由于体内的胰岛素不能及时来代谢葡萄糖,血糖升高。与此同时,肾小管不能重吸收多余的葡萄糖,导致糖尿和多尿。相反,如果输注的速度过慢会导致低血糖,因为胰岛细胞不能相应的调整血糖水平。所以,实施肠外营养时,护士必需每隔 30～60min 巡视 1 次,观察输注的速度和输注量,及时发现患者的异常反应。②应每隔 4～6h,用血糖仪监测 1 次血糖。应用肠外营养开始几天后血糖水平会升高。必须根据血糖水平来应用胰岛素控制血糖 180～200mg/dl(9.8～10.9mmol/L)。血糖升高应及时通知医生,根据常规或依据血糖调整使用胰岛素。使用注射器泵每 30 分钟调整滴速,调解的幅度小于原来的 10%,以维持正确的滴速,防止血糖的波动。在没有其他葡萄糖补充的情况下,不能突然停止全肠外营养的输注,以防止低血糖的发生。

4. 重症患者的血糖控制与强化胰岛素　应激性高血糖是 ICU 中普遍存在的一种临床现象,并成为一独立因素直接影响各类重症患者的预后。对于住 ICU>5d 的重症患者严格控制血糖(≤110mg/dl)对病死率的改善更为明显。任何形式的营养支持均应包括强化胰岛素 ,严格将血糖控制在理想范围。

关于目标血糖控制水平对重症患者预后的影响尽管标准不同,综合多项临床研究结果,目标血糖控制在≤110～150 mg/dl(6.1～8.3mmol/L),可获得较好的改善危重症预后的效果,同时可降低低血糖的发生率。在强化胰岛素 中应当注意:①由于应激性高血糖主要表现为以外周胰岛素抵抗为特征血糖升高,并且血糖增高的程度与应激程度成正比。与此同时,常伴随着病情变化而不稳定,使血糖控制难度增大。因此,在实施强化胰岛素治疗期间,应当密切监测血糖,及时调整胰岛素用量,防治低血糖发生。②重症患者的营养支持中,葡萄糖常作为非蛋白质热量的主要组成部分,葡萄糖的摄入的量与速度,直接影响血糖水平。一般情况下,葡萄糖的输注量应当控制在≤200g/d。③营养液的输入应当注意持续、匀速输注,避免血糖波动。

八、临床营养新世纪展望

1. 更倾向于肠内营养。
2. 更注重蛋白质等营养素而非热量。
3. 更注重营养素的药理效果。
4. 通过特异性营养因子提高营养治疗的效果。
5. 开展预防性营养治疗。

（吴晓英　胥小芳）

第32章　药物治疗途径与护理观察

教　学　目　标

熟悉使用输液泵、微量泵、胃肠营养泵和镇痛泵的目的、注意事项。

随着医学科学的迅速发展,输液泵、注射器泵、患者自控镇痛泵和肠内营养泵等越来越广泛地被临床应用,这些仪器具有操作简单,给药准确,节省人力等特点,已成为危重病患者常备的重要治疗仪器。

一、输　液　泵

(一)目的

1. 准确控制单位时间内静脉输液的量。

2. 持续监测静脉输液过程中的各种异常情况,如:液体排空、气泡混入、管路堵塞等,以便及时处理,提高输液的安全性。

(二)使用输液泵注意事项

1. 注意无菌操作。

2. 探测器保持水平位。

3. 遵医嘱设定输液速度。

4. 预定输液量在1～999ml调整。

5. 设定预计输液量。

6. 使用外周静脉滴注时应选择低阻塞压力输注。

7. 输液泵具有一定压力,容易使患者穿刺部位注射针头和输液管接头处产生液体渗漏,使用中应注意观察并及时处理。记录患者用药过程、反应和停用药物的时间。

8. 输液管路24h更换。

9. 正确掌握各功能键的使用方法。

10. 务必保持输液泵在充电状态。充电指示灯呈现绿色时表示仪器正在充电。

(三)常见报警与处理

见表32-1。

表 32-1 常见报警处理

问题	常见原因	处理方法
空气报警	输液器中存在气泡	重新排气,调整滴液壶中的液体
滴数报警	输液瓶已空 旋夹紧闭 滴液壶壁有液体凝集 滴数传感器未安装好 传感器损坏 在使用硬质输液瓶时排气小帽未打开液面过高	及时更换输液 打开旋夹 晃动滴液壶消除凝集 调整滴数传感器位置 更换传感器 打开排气小帽 将输液瓶倒置,再将部分液体挤回瓶内,使液面降低
压力报警	旋夹未打开 管路扭曲、受压 针头或管路有血块堵塞	打开旋夹 保持管路通畅 清除血块或重新穿刺
泵仓门报警	输液管放置不正确或泵门关闭不严	重新放置输液管或关严泵门
电池报警	交替显示输液速率和 AAA. A 显示屏显示:"Battery discharged,connect to main.(电池用完,接至主电源)"	连接至电源,持续充电达 16h

二、微量注射泵

(一)目的

1. 精确微量控制静脉给药的速度和剂量,如:儿茶酚胺类药物(多巴胺、多巴酚丁胺、去甲肾上腺素等)、血管扩张类药物(硝酸甘油、硝普钠等)、镇静药物及其他特殊药物(利多卡因等)。

2. 精确用量,保证持续均匀给药,保持良好的血药浓度,如:生长抑素、抑肽酶等。

3. 与其他药物共同输注时达到一定的浓度比例,如:胰岛素。

(二)注意事项

1. 注意无菌操作。

2. 正确掌握各功能键的使用方法。

3. 配制药物的计算结果要 2 人核对。

4. 根据医嘱及药物说明配制药液,避免浓度过高,避免浪费药液,避免速度过快,配制浓度便于随时调整剂量,一次配药使用时间不超过 24h,避光药物使用避光材料。

5. 微量泵上注明药物名称、浓度、配制时间,同时三通/输液接口处注明药物名称,避免混淆。观察注射器泵运转情况,及时排出故障。

6. 24h 内未输完的药物应重新更换或按照药物说明书要求的时间重新配制。

7. 更换血管活性药物时,应预先将药物配制好,更换时准确、迅速,避免对患者血流动力学产生影响。

8. 多种药物同时使用时注意配伍禁忌。

9. 与静脉输液共用通路输注血管活性药物时,应保证输液速度恒定,避免血管活性药物快速输入人体引起不良反应。

10. 记录患者用药过程、反应、有无渗漏和停用药物的时间。

（三）常用的使用注射器泵药物的配制方法

1. 根据每日所需剂量配制，如：生长抑素每日治疗剂量为 6mg，则将 6mg 生长抑素溶至 24ml 生理盐水中，以 1ml/h 的速度在 24h 内匀速泵入。

2. 根据所需药物剂量决定泵入药物浓度，如：胰岛素泵入为 2U/h，则配制浓度为 1U/ml，泵入速度为 2ml/h；若胰岛素需泵入 6U/h，则可配制成 2～3U/ml，泵入速度为 3～2 ml/h。

3. 泵入血管活性药物的计算方法。

方法一：先配制后计算。

将药物配制成 10mg/ml 或 1mg/ml 的浓度，泵入药物剂量医嘱为 ＊＊μg/(kg·min)。每小时泵入药物的速度 ml/h＝泵入药物剂量[μg/(kg·min)]×体重(kg)×60min/h÷配制的药物浓度(mg/ml)。例如，一体重为 80kg 的患者需要泵入多巴胺 10[μg/(kg·min)]，计算方法为：多巴胺的药物浓度是 10mg/ml，10[μg/(kg·min)]×80 kg×60 min/h＝48 000μg/h＝48 mg/ h，泵入速度为 48 mg/h÷10mg/ml＝4.8ml/h。

方法二：先计算后配制。

计算所配制药物的浓度。所配药物的浓度＝体重(kg)×常数。

常数的计算方法：假设泵入速度为 1ml/h 时，注入药物的剂量则为 1μg/(kg·min)。药物需稀释至 50ml。

$$1\mu g/(kg \cdot min) = \frac{1\,000\mu g \times 1ml \times 体重 \times 常数}{60min \times 体重 \times 50ml}，其中常数＝3。$$

例如：患者体重为 50kg，配制多巴胺。

所配药物的浓度＝体重(kg)×常数＝50 kg×3＝150 mg。将多巴胺 150 mg 加至 50 ml。此时注射器泵速度 1ml/h 时，泵入药物的剂量为 1μg/(kg·min)。常数也可是 0.3，此时注射器泵泵入速度 1ml/h 时，泵入药物的剂量为 0.1μg/(kg·min)。

三、肠内营养泵

1. 目的　以固定的流速，持续输送营养液至胃肠道。

2. 注意事项

（1）注意无菌操作。

（2）喂养时患者床头抬高 30°～40°，防止反流误吸，输毕维持该体位 30～40min。

（3）遵医嘱设定输注速度，先以 50ml/h 的速度开始，如患者耐受良好，则可以 25ml/h 的速度递增，正常速度为 100～125ml/h。

（4）配制好的营养液暂时不使用时，应放入冰箱内保存，24h 内用完，悬挂滴注不超过 4～6h，使用时复温至 38～40℃。

（5）喂养袋每日更换。

（6）喂养前确认鼻胃管/鼻肠管的位置，确认是否通畅，每 2～4 小时冲洗管道 1 次。

（7）4～6h 暂停滴注，夹闭喂养管 30min 后接负压吸引，观察有无潴留，如有通知医生减量或停止滴注。

（8）使用加温装置保持营养液温度保持在 38～40℃。

（9）滴注过程中观察患者有无腹痛、腹胀、腹泻甚至呕吐，如出现应及时查明原因，调慢速度,反应严重者可暂停滴入。

四、患者自控镇痛泵(patient controlled analgesia,PCA)

(一)目的

患者可根据自己的疼痛情况自行控制给药,且方便快捷、反应迅速,并可将镇痛药用量的个体差异降低到最小限度。

(二)PCA泵的种类

1. 一次性弹性自控镇痛泵 以机械弹性为动能,其原理是由1~2层的弹性膜形成球囊,接上1条延长管,管上带有1个流速控制器和患者自控表,由流速控制器和弹性回缩力共同决定流速,然后连接患者的静脉、皮下或硬膜外腔。

2. 电子泵 以电能为动能,由微电脑控制,可提供多种给药模式。它由微处理器和输入系统组成。

(三)给药途径的选择

静脉、皮下和硬膜外腔。

(四)注意事项

1. 教会患者使用PCA泵的方法,复述注意事项和潜在的不良反应。

2. 向患者解释泵的设置,使患者在前一次给药起作用之前,不能再额外给药。泵通常被设置成每6~10分钟给药1次。向患者解释药物起作用需6~8min。在药物发挥作用之前,可应用非药物方法(如改变体位、按摩、分散注意力等)缓解疼痛。

3. 指导患者应在翻身、咳嗽和深呼吸之前给药,有利于减轻疼痛。

4. 使用过程中注意观察硬膜外导管的刻度,防止脱出或断裂。观察静脉通路有无渗漏。

5. 正确判断镇痛效果和有无并发症。

6. 使用硬膜外腔镇痛,同时应用低分子肝素的患者,在拔除硬膜外腔管后2h才能注射低分子肝素;注射低分子肝素后需12h才能拔除硬膜外腔管,以防止出现硬膜外血肿。

(五)PCA泵的常见并发症与处理

1. 恶心和呕吐 及时积极给予对症处理。

2. 呼吸抑制 阿片类药物能降低正常人的呼吸频率和幅度,中度低氧血症可加重阿片类药物对呼吸中枢的抑制作用。应密切观察患者的意识状态和皮肤颜色,观察气道是否通畅,肌力情况,是否有共济失调。必要时暂停使用PCA泵,给予对症处理。

3. 内脏运动 阿片类药物能减弱内脏运动,引起便秘和胃潴留,并可导致进一步的危险,如胃内容物的反流和误吸,甚至影响肠吻合术伤口的愈合,良好的护理能及时发现并预防其并发症。随时评估患者排便情况,对症处理,严重者调整治疗方案或停用PCA泵。

4. PCA引起的镇痛不全或过度镇静 采用Ramesay镇静评分方法进行评分,1级为烦躁不安;2级为安静合作;3级为嗜睡,对指令反应敏捷,但发音含糊;4级为睡眠状态,可唤醒;5级为对呼叫反应迟钝;6级为深睡或麻醉状态。5~6级为镇静相对过度。

(1)镇痛不全:镇痛效果欠佳常常是给药浓度偏低、锁定时间偏长或患者疼痛加剧所致。应检查患者的病情,包括患者口唇颜色、呼吸、循环状态的全身观察,因为内脏绞痛对镇痛的反应较差,应观察手术切口以排除外科情况如吻合口裂开、肠梗阻等。如患者临床状况无异常,则检查管路有无渗漏、堵塞、药液是否用完、是否存在机器故障等,及时解除。

（2）镇静过度：患者恢复过程中镇静药的需要量逐渐减少，应将药物减量。

5. 对中枢神经系统的影响　幻觉、欣快感、焦虑甚者惊厥，抽搐，在一定条件下可由许多阿片类药物引起。对某些敏感的患者，可以给其使用小剂量地西泮。

6. 在 PCA 治疗过程中　如患者出现不能解释的持续低血压或使用硬膜外镇痛患者出现下肢麻木，肌力下降时，可暂停使用镇痛泵以便观察和鉴别病情变化。

（詹艳春）

第六篇

危重症护理

第33章 循环系统疾病重症监护

教 学 目 标

　　熟悉循环系统主要重症的基本概念、发病原因及诱因,掌握临床表现、外科治疗手段及监护要点。

第一节 冠 心 病

一、基 本 概 念

　　1979 年世界卫生组织对冠心病的定义是:由于冠状动脉功能性改变或器质性病变引起的冠状血流和心肌需求之间不平衡而导致的心肌损害,包括急性暂时性的和慢性的情况。冠心病通常是冠状动脉粥样硬化性心脏病的简称,是由于冠状动脉粥样硬化病变使动脉变窄、闭塞及功能性改变(如痉挛),导致心肌相对性或绝对性缺血、缺氧而引起的心脏病。亦称缺血性心脏病。

二、病因及诱因

　　冠心病绝大多数由冠状动脉粥样硬化引起。流行病调查和实验研究认为,冠心病是多种因素综合和长期积累所造成的后果,其中高血压、高脂血症和吸烟为最重要的因素,另外饮食习惯、肥胖、紧张而少动的工作性质和生活习惯、糖尿病以及遗传因素也是起作用的因素。

三、病 理 基 础

　　冠状动脉粥样硬化是全身动脉系统动脉硬化进程的一部分。早期为动脉壁细胞内以及细胞外基质内脂肪沉着,逐步聚积、扩大形成黄白色隆起于内膜的斑点块,即粥样硬化斑块。斑块基底部可能出现中心组织退变,脂肪堆积崩解而呈"粥"样。斑块表层有胶原纤维层覆盖,基底部往往有毛细血管供给营养。斑块的基础上可发生钙化,出血或溃破,形成溃疡或伴血栓,从而使动脉腔变窄。冠状动脉内腔按狭窄程度分为 4 级:管腔缩小 25% 以内为一级,26%～50% 为二级,51%～75% 为三级,76%～100% 为四级。三、四级狭窄使心肌供血明显下降。冠状动脉粥样硬化可发生于任何分支,其中以左前降支最为多见。慢性梗阻可能在缺血区周围逐步形成侧支供血,但急性梗阻可能造成急性心肌梗死甚至心室壁穿孔。

　　急性心肌梗死后,镜下可见心肌小灶坏死,以后累及大片心肌。轻者局限于心内膜下,而重者则穿透心室壁全层。1 周后可有肉芽长入梗死区并开始修复,5～6 个月后形成瘢痕。瘢痕区失去心室收缩功能,在心室收缩期有反常搏动,即形成室壁瘤。

四、生 理 基 础

心肌氧的供需应保持平衡,心肌不停的收缩活动需氧量较高,在安静状态下,心肌已经从冠状动脉循环中摄取 75％的可利用氧,因为有氧代谢是心肌能量的主要来源,所以心肌耗氧量与心脏能量的需求密切相关。心肌耗氧的 3 个主要决定因素包括:心率、心肌收缩力、室壁张力。冠状动脉血流量是影响心肌供氧量最主要的因素,氧的供应包括氧的摄取和传送。在冠状动脉粥样硬化病变基础上的冠状动脉狭窄,使心肌供氧和需氧失去平衡,造成心肌缺血、缺氧。

五、临 床 表 现

临床上本病可有心绞痛、心律失常、心力衰竭、心肌梗死等表现,甚至可发生猝死。

心肌缺血尤其是在运动后急性缺血,首先引起的症状是心绞痛。随着病情的加重,心脏功能下降,血流动力学严重障碍,在临床为心力衰竭的相应表现。此外可能导致各类严重的心律失常。

心绞痛的典型症状为心前区剧痛,并向左肩及左上肢放散,疼痛持续时间可数分钟或数小时,患者出冷汗,在用硝酸甘油等扩冠药物后症状可得到缓解。心绞痛的临床分型很复杂。我国采用联合国世界卫生组织(WHO) 的基本分类方法,即分为劳力心绞痛与自发心绞痛两大类。劳力心绞痛在活动后发作,胸痛与心肌耗氧量增加有明确关系。自发性心绞痛乃指心绞痛发作与心肌耗氧量增加无固定关系。轻症自发心绞痛在发作时心电图表现 ST 段下降。

心肌梗死是由冠状动脉闭塞,心肌严重而持久的缺血导致心肌坏死。疼痛为最突出早期症状,其性质与心绞痛基本相同,但更为剧烈,常达数小时至数日之久。虽经休息或口含硝酸甘油亦不能缓解,患者常烦躁不安和恐惧。少数患者疼痛轻或完全无痛,主要是老年人。严重心肌梗死可以发生血压降低,面色苍白,神志迟钝等休克征象。心肌梗死时也可发生心律失常、心功能不全,也可有恶心呕吐等胃肠道症状和发热。心电图有特殊表现,对诊断极有价值。血清酶的检查(主要是血清谷氨酸-草酸乙酸转氨酸和肌酸磷酸激酶及乳酸脱氢酶等)对诊断心肌梗死也很有帮助。大面积急性心肌梗死或急性室间隔穿孔则出现急性左心或全心衰竭,进而血压下降呈现心源性休克。心肌梗死后可发生心室壁瘤、乳头肌功能失调等并发症,严重者可发生心脏破裂而迅速死亡。

六、外科治疗手段

目前可以把冠心病的治疗手段归纳为 3 类:①药物治疗,包括扩冠药物,抗心律失常药物,强心利尿药物及其他各种药物治疗。②介入治疗,主要指冠状动脉球囊扩张成形术(PTCA),冠状动脉放置内支架或作其他治疗。③传统冠心外科手术,采用体外循环行冠状动脉旁路移植术(coronary artery bypass grafting 简称 CABG 术或冠状动脉搭桥术),以及"微创冠心病外科技术"。

外科治疗主要指通过外科手术使心肌再血管化。最早的尝试是将乳内动脉远端埋入心肌内,或将冠状动脉梗阻处切开并补片加宽。而近 40 年来主要是在冠状动脉梗阻的远端与体循环之间建立血流旁路,即冠状动脉旁路移植术。最常用的方法是选择人体自身的静脉(如大隐静脉)、动脉(如内乳动脉),或其他血管代用品做旁路移植材料。一端吻合在主动脉,另一端吻合在病变的冠状动脉段的远端,建立升主动脉和冠状动脉之间血流旁路,将主动脉的血流引向冠状动脉狭窄以远的缺血区域的心肌,改善心肌血液供应,为其提供足够的氧合血,进而达到缓解心绞痛症状,改善心肌功能,提高患者生活质量及延长寿命的目的。见图33-1。

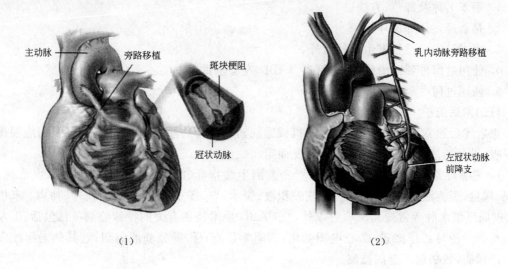

图 33-1　冠心病外科治疗

七、护理措施

对于行冠状动脉旁路移植术的患者,护理工作的核心目的是减少并发症,并促进其康复。这就要求做到:术前准备完善、术中情况知晓、术后监护及处理准确及时。

(一)术前准备

1. 一般为择期手术,术前要进行冠状动脉造影,了解冠状动脉病变的程度和范围。

2. 测量心率、血压等生命体征。

3. 治疗和控制高血压、糖尿病、心功能不全、心律失常。

4. 了解血小板、凝血功能及用药状况。

5. 吸烟患者必须戒烟,以防呼吸道感染。

6. 了解患者有无哮喘等呼吸道疾病以及肺功能情况。

7. 了解患者有无过敏史。

8. 了解患者营养状况,有无同期并发症。

9. 了解患者心理、社会状况,使之保持心情平静。

10. 要向患者介绍手术目的、手术简单的过程,术后在监护室的情况如需带气管插管、呼吸机辅助呼吸、心电监测等;向家属介绍监护室的探视制度等,以减少他们对于未知的恐惧,增加战胜疾病的信心。

11. 术前1d备皮、洗澡、备血。

12. 术前1d晚10时后禁食,为帮助休息可遵医嘱服用催眠药。

13. 手术当日晨遵医嘱给予镇静药,使患者放松迎接手术。冠状动脉病变严重的患者手术当日晨需要继续服用抗心肌缺血药物,以防术前出现心肌缺血或者围术期心肌梗死。

(二)术中知晓

手术过程往往在很大程度上决定了术后监护的难易。因此,虽然并未参与患者的手术过程,护士也必须知晓术中一些特殊情况,以指导术后监护的重点。

1. 手术名称及部位、方法。

2. 是否经过体外循环。

3. 手术过程中是否发生何种意外。

4. 使用过何种辅助治疗,如起搏器、IABP、左心辅助等。

5. 使用过何种药物等。

(三)术后监护

患者术后通常要送监护病房,进行机械通气辅助呼吸一段时间,辅助时间的长短应视患者的呼吸、循环功能状态及麻醉苏醒的情况而定。

1. **完善的监测手段** 这期间除了严密监测生命指标、CVP、血气与酸碱平衡、血常规、尿常规、尿量、引流液量(创面渗、出血;胸腔积液、腹水;胃、肠引流)、胸部 X 线片、神志、末梢循环、皮肤组织水肿等常规监测项目以外,与 CABG 手术特别有关的特殊监测项目包括:①左心房压与肺毛压与心排血量;②心电图变化;③酶学检查;④ 呼吸功能监测;⑤其他老年性多发病如糖尿病,肾功能不全的监测。

2. **监护核心** 由于冠心病患者术前心肌氧的供需平衡已经改变,因此纠正异常供氧需氧状态成为围手术期治疗及护理的核心目标。CABG 术后处理,既要遵循心脏手术后一般的处理原则,维持生命体征的平稳,又应具有其特殊性,必须保持心脏血氧供需平衡。①术后早期保证心肌氧供的因素:注意保持稳定的循环状态,包括良好的心肌灌注压水平、有效的冠状动脉痉挛预防措施、正常的动脉血氧水平。②术后早期减少心肌氧耗的因素:包括控制围术期高血压、减慢心率、保持良好的呼吸功能、减少患者不良反应。③维持氧供、氧耗平衡:在保证循环良好的条件下,维持满意的氧供,降低耗氧因素。

3. **早期血流动力学动态监护** 通过持续动态血流动力学监测,可有助我们及时发现并处理术后早期低心排血量、早期合并肺动脉高压、围术期心肌梗死、心功能不全等并发症,为临床治疗用药提供及时的信息。对于重症患者则需要放置 Swan-Ganz 导管进行血流动力学监测,以便对患者的病情变化作出判断,及时调整治疗措施。

4. **术后处理的基本内容** 包括:水、电解质、酸碱平衡、保证麻醉恢复过程的平稳、维持稳定的循环功能、及时有效的药物辅助治疗、防治术后并发症等。

5. **术后并发症的处理**

(1)围术期心肌缺血或心肌梗死。需要针对可能原因选择相应的处理措施,首先需要排除外科因素,如吻合口不通畅,血管桥堵塞等,必要时考虑开胸探查,明确血管桥是否通畅。如果术中血管吻合比较满意,测量血管流量满意,需要考虑动脉血管桥痉挛,桡动脉桥相对比较容易出现血管痉挛,可以适当提高动脉灌注压,使用钙通道拮抗药等。

(2)低心排综合征。低心排的处理首先要排除可能导致原因,如血管化不全或者血管桥不通畅导致的心肌缺血,需要积极予以纠正。处理的核心是维护循环功能和组织灌注,保证有效的前负荷、防治心律失常、减少血压波动、纠正低血压状态、及时有效的药物治疗、循环辅助装置的应用。

(3)心律失常。心房颤动是 CABG 术后最容易出现的心律失常,处理原则除纠正电解质紊乱、适当补充容量、改善缺氧外,可以考虑药物,胺碘酮、β-受体拮抗药和洋地黄类都可以考虑使用,应避免短时间内使用大剂量抗心律失常药物或者合并使用。

术后早期频发或者成对等恶性室性心律失常需要高度怀疑心肌缺血的可能。处理包括纠正低血钾和低氧血症,必要时可以考虑使用胺碘酮和 β-受体拮抗药等抗心律失常药物。

(4)神经系统并发症。神经系统并发症最好的对策是预防。高危患者术中需要注意保持动脉灌注压,避免或减少主动脉的操作,考虑非体外循环下冠状动脉旁路移植术。出现神经系统并发症的患者主要注意防止并发症和康复治疗。

(5)肺部并发症。处理措施包括:解除外科因素、改善心功能、适当提高血压水平、控制液体入量、加强利尿、呼吸机辅助呼吸、5~7d 不能脱气管插管者行气管切开、合理有效的抗生素治疗、加强呼吸道护理。

(6)低氧血症。术后出现低氧血症的表现为:血气 $PO_2 < 60mmHg$($FiO_2 > 0.6$)和呼吸机依赖等。处理:延续呼吸机辅助、调整呼吸机辅助模式及参数、祛除致病因素、有效的抗感染治疗、较高吸入氧浓度、利尿、预防和治疗肺部感染;呼吸机加压给氧;二次插气管插管;注意营养支持、镇静等综合监护。

(7)高血压。冠心患者术前多伴有高血压病史。术后出现高血压原因包括:低温、体外循环、麻醉、手术早期应激反应、脑部并发症、药物因素等。术后高血压增加心肌氧耗、增加术后早期渗、出血、高压性利尿,从而导致心肌供血不足、脑卒中等连锁反应。处理措施:手术后期适当加深麻醉、手术后期复温充分,注意保温、术后早期维持适当的镇静、减少搬动患者、适当的呼吸机辅助时间、维护良好的呼吸功能、药物治疗。

(8)糖尿病。高血糖的主要危害是影响患者水、电解质、酸碱代谢平衡。术后监测:术后早期,每天早、晚各测血糖 1 次,必要时,加测快速血糖。调节患者的饮食,给予适当的口服药或者胰岛素,定时监测血糖以防过高、过低。

(9)肾功能不全。患者出现肾功能不全护理要点:观察尿量、BUN、CR、酸中毒、电解质等。肾功能不全的治疗主要是替代疗法(腹膜透析、持续血液滤过和血液透析)。

冠心病患者在我国处于急剧增多的趋势,随着经济的增长和人口老龄化的进程,冠心病的实际患病率是惊人的。冠心病的介入治疗正突飞猛进,多数轻症患者,单支或双支病变首选 PTCA 或更为先进的介入治疗手段。经过介入治疗的筛选,接受 CABG 的患者将以重症,多支病变或再次手术者为主,从而增加了外科手术的困难与危险,因此术后监护将相应变得更加复杂与困难,这一切对于护理人员的监护水平也提出了更高的要求。

(郑中燕　郑　哲)

第二节　急性心肌梗死

急性心肌梗死是因持续而严重的心肌缺血所致心脏的部分心肌急性坏死。在临床上常表现为胸痛、急性循环功能障碍、心律失常,以及反映心肌急性缺血、损伤和坏死一系列特征性心电图衍变。

一、病　　因

急性心肌梗死虽然绝大多数与冠状动脉粥样硬化有关,但由于冠状动脉痉挛,斑块破裂及

（或）出血、血栓形成等冠状动脉急性堵塞性病变参与了急性心肌梗死的发病。因此，急性心肌梗死发病与粥样硬化病变所累及冠状动脉支数以及造成管腔狭窄程度之间常呈不平行关系。急性心肌梗死发病的轻重缓急及梗死范围分布差异极大，并与冠状动脉完全堵塞发生的快慢部位和有无侧支循环等因素密切相关。

其他少见原因有：冠状动脉栓塞（血栓栓子、气栓、瘤栓或细菌栓子）；主动脉夹层或梅毒性主动脉炎累及冠状动脉开口；冠状动脉夹层；冠状动脉炎（如大动脉炎累及冠状动脉；结节性动脉周围炎；病毒性冠状动脉炎等）；冠状动脉先天畸形和心脏挫伤等。

二、病理生理

急性心肌梗死的病理生理特征是由于心肌丧失收缩功能所产生的左心室收缩功能降低、血流动力学异常和左心室重构。

三、临床表现

急性心肌梗死临床症状差异极大，有的患者发病急骤，极为严重，未及时送至医院就诊而死于院外；有的患者无明显自觉症状或症状很轻未引起患者注意，未至医院就诊。

（一）起始症状表现

急性心肌梗死发病起始症状不尽相同，最常见为疼痛。故对发病不同起始症状的了解，对本病的及时诊治具有重要的意义。

1. **以疼痛为起始症状**　疼痛是急性心肌梗死最常见的起始症状，典型的部位为胸骨后直到咽部或心前区，向左肩放射。疼痛有时在上腹部或剑突处，同时胸骨下段后部常为憋闷不适，或伴有恶心、呕吐，常见于下壁梗死。不典型部位有右胸、下颌、颈部、牙齿，罕见头部、下肢大腿甚至脚趾疼痛。心肌梗死程度重时持续时间长，疼痛性质为绞榨样或压迫性疼痛，或为紧缩感，烧灼样疼痛，常伴有濒死感。含服硝酸甘油一般不能缓解，需强效镇痛药。疼痛有时也可能不重，为轻度闷痛，有时表现为断续多次发作性疼痛，与不稳定性心绞痛不易分辨，多见于非Q波心肌梗死。急性心肌梗死患者有15%~20%无疼痛症状。

2. **以突然晕厥为起始症状**　见于下后壁梗死急性早期，迷走神经张力增高的患者，多发生于起病30min内。严重窦性心动过缓或高度房室传导阻滞，心室率极慢，血压降低，患者可突然晕厥。

3. **以猝死为起始症状**　发病即为心室颤动，表现为猝死，多发生于院外，经心肺复苏之后证实为本病。

4. **以急性左侧心力衰竭为发病突出表现**　突然发作肺水肿为最初表现。多见于老年人，事先无预兆，有的在数小时或数日前有心绞痛前驱症状，发病即为严重肺水肿，多见于范围广泛的心肌梗死，或与原陈旧性梗死不同部位的再次梗死者。

5. **以休克为突出的起病症状**　患者感到虚弱，大汗虚脱，如从坐位滑下、立位摔倒，或有一过性意识丧失。由于心排血量过低引起的脑缺血，极严重者随即死亡。

6. **以脑供血障碍为起始症状**　肢体无力，轻瘫或意识迟钝，见于伴有脑动脉硬化的老年患者，有时孰先孰后临床上难以分辨。

7. **胃肠道障碍**　胃肠道症状如恶心、呕吐、消化不良都是常见症状，特别是下后壁梗死，疼痛发生在上腹部与急性胆囊炎、溃疡病加以鉴别，偶伴有腹泻症状。呃逆见于病情严重者。

(二)体征

1. **一般表现**　在急性期根据患者症状轻重而表现不同。疼痛不重者,表情安静。剧痛者呈急性病容,出汗、烦躁不安、面色苍白或发绀,并有心力衰竭者半坐位或端坐呼吸,合并有休克者大汗淋漓,肢端厥冷,神志模糊甚至意识不清。

2. **发病急性期**　发病后30min内,患者呈现自主神经失调。前壁梗死多表现为交感神经亢进。心率增快至100/min,血压可升高到160/100mmHg;心排血量明显降低者,则血压明显降低,下壁梗死多为副交感神经亢进,如心率减慢,低于60/min,血压降低,收缩压低于100mmHg。发病早期室性期前收缩、室性心动过速和心室颤动。发病24～48h内对组织坏死非特异的反应为体温升高到37.5～38℃,常在第5～6天降至正常。

3. **心脏体征**　梗死范围不大者,心脏不扩大。如梗死范围大,室壁扩大,多次梗死,并有高血压或心力衰竭者,心脏向左扩大。

(三)实验室检查和辅助检查

1. **血清酶和其他生化指标**　主要为血清谷氨酸草酰乙酸转氨酶(SGOT),乳酸脱氢酶(LDH),肌酸激酶(CK)及同工酶(CK-MB)。在急性心肌梗死发病后开始升高,到达峰值及回到正常的时间都有各自的特点,见表33-1。

表33-1　急性心肌梗死后血清酶活性时相变化(改良 Rosalk 法)

酶	开始升高(h)	到达峰值(h)	回到正常(d)	正常高限
GOT	6～8	12～48	3～5	<40
LDH	8～18	24～72	4～16	<250
CK	4～12	12～36	2～4	<54.5
CK-MB	3～6	12～24	1～2	0

测定坏死心肌组织释放到血液中的肌红蛋白,心肌肌钙蛋白T,心肌肌钙蛋白I,对本病诊断有重要参考价值。

2. **心电图检查**

(1)急性Q波心肌梗死典型心电图改变。

①超急性期高尖T波或原为倒置T波突然变直立;

②ST段明显抬高与直立T波形成单向曲线(ST段抬高0.1～1mV);

③异常Q波:一般指Q波≥0.04s,深于1/4R波;

④ST-T演变:ST段恢复至等电线,直立的T波逐渐倒置,先从终末部开始然后整个倒置,由浅变深,一般3～6周T波倒置最深,以后逐渐变浅,最后恢复直立。

(2)非Q波梗死。

①ST段抬高:QRS波群不出现异常Q波,但相应的导联中R波电压进行性降低,ST段轻度抬高,并有典型的T波演变。

②ST段降低:指坏死心肌一般贴近心内膜心肌层,心电图不出现异常Q波。

四、治　疗

治疗原则:第一降低心肌耗氧量;第二尽快使堵塞的冠状动脉再通,恢复严重缺血心肌的再灌注,同时应尽量减少再灌注损伤和防止血管在堵塞;第三改善冠状动脉残留血流或侧支血流以免灌注量太低,从而缩小梗死范围,维持左心室功能,以改善本病急性期和预后。

1. 一般治疗

(1)吸氧:通常在发病早期用鼻导管给氧24～48h,流量3～5L/min,减轻气短,疼痛或焦虑症状。

(2)缓解疼痛和精神恐惧:一般首选含服硝酸甘油,随后静脉滴注硝酸甘油,疼痛不缓解即用强的镇痛药,吗啡和哌替啶最常用。烦躁患者给予镇静药物。

(3)卧床休息:无并发症患者卧床休息3d,有严重并发症者则需延长。

(4)饮食及胃肠道症状的处理:饮食易清淡易消化。适当使用缓泻药。有的患者有呃逆,多见于有严重并发症或脑血管病的患者,可适当用镇静药。

2. 药物治疗

(1)硝酸酯类治疗:硝酸酯类药物包括硝酸甘油、硝酸异山梨醇或5-单硝酸山梨醇制剂,降低心脏前、后负荷,降低双侧心室压力和容量,降低心室壁张力,降低心肌耗氧量,扩张冠状动脉,改善心肌供氧量。

(2)抗血小板治疗:药物包括阿司匹林、噻氯匹定、氯吡格雷。

(3)抗凝治疗:本病应用溶栓常用肝素预防血管再通后堵塞。未用溶栓治疗者用肝素对本病也有利,应用肝素应监测激活全血凝固时间(ACT)或激活部分促凝血激酶时间(APTT)。

(4)β受体拮抗药治疗:药物包括美托洛尔、阿替洛尔。

(5)血管紧张素转化酶抑制药:如卡托普利、依那普利。

(6)钙拮抗药:治疗冠心病方面常用硝本地平、维拉帕米、地尔硫䓬。

(7)他汀类药物:如辛伐他汀。

3. 溶栓治疗

(1)常用的溶栓药物有尿激酶,链激酶,重组组织型纤溶酶原激活药(Rt-PA)其中Rt-PA对血栓的选择性较强。

(2)再通指标的观察和判定。

①冠状动脉再通的直接指标为冠状动脉造影显示冠状动脉远端血流达到TIMIⅡ～Ⅲ级,临床主要观察其间接指标:心电图抬高的ST段在输注溶栓药开始后2h内在抬高最显著的导联ST段迅速回降≥50%。

②胸痛自输注溶栓药开始后2～3h基本消失。

③输注溶栓药2～3h出现加速性室性自主心律,房室或束支阻滞突然改善或消失,或者下壁AMI患者出现一过性室性心动过缓,窦房阻滞伴有或不伴有低血压。

④CK-MB酶峰提前在发病14h以内或CK峰值提前在16h以内。

具备上述4项中2项或以上者考虑再通,但②+③不能判定再通,对发病后6～12h溶栓者暂时应用上述间接指标(④不适用)。

4. 介入治疗　参看本章第一节外科治疗。

五、监 测 护 理

1. 加强监测　本病早期易发生心律失常,心率和血压的波动。应尽早开始心电图和血压监测,同时注意观察神志、呼吸、出入量、出汗和末梢循环情况。立即建立静脉通道保持通畅及时给药。一般监测时间为 3d,有严重心律失常、左侧心力衰竭或心源性休克者,根据病情延长监测时间。必要时使用全自动除颤仪监测,插入 Swan-Ganz 漂浮导管进行血流动力学监测和主动脉内球囊反搏(IABP)。

2. 生命体征监测

(1)神志:定时观察神志变化准确记录,如休克早期患者因缺氧表现烦躁、激动;若逐渐转为表情淡漠、意识模糊、昏迷则表明脑缺氧加重。

(2)血压:血压不稳定患者需数分钟监测 1 次,血压稳定后根据病情确定间断监测的时间。目前血压监测一般采用无创自动血压监测,对危重患者给予动脉穿刺留置鞘管进行长时间有创(直接)动脉压监测。

(3)体温:每日测 4 次体温,部分患者在发病后 24~48h,出现体温升高,一般在 38℃左右,持续 3~5d 消退。是坏死组织吸收热。

(4)脉搏与呼吸:可与血压监测同时进行,若出现脉搏细速,呼吸变快应及时与医生联系处理。

3. 心电图监测　患者进入 CCU 后,即应给予持续心电监测。使心律失常能得到及时发现和治疗,AMI 心律失常在最初 24h 发生率最高,以后几日逐渐减少。心电监测须持续 1~3d,常规定完成 12 导心电图,并定好标记。

4. 血流动力学监测　AMI 合并有泵功能衰竭者应用漂浮导管(Swam-Ganz)进行血流动力学监测。以了解肺动脉收缩压(PASP)舒张压(PADP)平均压(PAP)及肺毛细血管楔压(PCWP)并通过漂浮导管热稀法测量心排血量。护士应注意保持管道通畅,每 2 小时肝素盐水冲管 1 次。

5. 吸氧　AMI 患者无论有无并发症都有不同程度的低氧血症。低氧血症是梗死面积扩大的主要因素。吸氧越早越好,方法有鼻导管吸氧法,面罩法。

6. 缓解疼痛　AMI 时剧烈疼痛可使交感神经过度兴奋,引起心率加快,血压升高和心排血量增加从而增加心肌耗氧量。遵医嘱一般先给予硝酸甘油含服,随即静脉滴注硝酸甘油。如痉挛不能缓解给予镇痛药,吗啡为首选镇痛药物。剂量为 5~10mg,肌内注射或静脉注射。哌替啶止痛效果较吗啡弱,剂量 25~50mg 肌内注射。在使用镇痛药物过程,护士要注意密切观察患者胸痛情况及药物是否有效,同时注意是否有呼吸抑制及血压下降等情况发生。

7. 活动量安排　患者要卧床休息,根据患者病情随时调整活动量。

8. 饮食护理　AMI 的饮食以低脂,低胆固醇,高纤维素,高优质蛋白及少食多餐为原则,最初几日以流质饮食为主。随病情逐渐好转逐渐改为半流质饮食,选择清淡易消化的食物。

9. 排便护理　由于卧床,食量减少和应用吗啡易引起便秘,因此,患者入院后遵医嘱使用缓泻药物,如通便灵,麻仁润肠丸等。对有便意但排便困难者给予应用开塞露,排便时以不费力气为原则,因为排便用力过度会增加心脏负荷,诱发心律失常导致心脏破裂,甚至死亡。排便过程中应加强心电监测,一旦出现心律失常应及时停止排便动作并做相应处理。

10. 心理护理　AMI 是急性事件,会引起患者心理应激。其反应类型及程度取决于病情的轻重,患者的性格,文化素质及对疾病的认识,多表现为紧张情绪,焦虑,疑虑,抑郁等反应。其护理措施一般包括以下方面。

(1)创造良好的休息环境,病房清洁舒适,减少不必要的监护设施及各种机器噪声等应激源。

（2）建立良好的护患，医患关系，当患者进入 CCU 伊始即应予以安慰。在患者住院过程中应根据病情有计划地进行健康教育。与家属进行有效的沟通。

11. 在急性心肌梗死护理的基础上静脉溶栓护理还应注意以下几点

（1）建立静脉通道：CCU 护士应快为患者留置套管针，建立 2 条静脉通道，一般选择双侧上肢，其中一条通道为静脉取血，应用正压接头封管快速。

（2）溶栓前应检测酶类及各项有关化验，如纤维蛋白酶凝血时间，血常规等。同时协助医生询问病史，全面评估患者，注意有无禁忌证如血液病，经常性黏膜出血，消化道溃疡。

（3）遵医嘱输注溶栓药，溶栓治疗要求在一定时间内输注一定剂量的溶栓药。使之在循环中达到有效的治疗浓度。护理人员应熟悉各种溶栓药的使用方法，确保按要求输注。

（4）密切观察病情变化。

（5）低血压状态：溶栓治疗中出现低血压情况为 5.9%～14.3%，出现低血压状态时多经扩容或多巴胺治疗。

（6）胸痛缓解的情况及胸痛的性质，溶栓后冠状动脉再通，血供重建新灌注梗死区。

（7）再灌注心律失常：为冠状动脉再通的间接征象之一，多表现为胸痛明显缓解后出现短暂的加速性自主心律。下壁 AMI 出现一过性窦性心动过缓，窦房阻滞等，也可发生致死性室性心律失常，再灌注心律失常出现突然，严重可致猝死，因此要加强监护并做好电转复的准备。

（8）出血倾向：出血是溶栓治疗最主要的并发症。应注意观察有无皮肤破损，黏膜、消化道、泌尿道、呼吸道及颅内出血征象，监测凝血功能。溶栓次日应复查血常规，纤维蛋白原凝固时间，尿、便常规等。使用肝素应监测 APTT。

（赵冬云）

第三节　心力衰竭

教 学 目 标

1. 心力衰竭的病因、临床表现、治疗及护理。
2. 心功能分级标准。

一、概　述

心力衰竭指由于各种原因造成的心脏收缩和（或）舒张功能失常，心脏泵血不能或仅在提高充盈压后才能满足组织、器官的需求，从而导致的复杂病生理过程和临床症候群。临床上以肺循环和（或）体循环淤血以及组织血液灌注不足为主要特征，同时，还伴有神经内分泌激活，如肾素-血管紧张素-醛固酮（RAA）系统、交感神经-儿茶酚胺系统、内皮素（ET）和内皮衍生舒张因子（EDRF/NO）系统等，而且，在这一过程中，使心肌的生物学特性也发生改变，引发了一系列复杂的分子和细胞机制的变化，导致心肌从结构、功能和表型的改变，即心肌重塑的病理生理过程。

二、心力衰竭的分级与分期

临床上为了评价心力衰竭的程度和疗效,美国纽约心脏病学会(NYHA)将心功能分为4级。

Ⅰ级:体力活动不受限,日常活动不引起过度乏力、呼吸困难和心悸。

Ⅱ级:体力活动轻度受限,休息时无症状,日常活动即引起乏力、心悸、呼吸困难。

Ⅲ级:体力活动明显受限,休息时无症状,轻于日常活动即引起上述症状。

Ⅳ级:体力活动完全受限,不能从事任何体力活动,休息时亦有症状,稍有体力活动即加重。

其中,心功能Ⅱ、Ⅲ、Ⅳ级临床上分别代表轻、中、重度心力衰竭,而心功能Ⅰ级可见于心脏疾病所致左心室收缩功能低下(LVEF<40%)而临床无症状者,也可以是心功能完全正常的健康人。

2005年ACC/AHA心力衰竭诊断治疗指南中将心功能分为4期。

A期:患者为心力衰竭高危患者,但未发展到心脏结构改变也无症状。

B期:已经发展到心脏结构改变,但尚未引起症状。

C期:过去或现在有心力衰竭症状并伴有心脏结构损害。

D期:终末期心力衰竭,需要特殊的治疗措施,包括多数须住院治疗,某些患者须心脏移植。

根据定义,A期和B期患者属于NYHA分级Ⅰ级,如果这类患者虽然努力治疗仍发展为有症状,则不可逆的进入C期。C期和D期对应于NYHA分级的Ⅱ、Ⅲ、Ⅳ级。

三、心力衰竭的病因和诱因

(一)引起心力衰竭的原因

1. 原发性心肌舒缩功能减弱

(1)弥漫性和局限性心肌损害:心肌病、心肌炎、心肌梗死、心肌纤维化、心肌中毒和异常物质沉积。

(2)原发或继发心肌代谢障碍:缺血、缺氧、维生素缺乏、电解质紊乱、酸碱平衡失调和内分泌障碍。

2. 心肌负荷过度

(1)压力负荷过度。高血压、主动脉瓣狭窄、主动脉缩窄、肥厚性、限制性心肌病、肺动脉高压、肺动脉瓣狭窄、肺栓塞、慢性阻塞性肺疾病、二尖瓣狭窄等。

(2)容量负荷过度。主动脉瓣关闭不全、二尖瓣关闭不全、室壁瘤、肺动脉瓣关闭不全、三尖瓣关闭不全、室间隔缺损、甲状腺功能亢进、慢性贫血和动-静脉瘘等。

3. 心脏舒张充盈受限　心脏压塞、缩窄性心包炎、限制型心肌病等。

(二)心力衰竭的诱发因素

1. 感染是心力衰竭最常见的诱因之一,尤以呼吸道感染为最多。

2. 过度体力活动和情绪激动。

3. 电解质紊乱与酸碱平衡失调。

4. 心律失常特别是快速性心律失常。

5. 妊娠和分娩。

6. 输液(特别是含钠盐的液体)、输血过快和(或)过多。

7. 洋地黄过量或不足。

8. 药物作用,如某些抑制心肌收缩力的药物。

9. 伴发其他疾病,如肺、肝、肾、血液、内分泌疾病、肿瘤、严重缺氧、营养不良等均可加重心力衰竭。

10. 麻醉与手术。

11. 其他:出血和贫血、肺栓塞等。

总之,凡影响心脏活动的因素均可诱发或加重心力衰竭。

四、临 床 表 现

根据病变的心脏和淤血部位的不同,将心力衰竭分为左心衰竭、右心衰竭和全心衰竭。以左心衰竭较多见,大多经过一定时期发展而引起右心衰竭。单独的右心衰竭较少见。

(一)左心衰竭

左心衰竭是指由于左心室病变或负荷增加引起的心力衰竭,通常是由于心室重塑致左心室进行性扩张和收缩功能进行性降低所致,临床以动脉系统供血不足和肺淤血甚至肺水肿为主要表现。心功能代偿时,症状较轻,失代偿时症状明显加重,通常起病急骤,在慢性心力衰竭基础上突发急性左心衰竭肺水肿。

1. 症状

(1)呼吸困难:是左心衰竭较早出现和最常见的症状。呼吸困难的表现由轻到重可有下列不同表现形式。

①劳力性呼吸困难:开始仅在剧烈活动或体力劳动后出现呼吸急促,如登楼、上坡或平地快走等活动时出现气急。随着心力衰竭的加重,可逐渐发展到更轻的活动或体力劳动后、甚至休息时,也发生呼吸困难。

②端坐呼吸:一种由于平卧时极度呼吸困难而必须采取的高枕、半卧或坐位以解除或减轻呼吸困难的状态。程度较轻的,高枕或半卧位时即无呼吸困难;严重的必须端坐;最严重的即使端坐床边,两腿下垂,上身向前,双手紧握床边,仍不能缓解严重的呼吸困难。

③夜间阵发性呼吸困难:是左心衰竭早期的典型表现。多发生在夜间熟睡 $1 \sim 2h$ 后,患者因气闷、气急而突然惊醒,被迫立即坐起,可伴阵咳、咳泡沫样痰,有的伴支气管痉挛,两肺有明显的哮鸣音。发作较轻的采取坐位后 10 余分钟至 1h 左右呼吸困难自动消退,患者又能平卧入睡,次日白天可无异常感觉。严重的可持续发作,咳粉红色泡沫样痰,发展成为急性肺水肿。

④急性肺水肿:患者表现为突然剧烈气喘、被迫坐起、冷汗淋漓、唇指发绀、烦躁不安、恐惧和濒死感觉,可咳出或自鼻、口涌出大量白色或粉红色泡沫样血痰,甚至咯血。可因严重缺氧和心排血量下降而导致昏迷、休克甚至死亡。

(2)倦怠、乏力:为心搏量下降引起的运动性疲劳和衰弱的表现。

(3)陈-施呼吸:多见于慢性心力衰竭患者,预后不良。表现为呼吸有节律地由暂停逐渐增快、加深,再逐渐减慢、变浅,直到再停,$0.5 \sim 1min$ 后呼吸再起,如此周而复始。

2. 体征

(1)原有心脏病的体征,但在有些主动脉瓣狭窄合并严重心力衰竭的病例,可由于射血速度减慢和心搏出量下降,其杂音可以听不到或不易听到。

(2)左心室增大,心尖搏动向左下移位,心尖区有舒张期奔马律,肺动脉瓣区第二心音亢进。左心室扩大还可形成相对性二尖瓣关闭不全,产生心尖区收缩期杂音。

(3)交替脉,脉搏强弱交替。轻度交替脉仅能在测血压时发现。

(4)肺部啰音,两侧肺底细湿啰音是左侧心力衰竭的重要体征之一。阵发性呼吸困难或急性肺水肿时可有粗大湿啰音,满布两肺,并可伴有哮鸣音。

(5)可伴有单侧或双侧胸腔积液和双下肢水肿。

(6)急性左心衰竭时呼吸急促(>30/min),严重时血压降低甚至休克。两肺满布粗湿啰音或水泡音(肺水肿时),初起时常伴有哮鸣音,甚至有哮喘(心源性哮喘时)存在。

(二)右心衰竭

右心衰竭是由于右心室病变或负荷增加引起的心力衰竭。主要表现为体循环过度充盈,压力增高,各脏器淤血、水肿及由此产生的以体循环淤血为主的综合征。大多数右心衰竭是由左心衰竭发展而来,两者共同形成全心衰竭(见后文)。

1. **症状** 主要由慢性持续淤血引起各脏器功能改变所致,如长期消化道淤血引起食欲缺乏、恶心、呕吐等;肾淤血引起尿量减少、夜尿多、蛋白尿和肾功能减退;肝淤血引起上腹饱胀、甚至剧烈腹痛,长期肝淤血可引起黄疸、心源性肝硬化等,伴有心悸、气短、乏力等心脏病和原发病的症状。

2. **体征**

(1)原有心脏病的体征。

(2)心脏增大:以右心室增大为主者可伴有心前区抬举性搏动(胸骨左缘心脏搏动有力且持久)。心率增快,部分患者可在胸骨左缘相当于右心室表面处听到舒张早期奔马律。右心室明显扩大可形成功能性三尖瓣关闭不全,产生三尖瓣区收缩期杂音,吸气时杂音增强。

(3)颈静脉充盈或怒张:当患者半卧位或坐位时可见到充盈的颈外静脉,其程度和体静脉压升高的程度呈正相关。当压迫患者肝或上腹部时,由于静脉回流增加,可见到颈外静脉充盈加剧或怒张,称肝颈回流征阳性。这一体征有助于鉴别心力衰竭和其他原因引起的肝大。

(4)肝大和压痛:随心力衰竭的好转或恶化,肝大可在短时期内减轻或增剧。长期慢性右心衰竭引起心源性肝硬化时,肝扪诊质地较硬,压痛可不明显,常伴黄疸、腹水及慢性肝功能损害。

(5)下垂性水肿:早期右侧心力衰竭水肿常不明显,多在颈静脉充盈和肝大较明显后才出现。水肿最早出现在身体的下垂部位,经常卧位者以腰骶部为明显。能起床活动者以脚、踝内侧较明显,常于晚间出现,休息一夜后可消失。颜面部一般不肿。病程晚期可出现全身性水肿。水肿为对称性、凹陷性。

(6)胸腔积液和腹水:右侧心力衰竭时静脉压增高,可有双侧或单侧胸腔积液。大量腹水多见于三尖瓣狭窄和缩窄性心包炎、限制型心肌病等。

(7)发绀:长期右心衰竭患者大多有发绀,可表现为面部毛细血管扩张、青紫和色素沉着。发绀是血供不足时组织摄取血氧相对增多,静脉血氧低下所致。

(8)晚期患者可有明显营养不良、消瘦甚至恶病质。

(三)全心衰竭

全心衰竭是指左、右心力衰竭同时存在的心力衰竭,传统被称之为充血性心力衰竭。全心衰竭几乎都是由左侧心力衰竭缓慢发展而来,即先有左侧心力衰竭,然后出现右侧心力衰竭;也不除外极少数情况下是由于左、右心室病变同时或先后导致左、右侧心力衰竭并存之可能。一般来说,全心衰竭的病程多属慢性。

1. 症状 先有左侧心力衰竭的症状(见左侧心力衰竭),随后逐渐出现右侧心力衰竭的症状(见右侧心力衰竭);由于右侧心力衰竭时,右心排血量下降能减轻肺淤血或肺水肿,故左侧心力衰竭症状可随右侧心力衰竭症状的出现而减轻。

2. 体征 既有左侧心力衰竭的体征(见左侧心力衰竭),又有右侧心力衰竭的体征(见右侧心力衰竭。全心衰竭时,由于右侧心.力衰竭存在,左侧心力衰竭的体征可因肺淤血或水肿的减轻而减轻。

五、辅 助 检 查

1. 血生化实验室检查 在严重心力衰竭患者中,神经体液代偿机制即使在不使用利尿药的情况下通常也会引起低钠血症和其他显著的电解质异常,利尿药也可导致低钠血症、低钾血症。高钾血症可发生在心排血量很低或肾功能不全的患者,也可发生在使用保钾利尿药和 ACEI 合用时。肾血流减少会导致血液尿素氮的中度增高和肌酐轻度增加。心力衰竭患者出现低钠血症和肾功能不全提示预后不佳。当肝淤血时会出现肝酶的升高;尿液分析可检查蛋白尿及尿糖,提示患者有存在或潜在的肾问题或糖尿病,这些情况可以导致或使心力衰竭复杂化;甲状腺功能亢进可引起的心力衰竭。

2. X 线检查 可显示心脏增大、肺淤血、肺水肿或原有的肺部疾病。但在提供左心室扩大的程度方面有很大的局限性。

3. 心电图 可提供既往心肌梗死、左心室肥厚、广泛的心肌损害或心律失常等信息。

4. 超声心动图 用于了解心包、心肌和心脏瓣膜病变,了解左右心室心房的内径、室壁的厚度、心脏几何形状及室壁运动情况;测定心功能,并区分舒张功能和收缩功能不全。

5. 核素心室造影及核素心肌灌注显像 可准确测量左心室容量、LVEF 和局部室壁运动,后者可诊断心肌缺血和心肌梗死,对鉴别扩张型心肌病和缺血性心肌病有帮助。

6. 冠状动脉造影 有心绞痛或既往有心肌梗死,需血管重建者或临床怀疑冠心病者应做冠状动脉造影,也可用于鉴别缺血性或非缺血性心肌病。

7. 心内膜活检 有助于明确心肌炎症性或浸润性病变的诊断,对心脏淀粉样变有特殊的诊断价值。

8. 心钠肽(ANP)和脑钠肽(BNP)测定 慢性心力衰竭,包括症状性和无症状性左心室功能障碍患者血浆 ANP 和 BNP 水平均升高,高水平的 ANP 和 BNP 预示严重心血管事件包括死亡发生。心力衰竭经治疗,血浆 ANP 和 BNP 水平下降可提示预后改善。

9. 漂浮导管检查 使用漂浮导管可以监测右心房压(RAP)、右心室压(RVP)、肺动脉压(PAP)、肺毛细血管楔压(PCWP),通过温度稀释测量心排血量(CO),也可计算心功能指标,如:体循环阻力(SVR)、肺循环阻力(PVR)、心室每搏作功指数(SVI)等,可及时判断心脏泵功能的改变,对心力衰竭患者的决策治疗、评估预后起重要作用。

六、治 疗

随着循证医学研究的日趋成熟,慢性心力衰竭的药物治疗策略发生了根本性的改变,从过去增加心肌收缩力为主的治疗模式,转变为目前以改善神经激素异常、阻止心肌重塑为主的生物学治疗模式,即从短期血流动力学/药理学措施转为长期的、修复性的策略。慢性心力衰竭的治疗目标不仅仅是改善症状、提高生活质量,更重要的是针对心肌重塑的机制,防止和延缓其发展,从而降低心力衰竭的死亡率和住院率。治疗药物已从经典的"慢性心力衰竭常规治疗"(即强心、利尿和扩血管)转变为"神经内分泌拮抗药"的应用。新的治疗采用利尿药,血管紧张素转化酶抑制药(ACEI)和 β 受体阻滞药的联合应用,使心力衰竭总体治疗水平得以提高。

1. 血管紧张素转化酶抑制药(ACEI) ACEI 在慢性心力衰竭的治疗中应用原则是:自小剂量起始逐渐递增剂量直至达到目标剂量或最大耐受剂量。大剂量较之小剂量对血流动力学、神经内分泌激素、症状和预后可产生更大的作用。一旦剂量调整到目标剂量或最大耐受量应长期应用。见表 33-2。

表 33-2 临床试验中推荐的靶剂量

药品	起始剂量	靶剂量
Captopril(卡托普利)	6.25 mg,3/d	50 mg,3/d
Enalapril(依那普利)	2.5 mg,2/d	10~20 mg,2/d
Fosinopril(福辛普利)	5~10 mg,1/d	40 mg,1/d
Lisinopril(赖诺普利)	2.5~5 mg,1/d	20~40 mg,1/d
Perindopril(培哚普利)	2 mg,1/d	8~16 mg,1/d
Quinapril(喹那普利)	5 mg,2/d	20 mg,2/d
Ramipril(雷米普利)	1.25~2.5 mg,1/d	10 mg,1/d
Trandolapril(群多普利)	1 mg,1/d	4 mg,1/d

2. β 受体阻断药 β 受体阻断药对所有稳定的心力衰竭患者均有益,在标准治疗(利尿药和 ACEI)基础上,不论缺血与否的轻、中、重度心力衰竭患者都可以接受 β 受体阻断药治疗。但并非所有 β 受体阻断药都能使心力衰竭受益,目前只有比索洛尔、卡维地洛和美托洛尔 3 种 β 受体阻断药能够用于心力衰竭治疗。

β 受体阻滞药应从极低量开始,如患者能耐受每隔 2~4 周增加剂量,在加量过程中出现不良反应,可延迟加量计划直至不良反应消失。确定 β 受体阻滞药治疗心力衰竭的剂量原则与 ACEI 相同,并不按患者的治疗反应来定,应达到事先设定的目标剂量,如果患者不能耐受目标剂量,也可用低剂量,也就是最大耐受量。见表 33-3。

表 33-3 临床试验中推荐的 β 受体阻滞药靶剂量

药品	起始剂量	靶剂量
Metoprolol(美托洛尔)	12.5mg,2/d	100 mg,2/d
Bisoprolol(比索洛尔)	1.25mg,1/d	10mg,1/d
Carvedilol(卡维地洛)	3.125mg,2/d	25mg,2/d

3. 利尿药 利尿药在心力衰竭治疗中起关键作用,与任何其他治疗心力衰竭药物相比,利尿药能更快地缓解心力衰竭症状,使肺水肿和外周水肿在数小时或数天内消退;相反,洋地黄、ACEI 或 β 受体阻断药可能需要数周或数月方显效。同时,利尿药是唯一能够最充分控制

心力衰竭液体潴留的药物。合理使用利尿药是药物治疗心力衰竭取得成功的关键因素。如利尿药用量不足造成液体潴留,会降低对 ACEI 的反应,增加使用 β 受体阻断药的危险。另一方面,不恰当的大剂量使用利尿药则会导致血容量不足,增加 ACEI 和血管扩张药发生低血压的危险及 ACEI 和 AngⅡ 受体阻滞药出现肾功能不全的危险。总之,恰当使用利尿药应可以看做是有效治疗心力衰竭措施的基石。

常用的利尿药有以下几种。

(1)噻嗪类和氯噻酮利尿药:如氢氯噻嗪。

(2)襻利尿药:如呋塞米、布美他尼(丁脲胺)、托拉塞米。

(3)保钾利尿药:如螺内酯。

螺内酯作为醛固酮拮抗药,除有上述保钾利尿作用外,更有拮抗肾素-血管紧张素-醛固酮系统(RAS)的心脏毒性和间质增生作用,能作为神经内分泌拮抗药阻滞心室重塑,延缓心力衰竭进展。因此,已成为心力衰竭治疗的必用药。

4. 正性肌力药物

(1)洋地黄糖苷类:应用洋地黄的适应证是中、重度收缩性心力衰竭,包括扩张型心肌病、二尖瓣病变、主动脉瓣病变、陈旧性心肌梗死以及高血压病所致慢性心力衰竭。在利尿药与 ACEI 联合治疗的基础上加用地高辛可进一步降低心力衰竭恶化率。

(2)环磷腺苷依赖性正性肌力药。

①β 受体激动药:如多巴胺、多巴酚丁胺等。

低浓度多巴胺[$<2\mu g/(kg \cdot min)$]时,仅作用于外周多巴胺能受体,直接和间接降低外周阻力。在伴有肾血流灌注不足和肾衰竭的患者,这一浓度可改善肾血流和肾小球滤过率,增加尿量和钠排出率,并可增强对利尿药的反应。

高浓度多巴胺$>2\mu g/(kg \cdot min)$时,激活 β 肾上腺素能受体,直接和间接地增加心肌收缩力和心排血量。

在多巴胺剂量$>5\mu g/(kg \cdot min)$时,作用于 α 肾上腺素能受体,使外周血管阻力增加,这一作用升高血压,但有可能增加左心室后负荷、肺动脉压和肺循环阻力。

多巴酚丁胺是一种正性肌力药物,小剂量有轻微扩张动脉的作用,降低后负荷、增加肾血流量和轻利尿作用。大剂量具有正性肌力的作用。起始用量 $2\sim3\ \mu g/(kg \cdot min)$,可增加到 $20\mu g/(kg \cdot min)$。但有增加房性或室性心律失常的作用,与剂量相关。

②磷酸二酯酶抑制药:如氨力农、米力农等。

a. 氨力农:心脏:正性肌力作用,降低心肌氧耗量,对心率、心电图无影响。血管:直接扩张作用,血流动力学效应:PAWP↓,CO↑,SVR↓,PVR↓,RAP↓,血压轻度↓。作用在用药后 120min 最明显。用法:负荷量:$0.5\sim1.0mg/kg$ 静脉注射,维持量:$5\sim10\mu g/(min \cdot kg)$,由于其血小板减少作用,在 2004 年欧洲急性心力衰竭指南中未列入本药。

b. 米力农:作用与氨力农相似。作用比氨力农强 $15\sim20$ 倍,半衰期仅 2h,血流动力学效应与氨力农相似,心率轻度上升,作用在用药后 15min 最明显,指征同氨力农。用法:负荷量:$25\sim75\mu g/kg$,维持量:$0.375\sim0.75\mu g/(min \cdot kg)$,有口服制剂,但目前已不提倡使用。

③钙离子增敏药:左西孟旦(levosimendan)具有钙敏感蛋白的正性肌力和平滑肌 K^+ 通道开放引起的外周血管扩张作用。用于有低心排血量心力衰竭症状伴无严重低血压的心肌收缩功能障碍的患者。左西孟旦推荐用法和剂量为:$12\sim24\mu g/kg$ 负荷量(10min 内静脉注射)+

$0.05\sim0.2\mu g/(kg\cdot min)$ 持续输注共 24h。主要不良反应是过量时的低血压、心动过速和校正后的 Q-T 间期延长。

5. **血管扩张药**　通过扩张容量血管，减少回流、降低左心室舒张末期容量和室壁张力减轻前负荷；通过扩张动脉，降低体循环阻力和左心室射血时的阻抗，降低后负荷，从而降低心肌耗氧量，增加缺血心肌的收缩性，减少瓣膜反流和异常分流，心排血量增加，心功能改善。

(1)硝酸甘油。适用于有急性冠状动脉综合征的心力衰竭患者，在改善全身血流动力学作用的同时，能很好地改善冠状动脉局部血流动力学状态。建议起始剂量为 $0.4\mu g/(kg\cdot min)$ 静脉注射，逐渐滴定上调可达 $4\mu g/(kg\cdot min)$。紧急情况下，亦可先舌下含服或喷雾吸入硝酸甘油每次 $400\sim500\mu g$。

(2)硝普钠。应用于严重心力衰竭，有明显后负荷升高的患者。如：高血压性急性心力衰竭、二尖瓣反流等，建议从小剂量起始静脉注射 $0.3\mu g/(kg\cdot min)$ 逐渐滴定上调剂量，可达 $5\mu g/(kg\cdot min)$ 甚或更高。对基础血压偏低的重症患者剂量应自 $0.1\mu g/(kg\cdot min)$ 起。症状缓解后停药应逐渐减慢速度，避免出现反跳现象。

(3)重组脑利钠肽(rhBNP)。BNP 主要有拮抗肾素-血管紧张素-醛固酮系统(RAAS)激活的作用，可通过直接松弛血管平滑肌和拮抗 Ang Ⅱ 的作用而扩血管，通过抑制肾素和醛固酮分泌、增加肾小球滤过率和抑制肾髓质集合管钠重吸收而利钠、利尿，还可通过抑制平滑肌细胞增生而影响血管重塑。BNP 因其特有的扩血管和神经内分泌阻滞作用已被开发成治疗急性失代偿性心力衰竭的一类新药，静脉内给予能迅速降低动脉血压、PCWP、RAP、SVR，增加 SV 和 CO，而无反射性心率增快的不良反应；能迅速改善血流动力学状态和功能，而不增加心肌耗氧量。

6. **钙拮抗药**　钙拮抗药治疗心力衰竭的作用机制是钙拮抗药具有降低后负荷和抗心肌缺血作用。但研究结果表明地尔硫䓬和硝苯地平均可使心力衰竭症状加重，并可使有肺淤血或射血分数<0.40 的心肌梗死患者的病死率增加，因而此两类药物在收缩功能障碍的心力衰竭患者均应慎用，主要用于高血压性心脏病和冠心病导致的急性左侧心力衰竭。

7. **血管紧张素Ⅱ受体阻滞药**　血管紧张素Ⅱ受体阻滞药(ARB)与 ACEI 类药物一样，同属神经内分泌拮抗药。ARB 治疗心力衰竭有效，但未证实相当于或是优于 ACEI，未应用过 ACEI 和能接受 ACEI 的患者不易用 ARB 取代，可用于不能耐受 ACEI 的患者(表 33-4)。

表 33-4　心力衰竭治疗中常用的血管紧张素受体拮抗药(ARB)剂量

药品	起始剂量	最大剂量
Candesartan(坎地沙坦)	$4\sim8mg$，1/d	32 mg，1/d
Losartan(氯沙坦)	$25\sim50mg$，1/d	$50\sim100mg$，1/d
Valsartan(缬沙坦)	$20\sim40mg$，2/d	160mg，2/d

8. **其他非药物治疗**

(1)心室起搏(再同步化治疗)：左、右心室是否同时收缩与舒张是一个影响心功能的因素，在已经心力衰竭的心脏中，如果存在室内阻滞(QRS 波增宽，左束支阻滞)，室间隔和 2 个心室运动不协调，将加重心力衰竭。双心室起搏可以使 2 个心室同时收缩，QRS 波由宽变窄。临床试验证实可减少心力衰竭症状，减少因心力衰竭住院，病死亡下降。

（2）心力衰竭的外科治疗。外科治疗应针对病因和机制。如缺血性心肌病心力衰竭患者实施血管重建术能使症状改善。对于存在显著瓣膜病变的患者，如主动脉瓣狭窄，在病情发展成左心室功能异常之前治疗原发病至关重要。

（3）机械辅助循环措施。是用人工机械类辅助或代替部分心腔以改善衰竭心脏循环状态的治疗方法。用于药物治疗无效时。其基本原理是降低心脏的前负荷和后负荷，使心室作功减少，能量消耗降低，心脏能量储备增加，从而使心脏功能逐步恢复。

①主动脉球囊内反搏（IABP）：使用 IABP 的适应证包括：严重心肌缺血、严重心力衰竭、室间隔穿孔、二尖瓣反流所致的休克。原理是将一 $30\sim50ml$ 的球囊置于胸主动脉，球囊在舒张期充气可升高主动脉压和冠状动脉血流，在收缩期放气以降低后负荷和促进左心室排空。主动脉球囊内反搏可使血流动力学稳定，争取时间进行病因治疗。

②ECMO（体外膜肺氧合）：ECMO 是一种将静脉血从体内引流到体外，经膜式氧合器氧合后再由驱动泵将血液泵入人体内的短期心、肺辅助技术。适用于终末期心脏病急性重度心力衰竭和严重急性肺损伤患者。它可以暂时替代肺的气体交换功能和心脏的泵功能，改善循环灌注，延长患者的生命，为患有严重心肺功能不全的患者提供治疗机会，为心肺功能的恢复争取时间。

③心室辅助装置（VAD）：是一种将血液由静脉系统或心脏引出，直接泵入动脉系统，部分或全部代替心室做功的人工机械装置。短期辅助主要适用于急性心力衰竭非手术治疗无效和术后低心排血量的患者；长期辅助主要适用于晚期心力衰竭，等待心脏移植的患者。

④持续血液滤过：又称持续肾脏替代治疗（CRRT）。持续性血液净化可缓慢、持续的清除过多的溶质和液体，对患者自身的血流动力学反映影响较小。主要用于患者严重心力衰竭，水钠潴留明显，但对利尿药反应不佳或发生心肾综合征，少尿或无尿的患者。

（4）心脏移植：这是目前终末期心脏病的主要治疗方法之一。适用于严重的心力衰竭患者，药物治疗无效，估计 1 年存活率＜50%，或经机械辅助支持心功能仍不能恢复，或患有顽固性、难治性的危及生命的心律失常的患者。

9. 急性左侧心力衰竭的治疗

（1）体位。协助患者采取坐位或倚靠坐位，双腿下垂（急性心肌梗死、休克患者除外），以减少回心血量。

（2）纠正缺氧。一般用面罩吸氧或麻醉机给予高流量氧气，$5\sim10L/min$。理论上可应用酒精吸氧或二氧化硅消泡剂，以使泡沫的表面张力下降而破裂，有利于肺泡通气功能改善，但注意吸入时间不宜过长，以免引起酒精中毒等。如动脉氧分压仍不能维持在 60mmHg 以上，可考虑使用 BIPAP 呼吸机进行无创通气治疗，若低氧血症不宜纠正，和（或）伴有二氧化碳潴留，$PCO_2>50mmHg$，则应尽早行气管内插管机械辅助呼吸。

（3）吗啡。是治疗急性肺水肿有效的药物，不论何种原因引起的肺水肿均可及早给药。吗啡减弱中枢交感冲动而扩张外周动脉和小动脉；其镇静作用又可减轻患者的烦躁不安。一般 $3\sim5mg$ 静脉推注。用药后严密监测病情变化及呼吸困难缓解情况，焦虑减轻说明病情缓解。吗啡的不良反应有呼吸抑制、低血压、恶心、呕吐。出现呼吸抑制时用吗啡的拮抗药纳洛酮 $0.4\sim1mg$ 拮抗。有脑出血、神志障碍、慢性肺部疾病的患者禁用。

（4）襻利尿药快速利尿。宜选用速效强效利尿药，以减少血容量，缓解肺循环的淤血症状。可应用呋塞米（速尿）$20\sim40mg$ 静脉注射、托拉塞米 $20\sim40mg$ 静脉注射、布美他尼 $1\sim2mg$

静脉注射。避免利尿过度引起的低血钾及血容量急剧降低引起的休克。

(5)强心药。毛花苷 C 0.2～0.4mg 稀释后缓慢静脉注射,同时听诊心脏或心电监护,密切观察心率、心律的变化。

(6)血管扩张药。通过扩张周围血管,减轻心脏前和(或)后负荷,改善心脏功能。常用制剂有硝普钠、硝酸甘油等。可以单用,亦可与多巴胺或多巴酚丁胺等正性肌力药合用。

(7)氨茶碱。对解除支气管痉挛有特效。心源性哮喘和支气管哮喘不易鉴别时可应用。常用 0.25g 加入葡萄糖水中静脉滴注。

(8)在急性肺水肿患者抢救同时,要尽快明确和治疗诱因,如急性心肌梗死,快速性心律失常、输液过多、感染等。

(9)轮扎四肢降低前负荷。应用软橡皮管或可自动充气或放气的血压计袖带作束脉带,束脉部位应在肩关节以下 13cm,腹股沟以下大约 20cm,压力要低于收缩压,约束的远端要可摸到脉搏,每次只约束 3 个肢体。每 15～20 分钟将一条束带解下,扎于另一条肢体上,依次轮番进行,直至症状好转。由于强利尿药的静脉应用,此种方法目前已很少应用,在条件很差,迫不得已时可试用。

七、护　　理

(一)休息

轻度心力衰竭时可适当卧床休息,嘱患者尽量减少体力劳动,随时注意病情变化。对心功能Ⅲ级的患者,每天大部分时间应卧床休息,并以半卧位为宜;心功能Ⅳ级的患者,必须绝对卧床,避免任何体力活动,以减轻心脏负担,并保持病室安静、舒适、整洁、空气新鲜;长期卧床患者,定时翻身,加强皮肤护理,避免发生压疮和出现下肢血栓。对严重水肿的患者,在治疗时要注意保护皮肤,避免形成破溃。

(二)吸氧

一般患者可给予低流量 2～5L/min 吸氧,急性肺水肿的患者给予高流量 5～10L/min,并加以湿化,肺心病患者严格控制氧流量。吸氧过程中,观察患者神志、缺氧纠正程度和临床症状改善情况,保证吸氧管道通畅。

(三)饮食及控制钠盐摄入

心力衰竭患者要适当限制盐的摄入,低盐饮食可防止水在体内潴留,导致水肿和心脏负担加重。但如果患者已经使用利尿药,要防止低钠、低氯血症的发生,应定时检查,适度补充。食物以高蛋白、多维生素、易消化为宜。注意总量控制,种类不限,进餐七成饱,因进食过饱会增加心脏负担,诱发心力衰竭。冠心病、高血压心脏病和肥胖者宜用低脂及低胆固醇饮食。严禁烟酒和刺激性食物。限制患者的总入量,嘱患者少饮水及少进含水量较多的食品和水果,并让患者了解常用食物的含水量,协助患者制作一些出入量登记表,以便出院后自己可以做好记录,每天保持出入量的平衡。

(四)控制和消除诱发因素

气候转冷时要注意加强室内保暖措施,防止上呼吸道感染;输液、输血速度宜慢,严格限制液体入量;避免过度劳累和精神刺激,减少发作诱因。

(五)体位

根据心功能不全的程度,协助患者采取不同体位。轻度心力衰竭患者为减轻夜间阵发性呼吸困难可采取头高位；严重的采用半卧位或坐位；急性左侧心力衰竭患者采用端坐卧位同时双下肢下垂。

（六）药物治疗的护理

1. 遵医嘱给予利尿药并注意其不良反应。

（1）静脉用呋塞米时要先稀释后再缓慢注入，一般不采取肌内注射。

（2）注意利尿药的不良反应如低钠、低钾、低镁、低钙等，低钾时可出现恶心、呕吐、腹胀、肌无力及心律失常；低钠时可出现肌无力、下肢痉挛、口干；低钾低氧性碱中毒可出现神志淡漠、呼吸浅慢等。出现低钾时鼓励患者多食入含钾丰富的食物如橘子、香蕉、苹果、鱼、肉和青菜，必要时口服钾盐。

（3）用保钾利尿药的患者应少食含钾丰富的食物。

（4）利尿药应尽量在白天给药，以防频繁排尿而影响患者夜间休息。

（5）准确记录 24h 出入量，每天测量体重，观察水肿及体重变化；有腹水的患者测量腹围。

2. 遵医嘱给予洋地黄制剂并注意其不良反应。

（1）告知患者洋地黄制剂的治疗剂量和中毒剂量接近，易发生中毒，当出现食欲减退、恶心、呕吐、心悸、头痛、黄绿视、视物模糊时可能是中毒反应，应及时告诉医生。

（2）注意观察心电图情况，当患者心电图出现各种心律失常时，应及时通知医生。

（3）指导患者在服用洋地黄制剂前应先数心率，若＜60/min，或心律从规整变为不齐或从不齐变为规整，应警惕洋地黄中毒。

（4）平时应注意监测血液地高辛浓度。

3. 遵医嘱给予血管扩张药并注意其不良反应。

（1）用药过程中严密监测血压及心率，观察有无药物不良反应如低血压、头痛、皮疹等。

（2）硝普钠在使用时，易引起血压下降或波动，这可能与药物输入量的变化有关，如静脉滴注时针头的位置变化、输液压力变化均可使输液速度发生变化，导致了输入药液量不恒定而引起血压的变化，因此，建议使用微量泵泵入，以保证稳定、均衡输注药量，并注意观察患者血压变化；另外，硝普钠溶液对光敏感，见光易分解，形成有毒性的氰化物，所以，需新鲜配制定时更换，通常 24h 更换 1 次，且注意使用避光注射器及避光泵管。

4. 静脉滴注多巴胺时，注意剂量准确，最好使用微量泵泵入，同时注意观察外周输液血管走向皮肤变化，若出现皮肤苍白、疼痛、收缩时，及时减量或变更浓度或更换输液部位，避免引起血管炎或组织坏死，做到早期发现，早期处理；若药物外渗也可致组织坏死，应及时更换输液部位，处理患处。

5. 对于使用 β 受体阻滞药治疗的患者，应监测其不良反应。

（1）患者体液潴留及心力衰竭恶化，常在起始治疗 3～5d 体重增加，如不处理，1～2 周后常致心力衰竭恶化。因此，应对患者每日称体重，如有增加，应立即通知医生增加利尿药用量，直至体重到治疗前水平。

（2）低血压，一般在首剂或加量的 24～48h 发生，应在开始服药及改变药物剂量时注意观察血压变化。

（3）心动过缓，心率＜ 55/min 或出现二、三度房室传导阻滞，应及时通知医生将 β 受体阻滞药减量或停用。

（4）静脉推注时需在心电、血压监护下进行，推药后注意观察生命体征变化。

6. 血管紧张素转化酶抑制药（ACEI）可引起刺激性干咳、低血压及血管性水肿，血管性水肿较为罕见，但可出现声带水肿，甚至喉头水肿，危险性较大，应予注意，多见于首次用药或治疗最初 24h 内，应注意观察，发现不良反应，及时通知医生对症处理。

（七）对行机械辅助循环支持患者，按相应护理常规护理

（八）急性左侧心力衰竭护理

对于发生急性左侧心力衰竭的患者，护士应紧急对患者进行心电、呼吸、血压等监护，按医嘱快速给予药物及其他治疗，密切观察病情变化、用药效果并详细记录，积极配合医生进行抢救。

（九）心理护理

心力衰竭患者的病程长且多次反复发作，患者易多虑、烦躁、紧张，普遍有焦虑和忧郁发作，所以，对患者心理护理尤为重要，在与患者交谈时应注意态度和语言，交谈内容既要实事求是，又要鼓励，要用眼神及身体语言表达对患者的关心，要做好家属工作，让患者树立信心，积极配合和治疗。

（吕　蓉）

第四节　先天性心脏病及护理要点

教 学 目 标

1. 了解心脏的基本解剖结构及正常的血液循环。
2. 熟悉常见先天性心脏病的概念与术前、术后护理要点。

一、基 本 概 念

先天性心脏病是指小儿在胚胎发育过程中，由于受某些因素（如病毒感染、放射性核素、某些药物）和严重营养不良以及遗传因素的影响，心脏及大血管的形成障碍而引起的局部解剖结构异常，或出生后应自动关闭的通道未能闭合（在胎儿属正常）的心脏，称为先天性心脏病。先天性心脏病发病率 7%～8%，如不及时治疗约 1/3 死于出生后 1 个月内，约 1/2 死于出生后 1 年内。

心脏的胚胎发育：心脏的发育是在胚胎初期的第 2～3 个月内完成，即从胚胎第 3 周开始，至第 8 周完成。第 4 周开始有血液运行，第 5 周心房间隔形成，第 8 周心室间隔形成，则成为 4 个腔的心脏。同时动脉总干被螺旋形主、肺动脉隔所分开，形成主动脉和肺动脉。在此期间如受某些因素的影响，易产生心血管发育畸形，引发先天性心脏病。常见的先天性心脏病主要有房间隔缺损、室间隔缺损、动脉导管未闭、法洛四联症、肺动脉瓣狭窄、大血管错位、主动脉缩窄和三尖瓣闭锁等。对小儿的生长发育有影响，活动或劳累后出现气急、呼吸困难、浑身乏力，严重的可出现发绀。由于患儿的抵抗力低，易患呼吸道感染，肺部感染，反复发作，易导致充血性心力衰竭。较重的先天性心脏病在婴幼儿期就会有明显的症状和体征，如明显发绀、眼结膜充血、喜欢蹲踞片刻再起立行走等。患儿在啼哭或活动后，常因脑缺氧而出现昏厥或抽搐，发作严重者可导致死亡。

二、正常心脏解剖与作用

1. **心脏的基本结构** 见图 33-2。

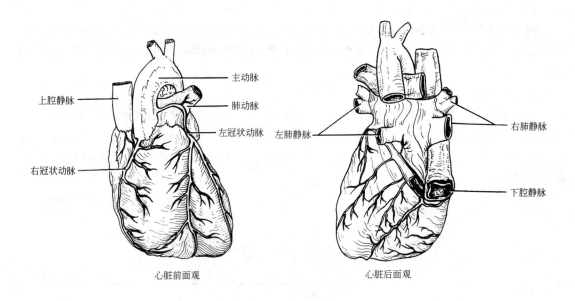

心脏前面观　　　　　　　　　心脏后面观

图 33-2　心脏的基本结构

心脏是一中空的肌性器官,内有左右心房和左、右心室 4 个腔,左、右心房之间有房间隔分隔;左、右心室之间有室间隔分隔。正常情况下,房间隔和室间隔完整,左心与右心互不相通。左、右心房可经房室口通向同侧心室。见图 33-3。

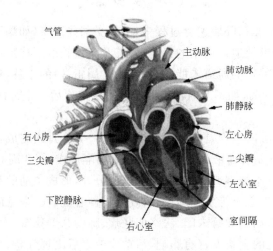

图 33-3　心脏的结构

右心房有 3 个入口,1 个出口。3 个入口为上、下腔静脉口和冠状窦口。冠状窦口为心壁静脉血回心的主要入口。一个出口为右心房室口,是右心房通向右心室的通道。房间隔后下部的卵圆形凹陷称隐静脉裂孔,为胚胎时期连通左、右心房的卵圆孔闭锁后的遗迹。右心室有入、出2个口,入口为右心房室口,其周缘附有3块叶片状瓣膜,称右心房室瓣(即三尖瓣)。按位置分别称前瓣、后瓣、隔瓣。出口为肺动脉口,其周缘有3个半月形瓣膜,称肺动脉瓣。

左心房有4个入口,1个出口。4个入口为左、右两对肺静脉的入口,1个出口为左心房室口,是左心房通向左心室的通道。左心室有出、入2个口。入口为左心房室口,周缘附有左心房室瓣(二尖瓣),按位置称前瓣、后瓣。出口为主动脉口,周缘附有半月形的主动脉瓣。

2. 正常的血液循环 左心将有氧血液(动脉血)泵出心脏流经血管到身体各部位,为全身的器官和组织提供氧和营养成分。右心则接受被器官和组织摄取养分后的血液(静脉血),而后将这些含氧量低的血液泵到肺部进行气体交换。气体交换后血液的含氧量增高成为动脉血,再由肺静脉送回左心房。周而复始,形成了以心脏为中心的全身与肺脏的血液循环。

即:上、下腔静脉和冠状静脉窦→右心房→右心房室口(三尖瓣)→右心室→肺动脉口(肺动脉瓣)→肺动脉→肺(经肺泡壁周围的毛细血管进行气体交换)→肺静脉→左心房→左心房室口(二尖瓣)→左心室→主动脉口(主动脉瓣)→主动脉→各级动脉至全身毛细血管网→上、下腔静脉。见图33-4。

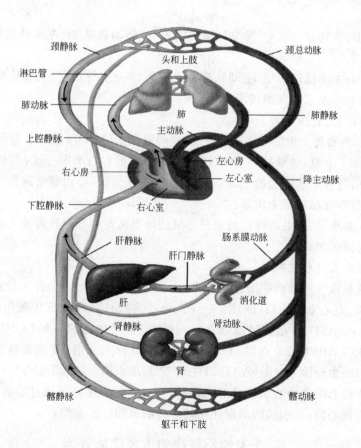

图33-4 心脏循环

3. 心脏的作用　血液的循环是通过心脏"泵"的作用完成的。心脏"泵"的作用是推动血液流动,向组织和器官提供充足的氧和各种营养物质,并带走代谢产物(如二氧化碳、尿素和尿酸等),使细胞维持正常的代谢和功能。

三、先天性心脏病病因

1. 遗传因素。

2. 胎儿时期任何影响心脏胚胎发育的因素均可能造成心脏血管畸形,如孕母患风疹、流行性感冒、腮腺炎、柯萨奇病毒感染、糖尿病、高钙血症等,孕母接触放射线;孕母服用抗癌药物或甲苯磺丁脲药等。

3. 早产。

4. 高原环境。

四、先天性心脏病分类

先天性心脏病通常可分为非发绀型先天性心脏病和发绀型先天性心脏病。

(一)非发绀型先天性心脏病

1. 无分流类

(1)右心畸形:肺动脉口狭窄、肺动脉瓣关闭不全、肺动脉缺如、左肺动脉起源于右肺动脉等。

(2)左心畸形:主动脉口狭窄、主动脉瓣关闭不全、主动脉缩窄、二尖瓣狭窄、二尖瓣关闭不全、三房心、主动脉弓及其分支的畸形等。

(3)其他:右位心、异位心等。

2. 有左→右分流类　包括心室水平分流:室间隔缺损(VSD);心房水平分流:房间隔缺损(ASD);大动脉水平分流:动脉导管未闭(PDA);主动脉至右心水平分流:主动脉窦瘤破裂、冠状动脉右心室瘘、左冠状动脉起源于肺动脉等;多处水平分流:心内膜垫缺损、心房心室联合缺损、心室间隔缺损伴动脉导管未闭等。

它们的共同表现是,心脏内的血液通过心脏的缺损从左侧心腔异常流入到右侧心腔,在疾病早期一般没有缺氧表现。

(二)发绀型先天性心脏病

包括肺血流量减少和肺动脉压力降低者:法洛四联症(F4)、完全性大动脉转位(TGA)＋肺动脉狭窄(PS)、右心室双出口(DORV)＋PS、单心室(SH)＋PS、三尖瓣闭锁(TAA)、三尖办下移(Ebstein)＋ASD、肺动脉闭锁(PAA);肺血流量增加者:TGA、DORV＋VSD、完全型肺静脉畸形引流(TAPVC)、单心房、TAA＋VSD;肺动脉高压者:艾森曼格综合征、DORV＋肺动脉高压(PH)、主动脉弓离断(AAI)、TGA＋PH、单心室＋PH、TAPVC＋PH。

发绀型先天性心脏病的心血管畸形比较复杂,心脏内的血液是通过心脏的缺损从右侧心腔异常流入到左侧心腔,在疾病的早期往往就会有缺氧和口唇发绀。

五、先天性心脏病的主要临床表现

1. 心力衰竭　新生儿心力衰竭是一种急症。大多数由于患儿有较严重的心脏及大血管发育畸形,体、肺循环充血,心排血量减少所致。患儿表现为面色苍白、憋气、呼吸困难和心动过速,血压常偏低,肝大等。

2. 发育障碍　患儿的生长发育可能落后于同龄儿童,表现为瘦弱、营养不良、发育迟缓等。并易患呼吸道感染。

3. 发绀　有无发绀随心脏畸形性质而定,如单纯 ASD、VSD 与 PDA 早期通常无发绀,但剧烈活动或大哭、大笑后可出现发绀,伴随着年龄的增长,发展到晚期时可出现发绀。

发绀型先天性心脏病由于右向左分流使动、静脉血混合而出现发绀,在鼻尖、口唇、指(趾)甲床处明显。如法洛四联症患儿在出生后或数周至数月即可出现发绀,且逐渐加重。

4. 蹲踞　发绀型先天性心脏病的患儿,特别是法洛四联症的患儿,常在活动后出现蹲下来休息以减轻气促。蹲踞时体循环血管阻力增加而使心隔缺损产生的右向左分流量减少,同时可增加静脉血回流到右心,使肺血流量得到改善。

5. 杵状指(趾)和红细胞增多症　发绀型先天性心脏病患儿几乎都伴有杵状指(趾)和红细胞增多症。杵状指(趾)的机制尚不清楚,表现为在患儿的手指、脚趾末端膨大如鼓槌样。红细胞增多症是机体对动脉低血氧的一种生理反应。

6. 肺动脉高压　当间隔缺损或 PDA 的患者出现严重的肺动脉高压和发绀等综合征时,被称为艾森曼格综合征。临床表现为发绀,红细胞增多症,杵状指(趾),右侧心力衰竭征象,如颈静脉怒张、肝大、周围组织水肿,这时患者已丧失了手术的机会,唯一等待的是心肺移植。患者大多数在 40 岁以前死亡。

7. 心脏杂音　多数先天性心脏病都可听到杂音,杂音位于胸骨旁第 2、3、4 肋间,杂音的位置、性质、时限、响度以及传导方向对鉴别先天性心脏病具有极其重要的意义。

8. 其他　胸痛、晕厥(暂时性脑缺氧)、猝死。

六、辅 助 检 查

1. 心电图检查　主要了解心脏的位置、房室肥厚或增大及传导系统等情况。

2. 超声心动图检查　超声心动图检查在先心病诊断中具有很重要的价值,能够精确显示心脏内部结构异常、房室大小变化以及血流速度和方向,同时能够评价心脏功能。

3. X 线检查　了解肺血情况、心脏大小、大血管位置及大小等。

4. 心导管及心血管造影检查　了解心脏房室、大血管、瓣膜及心脏内部结构有无异常;明确左心或右心各部位的血流动力学变化;心脏与大血管间是否有异常通道;反映心脏的功能状态。主要用于复杂型先天性心脏病的术前诊断及合并肺动脉高压患者肺动脉阻力的测算。

5. 磁共振检查　磁共振已被证明是一种准确而有效的无创检查。除不能直接测定压力外,对于心脏的解剖形态及心功能的评价,准确率较高,基本可代替心血管造影。对于非婴儿期的患者,磁共振愈来愈多地代替心导管及心血管造影检查,成为手术前确诊和手术后复查的手段。

七、先天性心脏病的治疗进展

(一)外科手术治疗进展

先天性心脏病在先天畸形中是最常见的一类疾病,每 1 000 个新生儿中有 6~10 个患有不同类型的先天性心脏病。我国现存先天性心脏病患儿约 150 万。据报道,我国每年约有近 20 万的先天性心脏病患儿出生,先心病发病率居出生缺陷的首位。

我国 20 世纪 70 年代开始婴幼儿先天性心脏病的诊治工作,极少数危重新生儿手术治疗的开展始于 20 世纪 80 年代中、末期。20 世纪 90 年代初期,我国开展小儿先天性心脏病诊治的医院有 350 所,年手术量约 3 000 余例。近 10 年来,我国小儿先天性心脏病外科得到迅速发展。婴幼儿先天性心脏病手术数量快速增长,占先天性心脏病手术总量的比例逐年增加,且手术年龄渐小、体重渐低。新生儿手术治疗也得到初步开展。

目前,在较大的心血管诊治中心,婴幼儿先天性心脏病手术总体死亡率 2%～5%。低体重儿和新生儿复杂或危重先天性心脏病手术,国内开展的例数不多,治疗水平较国外差距亦大,病死率较高。复杂先天性心脏病手术治疗在我国已取得很大进步,其中法洛四联症的外科手术治疗已达到国际水平。

(二)先天性心脏病的介入治疗

先天性心脏病介入治疗就是在 X 线或超声心动图的指引下,通过穿刺血管(一般采用大腿根部血管)将导管送入心脏要达到的部位,进行影像学诊断后,对病变部位做定量定性分析,再选用特制器材(球囊导管或金属封堵器)对病变实施封堵、扩张或栓塞治疗一种微创方法。

我国先天性心脏病的介入治疗开展于 20 世纪 80 年代中期,至 20 世纪 90 年代中期先天性心脏病的介入治疗逐渐规范化,据 2006 年统计,已完成各种先天性心脏病介入治疗约16 000例。先天性心脏病介入治疗成功率已达 95%～100%。目前,主要开展的先天性心脏病介入手术有房间隔缺损封堵术、室间隔缺损封堵术、动脉导管未闭封堵术、经皮肺动脉瓣球囊扩张术、主动脉缩窄成形术、冠状动脉瘘栓堵术、体肺循环侧支栓堵术、二尖瓣球囊成形术治疗以狭窄为主的先天性二孔型二尖瓣以及 Rashkind 术等,获得满意效果。它与外科手术相比有以下优点。

(1)创伤小。在腹股沟处有 2～3mm 的切口,痛苦小;不留瘢痕。

(2)不需要全身麻醉,仅在腹股沟处做局部麻醉。

(3)不需要输血。避免因输血可能引起的不良反应。

(4)手术时间短。一般手术所需时间在 30～60min。患儿术后 6～12h 可起床活动,1～3d即可出院。

(5)术后并发症少。介入术后并发症 2.3%,主要并发症为封堵器脱落、股动脉损伤及溶血。

八、先天性心脏病的监护要点

(一)术前护理要点

1. 每日测量体温、脉搏、呼吸。小婴儿或新生儿测肛温,1 岁以上患儿测腋温。患儿测体温时,要有专人看护,以免发生意外。每周测体重 1 次,新生儿每日测体重 1 次。

2. 注意保持病室内温度和湿度,保持室内空气新鲜,定时开窗通风 冬季各病室轮流开窗通风,上、下午各 1 次。开窗通风时,注意给患儿保暖,避免因受凉发生感冒。

3. 加强营养,给予高蛋白、高热量、含维生素多的饮食。

4. 有气急烦躁、呼吸困难、心率过快等心力衰竭征象者,及时报告医生给予处理。

5. 发绀型患儿为防止缺氧发作,应减少不必要的刺激;避免剧烈活动、情绪激动及哭闹。给予足够的饮水量;遵医嘱定时吸氧。适当控制每日进食量,防止过饱而增加心脏负担。

6. 预防便秘。每日应诱导患儿坐便盆解大便,必要时可用开塞露或灌肠。

7. 保证患儿的安全,防止意外事故发生,如烫伤、坠床等。刀剪及玻璃用品应妥善保管。

8. 多与患儿交谈,增强患儿对疾病治疗的信心。经常抚摸或关爱患儿,减少生疏和恐惧心理。

(二)常见先心病的概念、病理解剖、病理生理与术后护理要点

1. 动脉导管未闭(patent ductus arteriosus,,PDA)

(1)概念:动脉导管是胎儿时期赖以生存的主动脉与肺动脉之间生理性的血流通道,通常于出生后2~3周自动关闭,退化为动脉导管韧带。由于某种原因造成动脉导管未能闭合,称为动脉导管未闭。

(2)病理解剖:未闭的动脉导管位于左锁骨下主动开口远端的主动脉与左肺动脉起始部之间,它常常单独存在,也可以与其他畸形并存。PDA依形态可分为管形、漏斗形和窗形(图33-5)。

(3)病理生理:未闭的动脉导管是体-肺循环的异常通道,主动脉压力＞肺动脉压力,因此,血液经PDA产生由主动脉向肺动脉持续性的左向右分流。分流量的大小,取决于动脉导管口径的粗细和两侧动脉压力的阶差。左向右分流使肺循环血量增多,左心回血量也相应增多,左心容量负荷增加,导致左心室肥大;左向右分流使体循环血流量减少,左心室代偿性做功,可导致左心房、室肥厚扩张,直至出现左侧心力衰竭。

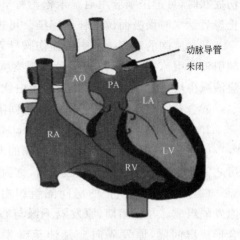

动脉导管未闭

图33-5　动脉导管未闭 PDA

由于长期的左向右分流使肺循环血量增加,肺小动脉产生反射性痉挛,肺小动脉肌层肥厚、内膜增生使肺动脉压力增高,右心室射血受阻,后负荷增加,右心室逐渐肥厚。初期的肺动脉高压为动力性,如果左向右分流未能及时阻断,随着上述病理生理改变的加重,肺血管阻力的增加,导致肺小动脉发生硬化阻塞等器质性改变。当肺动脉压力接近或超过主动脉压力时,即可产生双向或右向左分流,成为艾森曼格(Eisenmenger)综合征,临床上出现差异性发绀。

(4)术后护理要点。

①控制血压。动脉导管离断后,体循环血量增加,动脉压力和容量感受器对血流动力学改变的神经反射及术后疼痛反射等因素的影响,术后早期可出现短暂高血压。如果高血压得不到有效控制,将可出现高血压脑病、视力损害、左侧心力衰竭、肾损害等。因此,术后要严密监测血压变化,适当控制液体入量,及时发现并报告医生,预防高血压脑病(烦躁不安、头痛,呕吐,有时伴腹痛)的发生。当血压偏高时,可用微量泵输注硝普钠或硝酸甘油等血管扩张药1~5μg/(kg·min),剂量应逐渐增加。保持血压稳定,应用血管扩张药物期间,要根据血压调整微量泵的速度。更换药物时要迅速、准确,避免更换不当引起血压波动。术后血压轻度偏高,可不给予处理或应用镇静药、镇痛药、利尿药。合并重度肺动脉高压的者,遵医嘱持续给予镇静药,防止患者出现肺高压危象。

拔除气管插管后可口服卡托普利,但须在停用硝普钠后用药,以避免药物的协同作用使血压骤然下降。

②呼吸道护理。对于未合并肺动脉高压者,术后呼吸机辅助时间通常为1～2h,待患者完全清醒、循环功能稳定后拔除气管插管,改用面罩雾化吸氧。对于合并肺动脉高压,且术后肺动脉压力下降不满意者,延长呼吸机辅助通气的时间。

拔除气管插管后,鼓励患者咳痰及做深呼吸锻炼,加强肺部体疗,给患者翻身、叩背,防止肺不张的发生。

③胸腔引流管的护理。间断挤压引流管,避免引流管扭曲、打折。注意观察引流液的性质及量,挤压引流管时,注意引流液流出的速度,引流液的颜色、温度等,如引流液较多,管壁发热,引流液持续2h大于4ml/(kg·h),考虑有胸腔内活动性出血可能,应及时报告医生,并做好二次开胸止血的准备。

④喉返神经损伤的观察。拔除气管插管后,如患者出现声音嘶哑、饮水呛咳等喉返神经损伤症状时,可遵医嘱应用地塞米松治疗3d,同时应用维生素 B_{12}、谷维素等营养神经药物。防止患者饮水时误吸而诱发肺部感染。可进普食或米糊、藕粉等黏稠食品。

⑤乳糜胸的观察。术中若损伤胸导管,术后2～3d可出现乳糜胸。应行胸腔穿刺并置胸腔引流管引流,通过床旁X线片以观察胸腔内、纵隔或肺血的改变。禁食,补充葡萄糖液。引流液减少后可逐渐给予低脂肪、高蛋白饮食。如非手术治疗无效时,应手术结扎胸导管。

⑥合并肺动脉高压的护理。见室间隔缺损修补术后合并肺动脉高压的护理。

2. 房间隔缺损(atrial septal defect ,ASD)

(1)概念:在胚胎时期由于房间隔的发育异常,左、右心房之间残留未闭的房间孔,造成心房之间左向右分流的先天性心脏病,称为房间隔缺损。如图33-6。

(2)病理解剖:正常的房间隔组织由继发隔和原发隔组成。在胚胎期,原发隔下缘与心内膜垫融合形成房间隔,原发隔向上延伸至继发隔下缘左侧,关闭卵圆孔。根据发生机制不同,房间隔缺损分为原发孔型和继发孔型房间隔缺损。根据缺损部位不同,继发孔型房间隔缺损分为以下4型。

①中央型::也称卵圆孔型,最为常见。位于房间隔中央,相当于卵圆孔处,缺损四周房间隔结构完整。

②下腔型:缺损位于房间隔后足侧,与下腔静脉开口相延续,后缘为左心房后壁。

③上腔型:又称静脉窦性缺损,位于房间隔的头侧,相当上腔静脉入口处。因此,这种缺损没有上缘。此型常合并右上肺静脉畸形引流。

④混合型:缺损巨大,兼有上述两种以上形态特点。

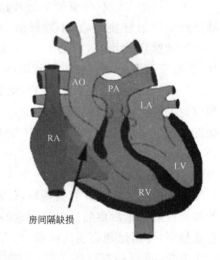

图 33-6　房间隔缺损 ASD

(3)病理生理:左心房压力大于右心房压力,因此,心室舒张期心房水平由左向右的分流。分流量的大小取决于缺损的大小、肺血管阻力及两心房间的压力差。新生儿出生后,肺血管阻力逐渐下降,心房水平的左向右分流增加,此时的肺动脉压可能正常。如长时间大量的左向右分流,导致肺小动脉肌层肥厚及内膜增生,肺血管阻力升高,引起肺动脉高压,右心负荷加重,临床症状逐渐明显。如发展成肺血管器质性阻塞性病变,肺动脉压力将持续增高,右心负荷极度增加。此时,心房水平的左向右分流量递减,而右向左分流量递增,并出现低氧血症。

(4)术后护理要点:大多数单纯 ASD 修补术或不合并心力衰竭的 ASD 的患儿,术后在手术室或返回到 ICU 后数小时内即可拔除气管插管。中老年患者 ASD 修补术后应注意观察。

①维护左心功能:术后主要监测中心静脉压(CVP)、血压、心率及尿量,对术前左心室发育不良的患者,注意控制单位时间内的液体入量,密切观察有无左侧心力衰竭的临床征象。房间隔缺损较大者,可用血管扩张药如硝普钠或硝酸甘油 $1\sim2\mu g/(kg \cdot min)$,以降低心脏后负荷,改善心脏功能。

②心律失常:ASD 修补术后可出现各种心律失常,如房性或室性期前收缩、结性心律、房室脱节、心房颤动和房室传导阻滞等。应密切观察患者心率、心律的变化,配合医生做相应的处理。如心房颤动、窦性或室上性心动过速可应用洋地黄制剂;频发室性期前收缩时可应用利多卡因;心动过缓可应用阿托品或异丙肾上腺素。

③肺动脉高压:对房间隔缺损合并肺动脉高压的患者应密切观察及精心护理,如有躁动、缺氧、酸中毒等易诱发肺小动脉痉挛,导致肺动脉高压危象的因素,应注意预防。

④血栓栓塞:35 岁以上的患者(尤其是心房颤动患者),在 ASD 修补术后有发生肺循环或体循环动脉栓塞的危险。因此,于术后第 2 天开始口服华法林进行抗凝治疗至术后 8~12 周。用华法林抗凝治疗期间,注意观察用药后有无出现皮肤黏膜出血、牙龈出血、鼻出血及消化道出血等征象;同时注意观察患者的意识和肢体活动情况,有无血栓栓塞的发生。

3. 室间隔缺损(ventricular septal defect ,VSD)

(1)概念:室间隔缺损(VSD)系胚胎期室间隔发育不全而形成的单个或多个缺损,由此产生左、右两心室的异常交通。VSD 可单独存在或构成多种复杂心脏畸形(如法洛四联症、矫正型大动脉转位、主动脉窦瘤破裂、主动脉弓中断、完全性心内膜垫缺损、三尖瓣闭锁等)的一个组成部分。如图 33-7。

(2)病理解剖:胚胎发育 8 周内,如果肌性室间隔、心内膜垫和球嵴相互融合之间出现偏差,即可在室间隔的任何部位出现缺损。根据胚胎学和解剖学,室间隔缺损主要分为 4 种类型。

①膜周型:是膜部室间隔发育不全或融合不好而形成的缺损。临床最为多见。缺损位于室上嵴的后下方,上缘邻近主动脉瓣,向下延伸至圆锥乳头肌,传导束走行于其后下缘,右侧邻近三尖瓣隔瓣。

②动脉下干型:位于右心室流出道漏斗部,肺动脉瓣的正下方,上缘与主动脉右冠瓣相连。缺损的上缘是肺动脉瓣环和主动脉瓣环,下缘是室上嵴。传导束远离室缺边缘。

③肌型:多位于室间隔的小梁部,可多发;也可位于肌性室间隔的任何部位。

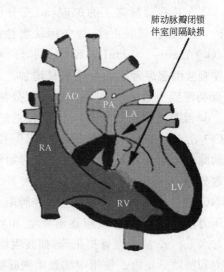

图 33-7　室间隔缺损 VSD

④混合型:存在上述2种类型以上的缺损。

(3)病理生理:室间隔缺损的病理生理学特征为心室水平的左向右分流,肺血流量增加。分流量的大小和方向取决于缺损的大小、肺血管阻力及两心室间的压力差。正常左心室的压力为120mmHg,右心室的压力为30mmHg,左心室压明显大于右心室压,因此在心脏收缩期会产生心室水平的左向右分流。长期大量的左向右分流,导致广泛的肺小动脉中层肥厚、内膜增生及管腔收缩,使肺血管阻力升高,右心负荷加重,引起肺动脉高压。以上病变在早期为可逆性,室间隔缺损修补术后肺小动脉的病变即可消退。如得不到及时治疗,肺小动脉病变进行性加剧,肺小动脉内膜纤维化增生、阻塞管腔、肌性肺动脉闭塞、血管数减少,形成不可逆性肺血管阻塞性病变,此时期为手术禁忌。随着肺动脉压力及肺血管阻力的增高,右心室后负荷加重,心肌增生肥厚及压力逐渐增高,两侧心室间的压力差缩小,左向右的分流量逐渐减少,成为高阻力、小分流状态的室间隔缺损。随着肺血管病变的进展,当右心室压力接近或超过左心室压力时,则出现双向分流或右向左的分流,患者表现为发绀、咯血、杵状指(趾),即为艾森曼格(Eisenmenger)综合征。

(4)术后护理要点。

①注意观察心率、心律的变化:由于术中低温、缺氧、酸中毒,心脏传导系统局部组织水肿,心内膜下出血以及机械性损伤等,术后可能出现心动过缓、三度房室传导阻滞。因此,术后应注意观察患者心律、心率的变化。如出现心率减慢或房室传导阻滞时,应即静脉输注异丙肾上腺素[$0.01\sim0.2\mu g/(kg\cdot min)$],同时给予激素或极化液等药物;如术中已安好临时起搏导线,应启动起搏器,并进行监护。定期描记心电图。如出现室性期前收缩>6/min,应静脉给予利多卡因,每次1mg/kg,必要时可重复3次。然后用2∶1或3∶1的利多卡因维持静脉滴注。

②维护左心功能:由于手术修补VSD,左向右分流消除,左心血容量增大,因此,左心功能的维护尤为重要。术后早期应控制静脉输入晶体液的量,以$1ml/(kg\cdot h)$为宜,并注意观察LAP不能高于CVP。

③合并肺动脉高压的护理:a. 充分供氧,延长呼吸机辅助时间,术后呼吸机辅助时间>72h。及时纠正低氧血症,避免因缺血性血管收缩导致肺动脉压力升高。保持动脉血氧分压(PaO_2)在$80\sim100$mmHg,$SaO_2>90\%$。b. 有效镇静,有效的镇静可降低患者应激性,避免因外界刺激引起患者躁动及耗氧量增加。常用的镇静药有芬太尼、泮库溴铵、吗啡、异丙酚等。c. 保持呼吸道通畅,及时清除呼吸道分泌物。吸痰时严密观察心率、SaO_2及肺动脉压力的变化。d. 维持过度通气状态,术后适度的过度通气可降低肺循环阻力,调整呼吸机的参数,维持$PaCO_2$在$30\sim35$mmHg或pH在$7.50\sim7.60$。e. 吸入小剂量一氧化氮(NO),使肺血管扩张,肺动脉压力降低。吸入NO治疗的起始量为10ppm,最大为50ppm。其半衰期短,作用时间仅数分钟,并有潜在毒性。因此,吸入NO 3d后,监测血中铁血红蛋白含量及常规监测呼气末中NO_2值。f. 持续监测肺顺应性和肺阻力的变化,了解肺功能恢复的状况。如无明显的肺动脉压力增高,吸入氧浓度应逐渐降至50%,PO_2保持在95mmHg左右,PCO_2可以逐渐上升到正常水平。g. 应用血管扩张药:如波生坦,可改善患者血流动力学和心功能指标,降低肺血管阻力和肺动脉压力。使用中注意监测肝功能,观察有无肝功能受损的不良反应。h. 钙拮抗药的应用:如口服硝苯地平、地尔硫䓬(合心爽)等。可松弛血管平滑肌,降低肺动脉压力和肺血管阻力。使用中注意观察有无血压下降、静脉压升高等不良反应。i. 保证血管活性药物在单

位时间内匀速静脉泵入,避免在更换注射器时引起血压波动。

4. 法洛四联症(tetralogy of Fallot,TOF)

(1)概念:由于先天性右心室漏斗部发育不良,漏斗间隔及壁束向左前移位,导致肺动脉狭窄,室间隔缺损,主动脉骑跨和右心室肥厚。如图 33-8。

(2)病理解剖:胚胎期动脉圆锥偏移和漏斗部发育不良导致本病,TOF 有 4 种典型的病理改变:肺动脉狭窄,室间隔缺损,主动脉骑跨和右心室肥厚。在 4 种病理改变中最重要的是肺动脉狭窄和室间隔缺损。

(3)病理生理:TOF 的病理生理改变取决于肺动脉狭窄的程度。如肺动脉狭窄轻,则心室水平主要为左向右分流,肺循环血量超过体循环血量,这类患儿发绀不明显,在婴幼儿期可出现心力衰竭。中等程度的肺动脉狭窄在心室水平为双向分流,多在患儿活动后出现发绀。重度肺动脉狭窄在心室水平主要为右向左分流,患儿发绀明显,活动受限,常有蹲踞或晕厥现象,严重者在喂食或用力时即出现呼吸困难。

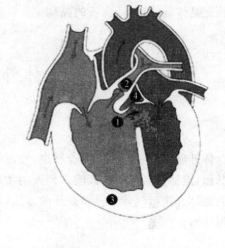

图 33-8　法洛四联症(TOF)

1. 室间隔缺损;2. 肺动脉狭窄;3. 右心室肥厚;4. 主动脉骑跨

(4)术后护理要点。

①灌注肺是 TOF 根治术后的一种严重的并发症。临床表现主要为急性进行性呼吸困难、发绀、血痰(喷射性血痰或血水样痰)和难以纠正的低氧血症。血氧饱和度(SO_2)始终在 $50\%\sim60\%$,氧分压(PO_2)降低,胸部 X 线片显示两肺有渗出性改变。处理要点为以下方面。

a. 充分吸氧,延长呼吸机辅助呼吸,应用呼气末正压(PEEP),减少肺内大量渗出。PEEP 从 $4cmH_2O$ 开始,每 2 小时增加 $2cmH_2O$,切忌瞬间加大 PEEP 值,以免出现气胸。

b. 密切监测呼吸机的各项参数(每分通气量、气道压力、吸入氧浓度、肺的顺应性等),特别注意气道压力的变化。

c. 保持呼吸道通畅,及时吸出呼吸道分泌物,观察血痰的性质及量的变化。吸痰次数不要过频,应使患者充分镇静,防止躁动。

d. 严格限制液体入量,提高血浆胶体渗透压。在急性渗出期,根据血浆渗透压的变化,按医嘱及时补充血浆及白蛋白。

②保持引流管通畅,观察引流液的量及性质。TOF 患者术前低氧血症,侧支循环丰富以及术中抗凝及血液稀释等,均可导致术后出血。术后应每小时记录引流液的量及性质,当出现血性引流量每小时>4ml/kg,或胸腔引流突然中止等情况时,应引起高度重视,及时向医生报告并做好二次开胸等急症手术的准备。

③带有临时起搏器的患者应固定好起搏导线及按起搏器护理。

④循环功能的维护。

a. 低心排综合征是 TOF 术后较常见并发症,其临床表现为血压低、心率快、脉细弱、末梢皮肤湿冷、苍白、皮肤花斑、尿少等。应严密监测心律、心率、血压、尿量及末梢循环的变化。

b. 重症 TOF 跨环补片或心功能差者,常应用多巴胺及多巴酚丁胺,在维护心功能的同时,还要调整血容量,千万注意不要只注意血容量的补充,而忽略了心功能的维护,注意边调整药液输注的速度,边补充容量,使患者的动脉压、中心静脉压维持在一个最佳状态,还要观察用药的效果。

c. 定时测定血浆胶体渗透压,并维持在 $17\sim20mmHg$。术中使用超滤的患者,术后应适当补充晶体液,以降低血液的黏稠度。

(刘芳环)

第五节　体外循环心脏手术的护理

一、基本概念

体外循环—将人体内的静脉血,经过导管引出或抽吸到体外,经过氧合后使静脉血转变为动脉血,然后再经导管将其输入到人的动脉系统内,完成血液循环。这种人的血液不经过心和肺而在体外进行气体交换和循环的方法,称为体外循环,主要目的是实施病变较为复杂的心内直视手术。

二、原理与方法

(一)基本原理

体外循环过程中,通过上、下腔静脉插管,将去氧合血从循环中引出,不按常规进入自体心肺而进入人工心肺机系统,这一过程称为体外循环。模拟正常生理过程,在心肺机的氧合器或"人工肺"内进行血液氧合。血液经过氧合、过滤及变温后,通过静脉插管进入体内动脉循环。

(二)设备装置

1. **血泵**　血泵是体外循环的动力部分,其主要作用是代替心室的搏出功能和术中失血的回吸,或用于心脏停搏液的灌注。

2. **氧合器**　氧合器是将进入的静脉血中的二氧化碳排除,使氧分压升高而成为动脉血的一种人工装置。由于其模仿人体肺的换气功能,临床常用于心脏外科手术,在心肺循环阻断后暂时地替代人体肺的功能。

3. **体外循环的插管和管道**

(1)体外循环的插管。分为动脉插管和静脉插管两大类。

动脉插管常规采用升主动脉插管。静脉插管常规采用经右心房耳和右心房壁分别插入上、下腔静脉管。

(2)体外循环的管道。主要为一些无毒透明的塑料管或硅橡胶管。最基本的应具备以下几种:动脉灌注管、静脉引流管、泵管、排气管、吸氧管、连接管等。

体外循环的管道应以安全、简单为原则,尽量减少接头和管道长度。血泵应尽量靠近患者。这样既可以减少预充量和血接触异物的表面积,又可以减少血液破坏,增加安全度。

4. **血液回收和过滤系统**　血液回收系统的目的在于吸引术中失血重回循环系统,避免循环血量迅速大量减少而使心肺转流难以维持。它是体外循环中必不可少的辅助装置。

血液过滤系统可以在血液泵回动脉循环前过滤掉血液中的微小栓子,防止机体发生栓塞。

5. **热交换系统** 体外循环下需辅以低温技术。在低温或深低温体外循环下行心内直视手术,弥补了因血流灌注不足造成的各器官的功能性损害,进而保证有充分的时间来完成心内手术的操作。体外循环的降温方法分为体表降温和血流降温两种。热交换系统即用于血流降温。

6. **监测系统** 临床监测项目包括以下方面。

(1)心电图。连续监测可观察心肌应激性、心率变化、心律失常、传导阻滞以及心肌缺血情况。当体外循环建立之后,心电图又可作为冠状动脉灌注是否充分的指标;当灌注停搏液时,心电应迅速变为静息状态(零电位),在主动脉阻断时出现任何电活动,表明需要再灌注停搏液。

(2)动脉血压。体外循环手术常规行有创性动脉血压监测。

(3)脉搏血氧饱和度。

(4)血流动力学指标。

①中心静脉压(CVP)。体外循环手术测量中心静脉压对了解循环有效容量与心血管功能之间的相互关系具有非常重要的意义。临床多采用颈内静脉或锁骨下静脉穿刺术进行中心静脉压监测。中心静脉压的正常值为 $6\sim12cmH_2O$。

②左心房压(LAP)。在左心功能不全或术后可能发生左侧心力衰竭的患者,中心静脉压不能可靠地反映左心室充盈压。而左心房压与心室舒张末压基本一致,因此左心房压是左心室前负荷的可靠指标。监测和维持合适的左心房压力,对维持适当的心排血量极为重要,它可及时反映左心室充盈压,并可表示左心室的前负荷。正常值为 $6\sim12mmHg$。

③肺动脉压(PAP)。反映右心室功能及肺血管阻力,舒张压可估计左心室充盈压。正常值:收缩压 $15\sim30mmHg$,舒张压 $6\sim12mmHg$,平均压 $10\sim18mmHg$。

④肺动脉楔压(PAWP)。间接反映左心房压和左心室舒张末压,估计左心室前负荷。正常值: $8\sim12mmHg$。

⑤其他血流动力学指标。心排血量、心排血指数、外周血管阻力、肺血管阻力等。

(5)体温。在心血管手术心肺转流开始时,常需要将患者的体温降低以减少氧耗,从而减少重要脏器的缺氧损害;而在手术将结束时,又需要将患者的体温恢复至正常。然而在降温和复温的过程中全身各部位的温度并不均匀一致。因此要连续、多路地监测体温变化。常用的测温部位有:鼻咽温、肛温、血温、皮温、心肌温度、水温等。

(6)尿量。是体外循环中组织灌注是否良好的敏感指标。常规在手术前放置保留尿管,连续记录尿量,待手术后患者循环稳定,各方面情况良好时才予以拔除。

(7)血气及电解质。

①酸碱和血气监测。

②电解质监测。常用的电解质监测项目为血钾、血钙、血镁、血氯。

(8)激活全血凝固时间(ACT)。体外循环心内直视手术依赖于肝素的抗凝,而体外循环终止后,又需用鱼精蛋白来中和肝素。肝素的用量必须个体化。目前常用全血活化凝固时间(ACT)作为肝素用量监测的指标。ACT 的正常生理值为 $60\sim130s$,心肺转流时,应将 ACT 控制在 $400\sim600s$。若低于 $400s$,可根据肝素反应曲线计算出不足的肝素量并予以追加。体外循环终止,鱼精蛋白中和肝素 10min 后,再重复测试 ACT 值。如 ACT 较生理值长,则需追加鱼精蛋白,使之达到生理值水平。

三、体外循环对机体的影响及体外循环后主要并发症

(一)对机体的影响

1. 体外循环引起全身炎症反应。体外循环心肺转流术由于手术创伤,血液与体外循环管道的接触以及停止循环后的缺血再灌注损伤等,对机体构成了一个异常强大的刺激,可引起复杂的全身炎性反应,激发机体释放大量的炎性介质。表现为非感染性发热、白细胞增多、毛细血管通透性增加、组织间隙液体聚积等,导致不稳定的高动力循环状态,可引起肺组织和心肌组织的损伤,严重时可造成多器官功能不全。

2. 心脏手术患者的基础疾病使其内环境存在不同程度的紊乱。手术和体外循环会进一步造成患者的生化指标改变,主要造成酸碱平衡紊乱和电解质代谢的异常。

3. 在体外循环过程中,机体由搏动性血流变为近乎恒流状态,对一些敏感器官会有一定影响,如肾、脑等。

4. 心脏手术后心脏结构和血流动力学的瞬间改变和心血管系统的慢慢适应过程之间的矛盾,以及先天性心脏病术后体循环和肺循环血液流量的重新分布,也使术后并发症多样化。

(二)术后主要并发症

1. 体外循环后低心排综合征　由于术前心力衰竭;术中麻醉;体外循环及手术的创伤;低血容量造成心肌缺血、缺氧;术中心肌保护不良;术后的缺氧、液体失衡、酸碱失衡、电解质紊乱等,严重影响心功能,导致心排血指数下降至 $2L/(min \cdot m^2)$ 以下[正常值 $2.4 \sim 4.2L/(min \cdot m^2)$],并出现重要脏器灌注不足,周围血管收缩、血压下降、尿量减少等现象。

2. 体外循环后急性呼吸功能衰竭　由于体外循环对肺功能的损害;原发的心胸部病变对肺功能的影响;心功能不全的继发影响;手术创伤的影响等导致急性呼吸功能衰竭,出现低氧血症(或伴高碳酸血症)及血液循环系统、精神神经、消化和泌尿系统的一系列症状。

3. 体外循环后出血　由于体外循环对血液有形成分及其对凝血机制的影响,应用肝素作为抗凝药,以及手术处理不当等原因,导致体外循环后合并出血。

4. 体外循环后急性肾衰竭　体外循环术后并发急性肾功能不全是多种因素的综合作用,包括心功能不全、肾储备能力下降、糖尿病和周围血管疾病等。主要相关原因有:术前肾功能受损、糖尿病、中重度充血性心力衰竭;年龄>65 岁;体外循环时间>180min;体外循环中灌注流量不足;溶血;术中、术后低心排等。

5. 体外循环后脑部并发症　主要相关因素有:术中微栓使毛细血管、小动脉扩张导致脑水肿;体外循环中长时间的低灌注压,导致脑组织缺血缺氧性损伤;全身性的炎性反应,释放的炎性介质使脑内毛细血管通透性增加,导致脑水肿;体外循环意外等。临床表现根据损伤神经系统的不同部位和不同程度而不一。

四、体外循环心内直视手术的护理要点

(一)护理目标

1. 护士能够监测、发现术后各种并发症并及时处理,保持各器官、系统功能的正常。

2. 术后患者能够保持心理健康。

3. 患者能够掌握预防保健知识,能够寻找健康帮助并主动维持健康。

(二)术前准备

1. 协助患者接受各种检查。

2. 给患者做术前指导。

(1)为患者简单讲解手术的方法,手术的过程;介绍手术室及术后监护室;说明手术后情况。

(2)指导患者练习深呼吸及有效咳嗽。

(3)指导患者练习腹式呼吸。手术后由于卧床及伤口疼痛不感用力呼吸,膈位置抬高,此时采用胸式呼吸效率不高,若改为腹式呼吸会提高呼吸效率。

(4)指导患者练习翻身及床上肢体活动。

(5)指导患者练习床上使用便盆。

(6)教给患者气管插管留置期的沟通方法。

3. 手术前 1d 常规准备。

4. 手术当天的准备。

(三)术后护理

1. 观察并维持血流动力学平稳,促进心脏血管功能及组织灌注。

(1)持续监测心率、心律,发现心律失常应报告医生并分析发生原因,给予及时处理。术后心律失常的常见原因有:血容量不足、体温高、手术创伤、伤口疼痛、缺氧、电解质紊乱、酸中毒、药物作用等。

(2)监测血压变化。发现血压异常应及时报告医生并分析原因,针对病因处理。心脏手术后血压下降的常见原因有低心排综合征、麻醉药过量、代谢性酸中毒、缺氧、血容量不足、心律失常等。

(3)监测中心静脉压,根据中心静脉压及心功能情况制订补液计划。

(4)监测体温。术后头 2d,体温会比正常高 2～3℃,这是正常现象,可能会持续 3～4d。可用物理方法,必要时应用解热药降温。若体温持续升高 4～5d,应予以重视。体温异常升高可能是感染、脱水、胸腔积液或低心排等引起。应采取有效的方法迅速降温并对症处理。

(5)危重患者术中应留置 Swan-Ganz 导管或左心房测压管,术后严密监测各项血流动力学指标,以全面了解循环状态。

(6)观察患者皮肤的颜色及温湿度。皮肤花斑、肢端湿冷往往是低心排的征象;口唇、指(趾)发绀则代表机体缺氧。

(7)配合医生应用某些药物,通过控制心率在正常范围、消除心律失常、降低周围血管阻力及增加心肌收缩力等途径来调整心功能。必要时采取人工循环辅助装置:如主动脉内球囊反搏(IABP)、人工心室辅助泵(VAD)、体外膜肺氧合(ECMO)等。

(8)术后做超声心动图,以了解手术效果。如怀疑低心排的原因为心内畸形矫治不彻底,应积极治疗,再次手术彻底矫治。

2. 维护并促进呼吸功能,保证足够的氧供和氧的利用,防止呼吸功能不全。

(1)患者使用呼吸机辅助呼吸阶段,做好气管插管的护理。

(2)停用呼吸机后,改用面罩雾化吸氧。

(3)患者循环指标平稳后,应抬高床头,利于呼吸及引流。

(4)鼓励并协助患者翻身、深呼吸及咳嗽。为患者叩背辅助排痰,做好痰液的体位引流。

（5）预防及控制肺部感染。

（6）对合并肺动脉高压的患者执行肺动脉高压护理常规。

3.胸腔引流管的护理。

（1）每小时测量引流量并记录。

（2）观察引流液的颜色及性状。手术后初期为血性引流液,以后逐渐转为浆液性液体。

（3）间断挤压引流管,避免血块阻塞引流管影响引流效果。

（4）如果发现下列异常情况应立即通知医生：术后第 2 小时开始,血性胸液超过每小时 4ml/kg,连续 2h 以上,应高度怀疑有活动性出血;胸腔引流突然停止,伴有中心静脉压升高、血压降低、心音遥远、少尿、呼吸困难,应怀疑有心脏压塞。以上两种情况应果断开胸探查、止血。

（5）如患者出血量偏多是由于肝素中和不完全,血小板减少,凝血因子不足或纤溶亢进引起,则应尽快找出原因,针对病因处理。

4.维持水、电解质、酸碱与营养的平衡。

（1）心脏手术后的患者最初 12h 内,均由静脉补液。出入量平衡是维持良好循环功能的基础。术后早期,末梢血管处于收缩状态,随着体温的复升,末梢血管扩张,可出现血容量不足。根据胸腔积液量、血压、中心静脉压、心率、末梢循环状况来判断是否有血容量的不足,从而选择补充晶体液或全血、血浆、血浆代用品等胶体溶液。

（2）严密监测血清电解质浓度(血钾、钠、钙、镁浓度),特别是血钾浓度,发现异常及时处理,避免电解质紊乱发生。

（3）血气分析可准确地反映呼吸、循环功能衰竭时体内缺氧和酸碱平衡紊乱的具体情况,动态观察对体外循环手术具有极其重要的意义。临床上术后早期应经常进行动脉血气监测或混合静脉血的血氧测定。

（4）拔除气管插管后 4h,患者可以开始喝水。如 2h 内无恶心、呕吐现象,逐渐改为清流、软食至固体食物。能进食的患者鼓励摄取高蛋白、高热量、高维生素的食品以促进伤口愈合。

（5）手术后第 2 天仍不能停呼吸机的患者,常规开始鼻饲。而不能用鼻饲的患者,营养不良的患者或肾衰竭的患者可考虑应用胃肠外营养。

（6）每日详细记录出入量,有条件者每日测体重,以判断是否有液体蓄积或脱水现象。

5.观察并维护肾功能,防止发生肾衰竭。

（1）术后早期每小时测量尿量并记录。观察尿的颜色。发现血尿或酱油色尿时应通知医生。

（2）监测尿比重。正常的尿比重是 1.010～1.030。当少尿或尿中出现红细胞时,尿比重升高;当尿量过多或肾小管不能滤过废物时,尿比重降低。

（3）监测血清尿素氮和肌酐浓度。

（4）为保留尿管的患者操作时注意无菌原则,防止发生泌尿系感染。

（5）对发生急性肾衰竭的患者采取如下的处理原则。

①严格限制水的摄入量。

②防止高钾血症。

③高能量支持。

④预防和控制感染。

⑤应用某些经肾排泄的药物时注意调整剂量,避免发生药物中毒。

⑥必要时行血滤或腹膜透析治疗。

6. 促进神经功能。

(1)观察意识状态。

(2)术后早期每小时测量瞳孔大小,观察对称性和对光反射。

(3)观察定向力:失去定向力和不安多表示缺氧或脑部发生栓塞。

(4)观察肢体活动能力:一侧肢体无法活动或一侧肢体软弱无力,表示脑部的运动区有栓塞现象。足背动脉摸不到搏动表示有血栓栓塞。

(5)老年患者术后易发生意识障碍。老年人由于全身解剖结构萎缩和生理功能减退,会发生脑循环系统、全身各系统的血管硬化、血压改变、电解质紊乱等变化,加之体外循环血流的改变对敏感器官的影响,术后常导致不同程度的意识障碍。因此在护理老年患者时应特别注意意识的观察。

(6)脑部并发症的处理:降温;充分供氧;镇静;冬眠;脱水;激素治疗;应用神经营养药;营养支持;高压氧治疗;预防感染;加强基础护理,预防并发症。

7. 做好手术切口及其他有创性检查、注意伤口的护理,避免感染,促进愈合。

(1)每日协助医生为伤口消毒及更换敷料。

(2)患者插有中心静脉插管、左心房测压管、Swan-Ganz 导管、动脉测压管或胸腔引流管时,操作时严格执行无菌技术原则,避免医源性感染。当这些管道完成检查、治疗目的后,尽早拔除。

(3)观察伤口有无红肿、出血或分泌物渗出,如有异常及时报告医生。

8. 增进舒适与休息。

(1)镇痛药、镇静药:插有气管插管的患者不能耐受时要适量给予镇静药。在术后 48～72h 内可规则地给予镇痛药以减轻严重的疼痛。

(2)教会患者一些缓解疼痛的方法。

(3)减少环境中不必要的刺激,如灯光、嘈杂声,以免妨碍患者休息。夜间尽量采取集中护理方式,给患者一段可以不受干扰的睡眠时间。

(4)保持床单位清洁、干燥。

(5)提供口腔护理,直到患者可以进食。

9. 促进患者手术后的心理适应。

(1)引起意识混乱、幻觉和精神行为的原因:对监护室的环境感到陌生;在监护室中灯火通明,无昼夜之分;缺乏休息和睡眠,超过个人的忍受程度;由于工作人员往往只专注于各种监测及治疗设备上,使患者有被遗忘的感觉。

(2)手术后抑郁的原因:手术后非常疲倦和衰弱;担心治疗费用;不能肯定出院后能否恢复正常生活,能否承担一些必需的责任。

(3)保持患者心理健康的方法:呼叫患者姓名,并介绍自己及周围环境;告诉患者每天的日期和时间;主动关心患者,当你操作各种仪器时,不要忽略患者,应对他们讲明你的目的;心电监测仪放在患者视野以外,减少患者因目睹自己的心脏活动而紧张;满足患者的基本生理需求;尽量让患者得到较好的休息;鼓励患者谈论他们心中的感受,提出担心或害怕的事情。

10. 促进早期活动。

(1)卧床姿势：手术后保持平卧。患者清醒且循环稳定后改为半卧位，以利于呼吸及引流。

(2)翻身：循环稳定后每2小时翻身1次，预防压疮，促进排痰。

(3)床上活动：每2小时给患者做四肢被动运动并屈曲腿部，预防下肢血栓。

(4)鼓励患者早期活动。

11. 做好出院健康教育。

(1)身体康复指导。针对患者的不同病情、不同文化背景及认知能力，有侧重点地对患者进行有关心血管专科的健康教育和相关卫生知识，帮助患者建立适合个体的康复生活计划。

(2)心理康复指导。了解和掌握患者在所经历的康复过程中的内心变化。针对不同患者的社会、人际关系以及个性等背景，寻找适合的心理对策，以便有效地帮助患者保持良好的心态，配合治疗。并争取家属、单位的合作，帮助患者处理好来自各方面的心理困扰，消除对重新步入社会、开始家庭生活的后顾之忧，提高患者适应新环境和化解各种不良境遇的能力。

（李 菀）

第六节 心脏移植围术期的护理

一、概 述

1967年12月3日南非Barnard在Capetown的GrootSchuur医院成功地完成了人类首例心脏移植手术。在我国1978年上海张世泽进行了我国首例心脏移植手术，存活109d。1992年以来，北京、哈尔滨、牡丹江、上海、福建等地相继开展了心脏移植，并获长期存活，最长至今已过14年。目前在我国开展心脏移植的医院超过30家，心脏移植已成为治疗终末期心脏病的有效手段之一。

二、心脏移植的适应证与禁忌证

1. **适应证** 不可逆转的、心功能(NYHA)Ⅲ～Ⅳ级、评估在1年以内存活率<50%的终末期心脏病患者，包括各种心肌病、冠心病，评估行介入治疗及冠状动脉旁路手术无效者、无法用瓣膜置换治疗的终末期多瓣膜病、先天性心脏病无法矫治的复杂畸形。

2. **禁忌证** 经完善的内科治疗后，肺动脉压>60mmHg，肺血管阻力>6wood单位者。未能控制的全身感染、不可逆的肝肾功能损害、已确诊恶性肿瘤、AIDS患者或HIV携带者。进行性脑血管病变或周围血管病变、药物成瘾、酒精中毒、精神神经障碍。无家庭、社会支持者一般不予考虑做心脏移植。

3. **供体的选择** 年龄：男性<40岁，女性<45岁。由于供体的来源不易，心脏移植前不可能进行系统的评估组织相容性抗原(histocompatibilityleuko-cyteantigen HLA)配型，目前要求ABO血型供体与受体一致，同时进行淋巴细胞毒抗体试验(panelreactiveantibody PRA)，PRA>10%是术后排异反应的危险因素。供体与受体者体重相差应<±20%，心电图及胸部X线片正常。

4. **手术方法**

(1)标准法。保留受体部分左、右心房及窦房结，将供心与受体吻合部位适当修剪，依次吻合左心房、右心房、肺动脉、主动脉。

（2）双腔静脉法。受体右心房全部切除。依次吻合左心房，上下腔静脉，肺动脉、主动脉吻合，此法可保持较正常的三尖瓣功能和完整的窦房结功能，术后并发症发生率较低。

三、术前护理评估

1. 总体评估　了解患者既往史、现病史、饮食习惯、用药情况。

2. 生理评估　了解患者年龄、性别，观察营养状况。了解体液与水电解质平衡。查看入院后有关化验结果。了解患者有无感染、咳嗽、咽部疼痛、体温升高等，并观察皮肤情况。评估血压、脉搏并观察有无水肿、发绀、呼吸急促等现象。了解术前心电图变化、评估肺功能、呼吸状态，有无杵状指（趾），能否平卧，读胸部 X 线片。评估患者肾功能情况，了解近期每日尿量，了解肾功能、肝功能化验结果。了解近期下列药物的应用情况（抗凝药、抗生素、利尿药、糖皮质激素、抗高血压药、抗心率失常药、强心药）。了解神经系统基本情况，有无癫痫史。

3. 社会心理评估　通过交谈了解患者对手术的信心与压力，鼓励患者说出各种忧虑和感受，并为其提供有关手术的正确信息。评估家庭、社会经济支持状况。

四、辅 助 检 查

1. 常规检查：包括血生化（肝、肾、甲状腺功能、血象、凝血系统）、尿常规。连续 3 次行大便隐血试验，以确定有无消化道出血。

2. 病毒学检查：乙肝两对半，甲肝、丙肝病毒抗体，HIV 抗体，梅毒血清抗体，巨细胞病毒（cytomegalovirus CMV）抗体，疱疹病毒抗体，Epstein-barr 病毒抗体，科萨奇病毒和艾柯病毒抗体。

3. 免疫学配型检查：ABO 血型测定，HLA 分型 A、B、DR 等，HLA 抗体测定，群体淋巴细胞毒抗体试验。

4. 年龄＞40 岁者，行乙状结肠镜检查，女性要做乳腺 X 线检查，以确定有无肿瘤的发生。有糖尿病或糖耐量异常者要做眼底检查。做骨密度检查，以防术后发生骨质疏松。对牙病及时治疗。

五、术 前 准 备

1. 按常规备皮，其他术前准备同心脏手术。监测心电图，必要时强化术前血流动力学监测。

2. 护理单元的准备：接到通知应在 6～8h 准备完毕。房间与物品尽可能用同样的杀菌剂擦拭。预备所需药物并建一清点核对表，以保证对患者的操作步骤所需物品在本室内应有尽有。房间清洁之后即予封闭，任何人不得进入或滞留，直到接受心脏移植的患者从手术室转来。

六、护 理 要 点

1. 术后循环功能的维护　患者术后 ICU 护士监测和管理血流动力学变化，并开始术后的免疫抑制药的药物治疗。除常规心电示波监测之外，应通过连续观察心率、心律、中心静脉压和平均动脉压来确定医生处方的容量及药物治疗。对于并发有因肺血管阻力增高而致右心功能障碍者应监测肺动脉压。

移植的心脏是去神经的，切断神经 12h 后其末梢将不再有递质释放，其次是顿抑（STUN），指遭受缺血的心肌在恢复灌注后一段时间内，其功能仍然低下，心肌舒张顺应性下降，心肌变僵硬，使心脏在充盈时需要较高的充盈压，因此移植后的早期要维持右心房压 8～12mmHg。因缺血而顿抑的心肌收缩力可能下降，故需要予以支持，如异丙肾上腺素等辅助 3～5d。有时短暂地停止输注异丙肾上腺素（如更换液体时）亦可使血流动力学恶化。

心脏房室传导的影响是由迷走神经介导的，移植后心脏去神经化，故阿托品不能通过抑制迷走神经而加速心率，术后出现右心功能衰竭是非常危急的，应用 PGE_1 可扩张肺血管床。总之，维持中心静脉压在 8～12mmHg，用异丙肾上腺素维持心率 100～120/min，尿量 100ml/h，较为理想。

在此需要一提的是心脏移植后高血压的发生率很高，占 30%～100%。心脏移植开展早期大多认为是免疫抑制药的作用，尤其认为 CsA 是引发器官移植后高血压的主要因素。但随着心脏移植病例的积累及基础研究的开展，认识到高血压的发生存在一个复杂的综合因素。目前认为可能包括：①血管反应性与心排血量骤然增加不相适应。②供心去神经状态的影响。③免疫抑制药物的使用。④受体本身各种因素的影响。

心脏移植术后高血压可导致颅内出血，左心室壁增厚，移植心脏功能减退或丧失，因此积极预防及治疗高血压是必要的。由于心脏移植术后高血压的发生并非单一因素，所以治疗、监护也需要从多方面考虑。其中移植后的心脏去神经状态是心脏移植后近期高血压的重要因素，排钠、利尿障碍导致容量增加，是高血压发生的主要机制，因此术后在 ICU 期间限制钠盐的摄入、控制液体摄入量并每日称体重。

(1)心率（律）。应用异丙肾上腺素，以维持心率>100/min，0.5～1μg/min。

(2)肾灌注。多巴胺 2μg/(kg·min)。

(3)控制血压：硝普钠滴速以维持平均血压 70～85mmHg，最大剂量为 5μg/(kg·min)。

(4)容量治疗：血浆、全血或白蛋白，维持中心静脉压 8～12mmHg。

(5)前列腺素 E_1 用于肺血管阻力升高或供心缺血时间过长伴右心室功能不全者，用量为 30～50μg/(kg·min)。遵医嘱吸入 NO 40ppm 以内。

(6)如以上措施效果差，可进一步应用心室辅助、体外膜肺（ECMO）支持治疗。

2. 术后护理

(1)记录患者入 ICU 时间：评估神经系统状况，监测心率、血压、呼吸、肛温、CVP、保持水电解质平衡。

(2)评估心血管系统之功能：观察心率、血压、皮肤颜色。观察低容量相关因素（如体温复升引起周围血管扩张，引起相对容量不足）。

(3)保持引流管通畅，观察记录引流液性质、颜色及量。注意有无引流量骤然减少、CVP上升、血压下降、尿量减少，奇脉，皮肤湿冷等心脏压塞的临床表现。

(4)观察心率血压变化，调节异丙肾上腺素、多巴胺、多巴酚酊胺等正性肌力药物的滴速。

(5)评估呼吸状况：听诊呼吸音，是否有缺氧发绀现象。听诊肺部有无水泡音。

(6)评估静脉注射装置，调整滴速、核准溶液种类，并做标记。根据血压变化调节血管扩张药物滴速。

(7)按医嘱应用免疫抑制药，不可随意改变给药途径。监测血糖，遵医嘱应用胰岛素。

(8)观察尿的颜色与尿量，每小时记尿量，总结每日出入量，观察记录液体超负荷的症状与体征,X线有无肺部充血,颈静脉有无怒张。检查有无周围水肿,每日称体重。

（9）完成记录。

3. 感染的预防 强调预防与控制感染至关重要,术后第1年内由感染所致和由排异反应所致的病死率基本相等。通常移植后1个月内以细菌性感染常见,而术后2~3个月的感染以条件治病菌感染为主,术后1年以后再出现感染则与普通人感染的菌谱相同,常见病毒感染多为单纯疱疹、带状疱疹及巨细胞病毒感染。

（1）实行保护性隔离,花卉植物不在病室内存放。当患者外出时必须戴口罩。

（2）由于最常见的感染部位是肺,护理人员应每4小时听诊1次肺部呼吸音,观察痰的性质,每日拍胸部X线片,鼓励经常有效咳嗽和深呼吸及早期下床活动。

（3）监测体温,体温高于37.5℃,咳嗽加剧或胸部X线有变化时应及时留取痰标本做培养。

（4）输注血液及血小板时应用白细胞过滤器、血小板过滤器。

（5）动脉插管可于48h内拔除,每72小时更换静脉延伸管。中心静脉压一直监测到停止滴注血管活性药物为止,通常4~5d撤除这类药物。1周后常用三腔插管可用肝素盐水冲洗,需要时开放,用毕保持关闭状态。拔除穿刺针针尖端做细菌培养。

（6）观察口腔黏膜有无异常,每日多次或每次进食后漱口,刷牙宜用软毛牙刷,避免牙周组织损害而导致口腔感染。观察切口情况,注意有无红肿及分泌物,每日更换切口敷料。

（7）根据临床观察,遵医嘱采集血、尿、痰标本,做细菌学检查。

（8）鼓励患者进食,给予足够维生素及热量。

（9）宣教指导患者及家庭成员掌握隔离技术知识,家中避免接触宠物或家禽。

4. 免疫抑制性药物和抗病毒类药物不良反应的监测与护理 在向患者提供常用药物不良反应的知识以及自我监测的方法方面,在ICU期间要教会患者测量血压,以及正确服药的方法。

（1）常用药物。

①抗IL-2受体单克隆抗体:赛尼哌(Zenapax,Dacliumab)、舒莱(Simulect,Basiliximab)。

赛尼哌是一种重组并人源化的抗CD_{25}(IL-2受体)单克隆抗体,舒莱则是一种嵌合体性(人-鼠)抗CD_{25}单克隆抗体,两种药都类似于白细胞介素-2(IL-2)受体拮抗药,干扰IL-2与T细胞结合,抑制IL-2介导的淋巴细胞激活,也使T细胞的快速增殖受阻,从而抑制了移植排异过程中细胞免疫反应的关键通道。

抗CD_{25}单克隆抗体的用药安全性好,尚未见有发生细胞因子释放综合征方面的报道。

②糖皮质激素。长期应用皮质激素可伴发多种不良反应,如血糖增高、肥胖、多毛、皮肤变薄易损、骨质疏松、心绪烦乱、应激溃疡等,良好的皮肤护理很重要。运动可减少骨骼中钙的丢失。因为心脏是去神经的,心率对运动的反应不正常,教会患者以呼吸困难为作功的指数,鼓励患者坚持正规运动程序,以控制体重,减少肌肉萎缩和骨骼中钙的丢失。

③硫唑嘌呤。竞争性抑制次黄嘌呤核苷酸的合成,导致细胞失活。主要不良反应为骨髓抑制、肝损害、胃肠反应、脱发。

④骁悉(Cellcept)。是一种高度选择、非竞争性次黄嘌呤单核苷酸脱氢酶抑制物,可抑制鸟嘌呤核苷酸的经典合成途径,选择性地抑制淋巴细胞。不良反应主要是骨髓抑制、胃肠反应,给药时要注意观察血象及胃肠反应。

⑤环孢霉素（CsA）。具有选择性的免疫抑制作用，它是通过干扰淋巴细胞活性，阻断参与排斥反应的体液和细胞效应机制，从而防止排异反应发生。

肾毒性是 CsA 最为重要的毒副作用，可引起肝功能损害，对神经系统产生毒性，常见为震颤，癫痫发作。此外可引起高血钾、低血镁、高血压，以及牙龈增生、多毛症等。

⑥普乐可复 FK506。FK506 相应的免疫亲和蛋白 FKBP$_{12}$ 结合后抑制 IL-1β，IL-2，IL-3 等的表达，防止 T 细胞的激活与增殖。

不良反应：肾毒性，高血钾，高血压，血糖增高，震颤，癫痫，胃肠不适，恶心，腹泻，便秘及过敏反应。

⑦阿昔洛韦（acyclovir 无环鸟苷）。预防病毒感染效果明显，阿昔洛韦被细胞酶磷酸化，其作用成为病毒 DNA 多聚酶的竞争抑制药。不良反应主要是有肾毒性作用，尤其与 CsA 有协同肾毒性作用。

⑧更昔洛韦（Ganciclovir）。抗 CMV 效果明显比阿昔洛韦好，用于播散性 CMV（巨细胞病毒）感染。可能在感染细胞中提高了药物磷酸化，作用于 CMV DNA 多聚酶而抑制 DNA 合成，终止 DNA 延伸。Ganciclovir 有抑制骨髓作用，应监测白细胞计数及中性粒细胞计数。

（2）护理。

①良好的环境，预防避免感染，必要时有保护性隔离措施。

②观察感染症状如体温增高、呼吸困难，监测白细胞计数，发现异常及时告知医生。

③监测血药浓度，作为调整药量的依据。留取血标本时间应相趋一致。

④查看口腔黏膜、皮肤、大便性状，观察有无溃疡及出血现象，至少每班 1 次。

⑤根据医嘱，用药前评估患者体重变化及液体负荷情况。

⑥观察患者有无震颤、癫痫等神经系统症状。

⑦保证足够的营养、液体入量，充足的睡眠，呕吐或腹泻的患者要给予足够的水分补充。精确测定体重及每日出入量。

⑧针对脱发或毛发增生的患者采取适当措施，保持良好个人形象。

⑨按医嘱留取血标本进行肝肾功能、凝血机制检查，发现异常及时告知医生。

⑩教会患者保健方法，如口腔洁齿、按摩牙龈、适量运动。

⑪指导给患者观察药物不良反应的方法，教会患者测量血压，教导患者需终身服药。

5. 排异反应的监测　心脏移植后能否长期存活，监测防治急性排异反应是关键。

（1）严密观察术后患者有无乏力、发热、充血性心力衰竭等症状。每日描记全套心电图并计算各导联 QRS 波电压代数和，如若下降 20%，UCG 左心室等容舒张时间减少 10%，伴心功能不全，则提示排异反应发生。

（2）心内膜心肌活检（endomyocardialbiopsy，EMB）对心脏排异反应诊断敏感且特异，是监测诊断排异反应的"金指标"。1990 年在 Stanford 大学医学中心召开国际心脏移植学会议上确定了心脏移植术后急性排异反应的组织学诊断标准，标准中"0"级心肌活检标本中无淋巴细胞浸润或心肌细胞损害，提示无急性排异反应。根据淋巴细胞浸润和心肌细胞的变性坏死程度，分为 Ⅰ～Ⅳ级，分别提示有不同程度的急性排异反应。在做 EMB 病理诊断时要求送检组织数目 4～6 块，每 7～9 天或每 2 周 1 次，后半年可延长每 3～4 周 1 次，以后可每年 1 次。

行 EMB 后应观察体温，每日 4 次，并严密观察有无心律失常、心室壁穿孔以及三尖瓣腱索断裂。

（3）电讯遥控心肌内心电监测法（IMEG）。免疫排异时的特征性病理变化会引起相关心肌组织电传导特性的变化，因此，早期有用体表心电图 QRS 波幅的变化来监测免疫排异反应，但 QRS 波幅的变化可能受各种复杂因素影响。

自1986年由德国柏林心脏中心为代表的研究中心开始对描记心肌内心电图在监测移植排异反应的作用进行了深入研究，术中时植入具有遥感功能的起搏器，通过心外膜表面植入的电极可以描记出心肌内心电图的情况。心肌内心电图与体表心电图相比较所受外界影响因素更少，信号更稳定，能够准确反映出局部心肌的电生理变化情况，同时在临床的应用逐渐受到重视，德国柏林心脏中心经多年来研究，并和其他检查配合，其正确性可达100％，其心肌活检数由以往的每年数千例减少到现在的数十例。

北京安贞医院自2004年行心脏移植术中，常规安装 Medromic 起搏器，体外遥感描记心肌心电图，并结合超声心动图检查，判断早期排异反应的发生，其敏感度100％，特异度50％～70％。通常术后2周内每日上、下午2次进行 IMEG 检测，记录阻抗和 R 波振幅，并进行床旁 UCG，如有排异倾向，立即进行 EMB 检查。

6. **心脏移植术后的冠状动脉疾病**　心脏移植术后的冠状动脉疾病可能与排异反应有关，发生率较高。因移植心脏是去神经的，无神经支配，患者常无心绞痛而主要表现为左心功能减退或心律失常，诊断依靠冠状动脉造影，其病变特点为弥漫性病变，较少应用 PCI 及 CABG，而行再次心脏移植，但其存活率极低。

术后宣教远期随访应告知患者重视控制血压、饮食、体重，定期监测血脂，以延缓移植术后冠状动脉疾病的发生。鼓励患者遵医嘱行冠状动脉造影，以明确诊断。

7. **心理护理**　接受心脏移植的患者术前病情危重、心理负担沉重，术后处于保护性隔离状态下，单一陌生环境，妥置各种线路管道。此外，还要经受排异反应与免疫抑制药物的不良反应。患者忧虑、孤独，甚至个人自我感消失，出现潜在依赖性，难以适应生活方式的改变。护士应做好心理护理，给予患者理解和情感支持。

（1）护士应与患者沟通：鼓励家属和医护人员与患者沟通，通过沟通建立良好的护患关系，为患者提供心脏移植方面知识和心脏移植后患者获长期存活的信息。

（2）营造有生活气息的个性化环境，减少不必要的刺激。保证患者常规护理的连贯性，使患者有一定的休息时间。

（3）鼓励家属和医务人员告知患者如何面对将遇到的问题，诸如排异、形体改变、感染。帮助患者从在 ICU 起就学会自我服药并记录，学会监测体温血压，学会如何观察感染症状。

（4）鼓励患者表达感受与爱好，通过短期强化教育使其改变知识缺乏。使患者对早期的排异反应有心理准备，消除疑虑。排除忧虑、依赖、孤独，恢复个人的自我感，适应新生活获长期存活。

（5）将有关免疫抑制药物的不良反应告之患者，如：情绪烦乱，脂肪重新分布（满月脸），体毛增生等。与患者及家属共同制定目标维持健康计划。

（刘淑媛）

第七节　休　克

教学目标

掌握休克的病理过程、分类以及护理。

一、定　义

休克是指由于外伤、失血、感染、过敏等多种因素导致的一种综合征。它是以急性组织灌注不良及微循环障碍为主要特征的一系列代谢障碍和细胞受阻的病理过程，相当一部分患者会出现多器官功能衰竭而危及生命。足够的血流灌注、有效的心排血量、周围血管功能的正常是维持正常血液循环的 3 个重要因素，任何一个环节发生异常，均可导致休克的发生。

二、休克的病因及分类

(一)休克的传统分类方法

1. 心源性休克　各种心脏病引起的休克统称为心源性休克，其基本机制是泵衰竭。由于某种原因造成心排血量下降，各组织器官不能得到很好的灌注，进而缺氧致微循环衰竭。常见的原因有：急性心肌梗死、重度主动脉瓣和肺动脉瓣病变、急性心肌炎、急性心脏压塞、重症心律失常等。

2. 低血容量性休克　大量的血液、体液丢失所造成的血容量骤然减少所引发的休克统称为低血容量性休克。其基本机制是有效循环血量丢失所致的组织灌注减少。常见的病因为失水及血液的丢失。如：呕吐、腹泻、糖尿病酸中毒、创伤、炎症、大面积烧伤及大量失血等。

3. 感染性休克　也称中毒性休克，由各种细菌、病毒或其他致病菌引起的休克被称为感染性休克，多见于革兰阴性杆菌感染、中毒性菌痢及流行性出血热等。其基本机制是细菌的内毒素释放入血后，破坏微循环致使循环血量减少，主要易感染的部位是血液、泌尿道及呼吸道。常见的病因有：败血症、腹膜炎等。

4. 过敏性休克　是人体对某些生物制品或药物及其他进入人体的致敏源发生的特异性抗原-抗体反应，使体内的肥大细胞及嗜碱性粒细胞分泌出大量的组胺作用于微血管，致微血管扩张后血管内液体转移至组织间隙，血容量相对不足，从而出现休克。常见的原因有：输血反应、昆虫咬伤、食物过敏、药物反应及血清制剂过敏。

5. 神经源性休克　此类休克是由于动脉张力的调节功能发生严重障碍致使的血管张力丧失、血管扩张、有效循环血量不足、回心血量减少所致的。

(二)按血流动力学的不同将休克分类

1. 低容量性休克　基本机制是：循环容量的丢失，有以下几种机制：血容量、水及电解质的丢失，以及过敏和内分泌功能紊乱引起的休克。

2. 心源性休克　基本机制是泵衰竭。常见原因是：急性心肌梗死、心力衰竭和重症心律失常。

3. 分布性休克 主要见于感染性休克,也称感染性休克。基本机制是:血管收缩/舒张功能异常。

4. 梗阻性休克 基本机制是血流的主要通路受阻。如心脏压塞、心包缩窄、重症的瓣膜狭窄、肺栓塞及主动脉夹层等。

三、病理生理改变

虽然导致休克的原因有所不同,但其病理生理改变基本是相同的。主要为有效循环血量的不足、外周血管阻力的增高及微循环的改变。见图 33-9。

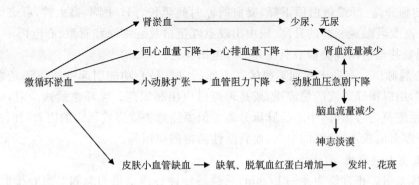

图 33-9 休克的发病机制及临床表现

在休克早期,由于心排血量的减少,毛细血管、小静脉扩张后所造成的血管床面积扩大,会导致血压下降,体内的代偿机制便会启动,以增加心排血量,维持动脉血压在正常的范围。此时,腹腔内脏和皮肤等器官的血液灌注减少,心和脑的血管却不收缩,以保持心、脑、肾重要脏器的血液灌注。所以,患者的血压往往会正常或稍高。

如果休克的因素不能或没有被及时有效地控制,将会进入失代偿期。组织器官的灌注及细胞的缺血缺氧将会进一步恶化,同时代谢紊乱会出现酸中毒。人体小动脉和小静脉对酸性的环境耐受性较强,血管在儿茶酚胺的作用下继续收缩。致使大量血液停滞在毛细血管,回心血量显著减少。同时,大量液体由血管进入组织间隙,血循环量进一步下降。患者出现尿量减少、心肌缺血、表情淡漠、血压进行性下降、皮肤湿冷、呼吸急促等。在此期间里,如果积极纠正原发病、增加心排血量及组织灌注休克可能被纠正。

如果组织灌注长时间不能被纠正,血液的黏稠度、无氧酵解产生的酸性物质也在增加,微循环的血流速度更加缓慢,红细胞和血小板易于聚集造成毛细血管的嵌塞而出现 DIC。同时可出现由于肾灌注的极度不良造成的急性肾小管坏死、由于缺血所致的胃肠道缺血、严重的血流动力学障碍及酸碱平衡代谢的紊乱,此时出现不可逆的状态。但目前从临床的标准来看,没有明确的定义休克达到何种状态属于不可逆的程度,均应积极抢救。

四、临床特征

(一)临床表现

1. 休克早期　神志清楚、血压正常或略高、烦躁、面色苍白、皮肤苍白及湿冷、主诉口渴、口唇甲床发绀、可有恶心呕吐、心率加快、尿量减少。

2. 休克中期　血压明显下降,收缩压在 80mmHg 以下甚至测不出、表情淡漠、反应迟钝、意识模糊、少尿甚至无尿、脉搏细数、重症时可出现呼吸急促甚至陷入昏迷状态。

3. 休克晚期　在此期,患者可出现神志不清、心率加快、皮肤黏膜和内脏出血、心脏的器质性损害。如仍不能逆转,便进入 DIC 期甚至进入多功能脏器衰竭期。

(二)实验室及辅助检查

1. 白细胞升高、纤维蛋白原下降、凝血酶原时间延长、pH 下降、高血钾、肝衰竭时可出现转氨酶的升高及乳酸脱氢酶的升高、尿中出现血红蛋白及红细胞和管型、心电图示 ST 段及 T 波低平和倒置甚至会出现类似心肌梗死的心电图变化。

2. 中心静脉压。有助于鉴别某些休克的原因,如:是心功能引起的休克还是血容量不足引起的休克,用以指导补液的量或质,或是否可以应用利尿药。循环血量减少时,中心静脉压下降;循环系统负荷过重时,中心静脉压升高。但要注意去除影响压力的因素,如:接通压力及体位改变时零点的校正,管路的通畅,血管活性药物的应用等。

3. 血流动力学监测

(1)心排血量。正常值为 4~6L/min,反映每分钟心搏出量的总和。当心排血量下降时,提示患者出现心功能不全或循环血量不足。在测量时,要注意推注冷水的速度及 2 次注水间隔的时间。

(2)心排血指数。正常值为 2.5~4.2L/(min·m²)。通过心排血量和体表面积得出,用于判断心功能的情况。

(3)肺动脉压。正常值为 15~25/8~15mmHg。它是由右心室产生的,但它反映的是肺血管的情况。

(4)肺动脉楔压。正常值为 6~12mmHg。反映左心房平均压。如果患者没二尖瓣和肺血管病变,此压力有助于了解左心室的功能。通过对此压力的监测可以帮助我们预防肺水肿的发生。测量楔压时,如果阻力过大或一点阻力没有且不能得出楔压值时,不可强硬测量,测量楔压的时间也不能过长以 2 次呼吸周期或 15s 为宜。

4. 动脉压。在休克的早期,患者的血压会正常或降低。随着病情的进展,血压会明显下降或根本测不到。此时,有创血压监测可以为我们提供较为可靠的血压数据。要根据患者的其他参数,全面地评估患者的情况。对于既往有高血压病史的患者,血压下降 30mmHg 或 20% 均可以认为是血压下降了。要注意观察穿刺部位是否有出血和肿胀及体位改变后对血压的影响。

5. 各种压力变化与容量的关系见表 33-5。

表 33-5 各种压力变化与容量的关系

中心静脉压	动脉血压	可能情况	治疗手段
下降	下降	有效循环血量不足	积极补液
下降	正常	有效循环血量略不足	据中心静脉压补充液体
高	下降	血容量过多而心功能下降	强心、利尿、限制补液
高	正常	周围静脉收缩肺循环阻力增高	

肺动脉楔压	动脉压	心排血量	可能情况	治疗手段
下降	下降	下降/正常	有效循环血量不足	积极补液
略高	下降	下降	左心射血功能减弱	据各压力决定是补液还是停止补液
升高	下降	下降		强心扩血管
升高	正常	正常	有效循环血量过高	加强利尿控制液体
正常	下降	正常	外周血管张力不足	使用升血压药

血流动力学的异常往往早于临床症状的出现,要加强对此方面的监测

五、休克的治疗

对低血容量性休克应积极补充液体,原则是:先快后慢、先盐后糖、见尿补钾;失血多时立即补血,如为外伤引起应积极止痛;对心源性休克的患者应强心、利尿、扩血管,必要时可应用主动脉球囊反搏;对感染性休克的患者应积极控制感染、解除脓毒血症;过敏性休克的患者要首先去除过敏原因;对中毒性休克的患者,除应积极去除中毒因素外,还应按病因使用解毒药;神经源性休克要解除刺激因素、镇静、嘱患者休息并积极纠正休克。

六、护 理

(一)一般护理

去枕平卧,下肢抬高 30°。如果患者为心功能不全合并休克时,可采用半卧位。尽量少搬动并为患者保暖。加强对患者生命体征的监测,休克的早期,患者的心率、呼吸均会增快,血压可正常或升高,如果出现脉搏细数、血压下降,往往提示患者病情加重。

(二)呼吸道的管理

吸氧并保持呼吸道通畅,尽量避免影响气道通畅的因素,如:喉头水肿、舌后坠、误吸。注意患者的呼吸率(律)及有无三凹征。必要时协助清除呼吸道分泌物。协助患者翻身、拍背并行超声雾化。可行血气监测,及时发现通气不足或通气过度的现象,随时准备辅助呼吸。

(三)神经系统的监测

要注意观察患者神志情况,如果患者出现了神志的改变,如:烦躁、淡漠、兴奋、恐惧、谵妄甚至昏迷时,往往提示脑组织的灌注不足。如果患者脑组织缺氧较前有所加重,患者则会由兴奋转为抑制状态。

(四)合理补充液体

根据患者休克的类型、各项指标的监测决定要补充的液体。大量失血所造成的休克,应立即输注大量的新鲜全血,维持血红蛋白在 10g 左右,尽量避免输注库存血可能带来的凝血障碍。可根据患者的情况考虑提高晶体渗透压和胶体渗透压,如:林格液、葡萄糖、生理盐水、血

浆和清蛋白。无论在补充何种液体时，均要根据患者血流动力学的监测随时调整液体的速度。

(五)维持静脉输液管路的通畅

除心脏原因引发的休克外，绝大部分患者需要快速补充液体。因此，应注意采用较粗的血管并使用留置针。若患者血管条件不好时应尽快选择中心静脉通路。

(六)对心脏功能的观察

应尽量避免由补液造成的心功能不全，特别是对心源性休克的患者。如果患者出现呼吸困难，特别是坐起后好转的呼吸困难、不能平卧、咳粉红色泡沫痰，听诊可闻及湿啰音，提示患者发生了急性肺水肿，应立即减慢输液的速度，只保留维持生命体征的药物，加强强心、利尿。

(七)每小时尿量的监测

休克患者的尿量是反映患者重要器官的灌注是否得到改善的指标。为患者留置导尿，若每小时尿量<20ml，说明肾灌注严重不足，会引起肾小管的坏死；如果每小时尿量可达30～50ml，则表示肾灌注良好。因此，要准确记录尿量。

(八)应用血管活性药物时应注意

1. 多巴胺、多巴酚丁胺等

(1)使用此类药物的目的是将血压维持在可以保证组织灌注的水平，而不是要达到正常的血压水平，血压过高反而会加重心脏的负担和减少组织的灌注，一般将收缩压维持在80mmHg左右。

(2)此类药物是通过收缩血管来使血压升高、改善心脏功能的。其收缩血管的作用，往往会使患者的血管出现炎性反应，或药液外渗后出现皮肤的坏死，剂量越大越易出现，但有时这种情况的出现与药物剂量的大小无固定关系。

(3)最好使用微量泵，因其可以精确地泵入药物。对大剂量使用此类药物的患者，最好使用双道微量泵，两部分同时接在三通上，以快速地更换药物，避免由于更换药液而造成血压的下降。

(4)在应用多巴酚丁胺之前要注意监测血流动力学，对心率快的患者不宜使用。较大剂量时，易引发心律失常。

(5)在大剂量使用了血管收缩药物后，患者的血压被升高的同时，肾的血管也被强烈地收缩了，患者会出现尿少甚至无尿。

2. 硝普钠　硝普钠是一种快速且非常有效的动脉和静脉扩张药，它可以有效地降低心脏的前后负荷、减轻肺水肿、减少心肌耗氧，比较全面地改善心功能不全的血流动力学。常用于急性左侧心力衰竭合并心源性休克的患者。大剂量连续使用72h以上，要检测血硫氢酸盐浓度并注意对肾功能的监测。

3. 硝酸甘油　它主要作用于冠状动脉，用于由于冠状动脉病变引起的心源性休克的患者。

(九)对电解质及酸碱平衡的监测

1. 由于血管收缩，有氧代谢的过程改变成无氧酵解的过程。无氧酵解的结果使体内产生了大量的乳酸，致使患者出现代谢性酸中毒。在补充碱性药物时，要掌握好速度。

2. 休克的患者最易出现的是高血钾和低血钾，主要与患者出汗、进食受限及利尿药的使用有关。在补钾时不仅要计算浓度，还应计算单位时间内补充钾的克数。高浓度补钾时，一定要注意不可在此通路上静脉注射任何药物。还应据钠、氯的结果酌情补充。

（十）循环系统的护理

1. **持续心电监测**　休克的患者由于集缺氧、电解质、酸碱平衡紊乱等综合问题于一身，所以非常易出现心律失常，应加强心电监测。

2. **对患者皮肤、四肢、体温的管理**　休克时，患者四肢的皮肤会湿冷、苍白，重症者会出现花斑。在保暖时，不可使用暖水袋或保温毯，避免外周血管扩张后重要脏器的血流受到影响，可采用棉被和提高室温的方法。如果患者有高热，应采用物理降温的方法，减少机体的耗氧，但要防止发生冻伤。如果患者皮肤、四肢的温度有所上升，则提示患者周围血管的灌注有所改善。定时翻身以预防压疮，由于患者的心血管系统处于不稳定的状态，翻身时注意血压的变化，如果翻身后患者的血压急剧下降，应停止翻身观察血压。

3. **入量记录要准确**　补液是治疗休克重要的手段之一，补液后血流动力学的改变会给医生提供下一步治疗的依据，要精确地记录患者的入量。

（十一）对消化系统的观察

除原发病为消化道出血外，休克患者还可以因缺氧、急性胃黏膜损害而出现上消化道出血，表现为呕血、黑粪或两者兼而有之。尽量不要给患者喂颜色深的食物，进食前先察看患者胃液的颜色。胃液及大便颜色有问题时，应及时送检。

（十二）预防院内交叉感染

1. 在操作之前必须洗手并进行严格的消毒，还应注意无菌技术操作。

2. 输液管路定时更换，穿刺部位每天更换敷料，采血后管路内不能有残留血液。如果建立了人工气道，吸痰时注意无菌操作，并注意痰的颜色、量及变化。

3. 如果患者长期大剂量使用了多种抗生素，加之患者抵抗力低下，易出现二重感染。要注意患者口腔黏膜的情况，可据患者口腔的 pH 监测决定口腔护理液的选择。

4. 房间内每日通风，保持空气的新鲜。

5. 减少家属探视及人员的流动。

（十三）营养支持

采用肠内肠外营养保证患者每日蛋白、脂肪及糖类的摄入。胃肠道营养时，要采用循序渐进的方法，尽量不要进食易引起腹泻的食物。避免造成电解质的紊乱，或由于腹泻引起的皮肤受损。

（郝云霞）

第34章 呼吸系统疾病重症监护

第一节 呼 吸 衰 竭

一、概　　述

呼吸衰竭(respiratory failure)是指各种原因引起的肺通气和(或)换气功能障碍,以致在静息状态下亦不能维持足够的气体交换,导致低氧血症伴(或不伴)高碳酸血症,进而引起一系列病理生理改变和相应临床表现的综合征。其临床表现缺乏特异性,明确诊断有赖于动脉血气分析:在海平面、静息状态,呼吸空气条件下,动脉血氧分压(PaO_2)<60mmHg,伴或不伴二氧化碳分压($PaCO_2$)>50mmHg,并排除心内解剖分流和原发于心排血量降低等致低氧因素,可诊为呼吸衰竭。

二、病　　因

1. 气道病变　喉头水肿,支气管痉挛等引起呼吸功增加,通气不足和气体分布不均。
2. 肺泡病变　肺炎,重度肺结核,引起肺容量,通气量有效面积减少发生缺氧。
3. 肺血管病变　肺栓塞,肺血管炎使肺换气功能损害,导致缺氧。
4. 胸廓病变　外伤,创伤,气胸或胸腔积液导致通气减少及吸入气体不均。
5. 神经肌肉病变　脑炎,脑外伤,电击等。
6. 其他　各种原因的肌力降低或肌萎缩等引起通气不足。

三、分　　类

1. 根据血气的变化,将呼吸衰竭分为低氧血症型(Ⅰ型)和高碳酸血症型(Ⅱ型)　前者仅有 PaO_2 下降,$PaCO_2$ 降低或正常,后者为 $PaCO_2$ 升高,同时有 PaO_2 下降。
2. 根据呼吸衰竭发生的缓急,分为急性和慢性　前者原来肺功能正常,因突发的病因引起呼吸衰竭,如不及时抢救,将危及生命。慢性呼吸衰竭则在慢性疾病(主要指慢性呼吸系统疾病)基础上发生的呼吸衰竭,在反复急性发作中逐渐加重。

四、临 床 表 现

1. 呼吸困难(dyspnea)是呼吸衰竭最早出现的症状　可表现为呼吸频率、节律和幅度的改变。较早表现为呼吸频率增快,病情加重时出现呼吸困难,辅助呼吸肌活动加强,如三凹征。中枢性疾病或中枢神经抑制性药物所致的呼吸衰竭,表现为呼吸节律改变,如陈-施呼吸、比奥呼吸等。慢性阻塞性肺疾病所致的呼吸衰竭,病情较轻时表现为呼吸费力伴呼气延长,严重时发展成浅快呼吸,若并发 CO_2 滞留,$PaCO_2$ 升高过快或显著升高发生 CO_2 麻醉时,患者可由呼吸过速转为浅慢呼吸或潮式呼吸。

2. 发绀是缺氧的典型表现　当动脉血氧饱和度<90%时,可在口唇、指甲出现发绀;另应注意,因发绀的程度与还原血红蛋白含量相关,所以红细胞增多者发绀更明显,贫血者则发绀不明显或不出现。

3. 精神神经症状　急性呼吸衰竭可迅速出现精神错乱、躁狂、昏迷、抽搐等症状;慢性呼吸衰竭伴 CO_2 潴留时,随 $PaCO_2$ 升高可表现为先兴奋后抑制现象。兴奋症状包括失眠、烦躁、躁动、夜间失眠而白天嗜睡(昼夜颠倒现象)。但此时切忌用镇静或催眠药,以免加重 CO_2 潴留,发生肺性脑病。肺性脑病表现为神志淡漠、肌肉震颤或扑翼样震颤、间歇抽搐、昏睡,甚至昏迷等,亦可出现腱反射减弱或消失,锥体束征阳性等。

4. 循环系统表现　早期血压升高、脉压增加、心动过速,严重低氧血症、酸中毒可引起心肌损害,亦可引起周围循环衰竭、血压下降、心律失常、心搏停止。CO_2 潴留使外周体表静脉充盈、皮肤充血、温暖多汗、血压升高、心排血量增多而致脉搏洪大;因脑血管扩张产生搏动性头痛。

5. 其他　可有谷丙转氨酶升高、蛋白尿、红细胞尿、尿素氮升高,上消化道出血等症状,若治疗及时,随缺氧、CO_2 潴留的改善,上述症状可消失。

五、治　疗

呼吸衰竭总的治疗原则是在保持呼吸道通畅的条件下,纠正缺氧、CO_2 潴留和酸碱失衡所致的代谢功能紊乱。

(一)保持呼吸道通畅是最基本、最重要的治疗措施

1. 若患者昏迷应使其气道处于开放状态。

2. 清除气道内分泌物和异物。

(1)保持呼吸道湿化。

(2)根据病情进行翻身、拍背等。

(3)如分泌物严重阻塞气道时,应立即进行机械吸引。

3. 必要时建立人工气道。

4. 缓解支气管痉挛,使用支气管扩张药物,必要时应用肾上腺皮质激素。

(二)氧疗

氧疗是改善低氧血症的主要手段,氧疗的效应是通过提高肺泡氧分压,增加氧弥散能力,提高 PaO_2,改善低氧血症导致的组织缺氧。一般将 PaO_2 <60mmHg 定为氧疗的指征,PaO_2 <55mmHg 为必须氧疗的指标。

(三)增加通气量、改善 CO_2 潴留

1. 机械通气　根据病情选用无创机械通气或有创机械通气。

2. 呼吸兴奋药　使用原则:在不能进行机械通气的情况下,可尝试应用呼吸兴奋药,但必须保持气道通畅,尽可能降低呼吸负荷、改善缺氧;同时应警惕增加氧耗的风险。

(四)积极治疗原发病或诱因

引起呼吸衰竭的原发疾病多种多样,呼吸道感染是呼吸衰竭最常见的诱因。在解决呼吸衰竭本身所造成危害的前提下,针对不同病因采取适当的治疗措施并控制感染,是治疗呼吸衰竭的根本所在。

(五)一般支持疗法

对酸碱失衡失调和电解质紊乱、肺性脑病、消化道出血等并发症,应及时加以纠正。

六、监护要点

(一)观察病情变化

观察患者的呼吸频率、节律和深度,呼吸困难的程度;密切监测生命体征,尤其是血压、心率和心律失常情况;监测动脉血气分析;密切监测患者的意识状况,观察有无肺性脑病的表现。

(二)保持呼吸道通畅

教会患者其有效的咳嗽、咳痰方法,鼓励患者咳痰。患者痰液黏稠不易咳出时,加强翻身、拍背排痰,嘱其适量饮水。对意识不清及咳痰无力的患者,可使用吸痰管经口或经鼻吸痰。加强口腔护理,减少口腔病菌感染。

(三)机械通气患者的护理

1. 密切观察病情变化,做好床旁监护,定期复查动脉血气分析。

2. 保持呼吸道的通畅,加强气道管理。

3. 观察人机配合情况,呼吸机使用时均设呼吸机参数及其报警范围,护士必须了解预设参数,应指导患者行深慢而有节律的呼吸,以触发呼吸机送气。

4. 心理护理,减轻患者紧张等不良情绪,提高依从性,使治疗过程顺利完成。

5. 预防和控制感染,做好院内感染的防控措施,避免医院获得性感染的发生。

(张 静 孙 兵)

第二节 呼吸机相关性肺炎

教 学 目 标

1. 了解呼吸机相关性肺炎(VAP)的基本概念。

2. 了解VAP的临床表现及治疗。

3. 熟悉VAP的发病原因与诱因。

4. 掌握预防VAP发生的监护要点。

一、概　述

呼吸机相关性肺炎(ventilator-associatedpneumonia,VAP)是指开始建立人工气道机械通气48h后出现的肺实质感染。属于院内获得性肺炎(nosocomialpneumonia,NP)的一个特殊类型,是机械通气过程中常见的严重并发症之一,可由此导致败血症、多器官功能衰竭。根据

VAP 发生时间的早晚,可将 VAP 划分为 2 类,即早发 VAP 和晚发 VAP。前者是指气管插管或切开行机械通气 48～96h 内发生的肺炎;后者指气管插管或切开行机械通气＞96h 后发生的肺炎。

VAP 具有高发病率、高病死率、高医疗资源浪费的特点。其发病率根据诊断标准、患者群体等的不同可达 9％～70％,且随着机械通气时间延长,VAP 的累积发病率显著增加。患者一旦发生 VAP,则容易造成脱机困难,从而延长住院时间,增加住院费用,严重者甚至威胁生命,导致死亡。VAP 的粗病死率为 24％～76％,远远高于皮肤感染、泌尿系统感染的病死率(1％～4％)。ICU 中的患者若合并 VAP 将使其粗病死率升高至原来的 2～10 倍。

二、病　因

导致 VAP 的致病菌和若干因素有关,包括患者的基础疾病、住院/ICU 时间长短、先前所使用的抗菌药物及所应用的诊断方法等。

(一)VAP 的病原学

革兰阴性杆菌(Gram-negativebacilli,GNB)是导致 VAP 最主要的致病菌,60％以上的VAP 由需氧 GNB 引起。常见的 GNB 依次为:铜绿假单胞菌、不动杆菌、变形杆菌、大肠埃希菌、克雷伯杆菌、流感嗜血杆菌等。

目前,厌氧菌感染在 VAP 发病中的地位并不明确。一般情况下厌氧菌在老年人、意识障碍、气道反射功能减退的患者中比较常见。其他病原微生物如军团菌、真菌、肺孢子菌、病毒等是 VAP 的少见病原体。虽然从机械通气患者的下气道标本中很容易培养出念珠菌,但其临床意义微乎其微。诊断的金标准是肺活检标本中分离到真菌菌体或菌丝。

(二)VAP 常见外源性感染因素

1. 人工气道的建立　人工气道的建立使气管直接向外界开放,失去了正常情况上呼吸道对病原菌的过滤和非特异性免疫保护作用;同时,人工气道本身即可破坏人体自身的免疫防御机制,造成插管部位局部损伤和炎症,增加致病菌定植和误吸。气管插管的气囊周围被微生物、生物被膜或蛋白多糖包裹,其中的病原菌很难被抗菌药物彻底杀灭,成为潜在的 VAP 致病菌。还应指出短期内重复气管插管将使发生 VAP 的危险增加 2 倍。另外,经鼻气管插管较经口气管插管更易导致鼻窦炎,而经口气管插管又不易实施口腔护理,增加了 VAP 的发生率。对于估计短期不能拔除经口/经鼻气管插管者,早期气管切开可能降低 VAP 的发生,改善预后。

2. 呼吸机管路污染　呼吸机设备本身可以成为 VAP 细菌感染源之一。加拿大危重病学会和加拿大危重病临床试验组联合制定的最新指南认为:污染的呼吸机及其附件是引起 VAP的细菌的主要来源。机械通气数小时后呼吸机管路系统就被污染,管路采样标本培养有细菌生长。同时,应指出呼吸机管路中积聚的冷凝水是重要的污染源。其他相关的医疗器具,如气管插管,其材料易于黏附细菌,并被一层生物膜覆盖,难以清除或被抗生素杀灭;另外,供氧湿化瓶中的水、雾化器、复苏囊、吸痰器等都可能成为感染源。

3. 抗菌药物的应用　抗菌治疗对 VAP 的影响是双方面的。机械通气早期预防性应用抗生素可降低早发 VAP 的发病率。但持续应用抗菌药物尤其是广谱抗菌药物会使机体的抵抗力下降,导致机体防御屏障人为的破坏而引起感染,可诱导耐药菌株的出现和繁殖,增加发生难治性 VAP 的危险性。

4. 手术 术后患者是 VAP 的高危人群,占 ICU 内 VAP 的 1/3。其中又以心胸外科和头部创伤的术后患者为主。吸烟、营养状况差、手术时间长等因素将增加术后患者合并 VAP 的危险。

(三)VAP 常见内源性感染因素

1. 口咽部细菌定植 大量口咽部定植菌误吸是 VAP 的最重要机制和途径,而口咽部致病菌源于自身菌群。临床上为预防机械通气患者应激性溃疡时常应用制酸药,这是造成致病菌在胃内过度生长的主要原因。

2. 胃内容物反流和吸入 是 VAP 胃肺感染途径的发生主要机制。与食管括约肌功能缺失、危重患者卧位不当及胃容量和压力升高有关。

(1)食管括约肌功能缺失:食管括约肌功能缺失诱因是插管本身可抑制吞咽活动,削弱食管对反流胃内容物的清除功能;气管导管气囊压迫食管上段括约肌也影响吞咽及防止反流的功能;胃内细菌可延胃管壁逆行上移至咽,再进入下呼吸道;大量使用镇静肌松药也容易导致胃内容物反流和吸入。

(2)危重患者卧位不当:水平仰卧位且长时间保持此卧位是胃食管反流后吸入的高危因素,与平卧位相比,胃-食管反流在半卧位时较少发生,故机械通气患者将床头抬高在一定程度上防止了胃内定植菌的误吸,是降低 VAP 发病率的重要预防措施,而且美国疾病控制中心(CDC)规定,为了预防 VAP 将患者床头抬高 $30°\sim45°$,ICU 护士对无半坐卧位禁忌证的机械通气患者应尽量采取半坐卧位。

(3)胃容量和压力升高:多项研究表明经鼻胃管是 VAP 的独立危险因素之一,因为经胃行肠内营养必然增加胃液分泌,增加胃排空时间,而胃容量和压力升高可以增加胃液反流和误吸的危险,利于胃腔细菌逆向在口咽部定植。因此,建议采取少量匀速泵入的营养液输注方式,并监测胃潴留量。采用通过幽门的导管饲入营养素,但能否达到防止胃食管反流和吸入性肺炎目前尚存争议。

3. 肺防御功能缺失 肺有一套复杂的防御系统。肺的防御分为特异性和非特异性防御,其中非特异性防御是与生俱来的,故又称先天性防御。主要由气道的机械屏障、免疫分子和肺泡中的吞噬细胞(包括肺泡巨噬细胞和 PMNs)构成。其黏液纤毛清除系统是非常重要的器官,具有重要的清除功能与机械屏障保护功能,其功能的健全取决于系统结构的完整性。

4. 机体免疫力下降 VAP 患者的 SIgA 普遍下降,尤其是年龄≥60 岁、慢性消耗性疾病、营养状况差的患者,合并肺部感染的机会明显增加。特别是机械通气患者处于应激状态,能量消耗显著增加,高代谢、高分解、负氮平衡,加上呼吸道分泌物中氮的丢失和蛋白补充不足而出现的营养不良,机体的细胞免疫和体液免疫受损,从而增加感染的机会。

5. 低镁血症和外周血白细胞的增生 是 VAP 发生的又一危险因素。血镁低和外周白细胞增生可通过一系列反应,最终导致肺组织和免疫防御功能损伤,有利于细菌的黏附和定植,增加 VAP 发生的风险。

6. 其他 研究还发现,纤维蛋白原的增加可以产生一系列病理生理反应,导致肺水肿、肺微血栓形成、肺缺血、肺淤血等,均易致细菌感染。而感染的发生又进一步减弱纤溶功能,导致纤维蛋白更稳定沉积,形成一种恶性循环。

三、临床表现

1. **症状** 常见的症状包括发热和脓性的呼吸道分泌物。但是,在创伤和术后的患者,需注意鉴别发热可能是非感染性的。

2. **体征** 主要为听诊音的变化。表现为病变部位新出现或程度加重的湿性啰音;若为肺实变可听到管状呼吸音及局部语音传导增强。

3. **胸部 X 线检查** 胸部 X 线片对于 VAP 的诊断是必需的。如果在胸部 X 线片上出现了新的肺部浸润影,并排除了肺水肿、肺不张等其他疾病,结合其他临床表现,应该考虑 VAP,必要时可行胸部 CT 检查。

4. **其他实验室检查**

(1)外周血象:多数表现为白细胞计数增高,中性粒细胞比例增高。若白细胞计数不高,往往提示预后不良。

(2)病原学检查。

①血培养:尽管 VAP 患者中仅 10% 会发生菌血症,仍推荐凡怀疑 VAP 者均应留取至少 2 次血培养。如果血培养阳性并排除了其他部位的感染,将有助于确定 VAP 的致病菌。

②气管内吸引:最简单易行的方法是通过气管插管或气管切开套管内吸痰,收集痰液、获取标本,然后进行细菌培养。吸引物如果仅做普通细菌培养,则敏感性和特异性均较差。因为标本往往受到口咽部和上气道定植菌的污染,容易出现假阳性。普通细菌培养如为阴性结果有助于排除 VAP。气管内吸引物若进行定量细菌培养则有助于区别感染(高菌落计数)和污染(低菌落计数)。

③盲法保护性标本刷(blind PSB)和盲法支气管肺泡灌洗(blind BAL):发展这些方法是以无创的手段获取远端气道和肺部的分泌物,减少口咽部定植菌对标本的污染,提高诊断 VAP 的敏感性和特异性。

④支气管肺泡灌洗(BAL)、保护性支气管肺泡灌洗(PBAL)和保护性标本刷(PSB):这 3 种方法都是通过纤维支气管镜进行的。操作者可在直视条件下、根据胸部 X 线片所显示的病变部位直接取样,故可提高诊断的准确性。

四、治 疗

1. **呼吸机相关性肺炎诊断标准** 按中华医学会呼吸病学会 1999 年医院内获得性肺炎诊断标准:机械通气 48h 以上,且胸部 X 线片出现新的或进展性浸润性病灶,同时至少具备以下表现中 2 项:

(1)发热,体温>38℃或较基础体温升高 1℃以上。

(2)外周血白细胞≥$10×10^9$/L 或<$4.0×10^9$/L;伴或不伴核左移。

(3)出现脓性分泌物或较前增多。

(4)气管内吸引物培养阳性。

该标准的敏感性为 69%,特异性为 75%。

2. **VAP 的经验性治疗** 在获得细菌培养和药敏试验结果以前,应尽早开始经验治疗 VAP。早发 VAP 用单一抗菌药物治疗即可取得良好效果。而晚发 VAP 的病原菌中,铜绿假单胞菌和不动杆菌占很高比例,而且混合感染很常见,所以晚发 VAP 的一线治疗主张联合用药。

3. VAP 的降阶梯治疗方案（De-escalationtherapy）　有学者主张起始即应用足够广谱的抗菌治疗，以覆盖所有可能的致病菌；而抗菌药物的降级调整以若干天后的细菌培养、药敏结果及临床转归为依据，这种抗菌治疗策略被称为"降阶梯治疗"。

"降阶梯治疗"理论立足于在短暂的治疗窗内迅速彻底地杀灭高危致病菌，防止诱导耐药，缩短病程、促进临床康复。这种起始治疗的适应证是具有下列危险因素的高危 VAP 患者：晚发 VAP、病情严重、ICU 住院时间长、发生肺炎以前应用过广谱抗菌药物等。

五、监护要点

1. 加强职工教育和感染检测　加强对医护人员的 VAP 相关知识、技能培训是预防 VAP 的关键。同时应加强细菌学监测。

2. 阻断病原菌传播　所有要灭菌或消毒的呼吸治疗相关设施均需先彻底清洁；凡直接或间接接触呼吸道黏膜的物品均需灭菌或高水平消毒，并防止再污染。

3. 洗手与戴手套　凡接触黏膜、呼吸道分泌物及其污染物品后，接触人工气道和正在使呼吸治疗设施前后均应洗手；紧急或洗手设备使用不便时可用快速手消剂洗手；处理呼吸道分泌物或其污染的物品时应戴手套。

4. 改善宿主易感性　预防应激性溃疡倡导使用硫糖铝，而避免使用 H_2 受体阻滞药和抗酸药；避免使用可抑制呼吸中枢的镇静药、止咳药，对昏迷患者要定期吸引口腔分泌物；如无禁忌证，患者应取 $30°\sim45°$ 的半卧位减少胃液反流和吸入危险性；加强肠内营养的管理，以免反流；避免呼吸道局部使用抗生素；加强声门下分泌物引流，气囊放气或拔管前应吸引和确认气囊上方分泌物已被清除。

5. 其他　严格控制 ICU 人员数量，保持空气流通或应用空气净化装置；气管切开、更换气管套管等操作应严格无菌操作；动态监测医院内或 ICU 内小环境的病原分布、细菌流行病学和药敏资料，从而指导准确地应用抗菌药物。

（孙　兵）

第三节　急性肺损伤与急性呼吸窘迫综合征

教学目标

1. 熟悉急性肺损伤与急性呼吸窘迫综合征的概念。
2. 熟悉心源性肺水肿与 ALI/ARDS 的鉴别要点。
3. 掌握急性呼吸窘迫综合征的诊断。
4. 掌握急性呼吸窘迫综合征的监护护理要点。

一、概　述

急性肺损伤与急性呼吸窘迫综合征（acute lunginjury/acute respiratory distress syndrome，ALI/ARDS）是由多种原因所致的一种急性临床综合征，主要病理特征为由于肺微血管通透性增高而导致的富含蛋白质的肺水肿及透明膜形成,可伴有肺间质纤维化。病理生理改变以肺顺应性降低,肺内分流增加及通气血流比例失调为主。临床表现为不易缓解的急性进行性缺氧性呼吸衰竭,胸部 X 线片可见肺部浸润征象。

目前普遍采用的 ALI/ARDS 的诊断标准是 1992 年由欧美共识会议修订的标准,即同时符合以下 4 点可诊断为 ALI:①急性起病;②氧合指数(PaO_2/FiO_2)≤300mmHg(不论 PEEP 的大小);③正位 X 线胸片示双侧肺部浸润影;④肺动脉楔压(PAWP)≤18mmHg 或临床上无左心房高压的证据。诊断 ARDS 的标准除 PaO_2/FiO_2≤200mmHg 外,其他同 ALI 标准。

二、病 因

引起 ALI/ARDS 的致病因素很多,可分为肺内(直接)因素和肺外(间接)因素。肺内因素包括弥漫性肺部感染、误吸、溺水、吸入有毒气体、肺钝挫伤等;肺外因素包括感染中毒症、休克、严重的非胸部创伤、紧急复苏时大量输血、输液、体外循环术、DIC、氧中毒、胰腺炎、尿毒症、糖尿病酸中毒等。此外,一些药物,如阿片类镇痛药、三环类抗抑郁药和部分抗癌药等也可引起 ALI/ARDS。

三、临 床 表 现

大多数患者起病急剧,进展快,多数在原发病 2～3d 内发生。除原发病的表现外,典型 ARDS 表现为呼吸困难、窘迫,以一般氧疗方法难以纠正。早期体格检查可无明显异常,较多见呼吸频数、唇指发绀、心率增加,肺部听诊可闻及干啰音或哮鸣音,后期出现湿啰音并呈肺实变体征,往往以双下肺为著。

四、治 疗

目前尚无治疗 ALI/ARDS 的特异方法,只能根据其病理生理改变和临床表现进行针对性或支持治疗。

(一)原发病的治疗

是治疗 ALI/ARDS 首要原则和基础,应积极寻找原发病灶并予以彻底治疗。感染是导致 ARDS 的常见原因,也是 ALI/ARDS 的首位高危因素;而 ALI/ARDS 又易并发感染,所以对于所有的患者都应怀疑感染的可能,除非有明确的其他导致 ALI/ARDS 的原因存在。治疗上宜选择广谱抗生素。

(二)机械通气

机械通气是 ALI/ARDS 治疗的最为有效的方法之一,ALI 阶段的患者可试用无创正压通气,无效或病情加重时尽快气管插管或切开行有创机械通气。机械通气可减少肺不张和肺内分流,减轻肺水肿,同时保证高浓度吸氧和减少呼吸功耗,以达到改善换气和组织氧合的目的。其治疗 ALI/ARDS 的关键在于:复张萎陷的肺泡并使其维持在开放状态,以增加肺容积和改善氧合,同时避免肺泡随呼吸周期反复开闭所造成的损伤。

目前 ALI/ARDS 的机械通气推荐采用肺保护性通气策略和肺开放通气策略。肺保护性通气策略的概念主要包括以下 2 点:①严格限制潮气量和气道压,减少肺容积伤和压力伤的发生。②使用一定水平的呼吸末正压(PEEP),减少肺萎陷伤的发生。肺开放通气策略主要是采用肺泡复张手法(recruitmentmaneuver,RM)在机械通气过程中,间断地给予高于常规平均气道压的压力并维持一定的时间(30s 至 2min),一方面可使更多的萎陷肺泡重新复张,另一方面还可以防止吸收性肺不张。

(三)液体管理

保持循环系统较低的前负荷可减少肺水的含量,可以缩短上机时间和降低病死率。ARDS 液体管理的目标是,在最低水平(5～8mmHg)的 PAWP 下维持足够的心排血量及氧运输量。在早期可给予高渗晶体液,一般不推荐使用胶体液,可通过输血保持血细胞比容在40%～50%,同时限制入量,辅以利尿药,使出入量保持一定水平的负平衡。有条件可监测PAWP,在不明显影响心排血量和血压的情况下尽量降低 PAWP。若限液后血压偏低,可使用多巴胺和多巴酚丁胺等血管活性药物。

(四)氧运输量

呼吸、循环和血液系统的功能状态共同决定氧运输量的大小。应通过合理的液体疗法、氧疗、机械通气、使用血管活性药物使氧运输量达最佳水平,而不应只着眼于某一个脏器的功能状态。目前尚无充分证据表明使氧运输量达到一个超常水平(supernormallevel)能降低ARDS 的病死率。

(五)肺外脏器功能的支持和营养支持

近年来,呼吸支持技术的进步可使多数 ARDS 患者不再死于低氧血症,而主要死于MODS。ARDS 可使肺外脏器功能受损,而肺外脏器功能受损又能反过来加重 ARDS。因此,加强液体管理、尽早开始肠内营养、注意循环功能、肾功能和肝功能的支持对于防止 MODS 的发生有重要意义。

(六)其他治疗

糖皮质激素在中晚期应用可能对防止肺纤维化有一定作用。对于脂肪栓塞综合征和肺孢子菌肺炎有预防或治疗作用。其他抗炎制剂(如抗内毒素抗体、IL-1 受体抗体、PAF 受体拮抗药、抗 TNF 抗体等)、肺表面活性物质、吸入一氧化氮(iNO)等,均需进一步的研究。随着外科技术和抗凝手段的改善,在一些技术先进的医疗中心,体外膜肺氧合(extracorporeal membraneoxygenation,ECMO)和体外 CO_2 排除技术(extracorporeal CO_2 removal,$ECCO_2R$)已用于ALI/ARDS 中顽固性低氧血症患者的支持治疗。然而 ECMO 和 $ECCO_2R$ 支持费用昂贵,且有较多的并发症,主张在有丰富经验的医疗中心应用。

五、监 护 要 点

(一)观察病情变化

密切监测生命体征,尤其是监测呼吸频率、节律、深度的变化,当安静平卧时呼吸频率>25/min,常提示有呼吸功能不全,是 ALI 先兆期的表现。准确记录每小时出入量,合理安排输液速度,避免入量过多加重肺水肿。肠内营养时应注意观察有无胃内潴留,对有消化道出血的患者可进行肠外营养,注意监测血糖变化。

(二)机械通气的护理

1. 选择合适的机械通气模式　在机械通气时应适时调节压力水平。尽可能使 ARDS 患者保留一定程度的自主呼吸,与控制通气相比,这样能显著改善肺重力依赖区的通气,避免肺不张的发生;改善肺通气血流比;减少正压通气对血流动力学的影响;减少镇静肌松药的使用;并在一定程度上影响机械通气和住 ICU 时间。

2. **合理调节通气参数**　呼气末正压(PEEP)和潮气量(VT)的调节在 ARDS 的机械通气中占有最为重要的地位,是实施肺保护性通气策略的最主要参数。目前在临床和试验中 PEEP 设置的方法很多,无统一标准,常见方法有:①FiO_2-PEEP 递增法;②低位拐点法;③根据 ARDS 病因选择。潮气量的调节:在 ARDS 患者中应强调低潮气量通气,避免肺泡过度扩张,即潮气量可常规设为 6～8ml/kg,或在调节 PEEP 后在调节 VT 使平台压不超过 30～35cmH$_2$O。

3. **密切监测**　机械通气期间要严密监测呼吸机工作状况,根据患者病情变化及时判断和排除故障,保证有效通气。严格限制潮气量和气道压,密切注意患者自主呼吸频率、节律是否与呼吸机同步;观察实际吸入气量,有效潮气量,同时观察漏气量、吸气压力水平等指标。密切监测氧合指标及呼吸窘迫改善情况。密切观察有无呼吸机相关性肺损伤的发生。

4. **严格掌握吸痰时机**　评估吸痰指征,按需吸痰。在进行肺复张前,应先给予患者吸痰;肺复张后,为避免开放的肺泡塌陷,应尽量间隔一段时间再进行吸痰。另外,PEEP 对维持肺泡的开放状态具有重要意义,吸痰时最好不要断开呼吸机,应尽量采用密闭式吸痰。

(三)心理护理

由于患者健康状况的发生改变,不适应环境。患者易出现紧张不安、忧郁、悲痛、易激动,治疗不合作。在护理患者应注意:同情、理解患者的感受,和患者一起分析其焦虑产生的原因及表现,并对其焦虑程度做出评价;当护理患者时保持冷静和耐心,表现出自信和镇静,耐心向患者解释病情,对患者提出的问题要给予明确、有效和积极的信息,消除心理紧张和顾虑;如果患者由于呼吸困难或人工通气不能讲话,可应用图片、文字、手势等多种方式与患者交流;限制患者与其他具有焦虑情绪的患者及亲友接触。

(王　辰　詹庆元)

第四节　急性肺血栓栓塞症

教 学 目 标

1. 了解肺血栓栓塞症的基本概念。
2. 熟悉肺血栓栓塞症的发病原因与诱因。
3. 掌握肺血栓栓塞症的临床表现。
4. 了解肺血栓栓塞症的治疗要点。
5. 掌握肺血栓栓塞症的监护要点。

一、概　　述

肺栓塞(pulmonary embolism,PE)是以各种栓子阻塞肺动脉系统为其发病原因的一组疾病或临床综合征的总称,包括肺血栓栓塞症(pulmonarythromboembolism,PTE),脂肪栓塞综合征,羊水栓塞,空气栓塞等。而 PTE 为来自静脉系统或右心的血栓阻塞肺动脉或其分支所致疾病,以肺循环和呼吸功能障碍为其主要临床和病理生理特征。PTE 是肺栓塞的最常见类型,占 PTE 中的绝大多数。在欧美国家 PTE 的发病率很高,而国内关于 PTE 发病率的流行病学资料尚不完备,但近年 PTE 的发病有明显增多的趋势,成为临床上一个值得重视的问题。

为便于临床上对不同程度的 PTE 采取相应的治疗,将 PTE 作以下临床诊断分型:高危(大面积,massive)PTE:临床上以休克和低血压为主要表现。中危(次大面积,submassive)PTE:血流动力学稳定,但存在右心功能不全和(或)心肌损伤的 PTE。低危(非大面积,non-massive)PTE:血流动力学稳定,且不存在右心功能不全和心肌损伤的 PTE。

需要指出的是 PTE 的临床分型对于临床治疗策略的选择有重要的指导意义,因此要对患者的临床情况和影像学资料进行综合分析作出准确的评价。

二、病　因

PTE 常常是静脉系统的血栓堵塞肺动脉及其分支所引起的疾病,栓子通常来源于下肢的深静脉。静脉血栓形成的原因可能与血流淤滞、血液高凝状态和静脉内皮损伤等因素有关。易感因素见表 34-1。

表 34-1　PTE 的易感因素

临床常见情况	其他临床情况
外科手术	低心搏血量状态
患者年龄>40 岁	肥胖
下肢矫形手术	真性红细胞增多症
泌尿科手术	有血栓栓塞的病史
妇产科手术	肢体不运动
神经外科手术	卒中
创伤	炎症性肠病
急性脑和脊髓损伤	股骨头坏死
	阵发性睡眠血红蛋白尿
	肿瘤
	肾病综合征
	雌激素治疗
	败血症
	系统性红斑狼疮
	遗传性因素

三、临 床 表 现

PTE 的临床表现多种多样,主要取决于栓子的大小、堵塞的肺段数、发生的速度,以及患者基础的心肺功能储备状况。

(一)症状

PTE 常见症状及各症状发生率见表,多急性起病。严重者甚至出现猝死。栓子脱落与下肢血流改变有关,常于下肢活动时发生阵发性胸闷、呼吸困难,急性发生的呼吸困难是 PTE 重要的临床表现;喘息主要与神经反射及血小板释放介质,例如 5-羟色胺和组胺有关;栓塞如果邻近胸膜,引起胸膜受累,则出现胸膜性胸痛,有时发生心绞痛样胸痛,这与心搏血量过低造成心肌缺血有关;呼吸困难伴胸膜性胸痛为最常见的一组症状;呼吸困难、咯血加胸膜性胸痛为诊断 PTE 的有力征象。某些患者仅单有呼吸困难则常被忽视,造成误诊和漏诊。约不足50％患者可有下肢深静脉血栓形成的症状,主要为单侧肢体的肿胀、疼痛。PTE 的症状及发生率见表 34-2。

表 34-2　PTE 的症状及发生率

症状	发生率	症状	发生率
呼吸困难	73％	咯血	13％
胸膜性胸痛	66％	心悸	10％
咳嗽	37％	喘息	9％
下肢肿	28％	休克或神志丧失	8％
下肢痛	26％	心绞痛样胸痛	4％

(二)体征

PTE 体征见表 34-3,这些体征也缺乏特异性,但结合临床症状及其他检查,则可能具有一定意义。例如无心脏病史者突然出现右心室抬举性搏动,在无肺部病史患者突然出现肺动脉第二音亢进均高度提示本病。注意深静脉血栓形成的体征,如果出现单侧下肢肿胀,增粗、压痛及浅静脉扩张均对本病有提示作用。

表 34-3　PTE 的体征及发生率

症状	发生率	症状	发生率
呼吸过速(≥20/min)	70％	体温>38.5℃	7％
湿性啰音	51％	哮鸣音	5％
心动过速(>100/min)	30％	右心室抬举性搏动	4％
S_4	24％	胸膜摩擦音	3％
P_2 亢进	23％	S_3	3％
出汗	11％		

四、治　疗

PTE 治疗的目的是使患者度过危险期,缓解栓塞和防止再发,尽可能地恢复和维持足够的循环血量和组织供氧。

1. 一般处理　对高度疑诊或确诊 PTE 的患者,应进行严密监护,监测呼吸、心率、血压、静脉压、心电图及血气的变化,对大面积 PTE 可收入重症监护病房(ICU)治疗;为防止栓子再次脱落,对于合并近端深静脉血栓形成的患者,要求绝对卧床,保持大便通畅,避免用力;对于有焦虑和惊恐症状的患者应予安慰并可适当使用镇静药;胸痛者可给予镇痛药;对于发热、咳嗽等症状可给予相应的对症治疗。

2. 呼吸循环支持治疗　对有低氧血症的患者,采用经鼻导管或面罩吸氧。当合并严重的呼吸衰竭时,可使用经鼻/面罩无创性机械通气或经气管插管行机械通气。应避免做气管切开,以免在抗凝或溶栓过程中局部大量出血。应用机械通气中需注意尽量减少正压通气对循环的不利影响。

对于出现右心功能不全,心排血量下降,但血压尚正常的病例,可给予具有一定肺血管扩张作用和正性肌力作用的多巴酚丁胺和多巴胺;若出现血压下降,可增大剂量或使用其他血管加压药物,如肾上腺素等。对于液体负荷疗法需持审慎态度,因过大的液体负荷可能会加重右心室扩张并进而影响心排血量,一般所予负荷量限于 500ml 之内。

3. **溶栓治疗**　溶栓治疗主要适用于大面积 PTE 病例,即出现因栓塞所致休克和(或)低血压的病例;对于次大面积 PTE,即血压正常但超声心动图显示右心室运动功能减退的病例,若无禁忌证可以进行溶栓;对于血压和右心室运动均正常的病例不推荐进行溶栓。早期研究发现,溶栓进行得越早,治疗效果越好。

根据中华医学会呼吸病学分会制订的《肺血栓栓塞症诊断与治疗指南(草案)》,溶栓治疗方案如下。

(1)尿激酶。负荷量 4 400 U/kg,静脉注射 10min,随后以 2 200 U/(kg·h)持续静脉滴注 12h;另可考虑 2h 溶栓方案:以 20 000 U/kg 量持续静脉滴注 2h。

(2)链激酶。负荷量 250 000 U,静脉注射 30min,随后以 100 000 U/h 持续静脉滴注 24h。链激酶具有抗原性,故用药前需肌内注射苯海拉明或地塞米松,以防止过敏反应。

(3)rtPA。50mg 持续静脉滴注 2h。

在治疗开始前,一定要详细的询问病史及认真的体格检查,以除外大出血的危险因素。实验室检查应包括血红蛋白、血细胞比容和血小板计数,以及血型。认真评价溶栓治疗的益处及可能存在的危险性,在此基础上,方可决定是否进行溶栓治疗。

溶栓治疗最主要的并发症是出血,出血最常发生于血管穿刺部位,另外也可能发生自发性出血,如消化道出血、腹膜后出血和颅内出血。溶栓治疗大出血的平均发生率为 6.3% 左右。而最致命性的大出血为颅内出血,发生率为 1.2%。在溶栓治疗时,应该尽量降低出血的风险,避免静脉切开、动脉穿刺以及其他侵入性操作。

其他溶栓的并发症有发热、过敏反应和一些不良反应,如恶心、呕吐、肌痛和头痛。这些反应通常为链激酶引起,可以使用对乙酰氨基酚、抗组胺药和氢化可的松进行治疗。

4. **抗凝治疗**　使用抗凝治疗可以减少 PTE 的复发率,延长患者寿命。常用抗凝药物有肝素、低分子肝素和华法林。在溶栓治疗结束后,应测定 APTT,如果 APTT<2.5 倍正常值,则开始使用肝素治疗。如果开始 APTT 超过此上限,应每 2～4 小时重复测定 1 次,直到 APTT 达到治疗范围后开始肝素治疗。肝素治疗要给予足够剂量并维持足够时间。肝素应持续静脉滴注,负荷剂量为 3 000～5 000 U,继之以 18 U/(kg·h)维持,根据 APTT 调整剂量。肝素使用后第 1～3 天加用口服抗凝药华法林治疗,华法林为维生素 K 的拮抗药,改变凝血因子的前体蛋白质。成年人首剂 3.0～5.0mg,以后调整剂量,使凝血酶原时间延长到正常的 1.5～2.5 倍(16～20s),凝血酶原活动度维持在 0～30%,国际标准化比率维持在 2.0～3.0。疗程 3～6 个月,停用抗凝药应逐渐减量,以免发生反跳。

5. **外科治疗**　对于某些患者可以行栓子摘除术,其适应证为:①肺动脉造影确诊的巨大栓子;②经 2h 积极内科治疗后病情不能改善,出现严重缺氧(PaO_2<60mmHg)和严重血流动力学紊乱(SP<90mmHg,尿量<20ml/h)者;③有溶栓禁忌证者。

6. **下腔静脉阻断**　通过在下腔静脉放置滤网,阻止血栓流向心脏,放置滤网后应同时抗凝治疗。目前适用于如下情况:①肝素治疗失败;②肝素治疗禁忌者;③肺内反复小栓子造成慢性肺动脉高压;④栓子切除术后。

7. **经皮导管治疗近端肺动脉栓塞**　通过导管可以将大的栓子推向肺动脉血管远端,或击碎栓子,或将栓子吸出,从而减轻肺动脉的阻塞,对于病情严重,而其他治疗方法无效或禁忌时可以考虑。

五、监护要点

1. 生命指征的监测：PTE 患者有时病情会在短期内发生明显的变化，尤其是在溶栓治疗前或溶栓治疗早期，应注意监测患者的生命指征的变化，及时发现问题及时处理。

2. 做好心理护理，消除患者的恐惧心理：急性 PTE 患者一般发病急、病情变化快，患者易出现惊慌、恐惧等心理变化。要根据患者的情况做好心理护理，解除思想负担，使其能很好地配合治疗和护理。

3. 溶栓前宜留置外周静脉套管针，以方便溶栓中取血监测，治疗期间避免皮内、皮下、肌内注射及动、静脉穿刺，以防出血。

4. 出血并发症的监测

(1)脑出血：观察神志、瞳孔的变化。

(2)消化道出血：胃肠道反应，呕吐物及大便颜色变化。

(3)腹膜后出血：腹痛、腹胀、贫血。

(4)泌尿系出血：尿的颜色。

(5)呼吸道出血：痰的颜色。

(6)皮肤出血：穿刺点有无渗血、血肿。

（杨媛华　孙　兵）

第五节　慢性阻塞性肺疾病及护理

教 学 目 标

1. 了解 COPD 的病因。

2. 熟悉 COPD 的定义、临床表现。

3. 熟悉 COPD 患者的护理要点。

一、概　　述

慢性阻塞性肺疾病（chronicobstructivepulmonarydisease，COPD），简称慢阻肺，是一种气流受限为特征的破坏性的肺部疾病，气流受限不完全可逆、呈进行性发展，与肺部对有害气体或有害颗粒的异常炎症反应有关。其症状为气流受限、气短、咳嗽、气喘并且伴有咳痰，会逐渐削弱患者的呼吸功能。慢性阻塞性肺疾病与肺气肿和慢性阻塞性支气管炎密切相关。

诊断和评估 COPD 病情时，肺功能测定可作为一项"金"标准，能客观测定气流阻塞的程度。疾病严重程度分 4 期：（最新 COPD 指南已经将 0 级取消，ⅡA，ⅡB 重新划分）

Ⅰ级：为轻度 COPD，$FEV_1/FVC<70\%$，$FEV_1≥80\%$预计值，伴或不伴有慢性症状（咳嗽、咳痰）。

Ⅱ级：为中度 COPD，$FEV_1/FVC<70\%$，$50\%≤FEV_1<80\%$预计值，伴或不伴有慢性症

状(咳嗽、咳痰、呼吸困难)。

Ⅲ级:为重度 COPD,30%≤FEV$_1$<50%预计值,伴或不伴有慢性症状(咳嗽、咳痰、呼吸困难)。

Ⅳ级:为极重度 COPD。FEV$_1$/FVC<70%,FEV$_1$<30%预计值或 FEV$_1$<50%预计值,合并呼吸衰竭或临床有右侧心力衰竭的体征。

二、病因及发病机制

引起慢支和肺气肿的各种因素如感染、吸烟、大气污染、职业性粉尘和有害气体的吸入、过敏等均可以导致慢性阻塞性肺疾病。

1. 由于支气管的慢性炎症,使管腔狭窄,形成不完全阻塞,吸气时气体容易进入肺泡,呼气时由于胸膜腔内压力增加使气管闭塞,残留肺泡的气体过多,使肺泡充气过度。

2. 慢性炎症破坏小支气管壁软骨,失去支气管正常的支架作用,吸气时支气管舒张,气体尚能进入肺泡,但呼气时支气管过度缩小、陷闭,阻碍气体排出,肺泡内积聚多量的气体,使肺泡明显膨胀和压力增高。

3. 肺部慢性炎症使白细胞和巨噬细胞释放的蛋白分解酶增加,损害肺组织和肺泡壁,致使多个肺泡融合成肺大疱或气肿;此外,吸烟尚可通过细胞毒性反应和刺激有活性的细胞而使中性粒细胞释放弹性蛋白酶。

4. 肺泡壁的毛细血管受压,血液供应减少,肺组织营养障碍,也引起肺泡壁弹性减退,更易促成肺气肿的发生。

三、临床表现

(一)症状

1. 咳嗽　支气管黏膜充血、水肿或分泌物积聚于支气管腔内均可引起咳嗽。咳嗽程度视病情而定,一般晨间咳嗽较重,白天较轻,晚间睡前有阵咳或排痰。

2. 咳痰　由于夜间睡眠后管腔内蓄积痰液,并且副交感神经相对兴奋,支气管分泌物增加,因此,起床后或体位变动易引起刺激排痰,常以清晨排痰较多,痰液一般为白色黏液或浆液泡沫性,偶可带血。急性发作伴有细菌感染时则变为黏液脓性,咳嗽和痰量亦随之增加。

3. 喘息、气促、呼吸困难　部分患者后期因支气管痉挛而出现喘息,常伴有哮鸣音。反复发作数年。先有活动后或劳动后气促,严重时在休息时也感气短、喘息、呼吸困难,生活难以自理。

4. 其他　当合并感染时,可出现胸闷、气急、发绀、头痛、发热、嗜睡或意识障碍。

(二)体征

桶状胸,呼吸运动减弱,触觉语颤减弱或消失,叩诊呈过清音,心浊音界消失、缩小或不易扣出,肺下界和肝浊音界下移,听诊心音遥远,呼吸音普遍减弱,呼气延长,并发感染时肺部有啰音,辅助呼吸肌参与呼吸运动,外周水肿等。如剑突下出现心脏搏动及其心音较心尖部明显增强时,提示并发早期肺源性心脏病。

四、治　　疗

(一)减少危险因素

戒烟、减少职业粉尘和化学品吸入及减少室内外空气污染,是预防 COPD 发生和防止病情进展的重要措施。戒烟是唯一最有效和最经济的降低 COPD 危险因素和中止其进行性发展的措施。现在已有几种有效的戒烟药物可以应用。

(二)稳定期的处理

1. 稳定期 COPD 患者治疗

(1)支气管扩张药是改善症状的主要措施,支气管扩张药主要有:β_2 受体激动药、抗胆碱能药物、茶碱及这些药物两种或多种联合制剂。

(2)规律吸入糖皮质激素治疗,仅适用于 $FEV_1 < 50\%$ 预计值,且反复急性加重的 COPD 患者。

(3)祛痰止咳。对老年人、体弱者及痰多者,不应使用强镇咳药,如可待因等。

(4)雾化吸入。

(5)长期氧疗($>15h/d$)用于慢性呼吸衰竭的患者可提高生存率,鼓励家庭氧疗。

(6)康复治疗:几乎所有患者均可从康复锻炼中获益,可以明显改善患者活动耐量和呼吸困难症状。

2. COPD 阶梯治疗方法

(1)轻度 COPD(I 级):按需给予患者短效支气管扩张药。

(2)中度 COPD(II 级):应用一种或数种支气管扩张药进行规则治疗及康复治疗。

(3)重度 COPD(III 级):规则应用一种或数种支气管扩张药,对于反复加重的患者,可应用吸入糖皮质激素;康复治疗。

(4)极重度 COPD(III 级):规则应用一种或数种支气管扩张药,对于能显著地改善症状和肺功能或反复加重的患者,可应用吸入糖皮质激素;治疗并发症;康复治疗;如有呼吸衰竭可长期氧疗;考虑外科治疗。

上述各级治疗均应避免危险因素(吸烟等),或可注射流感疫苗预防流感。

3. 药物治疗　药物治疗可用于预防和控制症状,减少急性加重的发作次数和严重程度,改善生活质量,提高运动耐力。

(1)支气管扩张药:为治疗 COPD 的关键药物。首选吸入途径给药,可根据药物作用和患者应用后症状改善情况及不良反应,选用 β_2 受体激动药、抗胆碱药物、茶碱或联合制剂;可按需应用支气管扩张药或规律使用,以预防和减轻症状;应用长效吸入支气管扩张药较为方便,与增加单一支气管扩张药的剂量相比,支气管扩张药联合制剂能改善疗效和减少不良反应。

(2)糖皮质激素:长期吸入糖皮质激素治疗 COPD,并不能延缓 FEV_1 的进行性下降。但对于 $FEV_1 < 50\%$ 预计值,且反复急性加重的 COPD 患者,不推荐长期口服皮质激素,因其可产生类固醇肌病,造成肌无力,降低肺功能,并在晚期 COPD 患者中诱发呼吸衰竭。

(3)其他药物:①疫苗接种。接种流感疫苗可减少 COPD 严重发作并降低 50% 的病死率。②$\alpha1$-AT($\alpha1$ 抗胰蛋白酶)补充治疗。仅用于严重的 $\alpha1$-AT 缺乏并有肺气肿的患者,但价格昂贵,不推荐用于与 $\alpha1$-AT 缺乏无关的 COPD 患者。③抗生素。除非治疗感染引起的 COPD 急性加重和其他细菌感染,不推荐常规使用。④黏痰溶解药。虽然少数患者对黏痰溶解药治疗有效,但总的益处较少,故不推荐常规使用。⑤抗氧化药。N-乙酰半胱氨酸可减少 COPD 急性发作的次数,对治疗反复发生急性加重的患者有效,但尚需进一步研究。

4. 非药物治疗　长期家庭氧疗应每天给氧 15h 以上,适用于 IV 级 COPD 患者,能改善血流动力学、增加运动能力、改进肺功能和精神状态。其目标是使 PaO_2 至少达到 60mmHg,和

(或)动脉血氧饱和度(SaO_2)达到 90％。目前尚无证据表明机械通气对稳定期 COPD 患者能起治疗作用。

5. 手术治疗　肺大疱切除术可减轻呼吸困难和改善肺功能；肺减容术仍在探索中，不推荐广泛开展。肺移植术适合于非常晚期的 COPD 患者，可改善生活质量和肺功能。

(三)机械通气治疗

对重症 COPD 患者应用机械通气的主要目的是降低病死率和减轻症状。机械通气支持包括无创通气(NIPPV)和有创通气 2 种。

1. 无创通气治疗　NIPPV 的成功率达 80％～85％，在治疗初 4h 内可提高 pH，降低 $PaCO_2$，减轻呼吸困难，且可缩短住院时间，进而降低病死率和插管率。

2. 有创通气治疗　常用通气模式有辅助与控制通气(A/C)、间歇指令通气(IMV)和压力支持通气(PSV)。

五、COPD 的护理

1. 保持心情舒畅、避免情绪激动、紧张。

2. 饮食宜温热、清淡、富含营养和维生素的食物。忌肥腻、腥辣、刺激性和易产气的食物，不宜进食过饱。

3. 痰液不易咳出者，应协助患者拍背，必要时给予雾化吸入。

4. 稳定者可教患者缩唇腹式呼吸，进行呼吸肌锻炼。

5. 用药指导

(1)止咳糖浆服后半小时内不宜饮水。

(2)年老体弱无力咳痰者，中、大量咯血及痰多者，不宜用强烈镇咳药，如可待因等。

6. 氧气吸入：患者有呼吸困难，发绀等缺氧症状时，可用氧气吸入。

7. 病情严重者给予无创或有创通气，并做好护理。

(姚婉贞)

第六节　支气管哮喘及护理

教 学 目 标

1. 了解支气管哮喘的概念、病因。

2. 熟悉支气管哮喘的诊断、治疗。

3. 掌握支气管哮喘的监护要点。

一、概　　述

支气管哮喘(bronchial asthma)是由多种细胞(如嗜酸粒细胞、肥大细胞、T 淋巴细胞、中性粒细胞、气道上皮细胞等)和细胞组分参与的气道慢性炎症。这种慢性炎症导致气道高反应性，并引起反复发作的喘息、气急胸闷或咳嗽等症状，常在夜间和(或)清晨发作、加剧，通常出现广泛多变的可逆性气流受限,多数患者可自行缓解或经治疗缓解。不积极治疗或治疗不当也可导致气道重塑,气道发生不可逆性缩窄,因此,合理的防治至关重要。

二、病因与发病机制

(一)病因

目前哮喘的病因还不十分清楚,大多数认为与多基因遗传有关,受遗传因素和环境因素的综合作用。

许多调查资料表明,哮喘患者亲属患病率高于群体患病率,并且亲缘关系越近,患病率越高,患者病情越严重,其亲属患病率也越高。哮喘患儿的双亲大多存在不同程度的气道高反应性。目前哮喘的相关基因尚未完全明确,有研究表明存在有与气道高反应性,IGE调节和特应性反应等相关基因,这些基因在哮喘的发病中起着重要作用。

1. **遗传因素** 已知哮喘是一种复杂的具有多基因遗传性倾向的疾病。有关人类哮喘基因的研究正在深入。

2. **环境因素** 各种特异或非特异激发因素,包括:尘螨、花粉、真菌、动物毛屑、二氧化硫、氨气等;病毒、原虫、寄生虫等感染;食物,如鱼、虾蟹、蛋类、牛奶等;药物,如普萘洛尔(心得安)、阿司匹林;气候变化、剧烈运动、妊娠、心理因素等,它们都可能是哮喘的激发因素。

(二)发病机制

哮喘的发病机制非常复杂,尚未完全搞清楚。多年的大量研究分别从不同的角度揭示了哮喘的发病机制。因而,哮喘可能是多种机制引起的一种共同反应。

1. **免疫机制** 哮喘的发作与变态反应有关,当变应原进入具有特应性体质的机体后,可刺激机体通过T淋巴细胞的传递,由B淋巴细胞合成特异性IgE,并与肥大细胞和嗜碱性粒细胞表面的高亲和性的IgE受体(FCER$_1$)结合。若变应原再次进入体内,可与结合在FCER上的IgE交联,使该细胞合成并释放多种活性介质,导致平滑肌收缩、黏液分泌增加,血管通透性增高和炎性细胞浸润等。炎性细胞在细胞因子的作用下又可分泌多种介质,使气道病变加重,炎性细胞浸润增加,产生各种临床症状。

2. **气道炎症** 哮喘是由于多种细胞、介质和细胞因子参与并交互作用而导致的气道炎症疾病。气道慢性炎症被认为是哮喘的本质。不管哪一种类型的哮喘,哪一期的哮喘,都表现为多种炎性细胞,特别是肥大细胞、嗜酸性粒细胞和T淋巴细胞等多种炎性细胞在气道的浸润和聚集。这些细胞相互作用可以分泌介质、细胞因子与炎性细胞互相作用构成复杂的网络,使气道反应性增高,气道收缩,黏液分泌增加,血管渗出增多。

3. **气道重塑** 显微镜检查发现,哮喘病死者大小气道内充满着由黏液、血清蛋白、炎症细胞和细胞残片等组成的痰栓。气道壁有嗜酸性粒细胞、淋巴细胞的广泛浸润,并伴有血管扩张、微血管渗漏和上皮组织损伤。这些病理改变最终导致了气道重塑,而气道重塑可导致气道结构的永久改变并产生气流的永久受限。

4. **气道高反应性(AHR)** 气道高反应性是指气道接触多种刺激因子,如气态变应原、组胺、胆碱、冷空气和环境刺激后表现出过度的收缩反应,是哮喘患者发生发展的一个重要因素。目前普遍认为气道炎症是导致气道高反应性的重要机制之一。

5. **神经机制** 神经因素也是哮喘发病的重要环节。支气管受复杂的自主神经支配,除胆碱能神经、肾上腺素能神经外,还有非肾上腺素能、非胆碱能(NANC)神经系统。支气管哮喘发作与β肾上腺素受体功能低下和迷走神经张力亢进有关,并可能存在有α肾上腺素神经的反应性增加。NANC能释放舒张支气管平滑肌的神经递质如血管活性肠肽(VIP)、一氧化碳(NO),及收缩支气管平滑肌的介质如P物质、神经激肽,两者平衡失调,则可引起支气管平滑肌收缩。

三、临 床 表 现

(一)症状

典型三联症状是哮喘、气促和咳嗽。一般哮喘表现为发作性喘息或伴有哮鸣音的呼气性呼吸困难,或发作性胸闷和咳嗽,严重者被迫采取坐位或呈端坐呼吸,干咳或咳大量白色泡沫痰,甚至出现发绀等;咳嗽变异型哮喘者仅表现为顽固性咳嗽。哮喘症状可在数分钟内发作,持续数小时至数天,用支气管舒张药或自行缓解。许多患者多在夜间及清晨发作。有些哮喘患者表现为剧烈运动后出现胸闷和呼吸困难(运动性哮喘)。

特别是较年轻的有特异体质的患者,其哮喘发作常常是受气态过敏原诱发所致,接触宠物导致喘息气促发作也不少见。

(二)体征

胸部呈过度充气状态,呼气相延长,有广泛的哮鸣音。但轻度哮喘者可无哮鸣音,严重哮喘发作时,也可不出现哮鸣音,但呼吸音明显减弱,呈"寂静肺",预示即将出现呼吸衰竭。三凹征和大汗通常提示气道严重阻塞,但它们并不是重症哮喘的确诊依据。严重哮喘患者常出现心率增快、奇脉、胸腹反常运动、发绀和神志异常。非发作期体征可无异常。

四、诊 断

(一)诊断标准

1. 反复发作的喘息、气急、胸闷或咳嗽,多与接触变应原、冷空气、物理、化学性刺激、病毒性上呼吸道感染、剧烈运动等有关。

2. 发作时在双肺可闻及散在或弥漫性,以呼气相为主的哮鸣音,呼气相延长。

3. 上述症状可经治疗或自行缓解。

4. 除外其他疾病所引起的喘息、胸闷和咳嗽。

5. 症状不典型者(如无明显喘息和体征)至少应有下列3项指标中的一项阳性:①支气管激发试验或运动试验阳性;②支气管舒张试验阳性(经吸入β_2受体激动药后,FEV_1增加15%以上,且FEV_1增加绝对值>200ml);③呼气流量峰值(PEF)日内变异率或昼夜波动率≥20%。

符合1~4条或4、5条者,可以诊断为支气管哮喘。

(二)支气管哮喘的分期

根据临床表现,支气管哮喘可分为急性发作期(acuteexacerbation)、慢性持续期(chronicpersistentperiod)和缓解期(relievableperiod)。缓解期系指经过治疗或未经治疗,症状、体征消失,肺功能恢复到急性发作前水平,并维持4周以上。

(三)支气管哮喘病情严重度分级

哮喘患者的病情严重程度分级应分为3个部分。

1. 治疗前哮喘病情严重程度的分级:包括新发生的哮喘患者和既往已诊断为哮喘而长时间为应用药物治疗者(表34-4)。

表34-4 治疗前哮喘病情严重程度的分级

分级	临床特点
(第1级)间歇发作	症状<每周1次,短暂发作,夜间哮喘症状≤每月2次 FEV_1≥80%预计值或PEF≥80%个人最佳值,PEF或FEV_1变异率<20%
(第2级)轻度持续	症状≥每周1次,但<每天1次,发作可能影响活动和睡眠,夜间哮喘症状>每月2次,但<每周1次,FEV_1≥80%预计值或PEF≥80%个人最佳值,PEF或FEV_1变异率20%~30%
(第3级)中度持续	每日有症状,发作影响活动和睡眠,夜间哮喘症状≥每周1次,$FEV_1$60%~79%预计值或PEF为60%~79%个人最佳值,PEF或FEV_1变异率>30%
(第4级)重度持续	每日有症状,频繁发作,经常出现夜间哮喘症状,体力活动受限,FEV_1<60%预计值或PEF<60%个人最佳值,PEF或FEV_1变异率>30%

2. 治疗期间哮喘病情严重程度的分级当患者已经处于规范化分级治疗期间,哮喘病情严重程度分级则应根据临床表现和目前每日治疗方案的级别综合判断(表34-5)。

表34-5 治疗期间哮喘病情严重程度的分级

目前患者的症状和肺功能	原设定的治疗级别		
	间歇发作 (第1级)	轻度持续 (第2级)	中度持续 (第3级)
间歇发作(第1级)	间歇发作	轻度持续	中度持续
轻度持续(第2级)	轻度持续	中度持续	重度持续
中度持续(第3级)	中度持续	重度持续	重度持续
重度持续(第4级)	重度持续	重度持续	重度持续

3. 哮喘急性发作时病情严重程度的分级:哮喘急性发作是指气促、咳嗽、胸闷等症状突然发生,常有呼吸困难,以呼气流量降低为其特征,常因接触变应原等刺激物或治疗不当所致。其程度轻重不一,病情加重可在数小时或数天内出现,偶尔可在数分钟内即危及生命,故应对病情做出正确评估,以便给予及时有效的紧急治疗。哮喘急性发作时病情严重程度的分级见表34-6。

表 34-6 哮喘急性发作分度的诊断标准

临床特点	轻度	中度	重度	危重
气短	步行、上楼时	稍事活动	休息时	
体位	可平卧	喜坐位	端坐呼吸	
讲话方式	连续成句	单词	单字	不能讲话
精神状态	有焦虑,尚安静	时有焦虑或烦躁	常有焦虑、烦躁	嗜睡或意识模糊
出汗	无	有	大汗淋漓	
呼吸频率	轻度增加	增加	常>30/min	
辅助呼吸肌活动 及三凹征	常无	可有	常有	胸腹矛盾运动
哮鸣音	散在,呼气末期	响亮、弥漫	响亮、弥漫	减弱乃至无
脉率	<100/min	100～120/min	>120/min	变慢或不规则
奇脉	无(10mmHg)	可有,10～25mmHg	常有,>25mmHg	无,提示呼吸肌疲劳
使用 β_2 受体激动药	>80%	60%～80%	<100L/min 或作用 <60%	
PEF 预计值或个人 最佳值%			或时间<2h	
PaO_2(吸空气)	正常	≥60mmHg	<60mmHg	
$PaCO_2$	<45mmHg	≤45mmHg	>45mmHg	
SaO_2(吸空气)	>95%	91%～95%	≤90%	
pH			降低	

注:1mmHg=0.133kPa

五、治 疗

哮喘是一种对患者及其家庭和社会都有明显影响的慢性疾病。气道炎症是所有类型哮喘的共同病理特征,是临床症状和气道高反应性的基础,存在于哮喘的所有时段。虽然目前尚无根治方法,但以抑制气道炎症为主的适当治疗通常可以使病情得到控制。

(一)哮喘治疗的目标

1. 有效控制急性发作症状并尽可能减轻症状,以至无任何症状。

2. 防止哮喘加重。

3. 尽可能使肺功能维持在接近正常水平。

4. 保持正常活动(包括运动)能力。

5. 避免治疗哮喘药物的不良反应。

6. 防止发生不可逆性气流受限。

7. 防止哮喘死亡,降低哮喘病死率。

(二)哮喘控制的标准

1. 最少(最好没有)慢性症状,包括夜间症状。

2. 哮喘发作次数减至最少。

3. 无须因哮喘去急诊就诊。

4. 最少(或最好不)需要使用短效 β_2 受体激动药。

5. 没有活动限制。

6. PEF 昼夜变异率<20％。

7. PEF 正常或接近正常。

8. 最少或没有药物不良反应。

(三)治疗要点

1. **脱离变应原**　如能找到引起哮喘发作的变应原或其他非特异刺激因素,应尽可能使患者脱离变应原的接触。这是治疗哮喘最有效的方法。

2. **药物治疗**　治疗哮喘的药物引起具有平喘作用,常称为平喘药,临床上根据其作用的主要方面又将其分为以下几种。

(1)支气管舒张药:此类药主要作用为舒张支气管,其中某些药物还具有一定抗炎作用。

①β_2 肾上腺素受体激动药(简称 β_2 受体激动药):是控制哮喘急性发作症状的首选药物。常用的短效 β_2 受体激动药有沙丁胺醇(Salbutamol)、特布他林(Terbutaline)和非诺特罗(Fenoterol),作用时间为 4~6h。长效 β_2 受体激动药沙美特罗(Salmaterol)、福莫特罗(Formoterol)和班布特罗(Bambuterol)作用时间长达 12~24h,适用于夜间哮喘。

②茶碱类:茶碱类药物可抑制磷酸二酯酶,提高平滑肌细胞内的 cAMP 浓度;拮抗腺苷受体;刺激肾上腺分泌肾上腺素,增强呼吸肌的舒张;增强气道纤毛清除功能和抗炎及免疫调节作用。是目前治疗哮喘的有效药物,长效茶碱可控制夜间哮喘。

茶碱的主要不良反应为胃肠道症状(恶心、呕吐),心血管症状(心动过速、心律失常、血压下降),偶可兴奋呼吸中枢,严重者可引起抽搐乃至死亡。用药中最好监测血浆茶碱浓度,其安全浓度为 6~15μg/min。

③抗胆碱药:吸入抗胆碱药如异丙托溴铵可以阻断节后迷走神经通路,降低迷走神经兴奋性,阻断因吸入刺激物引起的反射性支气管收缩而起舒张支气管作用。可用 MDI,每日 3 次,每次 25~75μg 或用 100~150μg/ml 的溶液持续雾化吸入。约 5min 起效,维持 4~6h。不良反应少,少数患者有口苦或口干。

(2)抗炎药

①糖皮质激素:由于哮喘的病理基础是慢性非特异性炎症,而糖皮质激素是当前防治哮喘最有效的一线基本药物。主要作用机制是抑制炎性细胞的迁移和活化;抑制细胞因子的生成;抑制炎症介质的释放;增强平滑肌细胞 β_2 受体的反应性。可分为吸入、口服和静脉用药。

②色甘酸钠:是一种非糖皮质激素抗炎药物。可部分抑制 IgE 介导的肥大细胞释放介质,对其他炎性细胞释放介质亦有选择性抑制作用。能预防变应原引起的速发和迟发反应,以及运动和过度通气引起的气道收缩。因口服本药胃肠道不宜吸收,宜采用雾化吸入 3.5~7mg 或干粉吸入 20mg,每日 3~4 次。本品在体内无蓄积作用,少数病例可有咽喉不适、胸闷,偶见皮疹,孕妇慎用。

(3)其他药物。酮替酚(Ketotifen)和新一代组胺 H_1 受体拮抗药,如曲尼斯特、氯雷他定对轻症哮喘和季节性哮喘有一定效果,也可用于对 β_2 受体激动药有不良反应的患者或联合用药。

白三烯调节药:白三烯(LT)是哮喘发病过程中最重要的炎症介质,它不仅能收缩气道平滑肌,而且能促进炎性细胞在气道聚集及促进气道上皮、成纤维细胞增殖,从而参与气道炎症和重构过程。白三烯调节药特别适用于运动性哮喘和阿司匹林哮喘。

3. 急性发作期的治疗

(1)轻度发作。按需吸入短效 β_2 激动药,效果不佳时加口服 β_2 激动药控释片或小剂量茶碱控释片,夜间哮喘可用长效 β_2 激动药吸入或口服。

(2)中度发作。规则吸入 β_2 激动药或口服长效 β_2 激动药,若不能缓解加抗胆碱药吸入或口服白三烯拮抗药。同时加大糖皮质激素吸入剂量,或口服糖皮质激素。必要时,加氨茶碱缓慢静脉注射。

(3)重度或危重哮喘发作。经氧疗,应用糖皮质激素、β_2 受体激动药等药物治疗后,病情继续恶化者,应及时给予机械通气治疗。

4. 慢性哮喘的治疗　此期用药的原则以最小量、最简单的联合、不良反应最小来达到最佳控制症状。

5. 长期治疗方案的确定　哮喘治疗方案的选择基于其疗效及其安全性。药物治疗可以酌情采取不同的给药途径,包括吸入、口服和肠道外途径(皮下、肌内或静脉注射)。吸入给药的主要优点是可以将药物直接送入气道以提高疗效,而避免或使全身不良反应减少到最低程度。制定哮喘治疗方案应以患者的病情严重程度为基础,并根据病情控制变化增减(升级或降级)的阶梯治疗原则选择治疗药物。

六、监 护 要 点

(一)指导正确使用

1. 正确演示吸入器的使用。吸药前先缓慢呼气至残气位,然后将喷口放入口内,双唇含住喷口,经口缓慢吸气,在深吸气过程中按压驱动装置,继续吸气至肺总量位,尽可能屏气 10s,使较小雾粒在更远的外周气道沉降,然后再缓慢呼气。若需再次吸入,应等待至少 1min 后再吸入药液。每隔一定时间是为了"第一喷"吸入的药物扩张狭窄的气道后,再次吸入的药物更容易到达远端受累的支气管。

2. 患者反复练习,医护人员观察其使用方法是否正确,找出使用中存在的问题及相关因素,针对问题并结合其文化程度、学习能力,确定教育方法、内容及进度。鼓励进步,纠正不足。

3. 学习有关吸入器的清洗、保存、更换等知识与技能。

(二)用药指导

明确治疗计划,指导患者了解自己所用每种药的药名、用法及使用时的注意事项,制定简明的用药表,使定期用药成为患者日常生活的常规。帮助其了解所用药的不良反应及处理原则,如何时需立即看医生,什么药可适当减量,什么药不能完全停用等。

(三)正确监测病情

1. 病情监测。除记录每日症状、用药等情况外,还应按医嘱用峰速仪来监测 PEF 的变化,并做书面记录,不但可及时发现气道狭窄,争取早期用药,避免哮喘严重发作,还可了解治疗反应。

2. 了解哮喘发出的警告,及时控制急性发作。嘱患者随身携带止喘气雾剂,强调出现哮喘发作先兆时,尤其 PEF 值下降到红区时应立即吸入 β_2 受体兴奋药,同时使患者保持平静,以便迅速控制症状,防止严重哮喘发作。

(姚婉贞)

第35章 消化系统疾病重症监护

第一节 急性重症胰腺炎

一、基本概念

急性胰腺炎(acutepancreatitis,AP)是常见的急腹症之一,多见于青壮年,女性高于男性(约2:1)。主要病因为胰管阻塞、胰管内压力骤然增高和胰腺血液淋巴循环障碍等引起胰腺消化酶对其自身消化的一种急性炎症。急性重症胰腺炎占2.4%~12%,其病死率很高,达30%~50%。目前一致认为发病后早期处理是减轻胰腺坏死和缓解器官功能不全的重要步骤和关键时间,对改善其预后有着至关重要的作用。

二、发病原因与诱因

胰管阻塞、胰管内压骤然增高、胰腺血液淋巴循环障碍导致胰腺消化酶对其"自我消化"。其中胆石症与胆道疾病是我国最常见病因。由于胆胰共同通道梗阻,胆汁排出不畅,反流至胰管内,胰管内压升高,致胰腺腺泡破裂,胆汁胰液及被激活的胰酶渗入胰实质中,具有高度活性的胰蛋白酶进行"自我消化",发生胰腺炎。

三、病理生理

SAP早期由于机体的应激性反应,表现出超强的全身炎症反应综合征,进而造成MODS。稍后期则由于急性肠黏膜损害、肠道细菌易位等导致机体继发全身感染及局部坏死组织感染,因而将临床病理过程划分为急性反应期、全身感染期及残余感染期。

SAP病理分型为急性水肿型胰腺炎和出血坏死型胰腺炎。水肿型胰腺外观肿大、变硬、少量周围组织坏死;显微镜下,间质充血、水肿、炎症细胞浸润,少量腺泡坏死。出血坏死型胰腺外观弥漫性肿大、大网膜和胰腺上大小不等的皂化斑;显微镜下,胰实质、脂肪坏死,水肿、出血和血栓形成,炎症反应。皂化斑是其特征性表现,为胰脂肪酶分解脂肪为脂肪酸和甘油,脂肪酸与血中钙结合成此斑,所以胰腺炎患者血钙会下降。

四、临床表现

轻症急性胰腺炎(MAP),重症急性胰腺炎(SAP),暴发性急性胰腺炎(FAP,ESAP)。后者主要为在 SAP 早期(发病 72h 内)出现器官功能不全,经积极的液体复苏和供氧等措施,仍出现进行性的器官功能障碍,早期发生低氧血症、腹腔室隔综合征、高 APACHE Ⅱ评分等,病死率达 30%～60%,属特重型胰腺炎,临床需高度重视。

1. 症状

(1)腹痛:为本病主要表现和首发症状,多为突发性上腹或左上腹持续性剧痛或刀割样疼痛。其范围常与病变的范围有关,腹痛以剑突下区为最多,腹痛的性质和强度大多与病变的严重程度相一致。但是老年体弱者腹痛可不突出,少数患者无腹痛或仅有胰区压痛,称为无痛性急性胰腺炎。腹痛原因主要是胰腺水肿引起的胰腺肿胀,被膜受到牵扯,胰周炎性渗出物或腹膜后出血浸及腹腔神经丛,炎性渗出物流注至游离腹腔引起的腹膜炎,以及胰管梗阻或痉挛等。

(2)恶心呕吐:2/3 的患者有此症状,发作频繁,早期为反射性,内容为食物、胆汁。晚期是由于麻痹性肠梗阻引起,呕吐物为粪样。

(3)腹胀:在重型者中由于腹腔内渗出液的刺激和腹膜后出血引起,麻痹性肠梗阻致肠道积气积液引起腹胀。

(4)黄疸:约 20% 的患者于病后 1～2d 出现不同程度的黄疸。黄疸越重,提示病情越重,预后不良。

(5)发热:多在 38～39℃,一般 3～5d 后逐渐下降。但重症者则可持续多日不降,提示胰腺感染或脓肿形成,并出现中毒症状,严重者可体温不升。

(6)手足抽搐:为血钙降低所致。如血清钙<1.98mmol/L(8mg/dl),则提示病情严重,预后差。

(7)休克:多见于重症急性胰腺炎,由于腹腔、腹膜后大量渗液出血,肠麻痹肠腔内积液,呕吐致体液丧失引起低血容量性休克。另外吸收大量蛋白质分解产物,导致中毒性休克的发生。

(8)全身并发症:循环功能不全、急性呼吸不全、急性肾功能不全、腹腔室隔综合征、胰性脑病等。

(9)局部并发症:胰腺坏死、胰周液体积聚、假性囊肿、脓肿形成。

2. 体征

(1)轻症患者:仅有腹胀,压痛。

(2)重症患者:急性痛苦面容、上腹压痛明显、腹膜刺激征、皮肤瘀斑。部分患者脐周皮肤出现蓝紫色瘀斑(Cullen 征)或两侧腰出现棕黄色瘀斑(Grey Turner 征)。其发生乃胰酶穿过腹膜、肌层进入皮下引起脂肪坏死所致,是一晚期表现。

3. 实验室检查

(1)白细胞计数一般为(10～20)×10⁹/L,如感染严重则计数偏高,并出现明显核左移。

(2)血、尿淀粉酶测定:具有重要的诊断意义。正常血清淀粉酶:8～64 温氏(Winslow)单位或 40～180 苏氏(Somogyi)单位;尿淀粉酶:4～32 温氏单位。血清淀粉酶在发病后 1～2h 即开始增高,8～12h 标本最有价值,至 24h 达最高峰,当测定值>256 温氏单位或>500 苏氏单位,对急性胰腺炎的诊断才有意义。并持续 24～72h,2～5d 逐渐降至正常,而尿淀粉酶在发病后 12～24h 开始增高,48h 达高峰,维持 5～7d,下降缓慢。如淀粉酶值降后复升,提示病情有反复,如持续增高可能有并发症发生。

(3)血清脂肪酶测定:正常值(滴定法)酶促反应 4h 为 0.06～0.89U/ml,酶促反应 16～

24h 为 0.2~1.5U/ml。发病后 24h 开始升高,可持续 5~10d,因其下降迟,对较晚就诊者测定其值有助诊断。

(4)血清钙测定:正常值不低于 2.12mmol/L(8.5mg/dl)。在发病后 2d 血钙开始下降,以第 4~5 天后为显著,重型者可降至 1.75mmol/L(7mg/dl)以下,提示病情严重,预后不良。

(5)血清正铁蛋白(methemalbumin、MHA)测定:在重症急性胰腺炎患者中为阳性,水肿型为阴性。

4.X 线检查　腹部可见局限或广泛性肠麻痹(无张力性小肠扩张充气、左侧横结肠扩大积气)。小网膜囊内积液积气。胰腺周围有钙化影。还可见膈肌抬高,胸腔积液,偶见盘状肺不张,出现 ARDS 时肺野呈"毛玻璃状"。

5.B 超与 CT　均能显示胰腺肿大轮廓,渗液的多少与分布,对假性胰腺囊肿、脓肿也可被显示。

五、诊断与鉴别诊断

当本病具有上述典型病史、症状与体征时,结合血尿淀粉酶测定(>256 温氏单位或>500 苏氏单位)及影像(X 线、B 超及 CT)检查,诊断多无困难。反之,当无典型临床表现时,需做好鉴别诊断。

六、治　疗

SAP 总的治疗原则是设法阻止病情的进一步发展,全身支持,预防及治疗各种并发症。应以积极、有效、综合的非手术治疗为主,手术主要用于处理一些并发症。

1. 针对病因的治疗

(1)胆源性胰腺炎治疗策略:对急性发作期的患者,如果能够对胆道梗阻或胆道感染作出及时判断并及时解除,则可阻断病情的发展,对已缓解的患者,做胆囊切除,则可预防复发。

(2)高脂血症胰腺炎治疗策略:应用降脂药物和或血液净化尽快降低血脂,控制病情的发展。

2. 早期非手术治疗　SAP 的初期(1~2 周),主要是针对 SIRS 和胰腺自身消化的治疗;后期主要针对胰腺或胰周坏死并发感染、胰管破裂等原因所致的局部并发症等的治疗。

(1)早期适量的液体复苏:病程早期,SAP 类似"内烧伤",短期内血容量大量丢失进入第三间隙,特别注意防治休克,稳定血流动力学,预防多器官组织低灌注损害发生。早期充分的液体复苏(6h)对于防止全身并发症至关重要。无创血流动力学及中心静脉压监测,Swan-Ganz 导管是评价补液量及心脏承受液体能力的最好方法,监测每小时尿量、尿比重及血细胞比容。液体复苏要达到的指标。①中心静脉压(CVP)8~12cmH$_2$O;②平均动脉压≥65mmHg;③尿量≥0.5ml/(kg·h);④中心静脉或混合静脉饱和度≥70%;⑤补充胶体液占总入量的 1/3~1/2。若液体复苏后 CVP 达 8~12cmH$_2$O,而 ScvO$_2$ 或 SvO$_2$ 仍未达到 0.70,需输注浓缩红细胞,使血细胞比容达到 0.30 以上,或输注多巴酚丁胺,最大剂量至 20μg/(kg·min)以达到复苏目标。机械通气和腹高压可导致患者胸腔内压增高,使 CVP 升高,因此对于机械通气和腹压高的患者,CVP 12~15cmH$_2$O 作为复苏目标。

(2)充分氧供:SAP 容易并发呼吸功能不全,出现肺间质水肿、ALI、ARDS 等,连续监测 SpO_2,氧合指数,$PaO_2/FiO_2 \leqslant 300$,应早期给予持续正压辅助通气或气管插管呼吸机支持,如较长时间应用呼吸机,氧浓度不宜高于 40%,呼吸机使用应"早上早下"。低潮气量 6ml/kg,保持平台压$<30cmH_2O$,给予最低量的呼气末正压通气,以防止呼气末肺泡萎陷,根据氧合缺失的严重程度确定呼气末正压的值,再根据为维持合理氧合所需要的吸氧浓度 FiO_2 来调整。

(3)防治感染:应早期给予预防性抗生素。选用能通过血胰屏障对结肠常见菌有效的广谱抗生素,可降低感染发生率。

(4)镇静、镇痛:对 SAP 患者应给予必要的镇静、镇痛,可用丙泊酚、咪达唑仑遵循叫醒原则,Ramsay 评分 3~4 级。一般不用吗啡。

(5)营养支持:给予肠外营养(PN),应用谷氨酰胺;肠道耐受后早期 EN,先用短肽,逐渐改为整蛋白,补充充足热量,增强机体抗感染能力。早期(发病最初 4~5d)给予热量 20kcal/kg,以后逐渐增加热量至 30~35kcal/kg。

(6)抑制胰腺外分泌:禁食、胃肠减压,有助于减轻呕吐及腹胀。用抑制胰液外分泌的药物使胰腺休息。

(7)早期促进胃肠功能的恢复:早期应用硫酸镁、大承气汤及杜秘克等,可促进胃肠蠕动,降低腹内压,保护胃肠道屏障功能,减少细菌及内毒素移位;也促进腹腔渗液的吸收。硫酸镁还可通过促进胆汁排泄,减少细菌感染的机会。腹部理疗等也可促进胃肠道功能恢复。

(8)早期血滤:有利于稳定内环境,清除过多的细胞因子等炎性介质,有利于减轻全身性炎症反应,改善心、肺、肾等器官的功能和清除过多的液体积蓄,使病情严重程度减轻。

(9)糖皮质激素的应用:SAP 循环不稳定者,小剂量持续给药直至循环稳定。如可用氢化可的松,先给予 200mg,再持续给药 0.16mg/(kg·h),一旦血压稳定即停药,一般应用不超过 7d。

3. 手术治疗

(1)早期手术:原则上发病 14d 内均不应进行手术治疗,但出现下列情况时应考虑手术:①大量渗出,有压迫症状时可行腹腔置管引流,或经腹腔镜冲洗引流。②伴有局部感染,病情进一步加重。③腹腔室隔综合征,严重的应行腹腔减压。④胆石性胰腺炎合并胆管炎、梗阻性黄疸、胆管扩张、胰腺病变严重,可根据具体情况早期(72h 内)处理。MAP 可行 LC 和术中胆道造影、取石;SAP 可行内镜下括约肌切开(endoscopic sphincterotomy,EST)或内镜下鼻胆管引流(endoscopic nasobiliary drainage,ENBD),胆囊病变后期再处理。⑤甲状旁腺功能亢进导致胰腺炎,及时处理甲状旁腺功能亢进病变。

(2)急性液体积聚:无菌性液体积聚一般会自行吸收不需要特殊治疗,经皮穿刺引流或者手术引流液体积聚都是没有必要的,反而有可能导致感染。感染性液体积聚可行经皮穿刺引流及抗生素治疗。

(3)胰腺坏死:无菌性胰腺坏死多不主张手术治疗。早期确定胰腺感染,CT 有"气泡征"即可诊断胰腺感染,如无气泡,临床上又疑有胰腺感染,行 CT 引导下细针穿刺可早期诊断胰腺感染。传统的干预方式包括:①有计划的清除坏死组织;②坏死组织清除可以是开放式的也可以是封闭式的;③坏死组织清除及持续的灌洗。非传统的干预方式包括:①单纯的抗生素治疗;②抗生素治疗加经皮穿刺引流;③抗生素治疗加外科引流但不清创坏死组织;④抗生素治疗加微创外科治疗。但无论怎样,手术原则均应是:尽可能的清除感染性坏死组织,保存有生机的胰腺组织;提供有效的引流;手术越晚效果越好,所需手术次数越少。

七、监护要点

AP 患者需要入住有监测设备和专业人员的病房,重型急性胰腺炎应进行加强监护。监护重点为肺、肾、心及其他器官、系统功能,监护指征:$PaO_2 < 8kPa$;尿素氮 $> 1.8mmol/L$;血糖 $> 11.0mmol/L$;CT 分级为Ⅲ级和Ⅳ级;腹腔抽出血性腹水等。

1. 病情观察

(1)密切观察呼吸,多次进行血气分析,及早发现呼吸衰竭。

(2)密切观察神志、生命体征和腹部体征的变化,特别是注意有无高热不退、腹肌强直,肠麻痹等重症表现,为诊断重症胰腺炎及手术提供依据。

(3)密切观察尿量尿比重,鉴别肾功能及时发现肾衰竭。

(4)注意有无手足抽搐,定时测定血钙。

(5)注意有无出血现象,监测凝血功能的改变。

(6)注意生化指标的监测,包括电解质,酸碱平衡和肝肾功能等。

2. 护理要点

(1)卧床休息:剧痛而辗转不安者要止痛、镇静,防止坠床。

(2)禁食和胃肠减压:因为食物中酸性食糜进入十二指肠促使胰腺的分泌,肠管内压力增高,加重胰腺的病变。通过禁食进行胃肠减压可避免呕吐,也可避免食物和胃酸刺激十二指肠分泌大量肠激素而增加肠液的分泌,从而降低酶对胰腺的自溶作用,减轻腹胀,因此,在治疗过程中,禁食和胃肠减压是相当重要的治疗手段。

(3)观察腹部情况和体温、脉搏、血压的变化:休克是急性胰腺炎常见的致死原因,往往是突发性的。要密切观察病情的进展情况,及时向医生反映,协助医生积极抢救。通过液体复苏等抗休克治疗,维持水、电解质平衡和内环境稳定。

(4)合理应用抗生素:胰腺坏死和(或)胆源性胰腺炎可应用透过"血胰屏障"抗生素,预防感染发生。

(5)抑制胰腺酶作用:重症患者早期应用胰酶抑制药。

(6)支持疗法:因患者禁食时间较长,应补充足够的营养。肠内、外营养治疗可促使患者早日康复。在输液中严格执行无菌操作,并注意控制输液速度,注意心、肺、肾功能。

(7)预防压疮:对生活不能自理的患者,协助其在床上大小便,帮患者翻身,行攻下治疗,患者大便量多且次数频繁,应加强会阴、肛周皮肤清洁与保护,保持床单的整洁,动作轻巧,以防压疮发生。

(8)心理护理:对患者进行心理护理,使患者情绪稳定,配合治疗与护理。

(陈　宏　王欣然)

第二节 上消化道大出血

一、基本概念

消化道以屈氏韧带为界,其上的消化道出血称上消化道出血、其下的消化道出血称为下消化道出血。消化道短时间内大量出血称急性大量出血。上消化道大出血临床表现为呕血,血色鲜红或棕褐色,黑粪症并有恶臭(血在肠道被分解)等,若伴有血容量减少引起的急性周围循环障碍,是临床常见急症,病情严重者,可危及生命。

二、发病原因与诱因

上消化道包括食管、胃、十二指肠、空肠上段和胆道。但临床所见,出血几乎都发生在Treitz韧带的近端,很少来自空肠上段。临床常见4大病因为消化性溃疡;消化道肿瘤;急性胃黏膜糜烂;肝硬化门脉高压引起的食管胃底静脉曲张破裂出血。其他原因如胆道出血;胰腺疾病累及十二指肠;主动脉瘤破入食管、胃或十二指肠等。

三、病理生理

当血压下降时,交感神经兴奋,使小动脉收缩,周围血管阻力增加,心率加快,心肌收缩力增强,心排血量增加。静脉张力增加使大量贮血回到循环中,增加有效循化血量。低血容量休克时,交感神经的兴奋促使血液重新分布,肢体、胃肠道、肾脏的血管收缩,血流减少,血流转向心和脑,使心脑得到保护。

四、临床表现

1. **呕血与黑粪** 上消化道出血的临床表现取决于出血的速度和出血量的多少,而出血的部位高低则是相对次要的。如果出血很急,而且量很多,则既有呕血也有便血;由于血液在胃肠道内停留时间很短,呕出的多为鲜血或血块,由于肠蠕动过速,便出的血也是鲜红色的。反之,出血不是很急,量也不是很多,则常为便血,较少呕血;由于血液在肠道内停滞时间较长,经胃肠液的作用形成正铁血红素的影响,呕出的血多呈棕褐色,便出的血多呈柏油样或紫黑色。

2. **失血性周围循环衰竭** 当存在出血且达到一定量的时候,患者会出现一系列自主症状,表现为头晕、心悸、乏力,直立性晕厥、口渴、肢体冷感、心率加快、血压偏低等。当出血量进一步加大,或出血速度加快影响到有效循环血量的时候患者会出现休克症状,主要表现为烦躁不安或神志不清,面色苍白、四肢湿冷、口唇发绀、呼吸急促。BP下降(收缩压$<80\,mmHg$)、脉压小$<25\sim30\,mmHg$、心率加快$>120/min$、尿量减少。

3. **血象变化** 由于消化道出血丧失的是全血,在呕血和黑粪后血红蛋白浓度、血细胞比容、红细胞计数的变化不会立即反映出来,血小板计数在活动性出血后$1h$开始升高,白细胞计数在$2\sim5h$增多,可达$(10\sim20)\times10^9/L$,$2\sim3d$恢复正常。贫血在$3\sim4h$后才出现,其程度取决于失血量、出血前有无贫血、出血后液体平衡状况,一般为正细胞正色素性,可暂时出现大细胞性贫血。网织红细胞(RC)出血后$24h$升高,$4\sim7d$高达$5\%\sim15\%$,以后渐降至正常。RC持续增高提示继续出血。

4. 发热　上消化道出血患者常在 24h 内出现低热、一般＜38.5℃,持续 3～5d 降至正常。这可能与循环血容量减少、周围循环衰竭、贫血等导致体温调节中枢的功能衰竭有关。

5. 氮质血症　3/4 的上消化道大出血的患者,出血后数小时血中尿素氮常可升高,24～48h 达高峰,一般＜6.7mmol/L,3～4d 降至正常,可能与血液在消化道中分解产物吸收和低血压引起尿素氮清除率下降有关。氮质血症不仅与上消化道出血量有关,也与肾功能损害严重程度有关。如果尿素氮迟迟不能恢复正常,提示肾功能持续受损伤,继续有活动性出血,或血液循环量不足。

五、诊　　断

1. 上消化道出血诊断的确立　上消化道出血的诊断一般没有困难,它具有较为典型的表现,主要有呕血、黑粪和失血性周围循环衰竭的表现;呕吐物和粪隐血试验强阳性;Hb、RBC、血细胞比容下降,凡符合以上 3 点同时结合患者病史多可以诊断。

2. 出血量估计　粪隐血试验呈阳性,则提示出血量在 5～10ml;如果患者出现黑粪,则提示出血量在 50～100ml/d;如出现呕血,则提示胃内潴留血液在 250～300ml;如果患者出现头晕、心悸、乏力、口渴等症状,提示出血量＞400～500ml;如患者出现周围循环衰竭症状,则提示出血量＞1 000ml。

3. 出血是否停止的判断　出现下列情况时,应考虑继续出血或再出血:呕血次数增多,粪稀薄或暗红、呕血鲜红、肠鸣音亢进;积极抢救周围循环衰竭无明显改善,或暂时好转又恶化;经快速补液输血中心静脉压不稳;Hb、RBC、血细胞比容继续下降,RC 持续上升;在补液与尿量足够的情况下,血 BUN 持续或再次升高。

4. 出血的病因诊断

(1)临床表现提供线索。上消化道大出血的部位大致可分为 3 个区:①食管或胃底出血(曲张静脉破裂):一般很急,一次出血量常达 500～1 000ml,常可引起休克。临床主要表现是呕血,单纯便血的较少。而且,常在积极采用非手术疗法的同时,短期内仍可反复呕血。②胃和十二指肠壶腹部出血:如:溃疡、出血性胃炎、胃癌等,虽也很急,但一次出血量一般不超过 500ml,并发休克的较少。临床上可以呕血为主,也可以便血为主。经过积极的非手术疗法多能止血,但日后可再出血。③壶腹部以下出血(胆道出血):出血量一般不多,一次为 200～300ml;很少引起休克。临床上表现以便血为主。采用积极的非手术疗法后,出血可暂时停止,但常呈周期性复发,间隔期一般为 1～2 周。

(2)病史提供线索。应详细追问病史。消化性溃疡患者进食和服用制酸药可缓解上腹部疼痛,或过去曾有内镜检查证实有胃、十二指肠溃疡;肝硬化、门脉高压的患者常有肝炎、嗜酒等病史或曾经诊断过食管静脉曲张;进行性体重下降和厌食应考虑有消化道肿瘤的可能;出血性胃炎常有服用损害胃黏膜的药物的病史;当然绝不可忽视,严重创伤、大手术、严重感染、休克等应激反应。

(3)实验室检查:消化道出血患者需要做血红蛋白、红细胞计数、血细胞比容、嗜中性粒细胞计数、肝功能试验(胆红素、碱性磷酸酶、清蛋白、谷草转氨酶、谷丙转氨酶)、凝血功能(血小板计数、凝血酶原时间、部分凝血激酶时间)、血液生化(血尿素氮、血尿素氮/血肌酐比值＞25∶1,提示出血可能来自上消化道)。

(4)辅助检查。

①鼻胃管检查:鼻胃管吸引常可诊断上消化道出血的部位,判定出血的速度。如果鼻胃管放置在食管与胃交界(距门齿 40cm),轻抽有血,提示出血来自食管或胃;如导管进入胃内,抽出清亮胃液,提示抽血部位位于胃以下;如抽出清亮胆汁,可排除出血在十二指肠的近端。

②三腔管检查:三腔管放于胃内,将胃、食管气囊充气压迫胃底和食管下端,用等渗盐水冲洗胃腔,如果没有再出血,证明为食管、胃底曲张静脉破裂出血;如果仍有血液,则以为胃十二指肠或出血性胃炎可能性大。

③内镜检查:早期内镜检查是大多数上消化道出血诊断的首选方法。上消化道出血患者在收住院后,如没有严重的伴发症状,血流动力学相对稳定,应立即行胃十二指肠镜检查,也可在 6～12h 进行,检查距出血时间越近,诊断阳性率就越高。

④X线钡剂检查:适用于没有内镜检查条件、内镜检查未发现或不能确定出血病变部位时,应在出血停止后 36～48h 进行 X 线钡剂检查。此项检查可发现较大的溃疡和肿瘤。

⑤选择性腹腔动脉或肠系膜上动脉造影:内镜检查如未能发现出血病因,出血速度＞0.5ml/min 者,可选择性腹腔动脉或肠系膜上动脉造影,可以发现造影剂外溢的部位、血管畸形等,作为急诊手术前定位诊断具有重要意义。

⑥核素检查:常用静脉注射^{99m}Tc 标记的红细胞,行腹部扫描,作为选择性腹腔内脏动脉造影前的筛选手段,对确定胃肠道出血相当敏感,但定位精确性有限,而且要求出血速度达到 0.05～0.1ml/min。

六、治　疗

1. 一般紧急措施　只要确定有呕血和黑粪,都应视为紧急情况,不管出血的原因如何,对严重上消化道出血的患者都应遵循下列基本处理原则。

(1)三保持:静脉通路、呼吸道、镇静;

(2)严密监测生命体征,必要时心电监护、吸氧、中心静脉压测定;

(3)定期检查 Hb、RBC、血细胞比容、尿素氮;

(4)活动性出血期间禁食。

2. 液体复苏

(1)液体复苏目标:液体复苏的根本目标就是纠正低血容量,增加有效循环血量,以保证有效的心排血量和器官的血流灌注。

(2)液体复苏时机:液体复苏的时机存在争议。传统观念和临床措施是努力尽早、尽快地充分进行液体复苏,恢复有效血容量和使血压恢复至正常水平,以保证脏器和组织的灌注,被称为充分液体复苏或积极液体复苏;近年来提出,限制性液体复苏亦称低血压性液体复苏或延迟性液体复苏,是指机体处于有活动性出血的创伤失血性休克时,通过控制液体输注的速度,使机体血压维持在一个较低水平的范围内,直至彻底止血。其目的是寻求一个复苏平衡点,在此既可通过液体复苏适当的恢复组织器官的血流灌注,又不至于过多的扰乱机体的代偿机制和内环境。

(3)液体复苏液体:包括晶体溶液、天然胶体和人工胶体,选择标准应能满足迅速恢复有效循环血容量、改善心脏循环功能、预防或减轻组织水肿(脑水肿、肺水肿等)、降低颅内压、改善休克患者的免疫功能。

(4)液体复苏终点:液体复苏终点标准包括监测血乳酸、碱剩余、胃肠黏膜 pH、氧供与耗氧量、静脉血碳酸的测定。

3. 三腔管压迫治疗 适用于肝功能较差的患者,连续压迫时间不能超过24h。

4. 内镜止血治疗 具有减少再出血率、降低手术需要性和降低病死率的作用。

5. 药物治疗

(1)抑酸药物:这类药物的使用主要是基于在酸性环境下血凝块的稳定性下降,血凝块溶解发生于胃液pH<6.0。因此,应将胃液pH调整至>6.0的水平,以利于血小板聚集。已证实,质子泵抑制药奥美拉唑对溃疡出血患者有效。

(2)生长抑素:大剂量静脉内给予生长抑素可抑制酸分泌,减少内脏血流,所以理论上具有止血功效。14肽首先给予250μg缓慢静脉推注,继之250μg/h持续静脉滴注,中断5min应重新静脉推注;8肽半衰期长,100μg缓慢静脉推注,继之25~50μg/h持续静脉滴注。

(3)血管加压素:血管加压素可使内脏小动脉收缩,肝门静脉血流量减少,与硝酸甘油联合应用治疗曲张静脉破裂出血,可以减少血管加压素的不良反应。通常为0.2~0.4U/min静脉滴注,持续12~24h。

6. 外科手术和介入治疗 由于各种止血方法不断改进,约80%的上消化道出血患者可经非手术治疗达到止血的目的。对部位不明的上消化道大出血,经积极处理后,急性出血仍不能得到有效的控制,且血流动力学不稳定,应早期手术治疗。手术的目标是止血,如有条件可对原发病做治愈性手术。

七、监护要点

1. 休息、镇静 患者应绝对卧床休息,保持安静,必要时可使用镇静药。但有肝病时禁用巴比妥、吗啡类药物。应有专人护理。因上消化道出血患者常可出现恐惧的心理状态,所以护士应保持镇静,避免慌张,以消除患者的恐惧心理。休克时,可给患者采取休克卧位,注意保暖,保持呼吸道通畅,呕血时头偏向一侧,以免呕出的血液吸入气管引起窒息。

2. 禁食 禁食可以避免进食刺激胃肠道蠕动增强,使出血加重或再次出血。禁食也有利于伤口的愈合。

3. 液体复苏 备好抢救用品,迅速建立2条静脉通路,其中一条最好为中心静脉,以实施液体复苏。补充血容量,及时抽血做血型及交叉配血试验。在输血之前,可先输注血浆代用品。在输液输血过程中,护士应密切观察输液、输血反应;静脉通路是否通畅;输液的速度和输液量,避免因滴速过快输液、输血过多而引起急性肺水肿或诱发再次出血。肝门静脉高压患者输液过多时有增加门静脉压力而诱发再出血的可能。

4. 采取止血措施 协助医生,按医嘱准确用好止血药物,包括内镜下止血,冰盐水反复洗胃,三腔二囊管压迫止血等。

5. 抢救配合与护理 抢救过程应密切观察病情并做记录,应加强:①定时测量血压、脉搏、呼吸,每15~30分钟测量1次,尤其应特别注意在出血性休克早期,血压可正常,脉搏不快但脉压变小,应警惕出血不止,及时通知医生配合处理。如不能及时止血、补充血容量则血压可继续下降或测不出。②观察呕吐物量、性质,大便次数、量、颜色,必要时留取标本。③观察患者神志变化,注意皮肤颜色及肢体是否温暖。④定时观察尿量,如尿少或无尿,则说明血容量不足,若经过补液后尿量仍不改善,说明有继续出血。⑤定期测血红蛋白及红细胞计数。

6. 一般病情观察与护理 除抢救过程中需观察以上病情外,尚需观察:①体温变化,出血后可有低度或中度发热,一般无需特别处理,高热时可用物理降温。②由肝门静脉高压引起食管胃底静脉曲张破裂出血的患者,应注意是否有黄疸、腹水及患者意识状况,发现异常要及时和医生联系。③四肢厥冷,应注意保暖,口唇或指甲发绀,应给患者吸氧。④注意口腔、皮肤的清洁,清除口腔血迹,以免因血腥味引起恶心呕吐,同时亦减少感染的机会。

（王欣然）

第三节　急性肝衰竭

一、基 本 概 念

急性肝功能衰竭(acuteliverfailure,ALF)是由于各种原因引起的肝细胞大量坏死或严重的肝细胞功能损害造成的临床综合征。其主要特点是患者原先无慢性肝脏病,急性突发,短期内可合并 MODS 而死亡,属于危重病抢救病症之一。

二、发病原因与诱因

引起 ALF 的病因复杂。不同地区的病因都不尽相同。不同的病因所致在表现、预后、疗效等方面都是不尽一致。欧美以药物(如乙酰氨基酚)损伤为主;我国则以病毒(主要为 HBV)感染引起的 ALF 比较多见。

三、病 理 生 理

根据损伤机制不同分为直接损伤和免疫介导损伤(图 35-1,图 35-2)。

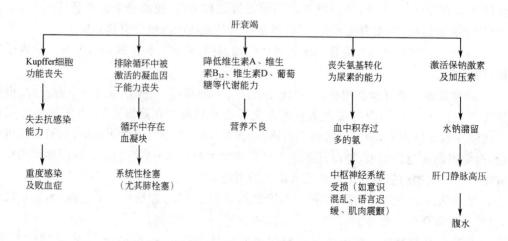

图 35-1　肝衰竭病理生理(一)

1. 直接损伤　病毒等直接引起肝细胞广泛变性,坏死。
2. 免疫介导损伤　细胞因子(如肿瘤坏死因子等),效应细胞(如库普弗细胞等)共同作用,诱导和参与炎症反应,过度的炎症反应,产生细胞毒作用、氧自由基损伤,同时引起细胞凋亡,最终导致肝细胞溶解破坏、肝坏死。

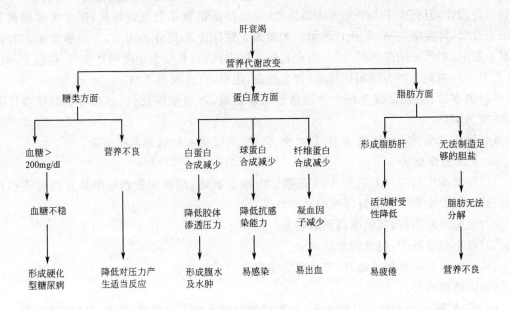

图 35-2　肝衰竭病理生理(二)

四、临 床 表 现

1. 黄疸　短期迅速加深(最初尿色加深,2～3d后巩膜皮肤黄染加重);同时伴有血清胆红素急增(每天增加 17μmol/L 以上,血清总胆红素可高达 171μmol/L 以上);转氨酶升高;凝血酶原时间延长;黄疸持续时间长,出现后患者乏力、食欲缺乏等症状加重。

2. 出血倾向　可有皮下出血点、瘀斑、牙龈出血,甚至消化道出血,多为呕血或便血。

3. 腹胀　可能由于内毒素致肠麻痹而引起,患者腹胀明显。

4. 腹水　仅少数患者有腹水,且量少。

5. 肝臭　是一种腐烂苹果样的气味,可早于肝性脑病出现,这是由于含硫氨基酸分解而来的硫醇不能被肝代谢,由患者肺排出所致。

6. 肝萎缩　ALF 患者的肝常迅速、进行性缩小为一项非常重要的体征,肝萎缩进展较快提示预后不良。

7. 并发其他器官系统功能障碍

(1)肝性脑病:又称肝昏迷,是继发于严重肝疾病的神经精神综合征,是 ALF 的主要临床表现,也是最重要的诊断依据,可在发病后 1～2d 出现。氮过度负荷、碱中毒、药物使用不当是其发生的主要原因。肝性脑病的轻重程度可分为Ⅳ度:Ⅰ度(前驱期)为情绪改变;Ⅱ度(昏迷前期)为瞌睡和行为不自主;Ⅲ度(昏睡期或浅昏迷期)为嗜睡、但尚可唤醒;Ⅳ度(昏迷期)为昏迷不醒,对各种刺激失去反应,瞳孔散大、过度换气和循环障碍。在Ⅲ～Ⅳ期肝性脑病基础上,可发生脑水肿,从而加深昏迷、抽搐、呼吸不规则、血压升高,视盘水肿及脑疝。

(2)肝肾综合征:肝衰竭时出现少尿,甚至无尿,氮质血症,在实验室形态学上都无肾病的表现,称为肝肾综合征。ALF 时急性肾衰竭发生率是 70%,以少尿和肌酐升高为特征,早期大多数为功能性,但有少于 1/3 患者为器质性,主要特征是肾小管急性坏死,尿中大量颗粒管型和细胞管型,肾衰竭是 ALF 死亡的第二大原因。临床上将其分为两型,Ⅰ型通常是在有促发因素下发生,如严重的细菌感染,一般在起病 2 周内死亡;Ⅱ型为中度的肾衰竭,能稳定一段时间(几个月),主要表现为顽固性腹水,如有感染,出血,可进展为Ⅰ型。

(3)肺水肿:主要是肺毛细血管通透性增加造成,呼吸加深加快,起初可引起呼吸性碱中毒,并发 ARDS。

(4)代谢紊乱:低血糖、低血钠、低血钾、低钙、低镁症和酸碱紊乱很常见。

8. 实验室检查

(1)转氨酶可增高,ALT 及 AST 是指示肝细胞破坏、细胞膜通透性增加及线粒体损伤的敏感指标,但发生弥漫性的肝坏死时可不增高。

(2)血胆红素增高,其值越高预后越差。

(3)血小板常减少,白细胞常增多。

(4)血肌酐和尿素氮可增高,提示肾功能障碍。

(5)电解质紊乱。

(6)酸碱失衡,多为代谢性酸中毒,早期可能有呼吸性或代谢性(低氯、低钾)碱中毒。

(7)出现 DIC 时,PT、APTT 延长,FIB 可减少,FDP 增多。

(8)血氨和支链氨基酸/芳香族氨基酸(BCAA/AAA)比例:血氨正常值酶法 18.5~85.3μmol/L、扩散法 34~100μmol/L。BCAA/AAA 比例正常为(3~3.55)∶1。ALF 患者血氨升高,BCAA/AAA 比例下降;若<1 预示将出现肝性脑病,预后较差,但急性肝性脑病时血氨可正常。

(9)胆固醇:血清胆固醇正常值 3.10~6.50mmol/L。ALF 患者血清总胆固醇水平下降,若低于 1.5mmol/L,表示预后较差。

五、诊　　断

1. 诊断依据

(1)患者无肝炎病史,无肝脾大和质地变硬,无腹水,体检时肝明显缩小,全身情况差。

(2)黄疸迅速加深,有肝臭。

(3)严重的消化道症状,食欲缺乏、恶心、呕吐、腹胀、腹泻。

(4)皮肤与消化道出血,严重者可出现出血性休克。

(5)常规生化与血液检查异常。包括凝血时间的显著延长,胆固醇显著下降,胆碱酯酶活力降低,出现胆酶分离现象,重度高胆红素血症,血氨升高,血糖可降低。

(6)脑电图异常。

(7)有肝性脑病、神经系统表现。

2. 程度分级(Child-Puph 分级)　见表 35-1。

表 35-1　肝性脑病程度分级

	1分	2分	3分
脑病程度	无	1,2 级	3,4 级
腹水	无	少量	中～大量
胆红素水平(mg/dl)	1～2	2～3	＞3
白蛋白水平(g/dl)	＞3.5	2.8～3.5	＜2.8
凝血酶原时间延长值(s)	1～4	4～6	＞6
凝血酶原时间(INR)	＜1.7	1.8～2.3	＞2.3
PBC 或 PSC 胆红素水平(mg/dl)	1～4	4～10	＞10

分级(总分):A 级,1～6 分;B 级,7～9 分;C 级,10～15 分
PBC. 原发性胆汁性肝硬化;PSC. 原发性硬化性胆管炎

六、治　疗

患者应在 ICU 实施加强医疗和监护,强调基础治疗的同时,应注重针对三高(血氨、脑脊液与血清中芳香氨基酸、假性神经传导递质升高),三低(血糖、血钾、血清蛋白低),二水肿(脑水肿、肺水肿),二障碍(出凝血功能障碍、肾功能障碍)进行综合治疗。

(一)基础治疗

1. 维持液体平衡。补液量一般为前 1d 尿量加 500～700ml,以满足生理需求为宜。

2. 维持正氮平衡。供给足够热量和糖类以满足生理需要,每日热量 5 025～6 700kJ;控制蛋白质的质与量,减少外援性氨的来源,0.5～1.0g/kg;输注支链氨基酸是治疗肝性脑病最有效措施,其可提供 30%～40%热量以维持脑的能量代谢,可减少体内组织蛋白分解、有助于血浆氨基酸恢复到正常,促进肝和肌肉中蛋白质合成、利于肝细胞修复和再生,减少假神经递质产生改善中枢神经系统功能;脂肪不必过分限制,每日供给 50g 左右。

3. 严格出入量,维持水电解质及酸碱平衡。

(二)改善肝损害所致的内环境

1. 少量多次输注新鲜血或新鲜血浆,可补充多种凝血因子,有助于预防出血,并能提供调理素,增强机体免疫力。

2. 乳果糖的应用。其作用除酸化肠道与轻泻的作用外,还可提供细菌利用氨的基质,所以它能抑制肠道阴性菌繁殖,减少内毒素血症,而且还可降低肠道毒素的吸收,使血氨下降。

3. 血浆置换疗法。可部分清除患者体内中分子量以上的毒性物质,减轻肝内炎症;同时,补充新鲜血浆蛋白、凝血因子等,有利于肝细胞恢复和再生。

4. 生物人工肝治疗。肝具有强大的再生能力,ALF 时,由于肝细胞大量坏死来不及再生而导致患者死亡。暂时性人工肝支持,可以使因肝衰竭所产生的各种有害物质如高度黄疸、高内毒素等得以清除,维持内环境稳定,肝的代谢功能部分被取代,病变的肝可望通过再生而恢复其原有结构和功能。

5. 胰高糖素-胰岛素联合治疗。有抗肝细胞坏死、促进肝细胞再生的作用,已引起人们的注意。常用剂量每日 1mg 胰高糖素＋8～10U 胰岛素置入 10%葡萄糖液 500ml 滴注,须注意滴注速度不宜太快。

6. 肝细胞再生(刺激)因子。促肝细胞生长因子(HGF)能改善微循环,并对维持微循环功

能流速有重要意义。

7. 并发症的治疗

(1)肝性脑病的防治:①去除诱因,限制蛋白摄入,提供足够热量。②降血氨,纠正血浆中氨基酸比例失调,可选用的药物有减少血氨吸收的乳果糖、乳山糖、乳酸菌、新霉素和甲硝唑等,有脱氨作用的门冬氨酸甲镁、乙酰谷酰胺、精氨酸、谷氨酸钠等,同时补充支链氨基酸。③纠正假性神经递质:可选用的药物有溴隐亭、左旋多巴、弗马西尼、昂丹司琼等。

(2)脑水肿、肺水肿的防治:是患者早期死亡的主要原因,治疗应限制液体入量和速度,补充白蛋白和血浆,酌情应用脱水、利尿药,大多数学者支持激素的应用,并结合氧疗和机械通气。

(3)出血的预防和治疗:出血多位于上消化道,应预防性应用 H_2 受体阻断药,合理补充凝血因子,严格掌握输血适应证,长期服用普萘洛尔(心得安)等降低门脉压力药物,如发生出血按上消化道出血进行治疗,但不选择外科治疗。

(4)急性肾衰竭治疗:应扩充血容量、利尿,当存在严重酸中毒、高血钾、肌酐 $>300\mu mol/L$ 或高血容量时,应进行血液透析,选用碳酸氢盐缓冲的透析液。

(5)其他并发症:分别按具体情况进行治疗。

8. 肝移植。随着原位肝移植的迅猛发展,肝移植已成为治疗 ALF 确实有效的方法。

七、监护要点

1. 肝功能衰竭的监测

(1)意识障碍监测:根据意识障碍程度分为 4 期:一期为轻微的性格、行为改变;二期为意识错乱、睡眠障碍、行为失常为主;三期为昏睡状态、但可以唤醒;四期为神志完全丧失、不能唤醒。

(2)基础生命指标监测。

(3)血流动力学监测。

(4)内环境监测:主要为电解质和酸碱指标。

(5)肝功能监测:包括蛋白、糖、脂肪代谢监测。

(6)胆红素代谢监测:正常值总胆红素 $1.7\sim17\mu mol/L$,直接胆红素 $0.5\sim3.4\mu mol/L$,间接胆红素 $1.7\sim13.4\mu mol/L$。肝细胞破坏严重,血清胆红素进行性升高,以结合胆红素为主,谷丙转氨酶先升后降,形成"酶胆分离"现象,提示预后较差。

(7)肝酶谱监测:丙氨酸氨基转移酶(ALT):国际推荐法 $5\sim35U/L$。天冬氨酸转移酶(AST):国际推荐法 $5\sim40U/L$。丙氨酸氨基转移酶(ALT)/天冬氨酸转移酶(AST)比值可以判断预后:$0.31\sim0.63$ 时预后良好,$0.64\sim1.19$ 与预后无肯定关系,$1.20\sim2.26$ 时预后极差。

(8)凝血功能监测:ALF 患者凝血因子合成降低,出现凝血功能障碍。PT 超过 50s,PA$<$20%,提示预后不良,是肝移植的指征。

(9)脑电图:ALF 出现肝性脑病时典型改变是频率变慢,出现 $4\sim7Hz$ 的 θ 波和 $1\sim3Hz$ 的 δ 波。昏迷时两侧可同时出现成对的高波幅 δ 波。

(10)颅内压监测。

2. 消除诱因的护理

(1)掌握利尿药使用注意事项,避免快速利尿。

（2）准确记录 24h 出入量。

（3）每日测体重、腹围。

（4）慎用库存血、禁用吗啡、哌替啶、巴比妥类镇痛、镇静药。

（5）促进肠功能恢复，但禁用肥皂水灌肠。

（6）遵医嘱准确、及时给予，控制感染。

（7）一旦出现肝性脑病先兆，应严禁蛋白质摄入。

3. 用药护理　认真执行医嘱进行药物治疗，注意观察药物的作用、不良反应及用药注意事项。

（1）避免使用镇静催眠药，防止肝及脑的损害。

（2）应用谷氨酸钠或谷氨酸钾时注意观察患者的尿量、腹水和水肿情况。

（3）应用精氨酸时避免滴注速度过快，以免引起流涎、面色潮红及呕吐。

（4）保护脑细胞功能除用药外，可配合用冰帽降低颅内温度，以减少能量消耗。

（5）根据医嘱静脉快速滴注甘露醇防止和治疗脑水肿。

（6）根据医嘱及时纠正水、电解质和酸碱平衡失调，做好出入量的记录。

4. 预防出血的护理

（1）评估患者有无牙龈出血、皮肤瘀斑、黑粪、血尿、呕血等现象，观察患者有无出血征象，如血压降低、脉搏加速、伤口和抽血及导管插入处有渗血等，监测凝血化验结果。

（2）用软毛牙刷或棉球清洁口腔，男性改用电动剃须刀，防止损伤皮肤黏膜。

（3）注射时尽量用小孔径针头，抽血或注射后用适当压力及较长时间压伤口止血，避免按摩。

（4）指导患者避免吞咽过烫、辛辣、粗糙食物。避免引起腹压升高的举动，如咳嗽、打喷嚏、呕吐等。

（5）预防便秘，必要时根据医嘱给予软便药或轻泻药。

5. 三腔管护理

（1）胃囊注气 150～200ml，压力 50mmHg；食管球囊注气约 100ml，监测加压压力约 40mmHg，每 12～24 小时给予放气 15～30min，防止食管、胃底黏膜受压过久糜烂坏死。

（2）定期抽吸患者口腔中的分泌物，或鼓励患者将无法吞咽的口腔分泌物吐出。

（3）床旁备一把剪刀，当胃球破裂时，食管球会往上滑至口咽处，造成呼吸道阻塞，此时要立即用剪刀将食管球充气管剪断。

（4）每 4～8 小时清洁患者鼻孔，并加以润滑，防止发生鼻孔破溃。

（5）观察并记录引流液的性质、颜色及量。

（6）经胃管冲洗胃腔，以清除积血，减少氨在肠道的吸收。

（7）出血停止后放出气囊内气体，保留管道继续观察 24h，无再出血可考虑拔管；拔管前口服液状石蜡 30ml，润滑黏膜和管、囊外壁，抽尽其囊内气体，缓慢轻巧拔管；气囊压迫一般以 3～4d 为限，继续出血者可适当延长。

（8）必要时约束患者双手，防止烦躁或神志不清的患者试图拔管。

（9）多巡视患者，解释治疗方法的目的和过程，对患者加以安慰和鼓励，取得患者的配合。

（吴晓英　徐晓芳　王欣然）

第36章　泌尿系统疾病重症监护

第一节　急性肾衰竭

一、急性肾衰竭的概念

1. 定义　急性肾衰竭,是一组临床综合征;由多种原因引起的肾功能于短期内(数小时至数周)内迅速下降,表现为肾小球滤过功能下降达到正常值的 50% 以下,血清肌酐与尿素氮迅速上升,同时出现不同程度的水肿、电解质与酸碱平衡紊乱、急性尿毒症症状。

原有肾功能不全者,如短期内肌酐清除率下降 15% 也属急性肾衰竭范围。

2. 病因

(1)肾前性急性肾衰竭。任何原因导致的血管内有效循环血容量减少,肾灌注减少,进而肾小球滤过率降低,肾小管内原尿减少、压力下降、流速减慢,同时肾小管对尿素氮、水、电解质的重吸收相对增加,结果导致血尿素氮升高、尿量减少,但尿比重增加,也称为肾前性氮质血症。

包括:低血容量、有效血容量减少、肾血管阻塞、心排血量减少、肾血流动力学异常与肾血管自身调节紊乱。

(2)肾性急性肾衰竭。各种原发与继发性肾实质性疾病、肾前性氮质血症未及时处理后的进展。

包括:肾小管疾病、肾小球疾病、肾血管疾病、肾小管间质疾病。

二、临 床 分 类

病因不同,临床表现也不相同,包括如下 6 种类型:①肾前性氮质血症综合征;②急性肾实质性肾衰竭综合征;③急性间质性肾炎综合征;④急性肾小球肾炎综合征或肾小血管炎综合征;⑤急性肾血管病综合征;⑥梗阻性肾病综合征。

三、临 床 表 现

分为 3 种类型。

1. 少尿型急性肾衰竭　少尿或无尿者。

2. 非少尿型急性肾衰竭　无少尿或无尿表现,而溶质清除率明显下降,导致血清肌酐与尿素氮迅速上升者。

3. 高分解代谢型急性肾衰竭　每日血清肌酐上升速度＞2mg/dl、尿素氮上升速度＞40mg/dl 者,表明组织分解代谢极度增强。

第二节　急性肾小管坏死

急性肾小管坏死是急性肾衰竭的最常见病因。

一、病　　因

临床各种原因导致的持续性严重的肾缺血、缺氧,或肾中毒(外源性毒素、内源性毒素)所引起的肾小管结构性破坏。

二、病　　理

1. 肾缺血型　早期可出现肾小管上皮细胞空泡变性、脂肪变性、肿胀,晚期则肾小管上皮细胞出现坏死、核固缩,脱落形成颗粒管型;肾小管基底膜断裂,尿液外渗后肾小管间质出现充血、水肿与炎细胞浸润。无断裂的肾小管可见上皮细胞再生现象,发生基底膜断裂者则无法再生。

2. 溶血与挤压　肾内血管痉挛、肾皮质缺血、肾小管内血红管型或肌红蛋白管型。肾小管基底膜断裂时尿液外渗而引起间质水肿与炎症反应。

3. 肾中毒型　病变部位的肾小管损伤相对均匀、上皮细胞变性与坏死,肾小管基底膜断裂现象较少,可出现上皮细胞的再生。

三、临床表现

根据尿量可分为少尿型急性肾衰竭与非少尿型急性肾衰竭,前者又可分为少尿期或无尿期、多尿期、恢复期。

1. 少尿型急性肾衰竭

(1)少尿期:损害后的 1~2d 进入到少尿期;少尿指每天尿量＜400ml;无尿指每天尿量＜50ml;少尿期一般持续不超过 4 周,平均 10d 左右;时间越长说明肾损害越重,超过 4 周者常提示肾存在广泛皮质坏死。

①水钠潴留:全身水肿、血压升高、脑水肿、心力衰竭、肺水肿。后两者是常见死亡原因。

护理重点:早期出现的水钠潴留主要源于水钠摄入的限制不严,应特别注意水钠的入量包括经口入与液体输注量;观察尿量变化,掌握量出为入的原则。同时密切观察患者临床症状与体征如水肿及严重程度变化(反映体内体液量的变化)。在经过临床指标判断患者是否存在脑水肿、是否存在肺水肿、是否存在心力衰竭、严重的电解质紊乱等。

②电解质紊乱:主要表现为高钾血症、低钠血症、高磷血症、低钙血症。

a. 高钾血症。血钾＞6.5mg/dl。临床表现为烦躁或嗜睡、恶心与呕吐、四肢麻木、胸闷气短、心动过缓与心律失常等症状与体征;心电图 T 波高尖、QRS 增宽、P-R 间期延长、P 波消失、房室传导阻滞、室颤或停搏。

b. 低钠血症。主要源于少尿或无尿后的稀释性低钠。护理重点着重于每日输注液体的渗透压、液体输注量。

c. 高磷血症。主要源于少尿或无尿导致磷的排出减少。护理重点在于防止组织大面积坏死而导致的磷释放,在胃肠外营养时注意磷含量。

d. 低钙血症。常见于急性重症胰腺炎与肌肉溶解综合征(挤压综合征等)。由于这些患者常存在酸中毒,所以游离钙不一定低,在病情纠正或纠酸过程中将会出现低钙性抽搐。

③代谢性酸中毒的症状与体征。表现为恶心呕吐、疲乏无力、嗜睡、呼吸深大呈现 Kusmul 呼吸。严重者可致昏迷。心肌与周围血管对儿茶酚胺的反应性低下,抗休克能力低下,常出现休克、低血压等。

④尿毒症症状与体征。

a. 消化道:食欲缺乏、恶心呕吐、腹胀腹泻。

b. 呼吸系统:肺水肿、呼吸困难、咳痰憋气、胸痛、咯血、胸腔积液等。

c. 循环系统:心慌气短、心力衰竭、心律失常、心包积液。

d. 中枢神经系统:意识障碍、躁动、谵妄、抽搐、昏迷等。

e. 血液系统:出凝血功能紊乱、出血、贫血等。

(2)多尿期:少尿期后尿量逐渐增多,进入到多尿期,早期阶段血清中溶质如尿素氮与肌酐可能不会降低,尿量逐渐过渡到 3 000～5 000ml/d,提示肾功能正在恢复,大约 1 周后血清中溶质成分开始下降,症状改善。但易于出现低血容量、低血钠、低血钾。患者有可能死亡。

(3)恢复期:肾功能逐渐恢复,血清尿素氮、肌酐等下降至正常水平。但肾功能的彻底恢复需要 6 个月至 1 年的时间。部分患者肾功能则无法恢复而终身替代治疗。

2. 非少尿型急性肾衰竭 患者肾衰竭的同时,平均每日尿量超过 1 000ml。与少尿型相比,并发症发生率与病死率均低。非少尿型常由于药物如氨基糖苷类或造影剂等引起,而少尿型常由于手术、肾缺血引起。

生化指标变化较少尿型轻,需要进行透析治疗者较少。但总体病死率仍高达 26%。所以及时发现与处理是存活的关键。

3. 高分解型急性肾衰竭

(1)常见诱因:大面积外伤或烧伤;挤压伤;大手术后;严重感染高热、脓毒症。

(2)病理生理特点:大量组织坏死、变性,导致组织分解代谢极度旺盛,引起血清尿素氮、肌酐、血钾迅速上升,HCO_3^- 迅速下降,重度酸中毒。

(3)预后:病死率高,主要死因为高钾血症与严重的酸中毒。常合并多脏器功能衰竭、重症感染。

四、治疗与预防

主要包括控制与纠正原发疾病或致病因素、利尿治疗、其他综合措施。

1. 控制原发病或致病因素

(1)纠正水、电与酸碱平衡、恢复血容量:特别是老年人与原有肾病者。

(2)抗休克:注意休克时内脏血管可能处于收缩状态,单纯应用收缩血管药物对肾功能可能具有不利的影响,在扩容的基础上较好。在恢复血容量的同时,降低外周血管阻力与黏滞度,增加肾灌注。

（3）有效抗感染治疗：积极治疗存在的感染性疾病，但注意应选择肾毒性低的药物，必要时配以清创处理。

（4）预防 DIC：有效控制感染与抗休克是预防 DIC 的关键环节。多巴胺的肾剂量 $1\sim3\mu g/$（kg·min），最好配合利尿药。

2. 利尿治疗　适合于血容量恢复后、休克纠正后尿量仍然不增加的患者；利尿可以增加尿量与肾小管内的尿流率，减少管型形成的机会，从而有可能降低小管内压力而增加肾小球滤过率；以多巴胺与呋塞米联用效果为佳。

3. 非手术疗法

（1）少尿期：以控制液体入量为最重要，应"量出为入"；液体入量：小于或等于前 1d 的全部出量＋500ml；体液出量包括尿量、大便量、呕吐量、引流量、伤口渗出量等。

（2）多尿期：以防止脱水与离子水平低下为主，多尿 1 周后尿素氮与肌酐水平下降，此时宜补充蛋白质，以利恢复。

（3）恢复期：主要是防止应用肾毒性药物为主，防止出现新的肾损害。

4. 透析疗法　是抢救急性肾衰竭最有效的手段，可降低病死率、缩短病程。

适用于：少尿或无尿 2d；尿毒症症状明显；肌酐清除率下降 50％以上；血钾（6.5mmol/L；严重代谢性酸中毒：$CO_2CP\leqslant13mmol/L$；水中毒表现如脑水肿与肺水肿等。

5. 营养疗法　热量需要量＝基础代谢率×1.25×应变因素。

6. 抗感染治疗　感染是 ATN 的常见病因，也是主要的死因；在制定抗感染方案时要特别注意避免应用肾毒性药物，以及肾损后药物代谢的变化。

7. 贫血与出血的处理　贫血一般不重，多在 $8\sim10g/dl$；多不需要做输血处理；因 ATN 患者可以出现血小板减少、功能低下、毛细血管脆性增加、凝血酶原生成障碍，常有出血倾向，表现为瘀斑、鼻出血、呕血、便血，严重病例应考虑进行胃切除术方可挽救生命。

（刘文虎）

第三节　肾　损　伤

教 学 目 标

1. 熟悉肾损伤的诊断和临床表现。

2. 掌握肾损伤患者的概念、临床分期和护理要点。

一、肾损伤概念

当人体受到枪伤、刀刺伤、车祸或外界直接暴力、间接暴力而导致的肾组织结构的异常改变称为肾损伤。

正常情况下它深藏于肾窝，受到周围结构较好的保护不易受到伤害。肾前面有腹壁和腹腔内容物；后面外侧有肋骨；上面有膈肌罩住；内侧和后面有脊椎和背部的肌肉的保护。肾脂肪囊对肾有一定的保护。正常肾有 $1\sim3cm$ 活动度，使肾在一定程度上避开致伤的全部暴力，从而减少或避免损伤。

二、损伤的特点

1. 肾损伤的发生率较低。有一报道：在 20 年内 150 212 例外科住院患者中，肾损伤占 53 例。

2. 右侧肾损伤较多见（因为右侧肾位置较左侧肾低）。

3. 损伤多见于 20～40 岁的男性。与从事剧烈体力劳动和体育活动有关。由于儿童肾周围保护作用较成年人弱，肾异常较多，因此儿童肾损伤发病率较成年人高。

三、肾损伤的诊断

（一）受伤的机制分类

可分为开放性损伤、闭合性损伤，其中闭合性损伤占肾损伤的 70％，包括：直接暴力、间接暴力、肌肉强烈收缩等原因。

（二）损伤的病理分类

可分为肾挫伤、肾裂伤、肾全层裂伤、肾蒂损伤、病理性肾破裂。肾挫伤及浅表肾裂伤属轻型肾损伤，其他属重型肾损伤。在闭合性肾损伤中，轻型肾损伤占 80％～85％。重型肾损伤占 10％～15％。

（三）肾损伤的诊断

肾损伤的诊断可根据受伤史、症状与体征、尿常规检查、X 线静脉肾盂造影等而确定。

1. 外伤史　对诊断十分重要，对受伤过程中的任何细节都应引起重视，这对全面估计伤情，进一步诊治具有重要的意义。

2. 临床表现　主要症状有休克、出血、血尿、疼痛。

（1）休克：早期休克多因剧烈疼痛所致，后期与大量失血有关。休克程度与伤势、失血量、有无其他脏器复合伤有关。在开放性肾损伤中约 85％合并休克，在闭合性肾损伤中约 40％合并休克。如在短时间内迅速出现休克或在快速输血后，休克仍不能纠正，常提示有严重的内出血，无论有无血尿也应考虑有重型的肾损伤、肾蒂损伤或合并其他脏器的损伤的可能。

（2）血尿：血尿是肾损伤的主要症状之一，90％以上患者有血尿，多数是肉眼血尿，亦可为镜下血尿。血尿的轻重与肾损伤的程度不一定一致，有时虽然血尿轻微，甚至仅为镜下血尿，实际为严重的肾损伤；如合并输尿管损伤、肾盂破裂、血块阻塞输尿管、肾蒂损伤或休克时，患者常表现为无尿状态。对伤后休克无法排尿者，应及时予以导尿检查。多数病例血尿是一过性的，初始血尿较多，几天后逐渐消退。起床活动、用力、继发感染是继发血尿的诱因，多见伤后的 2～3 周。少数病例镜下血尿可持续很长时间，甚至几个月。

（3）疼痛：伤后出现同侧肾区及上腹部疼痛，轻重程度不一。一般为钝痛，是由于肾实质损伤和肾被膜膨胀所致。局部检查有压痛和强直，移动身体时加重；疼痛可局限在腰部或上腹部，亦可播散到全腹。如伴有腹膜破裂、尿外渗、伴有腹腔其他脏器损伤时，可出现全腹压痛等腹膜刺激症状。当血块通过输尿管时可出现肾绞痛。

（4）痛性肿块：肾损伤时由于血液及外渗尿液积存肾周，可形成不规则的痛性肿块。如肾周被膜完整则肿块局限；否则在腹膜后间隙可形成广泛性肿块。伤后短时间内由于肌肉张力增强，肿块常难以触及。但是患者伤侧的腰部及肾区饱满，上腹部叩诊浊音，提示肾周有肿块存在。为了缓解疼痛,患者多呈现脊柱侧弯体形。

3. 检查　可发现患者伤侧腰部皮肤擦伤、挫伤、肿胀明显。肌紧张和压痛。可伴有腹膜刺激征。若继发感染则体温升高、白细胞增多、局部疼痛更剧烈。

(1)尿液检查。

①尿液为诊断肾损伤的依据。外伤患者首先应检查尿常规,排除肾的损害。

②对伤后不能自行排尿者应及时导尿检查。

③血尿程度与肾损伤程度一般情况下成正比。血尿越重说明肾损伤的程度越重。个别情况下血尿与损伤程度不一致,应提高警惕。

④对伤后无血尿者不能忽视肾损伤的可能性。有 10%～25% 肾损伤患者可无血尿。

⑤对肉眼血尿严重者,每 30 分钟收集尿液 1 次留在试管中,对比尿色深浅,可以了解病情进展情况。

(2)影像学检查。

①X 线平片:X 线检查对肾损伤的诊断极为重要,应尽可能及早进行。对轻型的肾损伤表现不明显。对重型的肾损伤可表现为:肾阴影增大提示有被膜下血肿;肾区阴影扩大暗示肾周围血肿;肾周组织有大量血液和尿液时则表现为肾阴影模糊、伤侧膈肌抬高等。腹部空腔脏器损伤可发现腹腔内游离气体、气-液平面。X 线还可发现气胸、骨折、异物等严重损伤的证据。

②排泄性静脉肾盂造影:可了解肾损伤的程度和范围。由于伤后肾血流量减少及肾功能受损的影响,用常规剂量造影剂仅有 30%～50% 伤肾显影。因此,在无休克或纠正休克后,患者完全清醒状态下采用双倍剂量或大剂量 IVP 检查,即在 5min 内静脉滴注 60% 泛影葡胺100ml,完毕立即拍片,以后按常规间隔序列拍片。IVP 检查尽量在伤后 2h 内进行,以免肠胀气影响显影。

③轻度肾损伤:无任何变化或仅有个别肾盏轻度受压变形。

④广泛肾损伤:弥漫不规则的阴影可扩展到肾实质的一部分或肾周;肾脏延迟显影。集合系统有撕裂伤时可见造影剂外溢,外溢的多少可作为损伤程度的判断依据。

⑤肾动脉造影:经大剂量 IVP 检查伤肾未显影,此类病例中 40% 为肾蒂损伤。此项检查应在受伤 2h 以后、病情稳定的情况下进行,以避免受外伤所致早期血管痉挛的影响。目前,多由 CT 取代。只有当 IVP、CT 均显影不佳时采用。

⑥CT:在发现肾损伤和评估严重性方面有明显的优越性。对损伤的立体改变比 IVP 更加敏感。不仅能准确显示肾的损伤,也能发现其他损伤。轻度肾损伤:肾影增大、新鲜的出血或血肿可见高密度影。较大的被膜下血肿使肾实质边缘受压变平。整个血肿显示椭圆形或梭形。肾断裂、收集系统损伤时有造影剂外溢。

⑦其他检查:B 超有助于了解对侧肾,也可以随访血肿的大小变化。亦可作为鉴别肝、脾被膜下血肿。

影像学检查是诊断肾损伤的重要手段,应根据受伤原因、伤情、血尿程度等不同情况采用。

4. 肾损伤的治疗原则　①原则上尽量保留肾,实行非手术治疗。不能轻率行肾切除手术。对于经过非手术治疗效果不好的尽快改为手术治疗。②对休克患者紧急抢救,纠正休克;及时检查处理其他脏器的损伤。

(1)非手术治疗。

①非手术治疗的指征:肾挫伤、轻型肾裂伤未合并胸、腹腔脏器损伤者。

②非手术治疗方法。

a. 绝对卧床休息 2 周以上。

b. 镇静止痛、预防和抗感染治疗。

c. 必要时补充血容量,保持足够的尿量。

d. 密切观察血压、脉搏、血常规、腰腹部体征和血尿的变化情况。

e. 多数患者经过积极治疗能迅速好转。但肾小裂伤的愈合需 4～6 周,因此剧烈活动应在症状完全消失后 1 个月才能进行,以免发生再度出血。

f. 对于在非手术治疗中,患者血尿无减轻,红细胞记数、血红蛋白量和血细胞比容进行性下降,或肾区肿块增大、尿外渗症状明显时,均应立即采取手术治疗。

(2)手术治疗。

①肾损伤手术治疗的适应证:有下列情况者应尽快实行手术治疗。

a. 开放性肾损伤。

b. 严重休克经大量输血仍不能纠正者。

c. 肾区包块迅速增大。

d. 检查证实为肾粉碎伤、肾盂破裂及肾蒂损伤。

e. 合并腹腔脏器损伤。

f. 经 24～48h 非手术治疗无效者。

②肾损伤手术治疗的方法。

a. 肾被膜下血肿清除术:被膜下少量的积血、血肿可自行吸收。大的血肿可压迫肾影响其功能;还可继发肾周感染;需要手术治疗。

b. 肾修补术:对于肾挫裂伤非手术治疗效果不佳者行手术修补术。

c. 肾部分切除术:对于肾部分断裂无法修补的行肾部分切除术。

d. 全肾切除:对侧肾功能良好、无法保留的肾采取全肾切除。

肾切除的指征:第一、无法控制的大出血。第二、广泛肾裂伤、战时贯通伤。第三、无法修复的肾蒂严重损伤。第四、伤肾原有病理改变如肿瘤、脓肿、巨大结石、积水等且对侧肾功能良好、伤肾损伤严重无法保留和修复者。

e. 自体肾移植术:对于肾蒂断裂、肾脏完好的可行自体肾移植手术。

5. 开放性肾损伤的观察及术前准备

(1)迅速建立 2 条静脉通路。开放性肾损伤多伴有休克,应积极抗休克治疗,补充胶体液。同时留取血样标本、留取各种血生化检查标本,为化验血型、输血、生化检查做好准备。

(2)给予持续心电监测,随时观察生命体征 BP、P、R、SpO_2 变化,观察患者神志、皮肤、面色;观察有无颅脑、胸腔、腹腔及骨折等复合损伤,对于肾损伤严重,患者处于危急状态时应紧急采用伤口填塞法止血;,等待患者情况好转后再手术。

(3)严密观察局部伤口出血情况及血肿、尿外渗程度;留置导尿并认真记录血尿的量、性质;做尿液比色检查,以判断出血进程。同时做好患者术前的各项准备工作,如皮肤的准备、肠道的准备、药物过敏试验等。

(4)做好患者及家属的心理护理:此时的患者和家属多有恐惧、紧张的心理,护士及时消除患者的紧张情绪,减轻患者的恐惧感,劝解患者积极配合治疗,对患者平稳度过危险期有很大的帮助。

6. 手术后护理要点

(1)专人护理,一切监护设施、抢救物品准备齐全。

(2)了解手术中患者的情况和手术的方式;为患者制定切实可行的护理计划、护理措施。

(3)根据相应的麻醉方式做好麻醉后的安全护理。全麻术后保持呼吸畅通,防止误吸;持续心电监测、持续低流量吸氧,每 15~30 分钟记录 BP、P、R 1 次。每 4 小时测量体温 1 次。及早发现问题及时向医生汇报。

(4)严格遵照医嘱给予补液、输入抗生素、止血药,并观察用药后的反应。记录 24h 的出入量,保持水、电解质的平衡保持各种引流管的有效引流;认真记录各管的引流量、观察引流的性质;当出现血尿加重、引流液鲜血增多时及时通知医生处理。

(5)观察伤口局部的渗出情况,及时督促更换敷料,预防伤口感染。当大量鲜血渗出时警惕再次出血的可能。伤口疼痛影响患者的恢复,遵医嘱适当使用镇痛药,并采取分散患者注意力方法缓解疼痛。

(6)观察患者的神志、末梢循环、肢体活动、温度情况。防止长时间卧床诱发下肢深静脉血栓、脑血管意外及心脏病。及时询问患者的主诉,及早发现及早处理。

(7)患者术后根据手术方法决定卧床时间,肾修补或部分切除患者必须绝对卧床至少 2 周以上,避免再次出血;全肾切除患者卧床 1 周。告诉患者绝对卧床的重要性,使其积极配合。卧床期间做好生活护理,防止继发肺部感染、尿路感染、皮肤感染。给予雾化吸入,保持皮肤干燥、尿管及引流管保持通畅。及时满足患者的生活需要,协助患者变换舒适体位等。术后肠蠕动恢复后可逐渐进流食、半流食,软食。饮食以清淡、高营养为主。

(8)针对患者术后知识缺乏的特点,做好恢复期间的卫生健康指导,提醒患者需要注意的问题,如避免术后剧烈活动,减少诱发出血因素;对于伤肾切除的患者护士更要做好宣教,教会患者对健侧肾的保护方法。

(闫建环)

第37章 神经系统重症监护

神经外科危重症监护涵盖了大量病理生理特征各异的疾病。这些疾病又可能引起特有的并发症,而这些并发症必须得到诊断与及时治疗。因此,在 ICU 参与神经外科患者治疗的医护人员必须熟知中枢神经系统疾病的临床特征、并发症及治疗。

第一节 颅脑损伤

一、基本概念

见表 37-1。

表 37-1 颅脑损伤概念

脑震荡(concussion)	闭合性脑损伤导致的意识障碍
脑挫裂伤(contusion)	CT 表现低密度或高密度(也称"出血性脑挫裂伤",一般占位效应小于损伤的体积)。通常发生于头颅突然减速性损伤造成脑与颅骨突起的冲击点区域,如额极、颞极和枕极。如果有脑疝危险有时需要进行手术减压
对冲伤(contrecoupinjury)	除了位于冲击点的脑损伤之外,其对侧部位脑组织与颅骨撞击,导致脑挫裂伤,典型部位同上
弥漫性轴索损伤(diffuseanxonal injury,DAI)	旋转性加速或减速外力造成的原发性脑损伤。严重病例可见脑深部结构多发点状出血,位于胼胝体和脑干等,显微镜下可见轴索弥漫性损伤的病理改变:轴索回缩球、微胶质星和白质纤维束退行性改变。一般认为是脑外伤后立即出现原发昏迷的病理基础,而 CT 未出现占位性损害(有时也可以伴有硬膜下和硬膜外血肿)

脑震荡常见特点(表 37-2)。

表37-2 脑震荡常见特点

- 无目的凝视或语言表达不清
- 语言和运动反应迟钝：回答问题或遵嘱运动减慢
- 注意力易分散，不能集中精神，无法行使正常的活动
- 定向力障碍：不能分辨方向、日期、时间和地点
- 语言改变：急促不清或语无伦次，内容脱节或陈述无法理解
- 动作失调：行走磕绊，不能保持连贯的行走
- 情感夸张：不适当的哭泣，表情烦躁
- 记忆缺损：反复问已经回答过的同一问题，不能在 5min 之后回忆起刚提到的 3 个物体的名称
- 意识丧失时间长短不一：肌肉弛缓性昏迷，对刺激无反应

二、颅脑损伤严重程度分级

尽管有许多批评意见，格拉斯哥昏迷评分（Glasgow coma scale，GCS）仍然是最广泛和便于应用的分级标准。见表 37-3。

表37-3 颅脑损伤严重分级

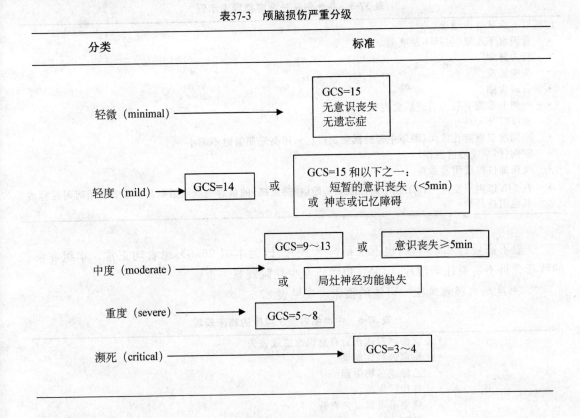

三、颅内损伤风险的临床分类

一多中心协作组对 7 035 例头外伤患者进行了前瞻性的随访，以估计发生颅内损伤（intracranialinjury，ICI）的可能性，并评价了头颅 X 线片的应用价值。该研究按照出现颅内损伤的可能性将患者分为 3 组，描述如下。该分类与来自意大利 10 000 例患者分析的 4 级划分非常接近。

1. 低度颅内损伤风险 可能的临床表现见表37-4。

表 37-4 低度颅内损伤风险的临床表现

- 无症状
- 头痛
- 头昏头晕
- 头皮血肿、裂伤、挫伤、擦伤
- 未出现中度和高度颅内损伤的表现标准(无意识丧失等)

本组患者出现 ICI 的可能性极低,即使 X 线片可见颅骨骨折,ICI 的风险也只有≤8.5/10 000例(95%CI)。注意:此类中不包括有意识丧失病史的患者。

处理建议:可以回家观察,要交给患者"头外伤院外观察指导卡",内容见表37-5。

表 37-5 头外伤院外观察指导卡示例

出现以下症状立即随诊
- 意识水平改变(包括不易唤醒)
- 行为异常
- 头痛加重
- 言语含糊
- 一侧上肢或下肢力弱或感觉丧失
- 持续呕吐
- 一侧或双侧瞳孔散大(眼球中部的圆形黑眼仁),用亮光照射时不缩小
- 癫痫(痉挛或抽搐发作)
- 受伤部位肿胀明显加重
- 在 24h 以内不要应用作用强于对乙酰氨基酚(扑热息痛)的镇静催眠或镇痛药。不要应用阿司匹林或其他消炎药物

一般不需要行 CT 检查;也不主张行 X 线片,因为本组 99.6%患者均正常。本组非移位的线形骨折不需要任何治疗,但是可以考虑至少住院观察一夜。

2. 中度颅内损伤风险 可能的临床表现见表37-6。

表 37-6 中度颅内损伤风险的临床表现

- 受伤当时或伤后有意识改变或丧失
- 头痛进行性加重
- 乙醇或药物中毒
- 外伤后癫痫
- 病史不可靠或欠充分
- 年龄<2 岁(除非外伤轻微)
- 呕吐
- 外伤后遗忘
- 颅底骨折的征象
- 多发损伤
- 严重的面部损伤
- 可能存在颅骨穿通或凹陷骨折
- 可疑儿童虐待
- 明显的帽状腱膜下肿胀

处理建议如下。

(1)平扫头颅 CT 检查:本组临床表现本身易于遗漏严重的颅内损伤。8%～46%受到轻度头外伤的患者出现颅内损害,最常见的是出血性脑挫裂伤。

(2)头颅 X 线片:除非无条件做 CT 检查,一般不主张采用。因为即使 X 线片正常也不能除外颅内损伤,不具有诊断价值;只有在明确有凹陷骨折时才有重要意义。

(3)观察:院外观察。如果患者的表现符合表 37-6 所列,则给患者的监护人"头外伤院外观察指导卡",见表 37-7。

表 37-7 院外观察的决策标准

- 头颅 CT 正常
- 初次检查 GCS≥14
- 未满足高度风险的标准(表 37-8)
- 未满足中度风险的标准(表 37-6)
- 患者当时神经系统功能正常(对受伤事件的遗忘是可以接受的)
- 有清醒可负责的成年人监护患者
- 患者在必要时能够方便地回到医院急诊室
- 没有伴随的复杂情况(如,没有可疑家庭暴力,包括儿童虐待)

住院观察:如果患者的条件不符合表 37-7(包括无条件做 CT 检查),需要住院观察除外神经系统功能的恶化。

住院密切观察并且只在病情出现恶化时(GCS≤13 分)再做 CT,与常规早期 CT 检查对颅内血肿诊断的敏感性和可靠程度是一样的;这种策略比常规做 CT 来决定院外观察的总体诊疗成本低。

3. 高度颅内损伤风险　可能的临床表现见表 37-8。

表 37-8 高度颅内损伤风险的临床表现

- 意识障碍:没有明确的乙醇、药物、代谢疾病、癫痫发作等原因
- 局灶神经系统体征
- 意识水平进行性下降
- 颅骨穿通损伤和凹陷骨折

处理建议

做 CT 检查,住院。如果出现局灶体征,通知手术室做好准备。病情迅速恶化者,考虑于急诊室钻孔("探查性钻孔");决定是否需要颅内压监护。

X 线片检查很可能发现存在颅骨骨折,但无助于充分估计颅内损伤。该检查对急诊室定位颅内异物可能有价值,但如果贻误救治时间则应省略。

四、处理细则

(一)轻度颅脑损伤的入院医嘱(GCS≥14 分)

1. 限制活动:卧床休息,头部抬高 30°～45°。

2. 神经系统检查(neurocheck)Q2h(需要密切观察者 Q1h,并考虑入 ICU)。

3. 禁食至意识清楚为止,然后给予清流食,根据患者反应改变饮食。

4. 等张液静脉滴注(如 NS+20mmol/L KCL);维持速度,一般成年人约 100ml/h,儿童 2 000ml/(m·d)(使患者处于脱水状态的观念是错误的)。

5. 镇痛药:对乙酰氨基酚口服(若禁食则直肠给药),必要时可用可待因。

6. 止吐药:须避免频繁用药产生过度镇静作用;忌用酚噻嗪类止吐药(降低癫痫阈值);可予曲美苄胺(Tigan®)成年人必要时 200mg IM Q8h。

(二)中度颅脑损伤的入院医嘱(GCS≤13 分)

1. 上述轻度损伤医嘱中除了须禁食以备手术需要之外,其他内容均适用。

2. GCS=9~12 分者,GCS=13 分者若 CT 可见明显异常,收入 ICU。

3. 患者 CT 表现正常或基本正常病情应于数小时内缓解;在 12h 内仍不能达到 GCS14~15 分时应复查 CT。

(三)肌松药和镇静药的早期应用(颅压监测之前)

颅脑损伤患者常规应用肌松药和镇静药可能使肺炎的发生率增加和住 ICU 的时间延长,并易出现败血症。这些药物也使医生无法观察神经系统体征变化。其应用仅限于有明确颅内压增高的患者(表 37-9),或为了运送患者和检查的需要。

表 37-9　颅内压增高的临床征象

1. 一侧或双侧瞳孔散大
2. 瞳孔光反应不对称
3. 去脑或去皮质状态(一般是瞳孔散大的对侧)
4. 神经系统检查进行性恶化,排除颅外因素的作用

(四)气管插管和过度通气

1. 气管插管的适应证

(1)意识水平低(患者不能保护自己的呼吸道),一般 GCS≤7 分。

(2)需要过度通气:见下文。

(3)严重颌面损伤:呼吸道明显受压狭窄。

(4)由于诊断或达到治疗目的需要药物肌松。

2. 气管插管的注意事项

(1)如果可能存在颅底骨折应忌用鼻导管,以免经筛板进入颅内,而选用口腔插管。

(2)气管插管后不宜使用 GCS 评分估计病情。

(五)过度通气(HPV)

1. 由于可能加重脑缺血,不应预防性应用过度通气。

2. 在进行颅内压监测之前,只有 CT 和体征(表 37-9)表现颅内压增高时可以短期应用。

(1)符合适应证时,通过 HPV 将 PCO_2 控制在 30~35mmHg。

(2)禁忌使 PCO_2 低于 30mmHg,否则将进一步降低脑血流量且无助于降低颅内压。

(六)甘露醇的应用

1. 应用适应证

(1)具有颅内压增高的表现(表 37-9)。

(2)出现占位效应(局灶症状,如:偏瘫)。

(3)CT 检查之前突发病情恶化(包括瞳孔散大)。

(4)CT 提示病变引起颅内压增高。

(5)CT 检查后准备入手术室。

(6)评价抢救成功的希望:观察脑干功能消失者是否能出现脑干反射。

2．禁忌证

(1)不具备适应证者:由于甘露醇的容量损失效应,不主张泛用。

(2)低血压和低血容量:低血压可使预后不良,因此当颅内压增高时首先应用镇静肌松药和脑脊液引流;进一步的措施可在补充液体之后应用甘露醇;低血容量患者在适合应用甘露醇之前可先进行过度通气。

(3)相对禁忌:甘露醇能够轻度妨碍正常的凝血功能。

(4)充血性心力衰竭:在利尿作用之前甘露醇先增加血容量,要慎用于心力衰竭患者,应用之前可先给予呋塞米。

(七)预防应用抗癫痫药

常规预防性应用抗癫痫药物并不能防止远期的外伤后抽搐发作,因此除了在某种特殊情况下之外是没有意义的。表 37-10 再次阐明了增加早期癫痫发作的风险因素。

表 37-10　外伤后癫痫发作的危险因素

- 急性硬膜下、硬膜外和脑内血肿
- 开放-凹陷性颅骨骨折伴脑实质损伤
- 外伤后 24h 内有过癫痫发作史
- 格拉斯哥昏迷评分(GCS)10 分以下
- 颅脑穿通伤
- 有明显的酗酒史
- CT 可见皮质(出血性)脑挫裂伤

(八)外伤性蛛网膜下腔出血

创伤是蛛网膜下腔出血最常见的原因。有些证据表明尼莫地平可以改善 CT 表现伴有蛛网膜下腔出血的脑外伤患者的预后。处方:60mg 口服或经鼻胃管每 4 小时 1 次,控制血压。

五、颅脑损伤重症患者的监测与护理

生命体征包括:意识、血压、呼吸、脉搏、瞳孔、体温,是人对疾病的应激反应和身体功能障碍的反应,由生命体征的变化可以判断患者病情轻重的程度,认真观察,及时记录患者生命体征,对神经外科监护工作有重要的指导意义。

(一)意识水平的评定

GCS 法:将颅脑损伤后刺激患者的睁眼反应(觉醒水平)、语言行为反应(意识内容)及运动反应(病损平面)3 项指标的 15 项检查结果来判断患者昏迷和意识障碍的程度如表 37-11。

表 37-11　Glasgow 昏迷评分

睁眼反应 E	评分	语言反应 V	评分	运动反应 M	评分
自动睁眼	4	回答正确	5	遵嘱运动	6
呼唤睁眼	3	回答错误	4	刺痛定位	5
刺痛睁眼	2	语无伦次	3	刺痛躲避	4
无反应	1	只能发声	2	刺痛屈曲	3
		不语	1	刺痛过伸	2
				不动	1

(二)瞳孔的观察

1. 正常情况下瞳孔大小为 2～3mm，两侧等大等圆，对光反射灵敏。

2. 观察瞳孔的方法。将手电光源照在眉心，迅速移向瞳孔，并迅速移开，然后用同样的方法照射对侧。

3. 异常情况。异常瞳孔注意排除以下几种情况，如表 37-12。

表 37-12　瞳孔观察

病因	临床表现
脑桥出血	双侧瞳孔极度缩小呈针尖样
脑疝晚期	双侧瞳孔散大，对光反射消失
霍纳征	一侧瞳孔正常，一侧瞳孔缩小者眼裂变小，眼球内陷，同侧面部出汗或皮温增高及眼压降低
散大一侧的蛛网膜下腔出血、颅内血肿、脑疝早期压迫动眼神经、强直性瞳孔、动眼神经麻痹及视神经萎缩	一侧瞳孔正常，一侧瞳孔散大
枕大孔疝	突然昏迷，呼吸、脉搏、血压改变，双侧瞳孔先缩小，很快散大
脑干损伤特别是中脑顶盖部位损害	瞳孔忽大忽小，时而一侧瞳孔散大，时而缩小或两侧交替散大，对光反射消失
颞部血肿	瞳孔变化早，病侧瞳孔进行性散大，并伴有对侧肢体活动障碍。
脑疝形成的典型体征	一侧瞳孔进行性散大，伴意识障碍加重，生命体征紊乱和对侧肢体瘫痪

(1)眼球局部受损可能出现伤侧瞳孔散大，对光反射消失，但患者神志清楚，与脑疝表现不一致。

(2)患过虹膜睫状体炎，瞳孔可因虹膜粘连而不规则，对光反射迟钝。

(3)瞳孔不等大应排除用过散瞳药或影响瞳孔的药物，如：阿托品、吗啡、水合氯醛等。阿托品中毒时双侧瞳孔散大，吗啡、水合氯醛中毒时双侧瞳孔缩小。

4. 瞳孔的观察要点。瞳孔变化是反映颅内血肿大致部位和提示脑疝出现的可靠依据，同时应排除影响瞳孔变化的药物、外伤、眼部疾病。特别强调的是，观察瞳孔动态变化。

（三）呼吸

密切观察神经外科术后呼吸功能的变化。

神经外科术后呼吸功能障碍主要由脑神经功能不全、气道保护性反射异常、气道机械性梗阻和中枢呼吸肌无力引起。呼吸道正常反射依赖于三叉神经、面神经、舌咽神经、迷走神经和舌下神经的功能正常。舌咽和迷走神经损伤可发生吞咽功能异常。舌下神经损伤后舌体运动不良，易发生上呼吸道阻塞。迷走神经损伤可引起声带麻痹，严重时可发生肺水肿。

（四）血压

颅脑外伤初期时血压可以下降，当血压升高、脉压加大时，表示出现颅内压增高症状。此时容易发生脑疝。脑疝初期、中期血压短暂升高，而到了晚期，可以因生命中枢衰竭而血压下降。

（五）心率

在 ICU 监护过程中，应根据每一位患者的个体差异调节报警限，快速心率高限报警限应设定为：患者基础心率的＋20％。缓慢心率低限报警限应设定为：最低不应低于 50/min。高热时较快，脑疝发生时无论小脑幕切迹疝或枕骨大孔疝，早期脉搏有轻微减慢，而到了中期慢而有力，晚期则快而弱。

第二节　颅 内 肿 瘤

一、概　　述

颅内肿瘤是神经外科中最常见的疾病之一，分原发和继发两大类。原发性颅内肿瘤可以生于脑组织、脑膜、脑神经、垂体、血管及胚胎残留组织等。继发性肿瘤指身体其他部位的恶性肿瘤转移或侵入颅内形成的转移瘤。颅内肿瘤可发生于任何年龄，但以 20～50 岁为最多。少年、儿童以颅后窝及中线肿瘤较多见。成年人以大脑半球胶质瘤最为多见，老年人以胶质母细胞瘤和转移癌为多。颅内肿瘤的发病率据国外居民调查，原发性颅内肿瘤的发病率为（7.8～12.5）/10 万人，脑转移瘤为（2.1～11.1）/10 万人。一般认为颅内肿瘤的平均发病率为 10/10 万人，即每 1 万人中，每年约有 1 名颅内肿瘤的新发病例发生。北京市城区中枢神经系统肿瘤患病率为 36.6/10 万人。

二、临 床 表 现

颅内肿瘤最常见的症状为进行性神经功能缺失（68％），通常为力弱（45％）。54％的患者出现头痛，26％的出现癫痫。幕下肿瘤的详细症状体征，幕上肿瘤的详细症状体征。分别叙述。

（一）颅后窝（幕下）肿瘤临床表现

与幕上肿瘤不同，癫痫发作在这类患者中少见（癫痫源于大脑皮质兴奋）。

1. 多数颅后窝肿瘤因脑积水（HCP）导致颅内压（ICP）升高，因此常表现为颅内压升高的症状和体征，包括以下方面。

（1）头痛。

（2）恶心/呕吐：可由 HCP 导致的 ICP、迷走神经核或最后区（所谓的呕吐中枢）直接受压。

（3）视盘水肿：发生率为 50％～90％（当肿瘤影响脑脊液循环时更为多见）。

（4）步态不稳/共济失调。

（5）眩晕。

（6）复视：可能因第 6 对脑神经（外展）麻痹，该神经麻痹可出现于 ICP 增高甚至该神经没有直接受压（"假定位"体征）；推测是因为第Ⅵ对脑神经在颅内行程长，致使对压力升高更为敏感。

2.S/S 代表颅后窝不同部位的占位效应

（1）小脑半球病变可致：肢体共济失调、辨距不良、意向性震颤。

（2）小脑引部病变可致：步距增宽、躯干性共济失调、蹒跚步态。

（3）脑干受侵犯常导致多发脑神经、长传导束功能障碍，当出现眼球震颤（尤其是旋转或垂直方向）时应怀疑脑干受侵犯。

（二）幕上肿瘤临床表现

症状及体征包括以下方面。

1.ICP 升高可导致以下症状或体征。

（1）肿瘤和（或）水肿引起的占位效应。

（2）CSF 引流受阻（脑积水）：幕上肿瘤相对少见（可发生于堵塞侧脑室的肿瘤如胶样囊肿）。

2. 局灶功能缺失：肌力弱、言语困难（左侧半球肿瘤发生率为 37％～58％）。

（1）因肿瘤侵犯破坏脑实质。

（2）因占位病变、瘤周水肿、出血压迫脑组织（如偏瘫而无感觉障碍）。

（3）脑神经受压。

3. 头痛。

4. 癫痫：作为首发症状者不多见，发生于颅后窝肿瘤或垂体瘤者更为罕见。对于首次发作年龄＞20 岁的特发性癫痫患者，应详细检查，以排外颅内肿瘤（如果检查结果为阴性，应继续随访重复检查）。

5. 精神状态的改变：情绪低落、嗜睡、淡漠、意识模糊。

6. 下列症状提示 TIA（"肿瘤性 TIA"）、卒中，可能原因如下。

（1）肿瘤细胞阻塞血管。

（2）瘤内出血：任何肿瘤都有出血可能，出血性脑肿瘤。

7. 特殊垂体瘤患者

（1）内分泌紊乱引起的症状。

（2）垂体卒中。

（3）CSF 漏。

三、治　疗

（一）脑肿瘤的化疗

一些用于 CNS 肿瘤的化疗药物列于表 37-13。

表 37-13　用于 CNS 肿瘤的化疗药物

化疗药物	作用机制
亚硝基脲:卡莫司汀(BCNU) CCNU(lomustine)ACNU(nimustine)	DNA 交联,氨基团甲基化
烷基化(甲基化)药物	DNA 碱基化,干扰蛋白合成
甲(基)苄肼,替莫唑胺	
卡铂,顺铂	通过链内交联产生螯合作用
氮芥,环磷酰胺,异环磷酰胺	DNA 碱基化,正碳离子形成

血-脑屏障(BBB)是脑肿瘤患者使用化疗药物的一个主要障碍,它将许多药物阻挡于中枢神经系统之外,在某些情况下这一作用实际上为一些肿瘤(如转移癌)创造一个"安全的天堂"。通常情况下,全身化疗对脑肿瘤作用微弱,但少枝胶质细胞瘤是个例外,它对全身化疗较为敏感。关于化疗药物与 BBB 之间的关系需考虑的因素包括以下方面。

1. 一些 CNS 肿瘤可能部分破坏 BBB,特别是恶性胶质瘤。

2. 亲脂性药物(如甲氨蝶呤)能更好地透过 BBB。

3. 增大剂量有助于透过 BBB,同时通过选择性动脉(如颈动脉)注射可减少药物的全身毒性反应。

4. 注射化疗药物前可使用医源性方法破坏(如使用甘露醇)BBB。

5. 可通过腰椎穿刺或脑室内置管(如甲氨蝶呤治疗 CNS 淋巴瘤)鞘内注射避开 BBB。

6. 直接植入含有化疗药物、可被降解的糯米纸囊剂多聚体。

(二)CAT 扫描后行肿瘤切除

为了评价肿瘤的切除程度,术后 2～3d 内应行头颅 CT 普通或增强扫描,否则应推迟到术后 30d 以后。术后早期 CT 普通扫描非常重要,可用于确定哪些由于术后残留血液而不是增强所致的密度增高。CT 增强扫描所见的密度增高区可能代表残余的肿瘤。大约 48h 后,术后炎性血管改变导致的强化开始出现,且与肿瘤无法区别,这种改变到大约 30d 减弱,但可持续 6～8 周。关于术后 CT 复查时间的建议不适于垂体瘤。关于激素对强化的影响意见不一,可能与多种因素有关(包括肿瘤类型)。

(三)类固醇激素在脑肿瘤患者中的应用

转移性肿瘤类固醇激素的治疗作用往往较原发浸润性胶质瘤效果好得多。

(四)合并脑积水的治疗

对于有症状的脑积水患者,一些学者主张先行 VP 或 EVD 分流(2 周后再行手术),因为这样可能可以降低病死率。使用这一方法理论上存在的危险包括以下方面。

1. 分流管的放置通常都是终身性的,然而并非所有合并脑积水的颅后窝肿瘤患者术后均需行分流术。

2. 可能造成恶性肿瘤细胞(如髓母细胞瘤)腹膜种植,需考虑放置肿瘤滤过器(考虑到滤过器梗阻率很高且"分流转移"低,这一处理可能不太恰当)。

3. 一些分流的患者在实施特定(肿瘤切除等)手术前出现感染。

4. 因特定手术延迟致使总住院天数增加。

5. 如果 CSF 引流过多过快,可能会出现小脑幕上疝。

两种方法(分流后择期手术或颅后窝肿瘤急诊手术)在费城儿童医院均被采用,术前1d开始用地塞米松,神经功能加重时需行急诊手术。

许多神经外科医生在手术时行脑室穿刺,在硬膜切开后才引流CSF,以保持幕上下压力平衡,术后EVD(脑室外)引流位置要低(约高于EAM水平10cm),持续24h,在随后2d内逐渐抬高,于术后72h左右拔除。

四、神经外科术后患者的监测和护理

手术结束后,麻醉药物对机体的作用仍将持续一段时间。在此苏醒过程中,其潜在的危险性并不亚于麻醉诱导时,因此,手术后必须加强对患者的护理。神经外科患者麻醉苏醒期间的护理要点提示如下。

(一)生命体征的观察

患者术毕转回术后隔离室,立即测量血压、脉搏、呼吸、瞳孔向麻醉师了解手术中的情况。以后每隔15~30min测量血压、脉搏、呼吸1次,同时注意观察意识、瞳孔及肢体的变化。如发现瞳孔不等大、血压偏高、脉搏、呼吸减慢,应及时报告医生,可能是出现术后血肿或脑水肿。如为颅后窝开颅的患者,要密切观察呼吸的变化,测量呼吸次数时要数1min。

(二)保持呼吸道通畅

术后患者呼吸道的护理:术后患者取平卧位,头偏向健侧;口中放置通气道,并将肩部抬高,头向后仰,可防止舌后坠。有气管插管的患者要注意观察患者出现不耐管或有咳嗽反射时,及时通知医生拔除气管插管,及时清除口腔及上呼吸道的分泌物,并注意观察呼吸的幅度和频率,观察有无呼吸困难、发绀、痰鸣音等,发现异常及时通知医生。全麻清醒前的患者容易出现舌后坠、喉痉挛、呼吸道分泌物堵塞、误吸呕吐物等引起呼吸道梗阻。对于气管插管已拔除,但存在呼吸道不通畅,可采用口咽通气道、鼻咽通气道、头偏向一侧、托起下颌、喉罩、面罩无创通气暂时支持,以及重复插管或气管切开,呼吸机辅助呼吸。

(三)保持循环系统的稳定

麻醉后苏醒期,由于中枢神经系统功能不稳定、疼痛、应激反应、低氧血症和高碳酸血症、血容量不足或过多等原因,常发生循环兴奋现象,表现为血压升高、心率加快,有高血压病史的患者表现更甚。这样不但加重心脏的负担,而且有可能引起颅内出血。

(四)防治

1. 纠正低氧血症和高碳酸血症。
2. 治疗疼痛。
3. 排除因高颅压导致的血压升高。
4. 药物,如β受体阻滞药、钙通道拮抗药等。

治疗原则:对无心力衰竭表现者,在不加重脑水肿的前提下补足血容量。伴有充血性心力衰竭的患者,应给予强心、利尿等治疗。对由低温引起的末梢灌注不良,应给予复温。由麻醉药残余作用而致的循环抑制,可应用相应的拮抗药。

(五)护理要点

手术后要准确记录出入量,观察皮肤的温度、颜色和湿润度。根据血压、脉搏、尿量及末梢循环情况,调节输液量和速度,防止输液过多或不足。术后麻醉苏醒期间,患者心率可能有所加快,血压有不同程度的升高,对血压过高者应静脉用药维持正常血压,避免因血压波动造成术后出血。

1. 体温的观察 因术中暴露太久或大量输液、输血,全麻后患者多伴有体温过低,有的出现寒战,术后要注意保暖。小儿由于体温调节中枢不健全,随着室温或覆盖过多而体温升高,应给予物理降温,30min 后重复测量体温。

2. 伤口的观察 手术后应严密观察伤口渗血、渗液情况。如渗血、渗液多,应及时更换敷料,大量渗液要报告医生,检查伤口有无裂开,对于椎管内脊髓手术的患者,术后伤口剧烈疼痛,提示有术后出血的可能,应予以重视。

3. 引流管的观察及护理要点

(1)各种引流管要妥善固定好,防止脱出,翻身时注意引流管不要扭曲、打折,应低于头部。

(2)注意引流管的高度,一般脑室引流时引流袋固定的高度为高出脑室平面 15cm 左右。

(3)硬膜外、皮下引流时引流袋高度与头颅平齐。

(4)注意观察引流液的颜色、量、性状。

(5)交接班时要有标记,不可随意调整引流袋的高度,引流管内液面有波动说明引流通畅,如发现引流不畅时及时报告医生处理。

4. 严密监测、早期发现病情变化

(1)麻醉恢复过程中患者可出现兴奋、躁动不安,为防止患者坠床及其他意外事故的发生,注意约束好四肢,必要时遵医嘱给予镇静药,但为观察病情变化,一般不静脉使用地西泮等药物。

(2)异常兴奋、躁动的患者往往提示有术后脑水肿、颅内血肿等严重并发症,应及早发现并处理。

(3)手术前有癫痫、手术部位在中央回及颞叶附近者,术后应观察有无癫痫发作,按医嘱定时给予抗癫痫药物。

(4)对于突发癫痫发作的患者,除通知医生、静脉用药外,首先要注意患者的呼吸,及时解除口腔及呼吸道梗阻。

(5)颅内血肿:常发生于术后 24~48h,50% 以上在 12h 内发生,临床特征为急性颅内压增高。应严密观察患者的意识、瞳孔、肢体活动等情况。

(6)脑水肿:术后 2~4d 达高峰,反射性脑肿胀术中或术后即刻发生。

(7)中枢性发热:多发生于脑干、丘脑下部、颈髓病变患者,常在术后 2d 内出现,表现持续高热。措施可采用头部冰枕,酒精擦浴、冰毯等物理降温措施。

(8)尿崩症:常见于垂体瘤、颅咽管瘤术后患者,因术中牵拉损伤下丘脑视上核以及室旁核到垂体后叶。应严密观察尿量、尿色、电解质变化。

(9)消化道应激性溃疡:多发生于鞍区、第三、四脑室,脑干术后患者。观察患者呕吐物及大便颜色,胃液隐血与便隐血,表现为胃液呈浅咖啡色或深咖啡色,排柏油样便。

(六)基础护理

每 2 小时翻身 1 次,脊髓、高位颈髓术后要采取轴式翻身法,按摩受压部位,防止压疮发生;深静脉穿刺的患者,应及时观察静脉输液是否通畅,穿刺部位有无渗血、渗液,及时更换敷料;留置导尿的患者,保持尿管通畅,观察尿液的量、性质,注意尿道口清洁,防止泌尿系感染。

(李桂云 蔡卫新)

第三节　重症卒中患者的监测与护理

脑卒中分为缺血性卒中和出血性卒中,其中缺血性卒中包括脑梗死、脑血栓、脑栓塞、短暂性脑缺血发作(TIA);出血性卒中包括脑出血、蛛网膜下腔出血等。

一、脑卒中患者的危险因素

高血压病、糖尿病、心脏疾病、血脂代谢紊乱、短暂性脑缺血发作(TIA)、吸烟与酗酒、血液流变学紊乱、肥胖、年龄和性别。

二、常见脑卒中的鉴别

见表37-14。

表 37-14　脑卒中鉴别诊断

	脑血栓	脑栓塞	脑出血	SAH
TIA 发作	常有	可有	无	无
常见疾病	动脉硬化	心脏病	高血压	动脉瘤
起病形式	较缓	最急	急	急
起病状况	安静时	心房颤动	活动中	活动中
头痛	有,较轻	有,较轻	有,较重	常有,剧烈
昏迷	常有	常有	常有	无
偏瘫	常有	常有	常有	无
脑脊液	清亮	清亮	血性	血性

(一)出血性卒中

1. 脑出血(intracerebral hemorrhage,ICH)

(1)定义:脑内动脉、静脉和毛细血管的病变出血,以动脉出血为多见,血液在脑实质内积聚形成脑内血肿。小量出血,仅渗透在神经纤维之间,破坏较少。大量,血液在脑组织内积聚形成血肿,压迫周围脑组织,撕裂神经纤维间的横静脉使血肿增加,导致邻近组织受压移位以至形成脑疝。

(2)发病特点:青壮年多见,通常在白天情绪激动、过度用力等体力或脑力活动紧张时即刻发病。发病前无预感,高血压性脑出血常突然发生,起病急骤,往往数分钟到数小时内病情发展到高峰。

(3)常见出血部位。

①大脑基底节出血(最为常见),称内囊出血,呈"凝视病灶"状和"三偏"征、失语症。

②脑桥出血:突发、头痛、呕吐、吞咽困难、瞳孔呈针尖状,加重时可伴有呼吸困难。

③小脑出血:起病急骤,病情凶险,神志清楚,常诉一侧后枕部剧烈头痛和眩晕,呕吐频繁,发音含糊,可引起急性高颅压,导致枕大孔疝。

④脑室出血:大脑基底节出血破入脑室,小脑和脑桥出血也可破入第四脑室。

2. 蛛网膜下腔出血(SAH)

(1)定义:颅内血管破裂后血液流入蛛网膜下腔,称蛛网膜下腔出血。

(2)发病特点:急骤起病、剧烈头痛、呕吐、意识障碍、脑膜刺激征阳性、血性脑脊液,占脑卒中10%～15%,其中50%以上是先天性颅内动脉瘤破裂所致。体征:颈强直明显。

发病前:有出现头痛、头晕、颈强直等前驱症状,与动脉瘤扩大压迫邻近组织有关,只有1/3患者是活动下发病。发病后:意识障碍,头部劈裂样剧痛;重者伴有大脑强直或脑疝的发生。

3. 治疗方法

(1)一般治疗。

(2)手术治疗适应证。

①手术的最佳适应证是:清醒,中、大血肿。

②小脑出血>3cm³,神经功能恶化,脑干压迫和梗阻性脑积水,应尽快手术或引流(Ⅲ～Ⅴ级证据,C级推荐)。

③合并结构损伤,但是患者有机会获得良好的预后,并且手术能达到病变血管,应给予手术。(C级推荐)。

④年轻患者中等到大量脑叶出血,临床恶化(B级推荐)。

4. 不同部位脑出血后监护要点　见表37-15。

表 37-15　不同部位脑出血后监护要点

出血部位	受累组织	护理监测重点
壳核出血(60%)	内囊	三偏征的护理、失语(优势半球)等
丘脑出血(15%～24%)	丘脑	意识障碍、三偏征、感觉障碍的护理等
脑叶出血(10%)	额叶、顶叶、颞叶、枕叶	语言障碍、精神症状、偏瘫、感觉障碍、感觉失语、偏盲、视野缺损的护理与监测等
中脑出血(18%)		意识障碍的监测,偏瘫、交叉瘫痪、四肢瘫痪的护理,去脑强直状态的监测等
脑桥出血(10%)		针尖样瞳孔的监测,中枢性高热的护理,瘫痪的护理,吞咽困难、饮水呛咳的评估与护理,交叉性感觉障碍等
延髓出血(罕见)		中枢性呼吸、循环衰竭的监测与护理等
小脑出血(10%)		眩晕、呕吐、躯体失衡的观察与护理,枕大孔疝的监测,头痛、恶心、呕吐等高颅压的监测等
脑室出血(3%～5%)		瞳孔的观察、意识障碍的观察、去大脑强直、中枢性高热的监测、脑疝、呼吸循环衰竭的监测等

(二)缺血性卒中的监护

缺血性卒中患者占脑卒中的70%～80%。缺血性脑卒中重症患者多由脑动脉主干闭塞引起,脑组织缺血、缺氧范围大,临床上神经功能缺损表现严重,甚至威胁生命。

1. 脑梗死

(1)定义:由于脑部血液供应障碍导致脑组织发生缺氧性变性或坏死且出现相应的神经功能受损的表现。

(2)分类:脑梗死包括脑血栓和脑栓塞,脑血栓是脑梗死常见的类型,脑血栓是在脑动脉粥样硬化和斑块基础上,在血流缓慢、血压偏低的条件下,血液的有形成分附着在动脉的内膜形成血栓。脑栓塞占脑梗死的15%～20%,它是指因异常的固态、液态、气态物体(被称作栓子)沿血循环进入脑动脉系统,引起动脉管腔闭塞,导致该动脉供血区局部脑组织的坏死。

2. 脑血栓

(1)定义:脑血栓是在脑动脉粥样硬化和斑块基础上,在血流缓慢、血压偏低的条件下,血液的有形成分附着在动脉的内膜形成血栓。

(2)临床表现。

①颈内动脉系统:即病变发生在颈内动脉时,脑血栓的症状在临床上表现为"三偏征"即偏瘫、偏身感觉障碍、偏盲。同时有可能伴有精神症状,不同程度的失语、失用和失认,还出现特征性的病侧眼失明,动眼神经麻痹等症状。

②大脑前动脉:是脑血栓的常见症状。由于前交通动脉提供侧支循环,近端阻塞时可无症状;周围支受累时,常侵犯额叶内侧面,常出现下肢瘫痪,并可伴有下肢的皮质性感觉障碍及排尿障碍。

③大脑中动脉:主干闭塞时有三偏征,主侧半球病变时有失语,此部位血栓最为常见。

④椎-基底动脉系统:症状为眩晕、眼球震颤,两眼球向病灶对侧凝视,病灶侧耳鸣、耳聋,Horner征及小脑性共济失调,病灶侧面部和对侧肢体感觉减退或消失。

(3)脑血栓形成的病理变化。

第一期:超早期(1～6h)MRI无异常,或灰白质界限模糊,略低信号。

第二期:急性期(6～24h)MRI灰质增厚,脑沟浅,血管强化,略低信号。

第三期:坏死期(24～48h)。

第四期:软化期(3d～3周)。

第五期:恢复期(3～4周)。

(4)不同血管闭塞后出现的症状。

①大脑中动脉及其深穿支:最易受累,出现对侧偏瘫(程度严重)、偏侧麻木(感觉丧失)、同向偏盲,主侧半球(通常为左侧)受累时可表现失语,非优势半球受累时则发生失用症。

②颈内动脉:可引起同侧眼失明,其他症状常常与大脑中动脉及其深穿支闭塞后出现的症状体征难于鉴别。

③大脑前动脉:不常见,一侧可引起对侧偏瘫,(下肢重上肢轻)、强握反射及尿失禁。双侧受累时可引起情感淡漠、意识模糊,偶可出现缄默状态及痉挛性截瘫。

④大脑后动脉:可有同侧偏盲、对侧偏身感觉丧失、自发的丘脑性疼痛或突然发生不自主的偏身抽搐症;优势半球受累时可见失读症。

⑤椎-基底动脉:眩晕、复视、眼球运动麻痹、共济失调、交叉瘫、瞳孔异常、四肢瘫痪、进食吞咽困难、意识障碍甚至死亡。

3. 脑栓塞

(1)定义:脑栓塞是指因异常的固态、液态、气态物体(被称作栓子)沿血循环进入脑动脉系统,引起动脉管腔闭塞,导致该动脉供血区局部脑组织的坏死,临床上表现为偏瘫、偏身麻木、讲话不清等突然发生的局源性神经功能缺损症状。

(2)临床表现:临床表现与脑血栓相同,但须注意:心源性脑栓塞容易复发,特别是发病后10d内栓子容易脱落,因此发病4～6周需绝对卧床。

①起病极急,常在数秒钟或很短时间症状达高峰,少数呈阶梯式进行性恶化。

②部分患者有短暂意识模糊、头痛、抽搐,较大动脉闭塞后数日内发生的继发性脑水肿可使症状恶化并导致意识障碍,严重脑水肿还可引起致命性的颅内结构移位元(脑疝)的危险。

③神经系统症状和体征发生突然。

(3)发病原因:心源性与非心源性,极少数原因不明。

(4)动脉闭塞后可引起两方面后果:即动脉供血区脑组织缺血坏死与动脉反射性痉挛,缺血范围扩大,导致大面积脑梗死的发生。

(三)卒中患者症状护理监护

1. 三偏征的护理

(1)偏瘫:减少对患侧肢体的操作,刺激偏瘫患侧,给予健肢位摆放。

(2)偏盲:防止患者烫伤、跌倒、磕伤等不良事件的发生。同时在患者左侧视野受损,护理人员进行操作与交流应站在右侧,增加视野范围,将患者所需物品放置在健侧能够看到的地方。右侧视野缺损者,与左侧相反。

(3)偏身感觉障碍:安全的护理(水温、压迫、注意保暖)。

2. 失语

(1)通过患者睁、闭眼交流:不能表达,肢体不能活动。护士需要耐心的猜测或用提示卡提示。

(2)用文字书写形式:患者能握笔,但不能书写出正确的文字或患者完全能够书写交流。护士可应用提示板或让家属准备交流本进行沟通。

(3)应用碰铃:患者肢体肌力较差,不能握笔写字。护士可以将碰铃系在床挡、患者手腕等能够碰到的位置。

(4)应用规范化手势语进行沟通:见表37-16。

表 37-16 规范化手势语

手势	代表意义
伸大拇指	大便
伸小拇指	小便
伸食指	有痰
握空心拳(形如水杯)	口渴
握实心拳(形如重锤)	疼痛
用手拍床	想交流
握笔写字式	想写字

3. 意识障碍 动态监测意识的变化、生命体征、瞳孔的异常、做好病情的监护、建立静脉通道、做好呼吸道管理。

4. 吞咽障碍

(1)肠内营养按照原则给予。

(2)洼田饮水试验。

1级(优)能顺利一次将水饮下;

2级(良)分2次以上能不呛咳的咽下;

3 级(中)能 1 次咽下,但有呛咳;

4 级(可)分 2 次以上咽下有呛咳;

5 级(差)频繁咳嗽,不能全部咽下。

(3)危重患者热量选择(D 级推荐)。

①急性应激期患者:20～25kcal/(kg・d)。

②轻症卧床患者:20～25kcal/(kg・d)。

③轻症非卧床患者:25～35kcal/(kg・d)。

(4)使用一次性密闭系统营养装置,防止污染与感染的发生。

(5)给予前抽吸胃内容物:胃残留量>100ml,加用甲氧氯普胺、红霉素等胃动力药(C 级推荐)或暂停喂养(D 级推荐)。

(6)给予营养过程中的护理。

5. 躁动　可采取各种方式给予适宜的约束。

(四)卒中患者并发症监护

重症卒中患者并发症较多,临床常见的有急性胃黏膜病变、肺部感染、水电解质紊乱、脑疝、下肢静脉血栓的发生等。

1. 急性胃黏膜病变的护理　①出血停止后给予温凉流质饮食,如米汤,牛奶口服,但避免刺激性食物。②呕血量多者,应给予侧卧位以防窒息,必要时插胃管,监测胃内容物。③精神紧张者给予心理安慰,烦躁者可给予小剂量镇静药,根据病情定时测量血压、脉搏,记录呕吐物、大便的颜色和性状、估计出血量。④出血量较多或贫血明显者应积极做好输血准备,必要时给予输血。

2. 肺部感染护理　①口腔护理每日 2 次。②每 2 小时翻身拍背 1 次,做好体位引流,鼓励患者咳嗽。③保持呼吸道通畅,适时吸痰。如呼吸道阻塞不畅,应及时考虑气管切开,做好术前、术后护理。④遵医嘱给予足量有效抗生素。

3. 水电解质紊乱护理　①轻症和神志清醒患者通过给予评估吞咽功能,可根据患者的情况给予饮食的调整。可自行进食的患者做好吞咽功能的评估与观察,防止出现误吸。重症患者应及时给予管饲喂养,保持能量的补充。②记录出入量,根据患者病情的轻重以及出入量的多少来调整进食和输液量,给予大量脱水药患者注意监测肾功能等电解质的情况。③随时抽查血、电解质,补充水分和电解质。

4. 脑疝　脑疝根据脑组织疝出的部位分为大脑镰下疝,小脑幕切迹疝,枕骨大孔疝等。枕骨大孔疝又称小脑扁桃体疝,是最凶险的一种,表现主要为意识丧失,瞳孔散大光反射消失,继而呼吸、心跳停止。很多患者从颅压升高发展到脑疝的过程进展很快。因此密切细致的病情观察,及时得当的处理非常重要。见表 37-17。

表 37-17　两种脑疝对比表

	小脑天幕疝	枕骨大孔疝
病变部位	大脑半球病变	颅后窝及小脑病变
意识障碍	早期出现	出现较晚
瞳孔改变	早期出现,一侧散大	晚期出现,双侧瞳孔散大
呼吸障碍	晚期出现呼吸不规则	早期出现,以呼吸障碍为主征
对侧偏瘫	有	无,但有时疝后出现

5. **下肢静脉血栓的监护**　脑卒中患者发生下肢静脉血栓多在脑卒中发病早期 1～2 周内,具体的原因与肢体肌肉的瘫痪无力,深静脉失去血液回流的动力引起血液淤滞;血液黏稠度高;深静脉损伤等原因有关。脑卒中后出现下肢静脉血栓患者一般起病急,不及时治疗易导致血栓形成加重,严重者可引起肢体坏死。临床上 90% 肺栓塞是由下肢静脉血栓引起的。因此重症患者可采取被动肢体运动、加穿弹力袜等措施。最好早期给予血管超声的检查,未有血栓形成时,立即应用抗血栓压力泵,减少血栓形成的机会。

（刘　芳）

第38章 水、电解质平衡与代谢系统

第一节 弥散性血管内凝血的临床观察与护理

正常人体的凝血系统及抗凝系统处于相互对抗,相互依存的动态平衡状态,从而保证既不发生出血,又不形成血栓。一旦这种平衡失调,就会导致出凝血障碍。正常的止血机制有3部分:血管收缩与血小板反应;凝血和抗凝系统;纤维蛋白溶解系统。

一、定 义

弥散性血管内凝血(disseminated intravascular coagulation,DIC)是一种继发性的、以广泛微血栓形成、出血及脏器功能不全为特征的临床病理综合征。

DIC发生的始动环节是机体凝血系统的激活。在某些疾病或病理过程发生、发展过程中,由于大量促凝物质进入循环,促发凝血系统活化,首先在微循环中广泛地形成主要由纤维蛋白多聚体和聚集血小板构成的微血栓,导致凝血因子和血小板大量消耗,加上继发性纤溶活动增强,使机体的出凝血功能发生明显障碍。

二、病 因

1. 感染性疾病 如革兰阴性菌感染、革兰阳性菌感染、病毒和原虫感染。
2. 病理产科 如胎盘早剥、羊水栓塞、死胎滞留、感染性流产、妊娠中毒症、高渗盐水引产。
3. 儿科 如新生儿(胎盘早剥新生儿、宫内感染新生儿),暴发性紫癜。
4. 恶性肿瘤 如各种转移癌、白血病。
5. 肝疾病 如肝硬化、急性坏死性肝炎。
6. 手术 如术后并发症、前列腺术后、体外循环术后、胰腺、肺及颅脑手术。
7. 严重创伤 如脑组织损伤、骨折、严重挤压伤、大面积烧伤。
8. 血管疾病 如巨大海绵状血管瘤、主动脉瘤等。
9. 急性出血性坏死性胰腺炎
10. 其他 急性血管内溶血、急性全身性血管炎、急性心肌梗死、休克、心脏骤停、蛇咬伤等。

三、病 理 生 理

(一)正常机体的凝血与抗凝血平衡

1. 正常的凝血机制　凝血过程大体可以分为 3 个步骤:第一步生成凝血酶原激活物,第二步凝血酶原被激活生成凝血酶,第三步纤维蛋白原在凝血酶作用下生成纤维蛋白。

依据凝血酶原激活物的过程不同,将凝血过程分为内源性和外源性 2 种。内源性凝血启动因子为因子Ⅻ,全过程只需血浆内的因子参与即可。外源性凝血是在组织损伤血管破裂情况下,由血管外的凝血因子Ⅲ(组织凝血激酶)与血液接触而启动的凝血过程。通常情况下,机体发生的凝血过程,多是内源性和外源性两条途径相互促进同时进行的。

2. 抗凝血机制　正常情况下,血管内的血液能保持流体状态不发生凝固,在生理止血时,凝血也只限于受损伤的一小段血管,说明正常人血浆内有很强的抗凝物质,这些物质中最重要的是抗凝血酶Ⅲ和肝素。抗凝血酶Ⅲ是肝合成的一种脂蛋白,能与凝血酶结合形成复合物,还能封闭因子Ⅶ、Ⅸa、Ⅹa 的活性中心,而使这些凝血因子失活从而阻断凝血过程。肝素是一种黏多糖,主要由肥大细胞产生,与抗凝血酶Ⅲ结合,能成百倍地提高后者与凝血酶的亲和力,使两者的结合更快更稳固,促使凝血酶立即失活。肝素还能抑制凝血酶原的激活,抑制血小板黏着、聚集和释放反应。

此外,血浆中还有纤维蛋白溶解系统,当血管内出现少量纤维蛋白时,便可随即被纤溶酶降解而不致聚集成凝血块。

(二)弥散性血管内凝血的机制

由于 DIC 的病因很多,其发病机制也是多种机制的结合。可概括为以下方面。

1. 血管内皮细胞损伤,激活凝血因子Ⅻ,启动内源性凝血途径。
2. 组织损伤,组织因子释放,启动外源性凝血途径。
3. 血细胞大量破坏,释放促凝物质。
4. 外源性促凝物质入血。
5. 蛋白 C 缺乏或活性下降。
6. 纤溶活性改变。

四、临床表现和诊断

(一)临床表现

DIC 的临床症状主要为出血、多脏器功能障碍、微循环障碍(休克)和贫血。其中最常见者为出血,急性 DIC 时以前 3 种症状为多见。

1. 出血　DIC 患者有 70%～80%以程度不同的出血为初发症状,大多为全身性多部位出血,无法用原发病解释。最常见的是皮肤、黏膜出血,表现为出血点、紫癜。纤溶亢进时皮肤可出现大片瘀斑。穿刺部位和手术创面持续渗血也很常见。深部组织出血包括呕血、便血、咯血、尿血、阴道出血和颅内出血,以颅内出血最为严重,常在短时间内危及生命。

2. 循环障碍(休克)　DIC 时有许多因素与引起休克有关:①微血栓形成,使回心血量减少。②出血可使血容量降低。③DIC 时可引起肾上腺素能神经兴奋;也可通过激活激肽和补体系统产生血管活性介质如激肽和组胺,使外周阻力降低,引起血压下降。④FDP 小片段成分 A、B、C 能增强激肽和组胺的作用,使微血管扩张,通透性增高,血浆外渗。⑤心功能降低。

心脏内微血栓形成可直接影响心泵功能;肺内微血栓形成导致肺动脉高压,增加右心后负荷;DIC时组织器官缺血、缺氧引起代谢性酸中毒,酸中毒时心肌舒缩功能发生障碍。由于前述的因素使血容量减少、回心血量降低、心功能降低和心排血量减少,加上血管扩张和外周阻力降低,则血压可明显降低。

3. **系统器官功能障碍** 由于DIC发生的原因和受累脏器中形成的微血栓的严重程度不同,故不同器官系统发生代谢与功能障碍或缺血性坏死的程度也可不同,受累严重者可导致脏器功能障碍甚至衰竭。由微血栓形成而至脏器功能不全的发生率依次为:皮肤、肺、肾、垂体、肝、肾上腺、心脏、脑。皮肤和黏膜微血栓表现为血栓性坏死;肺微血栓形成可出现呼吸困难、低氧血症,甚至ARDS;肾受累后轻则出现蛋白尿、少尿,重则出现无尿及肾衰竭;垂体坏死可引起席汉综合征(Sheehan's syndrome);肝受累可出现黄疸和肝功能损害;肾上腺微血栓形成可引起华-弗综合征、休克(尤其多见于暴发性流脑);心功能障碍时心肌收缩力减弱,监测可见CO降低、CI降低、PAWP增高(>18mmHg)、肌酸磷酸激酶及乳酸脱氢酶明显增高;脑微血栓形成可致神志不清、昏迷、惊厥等非特异性症状。

4. **微血管病性溶血性贫血** DIC时由于循环中红细胞在血流驱动下强行通过广泛存在的微血栓或纤维蛋白条索时,遭受机械性损伤而引起的。纤溶碎片D通过自由基途径损伤红细胞膜也是造成溶血的原因。临床上可有发热、黄疸、进行性贫血、腰酸背痛、血红蛋白尿、少尿或无尿等表现。红细胞大量破坏所释放出的二磷酸腺苷及膜磷脂蛋白等促凝物质又可加重DIC而造成恶性循环。DIC早期溶血较轻,不易察觉,后期易于在外周血发现有特殊的畸形红细胞。周围血破碎红细胞数>2%对DIC有辅助诊断意义。但红细胞碎片并非仅见于DIC。

(二)诊断

DIC诊断缺乏国际上统一的诊断标准,但一般认为诊断DIC必须具备以下3个方面条件:有引起DIC的原发病因;符合DIC的临床表现;有实验室诊断依据。现将第五届中华血液学会全国血栓与止血学术会议制定的DIC诊断标准介绍如下。

1. **临床表现**

(1)存在易引起DIC的基础疾病。

(2)有以下2项以上临床表现:①多发性出血倾向;②不易用原发病解释的微循环衰竭或休克;③多发性微血管栓塞的临床症状和体征,如皮肤、皮下、黏膜栓塞坏死及早期出现的肾、肺、脑等脏器功能不全。

2. **实验室检查**

(1)主要诊断指标,同时有下列3项以上异常。

①PLT$<100\times10^9$/L或呈进行性下降(肝病、白血病患者PLT$<50\times10^9$/L);或有下述2项以上血浆血小板活化产物升高:β血小板球蛋白(βTG)、血小板第4因子(PF_4)、血栓素B_2(TXB_2)、颗粒膜蛋白(GMP)-140。

②血浆纤维蛋白含量<1.5g/L,(白血病及其他恶性肿瘤<1.8g/L,肝病<1.0g/L)。或进行性下降超过4g/L。

③3P试验阳性或FDP>20mg/L(肝病>60mg/L),或D-二聚体水平升高(阳性)。

④凝血酶原时间缩短或延长3s以上,或呈动态变化(肝病者凝血酶原时间延长5s以上)。

⑤纤溶酶原含量及活性降低。

⑥抗凝血酶Ⅲ(AT-Ⅲ)含量及活性降低。

⑦血浆因子Ⅷ:C 活性低于 50%（肝病者为必备项目）。

（2）疑难病历应有下列 1 项以上异常。

①因子Ⅷ:C 降低，VWF:Ag 升高，　Ⅷ:C/VWF:Ag 比值降低。

②血浆凝血酶-抗凝血酶（TAT）浓度升高或凝血酶原碎片$_{1+2}$（F$_{1+2}$）水平升高。

③血（尿）纤维蛋白肽 A（FPA）水平增高。

五、治　疗

治疗主要包括去除和治疗 DIC 的原发病因、抗凝治疗、阻断 DIC 的病理过程、补充缺乏的凝血成分、抑制纤溶活性等几个方面。

1. 积极治疗或去除引起 DIC 的原发疾病　是首要的治疗措施，它常常可迅速终止或明显减弱血管内凝血的进展，也可使抗凝等其他治疗易于奏效。如感染性休克合并 DIC 时，单凭抗凝治疗是无效的，必须首先给予强有力的抗生素治疗和抗休克治疗。有些情况下单纯治疗原发疾病（如胎盘早剥时及时结束分娩和取出胎盘、死胎滞留时取出死胎组织等）便可终止 DIC 的进展，而并不一定需要抗凝治疗。

2. 抗凝治疗　目的在于阻断血管内凝血的病理过程，目前广泛应用的仍为肝素。由于肝素的抗凝机制是增强 AT-Ⅲ 的抗凝活性，故肝素发挥有效抗凝的先决条件是血浆中有足够的 AT-Ⅲ。因此，肝素抗凝治疗必须结合血浆凝血成分的补充治疗。推荐的方法是肝素 5～7U/（kg·h）持续静脉滴注。自开始抗凝后，有条件则应每 4 小时进行 1 次实验室监测。如果 FDP 和 D-二聚体水平下降，纤维蛋白原水平升高，延长的 APTT 缩短，说明抗凝有效。如上述指标无改善，需加大肝素剂量，增幅为每次将每小时的肝素量增加 100～150U，直至达到满意的抗凝效果。但如果抗凝治疗后 APTT 较抗凝前更趋延长，说明抗凝过量，应减少肝素量。有效的肝素治疗应持续到 DIC 的原发疾病得到控制或原发病因得到去除。

3. 补充凝血因子和血小板，且与肝素合用，有助于凝血和抗凝平衡的恢复　对于血小板减少宜输注血小板悬液，争取使血小板计数至少维持在 50×10^9/L 以上。纤维蛋白原缺乏时可输注纤维蛋白原，每输注 1～1.5g 大约可使其浓度升高 0.5g/L。一般应使纤维蛋白原水平维持在 2g/L 以上。由于凝血酶原复合物中部分凝血因子已活化，输注时不宜过快。输注新鲜血浆或新鲜冰冻血浆（FFP）不但可补充所有凝血因子，而且还可补充 AT-Ⅲ 等天然抗凝物，AT-Ⅲ 可抑制凝血酶和因子Ⅹa 等数种凝血因子的活性，还有扩充血容量的作用。

4. 纤溶抑制药　只适用于纤溶亢进期。对于进展中的 DIC，即血管内凝血过程仍未终止者应慎用。出血严重者必须合用肝素，以免加重血管内凝血使病情恶化。有肉眼血尿者应慎用纤溶抑制药。

5. 其他治疗　抗血小板药物适用于慢性 DIC，对于急性 DIC，尤其在疾病晚期血小板已大量消耗，不宜使用。肾上腺皮质激素在 DIC 治疗中的地位未确定。对于败血症诱发的 DIC，由于激素可抑制单核-巨噬细胞的吞噬作用，故不宜采用。

六、监测护理

（一）出血的观察与处理

1. 监测有无出血征象：如肌内注射部位、静脉穿刺或动脉穿刺部位、手术伤口、胸腔引流管、胃管等有无出血或渗血迹象，尿液、粪便、呕吐物、痰液等有无血性分泌物。

2. 若怀疑有腹腔出血,密切监测腹围变化。

3. 密切监测血压和脉搏变化。

4. 密切监测各种化验值,如凝血和血常规结果。

5. 每小时监测尿量和尿液性质。

6. 准确记录出入量。

7. 卧床休息,以减轻活动造成的出血加剧。

8. 遵医嘱给予输注全血、血细胞比容、新鲜冰冻血浆、血小板或凝血因子、凝血酶原复合物等,及胶体、晶体液,以恢复血容量及改善凝血功能;并密切观察容量补充情况。

(二)血管栓塞的观察与护理

1. 密切观察周围血管脉搏搏动强度、末梢肢体的皮肤温度和颜色(有无出现冰冷和发绀)、微血管充盈的时间有无延长,出现异常及时报告医生。

2. 密切观察有无肺栓塞的征象:如低血氧、呼吸频率加快、不安、心动过速、高碳酸血症等。若有,给予氧气吸入,或使用呼吸机。

3. 密切观察有无脑栓塞的征象:如意识障碍、定向力改变、视力改变、肢体活动度及强度、抽搐等。

4. 密切观察有无肾血管栓塞的征象:如蛋白尿、少尿,BUN、Cr升高。

5. 抬高下肢 $15°\sim30°$,以防止因静脉淤血促使血栓形成。

(三)保持皮肤与黏膜的完整

1. 使用棉签和漱口水代替牙刷维持口腔卫生,保持口腔清洁及口腔黏膜湿润。不要用手指抠鼻痂,禁用牙签剔牙。

2. 避免不必要的吸痰,避免因抽吸造成的气道黏膜损伤。

3. 避免进食坚硬的食物。

4. 护理患者时动作轻柔;避免抓破皮肤或把即将愈合的痂皮去除。

5. 男性患者应避免使用刀片刮胡刀。

6. 尽量避免肌内注射给药,如需肌内注射应使用最细的针头注射,注射后压迫止血至少 10min,并时常观察有无继续出血的现象。

7. 伤口处尽量改用纸胶布,撕除胶布时需小心以防止造成皮肤损伤。

8. 插入动脉导管以监测血压变化及抽血用,防止因袖带测压及抽血导致的皮下出血。

(四)心理护理

1. 执行各项护理操作前,需向患者解释其目的及过程。

2. 鼓励患者及家属表达其害怕的情绪,并诚实地回答他们的问题。

3. 安排固定的护理人员提供护理服务。

4. 鼓励重要的亲友探视以提供心理支持。

(胥小芳　吴晓英　詹艳春)

第二节 糖代谢异常的急性并发症

教学目标

熟悉糖代谢异常的急性并发症的基本概念、发病原因与诱因、主要治疗监护手段与护理措施和监护要点。

一、糖尿病酮症酸中毒

(一)定义

糖尿病酮症酸中毒—是由于体内胰岛素缺乏或分泌不足、胰岛素对抗激素增加或胰岛素需求量增加,而引起糖、脂肪和蛋白质代谢紊乱,以高血糖、高酮体血症和代谢性酸中毒为主要表现的临床综合征。

(二)病因与诱因

1. 病因

(1)胰岛素依赖型糖尿病患者未得到及时诊断,未获得及时的胰岛素治疗。

(2)胰岛素依赖型糖尿病患者突然中断胰岛素治疗或胰岛素剂量不足。

2. 诱因

(1)感染:是最常见的诱因,以呼吸道感染占第一位,其次是泌尿系感染、皮肤感染。

(2)糖尿病治疗不当,胰岛素依赖型糖尿病患者使用拟肾上腺药物、糖皮质激素等药物。

(3)饮食不节制,过多的食用含糖和脂肪的食物。

(4)手术、创伤、妊娠、分娩、精神刺激、消化道出血、过度疲劳以及脑血管意外、心肌梗死等应激时。

(5)胃肠道疾病如厌食、呕吐、腹泻而致严重脱水。

(6)失水过多:例如接受腹膜透析,血液透析等。

(三)临床表现

1. 分度

(1)轻度:有酮症,无酸中毒。

(2)中度:有轻、中度酸中毒。

(3)重度:有酸中毒同时伴有昏迷,或虽无昏迷但 CO_2CP 低于 $10mmol/L$。

2. 典型表现

(1)前驱期:多尿、烦渴多饮和乏力,症状可持续数天。

(2)后期:高渗性及严重脱水,尿量减少,皮肤黏膜干燥,眼球下陷;血压下降,四肢厥冷,心率加快,心律失常;呼吸深快,呼气有烂苹果味(丙酮气味);食欲减退、恶心、呕吐;严重者出现头痛、烦躁、精神错乱、抽搐、反射迟钝或消失,昏迷。

3. 非典型表现 剧烈腹痛,腹肌紧张,无反跳痛,酷似急腹症;惊厥、昏迷或休克。

（四）治疗

1. 注射胰岛素

（1）若患者神志清楚，无脱水体征，并且血压正常，可给予胰岛素皮下注射，初次剂量0.25U/kg，以后0.15U/（kg·h），皮下注射；当血糖降至14mmol/L后，患者可以少量进食，并根据血糖水平给予胰岛素皮下注射，鼓励患者多饮水。

（2）若患者血压偏低伴有脱水，将胰岛素溶入液体静脉滴注，一般多采用4~8U/h，或者采用0.1~0.15U/kg，1h内滴入。当血糖降到14mmol/L后，可给予5%GS加胰岛素1U/h滴入。脱水纠正，血压正常，血糖稳定在14mmol/L以下，可改为胰岛素皮下注射。小剂量的胰岛素治疗最好的办法是以5~10U/h的速度静脉泵入胰岛素。

2. 补液

（1）种类。①首先补给生理盐水；②第二阶段补充5%GS或GNS。

（2）补液速度。①补液总量按原体重的10%估计，先快后慢；②无心力衰竭及肺功能障碍者开始2h内输入生理盐水1 000~2 000ml，补充血容量，改善周围循环和肾功能，以后根据血压、心率、每小时尿量、CVP决定输液量和速度；③低血压的休克患者适时选择胶体溶液，或在充分进行容量复苏的情况下，应用血管活性药物；④鼓励清醒患者饮水。

3. 纠正电解质紊乱

（1）补钾。糖尿病酮症酸中毒患者体内都有不同程度的缺钾，每千克体重可减少3~5mmol/L。由于血浆pH降低时，细胞内钾向细胞外转移，所以血浆钾的水平可能偏高。但经补液、胰岛素治疗4~6h后，细胞外液得到补充，血糖逐渐下降，酮体逐渐减少，血浆pH有所恢复，细胞外钾离子又开始回到细胞内，这时，血钾水平明显降低，有时可达严重程度，所以主张早期补钾，通常在糖尿病酮症酸中毒治疗开始3~4h后，开始补充氯化钾，一般给予氯化钾1~1.5g/h（13~20mmol/L），第一个24h补钾总量为3~6g，根据病情需要还可以增加。在治疗过程中监测心电图与血钾。

（2）补充钙盐和镁盐。

4. 使用碱性药物，纠正酸中毒 当血pH低于7.0~7.1或血HCO_3^-低于5mmol/L，给予用注射用水稀释至等渗（1.25%）的$NaHCO_3$快速静滴，血HCO_3^-浓度的提高不宜超过15mmol/L。如血pH＞7.1或HCO_3^-浓度＞10mmol/L，无明显酸中毒深大呼吸者，可暂不予补碱。补碱慎重的原因有以下方面。

（1）CO_2通过血-脑屏障的弥散能力较HCO_3^-快，补充$NaHCO_3$过多易引起脑脊液pH反常下降，加重昏迷。

（2）血pH骤升使血红蛋白的氧亲和力上升，而血细胞2,3-DPG升高和糖化血红蛋白下降较慢，因而加重组织缺氧，有诱发或加重脑水肿的危险。

（3）过快补碱可促进钾离子向细胞内转移和出现反跳性碱中毒。

5. 寻找诱因、预防并发症

（1）脑水肿：是糖尿病酮症酸中毒治疗中的一种严重并发症，也是该病死亡的重要原因。因为在治疗中血糖、血钠降低过快，细胞内、外形成了新的渗透梯度，即细胞内高渗而细胞外低渗，从而使水分进入细胞内，导致脑水肿。所以，在治疗初期应快速输入等渗盐水（0.9%NS）以纠正细胞外液量缺乏，当血管内液量逐渐恢复时应改为0.25%GS及0.45%低张盐水溶液。密切评估是否出现神经或知觉功能下降的症状，监测CVP、尿量、电解质值等。

（2）肺水肿：因在糖尿病酮症酸中毒治疗过程中，由于输液量过多使肺毛细血管通透性增加产生渗漏，患者可出现肺水肿、严重低氧血症或 ARDS。所以在治疗过程中应监测 CVP、尿量，使用输液泵以确保补液速度及补液量。

（3）感染：积极寻找感染源，密切监测体温、白细胞数量、静脉插管部位、尿及痰的颜色、性质、量等，如有感染，根据细菌培养结果给予抗生素治疗。

（五）监护要点

1. 密切观察并记录体温、脉搏、呼吸、血压、清醒程度以及全身状况，尤其要注意呼吸的气味、深度和频率的变化。

2. 心电监护有无心律失常，心肌缺血和（或）梗死的症状。

3. 密切监测血糖、血浆渗透压、电解质的变化，每 2～4 小时查血糖及电解质 1 次。

4. 监测肾功能、尿糖、尿酮体、动脉血气分析指标的变化，每 2 小时 1 次。

5. 观察胃肠道情况，如恶心、呕吐、腹痛等症状，清醒程度下降的患者给予插入鼻胃管，避免误吸。

6. 评估全身脱水程度，遵医嘱补液以恢复血容量，纠正脱水状态。老年患者多有心功能衰竭，补液不宜过快。

7. 监测患者 CVP 的变化，以调节补液速度，准确记录出入量。

8. 并发症的监测

（1）脑水肿的监测：包括患者意识清醒程度、瞳孔大小、对疼痛刺激的反应、抽搐等。

（2）肺水肿的监测：包括 CVP、心率、血压、尿量、肺部是否出现湿啰音、是否出现粉红色泡沫痰。

（3）感染的监测：包括仔细观察病情变化、详细记录患者的神志状态、呼吸、血压、心率、体温、各种细菌学培养、X 线胸片；观察静脉穿刺部位的皮肤是否有红、肿、热、痛的表现；观察口腔黏膜和舌苔的变化，以及特殊的气味，提供病情的动态变化；保持皮肤的清洁，预防压疮及皮肤化脓性感染。

9. 观察各种药物的不良反应及有无过敏反应，做到及时处理。

二、糖尿病非酮症高渗性昏迷

（一）定义

糖尿病非酮症高渗性昏迷为糖尿病的严重急性并发症之一，多见于老年糖尿病患者，是以严重高血糖、高血浆渗透压、严重脱水、无或轻微酮症，伴有不同程度的神经系统障碍或昏迷为主的临床综合征。

（二）病因与诱因

1. 未能良好控制血糖的糖尿病。

2. 应激，如感染、外伤、手术、脑血管意外、心肌梗死、急性胰腺炎、急性胃肠炎、严重肾疾病等。

3. 摄水不足，见于不合理限制水分者，如卧床患者，胃肠道疾病或昏迷者，口渴中枢敏感性下降的老年人及不能主动进水的幼儿。

4. 失水过多，如严重的呕吐、腹泻，神经内、外科进行脱水治疗的患者、血液透析或腹膜透析的患者、大面积烧伤的患者。

5. 高糖的摄入,如大量摄入含糖饮料,大量静注葡萄糖溶液、长期静脉内营养支持等。

6. 药物的影响,包括各种糖皮质激素、利尿药、免疫抑制药、苯妥英钠、氯丙嗪。

7. 肾功能不全、尿毒症。

8. 影响糖代谢的内分泌疾病,如甲状腺功能亢进、肢端肥大症等。

(三)临床表现

1. 起病隐匿　多见于老年人,50%患者有糖尿病史,90%患者有肾病变。

2. 前驱症状　患者在发病前数天至数周,常有糖尿病逐渐加重的临床表现,如烦渴、多饮、多尿、乏力、头晕、食欲减退、呕吐等。

3. 脱水　脱水严重、周围循环衰竭常见。表现为皮肤干燥和弹性减退、眼球下陷、舌干唇裂、脉搏快而弱,卧位时颈静脉充盈不良,立位时血压下降。严重者出现休克。有些患者虽有严重脱水,但因血浆的高渗促使细胞内液外渗,补充血容量,血压保持正常。

4. 神经、精神症状　表情淡漠、反应迟钝、定向力障碍、幻觉、上肢拍击样粗震颤、癫痫样抽搐、失语、偏盲、肢体瘫痪、昏迷及锥体束征阳性。

(四)治疗

1. 积极补液　糖尿病非酮症高渗性昏迷患者,失水量可超过体重的12%,积极补液,迅速纠正低血容量、高渗脱水,是治疗此病的关键。补液量及速度应根据脱水程度而定,一般输液总量按原体重的10%估算,开始2h内输注1 000~2 000ml,12h输注总量的1/2加当日的尿量,其余的在24h内输注。

(1)无休克及溶血病史者,应使用低渗溶液,如0.45%NaCl。

(2)若治疗前休克已存在,应使用等渗溶液,如0.9%NaCl,同时注意补充胶体溶液、血浆。

(3)早期不宜使用5%GS或5%GNS,当血糖降至16.7mmol/L(300mg/dl)时,可输入5%GS并加用胰岛素。

2. 小剂量胰岛素治疗　目前主张小剂量胰岛素持续治疗,它可使血糖稳步下降,可不必给首次负荷量,按每小时4~6U胰岛素静脉滴注,血糖以每小时下降4~6mmol/L的速度为宜,若在补足液体量的前提下血糖下降的速度仍低于每小时2mmol/L或反而升高,提示胰岛素用量应加大。

3. 补钾　由于渗透性利尿可丢失大量的钾,使机体内处于低钾状态。但由于脱水、血液浓缩及钾从细胞内逸出,造成血钾正常或偏高的假象。在补液及使用胰岛素后,细胞外的钾向细胞内转移,血钾水平降低,有时可骤然下降,可导致心律失常,因此补钾时应参考尿量,见尿(尿量≥40ml/h)补钾。

4. 碱性药物的使用　单纯典型的糖尿病非酮症高渗性昏迷不伴酮症酸中毒。若伴有酮症酸中毒,在补液及应用胰岛素治疗后可自行纠正者,无需使用碱性药物;如合并乳酸性酸中毒、肾功能不全、感染性休克等,出现明显的代谢性酸中毒者,可适当补充1.25%NaHCO₃,不应给予5%NaHCO₃或乳酸钠。

5. 其他治疗措施及注意事项　去除诱因,注意是否合并心力衰竭、肺水肿、心肌梗死、脑血管意外、脑水肿等,一旦出现上述症状应给予相应的处理。所有患者均应使用抗生素,以预防和治疗感染。在治疗过程中还应注意热量的供给,可在治疗8~12h血糖有所下降后定时鼻饲流食,以免出现"饥饿性酮症"。

(五)监护要点

1. 注意意识障碍的程度。运用 Glasgow 评分判断患者意识状态的情况。

2. 监测心率、血压、呼吸的频率及节律、CVP、血氧饱和度的变化,及时发现心律失常、呼吸衰竭。

3. 观察脱水的程度。如通过对患者皮肤干燥的程度、皮肤的弹性、是否出现少尿或无尿、眼球下陷程度及生命体征变化的观察,以判断脱水程度,为医生的治疗提供依据。

4. 监测血糖、尿糖及电解质的动态变化。每 2 小时测 1 次血糖,4～6h 测 1 次尿糖,每 4 小时测 1 次肾功能:包括血钾、钠、尿素氮等。

5. 监测补液速度及补液量,详细记录液体出入量。

6. 并发症的监测

(1)脑血管意外、脑水肿的监测:包括患者意识状况、瞳孔大小、对刺激的反应、抽搐等。

(2)心力衰竭、肺水肿的监测:包括 CVP、心率、血压、尿量、肺部是否出现湿啰音、是否出现粉红色泡沫痰。

(3)感染的监测:包括仔细观察病情变化、详细记录患者的神志状态、呼吸、血压、心率、体温、各种细菌学培养、X 线胸片;观察静脉穿刺部位的皮肤是否有红、肿、热、痛的表现;观察口腔黏膜和舌苔的变化,以及特殊的气味,提供病情的动态变化;保持皮肤的清洁,预防压疮及皮肤化脓性感染。

7. 胰岛素用量的监测

(1)遵医嘱准确使用胰岛素并监测血糖值的变化,密切观察有无低血糖的表现:如头晕、饥饿感、出汗、心悸、严重者可有头痛、烦躁不安、言语失常、视物模糊、精神恍惚、共济失调、精神病样发作、昏迷等。

(2)经常观察注射胰岛素部位的皮肤有无结节及皮肤弹性降低,应经常更换注射部位,防止皮下组织变性萎缩甚至坏死影响胰岛素的吸收。

三、糖尿病乳酸性酸中毒

(一)定义

因血乳酸明显升高($\geqslant 5.0$mmol/L)导致的代谢性酸中毒称为乳酸性酸中毒;血乳酸增高而无血 pH 降低者称为高乳酸血症;糖尿病发生的乳酸性酸中毒称为糖尿病乳酸性酸中毒。

(二)病因与诱因

1. 病因

(1)乳酸产生过多。

①组织低灌注:如休克、左心功能不全等。

②动脉血氧合降低,组织缺氧:如呼吸衰竭、严重贫血等。

③先天性糖代谢酶系缺陷:如葡萄糖-6-磷酸脱氢酶、丙酮酸羟化酶、丙酮酸脱氢酶等。

(2)乳酸清除减少:肝、肾功能不全。

2. 诱因

(1)血糖控制不佳:由于不适当的饮食、运动及药物治疗,导致血糖控制不佳,血糖升高、脱水、丙酮酸氧化及乳酸代谢出现异常,均可导致血乳酸升高。

(2)糖尿病的其他急性并发症:感染、脓毒血症、酮症酸中毒及高渗性非酮症昏迷。

（3）其他重要脏器的疾病：如脑血管意外、心肌梗死、呼吸道疾病、慢性肾衰竭等，可加重组织器官血液灌注不良，导致低氧血症和乳酸性酸中毒。

（4）双胍类药物使用不当：双胍类药物尤其是苯乙双胍能增强无氧酵解，抑制肝及肌肉对乳酸的摄取，抑制糖异生作用，导致乳酸性酸中毒。

（5）其他：如酗酒、一氧化碳中毒，水杨酸、儿茶酚胺、乳糖过量偶可诱发乳酸性酸中毒。

（三）临床表现

糖尿病乳酸性酸中毒发病急，但症状与体征缺乏特异性。

1. 轻症　可仅有乏力、恶心、食欲减退、头晕、嗜睡、呼吸稍深快。

2. 中至重度　可有恶心、呕吐、头痛、头晕、全身酸软、口唇发绀、无酮味的呼吸深快、血压下降、脉弱、心率快、可有脱水表现、意识模糊、四肢反射减弱、肌张力下降、瞳孔散大、深昏迷或出现休克。

（四）治疗

1. 预防

（1）去除病因及诱因，积极治疗原发病。应立即停用一切可诱发乳酸性酸中毒的药物或有毒化学物质，如苯乙双胍、木糖醇、乙醇、二甲双胍等。

（2）凡有休克、缺氧、肝肾衰竭者，应给予吸氧、保持气道通畅、纠正休克、改善心功能、保护肝肾功能。

（3）尽量不用果糖、山梨醇而采用葡萄糖，以免发生乳酸性酸中毒。

2. 改善循环衰竭，纠正酸中毒。

（1）改善循环衰竭。循环衰竭时，肝、肾血流灌注量减少，清除乳酸的能力下降，乳酸产生增加，所以应尽可能及时纠正循环衰竭。在充分进行容量复苏的情况下，对持续性低血压的休克患者，合理选择应用血管活性药物。

（2）纠正酸中毒。当血 pH<7 时，肝不能经糖原异生作用清除乳酸，反而会生成乳酸，加重酸中毒。严重酸中毒会降低心肌收缩力，心搏血量减少，甚至心源性休克。休克导致组织灌注不良而缺氧，造成更多乳酸生成。所以力争在最短时间内通过补充容量和应用碱性药物纠正酸中毒。

3. 胰岛素的应用。当患者血糖>13.9mmol/L(250mg/dl)时，可用小剂量胰岛素治疗，使血糖下降，同时控制酮体。

4. 补钾。根据酸中毒情况、血糖、血钾高低，酌情补钾。

5. 对于有严重的肾功能不全、严重心力衰竭、因苯乙双胍引起的乳酸性酸中毒，可用不含乳酸根的透析液进行血液或腹膜透析。

（五）监护要点

1. 持续心电监测　如患者出现憋气、发绀应给予吸氧，保持呼吸道通畅，注意体温、脉搏、呼吸、血压、意识状态等的变化。

2. 严格按照患者的性别、年龄、理想体重计算每日所需总热量　按食物成分将总热量折算为食谱，合理分配，三餐分配一般为 1/5、2/5、2/5 或 1/3、1/3、1/3。3 餐饮食需均匀搭配，每餐均有糖类、脂肪和蛋白质，且要定时定量，这样有利于减缓葡萄糖的吸收，增加胰岛素的释放。根据患者血糖值调整食谱，告知患者合理膳食的重要性，取得患者及家属的配合。

3. 根据患者的年龄、体力、病情及有无并发症，指导患者进行长期有规律的体育锻炼　当患者血糖＞13.3mmol/L或尿酮体阳性时不宜进行体育锻炼。

4. 密切监测患者血乳酸浓度　通过动脉血气监测血乳酸浓度。正常空腹时血乳酸水平为0.44～1.8mmol/L,当血乳酸水平≥5mmol/L时,即可诊断为乳酸性酸中毒。

5. 降糖药物的监测　指导患者按时按剂量服用降糖药物,不可随意增量或减量,用药后注意观察药物的不良反应及血糖、尿糖、电解质的变化,评价药物的疗效和药物剂量。对于伴有肝、肾功能不全、慢性缺氧性心肺疾病、食欲缺乏、一般情况较差的患者应忌用双胍类降糖药。对于使用双胍类药物的患者在遇到急性危重疾病时,应暂停双胍类药物,改用胰岛素。对于长期使用双胍类药物的患者应定期监测肝肾功能、心肺功能,如有不适宜用此药的情况应及时停用。

四、糖尿病低血糖症

(一)定义

糖尿病患者由于药物(如胰岛素、磺脲类)或疾病本身所导致的低血糖,称为糖尿病低血糖。一般以静脉血浆葡萄糖浓度低于2.5mmol/L(45mg/dl)作为低血糖的标准。

(二)病因与诱因

药源性低血糖症中,胰岛素引发者最多,大多见于胰岛素依赖型糖尿病。

1. 胰岛素治疗时发生低血糖的原因

(1)进食减少或延迟进食。因呕吐、腹泻以及进食减少或因合并有胃麻痹,影响食物吸收;或延迟进食,如空腹状态进行一些历时较长的检查等均是常见的低血糖原因。

(2)加大运动量或变更运动时间,运动可加速注射部位胰岛素的吸收,同时可促进周围肌肉组织对葡萄糖的利用。这种低血糖症多见于病程长的胰岛素依赖型糖尿病患者。

(3)胰岛素用量过大。是引起低血糖最常见的原因。如处方错误、抽吸过多;血糖检验数值不正确,此低血糖多发生在各种胰岛素剂型作用的高峰时间。

(4)注射部位胰岛素的吸收改变。注射针尖误插入毛细血管或肌肉组织,造成胰岛素吸收过快;注射部位发生硬块或皮下组织萎缩,影响胰岛素的吸收,这些改变促使血糖的升降不协调,容易造成低血糖。

(5)其他药物的影响。如口服降糖药、水杨酸类、普萘洛尔、磺胺类等均可加强胰岛素降糖作用,引起低血糖。

(6)遇下列情况而未及时减量:①体重减轻时;②内分泌激素缺乏如垂体前叶功能减退、慢性肾上腺皮质功能减退;③糖皮质激素治疗过程中激素减量;④肝肾功能减退,而致胰岛素降解率减慢;⑤各种应激状态恢复后,如感染、胰腺炎、外科手术、终止妊娠等;⑥酮症酸中毒,高糖状态纠正后,未及时停用小剂量胰岛素治疗;⑦胰岛素抵抗患者突然恢复时。

2. 反应性低血糖症　早期糖尿病、功能性低血糖、营养性低血糖。反应性低血糖是成年人较常见的低血糖症,以早期糖尿病及功能性低血糖多见,仅有肾上腺素增多表现,但不严重,很少有神志障碍。

3. 对胰岛素过度敏感　腺垂体功能降低、甲状腺功能减退等。

4. 肝疾病　肝细胞疾病(肝硬化、急性黄色肝萎缩等)、特殊酶缺乏(如糖原累积症等)。于减少进食的同时,大量饮酒可以引起严重的低血糖,这是由于肝糖原的耗竭以及糖原异生减少的缘故。

5. 中毒 药物中毒,如:乙醇、水杨酸、磺胺类、β肾上腺素能阻断药等。

6. 糖类不足 食管肿瘤、孕妇、剧烈运动等。

7. 其他 伴有低血糖的胰外肿瘤、自身免疫性低血糖以及原因未明者。在非糖尿病中,有胰岛 B 细胞瘤过多的释放内生胰岛素是不可忽视的胰岛素引起低血糖昏迷的原因。

(三)临床表现

1. 典型表现 出现交感神经兴奋症状:出现心慌、饥饿、软弱、倦怠、乏力、手足颤抖、烦躁、皮肤苍白、出汗、焦虑、心率加快、血压轻度升高等,之后如果低血糖未能及时解除,大脑受到影响出现意识朦胧、嗜睡、多汗、肢体震颤、认知障碍、抽搐、昏迷。

2. 非典型表现

(1)儿童和老年人睡眠增多、多汗、呼吸衰竭、性格变态、失眠、多梦或心动过缓。

(2)定向力与识别能力减退:嗜睡、肌张力低下、精神失常等。

(3)皮质下中枢功能障碍:躁动不安、痛觉过敏、阵挛性或舞蹈样动作或幼稚动作、瞳孔散大、锥体束征阳性、强直性惊厥。

(4)中脑功能障碍:阵发性及张力性痉挛、扭转性痉挛、阵发性惊厥、眼轴歪斜、巴宾斯基征阳性。

(5)延髓功能障碍:昏迷、去大脑强直、反射消失、瞳孔缩小、肌张力降低、血压下降。

(6)下丘脑功能障碍:摄食行为异常、饥饿。

(四)治疗

1. 神志清醒者,可口服含糖糕点、饮料,或口服 15%～20%GS,数分钟后,患者血糖可提高。

2. 意识障碍者,可静脉推注 50%GS 30～50ml,患者于数分钟后血糖提高。

3. 经上述处理仍未提高血糖及恢复神志者,或服用磺酰脲药者(因药物未能在短时间内被完全清除,而有低血糖反复发作者),可静脉滴注 5%～10%GS 3～4h,并每 20 分钟检测血糖 1 次,直至血糖恢复及患者病情保持平稳。

4. 胰升糖素的应用,仅对难治的低血糖病例或一时难以进行葡萄糖静脉注射者采用,可皮下或肌内注射 1mg(儿童 0.5mg)。因本药是促进肝葡萄糖输出提高血糖,因此,有严重营养不良及肝病变,因肝糖原储存不足,疗效欠佳。也不适宜用于磺酰脲药引起的低血糖,因胰升糖素可促进胰岛素的分泌,重复应用,效果不佳。

5. 血糖纠正后神志仍未恢复者,可能有脑水肿或脑血管病变,以及乙醇中毒等。应及时送往监护病房进行进一步的检查及治疗。

(五)监护要点

1. 一般生命体征的监测。

2. 病情监测。若患者出现饥饿感、伴软弱无力、出汗、恶心、心悸、面色苍白或在睡眠中突然觉醒,皮肤潮湿多汗,应警惕低血糖的发生。

3. 严密监测患者血糖的变化。对于容易发生夜间低血糖的患者,应测定临睡前及次日 1:00～3:00 时的血糖,以协助医生调整药物剂量。若临睡前血糖在 6～7mmol/L,次日 1:00～3:00 时的血糖为 4mmol/L,可在临睡前给患者加些点心,或减少晚餐前胰岛素的剂量或将胰岛素推迟到临睡前注射。

4. 对于病程长的胰岛素依赖型糖尿病患者兼有未察觉的低血糖者,应用血糖仪,一日多次测血糖,以调整药物剂量,并采用一日多餐制。对定时出现的疲劳感、感觉异常、简单事务不能完成时,宜检测血糖,警惕低血糖的发生。

5. 糖尿病患者应按时定量进餐及进行有规律的体力活动:对于因故延迟进食或伴有胃肠功能紊乱如腹泻、呕吐的患者应减少降糖药物的用量或停药;体力活动增加、运动量加大时需及时加餐,注射胰岛素30min后必须按时就餐。

6. 对于出现严重低血糖症的患者,应在明确诊断后立即给予50%GS 40~60ml 静脉注射,根据血糖值可重复使用,再给予 5%~10%GS 500~1 000ml 使血糖维持在 6~10mmol/L,直到药物的低血糖效应期消失。

7. 注意患者的心理状态。因低血糖发生率高,发作前无症状,严重时可出现意识障碍,这种状况可给患者造成一种恐惧、抑郁的心理,并给家属增加负担,所以在护理过程中,应多与患者交流、关心体贴患者,及时掌握其心理变化予以疏导及健康教育,使患者了解糖尿病治疗中药物的作用及不良反应,合理饮食和适当运动的重要性,告知患者低血糖是可以预防的,帮助患者树立战胜疾病的信心。

(陈　岩　吴晓英)

第三节　水、电解质失衡

教学目标

1. 了解正常水、电解质的含量与分布。
2. 熟悉正常酸碱平衡的调节。
3. 熟悉单纯性酸碱平衡紊乱的常见病因、临床表现、治疗方法。
4. 熟悉电解质(钠、钾、钙、镁、磷)的正常值及其发生紊乱的常见原因。
5. 熟悉水、电解质和酸碱平衡失调的临床处理原则。
6. 掌握水、电解质平衡紊乱的临床表现、治疗原则及护理措施。
7. 掌握常见酸碱平衡紊乱的判断,并对血气结果进行分析。

体液的主要成分是水和电解质。正常人体体液组成成分波动范围很小,是维持内环境稳定的重要因素之一。体液成分相对恒定,主要包括:容量相对恒定,电解质等溶质浓度相对恒定,渗透浓度相对恒定,酸碱度相对恒定。

(一)水的含量与分布

体液可分为细胞内液和细胞外液两大部分。细胞内液绝大部分存在于骨骼肌群中,占体重的 35%~40%。细胞外液则占体重的 20%。细胞外液又可分为血浆和组织间液两部分。血浆约占体重的 5%,组织间液约占体重的 15%。血浆、组织间液与细胞内液 3 个部分之间靠毛细血管膜或细胞膜等半透膜分隔,水分可以随各部分液体之间溶质颗粒浓度差自由转移。而胃肠道消化液、汗液、尿液、脑脊液、胸腹腔渗出液或漏出液等,就其生理功能和储留部位而言,属于特殊的细胞外液,又称为第三间隙液或透细胞液。

(二)电解质的含量与分布

电解质指体液中携带电荷的物质。阳离子为带正电荷的离子,阴离子是带负电荷的离子。体液中阳离子和阴离子相平衡,因而呈电中性。体液中电解质浓度的变化范围很小,即使是浓度发生很小的变化,都可能导致巨大的病理改变。

细胞外液和细胞内液中所含的离子成分有很大不同。细胞内液阳离子主要是 K^+,其次是 Na^+、Ca^{2+}、Mg^{2+};阴离子主要是 HPO_4^{2-} 和蛋白质,其次是 HCO_3^-、Cl^-、SO_4^{2-} 等。细胞外液阳离子以 Na^+ 为主,其次是 K^+、Ca^{2+}、Mg^{2+} 等;阴离子以 Cl^- 为主,其次是 HCO_3^-、HPO_4^{2-}、SO_4^{2-}、有机酸和蛋白质。虽然细胞内、外电解质分布种类不尽相同,但任何部位体液内阴、阳离子总数相等。细胞内、外液的渗透压相等,正常血浆渗透压为 $280\sim310\text{mmol/L}$。保持渗透压的稳定,是维持细胞内外液平衡的基本保证。

目前,现有的常规方法尚不能测定细胞内液电解质的含量,常以血清的电解质数值代表细胞外液的电解质含量,并以此作为判断、纠正电解质紊乱的依据。

(三)液体的摄入与排出

1. **液体的摄入** 液体的摄入由渴感调解。水的来源包括饮水、食物中水和内生水。内生水指体内脂肪、糖类及蛋白质氧化生成的水,约占每日所需水量的 10%($300\sim500\text{ml/d}$)。血浆渗透压的升高和血浆容量的下降会刺激产生渴感,下丘脑的感觉传入冲动,例如口腔黏膜干燥,以及来自更高皮质中枢的感觉运动传入冲动也非常重要。成年人每日平均消耗 1 500ml 液体,并从摄入食物获得约 800ml。

2. **液体的排出** 身体排泄水和代谢废物的途径有多种。

经肾的途径最为重要,每日溶解和排泄代谢废物所需的基本尿量为 $400\sim600\text{ml}$。如果 24h 尿量低于基本尿量,则代谢废物将会积存下来而对机体代谢产生不良影响。

其他正常的途径包括皮肤、肺和胃肠道。病理状态下,额外的失水途径有流涎、造瘘管和引流管的引流以及胃肠减压等。

经由皮肤和肺丢失的液体称为不显失水。健康成年人,每日不显失水为 $15\sim20\text{ml/kg}$ 体重。在高代谢状态下,例如甲状腺功能亢进、烧伤、创伤、应激和发热时,不显失水将急剧增加。体温每升高 1℃,不显失水增加 10%。使用呼吸机或呼吸急促的患者,不显失水的危险显著增加。不显失水中不含有电解质,因此,过量的不显失水将会导致细胞外液量减少,张性增加。如果此时液体的摄入不能满足需要,则细胞外液的高张状态及其伴随的脱水可能导致高钠血症。

正常情况下经由大便排出的水分很少。但在严重腹泻或造瘘管引流量很大时,丢失显著增加。溃疡性结肠炎患者每日由腹泻丢失的液体量可达数升。腹泻液中含有水、钠、钾、碳酸氢盐和氯。

3. **液体平衡调节**

(1)渴感。渴感是维持水分摄入的主要因素,肾则负责维持适当的液体排除。

渴感中枢位于下丘脑,可感受细胞外液溶质浓度的增加和被激活。低血压、多尿和液体容积不足可导致口渴。口渴是液体失衡的临床重要表现之一。渴感在老年人及衰弱患者会受到抑制。水肿患者的口渴是由于组织间隙中积聚体液,而非细胞中溶质浓度所致。昏迷及意识障碍的患者可能出现溶质浓度过高,但因病情所限无法表达或实现其对水分的需求。由于溶质浓度过低将抑制渴感中枢,因此,细胞外液溶质浓度降低的患者即使液体容量不足,也不会感到口渴。

(2)激素影响。加压素(ADH)及盐皮质激素(醛固酮)是影响液体平衡的主要激素。

ADH 由下丘脑合成。当血浆渗透压增加、细胞外液容量不足、疼痛、服用某些药物、应激状况时可分泌 ADH。ADH 促进肾小管对水分的重吸收。体液不足常同时刺激渴感中枢及 ADH 的释放。

醛固酮由肾上腺分泌,能促进肾对钠的重吸收,增加钾的排泄。醛固酮的分泌受到肾素-血管紧张素系统、组织间液中钾浓度增加或钠浓度降低、腺垂体释放的促肾上腺皮质激素等的刺激。

低血容量状态可促进醛固酮的分泌以维持稳态。低血压降低肾入球小动脉血管平滑肌的张力,因而增加肾素的释放。肾素刺激醛固酮释放,使钠水潴留而增加压力。除醛固酮外,其他激素包括皮质醇或 ADH 均可通过增加排钠排水,从而影响钠的代谢。

(3)影响液体移动的作用力,即 Starling 定律。毛细血管静水压约为 32mmHg。毛细血管壁非常薄,且具有可通透性,通常情况下组织静水压较低。血液中的液体部分,以及溶解在血液中的大部分小分子量物质经由毛细血管壁进入组织间隙。通过这一过程,营养及其他重要物质才能到达细胞。

由于毛细血管壁对蛋白质通透性很低,血液中蛋白质无法自由通过毛细血管壁进入组织间隙。因此,血液中蛋白质保留在毛细血管中,从而增加了毛细血管的渗透压。有血浆蛋白质产生的这种特殊的渗透压称为胶体渗透压。毛细血管中血液的平均胶体渗透压为 22mmHg。

(四)水、电解质及酸碱平衡在外科的重要性

外科急、重病症,如大面积烧伤、消化道瘘、肠梗阻或严重腹膜炎,都可直接导致脱水、血容量减少、低钾血症及酸中毒等严重内环境紊乱现象。及时识别并积极纠正这些异常是治疗的首要任务之一,因为任何一种水、电解质及酸碱平衡失调的恶化都可能导致患者死亡。从外科手术角度,患者的内环境相对稳定是手术成功的基本保证。因此,术前如何纠正已存在的水、电解质紊乱和酸碱失调,术中及术后又如何维持其平衡状态,都非常重要。

第四节　体液代谢的失调

体液平衡失调可以有 3 种表现:容量失调、浓度失调和成分失调。容量失调是指等渗性体液的减少或增加,只引起细胞外液量的变化,而细胞内液容量无明显改变。浓度失调是指细胞外液中的水分有增加或减少,以致渗透微粒的浓度发生改变,即渗透压发生改变。由于钠离子构成细胞外液渗透微粒的 90%,此时发生的浓度失调常表现为低钠血症或高钠血症。其他离子的浓度改变虽能产生各自的病理生理影响,但因渗透微粒的数量小,不会造成对细胞外液渗透压的明显影响,仅造成成分失调,如低钾血症或高钾血症,低钙血症或高钙血症,以及酸中毒或碱中毒等。

一、水和钠的代谢紊乱

在细胞外液中,水和钠的关系非常密切,故一旦发生代谢紊乱,缺水和失钠常同时存在。不同原因引起的水和钠的代谢紊乱,缺水和失钠的程度会有所不同,所引起的病理生理变化以及临床表现也就不同。水、钠代谢紊乱可分为下列几种类型。

（一）等渗性缺水

1. 概念 又称急性缺水或混合性缺水。水和钠成比例地丧失，因此血清钠仍在正常范围，细胞外液的渗透压也可保持正常。但等渗性缺水可造成细胞外液量（包括循环血量）的迅速减少。由于液体丧失为等渗性，细胞内、外液的渗透压无明显变化，细胞内液并不会代偿性地向细胞外间隙转移，因此细胞内液的量一般不发生变化。

2. 常见原因

（1）消化液的急性丧失，如肠外瘘、大量呕吐等。

（2）体液丧失在感染区或软组织内，如腹腔内或腹膜后感染、肠梗阻、烧伤等。

3. 临床表现

（1）恶心、厌食、乏力、少尿等，但无明显口渴。舌干燥，眼窝凹陷，皮肤干燥、松弛。

（2）若在短期内体液丧失量达到体重的 5%，即丧失细胞外液的 25%，患者则会出现脉搏细速、肢端湿冷、血压不稳定或下降等血容量不足的症状。

（3）当体液继续丧失达体重的 6%～7% 时，即丧失细胞外液的 30%～50%，则有更严重的休克表现，休克必然导致酸性代谢产物的大量产生和积聚，故常伴发代谢性酸中毒。

（4）如果患者丧失的体液主要为胃酸，因有大量 H^+ 丧失，则可伴发代谢性碱中毒。

4. 治疗方法

（1）原发病治疗十分重要，若能消除病因，则缺水将很容易纠正。

（2）对等渗性缺水的治疗，是针对性地纠正细胞外液的减少。在监测电解质的情况下静脉滴注平衡盐溶液或等渗盐水，使血容量得到尽快补充。

（3）对已有脉搏细速和血压下降等症状者，静脉快速滴注含钠的等渗液约 3 000ml（按体重 60kg 计算），恢复血容量的同时防止导致低钠血症。

（4）静脉补液时监测心率、中心静脉压或肺动脉楔压等。

（5）对血容量不足表现不明显者，可补液 1 500～2 000ml，以补充缺水缺钠量。此外，还应补给日需要水量 2 000ml 和氯化钠 4.5g。

（6）在纠正缺水后，排钾量会有所增加，血清钾浓度也因细胞外液量的增加而被稀释降低，故应预防低钾血症的发生。一般在血容量补充使尿量达 40ml/h 后，补钾即应开始。

5. 护理要点

（1）维持适当的液体容积。

①观察并记录患者的心率、血压、CVP、意识状态、出入量，以及尿比重的变化，作为液体补充的依据。

②持续监测体液容积缺失恶化情况，或电解质不平衡的征象和症状。如尿量减少，低血压，脉率加快，皮肤弹性降低，体温增高，虚弱等。

③补充液体时监测是否出现循环负荷过重，如颈静脉怒张、CVP 过高、呼吸困难、肺部听诊有湿啰音、心搏过速等，若出现上述情形，须立刻通知医生并控制输液速度。

④若因失血造成的等渗性缺水，应酌情输注全血。

（2）避免直立性低血压造成意外。

①评估患者的意识状态和病情变化。

②加强意识及定向力障碍患者的保护措施，如移除环境中的危险因素，拉起床栏，加强室内灯光，安排专人护理。

③监测患者的血压,血压过低及时通知医生对症处理。

④提醒血压低的患者及家属,凡改变体位时应缓慢小心,以免造成眩晕而跌倒受伤。

(3)鼓励并协助患者摄取足够的营养,饮食应含高热量、高蛋白成分,但应减少纯水量或钠的摄取,避免水分过度滞留。

(二)低渗性缺水

1. **概念** 又称慢性缺水或继发性缺水。此时失钠多于缺水,血清钠低于正常范围,细胞外液呈低渗状态。

2. **病因**

(1)胃肠道消化液持续性丢失,例如反复呕吐、长期胃肠减压或慢性肠梗阻。

(2)大创面的慢性渗液。

(3)肾排钠过多。

3. **临床表现**

(1)轻度缺钠:血清钠浓度在 130~135mmol/L,患者感乏力、头晕、手足麻木,尿 Na^+ 减少。

(2)中度缺钠:血清钠浓度在 120~130mmol/L,患者除有上述症状外,尚有恶心、呕吐、脉搏细速、血压不稳定或下降、脉压变小、浅静脉萎缩、视物模糊、站立性晕倒等。尿量少,尿中几乎不含钠和氯。

(3)重度缺钠:血清钠浓度在 120mmol/L 以下,患者神志不清,肌肉痉挛性抽搐,腱反射减弱或消失;出现木僵,甚至昏迷,常发生休克。

4. **治疗方法**

(1)积极对因治疗。

(2)针对低渗性缺水时细胞外液缺钠多于缺水的情况,应静脉输注含盐溶液或高渗盐水,以纠正细胞外液的低渗状态和补充血容量。

(3)静脉输液原则是:输注速度应先快后慢,总输入量应分次完成。每8~12h 根据临床表现及血 Na^+、Cl^- 浓度、动脉血气分析和 CVP 等,随时调整输液计划。

(4)低渗性缺水的补钠量可按下列公式计算:

需补充的钠量(mmol)=[血钠的正常值(mmol/L)-血钠测得值(mmol/L)]×体重×0.6(女性为 0.5)

举例如下:女性患者,体重 60kg,血清钠浓度为 130mmol/L。补钠量=(142-130)×60×0.5=360mmol。以 17mmol Na^+ 相当于 1g 钠盐计算,补氯化钠量约为 21g。当天先补 1/2 量,即 10.5g,加每天正常需要量 4.5g,共计 15g。以输注 5%GNS 1 500ml 即可基本完成。此外还应补给日需液体量 2 000ml。其余的一半钠,可在第 2 天补给。

必须强调,绝对依靠任何公式决定补钠量是不可取的,公式仅作为补钠安全剂量的估计,在实际治疗中为了安全应采取分次纠正并监测临床表现及血钠浓度的方法。

(5)重度缺钠出现休克者,应先补足血容量,以改善微循环和组织器官的灌注。晶体液和胶体溶液都可应用。晶体液的用量一般要比胶体液用量大 2~3 倍,尽快纠正血钠过低,恢复细胞外液量和渗透压,使水从水肿的细胞中外移。以后根据病情及血钠浓度再决定是输注高渗盐水还是等渗盐水。输注高渗盐水时应严格控制滴速,每小时不应超过 100~150ml。

(6)在补充血容量和钠盐后,由于机体的代偿调节功能,合并存在的酸中毒常可同时得到纠正,不需在一开始就用碱性药物治疗。如动脉血气分析提示酸中毒仍未完全纠正,可静脉滴注 5‰NaHCO₃ 100～200ml 或平衡盐液 200ml,以后视情况再决定是否继续补给。在尿量达到 40ml/h 后,应补充钾盐。

5. 护理要点

(1)维持适当体液容积及减轻水肿。

①每日测量并记录体重、出入量、生命体征、尿比重、水肿程度。

②限制液体摄入,避免导致血中钠离子浓度下降。

③避免过量清水灌肠,避免以低张溶液做鼻胃管灌洗,而应使用等张的生理盐水。

④能口服者尽量口服含电解质的液体,如果汁、肉汁来补充流失的钠及水分。

⑤静脉输液时应选择高张溶液或等张溶液。

(2)增强肺部气体交换功能。

①姿势会影响肺部循环及换气的分布,半坐卧位有利液体的流动并减轻呼吸困难。

②指导患者深呼吸,学会腹式呼吸及咳嗽技巧。

③鼓励患者多活动,以利身体对氧气的充分利用。

④持续监测呼吸频率、深度、呼吸音、及呼吸困难的状态,必要时遵医嘱提供机械性辅助呼吸。

(3)避免受伤及减轻头痛。

①注意患者有无意识混乱、疲倦、定向力丧失、昏迷、抽搐发作及患者的安全。移除环境中的危险因素。

②保持环境的安静,减少噪声及其他刺激,避免患者因受影响而导致急躁不安。

③监测患者脑水肿的情况,并常测量血压,若患者有头痛不适,遵医嘱给予对症处理。

(4)鼓励并协助患者摄取足够的营养,饮食应含高热量、高蛋白成分,但应减少纯水量或钠的摄取,避免水分过度滞留。

(5)密切监测血钠值并观察症状改善情况。

(三)高渗性缺水

1. 概念　又称原发性缺水。水和钠的同时丢失,但失水多于失钠,故血清钠高于正常范围,细胞外液的渗透压升高。严重的缺水可使细胞内液移向细胞外间隙,结果导致细胞内、外液量都有减少。最后,由于脑细胞缺水而导致脑功能障碍之严重后果。

2. 常见原因

(1)摄入水分不够:如食管癌致吞咽困难,危重患者的给水不足,经鼻胃管或空肠造口给予高浓度肠内营养溶液等。

(2)水分丧失过多:如高热大量出汗(汗中含氯化钠 0.25％)、大面积烧伤暴露疗法、糖尿病未控制致大量尿液排出等。

3. 临床表现

(1)轻度缺水:缺水量为体重的 2％～4％。除口渴表现外,无其他症状。

(2)中度缺水:缺水量为体重的 4％～6％。表现为极度口渴,乏力、尿少和尿比重增高,唇舌干燥,皮肤失去弹性,眼窝下陷,常有烦躁不安。

(3)重度缺水:缺水量超过体重的 6％。除上述症状表现外,出现躁狂、幻觉、谵妄、甚至昏迷。

4. 治疗方法

(1)积极治疗原发病。

(2)无法口服的患者,可静脉滴注 5%GS 或低渗的 NaCl(0.45%),补充已丧失的液体。

(3)所需补充液体量的估计方法有:a. 根据临床表现,估计丧失水量占体重的百分比。成年人每丧失体重的 1%,需补液 400~500ml。b. 根据血 Na^+ 浓度计算:补水量(ml)=[血钠的测得值(mmol/L)－血钠正常值(mmol/L)]×体重(kg)×4。为避免输入过量而致血容量的过分扩张及水中毒,计算所得的补水量不宜在当日一次输入,一般可分在 2d 内补给。治疗 1d 后应监测全身情况及血钠浓度,必要时可酌情调整次日的补给量。此外,补液量中还应包括每天正常需要量 2 000ml。

(4)高渗性缺水者实际上也有缺钠,只是因为缺水更多,才使血钠浓度升高。如果在纠正时只补给水分,不补适当的钠,可能反过来出现低钠血症。

(5)如需纠正同时存在的缺钾,可在尿量超过 40ml/h 后补钾。

(6)经上述补液治疗后若仍存在酸中毒,可酌情补给 $NaHCO_3$。

5. 护理

(1)维持适当的液体容积。

①观察并记录患者的生命体征、CVP、意识状态、出入量,以及尿比重的变化,以作为液体补充的根据。

②预防脱水并发症,当尿量每小时不足 30ml 时,可能会有休克、肾功能损害等并发症,应立即报告医生。

③持续监测体液容积缺失恶化情况,或电解质不平衡的征象和症状。如尿量减少,低血压,脉搏速率加快,皮肤弹性降低,体温增高,虚弱等。

④鼓励患者多摄取水分,鼻饲患者经胃管补充液体;或根据医嘱由静脉输液补充患者的血容量。

⑤当患者接受静脉输液时,应注意输液速度勿太快,尤其心脏、肾功能不好者,防止出现循环负担过重,导致心力衰竭和肺水肿。

⑥补充液体时监测是否出现循环负荷过重,如颈静脉怒张、CVP 过高、呼吸困难、肺部听诊有湿啰音、心搏过速等,若出现上述情形,须立刻通知医生并控制输液速度。

⑦渗透性利尿药会造成钾离子流失,应给予低钾血症患者补充钾离子。

⑧监测静脉注射葡萄糖患者的血糖状况,避免出现高血糖。

(2)维持皮肤黏膜的完整性。

①定时擦洗、清洁皮肤,少用肥皂擦洗以免过于干燥。

②协助虚弱或意识不清的患者翻身,或床上被动运动以减少骨隆突长期受压。病情允许时,多让患者下床活动。

③若发生口腔黏膜炎症或溃疡,应加强口腔护理。有义齿者应取下,避免义齿刺激黏膜发生炎症,造成溃疡、坏死、出血。指导患者保持口腔的清洁,以预防感染。

④鼓励患者饮水,以保持身体、口鼻、唇舌的清洁及湿润;接受氧气治疗或使用呼吸机的患者,须维持足够的湿化状态。

(3)防止因跌倒造成的创伤。

①评估患者的意识状态和病情变化。

②加强意识及定向力障碍患者的保护措施,如移除环境中的危险因素,拉起床栏,调节室内灯光,安排专人护理。

③监测患者的血压,血压过低及时通知医生对症处理。

④提醒血压低的患者及家属,凡改变体位时应缓慢小心,以免造成眩晕而跌倒受伤。

(四)水中毒

1. 概念　又称稀释性低血钠。是指体内水分潴留过多导致细胞内水含量过多引起细胞功能紊乱,同时引起体内电解质紊乱。

2. 常见原因

(1)各种原因所致的 ADH 分泌过多。

(2)肾功能不全,排尿能力下降。

(3)机体摄入水分过多或接受过多的静脉输液。

3. 临床表现

(1)急性水中毒:发病急骤。水过多所致的脑细胞水肿可造成颅内压增高,引起一系列神经、精神症状,如头痛、嗜睡、躁动、精神紊乱、定向能力失常、谵妄、甚至昏迷。若发生脑疝则可出现相应的神经定位体征。

(2)慢性水中毒:症状往往被原发疾病的症状所掩盖。可有软弱无力、恶心、呕吐、嗜睡等。体重明显增加,皮肤苍白而湿润。有时唾液、泪液增多。

4. 治疗方法

(1)立即停止水分摄入。

(2)程度较轻者,在机体排出多余水分后,水中毒即可解除。

(3)程度严重者,除禁水外,还需用利尿药以促进水分的排出。一般可用渗透性利尿药,如 20%甘露醇或 25%山梨醇 200ml 静脉内快速滴注(20min 内滴完),可减轻脑水肿和增加水分排出。也可静脉注射襻利尿药,如呋塞米(速尿)和依他尼酸。还可静脉滴注高渗的 5%NaCl,以迅速改善体液的低渗状态和减轻脑水肿。

5. 护理

(1)每日监测患者的体重、出入平衡情况。

(2)密切监测患者的生命体征、CVP、意识状态、出入量,以及尿比重的变化,必要时协助医生进行中心静脉置管,作为补充液体的途径和监测液体补充效果的手段。

(3)限制液体的摄入量。

(4)避免使用 5%GS 进行输液治疗(因其代谢后变为低渗性纯水),使液体负荷加重。

(5)遵医嘱给予患者利尿药,并评价其治疗效果,防止出现水分过度丧失或电解质紊乱。

(6)监测呼吸的次数、性状,以及呼吸音,必要时遵医嘱给予氧气吸入。

(7)做好患者的输液及饮水计划,根据医嘱将限水量平均分配于 24h 给予。

二、体内钾的异常

钾是机体重要的矿物质之一。体内钾总含量的 98%存在于细胞内。细胞外液的含钾量仅是总量的 2%,但它具有重要性。正常血清钾浓度为 3.5～5.5mmol/L。钾有许多重要的生理功能:参与、维持细胞的正常代谢、维持细胞内液的渗透压和酸碱平衡、维持神经肌肉组织的兴奋性,以及维持心肌正常功能等。

（一）低钾血症

1. 概念 指血清钾＜3.5mmol/L。

2. 常见原因

（1）钾摄入减少：饮食结构不正常，禁食而静脉补钾不足。

（2）钾排出过多：经胃肠道、肾、皮肤失钾。

（3）细胞外钾向细胞内转移：过量胰岛素、碱中毒等。

3. 临床表现

（1）消化系统：肠蠕动减弱，轻者有食欲缺乏、恶心、便秘，严重低血钾可引起腹胀、麻痹性肠梗阻。

（2）神经肌肉系统：表现为神经肌肉应激性减退。当血清 K^+＜3.0mmol/L 时，可出现四肢肌肉软弱无力，＜2.5mmol/L 时可出现软瘫，以四肢最为突出，腱反射迟钝或消失。当呼吸肌受累时可引起呼吸困难。中枢神经系统表现为精神抑郁、倦怠、嗜睡、神志不清、甚至昏迷等。

（3）心血管系统：心肌兴奋性增强，可出现心悸、心律失常。严重者可出现房室阻滞、室性心动过速及室颤，最后心脏停搏于收缩状态。此外还可引起心肌张力减弱，心脏扩大，末梢血管扩张，血压下降等。

（4）泌尿系统：肾浓缩功能下降，出现多尿且比重低，尤其是夜尿增多。

（5）可致代谢性碱中毒。

4. 治疗方法

（1）治疗重点在于确定并纠正失衡的原因。

（2）轻度低血钾或预防低血钾时常口服氯化钾或枸橼酸钾溶液，但这两种钾溶液对胃的刺激很大，因此需与水或果汁同服，或在用餐时服用。

（3）发生中、重度低血钾时可以静脉补充氯化钾。

5. 护理要点

（1）鼓励患者多摄取富含钾的饮食，如柳橙、香蕉等。

（2）由口补充钾盐时，注意患者有无胃肠道受刺激的征象。

（3）根据医嘱由静脉输注补充钾离子。

①见尿补钾。

②补钾不宜过急，安全分次补充。

③补钾速度不宜过快：一般每小时输注不超过 20mmol（1.5g）以防血钾在短时间内急剧增高而发生意外。

④补钾浓度不宜过高：一般浓度不超过 40mmol/L，以防注射部位严重疼痛及刺激性而引发静脉炎。

⑤应用大剂量钾静脉滴注时，需采用心电监护，并密切监测血清钾的浓度。

（4）使用洋地黄或利尿药的患者，密切监测血清钾的变化，防止血钾过低引起洋地黄中毒（中毒征象为恶心、呕吐、心律失常及视力障碍）。

（5）密切监测患者心电图的变化，有无心律失常或心排血量减少情况，如低血压、苍白、眩晕、盗汗、呼吸困难等。

（6）患者因神经肌肉应激性减退，故应与患者讨论并协助患者适宜活动。移出环境中的危险物品,减少跌倒等意外伤害。

(二)高钾血症

1. **概念**　指血清钾>5.5mmol/L。

2. **常见原因**

(1)钾潴留:肾功能不全、尿量减少、肾上腺功能不全、Addison病、醛固酮增多症、输库存血。

(2)细胞内钾释放过多:严重创伤、挤压综合征、严重烧伤、严重感染、代谢性酸中毒。

(3)口服或静脉补钾过快过多。

3. **临床表现**

(1)心血管:抑制心肌收缩,出现心率缓慢,心律失常,严重时心室颤动、心脏停搏于舒张状态。心电图的特征性改变是早期T波高而尖、Q-T间期延长,随后出现QRS波群增宽,P-R间期延长。

(2)神经肌肉:早期常有四肢及口周感觉麻木,极度疲乏、肌肉酸痛、肢体苍白、湿冷。血钾浓度达7mmol/L时,四肢麻木,软瘫,先为躯干,后为四肢,最后影响到呼吸肌,发生窒息。

4. **治疗方法**

(1)当血钾增加至5.0~5.5mmol/L时,需要限制含钾食物。

(2)当代谢性酸中毒引起高血钾时,需要输注$NaHCO_3$以纠正酸中毒,从而促进细胞对钾的再吸收。

(3)使用排钾利尿药。

(4)发生严重高血钾时可静脉注射葡萄糖酸钙以对抗高钾对心肌的抑制作用,注射胰岛素及葡萄糖或$NaHCO_3$促进细胞对钾的再吸收。

(5)高血钾持续存在或进行性加重时,可经口服或直肠(保留灌肠)给予离子交换树脂,通过刺激胃肠道中钠钾的交换,促进钾从粪便中排出。

(6)在肾衰竭时,需要通过肾替代治疗降低血清钾。

5. **护理要点**

(1)暂停一切含钾溶液或药物的输入,避免摄入含钾的食物。

(2)密切监测血清钾的变化。

(3)密切监测患者心率、心律及心电图波形的变化。

(4)遵医嘱给患者输注胰岛素、葡萄糖和$NaHCO_3$,使钾离子移入细胞内。

(5)遵医嘱使用离子交换树脂给患者口服或保留灌肠,由于离子交换树脂会导致便秘,因此需同时给予山梨醇通便。

(6)遵医嘱给予患者静脉注射葡萄糖酸钙;近期和拟用洋地黄治疗的患者慎用钙,以防增加洋地黄的毒性。

(7)遵医嘱进行肾替代治疗。

(8)高钾患者可出现腹泻,与平滑肌过度活动及肠蠕动增加有关。应观察患者腹泻的次数、量、及大便的性状,并遵医嘱处理。

三、体内钙的异常

机体内钙的绝大部分(99%)以磷酸钙和碳酸钙的形式储存于骨骼中。细胞外液钙仅是总钙量的 0.1%。血清钙浓度为 2.25～2.75mmol/L,相当恒定。其中约 50% 为蛋白结合钙,5% 为与有机酸结合的钙,这两部分合称为非离子化钙。其余的 45% 为离子化钙,这部分钙起着维持神经肌肉稳定性的作用。离子化和非离子化钙的比率受到 pH 的影响,pH 降低可使离子化钙增加,pH 上升可使离子化钙减少。

(一)低钙血症

1. 概念　指血清钙<2.25mmol/L。

2. 常见原因

(1)钙摄入不足。

(2)甲状旁腺功能减退。

(3)维生素 D 缺乏或代谢改变。

(4)急性胰腺炎:脂肪皂化结合了许多游离钙可引起低钙血症。

(5)多次大量输入库存血(内含枸橼酸盐)。

(6)休克复苏输入大量晶体液。

(7)肾小管病变,肾衰竭合并高磷血症。

3. 临床表现

(1)神经肌肉兴奋性增加,易激动有唇、指(趾)尖刺痛麻感,腱反射亢进,Chvostek 和 Trousseau 征阳性。

(2)细胞兴奋性增加,表现为心律失常、心悸,心电图表现主迹 Q-T 时间延长、ST 段延长、T 波低平或倒置。

(3)严重低血钙出现喉痉挛、呼吸困难。

(4)长期低血钙使晶状体吸收钠和水分增加而产生白内障。

(5)低钙血症伴体内钙缺乏时,小儿可出现佝偻病、囟门迟闭、骨骼畸形,成年人可表现骨质软化、纤维性骨炎、骨质疏松等。

4. 治疗方法

(1)治疗原发病。

(2)无症状的低血钙常可通过口服葡萄糖酸钙、乳酸钙或氯化钙纠正。为促进钙的吸收,最好在餐前 30min 补充钙。补充钙的同时宜进食牛奶,因为胃肠道吸收钙须有维生素 D 的参与。

(3)急性低血钙伴有强直性痉挛时需要立即静脉补钙治疗。

5. 护理要点

(1)密切监测心电图及血清钙的变化。

(2)密切监测凝血酶原时间及血小板计数的变化。

(3)密切观察患者是否出现肌肉强直现象。

(4)遵医嘱同时给予维生素 D,以促进钙的吸收。

(5)遵医嘱输注氯化钙或葡萄糖酸钙,须注意下列事项。

①静脉补钙时,用 5%GS 稀释,因钠可促进钙的流失,故不应使用生理盐水。

②注射速度要缓慢;以免发生低血压或心律失常、心脏停搏。

③不可与碳酸盐或磷酸盐混合使用,避免出现沉淀反应。

④禁止使用肌内注射且注射时需小心勿使药液渗至皮下,以防引起组织坏死。

⑤若同时使用洋地黄制剂需监测心律的变化,及时发现药物中毒。

(二)高钙血症

1. **概念**　指血清钙>2.75mmol/L。

2. **常见原因**

(1)恶性肿瘤:肿瘤转移至骨骼,破坏骨组织而释放骨钙。

(2)甲状旁腺功能亢进。

(3)噻嗪类利尿药治疗。

(4)其他:长期制动、低血磷、摄入过多的钙或维生素D、代谢性酸中毒。

3. **临床表现**

(1)胃肠道:高血钙降低胃肠道平滑肌的活动,增加盐酸、胃泌素及胰酶的释放。表现为恶心、食欲缺乏、呕吐、肠蠕动降低、腹胀。

(2)神经肌肉:高血钙导致神经受抑制。轻至中度的高血钙表现为虚弱、疲惫、注意力不集中;严重的高钙血症表现为嗜睡、感觉中枢抑制、意识障碍甚至昏迷。

(3)心血管:高血钙导致除极延长,从而导致传导延长。表现为心律失常,严重者心跳停止、心电图ST段缩短,Q-T间期延长、洋地黄中毒。

(4)肾:高血钙降低肾小球滤过率,导致渗透性利尿,肾浓缩能力降低而产生多尿。表现为多尿、肾结石、肾衰竭。

(5)肌肉骨骼系统:转移性肿瘤累及骨骼导致骨痛,脱钙导致骨质疏松及自发性骨折。

(6)血清钙浓度高达4~5mmol/L时,可能有生命危险。

4. **治疗方法**

(1)发生中、重度高血钙时,须立即进行纠正。由静脉快速输入生理盐水并合用呋塞米可预防液体过多,促进尿钙排泄。

(2)有抗肿瘤作用的药物可抑制甲状旁腺素对破骨细胞的作用,从而减少脱钙发生,降低血清钙。

(3)降钙素抑制甲状旁腺素对破骨细胞的作用,同时促进尿钙排泄,使血钙降低。

(4)糖皮质激素可与维生素竞争,减少胃肠道对钙的吸收。

(5)静脉注射磷可降低血钙水平,但含磷注射液可以导致许多组织严重脱钙,因此必须谨慎应用。

(6)双磷酸盐可以减少正常以及异常的骨骼对钙的吸收,应用前需要以生理盐水进行水化,同时须联合应用襻利尿药以增加尿的排除及钙的排泄。

5. **护理要点**

(1)对于有高钙血症危险性的患者,须限制钙及维生素D的摄取量。

(2)遵医嘱给予利尿药,以增加钙的排出和预防发生肾衰竭。

(3)遵医嘱给予皮质类固醇以刺激骨吸收钙,降低血钙浓度。

(4)遵医嘱给予磷酸盐制剂,以促进钙沉积于骨骼及软组织,减少肠道对钙的吸收。

(5)小心地为患者安排姿势及移动,以防发生病理性骨折。

(6)每日至少给予2 000~3 000ml液体。

(7)密切监测血钙变化。

(8)每日监测记录出入量。

四、体内镁的异常

正常成年人体内镁总量约为 1 000mmol，约合镁 23.5g。约有 50% 的镁存在于骨骼内，其余几乎都存在于细胞内，仅有 1% 存在于细胞外液中。镁具有多种生理功能，对神经活动的控制、神经肌肉兴奋性的传递、肌收缩、心脏兴奋性及血管张力等方面均具有重要作用。正常血清镁浓度为 0.7~1.1mmol/L。大部分镁从粪便排出，其余经肾排出。

(一)低镁血症

1. 概念　指血清镁 < 0.7mmol/L。

2. 常见原因

(1)长期严重营养不良。

(2)酗酒。

(3)长期接受静脉营养而未补充镁者。

3. 临床表现

(1)心律失常：血镁降低时会刺激乙酰胆碱的释放而导致动作电位的传导增加，可导致心室期前收缩，心房颤动。低镁患者服用地高辛可导致洋地黄中毒。

(2)精神障碍：抑郁、精神病、意识混乱。

(3)食欲缺乏、恶心、腹胀。

(4)严重低镁血症会导致肌肉强直及全身痉挛。

4. 治疗方法

(1)口服镁制剂，增加含镁饮食。

(2)静脉补充 $MgSO_4$。

5. 护理要点

(1)密切监测血清镁及心电图变化。

(2)密切监测生命体征及意识状态的变化。

(3)轻度缺镁者，可由饮食或口服镁来补充。

(4)患者对口服不能耐受或不能吸收时，可用肌内注射镁，一般采用 20%~50%$MgSO_4$。肌内注射时须选择深部臀肌。

(5)重度缺镁伴抽搐者，可按 0.5~1mmol/(kg·d)$MgSO_4$ 加入 5%GS 1 000ml 中于 4h 内静脉滴注。注意事项如下。

①注射用镁剂多用 10%$MgSO_4$，切不可用 25%~50% $MgSO_4$。

②静脉用镁要观察尿量及肾功能变化，有肾衰竭者，禁忌静脉用镁。

③给药速度需缓慢，以免产生灼热及面部潮红。

④因钙、镁有拮抗作用，故不能同时使用。

⑤给药后密切监测呼吸状况及膝反射情况，若有过量中毒时可用葡萄糖酸钙来治疗。

(二)高镁血症

1. 概念　指血清镁 > 1.1mmol/L。

2. 常见原因

(1)肾功能不全。

(2)偶可见于应用 $MgSO_4$ 治疗子痫的过程中。

(3)烧伤早期、广泛性外伤或外科应激反应、严重细胞外液量不足和严重酸中毒等也可引起血清镁增高,血清镁浓度可>3mmol/L。

3. 临床表现

(1)乏力、疲倦、腱反射消失和血压下降等。

(2)血清镁浓度明显增高时,心脏传导功能可发生障碍,心电图示 P-R 间期延长,QRS 波增宽和 T 波增高。

(3)晚期可出现呼吸抑制、嗜睡和昏迷,甚至心搏骤停。

4. 治疗方法

(1)立即停止给镁。

(2)经静脉缓慢输注 10%葡萄糖酸钙 10~20ml 或氯化钙,以对抗镁对心脏和肌肉的抑制。

(3)同时积极纠正酸中毒和缺水。

(4)若血清镁浓度仍无下降或症状仍不减轻,可考虑采用透析治疗。

5. 护理要点

(1)立即停止镁制剂的摄入。

(2)密切监测血清镁及心电图变化。

(3)密切监测生命体征及意识状态的变化。

(4)密切观察患者有无出现面色潮红或盗汗情况。

(5)遵医嘱维持足够的液体摄入量。

(6)遵医嘱注射氯化钙或葡萄糖酸钙。

(7)遵医嘱应用利尿药,加速尿镁的代谢。

(8)必要时进行肾替代治疗。

五、体内磷的异常

成年人体内含磷 700~800g,约 85%存在于骨骼中。其余以有机磷酸酯形式存在于软组织中。细胞外液中含磷仅 2g,正常血清无机磷浓度为 0.96~1.62mmol/L。磷是核酸、磷脂等的基本成分;是高能磷酸腱的成分之一,在能量代谢中有重要作用;参与蛋白质的磷酸化过程;以磷脂形式参与细胞膜的组成;是某些凝血因子的成分;以及磷酸盐参与酸碱平衡等。

(一)低磷血症

1. 概念　指血清无机磷浓度<0.96mmol/L。

2. 常见原因

(1)甲状旁腺功能亢进症。

(2)严重烧伤或感染。

(3)大量葡萄糖及胰岛素输入使磷进入细胞内。

(4)磷摄入不足,特别是长期接受静脉营养而未补充磷制剂者。

3. 临床表现

(1)缺乏特异性的临床表现而常易被忽略。

(2)神经肌肉症状,如头晕、厌食、肌无力等。

(3)重症者可有抽搐、精神错乱、昏迷、甚至可因呼吸肌无力而危及生命。

4. 治疗方法

(1)采取预防措施,对需长期静脉输液者,溶液中应补充磷 10mmol/d,可给予甘油磷酸钠10ml。

(2)严重低磷者,可酌情增加磷制剂用量,但须注意密切监测血清磷水平。

(3)对甲状旁腺功能亢进者,手术治疗可使低磷血症得到纠正。

(二)高磷血症

1. 概念　指血清无机磷浓度＞1.62mmol/L。

2. 常见原因

(1)急性肾衰竭、甲状旁腺功能减退。

(2)酸中毒或淋巴瘤等化疗时可使磷从细胞内溢出,导致血清磷升高。

3. 临床表现

(1)导致继发性低钙血症发生,可出现一系列低血钙的症状。

(2)因异位钙化可有肾功能受损表现。

4. 治疗方法

(1)积极治疗原发病。

(2)针对低血钙进行治疗。

(3)急性肾衰竭伴明显高磷血症者,必要时可做透析治疗。

第五节　酸碱平衡的失调

酸碱度适宜的体液环境是机体进行正常生理活动和代谢过程的需要。通常人的体液保持着一定的 pH(正常为 7.35～7.45)。当 pH＜7.2 或＞7.55 时,细胞功能将受到严重损害。当pH 值＜6.8 或＞7.8,可能伴有生命危险。

人体在代谢过程中,不断产生酸性和碱性物质,而导致 pH 有所变动。正常 pH 的维持需要依靠 3 个生理系统的相互作用:肺排出酸;肾排泄酸或纠正碱;血液缓冲系统调节过多的酸或碱。

血液中的缓冲系统以 HCO_3^-/H_2CO_3 最为重要。HCO_3^- 的正常值平均为 24mmol/L,H_2CO_3 平均为 1.2mmol/L,两者比值 $HCO_3^-/H_2CO_3=20:1$。只要 HCO_3^-/H_2CO_3 的比值保持为 20:1,即使 HCO_3^- 及 H_2CO_3 的绝对值有高低变化,血浆的 pH 仍然能保持为 7.40。从酸碱平衡的调节角度,肺的呼吸对酸碱平衡的调节作用主要是通过 CO_2 经肺排出,可使血中 $PaCO_2$ 下降,也即调节了血中的 H_2CO_3。如果机体的呼吸功能失常,本身就可引起酸碱平衡紊乱,也会影响其对酸碱平衡紊乱的代偿能力。肾在酸碱平衡调节系统中起最重要的作用,肾通过改变排出固定酸及保留碱性物质的量,来维持正常的血浆 HCO_3^- 浓度,使血浆 pH 不变。如果肾功能有异常,则不仅可影响其对酸碱平衡的正常调节,而且本身也会引起酸碱平衡紊乱。肾调节酸碱平衡的机制为:Na^+-H^+ 交换,排 H^+;HCO_3^- 重吸收;产生 NH_3 与 H^+ 结合成排出 NH_4^+;尿的酸化,排 H^+。

当任何一种酸碱失调发生后,机体都会通过代偿机制以减轻酸碱紊乱,尽量使体液的 pH恢复至正常范围。机体的这种代偿,可根据纠正程度分为部分代偿、代偿、及过度代偿。实际上机体很难做到完全的代偿。

酸碱失衡可分为:呼吸性酸中毒、呼吸性碱中毒、代谢性酸中毒、代谢性碱中毒。还可出现混合性酸碱平衡失调。

一、呼吸性酸中毒

1. **发病机制** 肺泡通气及换气功能减弱,不能充分排出体内生成的 CO_2,以致 $PaCO_2$ 增高,引起高碳酸血症。

2. **常见病因**

(1)急性气管阻塞:大咯血、溺水等。

(2)胸廓病变:如严重胸廓畸形等。

(3)急性胸膜病变:如大量胸腔积液、或血、气胸等。

(4)急性肺水肿、左侧心力衰竭等。

(5)慢性阻塞性肺疾病(COPD):晚期时的病理改变会造成呼吸道塌陷,气体蓄积及通气血流比例失调,是造成慢性呼吸性酸中毒的最常见原因。

(6)患者外科疾病患者,术后由于痰液引流不畅、肺不张,或有胸腔积液、肺炎,加上切口疼痛、腹胀等因素,均可使换气量减少。

(7)药物或疾病对延髓呼吸中枢的抑制作用。

(8)呼吸肌麻痹:见于多种疾病及低血钾,如重症肌无力、进行性肌萎缩等。

(9)医疗行为:错误使用呼吸机;给予 COPD 患者高浓度吸氧,造成 CO_2 麻醉。

3. **代偿机制**

(1)通过血液系统的缓冲系统完成:血液中的 H_2CO_3 与 NaH_2PO_4 结合,形成 $NaHCO_3$ 和 NaH_2PO_4,后者从尿中排出,使 H_2CO_3 减少,HCO_3^- 增多。但这种代偿性作用弱。

(2)通过肾系统代偿:肾小管上皮细胞中的碳酸酐酶和谷氨酰胺酶活性增高,使 H^+ 和 NH_3 的生成增加。H^+ 与 Na^+ 交换,H^+ 与 NH_3 形成 NH_4^+,使 H^+ 排出增加,$NaHCO_3$ 的再吸收增加。但这种代偿过程很慢。

(3)总之,机体对呼吸性酸中毒的代偿能力有限。

4. **临床表现**

(1)急性呼吸性酸中毒患者呈急性缺氧和 CO_2 潴留的表现:发绀、气促、躁动不安、血压上升;呼吸中枢受累出现呼吸不规则或陈-施呼吸。脑缺氧致脑水肿、脑疝,甚至呼吸骤停;组织缺氧致乳酸性酸中毒和高钾血症,可发生心室颤动或心搏骤停。

(2)慢性呼吸性酸中毒临床表现常被原发性疾病所掩盖:并发肺部感染或在外科手术后应激状态下可产生急性呼吸性酸中毒。患者可倦怠、头痛、兴奋、失眠;当 $PaCO_2 > 75mmHg$ 时,可出现 CO_2 麻醉,患者嗜睡、半昏迷以至昏迷。可见球结膜水肿、抽搐、瘫痪等。

(3)急性呼吸性酸中毒时,pH 明显下降,$PaCO_2$ 增高,HCO_3^- 可正常,常伴高血钾。

(4)慢性呼吸性酸中毒时,pH 下降不如急性期明显,$PaCO_2$ 增高,HCO_3^- 亦可增高。

5. **治疗方法**

(1)急性呼吸性酸中毒除积极治疗原发病外,还需采取积极治疗措施改善患者的通气功能。将潴留体内的 CO_2 迅速排出。

(2)pH 过低时可补碱性液纠正。还应注意对水、电解质失调的处理。

(3)引起慢性呼吸性酸中毒的疾病大多很难治愈。针对性地采取控制感染、扩张小支气管、促进排痰等措施,可改善换气功能和减轻酸中毒程度。除积极治疗原发病外,其关键在于改善通气功能与消除 CO_2 蓄积。

二、呼吸性碱中毒

1. **发病机制**　是由于肺泡过度通气,排出的 CO_2 过多,以致血 $PaCO_2$ 降低,最终引起低碳酸血症。

2. **常见病因**

(1)低氧血症:位于颈动脉体和主动脉体的化学感受器可感受 $PaCO_2$ 的下降,继而刺激延髓呼吸中枢,导致通气频率及深度增加。周围的化学感受器在血流减少如休克时也可受到刺激。

(2)肺的膨胀受限制时(如肺间质纤维化、腹水、脊柱侧弯、妊娠等),呼吸中枢也会受到刺激。

(3)化学物质或毒素对中枢化学感受器及呼吸中枢的刺激,(如阿司匹林过量)。

(4)中枢神经系统疾病(创伤、肿瘤、颅内高压等)。

(5)应激、创伤、发热、运动、剧烈疼痛。

(6)呼吸机辅助通气过度。

3. **代偿机制**

(1)$PaCO_2$ 的降低,起初虽可抑制呼吸中枢,使呼吸变浅变慢,CO_2 排出减少,血中 H_2CO_3 代偿性增高。但这种代偿很难维持下去,因为这样可导致机体缺氧。

(2)肾的代偿作用表现为肾小管上皮细胞分泌 H^+ 减少,以及 HCO_3^- 的再吸收减少,排出增多,使血中 HCO_3^- 降低,HCO_3^-/H_2CO_3 比值接近于正常,尽量维持 pH 在正常范围。

4. **临床表现**

(1)多数患者有呼吸急促的表现。

(2)引起呼吸性碱中毒后,患者可有眩晕、四肢及口唇麻木、针刺感、肌肉颤动、抽搐。

(3)严重低 CO_2 血症致脑血管痉挛,可有意识不清以至昏厥。

(4)危重患者发生急性呼吸性碱中毒常提示预后不良,或将发生 ARDS。

(5)血气分析 pH 增高,$PaCO_2$ 和 HCO_3^- 下降。

5. **治疗方法**

(1)积极治疗原发疾病。

(2)用纸袋盖在口鼻部,增加呼吸道死腔,可减少 CO_2 的呼出。

(3)如系呼吸机设置不当造成的通气过度,应调整呼吸频率及潮气量。

(4)危重患者或中枢系统疾病所致的呼吸急促,可使用药物阻断自主呼吸,由呼吸机进行适当的辅助呼吸。

三、代谢性酸中毒

1. **发病机制**　由酸性物质的积聚或产生过多,或碱性物质丢失 2 种不同的机制造成,这 2 种机制可以通过测定阴离子间隙进行鉴别。所谓阴离子间隙,是指血浆中未被检出的阴离子的量。其简单的测量方法是将血浆 Na^+ 浓度减去 HCO_3^- 浓度与 Cl^- 浓度之和,其正常值为 $10 \sim 15 mmol/L$。其主要组成是磷酸、乳酸及其他有机酸。

(1)酸性物质的积聚或产生过多：当酸的产生过度导致酸中毒（如乳酸酸中毒）时，碳酸氢盐会因缓冲作用而被消耗，此时阴离子间隙增加。

(2)碱性物质丢失（高氯性酸中毒）：当碳酸氢盐丢失导致酸中毒时，肾会保留氯离子以维持电中性，此时阴离子间隙不会改变。

2. 常见病因

(1)失血性及感染性休克导致急性循环衰竭、组织缺血缺氧，可使丙酮酸及乳酸大量产生，发生乳酸性酸中毒。

(2)糖尿病或长期不能进食，体内脂肪分解过多，可形成大量酮体，引起酮体酸中毒。

(3)抽搐、心搏骤停等可引起体内有机酸过多形成。

(4)治疗应用氯化铵、盐酸精氨酸或盐酸剂量过多。

(5)腹泻、肠瘘、胆瘘和胰瘘等，经由粪便、消化液丢失 HCO_3^-。

(6)输尿管乙状结肠吻合术后，尿液在乙状结肠内潴留时间较长，发生 Cl^- 与 HCO_3^- 的交换，尿内的 Cl^- 进入细胞外液，而 HCO_3^- 留在乙状结肠内，随尿排出体外，导致酸中毒。

(7)应用碳酸酐酶抑制药，可使肾小管排 H^+ 及重吸收 HCO_3^- 减少，导致酸中毒。

(8)肾功能不全：由于肾小管功能障碍，内生 H^+ 不能排出体外，或 HCO_3^- 吸收减少，均可导致酸中毒。其中，远曲小管酸中毒是分泌 H^+ 功能障碍所致，近曲小管酸中毒则是 HCO_3^- 重吸收功能障碍所致。

3. 代偿机制

(1)呼吸系统的代偿反应：H^+ 浓度的增高刺激呼吸中枢，使呼吸加深加快，加速 CO_2 的呼出，使 $PaCO_2$ 降低，HCO_3^-/H_2CO_3 的比值重新接近于 20∶1 而保证 pH 在正常范围。

(2)肾的代偿反应：肾小管上皮细胞中的碳酸酐酶和谷氨酰胺活性开始增高，增加 H^+ 和 NH_3 形成 NH_4^+ 后排出，使 H^+ 的排出增加；另外，$NaHCO_3$ 的再吸收亦增加。

(3)但是，这些代偿是相当有限的。

4. 临床表现

(1)轻度代谢性酸中毒可无明显症状。

(2)但中度以上（$CO_2CP<13.5mmol/L$）患者就会出现明显的症状：深而快的呼吸、虚弱无力、食欲缺乏、腹痛、恶心、呕吐、头痛、躁动不安，严重者神志模糊甚至昏迷；心肌收缩力减弱，引起心力衰竭，血管对交感神经和儿茶酚胺刺激的敏感性降低，使血管扩张，血压下降；其他临床征象因原发病而异，且常掩盖酸中毒的症状。

(3)重症患者可有疲乏、眩晕、嗜睡，可有迟钝或烦躁。最明显的症状是出现深而快的呼吸，呼吸频率有时可高达 40～50/min。呼出气带有酮味。患者面颊潮红，心率加快，血压常偏低。可出现腱反射减弱或消失，神志不清或昏迷。

(4)患者常可伴有缺水状态。

(5)代谢性酸中毒可降低心肌收缩力和周围血管对儿茶酚胺的敏感性，患者容易发生心律失常，急性肾功能不全和休克。一旦产生则很难纠治。

(6)血气分析：pH 和 HCO_3^- 浓度明显下降。代偿期的血 pH 可在正常范围，但是 HCO_3^-、BE 和 $PaCO_2$ 均有一定程度的降低。

5. 治疗方法

(1)病因治疗：是最根本的措施。由于肺及肾具有一定的调节酸碱平衡的能力。因此只要能消除病因,再辅以补充液体、纠正缺水,则较轻的代谢性酸中毒(血浆 HCO_3^- 为 16~18mmol/L)常可自行纠正,不必应用碱性药物。低血容量性休克伴有代谢性酸中毒者,经过补液、输血纠正休克后,轻度的代谢性酸中毒也可随之被纠正。这类患者不宜过早使用碱剂,否则反而可能造成代谢性碱中毒。

(2)对于 HCO_3^- <10mmol/L 的重症酸中毒患者,应立即输液和用碱剂进行治疗。常用的碱性药物是 $NaHCO_3$。临床上根据酸中毒严重程度,补给 5%$NaHCO_3$ 首次剂量 100~250ml,在用后 2~4h 复查动脉血气分析及血电解质浓度,根据测定结果决定是否需要继续输给及输给量。边治疗边观察,是治疗的原则。

(3)治疗酸中毒时需注意以下方面。

①5%$NaHCO_3$ 溶液为高渗性,过快输注可致高钠血症、血浆渗透压升高及容量超负荷。

②低钙血症:酸中毒时,离子化的 Ca^{2+} 增多,故即使患者有低钙血症也可以不出现手足抽搐。但是在酸中毒被纠正以后,离子化的 Ca^{2+} 减少,便会发生手足抽搐。故原先已有低钙血症者,需预先注射 10%葡萄糖酸钙 10~20ml。

③低钾血症:过快地纠正酸中毒还可能引起大量 K^+ 转移至细胞内,引起低钾血症。因此在大剂量碳酸氢钠治疗时应补充足够的钾。

④碱中毒:酸中毒所致的代偿性换气过度,于患者纠酸后仍可持续存在,可引起呼吸性碱中毒。用小剂量 $NaHCO_3$ 作分次补充可减少碱中毒的发生。

四、代谢性碱中毒

1. 发病机制　因不正常的酸丢失或过度的碱蓄积而造成。

2. 常见病因

(1)胃液丧失过多:严重呕吐、长期胃肠减压等,可丧失大量的 H^+ 和 Cl^-。肠液中的 HCO_3^- 未能被胃液的 H^+ 中和,HCO_3^- 被重吸收入血,使血浆 HCO_3^- 增高。另外,胃液中 Cl^- 的丢失使肾近曲小管的 Cl^- 减少。为了维持离子平衡,代偿性地重吸收 HCO_3^- 增加,导致碱中毒。大量胃液的丧失也丢失了 Na^+,在代偿过程中,K^+ 和 Na^+ 的交换、H^+ 和 Na^+ 的交换增加,即保留了 Na^+。但由于排出了 K^+ 及 H^+,即可造成低钾血症和碱中毒。

(2)碱性物质摄入过多:长期服用碱性药物,可中和胃内的盐酸,使肠液中的 HCO_3^- 没有足够的 H^+ 来中和,以致 HCO_3^- 被重吸收入血。大量输注库存血,抗凝剂入血后可转化成 HCO_3^-,致碱中毒。

(3)低钾血症:由于长期摄入不足或消化液大量丢失可致低钾血症。此时 K^+ 从细胞内移至细胞外,每 3 个 K^+ 从细胞内释出,就有 2 个 Na^+ 和 1 个 H^+ 进入细胞内,引起细胞内的酸中毒和细胞外的碱中毒。同时,在血容量不足的情况下,机体为了保存 Na^+,经远曲小管排出的 H^+ 及 K^+ 则增加,HCO_3^- 的回吸收也增加。更加重了细胞外液的碱中毒及低钾血症。此时可出现反常性的酸性尿。

(4)利尿药的应用:呋塞米、伊他尼酸等能抑制近曲小管对 Na^+ 和 Cl^- 的再吸收,而并不影响远曲小管内 Na^+ 与 H^+ 的交换。因此,随尿排出的 Cl^- 比 Na^+ 多,回入血液的 Na^+ 和 HCO_3^- 增多,发生低氯性碱中毒。

3. 代偿机制

(1)呼吸的代偿:受血浆 H^+ 浓度下降的影响,呼吸中枢抑制,呼吸变浅变慢,CO_2 排出减少,使 $PaCO_2$ 升高,HCO_3^-/H_2CO_3 的比值可望接近 20∶1 而保持 pH 在正常范围内。

(2)肾的代偿:肾的代偿使肾小管上皮细胞中的碳酸酐酶和谷氨酰胺活性降低,使排泌和生成减少。HCO_3^- 的再吸收减少,经尿排出增多,从而使血 HCO_3^- 减少。

4. 临床表现

(1)一般无明显症状,有时可有呼吸变慢,或精神方面的异常,如嗜睡、精神错乱或谵妄等,可以有低钾血症和缺水的临床表现。

(2)严重时可因脑和其他器官的代谢障碍而发生昏迷。

(3)血气分析可确定诊断及严重程度。失代偿时,血液 pH 和 HCO_3^- 明显增高,$PaCO_2$ 正常。代偿期血液 pH 可基本正常,但 HCO_3^- 和 BE(剩余碱)均有一定程度的增高。可伴有低氯血症和低钾血症。

5. 治疗方法

(1)积极治疗原发病。

(2)对丧失胃液所致的代谢性碱中毒,可输注等渗盐水或葡萄糖盐水,既恢复了细胞外液量,又补充 Cl^-。经过这种治疗即可将轻症低氯性碱中毒纠正。必要时可补充盐酸精氨酸,既可补充 Cl^-,又可中和过多的 HCO_3^-。另外,碱中毒几乎都同时存在低钾血症,故须同时补给氯化钾。补 K^+ 之后可纠正细胞内、外离子的异常交换,终止从尿中继续排 H^+,将利于加速碱中毒的纠正。

(3)治疗严重碱中毒时(血浆 HCO_3^- 40～50mmol/L,pH＞7.65),为迅速中和细胞外液中过多的,可应用稀释的盐酸溶液。0.1mmol/L 或 0.2mmol/L 的盐酸用于治疗重症、顽固性代谢性碱中毒是很有效的,也很安全。具体方法是:将 1mmol/L 盐酸 150ml 溶入生理盐水 1 000ml 或 5%GS 1 000ml 中(盐酸浓度成为 0.15mmol/L),经中心静脉导管缓慢滴入(25～50ml/h)。每 4～6 小时监测血气分析及血电解质。必要时第 2 天可重复治疗。纠正碱中毒不宜过于迅速,一般也不要求完全纠正。关键是解除病因(如完全性幽门梗阻),碱中毒就很容易彻底治愈。

五、混合性酸碱平衡失调

临床上,有时会同时发生 2 种以上的原发性酸碱平衡失调,称为混合性酸碱平衡失调。包括:呼酸合并代酸、呼碱合并代碱、呼酸合并代碱、代酸合并呼碱、代酸合并代碱、三重酸碱失衡。

酸碱失衡的治疗可分为两方面:①纠正酸血症或碱血症,使 pH 恢复或接近正常;②判定酸碱失衡类型,寻找病因并针对病因治疗。

治疗时应遵循以下原则:①分析矛盾主次,严重而主要者先治,急性变化而易去除者也先治;②治疗原发病及对症治疗;③避免于治疗中从一种矛盾转化为另一种矛盾;④注意纠正水和电解质等代谢紊乱。

1. 呼酸合并代酸

(1)两者结合使酸中毒的程度加剧,如糖尿病或肾病患者合并肺部感染或阻塞性肺气肿。pH＜7.35,碱缺乏(BD)负值增大,缓冲碱(BB)降低,$PaCO_2$ 增加。

(2)治疗:积极改善通气、降低 $PaCO_2$ 的同时,补适量碱。特别是在应急情况下,适量补碱可使 pH 立即升高,有时可成为挽救患者生命的有效应急措施。须注意高钾血症常是呼酸并代酸时的严重并发症,应立即加以控制。

2. 呼碱合并代碱

(1)两者结合使碱中毒的程度加剧,如心力衰竭患者用排钾性利尿药导致低钾、低氯性代碱,又因呼吸过度而产生呼碱。pH>7.45,BE、BB 增加,$PaCO_2$ 减少。

(2)治疗:以代碱为主者,除需补充氯化钾及(或)氯化钠外,常加用酸化药如盐酸精氨酸,但要注意精氨酸有抑制体内醛固酮排钾的作用,肾功能受损者有导致高血钾的可能性。

3. 呼酸合并代碱

(1)可见于肺源性心脏病合并心力衰竭而反复应用利尿药时。pH 可正常,也可升高或稍偏低。BB、BE 增加,$PaCO_2$ 增高,CO_2CP、SB 增加,常伴低钾、低氯。

(2)治疗:主要在于改善通气功能,吸氧因升高重碳酸盐可抑制呼吸,故一般不使用。慎用利尿药、肾上腺皮质激素等。如有低血钾、低血氯时应加以补充,并可同时静脉滴注精氨酸。

4. 代酸合并呼碱

(1)如糖尿病酮症酸中毒或肾衰竭合并感染出现粗大呼吸,pH 可在正常范围。BE 负值增大和 BB 降低,$PaCO_2$ 降低。SB、CO_2CP 降低。此外,AG 值升高有助于代酸的诊断。

(2)治疗:一般不必纠正 pH,呼碱严重时禁用重碳酸盐,切不能将 HCO_3^- 代偿性下降误认为代酸而盲目补碱,因可加重碱血症。严重碱中毒病死率极高,当 pH>7.64 时死亡率可达90%。过度通气往往与交感神经兴奋有关,故可给予镇静药、β 受体阻滞药,以降低通气量,保留部分 CO_2 并应积极纠正低氧血症。

5. 代酸合并代碱

(1)如肾衰竭或糖尿病酸中毒患者伴严重呕吐或治疗时给 $NaHCO_3$ 过多。pH 可正常,BE、BB、SB、$PaCO_2$、CO_2CP 可互相抵消。计算 AG>14,则表示固定酸增多,有代酸存在。

(2)治疗:主要是治疗原发病,去除可能存在的诱因。一般不应用碱性或酸性药,避免出现另一种酸碱中毒。如仅纠正一种平衡紊乱,反使另一种酸碱异常失去代偿,加重酸血症或碱血症。

6. 三重酸碱失衡

(1)本病预后极差,病死率在 50% 以上。三重酸碱紊乱可使 pH 接近正常,对机体不一定是坏事,处理要慎重。

(2)原则是积极治疗引起 3 种酸碱紊乱的原发疾病,并同时针对酸碱失衡中的主要矛盾采取相应措施。如高 AG 代酸是主要矛盾,输适量生理盐水和等渗葡萄糖使尿量增多,AG 自会下降;若低氯代碱是主要矛盾,除给氯化钾和精氨酸外,还可给少量氯化钙等。这些药物都应以临时投用为宜,以免加重酸碱失衡。

六、水、电解质和酸碱平衡失调临床处理的基本原则

水、电解质和酸碱平衡失调是临床上很常见的病理生理改变。任何一种平衡的失调,都会造成机体代谢的紊乱,进一步恶化则可导致器官功能衰竭,甚至死亡。为能及时确定诊断并作积极治疗,临床处理应按照下列步骤和原则。

1. 分析患者的病史、症状及体征,得出初步诊断。

2. 进行相关实验室检查:特别是血清电解质和动脉血气分析,必要时进行血、尿渗透压测定。

3. 结合病史与实验室检查资料,可确定患者存在的水、电解质和酸碱平衡失调的类型及程度。

4. 同时找出引起代谢失调的原发病,并予积极治疗。

5. 制定纠正水、电解质和酸碱平衡失调的治疗方案:有时危重患者可同时存在多种平衡的失调,应根据其轻重缓急,依次予以调整纠正。对于威胁患者生命的电解质和酸碱平衡失调应首先予以纠正,包括以下方面。

(1)积极恢复患者的血容量,保证良好的循环状态;

(2)积极纠正缺氧;

(3)纠正严重的酸中毒或碱中毒;

(4)处理重度高钾血症。

6. 纠正任何一种失调不可能一步到位,用药量也没有理想的计算公式可作为依据。应密切观察病情变化,采取边治疗边调整方案的做法,切不可操之过急,避免于治疗中从一种矛盾转化为另一种矛盾。这是在处理水、电解质和酸碱平衡失调时要反复强调的重要原则。

7. 最理想的治疗效果往往是在原发病被基本控制后方可达到。

第六节　动脉血气分析

一、动脉血气分析步骤

1. 根据 pH 确定酸碱失衡种类

(1)正常值 7.35～7.45。

(2)酸中毒<7.35。

(3)碱中毒>7.45。

2. 评估 $PaCO_2$

(1)正常值 35～45mmHg。

(2)呼吸性酸中毒>45mmHg。

(3)呼吸性碱中毒<35mmHg。

3. 评估 HCO_3^-

(1)正常值 22～26mmol/L。

(2)代谢性酸中毒<22mmol/L。

(3)代谢性碱中毒>26mmol/L。

4. 确定代偿反应

(1)代偿出现时,$PaCO_2$ 及 HCO_3^- 均不正常且于相反方向。

(2)代偿未出现:$PaCO_2$ 及 HCO_3^- 其一偏酸,而另一偏碱。

5. 区别代偿程度

(1)部分代偿:出现代偿,但 pH 仍不正常。

(2)完全代偿:出现代偿,且 pH 已经正常。

二、发生酸碱失衡的高危人群

1. 患有心、肺或肾疾病的患者。

2. 高代谢状况,如发热、烧伤或感染。

3. 完全胃肠外高营养支持,或鼻饲富含糖类的食物。

4. 应用呼吸机。

5. 胰岛素依赖型糖尿病。

6. 呕吐、腹泻或胃肠道引流。

7. 老年人,尤其因呼吸及肾疾病导致酸碱代偿能力受限的患者。

三、采取动脉血气分析标本的错误来源

在各项实验室检查中,动脉血气分析对于正确判断酸碱失衡的类型非常重要。作为护理人员,应当了解导致血气分析错误的常见原因。

1. 注射器中有气泡

(1)导致 PaO_2 升高、$PaCO_2$ 降低,pH 升高。

(2)措施:立即排出泡气;勿摇动注射器;不要使用有过多气泡的标本。

2. 不慎采取静脉血

(1)导致 PaO_2 降低、$PaCO_2$ 升高,pH 降低。

(2)措施:避免使用股静脉;使用较短针头;注意穿刺血管后应自行回血;重新取血。

3. 抗凝药物影响

(1)导致 pH 降低。

(2)措施:如有可能使用肝素锂;由动脉插管取血时应至少丢弃最初的 2ml 血样。

4. 抗凝药物影响:标本稀释

(1)导致 PaO_2 升高、$PaCO_2$ 降低,pH 升高。

(2)措施:减少注射器的死腔;如有可能使用肝素粉剂。

5. 标本中白细胞代谢的影响

(1)导致 PaO_2 升高、$PaCO_2$ 降低,pH 升高。

(2)措施:立即将标本至于冰水中;20min 内分析标本;若患者白细胞增多,立即分析标本。

四、治　　疗

1. 以纠正原发病因为主。

2. 呼吸道感染造成的通气障碍需要适宜的抗生素治疗。

3. 当患者处于自主呼吸状态时,应避免使用可能抑制呼吸中枢的药物。

4. 如果 CO_2 生成过多,应减少营养配方中糖类的含量,使其供热不超过 50%。

5. 对于肾衰竭或中毒的患者可以采用血液净化治疗。

6. 必要时应同时纠正电解质失衡。

7. 严重 pH 紊乱时的对症治疗仍存在争议。例如,酸中毒时静脉补充碳酸氢钠可能会即刻纠正 pH,然而,最后血液中的 CO_2 浓度会由于 HCO_3^- 的补充而相应增加。在严重碱中毒时,可以静脉注射盐酸或盐酸精氨酸等,然而,这些药物对肝及肾会产生极大的毒性作用,而且若补液速度过快将造成溶血。

(胥小芳　吴晓英)

第 39 章　创伤重症护理

教 学 目 标

1. 熟悉重症创伤的基本概念、发生原因、分类及表现。
2. 了解重症创伤的病理生理变化和救治程序。
3. 掌握主要治疗和监护手段及护理。

第一节　概　　述

创伤是指各种物理、化学和生物的外源性致伤因素作用于机体,导致体表皮肤、黏膜和(或)体内组织器官结构完整性的损害,以及同时或相继出现的一系列功能障碍和精神障碍。

一、概　　念

重症创伤是指机体在严重的致伤因子作用下,发生一个或多个解剖部位或脏器的严重损害,并因此引起一系列进展性的生理、病理、免疫和代谢严重反应,危及生命。

重症创伤的诊断标准包括:①气道阻塞,即采用鼻导管吸氧、面罩给氧、气管插管机械通气等方法不能迅速缓解缺氧者。②胸部创伤引起的呼吸障碍,包括巨大的胸部开放性损伤、大片连枷胸、张力性气胸、胸部广泛性钝挫伤等。创伤性心跳呼吸骤停。③休克,包括失血性休克、脊髓损伤性休克、心脏挫伤、心脏压塞等。颅脑损伤伴昏迷,表现为双侧瞳孔不等大,意识水平逐渐下降等。严重创伤后大部分死亡发生于 ICU 内,受伤 48h 后几乎所有的死亡和并发症均发生在 ICU 内,伤后头几天死亡的主要原因是颅脑损伤、呼吸衰竭和难控制性出血性休克。这些致死原因常常难以逆转。重症创伤一般多见于复杂性损伤,如多发伤或重要脏器的损伤。

二、创伤类别与分型

按严重程度可将创伤分为:轻度伤、中度伤、重度伤(无生命危险)、严重伤(有生命危险,可能存活)、危重伤(不一定能存活)、致命性损伤(24h 内死亡)。

三、重症创伤的病理生理变化

机体受到严重创伤后会发生一系列病理生理改变,从而影响脏器功能甚至威胁患者的生命。主要病理生理变化有以下几方面。

1. **代谢性酸中毒**　严重创伤、大出血破坏了循环系统的稳定,导致组织器官的血液供应不足,机体的能量供给从有氧代谢转变为无氧代谢,产生大量的乳酸和其他有机酸,使机体发生代谢性酸中毒。组织低灌注时间持续越长,代谢性酸中毒的程度越重。

2. 低体温 低体温是严重创伤以及液体复苏后一个不可避免的病理生理结果。受伤现场的热量丢失、复苏措施、受伤的严重程度、伤者年龄、手术中体腔的暴露、伤后热量生成障碍与伤后低体温密切相关,而近年来的一系列临床研究结果揭示了低体温与患者病死率以及并发症发生率之间的密切联系。

3. 凝血功能障碍 机体正常的凝血功能取决于血小板数量和功能的正常、足够的凝血因子以及凝血系统激活途径的正常。严重创伤可以使凝血系统的多个环节受到影响而使患者表现为凝血功能障碍。严重创伤后大量失血及对休克进行复苏时的大量输血输液,可以引起稀释性凝血因子和血小板数量减少。凝血系统的激活实际是一系列对温度敏感的、依赖丝氨酸的酶促反应。严重创伤后机体的低温状态会导致上述反应的速度减慢,还会使血小板的功能受到抑制。上述情况综合作用的结果是机体凝血功能的严重障碍。表现为组织创面的非机械性广泛渗血,使休克程度加重,复苏难度增加。

总之,代谢性酸中毒、低温、凝血功能障碍三者互为因果,形成恶性循环,严重威胁重症患者的生命。及时阻断这个恶性循环,维持重要脏器的生理功能和机体内环境的稳定是挽救患者生命、降低早期病死率、减少并发症的根本所在。

四、创伤临床症状体征的演变

发生创伤后主要症状的出现和变化,在很多情况下,可作为诊断创伤的线索。

1. 意识障碍 意识障碍的程度及持续时间可代表颅脑损伤的严重程度,意识障碍演变可反映颅内损伤的类型。

2. 瘫痪 瘫痪是脊髓损伤的最主要症状。脊髓损伤后不论轻重立即出现创伤平面以下肢体弛缓性瘫痪:肌张力低,感觉、运动和括约肌功能丧失,一切深浅反射均消失,这种现象叫做"脊髓休克",脊髓休克时间的长短与脊髓损伤程度成正比,可以是数小时,也可以持续数周以上。脊髓休克是一种暂时性的、可逆性的瘫痪。当脊髓休克期度过后,即显露出与原发脊髓损伤程度相一致的瘫痪。如伤后肢体能活动,而以后出现瘫痪症状,则表明脊髓受到继发性损伤。

3. 呼吸窘迫 呼吸窘迫常是胸部创伤的首要症状和体征,呼吸困难的患者不愿多说话,不敢平卧,吸气与呼气都感困难者是肺通气量不足,严重者则出现濒死感。如呼吸困难呈进行性加重,则表明血、气胸在进行性发展,有必要紧急穿刺、引流。

4. 腹痛 腹部闭合伤中 90% 的伤者具有腹痛。腹痛持续存在表明腹部损伤未得到解决;腹痛加重提示腹腔内伤情的恶化。

5. 血尿 血尿是泌尿系统损伤的特有体征。但血尿与损伤的范围和程度不成平行关系,如肾蒂断裂、输尿管血块栓塞都可以没有肉眼血尿而有"绞痛",尿道断裂和膀胱破裂则根本无尿。

五、并　发　症

机体遭受严重创伤打击后,体内环境稳定失衡,引发一系列的全身并发症。全身性并发症往往直接威胁到患者的生命,其危险并不亚于严重创伤本身。

(一)创伤性休克

创伤性休克主要是由各种严重创伤后机体大量失血、失液,感染等导致神经体液失调、心排血量及有效循环血量不足、微循环血液灌注量明显下降,使组织和器官缺血、缺氧,发生多器官功能紊乱、代谢障碍等病理生理变化的一种综合征。

(二)创伤后急性呼吸窘迫综合征

创伤后急性呼吸窘迫综合征(ARDS)是严重创伤后常见的并发症之一。临床主要表现为呼吸频数,进行性呼吸窘迫,低氧血症,给氧治疗不易纠正,肺顺应性降低,两肺有弥散性肺泡浸润,肺毛细血管楔压正常为特征的急性进行性呼吸衰竭。

(三)多器官功能障碍综合征

多发生于严重创伤、大手术、休克及严重感染后的第 4～5 天,所涉及的系统或器官包括:心血管、呼吸、肾、肝、胃肠、代谢、凝血、免疫及中枢神经系统。发生器官功能衰竭的顺序多相似,肺常是最先累及的脏器,其次为肾、肝、消化道、中枢神经系统及心血管系统。其原因复杂,防治困难,病死率高,国际上公认 4 个或 4 个以上脏器衰竭的患者病死率高达 100%。

(四)创伤后急性肾衰竭

创伤后急性肾衰竭是严重创伤的危重合并症之一,其特点是严重创伤后导致肾小球滤过率突然降低,临床主要表现为少尿或无尿,出现血尿素氮及肌酐进行性升高,高钾血症,代谢性酸中毒,凝血机制异常和创面延迟愈合等。创伤后急性肾衰竭病死率维持在 50% 左右。

(五)弥散性血管内凝血

由于严重创伤和休克等原因而引起患者毛细血管、小静脉和小动脉内广泛的纤维蛋白沉积,血小板凝聚,形成弥散的微血栓,并由此可引起循环功能及内脏功能障碍,消耗性凝血症继发纤维蛋白溶解、溶血、出血及组织坏死等综合征。

(六)创伤后筋膜间隔综合征

创伤后筋膜间隔综合征是指肢体创伤后发生在四肢特定的筋膜间隔内,以进行性血供障碍为特点的综合征。即由于各种原因造成筋膜间隔内容物的增加或间隔有效容积的缩小,使间隔内压力持续升高,血液供应明显减少或中断,造成神经、肌肉功能障碍乃至坏死的一种病理过程。

1. 病因

(1)筋膜间隔有效容积缩小。①肢体挤压伤:该病因实质是间隔有效容积缩小与内容物体积增加双重因素作用的结果。②筋膜缺损闭合失当:多为医源性因素,常因手术过程中处理不当引起,如缝合过紧。③外敷料包扎过紧:多为医源性因素引起。④牵引失当:创伤后肢体严重肿胀患者,立即行皮肤或骨骼牵引。

(2)筋膜间隔内容物体积增加。①肢体损伤后出血:骨折后骨髓腔大量渗血,骨膜滋养血管断裂出血、碎骨片刺伤周围血管出血以及严重砸伤、挤压伤、挫伤后持续不断地渗血渗液等,增加筋膜间隔内容物的体积,这是引起创伤后筋膜间隔综合征的常见原因。②筋膜间隔内毛细血管通透性增加:多为压砸伤解除后的缺血性肿胀反应,创伤后组织细胞坏死产生的有害物质刺激等因素。③毛细血管压增加:毛细血管压主要取决于全身血压、微循环血流量和阻力。肢体扭伤后主静脉干受压、栓塞,引起毛细血管压增加,体液加速外渗,筋膜间隔容积大量增加,内压升高,发生创伤后筋膜间隔综合征。④输血、输液及药物外渗:在动脉和静脉输血输液时,因操作不当液体外渗,注射某些刺激性较大的药物外渗后,可使筋膜间隔内容物体积增加而诱发。

2. 临床表现

(1)疼痛。这是筋膜间隔综合征共有而最早出现的症状。疼痛的特点为范围广泛,呈持续性,严重者疼痛剧烈而无法忍受,疼痛不因肢体固定或应用镇痛药而缓解。当组织发生缺血变性时,疼痛可逐渐减轻或消失。

(2)肢体肿胀。表现为肢体严重肿胀,坚硬无弹性,皮肤常起水疱,肌肉僵硬,严重者肌肉呈圆筒状僵硬。

(3)感觉异常。神经对缺血相当敏感,短时间缺血即会出现神经传导功能障碍,表现为受损神经支配区的皮肤感觉减退、消失或麻木。

(4)压痛及牵扯痛。压痛是筋膜间隔综合征的重要特点,受累肢体呈广泛性压痛,肌腹处明显压痛及挤压痛是筋膜间隔内缺血的重要体征。晚期肢体压痛减轻或消失。被动牵扯痛仅是发病的早期征象,而且也是典型的临床表现。临床常表现为受累肢体活动时出现十分敏感而广泛的剧烈疼痛,有时可有放射性疼痛。

(5)肤色改变。早期肢体末端潮红,皮温稍高;继而皮肤光亮菲薄;进一步发展则呈暗红色或紫暗色,皮温降低,有时可出现花斑纹并有水泡发生;最后皮肤呈皮革样改变。

(6)循环障碍。受累肢体末端早期微血管充盈基本正常,动脉搏动减弱或消失;后期肢体末端苍白或发绀,微血管充盈时间延长,动脉搏动消失,但无脉不是该病的绝对指征。

(7)功能障碍。早期有肌力减退和功能障碍,晚期则手足畸形。

(8)全身症状。早期全身症状不明显,可有体温升高,脉率加快,白细胞计数上升等表现,晚期则出现肌红蛋白尿,进而发展为挤压综合征。

(七)创伤后脂肪栓塞综合征

创伤后脂肪栓塞综合征是严重创伤性休克、广泛软组织损伤、特别是多发性骨折后,骨髓腔内与其他组织的脂肪滴进入血循环栓塞于肺、脑、皮肤等器官而引起的呼吸窘迫及中枢神经系统功能障碍为主要表现的综合征。若伤情严重,休克时间长,发病率呈显著增高。

1. 病因

(1)骨折:多见于脂肪含量丰富的长骨干骨折,尤其以股骨干骨折为主的多发性骨折的发生率最高。休克时,由于局部静脉压低,脂肪滴易进入血管内而引起栓塞。

(2)软组织损伤:多数由于手术或严重创伤、广泛伤及含脂肪丰富的软组织,但此种原因引起的脂肪栓塞发生率远较骨折为低。

2. 临床表现　症状一般发生在伤后 1~6d,尤其以第 2 天为最常见,暴发型的脂肪栓塞综合征也可能在伤后数小时即出现症状。

(1)肺栓塞。复苏治疗后,全身情况稳定,伤后第 2 天或第 3 天,突然出现面色苍白,心率增快>120/min,呼吸增快 30~40/min,体温高>39℃,呼吸困难逐渐加重,可演变成 ARDS。

(2)脑栓塞。轻者头痛,烦躁;重者谵语、昏迷,累及生命中枢可发生休克或死亡。

(3)皮肤出血点。前胸、腋窝、颈部等,结膜、眼底也可见出血。

(4)肺部啰音。X 线胸片见"暴风雪"样弥漫性大块浸润影。

六、创伤严重程度评分

所谓创伤严重程度评分就是应用量化和权重处理患者生理指标或诊断名称等作为参数,经数学计算以显示伤情严重程度及预后的方案。根据适用场合,创伤评分方法可分为院前评分、院内评分和 ICU 评分 3 类。

院前评分包括创伤指数、创伤记分、校正创伤记分、CRAMS 法、院前指数等。院内评分包括简明损伤定级、损伤严重度记分、解剖要点评分等。ICU 评分主要是急性解剖生理和慢性健康状态评估法（APACHE），现在推荐使用的是 APACHE-Ⅲ。以上评分方法中作为评价创伤患者最常用的是 AIS-ISS。目前最新版是 AIS90-ISS。

第二节　创伤重症的救治与监护

严重创伤的伤情复杂，病情变化迅速，并发症多，病死率高。对于严重创伤患者抢救与治疗应掌握以挽救患者生命为第一位，建立完善的创伤救治系统，在伤后按创伤救治程序，对患者实施及时、合理、有效的确定性救治措施。

一、评　　估

及早准确的判定伤情是救治严重创伤、提高抢救成活率的关键。

（一）判断危及生命的紧急情况

1. **通气功能障碍**　由于严重的通气功能障碍，患者在缺氧情况下，可以发生心脏停搏而死亡。通气功能不足时，患者常表现为烦躁不安、呼吸困难、痰鸣、发绀、瞳孔散大等，此时血压可能不低或甚至升高。严重脑外伤，广泛的肋骨骨折，张力性气胸，血块、痰、呕吐物误吸所致的呼吸道阻塞，纵隔气肿等是外伤时引起急性通气功能不足的原因。

2. **循环功能障碍**　严重创伤患者的循环功能障碍主要表现为创伤性休克。患者常表现为皮肤湿冷、心率快、血压低、尿少等。引起创伤性休克的主要原因是大出血所致的血容量不足，常见有腹腔或胸腔内大出血、骨盆骨折腹膜后大出血、心脏创伤、心脏压塞、心功能不全等。脊髓损伤或心肌挫伤也可引起创伤性休克。

3. **意识障碍**　常见于严重的颅脑外伤。创伤患者如缺氧情况严重，大出血，休克，脑组织缺氧、缺血，患者出现意识障碍表明病情严重。

（二）检诊程序

1. **紧急生命评估**　判定方法按 A、B、C、D、E 的先后顺序进行。

（1）A，Airway——气道：判断气道内有无血块、异物、呕吐物阻塞，保证气道通畅。

（2）B，Breathing——呼吸：按"望、听、感觉"的方法检查呼吸系统。判断患者有无呼吸停止、呼吸困难及呼吸窘迫，观察呼吸频率，有无反常呼吸等。

（3）C，Circulation——循环：判断患者有无大出血及休克。测定血压及脉搏以判定循环情况。

（4）D，Disability——神经系统：观察意识状态，瞳孔大小、对光反射，有无截瘫、偏瘫等。

（5）E，Exposure——暴露检查：暴露全身各部位以发现危及生命的重要损伤。

2. **系统的生命评估**　正确的检诊程序是"CRASHPLAN"。

（1）C，Cardiac——心脏：评价循环状况，有无休克及组织低灌注。

（2）R，Respiration——呼吸：有无呼吸困难；气管有无偏移，胸部有无伤口、畸形、反常呼吸、皮下气肿及压痛；叩诊音是否异常；呼吸音是否减弱。常规的物理检查、胸腔穿刺、X 线平片及心脏超声检查可确诊大部分胸部包括心脏损伤，小部分可行 CT 检查确诊。

（3）A，Abdomen——腹部：有无伤痕、瘀斑；腹腔是否膨隆，有无腹膜刺激征；肝浊音区是否缩小；肝、脾、肾区有无叩击痛；肠鸣音情况。意识不清者常规行 DPP 或 DPL。辅助检查有 B 超、CT 可选。腹部 X 线检查并非急需。

（4）S，Spine——脊柱：脊柱有无畸形、压痛及叩击痛；运动有无障碍；四肢感觉、运动有无异常。辅助检查：脊柱各部位 X 线片、CT、MRI。

（5）H，Head——头部：意识状况、有无伤口及血肿、凹陷；12 对脑神经检查有无异常；肢体肌力、肌张力是否正常；生理反射和病理反射的情况；GCS 评分；辅助检查：头颅 CT 价值最大。

（6）P，Pelvis——骨盆：骨盆挤压实验和 X 线检查常可明确诊断。

（7）L，Limbs——肢体：通过视、触、动、量及 X 线检查多能明确诊断。

（8）A，Arteries——动脉：明确各部动脉有无损伤，必要时做超声多普勒检查明确诊断。

（9）N，Nerves——神经：检查感觉、运动，明确各重要部位神经有无损伤及定位体征。

二、院 内 救 治

创伤重症患者院内抢救应采用"先治疗、后诊断"，"边治疗、边诊断"的新观念，争分夺秒，接诊后立即抢救，切忌拖延。在抢救过程中，为提高抢救成功率，故建议使用"VIPCO"救治程序进行救治。

1. V（ventilation）通气　抢救的第一步是要恢复及维持有效的通气，首先要保证患者有通畅的气道和正常的通气及给氧。排除存在的或潜在的气道梗阻因素，保持气道通畅，必要时应行气管插管、气管切开。根据创伤的情况做不同处理，排除机械障碍，恢复胸部正常的呼吸运动，保证正常通气。给氧对于急性失血而言，高浓度的氧气与输血有异曲同工之效。

2. I（infusion）灌注　在纠正缺氧的同时进行的灌注液体的急救步骤，通过灌注液体，扩充血容量及止血，对抗低血容量休克，尽快恢复血流动力学的稳定状态。建立多条液体通路，一般选择上肢静脉、颈静脉，如有腹部创伤时忌用下肢静脉。快速输血、输液补充血容量，防止休克的发生和恶化。对严重休克患者，应适当补充碳酸氢钠，纠正酸中毒。

3. P（pulsation）搏动　监护心脏搏动，维护心脏功能。心脏功能不良或衰竭时应考虑心脏有无机械障碍，创伤患者心脏的机械障碍主要来自胸外伤后的急性心脏压塞和严重的纵隔移位及摆动，应及早发现并处理，否则再通气或扩容都是无效的。而心脏的直接挫伤，以及创伤后缺氧、贫血、电解质酸碱平衡失调等机体内环境紊乱影响心脏功能，此时应尽量减少心脏的前、后负荷，如控制输液量及输液速度，合理使用血管扩张药、利尿药以及促进心肌代谢药物，保护心脏的功能。

4. C（control bleeding）控制出血　根据创伤情况采用填塞包扎止血、加压包扎止血、止血带止血或手术止血。不要轻易使用全身性止血药物，以免加重体内凝血、纤溶功能的紊乱。

5. O（operation）手术　对严重创伤的抢救，必须争分夺秒，以免延误抢救的时机。应尽量创造条件，抢在伤后黄金时间（伤后 1h 内）内实施手术。

三、ICU 救 治

创伤重症患者在 ICU 内救治可分为复苏期、早期生命支持、后期生命支持和康复期 4 期。

1. 复苏期　伤后 24h 为复苏期。处理重点包括判断有无组织细胞灌注不足或低氧血症并及时纠正，判断并纠正低体温，纠正凝血功能障碍和血小板减少，控制颅内压，防止肾衰竭，纠正水电解质和酸碱平衡紊乱,进一步了解有无隐匿性损伤。

2. **早期生命支持期**　伤后 24～72h 为早期生命支持期。处理重点包括恢复血流动力学的稳定,加强通气支持保证组织氧合,控制颅内压,继续检查有无隐匿性损伤,开始营养支持。

3. **后期生命支持期**　受伤 72h 后为后期生命支持期。处理重点包括对衰竭或功能障碍的器官进行功能支持,控制炎性病灶,防治 MODS 和感染。

4. **康复期**　促进患者功能锻炼与康复。

四、监　　护

监护的目的,是对一些突然发生的改变能够及时发现,并及时做处理。机体遭受严重创伤后首先是血流动力学紊乱,发生组织的低灌注及缺氧,继而出现代谢紊乱、凝血功能紊乱及重要器官功能衰竭,这些都严重危及患者的生命。因此,在严重创伤的整个急救、手术、手术后处理过程中,应对患者进行全方位的监护,详细记录病情变化,直至患者度过危险期。

(一)循环系统的监护

1. **有创监测**

(1)Swan-Ganz 血流导向漂浮导管监测:及时、准确地测定各项参数,因而对了解患者的循环功能状态、指导临床治疗及观察药物反应。

(2)动脉插管直接测压:严重创伤、各类休克及其他血流动力学不稳定的患者直接插管监测动脉压,还可抽取血标本进行血气分析及有关实验室参数检查。

(3)中心静脉压(CVP)监测:主要用于左心室功能正常情况下的感染、创伤及烧伤所致休克,经初期补液后血压上升不满意者,CVP 监测有助发现血容量不足,了解血压基本正常而伴有少尿者的容量状况。

2. **无创监测**

(1)动脉血压:无创动脉血压的高低与 CO 和体循环血管阻力(TPVR)有直接关系,是判断循环功能的有用指标。无创法简单易用,但与真正动脉血压并不完全一致,因此不能作为测量血压的金标准,推荐危重患者均采用有创测压。

(2)心率:心率的变化往往早于血压,如血压下降标志着循环已失代偿。外科患者术后心率增快常为心外因素,因此,除非有心力衰竭的证据,否则强心苷类药物应慎用,因为其效果往往不佳并且增加心肌的氧耗。

(3)血细胞比容(HCT):血细胞比容常被用于评估创伤或外科手术后血液的丢失情况。一般来说,出血可导致 HCT 下降,脱水则使其升高,如患者失血过快,其 HCT 可没有变化,因此动态观察 HCT 的变化更有意义。另一方面,大量输血输液,血管内红细胞淤积和微血栓形成均会影响 HCT 的测量。

(4)尿量:在休克复苏中,尿量减少提示低血容量、低心排血量、肾灌注不足或肾衰竭。但在感染性休克时其价值有限,应注意非循环因素对尿量的影响。因此,临床使用时常与心率、血压结合判断。

(5)收缩时间间期(STI):应用多导生理记录仪同步记录体表心电图、颈动脉搏动图和心音图,可获取多项指标评价心功能。

(6)其他:超声心动图、放射性核素检查、心阻抗图。

（二）呼吸系统的监护

1. 常规呼吸功能监测　在所有的呼吸功能监测中,医护人员望、触、叩、听进行临床监测,因此成为最基本的监测手段。其次,观察患者的呼吸运动,包括呼吸的频率、幅度、呼吸运动的方式等。还可以利用其他方法进行监测,包括呼吸监测仪、氧浓度监测仪、脉搏-氧饱和度监测、经皮氧分压监测、二氧化碳浓度监测仪、血气分析仪等。

2. 呼吸运动功能监测

（1）通气功能:主要监测指标有:潮气量（VT）、补吸气量（IRV）、补呼气量（ERV）、残气量（RV）、深吸气量（IC）、功能残气量（FRC）、肺活量（VC）、肺总量（TLC）、每分通气量（V）、肺泡通气量（Va）、静态肺顺应性、动态肺顺应性。

（2）换气功能:肺换气功能主要受通气血流比例（V/Q）、肺内分流及弥散功能等的影响,主要指标包括:一氧化氮弥散量;肺泡动脉氧分压差,它是反映肺内气体交换率的指标;肺内分流量和分流率;动脉氧分压和氧合指数,能较为敏感地反映肺内氧气的交换情况;血氧饱和度,是临床常见的评价氧合功能的指标。

3. 肺气体交换功能监测　动脉血气分析是评价肺气体交换功能的主要临床监测手段。

4. 放射影像学检查　重症患者呼吸系统功能的变化,均与其结构体征的变化密切相关,由于肺微血管通透性的变化,肺组织的密度可发生明显的变化,放射影像学检查可发现这些明显的特征性改变。包括胸部 X 线片、CT 扫描。

5. 机械通气期间的监测

（1）一般生命体征监测。体温、脉搏、心率、血压。

（2）动脉血气分析。

（3）肺功能的监测。

（4）呼吸力学监测。

（5）呼吸机工作状态的监测。

（6）循环功能的监测。

（三）肾功能的监护

1. 肾血流量监测　尿量减少,中心静脉压和肺毛细血管楔压降低,心排血量减少等可提示肾有潜在的血流量不足,但也应视全身情况、其他指标来综合评价。

2. 肾小球滤过率监测

（1）肾小球滤过率（GFR）。是最标准的肾功能测量方法,它反映总的肾功能状况,在急性肾损伤时和肾结构损伤相关联。

（2）肌酐清除率。

（3）血肌酐浓度。是反映肾小球滤过率的常用、简便指标之一,但该指标不敏感,只有肾滤过功能减退至正常的 1/3 时,血肌酐才明显上升。

（4）血尿素氮（BUN）。其值也不敏感,只有肾滤过功能减退至正常的 1/2 时,血尿素氮才明显上升。

（5）血尿素氮/血肌酐比例。用于区别肾前性和肾性肾功能变化,当出现比例增高时提示氮质血症由肾前因素引起,而比例降低时提示氮质血症由肾本身的变化因素引起。

3. 肾小管功能监测　监测肾小管功能的指标较多,其中尿比重测定较方便多用,目前临床已有连续测验尿比重的监测仪器。正常尿比重在 1.015～1.030,如固定在 1.010 则称为固定低比重尿,说明肾小管浓缩功能很差。尿比重和尿钠排泄分数能较准确地区分肾前性氮质血症(比重>1.020,钠排泄分数<1);急性肾小管坏死(比重<1.016,钠排泄分数>1)。

(四)神经系统监测

1. 意识与瞳孔的观察 严重创伤时,可因不同程度的颅脑损伤,血循环和脑脊液循环发生障碍,脑组织缺氧,发生意识障碍。密切观察伤后意识障碍的深度及时间长短,判断病情轻重。护士要动态地观察,从意识障碍的变化判断病情的变化,并采取相应的措施。

2. 格拉斯哥评分 昏迷指数法(GCS)是临床采用的国际通用的昏迷分级,它用颅脑损伤后刺激患者的睁眼反应(觉醒水平)、语言行为反应(意识内容)及运动反应(病损平面)3项指标的15项检查结果来判断患者意识障碍的程度。

3. 颅内压的监测 颅内压(ICP)是指颅腔内容物对颅腔壁所产生的压力。

(五)代谢功能的监护

1. 动脉血乳酸测定 正常时动脉血乳酸<2mmol/L,乳酸的浓度与组织灌流高度相关。当组织灌流减少时,组织缺氧,葡萄糖三羧酸循环不能进行,而只得进行乏氧代谢生成乳酸,同时因能量匮乏,大量乳酸又由肌糖原的分解而产生,而肝、心肌(乳酸只能在肝、心肌组织中代谢)因缺氧,不能对乳酸进一步代谢,结果动脉乳酸浓度上升。组织缺血越重,乳酸浓度越高。但需注意,由于微循环灌流障碍,产生的乳酸不能进入血流中,故乳酸浓度并不经常与休克程度平行。近年来乳酸测定已成为心排血量降低、低血容量或心源性休克等患者的必备的监测项目。

2. 电解质及酸碱平衡 严重创伤时,大多存在酸碱平衡紊乱,多为代谢性酸中毒。

3. 血糖 与创伤严重程度呈线性正相关的化验指标只有2项:一是血糖增高,二是渗透压增高。在创伤应激状态下,由于应激反应,体内神经内分泌环境发生明显改变,出现高血糖。由于血糖浓度增高,以及缺氧造成的蛋白、糖类代谢障碍,中间产物增多,再加上细胞成分的崩解,血内中小分子物质增多,3种因素叠加而出现血渗透压增加。

(六)凝血功能的监护

1. 血液凝固时间测定 包括全血凝固时间(CT)、凝血酶原时间(PT)、部分凝血活酶时间(PTT或APTT)以及凝血酶时间(TT)等。PT长短反映Ⅰ、Ⅱ、Ⅴ、Ⅶ、Ⅹ诸因子的含量、质量。APTT的长短反映Ⅰ、Ⅱ、Ⅴ、Ⅶ、Ⅹ、Ⅺ、Ⅻ等因子的含量和质量。

2. 凝血因子活性的测定 通常测定Ca^{2+}含量、因子Ⅶ、Ⅷ及Ⅴ、Ⅳ、Ⅹ、Ⅻ和血小板的计数及质量。

3. 凝血酶原激活的标记物

4. 抗凝系统的测定 抗凝血酶Ⅲ(ATⅢ)及其复合物。

5. 纤溶系统的测定 体内凝血系统激活后常伴有继发性纤溶系统的激活。

6. 血栓弹力图(TEG) 可以应用微量血标本,在相对短的时间内用简便的方法获得准确的凝血障碍资料,指导治疗,并具有可动态观察的优点。

7. 外周血涂片

(七)体温监测

体温是糖、脂肪、蛋白质在体内分解氧化过程中产生的,是各种组织不断进行新陈代谢时所产生的热能,并通过体温调节中枢,得以维持衡定。

测量体温的方法除常用的口腔、腋下和直肠测温法外,目前监测体温应用半导体体温计、数字式体温监护仪。目前数字式体温监护仪应用较为广泛,可将测温电极置于患者的鼻腔、口腔、腋下或肛门等处,通过转换器显示数字,为15～42℃。一台仪器可同时监护多人。在体温的监测中,还应密切分析其热型,由于持续高热能增加氧耗量,患者可出现头痛、头晕、烦躁,也可由于缺氧及毒素对脑部的刺激而发生幻觉、昏迷。

(八)周围灌注情况的监护

主要监测皮肤及黏膜的颜色、温度,这是对休克患者监测的重要内容之一。皮肤温暖,色泽正常,提示毛细血管舒缩功能正常,周围阻力没有太大变化。皮肤温暖且红润,提示小动脉阻力下降,可见于败血症休克早期及神经性休克。皮肤苍白、湿冷,提示毛细血管痉挛伴小动脉阻力增高。

第三节 创伤重症的护理

创伤重症的护理是创伤救治的一部分,对防止和减少创伤并发症,降低创伤的病死率和残废率,提高治愈率和恢复劳动能力,具有十分重要的意义。

一、常 规 护 理

1. **体位** 正确的卧位是一种医疗方法,有时能保证患者的安全,使其舒适,有利于治疗作用的发挥,并能防止和减少并发症的发生。颈椎骨折、胸、腰椎骨折、高位截瘫的患者应采取平卧位。半坐位又称斜坡卧位,最适用于胸腹部伤。对于颅脑损伤的患者应采取头高脚低位。四肢伤和长期卧床的重患者,无论是在运送过程,还是在治疗中,都要注意将肢体摆放在功能位置上,使肢体、关节保持功能位。

2. **环境** 保持环境的清洁、安静,医护人员应做到"四轻",限制家属探视。保证患者安全,躁动时应加床挡或适当约束。

3. **皮肤护理** 创伤重症患者易发生压疮。这些患者由于伤情复杂,常带有石膏、输液管、留置导尿管和各种切口引流管、胃肠减压或做牵引等;往往由于意识不清或神经损伤后感觉和运动功能丧失;有的则因剧烈的疼痛、固定器材及治疗管道妨碍翻身;另外可因运送时卧具质硬不平、衣服潮湿、气候寒冷、搬运时擦伤皮肤或没有按规定给患者定时翻身等原因引起。应做好对重症创伤患者压疮风险因素的评估,建立压疮预报报告制度。

4. **伤口护理** 重症创伤常有多处伤口,有时合并神经、血管损伤及骨折等;伤口大、伤道深、伤道内有异物,感染的菌种多;而且疼痛及功能障碍明显,搬动不便,体位不合适,使换药时操作不方便,影响工作效率。应根据不同伤口,区别对待,制定伤口换药频率及换药的次序,清洁伤口先换,感染伤口后换;一期缝合伤口先换,开放伤口后换;感染轻的伤口先换,重的后换,有严重感染或隔离患者的伤口应最后更换。换药时应注意观察伤口有无出血、高度肿胀和臭味,对引流不畅者,必要时行对位引流。并注意伤肢有无发白、发绀、麻木、灼痛等现象,发现情况,立即报告医师,及时处理。

5. **输血及输液的护理** 在给重患者输血、输液时,应做好三防。一是防肾衰竭。休克患者,特别是重度休克患者,由于血容量不足,低血压,加上酸中毒,可导致急性肾衰竭,快速输液输血提高血压,是防止肾衰竭的有效措施。如血容量已补充,血压已回升,但尿量仍少者,可使用20%甘露醇或呋塞米等利尿药保护肾功能。二是防心功能衰竭。由于重患者需快速输血、输液,但要预防输注太快发生心力衰竭。需快速输注时,可用毛花苷 C 0.2mg 静脉注射以防止心力衰竭。三是防呼吸衰竭。重度休克的患者特别是休克时间较长者,一般都有血氧不足及酸中毒,以致抑制呼吸中枢,除对症治疗如吸氧、使用呼吸中枢兴奋药外,应保持呼吸道通畅,必要时给予机械通气。

6. **体温的护理**　全身衰竭的重症创伤患者多表现为体温不升,即体温低于 34℃。创伤手术后,休克患者常出现低体温,可盖棉被保暖,并预防寒战,以免耗费体力,使心率加快,加重心脏负担。发热也加重心脏的负担,除病因治疗外,还应采取对症处理,如物理或药物降温。

二、病 情 观 察

严密观察尿的颜色。严重挤压伤,常由于红细胞膜破坏而出现血红蛋白尿(需与血尿鉴别),尿量减少,可适当增加液体并可用 5% 碳酸氢钠 250ml 静脉滴注,使尿液碱化并溶解肾小球基底膜,从而增加肾的滤过压,使尿量增多。对有血尿者需注意合并泌尿系损伤及有无出血倾向,警惕弥散性血管内凝血的发生。

三、防止各种并发症的发生

1. 预防肺部并发症的护理

(1)半坐位,安静休息,病室宜空气流通。

(2)严密观察体温、脉搏、呼吸、血压及精神、意识。如发生呼吸骤停或窒息,应立即开放气道并吸痰,同时加强供氧,进行机械通气等。

(3)保持呼吸道通畅,及时清除呼吸道分泌物,如痰液黏稠者可用药物或超声雾化器液化浓痰。鼓励患者咳嗽,配合定时翻身拍背,严防误吸。

(4)注意输液速度,密切观察尿量,预防心力衰竭。

(5)做好基础护理,防止发生并发症。

2. 预防心功能不全的护理

(1)嘱患者卧床休息,尽量减少运动,以免增加心脏负担。

(2)严密观察伤情,注意神志、呼吸、脉搏、血压、体温等改变。

(3)定期测量心电图。

(4)注意输液速度,防止发生心力衰竭。

3. 预防肝功能不全的护理

(1)适当休息,减少运动量,避免疲劳。

(2)不服氯丙嗪、巴比妥类对肝有损害的药物。

(3)定期抽血复查肝功能。

(4)给予高热量、高维生素,低脂肪、低蛋白,易消化的饮食。

(5)密切观察皮肤、巩膜及大小便情况,及时发现黄疸,并观察黄疸的消退或加重等情况。

4. 预防消化道并发症的护理

(1)急性消化道出血和急性胃扩张往往病情危重,应严密观察伤情变化,准确测量体温、脉搏、血压及呼吸,避免误吸。

(2)休克患者应平卧,立即输液,并抽血做交叉配血,必要时输血。

(3)给氧,应用止血药,必要时给予升压药。

（4）患者精神紧张、恐惧者应给予安慰，应用镇静药。同时要保证环境安静，室内清洁、舒适、整齐。呕血和便血后及时做清洁处理。

（5）出血停止 24h 后，可给流质饮食，温度要适宜，不可过热，饮食量可逐渐增加。

（6）急性胃扩张者应及时留置胃管，胃肠减压。有呕吐者应将头偏向一侧，及时清除呕吐物，防止窒息。

四、营养护理

1. 创伤患者代谢特点

（1）体内总的代谢变化。①交感神经兴奋→胰高血糖素水平升高→促进肝糖原分解，加速糖原异生→血糖升高；皮质激素、生长激素水平升高→抑制周围组织对葡萄糖的利用→血糖升高。②胰岛素水平下降，肾上腺髓质激素水平升高→脂肪动员增加→游离脂肪酸水平升高，肝中酮体形成增加→血酮体增加。③蛋白质分解加速→肌肉释放氨基酸增加→糖原异生能力增加→尿氮排泄增加→负氮平衡。

（2）能量代谢特点。创伤应激时，体内的神经内分泌发生改变，导致蛋白质分解增加的同时，亦造成能量代谢增加，表现为二氧化碳生成增多，氧耗增多。严重创伤、烧伤患者能量代谢可增加 100%。但是创伤患者不能过分增加热量物质的补充，过度营养和过低营养一样有害，在过高给予能量物质时，由于葡萄糖过量导致二氧化碳生成增多，可明显加重肺的负担及肝功能损害。

（3）蛋白质的代谢特点。创伤后，组织可因直接损伤造成大量蛋白质丢失，加之伤后机体分解代谢旺盛，血中的游离脂肪酸、葡萄糖和氨基酸增加，而机体的能量供应减少。骨骼肌等组织中的蛋白质为之分解，释放出氨基酸。但在创伤应激状态下，肝利用氨基酸的能力降低，尿中尿素氮的排出量明显增加，出现负氮平衡。

（4）非蛋白热量和氮的需求。为减少负氮平衡，加强组织修复，增强机体免疫功能，能量和氮的需求量增高。但大量供给葡萄糖可造成高血糖、代谢性酸中毒等并发症，还有可能引起必需脂肪酸缺乏。足够的能量能有效地抑制蛋白质分解，节省氮的消耗，改善负氮平衡，但在缺氮的情况下，负氮平衡将持续存在。机体将氮源用以修复组织、合成蛋白质，因此在供给热量的同时，也必需供给氮源即蛋白质。

2. 创伤患者营养需要的评定　由于创伤后水钠潴留、应激反应导致代谢改变等特殊情况，导致营养评估不准确，营养支持估计不足或过剩。因此，目前创伤患者营养需要的评定临床上推荐使用代谢车（计算机控制的间接能量测量仪）测定能量消耗，并可分析三大营养物质在一定时间内氧化分解的量和相对比例。具体方法：患者进餐后 2h 静卧 30min 后，用头罩法或标准法测量单位时间内氧气消耗量、二氧化碳产生量及静息能量消耗（REE），再根据经验公式在 REE 的基础上增加 10%～20%，即为创伤患者 24h 全部能量消耗。然后根据临床补液的需要，合理分配肠内和（或）肠外营养液的量及各成分的比例。因此，通过代谢车不仅能对患者进行动态代谢监测，而且也避免了营养支持不足或过剩。

3. 创伤患者营养支持的时机　创伤患者营养支持的时机应视临床情况而定。因为在严重创伤、感染等应激的初期，机体内环境多不稳定，如水、电解质紊乱与酸碱失衡、休克未予纠正或呼吸功能及其他重要脏器功能障碍未得到初步控制时，不论什么形式的营养支持均难以奏效，且会加重体内的代谢紊乱及脏器功能障碍。如无特殊情况，经过短时间的恢复（根据应激程度一般需要 48～72h)，在初步纠正各种内稳态失衡后，应尽早给予营养支持。

4. 创伤患者营养支持的途径及其选择　营养支持的途径可分为肠内营养(EN)和肠外营养(PN)两大类。对于消化道未受损伤，且功能状态良好，可以耐受肠内营养者，应首先考虑口服或经管饲肠内营养的方法。对于严重创伤后肠道功能状态受到影响，如出现肠麻痹或运动不良者，应注意辅以其他手段来促进肠功能恢复及保护肠黏膜屏障，如胃肠动力药、中药汤剂等，并可以 PN＋EN 的形式进行营养支持。对于合并有肠功能障碍者，先给予 PN 支持，一旦肠功能好转，尽早使用肠道，转为 EN 或 PN＋EN 的支持方式。

五、心 理 护 理

重症创伤患者常常由于管道多，心脏监护装置或呼吸辅助装置而不能活动，病房的电灯整天亮着，有时伴仪器的噪声，减少亲属的探望，加上伤口疼痛，翻身、坐起需他人协助，患者易出现焦虑，烦躁不安，同室患者的死亡也会带来精神压力。

1. 对重症创伤患者应给予更多的关心，使之保持与医务人员和探视者较多的接触。

2. 患者伤情好转，尽早让他们回到正常病房环境中，要随时告诉患者，他们的伤情正在逐渐好转，对患者进行祝贺和鼓励，将有助于焦虑的减少和减轻。

3. 对伤口疼痛的患者，要给足镇痛药，对兴奋、烦躁患者在医生指导下给予镇静药。

4. 要设法改善监护室护士的心理状态，使她们不要过于劳累，业余生活丰富多彩，定期调换护士。

5. 创伤患者大多比较年轻，濒死患者面对死亡，一般都有恐惧心理，可是有些患者临死时，反而显得比较平静，希望早些死去，结束因创伤带来的痛苦和精神负担。护理人员面对濒死患者不能显得紧张，要积极抢救并耐心地陪伴和照顾患者，直至死亡。

6. 患者死亡对其亲属是一个重大打击，因此对死者的亲属也应表示同情、安慰、给予精神上的支持。

（王　玥　吴晓英）

第 40 章　多器官功能障碍综合征

一、基 本 概 念

多器官功能障碍综合征(multiple organ dysfunction syndrome,MODS)是一种病因繁多、发病机制复杂、病死率极高的临床综合征。是指机体在经受严重打击(如严重创伤、感染、休克等)后,发生 2 个或 2 个以上器官或系统同时或序贯发生功能障碍,甚至功能衰竭的综合征。

二、病因与发病机制

MODS 是当今急危重患者死亡的主要原因之一,MODS 若不能及早逆转,病死率高达 $50\% \sim 90\%$。所以,充分认识 MODS 病因及发病机制,早期诊断与治疗,提高临床救治水平,及时阻断其发展是极为重要的。

(一)病因

任何引起全身炎症反应的疾病均可能发生 MODS,外科疾病常见以下方面。

1. **严重创伤:**多发性创伤、大面积烧伤、挤压综合征等。

2. **严重感染:**如重症胰腺炎、急性梗阻性化脓性胆管炎、合并脏器坏死或感染的急腹症、严重腹腔感染、继发于创伤后的感染等。

3. **外科大手术:**如心血管手术、胸外科手术、颅脑手术、胰十二指肠切除术等。

4. **各种类型的休克,**低灌注致组织缺血缺氧,毒物蓄积。

5. **各种原因引起的低氧血症:**如吸入性肺炎及急性肺损伤等。

6. **各种原因的休克,**心跳、呼吸骤停复苏后、复苏不完全或复苏延迟。

7. **妊娠中毒症。**

8. **大量快速输血或输液、**高浓度吸氧、正压呼吸、PEEP 使用不当等。

9. **各种原因导致肢体、**大面积的组织或器官缺血-再灌注损伤,如绞窄性肠梗阻。

10. **有的患者可能存在一些潜在的易发因素,**如心脏、肝、肾的慢性疾病及器官储备功能低下,糖尿病,高龄,免疫功能低下,营养不良等。

(二)发病机制

由于 MODS 发病机制极为复杂,一直以来都未能对其完全阐明,但 20 世纪 90 年代以来,随着细胞生物学和分子生物学技术的发展和进步,人们对 MODS 的认识从整体和器官水平转向细胞、分子乃至基因水平,从炎症反应、组织修复、细胞凋亡、基因调控以及信号转导等方面对 MODS 发病机制的认识日益深入,取得了令人瞩目的进展。主要学说有:炎症失控假说、缺血-再灌注损伤假说、胃肠道学说、"两次打击"和"双项预激"假说、应激基因假说。

(三)病理生理改变

MODS 的病理生理改变的基础是:应激反应、氧代谢障碍、代谢紊乱和凝血机制障碍。各器官的病理生理特点包括以下方面。

1. **肺功能障碍**　肺是 MODS 发病过程中最容易和最早受到损害的器官。

(1)肺泡毛细血管膜通透性增加;

(2)肺泡Ⅱ型细胞代谢障碍;

(3)肺血管调节功能障碍;

(4)肺微循环障碍。

2. **肾功能障碍**　肾血流灌注不足,以及毒素和炎性介质引起的组织损伤是造成 MODS 时肾功能障碍的主要原因。

3. **胃肠道功能障碍**　其病理生理基础是胃肠道黏膜屏障功能损害,由应激情况下胃肠道的微循环障碍,黏膜上皮细胞缺血,黏膜通透性增加造成。这可促使肠内细菌移位,诱发 SIRS 和加剧 MODS。

4. **肝功能障碍**　肝在代谢、解毒、免疫、凝血等方面具有重要功能,一旦遭受低血流灌注、炎性介质、细菌及内毒素等损害而发生功能障碍。

5. **心功能障碍**　由于机体的调节功能和心脏本身具有的储备能力,心功能障碍多在 MODS 较晚期时才趋于明显。导致心室功能障碍的主要病理生理因素有:①冠状动脉血流减少;②内毒素对心肌的毒性;③心肌抑制因子;④心脏微循环障碍。

6. **凝血功能障碍**　弥散性血管内凝血(DIC)既是 MODS 的靶器官,又是其他脏器损伤的病理基础。近年发现,微血管内存在微血栓是 SIRS 的重要特征之一,提出了凝血瀑布被激活,凝血功能紊乱的起始因素是组织因子,其与凝血因子Ⅶ结合启动凝血瀑布反应;内皮损伤后,内皮细胞与 PMN 黏附亦是重要环节。另外,还发现细胞膜内层的磷脂酰氨基酸在细胞受损后,由内层转移到外层可激活血管内凝血系统,凝血紊乱进一步发展则成为 ARDS 或 MODS。因此,凝血系统瀑布样激活是 MODS 形成的重要环节。

三、临 床 表 现

(一)常见类型

临床上 MODS 有 2 种类型:①速发型,又称单相型,是指原发急症在发病 24h 后有 2 个或更多的器官系统同时发生功能障碍,此型发生多由于原发病为急症且甚为严重。对于发病 24h 内因器官衰竭死亡者,一般只归于复苏失败,而不作为 MODS。②迟发型,又称双相型,是先发生一个重要器官或系统的功能障碍,经过一段较稳定的维持时间,继而发生更多的器官、系统功能障碍。此型多见于继发感染或存在持续的毒素或抗原。各器官或系统功能障碍的临床表现可因为障碍程度、对机体的影响、是否容易发现等而有较大差异。

(二)特征性临床表现

MODS 具有 SIRS 的某些特征性临床表现。

1. **循环不稳定**　在病程的早、中期会出现"高排低阻"的高动力性循环状态。心排血量可高达 10L/min,外周血管阻力可低至 500dyn·s/(cm^5·m^2)以下,并可因此造成休克,需要应用血管活性药物来维持血压,这种类型的循环和休克在其他病症中是少见的。应强调指出,高心排是通过增加心率取得的,真正的射血分数却低于正常,提示患者存在心功能的损害。高动力循环的持续时间是病情发展和心功能的状态而不同,可贯穿整个病程直至死亡,其循环衰竭为外周性而非心源性的。

2. **高代谢**　高代谢可以造成蛋白营养不良,从而严重损害器官和酶系统的结构和功能;可以造成支链氨基酸和芳香族氨基酸失衡,使后者形成假神经递质进一步导致神经系统调节功能紊乱。其代谢的模式的突出特点表现为以下方面。

(1)持续性的高代谢:代谢率可达正常的 1.5 倍以上,即使静息也不能降低。

(2)耗能途经异常:正常情况下集体通过分解脂肪获得能量,但是,MODS 使脂肪的利用早期增加,后期下降;糖的利用受限;主要通过大量分解蛋白质获得能量。

(3)对外源性营养底物反应差:补充外源性的营养并不能有效阻止自身的消耗,提示高代谢对自身具有"强制性",故成其为"自噬代谢"。

3. 组织细胞缺氧　循环功能的紊乱和高代谢造成氧供与氧需不匹配,机体组织细胞处于缺氧状态,临床主要表现为氧供依赖和高乳酸性酸中毒。虽然组织缺氧,但 SvO_2 却高于正常,如果 SvO_2 持续增高,VO_2 持续下降,提示外周氧利用度已衰竭,是预后不良乃至濒临死亡的征兆。

(三)各系统临床表现

MODS 的系统器官范围可涉及循环系统、呼吸系统、肾、肝、胃肠、血液、代谢、免疫系统、中枢神经系统,但多见于肺,其次是肝、胃肠道、肾。

1. 呼吸系统　早期可见呼吸频率(RR)加快>20/min,吸空气时动脉氧分压(PaO_2)下降 ≤70mmHg,动脉氧分压与吸入氧浓度之比值(PaO_2/FiO_2)>300。胸部 X 线片可正常。中期 RR>28/min,PaO_2≤60mmHg,动脉二氧化碳氧分压($PaCO_2$)<35mmHg,PaO_2/FiO_2<300。胸片可见肺泡实性改变(≤1/2 肺野)。晚期则呼吸窘迫,RR>28/min,PaO_2≤50mmHg,$PaCO_2$>45mmHg,PaO_2/FiO_2<200。X 线胸片示肺泡实性改变加重(≥1/2 肺野)。

2. 心脏　由心率增快(体温升高 1℃,心率加快 15～20/min)、心肌酶正常,发展到心动过速、心肌酶(CPK、GOP、LDH)升高,甚至室性心律失常、二、三度房室传导阻滞、心室颤动、心跳停止。

3. 肾　轻度肾功能障碍,在无血容量不足下,尿量能维持 40ml/h,尿钠、血肌酐可正常。进而尿量<40ml/h,使用利尿药后尿量可增加,尿钠 20～30mmol/L,血肌酐为 176.8μmol/L 左右。严重时无尿或少尿(<20ml/h,持续 6h 以上),利尿药冲击后尿量不增加,尿钠> 40mmol/L、血肌酐>176.8μmol/L。非少尿肾衰竭者尿量>600ml/24h,但血肌酐> 176.8μmol/L,尿比重≤1.012。

4. 肝　SGPT>正常值 2 倍以上、血清胆红素>17.1μmol/L 可视为早期肝功能障碍,进而血清胆红素可>34.2μmol/L,重者出现肝性脑病。

5. 胃肠道　可由腹部胀气,肠鸣音减弱,发展到腹部高度胀气,肠鸣音消失。重者出现麻痹性肠梗阻,应激性溃疡出血。

6. 凝血　轻者可见血小板计数减少<100×10⁹/L,纤维蛋白原、凝血酶原时间(PT)及凝血酶原激活时间(TT)正常。进而纤维蛋白原可≥2.0～4.0g/L、PT 及 TT 比正常值延长 3s,优球蛋白溶解试验>2h。重者血小板计数<50×10⁹/L,纤维蛋白原可<2.0g/L,PT 及 TT 比正常值延长>3s,优球蛋白溶解试验<2h,有明显的全身出血表现。

7. 中枢神经系统　早期有兴奋或嗜睡表现,唤之能睁眼,能交谈,能听从指令,但有定向障碍。进而可发展为对疼痛刺激能睁眼、有屈曲或伸展反应,但不能交谈、语无伦次。重者则对语言和疼痛刺激均无反应。

8. 代谢　可表现为血糖升高或降低、血钠降低或增高以及酸中毒或碱中毒。

四、诊　　断

(一)MODS 的早期诊断依据

1. 诱发因素(严重创伤、休克、感染等)。

2. SIRS。

3. 器官功能障碍。

(二)SIRS 的诊断标准

具有以下 2 项或 2 项以上者。

1. 体温>38℃ 或<36℃。

2. 心率>90/min。

3. 呼吸>20/min 或 $PaCO_2$<32mmHg。

4. 白细胞计数>12.0×10^9/L 或<4.0×10^9/L 或幼稚杆状细胞>10%。

(三)MODS 的分期诊断

见表 40-1。

表 40-1　MODS 的分期诊断

	1　期	2　期	3　期	4　期
一般表现	正常或轻度不安	病态,不安	明显不安	濒死
心血管功能	需补充容量	容量依赖性高动力	休克, 心排血量↓,水肿	依赖升压药, 混合静脉氧饱和度↑
呼吸功能	轻度呼吸性碱中毒	呼吸急促, 低 CO_2 血症	严重低氧血症, ARDS	高 CO_2 血症, 严重低氧血症
肾功能	尿少, 对利尿药反应受限	尿量固定, 轻度氮质血症	氮质血症, 应透析治疗	无尿, 透析效果不稳定
胃肠道功能	腹胀	不能耐受食物	肠绞痛,应激性溃疡	腹泻,缺血性结肠炎
肝功能	正常或轻度胆汁淤积	高胆红素血症, PT 延长	临床黄疸	转氨酶↑,严重黄疸
代谢	高血糖, 对胰岛素需求提高	严重分解代谢	代谢性酸中毒,高糖 血症	肌肉损耗, 乳酸酸中毒
中枢神经	朦胧	嗜睡	木僵	昏迷
血液	呈不同表现	白细胞↑或↓,血小 板↓	凝血障碍	凝血障碍难以纠正

(四)MODS 评分

MODS 推算患者的病死率可以通过器官功能障碍计分来实现,但是目前尚无权威和标准的方法供统一使用,好的计分系统应该做到简洁和准确。现列举 1995 年加拿大学者 Marshall 和 Sibbald 等推荐的计分系统(表 40-2)。其分数为 0、9~12 分、13~16 分、17~20 分、>20 分时,病死率分别为 0、25%、50%、75%、100%。

表 40-2　MODS 评分

器官或系统	0	Ⅰ	Ⅱ	Ⅲ	Ⅳ
肺(PaO_2/FiO_2)	>300	226~300	151~225	76~150	≤75
肾(Cr μmol/L)	≤100	101~200	201~350	351~500	>500
肝(Br μmol/L)	≤20	21~60	61~120	121~240	>240
心(PAR mmHg)*	≤10	10.1~15	15.1~20	20.1~30	>30
血(PC/L)	>120	81~120	51~80	21~50	≤20
脑(GCS 评分)**	15	13~14	10~12	7~9	≤6

* PAR(Pressure-adjustedheardrate):压力校正心率＝HR×RAP/mABP

** GCS 如使用镇静药或肌松药,除非存在内在的神经障碍证据,否则应作正常计分

五、治　疗

(一)治疗 MODS 的主要措施

1. 消除引起 MODS 的病因和诱因,治疗原发疾病。

2. 防治感染:鉴于感染是引起 MODS 的重要病因,防治感染对预防 MODS 有非常重要的作用。对可能感染或者已有感染的患者,在未查出明确感染微生物以前,必须合理使用广谱抗生素或联合应用抗菌药物。对明确的感染病灶,应采取各种措施使其局限化,只要可能,应及时做充分的外科引流,以减轻脓毒症。如急性重症胆管炎、弥散性腹膜炎等,应积极做胆道和腹腔引流。

3. 营养支持及代谢调理:除了补充人体血清白蛋白以外,适时的肠外营养并逐渐视病情过渡到肠内营养,感染纠正的前提下并酌情使用生长激素能增加蛋白合成,可补充体内的消耗。

4. 改善和维持组织充分氧合:休克的患者应早复苏,并提高复苏质量。

5. 保护肝、肾功能。

6. 抗氧化药、自由基清除药的应用。

7. 特异性治疗。

(二)小儿 MODS 的临床特征

1. 发病率和临床过程存在明显年龄差异:不同年龄组,如新生儿、婴幼儿和儿童所发生 MODS 的类型和临床过程不同。一般年龄越小发病率越高,病情发展越快。

2. 原发性 MODS 发生率明显较成年人高:1996 年加拿大蒙特利尔儿童医院对 1 058 例入院儿童进行 SIRS,感染性休克、MODS 流行病学分析。结果显示:原发性 MODS 发生率明显高于继发性 MODS,而后者的病死率是前者的 65 倍,住 PICIU 时间显著延长。小儿严重感染、持续缺氧、休克、急性中毒等为 MODS 常见诱因。

3. 与成年人相比,下述原因使 MODS 患儿常在短时间内直接死于呼吸和循环衰竭:①小儿心肺功能发育不完善,代偿能力弱;②肺血管对低氧血症的反应尤为敏感;③呼吸道窄,易梗阻;④易发生肺不张。

(三)小儿 MODS 的脏器功能支持

1. 心血管功能支持　Fischer 等将心血管功能作为第一级参数,而其他脏器功能判定作

为次级参数。这是基于以下临床事实：①心血管功能受损严重度对 MODS 预后最为重要，或者说大多数情况下，心血管功能严重度与 MODS 严重度相平行；②当出现 ARDS、肾衰竭、DIC 时，常合并心血管功能受损，且其严重度亦相平行；③休克常是导致小儿 MODS 死亡的直接原因。成功的心血管功能支持为 MODS 和原发病的治疗赢得时机。因此，心血管功能保护和支持常是首要任务。此时的策略应是：维持心脏功能与机体氧供与氧耗的平衡，改善各脏器微循环，而不是单纯进行强心治疗。具体措施为：①从整体上减轻心脏负荷和改善脏器灌注：包括充分镇静、镇痛，降温，扩血管，维持心功能，减轻呼吸功消耗。鼻塞持续呼吸道正压供氧（NC-PAP）对呼吸困难的婴幼儿具有心肺功能联合支持作用。关于血管活性药物的应用方法，目前多主张小剂量 2～4 种药物联合应用，其中扩血管药尤受重视。②其他创伤性抢救技术：如发达国家正在开展的技术包括，体外膜肺（ECMO）和血管内氧合器（IVOX），主动脉内球囊反搏技术。1993 年报道应用主动脉内球囊反搏治疗 9 例 0.6～15.8 岁心源性休克小儿，其中 4 例抢救成功。也有应用 ECMO、IVOX 的报道。

2. 呼吸支持　包括小婴儿的鼻塞持续呼吸道正压供氧（NCPAP）、常规机械通气、高频振荡通气、肺表面活性物质替代疗法、一氧化氮吸入疗法等。

3. 序贯性血液净化-肾替代疗法　床旁血浆置换血液滤过和血液透析相结合，根据患者具体情况分先后进行上述序贯治疗，去除大、中、小分子有害物质。动物实验和临床应用均有成功报道。此外，腹膜透析治疗顽固性代酸，血液灌流治疗中毒，去除炎症介质也在临床试用。

六、监护要点

1. 由于 MODS 的表现可以是渐进的，往往被原发病掩盖，因此，一些较明显的表现变化就应加以注意。生命体征是最容易反映患者器官或系统变化的征象，如果患者呼吸快、心率快，应警惕发生心、肺功能障碍；血压下降肯定要考虑周围循环衰竭。对高危患者，应扩大监测范围，加强血流动力学，呼吸功能，肝功能，肾功能，凝血功能，中枢神经系统功能等监测，可早期发现 MODS。

2. 当怀疑患者可能出现 MODS 时，应尽快做特异性较强的检查，如血气分析、肝肾功能监测、凝血功能检查、Swan-Ganz 导管监测等，以便能及早作出诊断。

3. 对临床上被高度怀疑感染的病例要不懈努力地寻找感染源。当发热、白细胞明显升高，但没有发现明确感染灶时，应做反复细致的全身理学检查、反复做血培养、采用能利用的各种辅助检查寻找隐藏的病灶。维持各种导管的通畅，加强对静脉导管的护理，有助于防止感染的发生。

4. 当某一器官出现功能障碍时，要及时注意观察其他器官的变化。MODS 多数是序贯出现的。如只着眼于出现症状的器官，容易遗漏 MODS 的发生。因此，一旦某一器官功能障碍，应根据其对其他系统器官的影响，病理连锁反应的可能性，及时做有关的病理生理改变检查。

（王欣然）